E. Muller

Paramatthadipani

E. Muller

Paramatthadipani

ISBN/EAN: 9783337385125

Printed in Europe, USA, Canada, Australia, Japan

Cover: Foto ©Andreas Hilbeck / pixelio.de

More available books at **www.hansebooks.com**

Pali Text Society.

PARAMATTHADĪPANĪ.

DHAMMAPĀLA'S COMMENTARY ON THE THERĪGĀTHĀ.

EDITED BY

E. MÜLLER, Ph. D.

Professor in the University of Berne.

LONDON:
PUBLISHED FOR THE PALI TEXT SOCIETY,
BY HENRY FROWDE,
OXFORD UNIVERSITY PRESS WAREHOUSE, AMEN CORNER, E.C.

CONTENTS.

INTRODUCTION.

In editing Dhammapāla's commentary on the Therīgāthā I have made use of a paper manuscript in Sinhalese characters which was sent to me by Subhūti in the beginning of 1891, and which is a copy of the palm-leaf manuscript described by Pischel in the preface to his edition of the Therīgāthā, p. 119 (C.). This manuscript was copied and corrected very carefully by Subhūti and his pupils, and, in fact, a great many of the clerical errors which occur in Pischel's extracts of the commentary, and therefore must belong to the original manuscript, have been avoided in this copy. A certain number of blunders, however, have escaped Subhūti's care, and for correcting these, as far as the prose text is concerned, I had to resort to conjecture, since all the trouble I took in obtaining a second manuscript of this portion of the Paramatthadīpanī proved useless.

For the poetical part I had better chances. The Therīgāthā itself has been edited critically by Professor Pischel, and his readings could be adopted in most cases, although they do not always agree with those of the commentary. Professor Pischel justly remarks that the text of the Therīgāthā must have been corrupted already at the time when Dhammapāla wrote his commentary; otherwise such misunderstandings as therīti for te rindī in the explanation of verse 265 would be quite impossible. In this and similar cases I have put the correct reading in the Therīgāthā text; but I have not ventured to alter the reading in

Dhammapāla'e commentary, except when a clerical error could he aeeumed with certainty.[1]

In the notes to my text of the Therīgāthā I have only given the various readinge found in my mannscript of the Paramatthadīpanī (marked cd.) and those of a Therīgāthā manuscript in Burmeee charactere belonging to the Mandalay collection of the India Office in London (No. 169), which Pischel conld not yet compare. The readinge of this manuscript are marked by the letter m. In a few cases, eepecially when they agreed with those of the commentary, I have preferred them to Pischel's readinge.

We now have to deal with the portione of the Therī Apadāna emhodied in onr text. For these I nsed two MSS. in Burmese charactere helonging to the Mandalay collection of the India Office Library (Noe. 141 and 142). These MSS. are heautifully written and very correct; their readings are generally better than those of the Paramatthadīpanī MS., and agree nearly throughont the whole text. In the notes I have marked them by the letter A, and in a few cases, where there ie a difference, No. 141 is marked by A_1 and No. 142 by A_2. The readings of the Paramatthadīpanī MS. in these Apadāna portions aro marked hy the letter P.

I have aleo compared the Apadāna MS. of the Bibliothèque Nationale in Parie, which, in a few caeee, offere hetter readings than A and P; tho readings of this MS. are marked hy the letter B.

Tho arrangement of the therīe in the Therīgāthā is made according to the numher of stanzae pronounced by each therī, and the commentator Dhammapāla ineerts behind the prose preface, which introdnces each stanza in his commentary, the respective portion of the Apadāna, if there is anything correeponding in thie collection. In

---

[1] I helieve Kern'e explanation of rindī=dṛiti (Bijdrage tot de verklaring van eenigo woorden in Pāli, p. 15 f.) to be the correct one; yet we might aseume, with Morrie, that it ie a mietake for rittī, 'empty.'

order to enable tho readur to draw a parallel between tho Therī Gāthā and the Therī Apadāna, I give here a list of the therīs in the order in which they are arranged in the Therī Gāthā, and on the other side the corresponding names in the Therī Apadāna, with the numbers they bear in this collection. It will bo seen from this list that in a certain number of cases the names of the therīs do not agree in both collections, although tho verses as given in the Apadāna and in the Paramatthadīpanī are identical; it will also appear which of the 73 therīs belonging to the Therī Gāthā do not occur in the Therī Apadāna, while those belonging to the latter collection only may be left ont of qnestion here.

	Therīgāthā.		Apadāna.	
1	Aññatarā therī	1	Maṇḍapadāyikā	3
2	Muttā	2	Saṅkamanadāyikā	4
3	Puṇṇā	3	Naḷamālikā	5
4	Tissā sikkhamānā	4		
5	Tissā therī	5		
6	Dhīrā	6		
7	Aññatarā Dhīrā	7		
8	Mittā	8		
9	Bhaddā	9		
10	Upasamā	10		
11	Muttā	11	?	
12	Dhammadinnā	12	Dhammadinnā	23
13	Visākhā	13		
14	Sumanā	14		
15	Uttarā	15		
16	Sumanā vuḍḍhap°	16		
17	Dhammā	17		
18	Saṅghā	18		
19	Nandā	19–20	Piṇḍapātadāyikā	6
20	Jentī	21–22		
21	Sumaṅgalamātā	23–24		
22	Aḍḍhakāsī	25–26	Aḍḍhakāsī	37
23	Cittā	27–28	Naḷamālikā	5

Therīgāthā.		Apadāna.	
24 Mettikā	29–30	Sumekhalā	2
25 Mittā	31–32	Naḷamālī	16
26 Abhayamātā	33–34	Kaṭacchu	7
27 Abhayattherī	35–36	Uppaladāyikā	8
28 Sāmā	37–38		
29 Aññatarā Sāmā	39–41	Salalapupphikā	12
30 Uttamā	42–44	Ekuposathikā	11
31 Aññatarā Uttamā	45–47	Timodakī	13
32 Dantikā	48–50	Naḷamālikā	5
33 Ubbirī	51–53	Ekāsanadāyikā	14
34 Sukkā	54–56	Sukkā	35
35 Selā	57–59	Dīpadāyikā	9
36 Somā	60–62	Uppaladāyikā	8 (1 sloka)
37 Bhaddā Kapilānī	63–66	Kapilānī	27
38 Aññatarā bhikkhunī apaññātā	67–71		
39 Vimalā	72–76		
40 Sīhā	77–81		
41 Sundarīnandā	82–86	Varanandā	25
42 Nanduttarā	87–91		
43 Mittakālī	92–96		
44 Pakulā	97–101	Sakulā	24
45 Soṇā	102–106	Soṇā	26
46 Bhaddā Kuṇḍalakesā	107–111	Kuṇḍalā	21
47 Paṭācārā	112–116	Paṭācārā	20
48 tiṃsamattā bhikkhuniyo	117–121		
49 Candā	122–126		
50 pañcasatā Paṭācārā	127–132		
51 Vāseṭṭhī	133–138		
52 Khemā	139–144	Khemā	18
53 Sujātā	145–150		
54 Anopamā	151–156		
55 Mahāpajāpatī Gotamī	157–162	Gotamī	17

Therīgāthā.		Apadāna.	
56 Guttā	163–168		
57 Vijayā	169–174		
58 Uttarā	175–181		
59 Cālā	182–188		
60 Upacālā	189–195		
61 Sīsūpacālā	196–203		
62 Vaḍḍhamātā	204–212		
63 Kisāgotamī	213–223	Gotamī	22
64 Uppalavaṇṇā	224–235	Uppalavaṇṇā	19
65 Puṇṇā	236–251	Puṇṇā	38
66 Ambapāli	252–270	Ambapālī	39
67 Rohiṇī	271–290		
68 Cāpā	291–311		
69 Sundarī	312–337	Kaṭacchu	7
70 Subhā Kammāradhītā	338–365		
71 Subhā Jīvambavanikā	366–399		
72 Isidāsī	400–447		
73 Sumedhā	448–512	Sumedhā	1

Among the therīs named in the above list there are a number of historical persons. First of all, Mahāpajāpatī Gotamī, Buddha's foster-mother, at whose instigation he established the order of female mendicants. We learn from the Apadāna portion (verse 118) that her father was the Sākya prince Añjana, and her mother Sulakkhaṇā (in the Mahāvaṃsa, chap. II., their names are Añjana and Yasodharā), while in Dhammapāla's introduction (p. 140) the father is called Mahāsuppabuddha of Devadaha (he is given as her brother in the Mahāvaṃsa).

Besides Mahāpajāpatī Gotamī, another of Gotama's relations entered the order of female mendicants—viz., his sister Nandā (No. 41). In order to distinguish her from the other Nandā (No. 19), she is called Sundarīnandā Janapadakalyāṇī in our text. The Apadāna explains the name Nandā as given to her because her whole family was delighted (nandita), and Janapadakalyāṇī because she was the prettiest among the young girls in the city of Kapilavatthu, excepting always Yasodharā. In the commentary to Dhammap., verse 150 (p. 313 ff.), she is called Rūpanandā Janapadakalyāṇī. When her brother had become a Buddha, and Rāhula, his son, Nanda, her brother, Mahāpajāpatī, and Yasodharā had all taken holy orders, she thought: "All the members of my family have entered the priesthood; what shall I do at home by myself? I will follow their example." Thus she became a priestess, "through love to her family, not through faith." Her further adventures are related at length in the Apadāna. The teacher, seeing that she was not yet firmly established in the true religion, created by his supernatural power a beautiful young woman, similar to an apsaras, and placed her before Nandā's eyes. While she was lost in amazement at this unusual sight, he made the woman pass from youth to middle age, and then to old age, broken-toothed, grey-haired, and wrinkled, until she fell in a heap on the floor. Nandā was frightened by this sudden change, thinking that this woman's fate would also befall her one day; but then the teacher consoled her by reciting the stanzas āturaṃ asucim pūtiṃ, etc., and the Dhammapada verse (150) aṭṭhīnaṃ nagaraṃ kataṃ, etc. Thereupon Nandā realised arahatship and pronounced stanzas 85 and 86: tassā me appamattāya, etc.

Dhammapāla, in his introduction, refers the reader to the commentary on Abhirūpanandā (No. 19)[1]; but he notices a difference between the two therīs in the fact that Sundarīnandā's mind was prepared to receive instruction in the Kammaṭṭhānas, while concerning Abhirūpanandā this must not have been the case. There is a Sundarīnandā, daughter of Thullanandā, alluded to several times in the

[1] There also the legend is not given in its whole extent; but we have it in Dhammapāla's introduction to Khemā's stanzas (No. 52) and in the Dhammap. commentary to stanza 150.

first chapters of the Bhikkhunīvibhaṅga, but I do not believe that the two are identical.

I will now eay a few words abont this Abhirūpanandā, although I am not certain that she is an historical pereon. At the time of the Buddha Vipassī she was born as the danghter of a wealthy man at Bandhumatī, and married Prince Bandhnmā. In this dispensation she was the danghter of the Sākya prince Khemaka at Kapilavatthu; on account of her beauty sho was called Abhirūpanandā. Her bridegroom, Carabhūta, having died on the wedding-day, she was compolled by her parents to take holy orders. Intoxicated with her own lovelinese, ehe thought: The teacher will declare there ie ein in beauty, and she wonld not go to eee him. Tho Buddha, having seen in what etate of mind she was, ordered Mahāpajāpatī that all tho nune should come to the exhortation (ovāda). Abhirūpanandā, however, did not come herself, but sent another nnn in her stead. The Buddha said: When your turn hae como, you should go yourself, and not send another one in your etead. Thereupou she wae obliged to go, and then tho Blessed one proceeded with her in tho same way ae with Sundarīnandā (see above), and spoke to her stanzas partly tho same, partly eimilar in meaning.

In our review of the historical persons of our text we now come to the two aggasāvikās Khemā and Uppalavaṇṇā. They were both the daughters of King Kikī of Kāsi at the time of the Buddha Kassapa. At the time of the Buddha Koṇāgamana Khemā, together with Dhanañjānī and Sumedhā gave an ārāma as a present to the priesthood. In thie Bnddhnppāda Khemā wae horn ae the daughter of the Madda king at Sāgala, in the Māgadha country, and afterwards married King Bimbisāra. Soon after her marriage tho king's attendants took hor to the Buddha, who reeided at tho Veluvana vihāra. The Bnddha proceeded with regard to her very much in the eame way as he had dono with regard to Sundarīnandā (see abovo), and then when sho was frightened he consoled her by reciting the stanza ye rāgarattānupatanti sotaṃ, etc. (Dhp. verse 347).

Shortly afterwards Khemā realised arahatship, but before this event took place she was tempted by Māra, who addressed to her stanza 139 (=Saṃy. V. 4, 2). Khemā resisted the temptation; her refusal is contained in stanzas 140–144 (140 corresponds to Saṃy. V. 4, 5; 141 to Saṃy. V. 1, 6.) Comp. Caroline Foley, "Women Leaders of the Buddhist Reformation," p. 8–10.

In my Glossary of Pāli proper names, printed in the Society's Journal for 1888, I have given the therī Khemā as one person, and the aggasāvikā Khemā, who is generally mentioned together with Uppalavaṇṇā, as another. After careful consideration I now come to the conclusion that they are one and the same. A totally different person, however, is the Arhatī Kshemā, daughter to King Prasenajit of Kosala, whose conversion is related in the Avadāna Çataka VIII. 9 (Annales du Musée Guimet, XVIII., p. 293 ff.).

The second of Gotama's aggasāvikās was the therī Uppalavaṇṇā. The name occurs several times in the Vinayapiṭaka (C.X. 8; Pār.I. 10, 5; Niss. 5, 1) and also in the Jātaka, but we do not know whether the persons mentioned in these passages are identical with our Uppalavaṇṇā. According to a statement in the London Apadāna MSS., which is omitted in my Paramatthadīpanī MS. (p. 192, verses 28, 29), she was born at Ariṭṭhapura as the daughter of the brahmin Tirīṭavaccha, and was called Ummadantī. This reminds us of the Ummadantījātaka (Jāt. V., p. 209 ff.), of the story of the Rahandama Uppalavaṇṇā in Buddhaghosa's parables, trans. by Rogers, p. 188–190, and of the Unmādayantījātaka, the 13th story of the Jātakamālā (p. 80 in Kern's edition). It appears from all these stories that Ummādanti was known to be the name of Uppalavaṇṇā in one of her former births. The name of her father is given as Kirīṭavatsa in Sanskrit, and as Tirīṭavaccha in Pāli. About the other adventures she met with in her different births the Apadāna gives us no information, but Dhammapāla in his introduction has a long and detailed account how, under the name of Padumavatī, she married the King of Benares; how the other wives of this king, out of jealousy, bribed her servant girl to substitute a blood-stained wooden puppet for the child she had born, and how the king, having learned the truth, gave her his other wives as slaves. In this Buddhuppāda she was born as the daughter of a rich merchant at Sāvatthi, and was called Uppalavaṇṇā on account of her colour, which was similar to that of the lotus. When she was grown up all the kings and princes of Jambudīpa sent messengers to ask her in marriage, but her father thought that he could not satisfy them all, and proposed to his daughter to take holy orders. She consented, and, after having spent some time in a nunnery, she realised arahatship.

We learn from Therīg., verses 230–235, that Uppalavaṇṇā also, like the other aggasāvikā Khemā, was tempted by Māra. Stanza 230 contains the words that Māra spoke to her, and stanzae 231–235 her answer. This whole dialogue, together with one or two sentences explaining the situation, occurs again Saṃy. V. 5.

A particular difficulty seems to lie in the first stanzas attributed to Uppalavaṇṇā, viz., stanza 224 and 225. In order to explain these two stanzas Dhammapāla gives us a special story of the thera Gaṅgātiriya,[1] who married his own mother and sister (p. 195 f.). After having recognised her daughter by a mark on the head, the mother went into a nunnery at Rājāgaha and took holy orders. This story is considered as an episode in one of Uppalavaṇṇā's former lives, although I cannot say why Dhammapāla did not combine it with his introductory chapter. The first half of stanza 226, where she gives the reason why she renounced the world, corresponds to Sutta Nipāta, verse 424.

Another historical person is the courtezan Ambapālī, who presented the fraternity of bhikkhus with the Ambapālī grove. She is mentioned several times in the Mahāvagga and in the Mahāparinibbāna sutta, but the narrative of her previous existence is only given here in Dhammapāla's

[1] Cf. Theragāthā, 127, 128.

introduction and in the Apadāna. She was born as a member of the royal family at the time of the Buddha Sikhī, and became a priestess. One day, when going to worship a certain shrine, in company with other nuns, in the course of their circumambulation of the relic, one of them happened to sneeze, and a part of the mucus fell to the ground. The princess, however, who had not seen her sneezing, exclaimed: "What courtezan has defiled this place?" In consequence of having thus insulted a sacred person, she was, during an immense period, in different hells enduring great pain; at last, however, she was reborn in an apparitional (opapātika) birth at the foot of the mango-tree in the garden of the Licchavi princes at Vesāli, and therefore was called Ambapālī. After having been a courtezan during a certain time, she obtained spiritual instruction from her son, the thera Vimalakoṇḍañña and renounced the world.

We now proceed to deal with those therīs concerning which it is difficult to say whether they are historical or not. One of them has often been alluded to in books on comparative mythology and folk-lore—viz., Kisāgotamī. She was born at the time of the Buddha Kassapa, as the fifth daughter of King Kikī of Kāsi, and was called Dhammā. In her last birth she was the daughter of a poor merchant, and, when married, she was ill-treated by the family of her rich husband. Her only son died at the time he was able to walk by himself, and when she asked the Buddha for a medicine that would do him good, he told her to bring some mustard-seed from a house where no son, husband, parent, or slave had died. As all her efforts in this direction proved useless, the Buddha consoled her by reciting the stanza: "Yo ca vassasataṃ jīve," etc. (Dhp. verse 114). The whole narrative is given in full length in the Dhammapada commentary to this verse (*cf.* Thiessen: Die Legende von Kisāgotamī. Breslau, 1880). Comp. Saṃy. V. 8.

A similar story to the preceding one is that of the therī Paṭācārā (No. 47). She was born at the time of the Buddha Kassapa as the third daughter of King Kikī of Kāsi, and was called Bhikkhunī. In this Buddhuppāda she was the daughter of a merchant at Sāvatthi, and ran away with her lover against the will of her parents. When she had given birth to two children she wanted to return home, and, being on the way, she was overtaken by a fearful thunderstorm. Her husband hastened to prepare a shelter for her and the children, but while doing so he was bitten by a poisonous snake and died. Paṭācārā continued her way with the children, and came to a broad river, which she had to cross. She left the elder of the children behind and took the younger one across the river, but when she was on her way back a hawk seized one of them and carried it away, while the other one fell into the water and was drowned. Thus she entered Sāvatthi all by herself; at the gate she met a man who told her that her parents and her brother had been killed in the previous night by the collapsing of their house. Paṭācārā grew nearly mad from sorrow, and cried about the streets of Sāvatthi; the people drove her away, but the Buddha, who resided at the Jetavana, offered her a refuge, and consoled her by reciting the stanzas "Catusu samnddesu," etc., "Na santi puttā tāṇāya," etc., and "Yo ca vassasataṃ jīve," etc. The last of these occurs also Dhp. verse 113, and I suppose that in the commentary to this stanza the legend of Paṭācārā must be given; unfortunately Fausböll has not printed it in his edition.

The third theri of our collection, who, like Kisāgotamī and Paṭācārā, lost her child and entered monastic life as a relief from sorrow, is Vāseṭṭhī (No. 51).

No. 48 contains the gāthās of some therīs who received their instruction from Paṭācārā. The number of these therīs is given as twenty by Dhammapāla in his introduction, while at the end we find the statement: Tiṃsamattānaṃ therīnaṃ gāthāvaṇṇanā samattā. Stanzas 117 and 118 are first spoken by Paṭācārā in order to exhort the therīs and then repeated by these together with their own gāthās 119-121. In No. 50, on the contrary, we have the gāthās of five hundred therīs who all, like Paṭācārā, had lost their children, and came to her requesting that she might console them. The arrangement is analogous to that in No. 48. The first four stanzas were originally spoken by Paṭācārā in order to console the five hundred women before their pabbajjā, and all the six stanzas were afterwards uttered severally by these women when they had become bhikkhunīs. Stanza 131 occurs again in the Sujātajātaka Jāt. III. 157, and in the Migapotakajātaka Jāt. III. 215 (Comp. Caroline Foley, p. 10).

We now have to consider the therīs Dhammadinnā, Visākhā, and Bhaddā Kuṇḍalakesā. They all were at the time of the Buddha Kassapa daughters of King Kikī of Kāsi, and sisters to Khemā, Uppalavaṇṇā, Paṭācārā, and Kisāgotamī. In this Buddhuppāda Dhammadinnā was born as the daughter of the seṭṭhi Visākha at Rājagaha. One day Visākha, having received instruction from the Buddha, refused to touch his daughter's hand, and ate his meal in silence. Being questioned by Dhammadinnā about the reason of this behaviour, he said that he considered himself unworthy to touch a woman's hand and to talk during his meal. At the same time he advised her to take holy orders. When her instruction was complated she went to Rājagaha, where Visākha lived, and had with him a conversation about the most difficult questions (gambhīre nipuṇe pañhe). This conversation is known as the Cullavedallasutta, and forms the 44th Sutta of the Majjhimanikāya (p. 299 in Trenckner's edition). In consequence of the skill she displayed in answering these questions Dhammadinnā was placed by the Buddha at the head of the dhammakathikās (cf. Aṅgutt. I. 14, 5).

About Visākhā's (No. 13) life Dhammapāla gives us no details; but in the introduction to Bhaddā Kuṇḍalakesā (No. 46) a story is related which bears close resemblance to the Sulasājātaka (Jāt. III. 435 ff.). The name of the thief who wanted to kill Bhaddā Kuṇḍalakesā, but finally found his death at her hands, is Sattuka in the Jātaka and Satthuka in our text (both Apadāna and Paramatthadīpanī). The woman is called Sulasā in the Jātaka. According to Dhammapāla her name was simply Bhaddā when she was the daughter of a merchant at Rājagaha and took a fancy to the chaplain's son, Satthuka. The second name, Kuṇḍalakesā, was added when, aftor Satthuka's death, she resorted to a Nigaṇṭha monastory, and had her hair shaven according to the Nigaṇṭha fashion. Later on she had a theological discussion with the Dhammasenāpati (Sāriputta), which led to her conversion, and received the upasampadā ordination from the Buddha himself (stanza 109). In Pischel's edition of the Therīgāthā her name is given as Bhaddā Purāṇanigaṇṭhī (which also alludes to her former creed), and this seems to be the reading of all the Therīgāthā MSS. A similar story is that of Çyāmā Mahāvastu II., 166 ff.

The first therī of the Apadāna collection, and at the same time the last in our text, is the therī Sumedhā. At the time of the Buddha Koṇāgamana she associated with Khemā and Dhanañjānī in pious works, and was allowed to enter the Tāvatiṃsa heaven. Later on, at the time of the Buddha Kassapa, she was the daughter of a seṭṭhi at Benares, and kept friendship with the seven daughters of King Kikī (see above). In this Buddhuppāda she was the daughter of King Koñca of Mantāvatīnagara. Her parents wanted to give her in marriage to King Anikaratta of Vāraṇavatīnagara; but she, being accustomed from her early childhood to visit the nunneries, did not comply with their desire, but preferred to take holy orders, and was encouraged in this intention by Anikaratta himself.

The courtezan, Aḍḍhakāsī (No. 22), had a similar fate as Ambapālī (see above). She also had insulted another nun by calling her gaṇikā, and therefore was condemned to live in hell. In this dispensation she was a courtezan at Benares, and had received the pabbajjā from the bhikkhunīs. Tho manner in which she obtained the upasampadā through a messenger is described in Cullavagga X. 22; and Dhammapāla, in his introduction, quotes the beginning of this chapter almost verbatim. The meaning of her nickname Aḍḍhakāsī is explained in the commentary to stanza 25, cf. Vinaya Texts, transl. by Rhys Davids and Oldenberg II. 195 note.

We now come to a group of therīs who made their first appearance in this world at the time of the Buddha Padumuttara. One of them is the therī Muttā (11). She was born in this dispensation as the daughter of a poor brahmin, Oghāṭaka, in the Kosala kingdom, and married a hump-backed brahmin. This is the reason why she says in her stanza that she has been released of three crooked things, viz., of the mortar and the pestle (which obliged her to bend her back when pounding the grain), and of her husband.

Another is the therī Ubbirī (No. 33). She was the daughter of a householder at Sāvatthī, and married the King of Kosala, by whom she had one daughter, Jīvantī. This daughter died very young, and the mother, grief distraught, would not leave the cemetery where her child was buried. The Buddha asked her about the reason of her sorrow, and being acquainted with it he said: "In this cemetery 84,000 daughters of thine are buried, which of these doest thou lament?" The story bears great resemblance to those of Kisāgotamī and Paṭācārā, and a metrical version of it is given in the Petavatthu II. 13. The name of the woman in this version is Ubbarī, and the one whose death she laments is, not her daughter, but her husband, King Brahmadatta of Pañcāla. Verse 14 and 15 correspond to our stanzas 52 and 53.

Bhaddā Kapilānī (No. 37) was, at the time of the Buddha Padumuttara, the wife of the seṭṭhi Videha, at Haṃsavatī, and obtained the first place among those therīs who remembered the former states of existence (Aṅgutt. I. 14, 5). Later on, when living in Benares, she had a quarrel with her sister-in-law, who had given a portion of rice to a begging Paccekabuddha. Bhaddā Kapilānī took away the rice from him and filled his bowl with mud; but as the bystanders blamed her for thus illtreating the Paccekabuddha, she gave him honey and ghee, and expressed the wish that his body might be as white as the colour of the ghee. In another birth she was the queen of King Nanda (cf. the commentary to Petavatthu II. 1, 16), and in this capacity she continually sorved on five hundred Paccebuddhas. In this dispensation sho was born at Sāgalā, in the Madda country, as the daughter of the brahmin Kapila. She obtained spiritual instrnction from the disciple Kassapa, "who knew the former states of existence and had realised the threefold knowledge," and after having vanquished Māra, she entered Nibbāna together with her teacher. One Bhaddā Kapilānī is mentioned several times in the Bhikkhunīvibhaṅga, bnt as no details are given there about her lifs, we cannot ascertain whether sho is the identical person.

Paknlā (No. 44) was born at Haṃsavatīnagara as the daughter of King Ānanda, and as the step-sister of the Buddha Padumuttara, Nandā by name. In thie Bnddhnppāda ehe was the daughter of a brahmin at Sāvatthi; and after having been instrncted by the teacher she obtained the first rank among those therīs who possessed the heavenly eye. Pischel gives her name as Sakulā, and this is also the reading of the Apadāna MSS. A and B, and of Aṅgutt. I. 14, 5.

We now procced to consider those therīs whose history begins at tho timo of the Buddha Vipassī. The firet is Muttā (No. 2), then follows Mettā (No. 25). She was the wife of prince Bandhumā at Bandhumatī, and, in consequence of her pioue works, she was allowed to entsr the Tāvatiṃsa heaven. In this dispensation she was born as the daughter of a Sākya prince at Kapilavatthu and rsceived religions instruction from Mahāpajāpatī Gotamī.

Sāmā (No. 29) was a kinnarī on the banks of the river Candabhāgā. One day, when the Buddha Vipassī was wandering about there, she presented him with a bunch of Salala flowers, and thereby obtained admiesion into the Tāvatiṃsa heaven. In this Buddhuppāda she was born at Kosambī and became the friend of Sāmāvatī. After the tragical death of this queen ehe took holy ordere, but could not obtain tranquillity of mind during the firet twenty-five years after her ordination (stanza 39).

Uttamā (No. 31) was a slave girl at Bandhumatī and

presented the Buddha Vipassī, who happened to come there on his begging rounds, with three cakes. For this reason she is called Timodakī in the Apadāna.

Sukkā (No. 34) after having performed meritorious actions through innumerous kalpas was born in her last birth at Rājagaha in the family of a rich householder; she was ordained by Dhammadinnā and took it upon herself to teach the Dhamma to the citizens of Rājagaha, who, as it seems, did not pay her great attention. (Cf. Caroline Foley, women leaders of the Buddhist Reformation, p. 17 f.) A different person from ours is the Arhatī Çuklā, daughter of Rohiṇa, mentioned in the Avadāna Çataka viii. 8 (Annales du Musée Guimet xviii. 271).

Puṇṇā (No 65) was born as the daughter of Anāthapiṇḍika's slave girl at Sāvatthī. One day, at winter time, when going to the river to fetch water she met a brahmin who emerged from the flood shivering from cold. Puṇṇā, full of compassion, asked him why he had bathed in the river in such a bad season. The brahmin replied: "Thou knowest very well, o Puṇṇā, that in doing so I have accomplished a good deed and prevented a bad one." Puṇṇā said: "Who told you that by ablutions one can be purified from sin. If this were the case all the frogs and tortoises and other aquatic animals would go to heaven and thieves and murderers might get rid of their crimes by performing ablutions; moreover, if the river did take away the bad deeds from thee it would also take away the good ones. If thou art really afraid of bad actions take care not to commit any, that will be a better plan than to perform ablutions afterwards." The brahmin was convinced by Puṇṇā's arguments and became an adherent of the Buddhist faith. In the Dhammapada stanza 226 is ascribed to one Puṇṇā, but we do not know whether our Puṇṇā is meant or the slave girl of Sujātā mentioned in the introduction to the Jātaka I. p. 69 ff.

Rohiṇī (No. 67) was the daughter of a brahmin at Vesālī, and had a conversation with her father about the merit of the samaṇas which led to his conversion. The name Rohiṇī, but with the epithet Khattiyakaññā occurs again in the Commentary to Dhp. vs. 221.

The therī Abhayamātā's (No. 26) history begins at the time of the Buddha Tissa, whom she presented with a portion of rice when she met him on his begging rounds. In this dispensation she was the courtezan Padumavatī at Ujjenī. King Bimbisāra fell in love with her and she had one son by him who was called Abhaya. This Abhaya became a thera [1] and converted his mother who, after her conversion, changed her name into Abhayamātā. The stanzas 33 and 34 were, according to Dhammapāla, first uttered by Abhayatthera and then repeated by his mother.

Abhayamātā's friend was Abhayattherī (No. 27). At the time of the Buddha Sikhī she was the wife of King Aruṇa, of Aruṇavatī (Saṃy. vi. 2, 4), and honoured the Buddha, who resided at her husband's palace by presenting him with a bunch of water-lilies. In this Buddhuppāda she was born at Ujjenī, and after having been ordained by Abhayamātā she went together with her to Rājagaha; there the teacher addressed her stanzas 35 and 36.

The therī Somā (No. 36) has, according to Dhammapāla, the same Apadāna as Abhayattherī. After having realised arahatship she was tempted by Māra, who reproached her the women's two-finger intellect which renders it impossible for them to reach a high point of knowledge (stanza 60). This stanza and the first of those by which Somā rebuked Māra (61) occur again in the Bhikkhunī-saṃyutta v. 3. (Comp. Caroline Foley, p. 6). The arhatī Somā mentioned in the Avadāna Çataka VIII. 4 seems to be altogether a different person.

Selā (No. 35) was the daughter of the King of Āḷavi and was also called Āḷavikā. Māra addressed her stanza 57 and she rebuked him in stanzas 58 and 59 with the same

---

[1] To him are ascribed stanzas 26 and 98 of the Theragāthā.

words Khemā had spoken at a similar occasion (stanzas 141, 142). In the Bhikkhunīsaṃyutta of the Saṃyutta-nikāya Selā and Āḷavikā are considered as two different persons. Both are tempted by Māra, but our stanzas 57 and 58 are given under the heading "Āḷavikā" (Saṃy. V. 1, 3, and 6).

No 38 contains the gāthās of Mahāpajāpatī's nurse Vaḍḍhesī. After having renounced the world, she was troubled during 25 years by sensual desires and could not find tranquillity of mind even for a minute (stanza 67) until, at last, she took her refuge to Dhammadinnā, who preached her the Dhamma.

Vimalā (No. 39) was the daughter of a courtezan at Vesālī, and tried to seduce Moggallāna when she met him on his begging rounds. Most probably she did so at the instigation of the Titthiyas. The thera rebuked her and gave her an admonition (ovāda) which, according to Dhammapāla, is to be found in the Theragāthā. I have, however, not been able to discover Vimalā's name in the portion ascribed there to Moggallāna (1146–1208). Comp. Caroline Foley, p. 8.

Sīhā (No. 40) was the daughter of the Licchavi General Siha's sister, and was called after her uncle. Together with him she received religious instruction from the Buddha (cf. Mahāvagga VI. 31) and was ordained, but during seven years she was engaged in evil thoughts and could not obtain tranquillity of mind. In her despair she seized a rope, passed it round her neck, and was going to fasten it at a tree, when suddenly her mind was "freed from the āsavas" and she could realise arahatship.

Cālā (No 59), Upacālā (No. 60), and Sīsūpacālā (No. 61) were the daughters of the brahmin woman Surūpasārī at Nālakagāma in the Magadha country and sisters to Sāriputta. They were all tempted by Māra, and their respective gāthās contain a dialogue in which Māra tries to persuade them to enjoy the sensual pleasures, but the therīs refuse. These stanzas, with a few introductory words, are also contained in the Bhikkhunīsaṃyutta V. 6–8, but their order is inverted. The stanzas spoken by Cālā [1] in the Therīgāthā are attributed here to Sīsūpacālā, those spoken hy Upacālā are attrihnted to Cālā, and those epoken by Sīsūpacālā are attrihnted to Upacālā.

Vaḍḍhamātā (No. 62) was born as the daughter of a noble family at Bhārukacchanagara. Her proper name not heing given in the Commentary, we only know her as "Vaḍḍha'e mother." The etanzas ascribed to her form a dialogue betweon herself and her son Vaḍḍha.[2] Stanzas 204–206 are epoken by Vaḍḍhamātā to her son in order to encourage him to give up the world and to follow the example of the "munayo." Stanza 207 is Vaḍḍba'e reply, 208 and 209 are again spoken hy his mother, and in stanzas 210–212 Vaḍḍha eums up the result of his mother's exhortations which led to hie reaching arahatehip.

Cāpā (No. 68) was the daughter of a hunter in the Vaṅkahāra country. Her hushand wae Upaka, an adherent of the ājīvaka sect; Dhammapāla, in his introduction, tells us all he knowe ahout the life of this mendicant. When Bnddha was on his way from Uruvelā to Benares, he was seen by Upaka, tho naked ascetic, who asked him: "In whose name have yon retired from the world? Who is your teacher? Whose doctrines do you profess?" Thereupon the Blessed One addressed him the stanzae: Sabbābhibhū sabbavidū 'ham asmi, &c.[3] Upaka replied: "You profess then, friend, to be the absolute Jina." Buddha said: "I have overcome all states of einfulness, therefore, Upaka, I am the Jina." When he had spoken thus,

---

[1] Or hy Māra to Cālā.

[2] To him are ascribed stanzas 335–339 of the Theragāthā.

[3] Cf. Majjhima Nikāya 170 f., Mahāvagga I. 6, 7 seq. and the Commentary on Dhp. etanza 393, where the whole etory ie repeated; a short allusion only is found Jāt. I. 81. For the northern version of the legend, which agrees almost *verbo tenus* with tho Mahāvagga, seo Lalitavistara, pp. 526–528.

Upaka replied: "It may be so, friend," shook his head, and went to the Vaṅkahāra country. There he fell in love with a hunter's daughter, Cāpā, married her, and had a son by her who was called Subhadda. Cāpā, however, insulted her husband by giving him all sorts of nicknames, and when he could endure her abuse no longer he left her, went to Benares and inquired if any one knew the absolute Jina. The people directed him to the Jetavana at Sāvatthi where the Buddha resided. On his arrival he was admitted by the Buddha in spite of his old age, and, after his death, he was born in the Avṛiha heaven. There were only seven theras[1] who realised arahatship after having been born in the Avṛiha heaven, and he was one of them.

When Upaka had left her, Cāpā was in despair. The stanzas ascribed to her contain a dialogue between husband[2] and wife, in which the latter tries to persuade the former that he should return to the domestic life. Seeing, at last, that all her efforts in this direction were useless, Cāpā abandoned her child, went to Sāvatthī, and following her husband's example, sought admission to Gotama's order.

Sundarī (No. 69) was the daughter of the brahmin Sujāta at Benares. Grieving for her brother's death and imitating her afflicted father, who had been converted by the therī Vāseṭṭhī, she entered the order with her whole family. The paribbājikā Sundarī mentioned Jāt. II. 415 f., Udāna IV. 8, and in the Commentary to Dhp. 306 seems to be a different person. The story of Kāçīsundarī as given in the Avadāna Çataka VIII. 6 (Annales du Musée Guimet, xviii. p. 284 f.) agrees more with the introductory tale to No. 54 (Anopamā) than with this one.

Subhā Jīvambavanikā (No. 71) was the daughter of a brahmin at Rājagaha. One day, when she had gone to

---

[1] The list is repeated Saṃy I. 5, 10; II. 3, 4, with the difference that instead of Salakauṭha we have Phalagaṇḍa, and instead of Bahunandī we have Bāhuraggī in the Saṃy.

[2] Upaka is always called Kāḷa in the stanzas.

rest in the Jīvakambavana,[1] a young man from Rājagaha followed her and solicited her affection. Subhā tried to show him the guilt of evil desires, and to preach him the Dhamma, but as this proved useless and he did not listen to her, she pulled out one of her eyes and presented it to him on the palm of her hand. Having seen this the young man was frightened and withdrew, while Subhā took her refuge to the Buddha, who restored her eye in its ancient place. A story analogous to this is that of "the prince who tore out his own eye" in the Kathāsaritsāgara translated by Tawney, I. 247, and further analogies are given in Tawney's note on p. 248, and in two articles by Whitley Stokes and Henri Gaidoz in the Revue Celtique, III. 443 ff., and V. 129 f.

No. 72 comprises the gāthās of the therī Isidāsī. Stanzas 400–402 are attributed to the saṅgītikāras, and tell us that two bhikkhunīs belonging to the Sakya race Isidāsī and Bodhi met on their begging rounds at Pāṭaliputta and uttered the following verses. Stanza 403 is spoken by Bodhi to Isidāsī, and stanza 404 again by the saṅgītikāras. The following stanzas are all uttered by Isidāsī, who tells us her whole life. She was born as the daughter of a seṭṭhi at Ujjenī. Her father gave her in marriage to a seṭṭhi of Sāketa, but in spite of all the trouble she took she could never satisfy her husband, and was sent back to her parents. A second marriage, which was concluded for half the prize (upaḍḍhasuṅkena) had no better results. Then her father advised her to receive religious instruction from the therī Jinadattā and to take holy orders; seven days after she had been ordained she knew the history of her former births. She remembered that she had been a goldsmith at Erakakaccha and had loved another man's wife, in consequence of which misdeed she was reborn, one after another, in the wombs of a monkey, a goat, and a cow; later on she was the child, neither male nor female, of a slave girl, and

[1] This grove belonged to Jīvaka Komārabhacca, the physician to King Bimbisāra.

then the daughter of a carter; in this last capacity she married Giridāsa, the son of another carter, and created enmity between him and his first wife. All these adventures Isidāsī related to her friend Bodhi while sitting on a sand-bed in the river Ganges.

I have now briefly examined all the historical and mythological matter contained in Dhammapāla's introductions, and in the Therī Apadāna as far as the therīs of the Therī Gāthā collection are concerned. Only a small number of them has been left out, as about these there was nothing particular to say. Of course I might have given a great deal more analogies from other collections of fables, both Oriental and Occidental, had I not feared that this introduction would be too extensive.

My best thanks are due to Subhūti for procuring me the Paramatthadīpanī MS., and to Dr. Rost in London as well as to the authorities of the Bibliothèque Nationale in Paris, for the loan of their Apadāna and Therīgāthā MSS.

E. MÜLLER.

BERNE, *July*, 1893.

Paramatthadīpanī

NAMO TASSA BHAGAVATO ARAHATO SAMMĀSAMBUDDHASSA.

Idāni therīgāthānaṃ atthasaṃvaṇṇanāya okāso anuppatto. Tattha yasmā bhikkhunīnaṃ ādito yathā pabbajjā upasampadā ca paṭiladdhā taṃ pakāsetvā atthavaṇṇanāya kayiramānāya tattha tattha gāthānaṃ atthuppatti vibhāvotuṃ sukarā hoti supākaṭā ca, tasmā taṃ pakāsetuṃ ādito paṭṭhāya saṃkhepato ayaṃ anupubbikathā.

Ayaṃ hi lokanātho manussattaṃ liṅgasampattinyādinā vuttāni aṭṭhaṅgāni samodhānetvā Dīpaṅkarassa bhagavato pādamūle katamahābhinīhāro samatiṃsapāramiyo pūrento catuvīsatiyā buddhānaṃ santike laddhabyākaraṇato anukkamena pāramiyo pūretvā ñānatthacariyāya lokatthacariyāya buddhatthacariyāya ca koṭiṃ patvā[1] Tusitabhavane nibbattitvā tattha yāvatāyukaṃ ṭhatvā dasasahassacakkavāladevatāhi buddhabhāvāya:

Kālo kho te mahāvīra uppajja mātukucchiyaṃ
sadevakan tārayanto bujjhassu amataṃ padaṃ

ti āyācitamanussūpapattiyo tāsaṃ devatānaṃ paṭiññaṃ datvā katapañcamahāvilokato Sakyarājakule Suddhodanamahārājassa gehe sato sampajāno mātukucchi-okkanto dasamāse sato sampajāno tattha ṭhatvā sato sampajāno tato nikkhanto Lumbinīvane laddhābhijātiko vividhā dhātiyo ādikatvā mahatā parihārena sammade (?) parihariyamāno anukkamena vuḍḍhipatto tīsu pāsādesu vividhanāṭakajanaparivuto devo viya sampattiṃ anubhavanto jiṇṇavyādhimatadassanena jātasaṃvego ñāṇassa paripākaṃ gatattā kāmesu ādīnavaṃ nekkhamme ca ānisaṃsaṃ disvā Rāhulakumārassa jātadivaso Channasahāyo Kanthakaṃ assa-

[1] koṭipatvā, cd.

rājaṃ āruyha devatābi vivaṭadvārena aḍḍharattikasamaye mahābhinikkhamanaṃ nikkhamitvā teneva rattāvasesena tīṇi rajjāni atikkamitvā Anomānadītīraṃ patvā Ghaṭīkāramahābrahmuṇā ānīte arahattadhaje gahetvā pabbajito. Tāvad ev'assa Saṭṭhikathoro viya ākappasampanno hutvā pāsādikena iriyāpathena anukkamena Rājagahaṃ patvā tattha piṇḍāya caritvā Paṇḍavapabbatapabbhāre piṇḍapātaṃ paribhuñjitvā Māgadharājena rajjena nimantiyamāno taṃ paṭikkhipitvā Bhaggavassārāmaṃ gantvā tassa samayaṃ pariganhitvā tato Āḷāruddakānaṃ samayaṃ pariggahitvā taṃ sabbaṃ analaṃkaritvā anukkamena Uruvelaṃ gantvā tattha chabbassāni dukkarakārikaṃ katvā tāya ariyadhammapaṭivedhassābhāvaṃ ñatvā nāyaṃ maggo bodhāyāti oḷārikaṃ āhāraṃ āharanto katipāhena balaṃ gāhetvā Visākhāpuṇṇamadivase Sujātāya dinnavarabhojanaṃ bhuñjitvā suvaṇṇapātiṃ nadiyā paṭisotaṃ khipitvā ajja buddho bhavissāmīti katasanniṭṭhāno sāyaṇhasamaye Kālena nāgarājena abhitthutaguṇo Bodhimaṇḍaṃ āruyha acalaṭṭhāne pācīnalokadhātuabhimukho aparājitapallaṅke nisinno caturaṅgasamannāgataṃ viriyaṃ atiṭṭhāya suriye anatthaṅgamine yeva Mārabalaṃ vidhamitvā paṭhamayāme pubbenivāsaṃ anussaritvā majjhimayāme dibbacakkhuṃ visodhetvā pacchimayāme paṭiccasamuppāde ñāṇaṃ otāretvā [1] anulomapaṭilomaṃ paccayākāraṃ sammasanto vipassanaṃ vaḍḍhetvā sabbabuddhehi adhigataṃ anaññasādhāraṇaṃ sammāsambodhiṃ adhigantvā nibbānārammanāya phalasamāpattiyā tattheva sattāhaṃ vītināmetvā teneva nayena itarasattāhe pi Bodhimaṇḍe yeva vītināmetvā Rājāyatanamūle madhupiṇḍikabhojanaṃ bhuñjitvā puna Ajapālanigrodhamūle nisinno dhammatāya dhammagambhīrataṃ paccavekkhitvā appossukkatāya cittena matte mahābrahmuṇā āyācito buddhacakkhunā lokaṃ oloketvā tikkhindriyamudindriyādike satte disvā mahābrahmuno dhammadesanāya katapaṭiñño "kassa nu kho ahaṃ paṭhamaṃ dhammaṃ desissāmī" ti āvajjanto Āḷāruddakānaṃ kālakatabhāvaṃ ñatvā "bahūpakārā kho me pañcavaggiyā

---

[1] cd. okāretvā

ye maṃ padhānapabhinnaṃ upaṭṭhahiṃsu. Yannūnāhaṃ tesaṃ pañcavaggiyānaṃ paṭhamaṃ dhammaṃ deseyyan" ti cintetvā Āsāḷhipuṇṇamāyaṃ mahābodhimo Bārāṇasiṃ uddissa aṭṭhārasayojanaṃ maggaṃ paṭipajjanto antarāmagge Upakena ājīvikena saddhiṃ mantetvā anukkamena Isipatanaṃ patvā tattha pañcavaggiye saññāpetvā dve mo bhikkhave antā pabbajitena na sevitabbā ti Dhammacakkappavattanasuttantadesanāya Aññākoṇḍaññapamukhā aṭṭhārasa Brahmakoṭiyo dhammāmataṃ pāyetvā pāṭipade Bhaddajittheraṃ pakkhassa dutiyāyaṃ Vappattheraṃ pakkhaesa tatiyāyaṃ Mahānāmattheraṃ catutthiyaṃ Assajittheraṃ sotāpattimagge patiṭṭhāpetvā pañcamiyaṃ pana pakkhassa anattalakkhaṇasuttantadesanāya sabbe pi arahatte patiṭṭhāpetvā tato paraṃ Yasadārakapamukhe pañcapaññāsapurise Kappāsikavanasaṇḍe tiṃsamatte Bhaddavaggiye Gayāsīse piṭṭhipāsāne sahassamatte purāṇajaṭile ti evaṃ mahājanaṃ ariyabhūmiṃ otāretvā Bimbisārapamukhāni ekādasanahutāni sotāpattiphale ekanahutaṃ saraṇattaye patiṭṭhāpetvā Veḷuvanaṃ paṭiggahetvā tattha viharanto Assajitherassa adhigatapaṭhamamagge Sañjayaṃ āpucchitvā saddhiṃ parisāya attano santikaṃ upagato Sāriputtamoggallāne aggaphalaṃ sacchikatvā sāvakapāramiyā matthakaṃ patte aggasāvakaṭṭhāne ṭhapetvā Kāḷudāyittherassa abhiyācanāya Kapilavatthuṃ gantvā mānatthaddhe ñātake yamakapāṭihāriyena dametvā pitaraṃ anāgāmiphale Mahāpajāpatiṃ sotāpattiphale patiṭṭhāpetvā Nandakumāraṃ Rāhulakumāraṃ ca pabbājetvā punad eva Rājagahaṃ paccāgacchi.

Athāparena samayena satthari Vesāliṃ[1] upanissāya kūṭāgārasālāyaṃ viharante Suddhodanamahārājā setacchattass'eva heṭṭhā va arahattaṃ sacchikatvā parinibbāyi. Atha Mahāpajāpatigotamiyā pabbajjāya cittaṃ uppajji. Tato Rohaṇīnadītīre Kalahavivādasuttantadesanāya pariyosāne nikkhamitvā pabbajitānaṃ pañcannaṃ kumārasatānaṃ pādaparicārikā ekajjhāsayā 'va hutvā Mahāpajāpatiyā santikaṃ gantvā: "sabbā 'va satthu santike pabbajissāmā"

[1] Vesālī, ed.

ti Mahāpajāpatim[1] jeṭṭhikaṃ katvā satthu santikaṃ gantukāmā ahesuṃ. Ayaṃ ca Mahāpajāpatī pubbe pi ekavāraṃ satthāraṃ pabbajjaṃ yācitvā nālattha. Tasmā kappakaṃ pakkosāpetvā kese chindāpetvā kāsāyāni acchādetvā sabbā tā Sākiyāniyo ādāya Vesāliṃ gantvā Ānandattherena dasabalaṃ[2] yācāpetvā aṭṭhagarudhammapaṭiggahaṇena pabbajjaṃ upasampadañca alattha. Itarā pana sabbā pi ekato upasampannā ahesuṃ. Ayaṃ ettha saṃkhepo. Vitthārato pan' ettha vatthuṃ tattha tattha pāḷiyam āgatam eva.[3]

Evaṃ upasampannā pana Mahāpajāpatī satthāraṃ upasaṅkamitvā abhivādetvā ekaṃ antaṃ aṭṭhāsi. Ath' assā satthā dhammaṃ desesi. Sā satthu santike[4] kammaṭṭhānaṃ gahetvā arahattaṃ pāpuṇi. Sesā pañcasatā bhikkhuniyo Nandakovādapariyosāne arahattaṃ pāpuṇiṃsu. Evaṃ bhikkhunīsaṃghe suppatiṭṭhite puthubhūte tattha tattha gāmanigamajanapadarājadhānīsu kulitthiyo kulasuṇhāyo kulakumāriyo buddhasubuddhataṃ dhammasudhammataṃ saṃghasuppatipattiṃ ca sutvā sāsane abhippasannā saṃsāre ca jātasaṃvegā attano sāmike[5] mātāpitaro ñātake ca anujānāpetvā sāsane uraṃ datvā pabbajiṃsu.[6] Pabbajitvā[7] ca sīlācārasampannā satthuno ca therānaṃ ca santike ovādaṃ labhitvā ghaṭentiyo vāyamantiyo na cirass' eva arahattaṃ sacchākaṃsu. Tā hi udānādivasena tattha tattha bhāsitā gāthā pacchā saṃgītikārakehi ekajjhaṃ katvā ekanipātādivasena saṃgītiṃ āropayiṃsu. Imā theriyā gāthā nāmā ti. Tāsaṃ nipātādivibhāgo heṭṭhā vutto yeva. Tattha nipātesu eko nipātādi. Tattha pi:

I.

Sukhaṃ supāhi Therike katvā coḷena pārutā
upasanto hi te rāgo sukkhaḍākaṃ va kumbhiyan[8] ti

ayaṃ gāthā ādi. Tassā kā uppatti. Atīte kira aññatarā

---

[1] Mahāpaja pati, cd. [2] dasaphalaṃ, cd.
[3] *See especially* Cullavagga x. 1. [4] bhikkhu santike, cd.
[5] sāmikā, cd. [6] pabhajjiṃsu, cd.
[7] pabbajjitvā, cd. [8] kumbhiyā, cd.

kuladhītā Koṇāgamanassa bhagavato kāle sāsane abhippasannā hutvā satthāraṃ nimantetvā dutiyadivaso sākhāmaṇḍapaṃ kāretvā vālikaṃ attharitvā uparivitānaṃ bandhitvā gandhapupphādīni pūjaṃ katvā satthu kālaṃ ārocāpesi. Satthā tattha gantvā paññatte āsane nisīdi. Sā bhagavantaṃ vanditvā paṇītena khādanīyena bhojanīyena paribhuñjāpetvā bhagavantaṃ bhuttāviṃ[1] onītapattapāṇiṃ ticīvarena acchādesi. Tassā bhagavā anumodanaṃ vatvā pakkāmi. Sā yāvatāyukaṃ puññāni katvā āyupariyosāne devaloke nibbattitvā ekaṃ buddhantaraṃ sugatiṃ saṃsarantī Kassapabhagavato kāle patikule[2] nibbattitvā viññutaṃ patvā saṃsāre jātasaṃvegā sāsane pabbajitvā upasampādetvā vīsati vassasahassāni sīlaṃ pūretvā puthujjanakālakiriyaṃ katvā sagge nibbattā ekaṃ buddhantaraṃ saggasampattiṃ anubhavitvā imasmiṃ buddhuppāde Vesāliyaṃ khattiyamahāsālakule nibbatti. Taṃ thirasantasarīratāya Therikā ti vohariṃsu. Sā vayappattā kulapadesādinā samānajātikassa khattiyakumārassa mātāpitūhi dinnā patidevatā[3] hutvā vasati.[4] Satthu Vesāligamane sāsane paṭiladdhasaddhā upāsikā hutvā aparabhāge Mahāpajāpatigotamitheriyā santike dhammaṃ sutvā pabbajjāya ruciṃ uppādetvā "ahaṃ pabbajissāmīti" sāmikassārocesi. Sāmiko nānujānāti. Sāsane katādhikāratāya yathāsutaṃ dhammaṃ paccavekkhitvā rūpārūpadhamme pariggahetvā vipassanaṃ anuyuttā viharati. Ath' ekadivasaṃ mahānase vyañjane paccamāne mahatī aggijālā uṭṭhahi. Sā aggijālā sakalabhājanaṃ taṭataṭāyantaṃ jhāyati. Sā taṃ disvā tam evārammaṇaṃ katvā suṭṭhutaraṃ aniccataṃ upaṭṭhahantaṃ upadhāretvā tato tattha dukkhāniccānantatañ ca āropetvā vipassanaṃ anukkamena ussukkāpetvā maggapaṭipāṭiyā anāgāmiphale patiṭṭhahi. Sā tato paṭṭhāya ābharaṇaṃ vā alaṃkāraṃ vā na dhāreti. Tassā[5] sāmiko: "kasmā tvaṃ bhadde idāni pubbe viya ābharaṇaṃ vā alaṃkāraṃ vā na dhāresī" ti vutte attano gihībhāve abhabbabhāvaṃ ārocetvā pabbajjaṃ anujānāpesi. So Visākha-upāsako viya Dhammadinnaṃ[6] mahatā

---

[1] bhuttāvi, cd. [2] paṭikulo, cd. [3] paṭidevatā, cd.
[4] vasanti, cd. [5] tassa, cd. [6] Dhammadinnā, cd.

parihārena Mahāpajāpatigotamiyā santikaṃ netvā: "imaṃ ayyā pabbājethā" ti āha. Atha Pajāpatigotamī taṃ pabbājetvā upasampādetvā vihāraṃ netvā satthāraṃ dassesi. Satthā tassā pakatiyā diṭṭhārammaṇam eva vibhāvento sukhaṃ supāhī ti gāthaṃ āha.

Tattha sukhan ti bhāvanapuṃsakaniddeso. Supāhī ti āṇattivacanaṃ. Therike ti āmantavacanaṃ. Katvā coḷena pārutā ti appicchatāya niyojanaṃ. Upasanto hi te rāgo ti paṭipattikittanaṃ. Sukkhaḍākaṃ vā ti upasametabbassa kilesassa asārabhāvanidassanaṃ. kumbhiyan ti tadādhārassa aniccatucchādibhāvanidassanam. Sukhan ti cetaṃ iṭṭhādhivacanaṃ sukhena nidukkhā hutvā ti attho. Supāhī ti nippajjanidassanaṃ cetaṃ catunnaṃ iriyāpathānaṃ. Tasmā cattāro pi iriyāpathe sukhen' eva kappehi sukhaṃ vihārā ti attho. Therike ti idaṃ yadi pi tasmā nāmakittanaṃ anvatthasaññābhāvato pana thire sāsane thirabhāvappatte thirehi sīlādidhammehi samannāgato ti attho. Katvā coḷena pārutā ti paṃsukūlakacoḷehi cīvaraṃ katvā acchāditasarīrā. Taṃ nivatthā c'eva pārutā ca. Upasanto hi te rāgo ti. Hi saddo hetvattho. Yasmā tava santāne uppajjanakakāmarāgo upasanto anāgāmimaggañāṇaggīnā daḍḍho idāni tadavasesaṃ rāgaṃ aggamaggañāṇagginā dahitvā sukhaṃ supāhīti adhippāyo. Sukkhaḍākaṃ va kumbhiyan ti yathā taṃ pakke bhājane appakaṃ ḍākavyañjanaṃ mahatiyā aggijālāya pacamānaṃ jhāyitvā sussantaṃ vūpasammati yathā vā udakamisse ḍākavyañjane uddhanaṃ āropetvā pacamāne udake taṃ cicciṭāyati udake pana chinne upasantaṃ eva hoti, evaṃ tava santāne kāmarāgo upasanto itarampi upasamitvā sukhaṃ supāhī ti. Therī indriyānaṃ yathā paripākaṃ katattā satthu desanāvilāsena ca gāthāpariyosāne saha paṭisambhidāhi arahattaṃ pāpuṇi. Tena vuttaṃ Apadāne:

Koṇāgamanabuddhassa maṇḍapo kārito mayā.
dhuvaṃ ticīvaraṃ dāsiṃ buddhassa lokabandhuno. 1.
Yaṃ yaṃ janapadaṃ yāmi nigame rājadhāniyo[1]

[1] rājaṭṭhāniyo, A.

sabbattha pūjito homi puññakammass' idaṃ phalaṃ. 2.
Kilesā jhāpitā mayhaṃ bhavā sabbe samūhatā
nāgī va bandhanaṃ chetvā viharāmi anāsavā. 3.
Svāgataṃ vata me āsi buddhaseṭṭhassa santike
tisso vijjā anuppattā kataṃ buddhassa sāsanaṃ. 4.
Paṭisambhidā catasso vimokkhā pi ca aṭṭha me
chaḷābhiññā sacchikatā kataṃ buddhassa sāsanaṃ. 5.

Arahattaṃ pana patvā therī udānentī tam eva gātham abhāsi. Tenāyaṃ gāthā tassā theriyā gāthā ahosi. Tattha theriyā vuttagāthāya[1] anavaseso rāgo pariggahito aggamaggena, tassa vūpasamassa adhipetattā rāgavūpasamen'eva c'ettha sabbesampi kilesānaṃ vūpasamo vutto ti daṭṭhabbaṃ. Tadekaṭṭhatāya sabbesaṃ kilesadhammānaṃ vūpasamasiddhito tathā hi vuccati

"Uddhaccavicikicchāhi[2] yo moho sahajo mato
pahānekaṭṭhabhāvena rāgena sarakehi so" ti.

Yathā c'ettha sabbesaṃ kilesānaṃ vūpasamo vutto evaṃ sabbatthāpi tesaṃ vūpasamo vutto ti veditabbaṃ. Pubbabhāge tadaṅgavasena samathavipassanākhaṇe vikkhambhanavasena lakkhaṇe paṭipassaddhivasena vūpasamasiddhito, tena catubbidhassāpi pahānassa siddhi veditabbā. Tattha tadaṅgapahānena sīlasampadā siddhi vikkhambhanappahānena samādhisampadā siddhi. Itarehi paññāsampadā siddhi dassitā hoti. Pahānābhisamayo 'va sijjhanto yathā bhāvanābhisamayaṃ sādheti. Tasmiṃ asati tadabhāvato tathā sacchikiriyābhisamayaṃ pariññābhisamayaṃ ca sādheti evāti caturāsītisamayasiddhiyā tisso sikkhā paṭipattiyā tividhakalyāṇatā pattivisuddhiyo ca paripuṇṇā imāya gāthāya pakāsitā honti ti veditabbaṃ.

Aññatarā therī aññātāti nāmagottādivasena apākaṭā, ekā therīlakkhaṇasampannā bhikkhunī imaṃ gāthaṃ abhāsī ti adhippāyo.

Aññatarāya theriyā gāthāvaṇṇanā samattā.

---

[1] vuttāg°, cd. [2] °vicikiccāhi, cd.

II.

Mntts mnñcassu yogebi cando Rāhuggaho iva
vippamuttena cittena ananā[1] bhnñja piṇḍakaṃ ti. 2.

Ayaṃ Muttāya nāma sikkhamānāya gāthā. Ayaṃ pi purimabuddhesu katādhikārā, tattha tattha bhave vivaṭṭūpanissayaṃ kusalaṃ upacinantī Vipassissa bhagavato kāle kulagehe nibbattitvā viññutaṃ patvā ekadivasaṃ satthāraṃ rathiyaṃ gacchantaṃ disvā pasannamānasā pañcapatiṭṭhitena vanditvā pītivegena satthu pādamūle avakujjā nippajji. Sā tena puññakammena devaloke nibbattitvā aparāparaṃ sugatisu yeva saṃsarantī imasmiṃ buddhuppāde Sāvatthiyaṃ brāhmaṇamahāsālakule[2] nibbatti. Muttā ti 'ssā nāmaṃ ahosi. Sā upanissayasampannatāya vīsativassakāle Mahāpajāpatigotamiyā santike pabbajitvā sikkhamānā hutvā kammaṭṭhānaṃ kathāpetvā vipassanāya kammaṃ karoti. Sā ekadivasaṃ bhattakiccaṃ katvā piṇḍapātapaṭikkantā therīnaṃ bhikkhunīnaṃ vattaṃ dassetvā divāṭṭhānaṃ gantvā raho nisinnā vipassanūnanasikāraṃ ārabhi. Satthā surabhigandhakuṭiyā nisinno 'va obhāsaṃ vissajjetvā tassā purato nisinno viya attānaṃ dassetvā M u t t e m u c c a s s u y o g e h ī ti imaṃ gāthaṃ āha.

Tattha M u t t e ti tassā ālapanaṃ. m u c c a s s u y o g e h ī ti maggapaṭipāṭiyā kāmayogādīhi catūhi yogehi muccāhi vimuttacittā hohi. Yathā kiṃ? c a n d o R ā h u g g a h o i v ā ti Rāhusaṅkhātato gahato cando viya upakkilesato muccassu. V i p p a m u t t e n a c i t t e n ā ti ariyamagge samucchedavimuttiyā suṭṭhu vimuttena cittena. Itthambhūtalakkhaṇaṃ cetaṃ karaṇavacanaṃ. A n a ṇ ā[3] b h u ñ j a p i ṇ ḍ a k a n ti kilesaiṇaṃ pahāya anaṇā[4] hutvā raṭṭhapiṇḍaṃ bhuñjeyyāsi. Yo hi kilese appahāya satthārā anuññātapaccaye paribhuñjati so sāṇo bhuñjati nāma yathāha āyasmā Vakkulo: Sattāhaṃ eva kho ayaṃ āvuso

[1] aṇaṇā, cd. [2] °sālāya kule, cd.
[3] Aṇaṇā, cd. [4] aṇaṇā, cd.

sāṇo raṭṭhapiṇḍaṃ bhuñjati. Tasmā sāsane pabbajitena kāmacchandādiiṇaṃ pahāya anaṇo [1] hutvā saddhādeyyaṃ paribhuñjitabbaṃ. Piṇḍakan ti desanāsīsam eva cattāro pi paccayā [2] ti attho. Abhiṇhaṃ ovadati ariyamaggappattiyā, upakkilese [3] visodhento bahuso ovādaṃ deti, sā tasmiṃ ovāde ṭhatvā nacirass' eva arahattaṃ pāpuṇi.

Tena vuttaṃ Apadāne:

Vipassissa bhagavato lokajeṭṭhassa tādino
rathiyam paṭipannassa tārayantassa pāṇino 1.
Gharato nikkhamitvāna avakujjā nipajj' ahaṃ
anukampako lokanātho [4] sīsante akkami mama. 2.
Akkamitvāna sambuddho agamā lokanāyako
tena cittappasādena Tusitaṃ upapajj' ahaṃ.[5] 3.
Kilesā jhāpitā mayhaṃ —pe— kataṃ buddhassa sāsananti. 4.

Arahattaṃ patvāna sā taṁ eva gāthaṃ udānesi. paripuṇṇasikkhā upasampajjitvā aparabhāge parinibbānakāle taṃ eva gāthaṃ ajjhabhāsī ti.

Muttāya theriyā gāthāvaṇṇanā samattā.

III.

Puṇṇe pūrassu dhammehī ti Puṇṇāya nāma sikkhamānāya gāthā. Ayaṃ purimabuddhesu katādhikārā tattha tattha bhave vivaṭṭūpanissayaṃ kusalaṃ upacinantī buddhasuññe loke Candabhāgāya nadiyā tīre kinnariyoniyaṃ nibbattā. Ekadivasaṃ tattha aññataraṃ paccekabuddhaṃ disvā pasannamānasā naḷamālāya taṃ pūjitvā [6] añjaliṃ paggayha aṭṭhāsi. Sā tena puññakammena sugatisu [7] saṃsarantī imasmiṃ buddhuppāde Sāvatthiyaṃ gahapatimahāsālakule nibbatti. Puṇṇā ti 'ssā nāmaṃ ahosi. Sā upanissayasampannatāya [8] vīsati vassāni vasamānā Mahāpajāpatigotamiyā santike dhammaṃ sutvā paṭiladdha-

---

[1] aṇaṇo, cd. [2] paccayo, cd. [3] upakkileso, cd.
[4] lokajeṭṭho, A. [5] agamās' ahaṃ, A.
[6] pūjitā, cd. [7] sugatiyo, cd. [8] upanissatāya, cd.

saddhā pabbajitvā[1] sikkhamānā eva hutvā vipassanaṃ ārabhi. Satthā tassā gandhakuṭiyaṃ nisinno eva obhāsaṃ vissajjitvā:

Puṇṇe pūrassu dhammehi cando pannarase-r-iva |
paripuṇṇāya paññāya tamokkhandhaṃ padālayā ti.|| 3.

Imaṃ gāthaṃ āha. Tattha Puṇṇe ti tassā ālapanaṃ. Pūrassu dhammehī ti sattatiṃsabodhipakkhiyadhammehi paripuṇṇā hohi. Cando pannarase-r-ivā ti. Rakāro padasandhikaro. Pannarase puṇṇamāsiyaṃ. Sabbāhi kalāhi paripuṇṇo cando viya. Paripuṇṇāya paññāyā ti solasannaṃ kiccānaṃ pāripūriyā paripuṇṇāya arahattamaggapaññāya. Tamokkhandhaṃ padālayā ti tamokkhandhaṃ[2] bhavasesato bhinnasamucchinnamohakkhandhapadālanena sah'eva sabbe pi kilesā padālitā honti. Sā taṃ kathaṃ sutvā vipassanaṃ vaḍḍhetvā arahattaṃ pāpuṇi. Tena vuttaṃ Apadāne:

Candabhāgānadītīre ahosiṃ kinnarī tadā
addasaṃ virajaṃ buddhaṃ sayambhuṃ aparājitaṃ. 1.
Pasannacittā sumanā vedajātā katañjali
naḷamālaṃ gahetvāna sayambhuṃ abhipūjayiṃ. 2.
Tena kammena sukatena agañchiṃ tidasaṃ gaṇaṃ[3]
chattiṃsa devarājūnaṃ mahesittaṃ akārayiṃ. 3.
Dasannaṃ cakkavattīnaṃ mahesittaṃ akārayiṃ
saṃvejayitvā me cittaṃ pabbajiṃ[4] anagāriyaṃ. 4.
Catunavute ito kappe yaṃ pupphaṃ[5] abhipūjayiṃ
duggatiṃ[6] nābhijānāmi buddhapūjāy' idaṃ phalaṃ. 5.
Kilesā jhāpitā mayhaṃ —pa— kataṃ buddhassa sāsanaṃ
ti. 6.

Arahattaṃ pana patvā[7] sā therī tam eva gātham udānesi.

---

[1] pabbajjitvā, cd. [2] tamohakkhandhaṃ, cd.
[3] tidasaṃ gatiṃ, A. [4] pabbajjiṃ, P.
[5] yapupphaṃ, P. [6] duggati, P. [7] patvāpana, cd.

Ayaṃ eva c'assā aññā[1] vyākaraṇagāthā hotī ti.
Puṇṇāya theriyā gāthāvaṇṇanā samattā.

IV.

Tisse sikkhassu sikkhāyā[2] ti Tissāya sikkhamānāya gāthā. Ayaṃ pi purimabuddhesu katādhikārā tattha tattha bhave vivaṭṭūpanissayaṃ kusalaṃ upacinitvā sambhatakusalapaccayā imasmiṃ buddhuppāde Kapilavatthusmiṃ Sākyarājakule[3] nibbattitvā vayappattā bodhisattassa orodhabhūtā pacchā Mahāpajāpatigotamiyā saddhiṃ nikkhamitvā[4] pabbajitvā vipassanāya kammaṃ karoti. Tassā satthā heṭṭhāvuttanayen'eva obhāsaṃ vissajjitvā:

> Tisso sikkhassu sikkhāya mā taṃ yogā upaccaguṃ |
> sabbayogavisaṃyuttā cara loke anāsavā ti.|| 4.

gāthaṃ abhāsi.

Tattha Tisse ti tassālapanaṃ. Sikkhassu sikkhāyā ti adhisīlasikkhādikāya tividhāya sikkhāya sikkha, maggasampayuttā tisso sikkhāyo sampādehī ti attho. Idāni tāsaṃ sampādane kāraṇaṃ āha. Mā taṃ yogā upaccaguṃ ti manussattaṃ indriyā vekallaṃ buddhuppādo saddhāpaṭilābho ti. Ime yogā samayā dullabhakkhaṇā taṃ mā atikkamuṃ. Kāmayogādayo eva vā te cattāro yogā. Mā upaccaguṃ mā abhibhaveyyuṃ. Sabbayogavisaṃyuttā ti sabbehi kāmayogādīhi yogehi vimuttā tato eva anāsavā hutvā loke ca diṭṭhadhammasukhavihārena viharāhīti attho. Sā taṃ gāthaṃ sutvā vipassanaṃ vaḍḍhetvā arahattaṃ pāpuṇī ti ādinayaṃ heṭṭhā vuttanayen'eva veditabbaṃ.

Tissāya theriyā gāthāvaṇṇanā samattā.

V—X.

Tisse yuñjassu[5] dhammehī ti Tissāya theriyā

---

[1] aññaṃ, cd. [2] sikkha susikkhāya, cd.
[3] Sakyar°, cd. [4] nikkamitvā, cd. [5] yuñja sudh°, cd.

gāthā, tassā vatthu Tissāya sikkhamānāya vatthusadisaṃ. Ayaṃ pana therī hutvā arahattaṃ pāpuṇi. Yathā ca ayaṃ eva ito parā Dhīrā Dhīrā Mittā Bhadrā Upasamā[1] ti pañcannaṃ therīnaṃ vatthu ekasadisaṃ eva. Sabbā pi imā Kapilavatthuvāsiniyo bodhisattassa orodhabhūtā Mahāpajāpatigotamiyā saddhiṃ nikkhantā[2] obhāsagāthāya ca arahattaṃ pattā ṭhapetvā sattamiṃ.[3] Sā pana obhāsagāthāya vinā saṃvegaṃ satthu santike laddhaṃ ovādaṃ nissāya vipassanaṃ ussukkāpetvā arahattaṃ pāpuṇitvā[4] udānavasena Dhīrā dhīrehī ti gāthaṃ abhāsi. Itarā pi arahattaṃ patvā:

Tisse yuñjassu dhammehi khaṇo taṃ mā upaccagā
khaṇātītā hi socanti nirayamhi samappitā. 5.
Dhīre nirodhaṃ phussehi paññāvupasamaṃ sukhaṃ
ārādhayāhi nibbānaṃ yogakkhemaṃ anuttaraṃ. 6.
Dhīrā dhīrehi dhammehi bhikkhunī bhāvitindriyā
dhārehi antimaṃ dehaṃ jetvā Māraṃ savāhanaṃ. 7.
Saddhāya pabbajitvāna Mitte mittaratā bhava
bhāvehi kusale dhamme yogakkhemassa pattiyā. 8.
Saddhāya pabbajitvāna Bhadre bhadraratā bhava
bhāvehi kusale dhamme yogakkhemaṃ anuttaraṃ. 9.
Upasame tare oghaṃ maccudheyyaṃ suduttaraṃ
dhārehi antimaṃ dehaṃ jetvā Māraṃ savāhanaṃ ti. 10.

gāthāyo abhāsiṃsu.

Tattha yuñjassu dhammehīti samathavipassanādhammehi ariyehi bodhipakkhiyadhammehi ca yuñja yogaṃ karohi. Khaṇo taṃ mā upaccagā ti yo evaṃ yogabhāvanaṃ na karoti taṃ puggalaṃ paṭirūpadese uppattikkhaṇo channaṃ āyatanānaṃ avekallakkhaṇo buddhuppādakkhaṇo saddhāya paṭiladdhakkhaṇo sabbo pi ayaṃ khaṇo atikkamati nāma. So khaṇo taṃ mā atikkami. Khaṇātītā ti ye hi khaṇaṃ atītā yehi ca puggalehi so khaṇo atīto te nirayamhi samappitā

[1] Upasamādhi, cd. [2] nikkhandhā, cd.
[3] sattamaṃ, cd. [4] pāpuṇetvā, cd.

hutvā socanti. Tattha nibbattitvā mahādukkhaṃ paccanubhavantī ti attho.

Nirodhaṃ phussehī ti kilesanirodhaṃ phussa paṭilābhaṃ. Saññāvupasamaṃ sukhaṃ ārādhayāhi nibbānan ti kāmasaññādīnaṃ pāpasaññānaṃ upasamaṃ nibbānaṃ accantasukhaṃ nibbānaṃ ārādhehi.

Dhīrā dhīrehi dhammehī ti viriyappadhānatāya dhīrehi tejussadehi ariyamaggadhammehi. Bhāvitindriyā vaḍḍhitasaddhādiindriyā. Dhīrā bhikkhunī vatthukāmehi savāhanaṃ kilesamāraṃ jinitvā āyatipunabbhavā bhāvato antimaṃ dehaṃ dhārehī ti therī aññaṃ viya katvā attānaṃ [1] dasseti.

Mitte ti taṃ ālapati. Mittaratā ti kalyāṇamittesu abhiratā. Tattha sakkārasammānaratā hohi. Bhāvehi kusale dhamme ti ariyamaggadhamme vaḍḍhehi. Yogakkhomassa arahattassa nibbānassa ca pattiyā adhigamāya.

Bhadre ti taṃ ālapati. Bhadraratā ti bhadresu sīlādidhammesu ratā abhiratā hohi. Yogakkhemaṃ anuttaran ti catūhi yogehi khemaṃ anuppadavaṃ. Anuttaran ti suduttaraṃ nibbānam. Tassa pattiyā kusale bodhipakkhiyadhamme bhāvehī ti attho.

Upasame ti taṃ ālapati. Tare oghaṃ maccudheyyaṃ suduttaran ti. Maccu ettha dhiyatī ti maccudheyyaṃ. Anupacitakusalasambhārehi suṭṭhu duttaran ti suduttaraṃ saṃsāramahoghaṃ. Tare ariyamagganāvāya tāressāmi. Dhārehi antimaṃ dehaṃ ti tassa dhāraṇe no antimaṃ dehaṃ dharā hohī ti attho.

Tissāya theriyā gāthāvaṇṇanā samattā.

Niṭṭhitā paṭhamavaggavaṇṇanā.

XI.

Sumuttā sādhu mutt' amhī ti ādikā Muttatheriyā gāthā. Ayam pi purimabuddhesu katādhikārā tattha

---

[1] atthānaṃ, cd.

tattha bhavesu kusalaṃ upacinitvā imasmiṃ buddhuppāde Kosalajanapade Oghāṭakassa nāma daḷiddabrāhmaṇassa-dhītā hutvā nibbatti. Taṃ vayappattakāle ekassa khujja-brāhmaṇassa adaṃsu. Sā tena gharāvāsaṃ ārocati. Taṃ anujānāpetvā pabbajitvā [1] vipassanāya kammam karoti. Tassā bahiddhārammaṇesu cittaṃ vidhāvati. Sā taṃ niggaṇhāti.[2] Sumuttā sādhu mutt'amhī ti gāthaṃ vadantī yeva vipassanaṃ ussukkāpetvā saha paṭisambhidāhi arahattaṃ pāpuṇi. Tena vuttaṃ Apadāne:

Padumuttaro nāma jino sabbadhammesu cakkhumā
pāṇino anugaṇhanto piṇḍāya pāvisi puraṃ. 1.
Tassa āgacchato satthu sabbe nagaravāsino
haṭṭhatuṭṭhā samāgantvā vālikā akariṃsu te. 2.
Vīthisammajjanaṃ katvā kadalipuṇṇakaddhaje
dhūmaṃ cuṇṇaṃ ca mālaṃ ca sakkāraṃ katvāna sat-
thuno 3.
Maṇḍapaṃ paṭiyādetvā nimantetvā vināyakaṃ
mahādānaṃ daditvāna sambodhim [3] abhipatthayi. 4.
Padumuttaro mahāvīro tārako sabbapāṇinaṃ
anumodaniyaṃ katvā vyākāsi aggapuggalo. 5.
Satasahasse atikkante kappo hessati bhaddako
bhavābhave sukhaṃ laddhā pāpuṇissati bodhijam. 6.
Hatthakammañ ca ye keci kadāci naranāriyo
anāgatasmiṃ addhāne sabbe hessanti [4] sammukhā. 7.
Tena kammavipākena cetanāpaṇidhīhi ca
uppannā devabhavanaṃ tuyhaṃ te paricārikā. 8.
Dibbasukhaṃ asaṅkheyyaṃ [5] mānusaṃ ca asaṅkheyyaṃ [6]
anubhonti ciraṃ kālaṃ saṃsaritvā bhavābhave. 9.
Satasahasse ito kappe yaṃ kammam akarī tadā
sukhumālā manussesu atho devapuresu ca 10.
Rūpaṃ bhogaṃ sayaṃ āyu atho kitti sukhaṃ piyaṃ
labhāmi satthu taṃ sabbaṃ sukataṃ kammasampadaṃ. 11.
Pacchime bhavasampatte jātāhaṃ brahmaṇe kule

---

[1] pabbajjitvā, cd. [2] niggaṇhati, cd.
[3] sambodhi, P. [4] hiesanti, P.
[5] asaṅkheyyuṃ, P. [6] mānusayaṃ ca asaṅkhayaṃ, P.

sukhumālahatthapādā ramaṇīye nivesane. 12.
Sabbakālam pi paṭhavim apassām' analaṅkataṃ
cikkhallabhūmiṃ asuciṃ [1] apassāmi kudācanam. 13.
Kilesā jhāpitā mayhaṃ kataṃ buddhassa sāsanan ti. 14.

Arahattaṃ pana patvā udānentī:

Sumuttā sādhu mutt' ambi tīhi khujjehi muttiyā |
udukkhalena musalena patinā khujjakena ca |
mutt' ambi jātimaraṇā bhavanetti samūhatā ti.|| 11.

Imaṃ gāthaṃ abhāsi. Tattha sumuttā ti suṭṭhu muttā. Sādhu mutt' ambhī ti sādhu sammad eva muttā ambhi. Kuto pana sumuttā sādhu muttā ti āha? Tīhi khujjehi muttiyā ti vaṅkakehi parimuttiyā ti attho. Iti tāni sarūpato dassentī udukkhalena musalena patinā khujjakena cā ti āha. Udukkhale hi dhaññaṃ pakkhipantiyā parivattentiyā musalena koṭṭentiyā piṭṭhi onāmetabbā hotī ti.[2] Khujjakāraṇahetutāya tad ubhayaṃ khujjan ti vuttaṃ. Sāmiko [3] pan assā khujjo eva. Idāni yassā muttiyā nidassanavasena tīhi khujjehi mutti vuttā taṃ eva dassentī mutt' ambhi jātimaraṇā ti vatvā tattha kāraṇam āha. Bhavanetti samūhatā [4] ti tass' attho na kevalaṃ mahatikhujjehi eva muttā. Atha kho sabbasmā jarāmaraṇā pi yasmā sabbassa pi bhavanettinīyikā taṇhā aggamaggena mayā samugghātitā [5] ti.
Muttatheriyā gāthāvaṇṇanā samattā.

XII.

Chandajātā avasāye ti Dhammadinnatheriyā gāthā. Sā kira Padumuttarabuddhakāle Haṃsavatīnagare parādhīnavuttikā hutvā jīvati.[6] Nirodhato vuṭṭhitassa aggasāvakassa pūjāsakkārapubbakaṃ dānaṃ datvā devaloke nibbattā. Tato cavitvā devamanussesu saṃsarantī Phussassa bhagavato kāle satthu vemātikabhātikānaṃ kammi-

---

[1] °bhūmi asuci, P. [2] hohīti, cd. [3] sāmikā, cd.
[4] samohatā, cd. [5] sammuggh°, cd. [6] jīvanti, cd.

kassa gehe vasamānānaṃ dānaṃ paṭicca ekaṃ dehī ti sāmikena vutte dve dentī bahuṃ puññaṃ katvā Kassapabuddhakāle Kikissa Kāsikaraññо gehe paṭisandhiṃ gahetvā sattannaṃ bhaginīnaṃ abbhantarā hutvā vīsati vassasahassāni brahmacariyaṃ caritvā ekaṃ buddhantaraṃ devamanussesu saṃsarantī imasmiṃ buddhuppāde Rājagahe kulagehe sā nibbattitvā vayappattā Visākhassa seṭṭhino gehe gantvā—ath' ekadivasaṃ Visākho seṭṭhi satthu santike dhammaṃ sutvā anāgāmī hutvā gharaṃ gantvā pāsādaṃ abhiruhanto sopānamatthake ṭhitāya Dhammadinnāya sāritahatthaṃ anālambitvā 'va pāsādaṃ 'bhiruhitvā bhuñjamāno pi tuṇhibhūto va bhuñji. Dhammadinnā taṃ apadhāretvā "ayyaputta kasmā tvaṃ mama hatthaṃ nālambi, bhuñjamāno pi na kiñci kathesi? Atthi nu kho mayhaṃ doso" ti āha? Visākho "Dhammadinne[1] na te doso atthi, ahaṃ pana ajja paṭṭhāya itthisarīraṃ phusituṃ āhāre ca lolabhāvaṃ kātuṃ anaraho. Tādiso mayā dhammo paṭividdho, tvaṃ pana sace icchasi imasmiṃ yeva gehe vasa, no ce icchasi yattakena dhanena te attho tattakaṃ gahetvā kulagharaṃ gacchāhī" ti āha. "Nāhaṃ ayyaputta tassāgantugamanaṃ āgamissāmi, pabbajjaṃ me anujānāhi" ti Visakho "sādhu[2] Dhammadinne" ti taṃ suvaṇṇasivikāya bhikkhunīupassayaṃ pesesi. Sā pabbajitvā kammaṭṭhānaṃ gahetvā katipāhaṃ tattha vasitvā vivekāvāsaṃ vasitukāmā ācariyupajjhāyānaṃ santikaṃ gantvā "ayye ākiṇṇaṭṭhāne mayhaṃ cittaṃ na ramati gāmakāvāsaṃ gacchāmī" ti āha. Bhikkhuniyo taṃ gāmakāvāsaṃ nayiṃsu. Sā tattha vasati. Atīte madditasaṃkhāratāya nacirass'eva saha paṭisambhidāhi arahattaṃ pāpuṇi.

Tena vuttaṃ Apadāne:

Padumuttaro nāma jino sabbadhammāna pāragū
ito satasahassamhi kappe uppajji nāyako. 1.
Tadāhaṃ Haṃsavatiyaṃ kule aññatare ahuṃ
parakammakārī āsiṃ nipakā sīlasaṃvutā. 2.
Padumuttarabuddhassa Sujāto aggasāvako

---

[1] Dhammadinnā, cd. [2] sādhu *om.*, cd.

vihārā abhinikkhamma piṇḍapātāya gacchati.[1] 3.
Ghaṭaṃ gahetvā gacchantī tadā udakahārikā
taṃ disvā adadaṃ pūvaṃ[2] pasannā sehi pāṇihi. 4.
Paṭiggahetvā tattheva nisinno paribhuñji so
tato netvāna taṃ gehaṃ adāsiṃ tassa bhojanaṃ. 5.
Tato me ayyako tuṭṭho akari suṇisaṃ sakaṃ
sassuyā samāgantvāna[3] sambuddhaṃ abhivādayiṃ. 6.
Tadā so dhammakathikaṃ bhikkhuniṃ[4] parikittayaṃ
ṭhapesi etadaggamhi; taṃ sutvā muditā ahaṃ. 7.
Nimantayitvā sugataṃ sasaṃghaṃ lokanāyakaṃ
mahādānaṃ daditvāna[5] taṃ ṭhānaṃ abhipatthayiṃ. 8.
Tato maṃ sugato āha ghananinnādasussare[6]
samuṭṭhānaniggatā tvaṃ sasaṃghaparivesikā.[7] 9.
Saddhammasavane yutte guṇavaḍḍhitamānase[8]
bhadde bhavassu[9] muditā lacchase paṇidhiphalaṃ.[10] 10.
Satasahasse ito kappe Okkākakulasambhavo
Gotamo nāma nāmena satthā loke bhavissati. 11.
Tassa dhammesu dāyādā orasā dhammanimmitā
Dhammadinnā ti nāmena hessasi[11] satthu sāvikā. 12.
Taṃ sutvā muditā hutvā yāvajīvaṃ mahāmuniṃ[12]
mettacittā paricariṃ paccayehi vināyakaṃ. 13.
Tena kammena sukatena cetanāpaṇidhīhi ca
jahitvā mānusaṃ dehaṃ tāvatiṃsaṃ agacch' ahaṃ. 14.
Imasmiṃ bhaddake kappe brahmabandhu mahāyaso
Kassapo nāma nāmena uppajji vadataṃ varo. 15.
Upaṭṭhāko mahesissa tadā āsi narissaro
Kāsirājā Kikī nāma Bārāṇasipuruttame. 16.
Chaṭṭhā tassās' ahaṃ dhītā Sudhammā iti vissutā
dhammaṃ sutvā jinaggassa pabbajjaṃ samarocayiṃ. 17.
Nānujānāsi maṃ tāto,[13] agāre va tadā mayaṃ[14]

---

[1] pattaṃ ādāyag°, A. [2] adadiṃ, P.; pūpaṃ, A.
[3] sahagantvāna, A. [4] bhikkhunī, P. [5] adatvāna, P.
[6] gharadinnasassurika, P.; mamupaṭṭhānanirate, A.
[7] saṃghāparivesikā, P. [8] yuttā °manasā, P.
[9] avassaṃ, P. [10] lacchaṃ sapaṇ°, P.
[11] hessati. A. [12] mahāmuni, P.
[13] anujāni tato tato, P. [14] agāre tālayā mayam, P.

vīsa vassasahassāni vicarimha[1] atanditā[2] 18.
Komāriṃ[3] brahmacariyaṃ[4] rājakaññā sukhedhita
buddhopaṭṭhānaniratā[5] muditā satta dhītaro. 19.
Samaṇī Samaṇaguttā ca Bhikkhunī Bhikkhudāyikā
Dhammā ceva Sudhammā ca sattamī Saṃghadāyikā 20.
Khemā Uppalavaṇṇā ca Paṭācārā ca Kuṇḍalā
Gotamī ca ahaṃ c'eva Visākhā hoti sattamī. 21.
Tehi kammehi sukatehi cetanāpaṇidhīhi ca
jahitvā mānusaṃ dehaṃ tāvatiṃsaṃ agacch' ahaṃ. 22.
Pacchime ca bhave dāni Giribbajapuruttame
jātā seṭṭhikule phīte[6] sabbakāmasamiddhine.[7] 23.
Yadā[8] rūpaguṇopetā paṭhame yobbane ṭhitā
tadā parakulaṃ gantvā vasiṃ sukhasamappitā. 24.
Upetvā[9] lokasaraṇaṃ suṇitvā dhammadesanaṃ
anāgāmiphalaṃ patto sāmiko me subuddhimā. 25.
Tadā taṃ anujānetvā[10] pabbajiṃ anagāriyaṃ
Naciren' eva kālena arahattaṃ apāpuṇiṃ. 26.
Tadā upāsako so maṃ[11] upagantvā apucchatha
gambhīre nipuṇe[12] pañhe, te sabbe vyākariṃ ahaṃ. 27.
Jino tasmiṃ guṇe tuṭṭho etadagge ṭhapesi maṃ
bhikkhuniṃ dhammakathikaṃ, n'aññaṃ passāmi edisaṃ. 28.
Dhammadinnā yathā dhīrā evaṃ dhāretha bhikkhavo
evāhaṃ paṇḍitā homi[13] nāyakenānukampitā. 29.
Pariciṇṇo mayā satthā[14] kataṃ buddhassa sāsanaṃ
ohito garuko bhāro bhavanetti samūhatā. 30.
Yass'atthāya pabbajitā agārasmānagāriyaṃ
so me attho anuppatto sabbasaṃyojanakkhayo. 31.
Iddhīsu ca vasī homi dibbāya sotadhātuyā
paracittāni jānāmi satthu sāsanakārikā. 32.
Pubbenivāsaṃ jānāmi dibbacakkhuṃ visodhitaṃ
khepetvā āsave sabbe visuddh' amhi sunimmalā. 33.

---

[1] vicarambhi, P. [2] atandikā, A. [3] komāri, P.
[4] brahmacariyā, P. [5] °niyatā, P. [6] ṭhite, P.
[7] °samiddhino, P. [8] tadā, P. [9] upetā, P.
[10] tadāhaṃ anujānitvā, P. [11] sā maṃ, P. [12] nipune, P.
[13] evāyaṃ paṇḍitā jātā, P. [14] pariciṇṇo yo tatthā, P.

Kilesā jhāpitā mayham —pa— kataṃ buddhassa sāsanaṃ ti. 34.

Arahattaṃ pana patvā mayhaṃ matthakaṃ pattaṃ, idāni idha vasitvā kiṃ karissāmi. "Rājagahaṃ eva gantvā satthārañ ca vandissāmi bahū ca me ñātakā puññāni karissantī" ti bhikkhunīhi saddhiṃ Rājagahaṃ eva paccāgatā.[1] Visākho tassā āgatabhāvaṃ ñatvā sutvā tassā[2] adhigamaṃ vīmaṃsanto[3] pañcakkhandhādivasena pañhaṃ pucchi. Dhammadinnā sunissitena[4] satthena kumudanāle chindantī viya pucchitaṃ pañhaṃ vissajjesi. Visākho sabbaṃ pucchāvissajjananissayaṃ satthu ārocesi. Satthā "paṇḍitā Visākha Dhammadinnā bhikkhunī" ti ādinā taṃ pasaṃsanto sabbaññutañāṇena saddhiṃ sandhetvā[5] vyākatabhāvaṃ paveditvā tam eva Cūlavedallasuttaṃ aṭṭhuppattiṃ katvā taṃ dhammakathikānaṃ bhikkhunīnaṃ aggaṭṭhāne ṭhapesi. Tadā pana sā tasmiṃ gāmakāvāse vasantī heṭṭhimamagge adhigantvā aggamaggaṭṭhāya vipassanaṃ paṭṭhapesi. Tadā:

Chandajātā avasāye[6] manasā ca phuṭā siyā
kāmesu appaṭibaddhacittā uddhaṃsotā vimuccatī ti. 12.

Imaṃ gāthaṃ abhāsi. Tattha *chandajātā* ti aggapphalatthaṃ jātacchandā. *Avasāye*[6] ti. Avasāyo vuccati avasānaṃ niṭṭhānaṃ, tam pi kāmesu appaṭibaddhacittatāya[7] uddhaṃsotā ti vakkhamānattā samaṇakiccassa niṭṭhānaṃ veditabbaṃ yassa kassaci. Tasmā padadvayenāpi appattamānasā anuttaraṃ yogakkhemaṃ patthayamānā ti ayaṃ ettho vuttā[8] hoti. *Manasā ca phuṭā siyā* ti heṭṭhimehi nītimaggacittehi nibbānaṃ phuṭā phusitā bhaveyya. *Kāmesu ca appaṭibaddhacittā*[9] ti anāgāmimaggavasena kāmesu na paṭibaddhacittā.[10] *Uddhaṃsotā* ti uddham eva maggasoto saṃsārasoto ca

[1] pacchāgatā, cd. [2] tassa, cd. [3] vīmaṃsato, cd.
[4] sunisitena, cd. [5] sanditvā, cd. [6] avasāyi, cd.
[7] appaṭipannacitto, cd. [8] vutto, cd.
[9] appaṭibandhac°, cd. [10] paṭibandhāc°, cd.

ekissā ti uddhaṃsotā anāgāmino hi yathā aggamaggā ca uppajjati. Na aññā evaṃ avihādīsu uppannassa yā vā kaniṭṭhā uddhaṃ eva uppatti hotī ti.

Dhammadinnāya theriyā gāthāvaṇṇanā samattā.

XIII.

Karotha buddhasāsanan ti Visākhāya theriyā gāthā. Tassā vatthu Dhīrātheriyā vatthusadisaṃ eva. Sā arahattaṃ patvā vimuttisukhena vītināmentī:—

Karotha buddhasāsanaṃ yaṃ katvānānutappati
khippaṃ pādāni dhovitvā ekamante nisīdathā ti. 13.

Imāya gāthāya aññaṃ vyākāsi. Tattha karotha buddhasāsanan ti buddhānaṃ sāsanaṃ ovādaṃ anusiṭṭhaṃ karotha yathānusiṭṭhi paṭipajjathā ti attho. Yaṃ katvānānutappatī ti anusiṭṭhikatvā karaṇahetu na anutappati takkarassa sammad eva adhippāyānaṃ samijjhanato. Khippaṃ pādāni dhovitvā ekamante nisīdathā ti. Idaṃ yasmā sayaṃ pacchābhattaṃ piṇḍapātapaṭikkantā ācariyupajjhāyānaṃ vattaṃ dassetvā attano divāṭṭhāne pādaṃ dhovitvā raho nisinnā arahattamatthakaṃ pāpesi. Tasmā tattha aññe pi niyojentī avoca.

Visākhāya theriyā gāthāvaṇṇanā samattā.

XIV.

Dhātuyo dukkhato disvā ti Sumanāya theriyā gāthā. Tassā vatthu Tissātheriyā vatthusadisaṃ. Imissā pi hi satthā obhāsaṃ vissajjetvā purato nisinno viya attānaṃ dassetvā:

"Dhātuyo dukkhato disvā mā jāti punar āgami
bhave chandaṃ virājetvā upasantā carissasi." 14.

Imaṃ gāthaṃ āha. Sā gāthāpariyosāne arahattaṃ

pāpuṇi. Tattha dhātuyo dukkhato disvā ti santatim pariyāpannā dukkhādidhātuyo[1] itarā pi ca udayabbayassa[2] patipīḷanādinā dukkhā ti ñāṇacakkhunā disvā mā jāti punar āgamī ti puna jātiāyatipunabbhavaṃ mā upagañchi. Bhave chandaṃ virājetvā ti kāmabhavādike sabbasmiṃ bhave taṇhā chandaṃ virāgasaṃkhātena maggena pajahitvā upasantā carissasī ti sabbaso na kilesatāya nibbutā viharissasi.[3] Ettha ca dhātuyo dukkhato disvā ti iminā dukkhānupassanāmukhena vipassanā dassitā. Bhave chandaṃ virājetvā ti iminā maggo. Upasantā[4] carissasī ti iminā saupādisesā nibbānadhātu. Mā jāti punar āgamī ti iminā anupādisesā[5] nibbānadhātu dassitā ti daṭṭhabbaṃ.

Sumanāya theriyā gāthāvaṇṇanā samattā.

XV.

Kāyena saṃvutā āsī ti Uttarāya theriyā gāthā. Tassā pi vatthu Tissātheriyā vatthusadisaṃ. Sā pi hi Sākyakulappasutā bodhisattassa orodhabhūtā Mahāpajāpatigotamiyā saddhiṃ nikkhantā obhāsagāthāya arahattaṃ patvā pana:

Kāyena saṃvutā āsi vācāya uda cetasā
samūlaṃ taṇhaṃ abbuyha sītibhūt' amhi nibbutā ti || 15.

Udānavasena taṃ eva gāthaṃ abhāsi. Tattha kāyena saṃvutā āsī ti kāyikena saṃvutā ahosi ti. Vācāya ti vācasikena saṃvutā āsī ti yojanā. Padadvayenāpi saṃsasaṃvaraṃ āha. Udā ti atha. Cetasā ti samādhicittena. Etena vipassanābhāvanaṃ āha. Samūlaṃ taṇhaṃ abbuyhā ti sānusayaṃ. Sabavā avijjāya hi paṭicchādanādīnave bhavattaye taṇhā uppajjati.

Aparo nayo kāyena saṃvutā ti sammākamman-

---

[1] cakkhādicatuyo, cd. [2] udayabbassa, cd.
[3] viharissati, cd. [4] maggopasantā, cd. [5] anupādā, cd.

tena sabbaso micchākammantassa pahānā maggasaṃvaren'eva kāyena saṃvutā āsi. Vācāyā ti sammāvācāya sabbaso micchāvācāya pahānā maggasaṃvaren'eva vācāya saṃvutā āsī ti attho. Cetasā ti samādhinā. Cetosīsena h'ettha samādhi vutto. Sammāsamādhigahaṇena ekalakkhaṇā sammādiṭṭhiādayo gahitā 'va hontī ti maggasaṃvarena abhijjhādikassa asaṃvarassa anavasesato pahānaṃ dassitaṃ hoti. Ten'eva samūlaṃ[1] taṇhaṃ abbuyha[2] sītibhūt' amhi nibbutā ti sabbaso kilesapariḷāhābbāvena sītibhāvappattā anupādisesanibbānadhātuyā nibbutā amhīti.

Uttarāya theriyā gāthāvaṇṇanā samattā.

XVI.

Sukhaṃ tvaṃ[3] vuḍḍhike sehī ti Sumanāya vuḍḍhapabbajitāya gāthā. Ayam pi purimabuddhesu katādhikārā tattha tattha bhave kusalaṃ upacinitvā[4] imasmiṃ buddhuppāde Sāvatthiyaṃ Mahākosalarañño bhaginī hutvā nibbatti. Sā satthārā rañño Pasenadissa Kosalassa "cattāro kho mahārāja daharā[5] na uññātabbā" ti ādinā desitaṃ dhammaṃ sutvā laddhapasādā saraṇesu sīlesu ca patiṭṭhāya pabbajitukāmā[6] pi "ayyakaṃ paṭijaggissāmi" ti cirakālaṃ vītināmetvā aparabhāge ayyikāya[7] kālaṃkatāya raññā[8] saddhiṃ mahagghāni attharaṇapāvuraṇāni gāhāpetvā vihāraṃ gantvā saṃghassa dāpetvā satthu santike dhammaṃ sutvā anāgāmiphale patiṭṭhitā pabbajjaṃ yāci. Satthā tassā ñāṇaparipākaṃ disvā:

Sukhaṃ tvaṃ vuḍḍhike sehi katvā coḷena pārutā
upasanto hi te rāgo sītibhūtā[9] si nibbutā ti. 16.

Imaṃ gāthaṃ abhāsi. Sā gāthāpariyosāne saha[10] paṭi-

---

[1] tenevāssamo, cd. [2] abbuyhā ti, cd. [3] tvaṃ *om.* cd.
[4] upanicitvā, cd. [5] daharā ti, cd. [6] pabbajjituko, cd.
[7] ayyikā, cd. [8] raññāya, cd.
[9] sītibhūt'amhi, cd. [10] sahi, cd.

sambbidāhi arahattaṃ patvā ndānavasena taṃ eva gāthaṃ abhāsi. Idaṃ eva c'assā aññaṃ vyākaraṇaṃ ahosi. Sā tāvad eva pabbaji.[1] Gātbāya pana vaḍḍhikehi vuḍḍho yo vnḍḍho ti[2] attho. Ayaṃ pana sīlādiguṇehi pi vuḍḍhā. Tberiyā vuttagāthāya catutthapade sītibhūt' amhi nibbutā ti yojetabbaṃ. Sesaṃ vuttanayaṃ eva.

Vnḍḍhapabbajitāya Sumanāya gāthāvaṇṇanā samattā.

XVII.

Piṇḍapātaṃ caritvānā ti Dhammāya therīyā gāthā. Ayaṃ pi purimabnddhesu katādhikārā tattha tattha bhave vivaṭṭūpanissayaṃ kusalaṃ upacinitvā sambhavā puññasaṁhbārā imasmiṃ bnddhuppāde Sāvatthiyaṃ kulaghare nibbattitvā vayappattā patirūpassa sāmikassa gehaṃ gantvā sāsane paṭiladdhasaddhā pabbajitukāmā hutvā sāmikena ananuññātā pacchā sāmike kālaṅkate pabbajitvā vipassanāya kammaṃ karontī ekadivasaṃ bhikkhāya caritvā vihāraṃ āgacchanti parivattitvā taṃ eva ārammaṇaṃ katvā vipassanaṃ vaḍḍhetvā saha paṭisambbidāhi arahattaṃ patvā:

Piṇḍapātaṃ caritvāna daṇḍaṃ olnbbha dnbbalā
vedhamānchi gattehi tatth'eva nipati chamā
disvā ādīnavaṃ kāye atha cittaṃ vimucci[3] me ti. 17.

Udānavasena imaṃ gāthaṃ abhāsi. Tattha piṇḍapātaṃ caritvāna daṇḍaṃ olnbbbā ti piṇḍapātatthāya yaṭṭhiupattbambhena nagare vicaritvā bhikkhāya āhiṇḍetvā. Chamā ti chamāyaṃ. Bhūmiyaṃ pādāya avasānena bhūmiyaṃ nipatantī ti attho. Disvā ādīnavaṃ kāye ti asubbāniccadukkhānantatādīhi nānappakārehi pāde dosaṃ paññācakkhunā disvā.

Atba cittaṃ vimncci me ti ādīnavānupassanāya parato pavattehi nibbidānupassanādīhi vikkhambhana-

---

[1] pabbajji, cd. [2] vuḍḍbe ti, cd. [3] vimucca, cd.

vasena mama cittaṃ kilesacittaṃ kilesehi vimucci[1] puna maggaphalehi yathākkamaṃ samucchedavasena ceva paṭipassaddhivasena ca sabbaso vimucci. Vimuttaṃ na dāni'ssā vimocetabbaṃ[2] atthīti. Idam eva c'assa aññaṃ vyākaraṇaṃ ahosī ti.

Dhammāya theriyā gātbāvaṇṇanā samattā.

XVIII.

Hitvā[3] ghare pabbajitā ti Saṃghāya theriyā gāthā. Tassā vatthu Dhīrātheriyā vatthusadisaṃ. Gāthā pana:

Hitvā ghare pabbajitvā[4] hitvā puttaṃ[5] pasupiyaṃ
hitvā rāgañ ca dosaṃ[6] ca avijjañ ca virājiya
samūlaṃ taṇhaṃ abbuyha upasant' amhi nibbutā ti. 18.

gāthā abhāsi. Tattha hitvā ti chaḍḍetvā. Ghare ti gehaṃ. Gharasaddo[7] hi ekasmiṃ abhidheyye kadāci bahusu bījaṃ viya rūḷhīvasena vohariyati. Hitvā puttaṃ pasu piyaṃ ti piyāyitabbe ceva gavādimahisādikesu ca tappaṭibandhachandarāgappahānena pahāya. Hitvā rāgañ ca dosañ cā ti rajjanasabhāvaṃ rāgaṃ dussanasabhāvaṃ dosaṃ ca ariyamaggena samucchinditvā. Avijjañ ca virājiyā ti sabbākusalesu pubbaṅgamaṃ mohaṃ ca virājitvā maggena samugghāṭetvā icceva attho. Sesaṃ vuttanayaṃ eva.

Saṃghāya theriyā gāthāvaṇṇanā samattā.

Ekanipātavaṇṇanā niṭṭhitā.

XIX.

Dukanipāte āturaṃ asuciṃ[8] pūtin[9] ti ādikā Abhirūpanandāya sikkhamānāya gāthā. Ayaṃ kira Vipas-

[1] vimuccinā, cd. [2] imeva, cd. [3] hetvā, cd.
[4] pabbajitā, cd. [5] muttaṃ, cd. [6] desaṃ, cd.
[7] °saddā, cd. [8] asuci, cd. [9] sūtin, cd.

sissa bhagavato kāle Bandhumatīnagare gahapatimahāsālassa dhītā hutvā satthu santike dhammaṃ sutvā saraṇesu ca sīlesu ca patiṭṭhitā satthari parinibbute dhātucetiyaṃ ratanapaṭimaṇḍitena suvaṇṇachattena pūjaṃ katvā kālaṃ katvā sagge nibbattitvā aparāparaṃ sugatisu yeva saṃsarantī imasmiṃ buddhuppāde Kapilavatthunagare Khemakassa Sakkassa aggamahesiyā kucchismiṃ nibbatti. Nandā ti'ssā nāmaṃ ahosi. Sā atthabhāvassa ativiya rūpasobhaggappattiyā abhirūpā dassanīyā pāsādikā.

Abhirūpanandā nāma tveva paññāyittha. Tassā vayappattāya [1] dhareyyadivase yeva Carabhūto Sākyakumāro kālaṃ akāsi. Atha naṃ mātāpitaro akāmaṃ pabbājesuṃ. Sā pabbajitvā pi rūpaṃ nissāya uppannamadā. Satthā rūpaṃ vivaṇṇeti [2] garahati anekapariyāyena rūpe ādīnavaṃ dassetī ti buddhupaṭṭhānaṃ na gacchati. Bhagavā tassā ñāṇaparipākaṃ ñatvā Mahāpajāpatiṃ [3] āṇāpesi "sabbā pi bhikkhuniyo paṭipāṭiyā ovādaṃ āgacchantū" ti. Sā attano vāre sampatte aññaṃ pesesi. Bhagavā "vāre sampatte attano 'va āgantabbaṃ na aññaṃ [4] pesetabban ti" āha. Sā [5] satthu āṇaṃ laṅghituṃ asakkontī bhikkhunīhi saddhiṃ buddhupaṭṭhānaṃ [6] agamāsi. Bhagavā iddhiyā ekaṃ abhirūpaṃ māpetvā puna jarājiṇṇaṃ dassetvā saṃvegaṃ uppādetvā:

Āturaṃ asuciṃ pūtiṃ [7] passa Nande samussayaṃ
asubhāya cittaṃ bhāvehi ekaggaṃ susamāhitaṃ. 19.
Animittaṃ ca bhāvehi mānānusayam ujjaha
tato mānābhisamayā upasantā carissasī ti. 20.

Imā dve gāthā abhāsi. Tāsaṃ attho heṭṭhā vuttanayo [8] eva. Gāthāpariyosāne Abhirūpanandā arahattaṃ pāpuṇi. Tena vuttaṃ Apadāne:

Nagare Bandhumatiyā Bandhumā nāma khattiyo
tassa rañño ahaṃ bhariyā cārikaṃ cārayām' ahaṃ. [9] 1.

---

[1] vayappattā, cd. [2] vivanneti, cd.
[3] Mahāpajāpati, cd. [4] aññā, cd. [5] So, cd.
[6] baddhup°, cd. [7] pūti, cd. [8] vuttanayā, cd.
[9] ekaccaṃ vādayamahaṃ, B.; ekicchā cārayām' ahaṃ, A.

Rahogatā nisīditvā evaṃ cintes' ahaṃ tadā[1]
ādāya gamaniyaṃ hi kusalaṃ n'atthi me kataṃ.[2] 2.
Mahābhitāpaṃ kaṭukaṃ ghorarūpaṃ sudāruṇaṃ
nirayaṃ nūna[3] gacchāmi ettha me n'atthi saṃsayo. 3.
[4] Evāhaṃ cintayitvāna pahaṃsetvāna mānasaṃ[4]
rājānaṃ upasaṃgamma[5] idaṃ vacanaṃ abraviṃ. 4.
[6] Itthitā mama yaṃ deva purisānugatā sadā[6]
ekaṃ me samaṇaṃ dehi bhojayissāmi khattiya. 5.
Adāsi me tadā rājā[7] samaṇaṃ bhāvitindriyaṃ
tassa pattaṃ[8] gahetvāna paramannena pūrayiṃ. 6.
Pūrayitvā paramannaṃ sahassagghanaken' ahaṃ
vatthayugena chādetvā adāsi tuṭṭhamānasā. 7.
Tena kammena sukatena cetanāpaṇidhīhi ca
jahitvā mānusaṃ dehaṃ Tāvatiṃsaṃ agañchi 'haṃ. 8.
Sahassaṃ devarājūnaṃ mahesittaṃ akārayiṃ
sahassaṃ cakkavattīnaṃ mahesittaṃ akārayiṃ. 9.
Padesarajjaṃ vipulaṃ gaṇanāto asaṃkhayaṃ
nānāvidhaṃ bahu puññaṃ tassa kammaphalaṃ tato. 10.
Uppalass' eva me vaṇṇā abhirūpā sudassanā
itthisabbaṅgasampannā abhijātā jutindharā. 11.
Pacchime bhavasampatte ajāyiṃ Sākiyakule
nārīsahassapāmokkhā Suddhodanasutass' ahaṃ. 12.
Nibbinditvā agāre 'haṃ pabbajiṃ anagāriyaṃ
sattamiṃ rattiṃ sampatvā catusaccaṃ apāpuṇiṃ. 13.
Cīvaraṃ piṇḍapātaṃ ca paccayaṃ sayanāsanaṃ
parimetuṃ na sakkomi piṇḍapātass' idaṃ phalaṃ. 14.
Yaṃ mayhaṃ purimaṃ kammaṃ kusalaṃ janitaṃ muni
tuyh' atthāya mahāvīra pariciṇṇaṃ bahuṃ mayā. 15.
Ekatiṃse ito kappe yaṃ dānaṃ adadiṃ tadā
duggatiṃ nābhijānāmi piṇḍapātass' idaṃ phalaṃ. 16.
Duve gatī pajānāmi devattaṃ atha mānusaṃ
aññaṃ gatiṃ na jānāmi piṇḍapātass' idaṃ phalaṃ. 17.

---

[1] evaṃ cintesi tāvade, P.
[2] kusalaṃ me kataṃ n'atthi ādāya gamiyaṃ mama, P.
[3] nidassaṃ nūna, P.
[4]—[4] *not in* A.
[5] upasaṃgantvā, P.
[6]—[6] *not in* A.
[7] maharājā, A.
[8] tappayiṃ, A. B.

Uccs kule pajānāmi tayo sāls mahādhans
aññam kulaṃ na jānāmi piṇḍapātass' idaṃ phalaṃ. 18.
Bhavābhave saṃsaritvā sukkamūleua coditā
amanāpaṃ na passāmi somanassakataṃ phalaṃ. 19.
Iddhīsu ca vasī homi dibbāya sotadhātnyā
cetopariyañāṇassa vasī homi mahāmune. 20.
Pubbenivāsaṃ jānāmi dibbacakkbuṃ visodhitaṃ
sabbāsavā parikkhīṇā n'atthi dāni punabbhavo. 21.
Attbadbammaniruttīsu paṭibbāne tatb' eva ca
ñāṇaṃ mama mahāvīra uppannaṃ tava santike. 22.
Kilesā jhāpitā mayham —pa— kataṃ buddbassa sāsa-
nan ti. 23.

Arabattaṃ patvā pana sā sayam pi udāuavaseua tā
yeva gāthā abhāsi. Idha-m-eva o' assā aññaṃ vyākaraṇaṃ
ahosī ti.

Abbirūpanaudāya theriyā gātbāvaṇṇanā samattā.

XX.

Ye ime satta bojjhaūgā ti ādikā Jentāya theriyā
gāthā. Tassā atitaṃ paccuppanuaṃ ca vattbu Abhirūpa-
nandāvattbusadisaṃ. Ayaṃ pana Vesāliyaṃ Licchavirā-
jaknls nibbattī ti. Ayaṃ eva viseso: Sattbārā desitaṃ
dhammaṃ sutvā desanāpariyosāne arabattaṃ patvā attano
adhigataṃ visssaṃ paccavekkhitvā pītivassna:

Ye ime satta bojjbaūgā maggā nibbānapattiyā
bhāvitā ts mayā sabbe yathā buddhena desitā. 21.
Diṭṭho hi mo so bhagavā antimo 'yam samussayo
vikkhīno jātisaṃsāro n'atthi dāni punabbbavo ti. 22.

Imā dve gāthā abhāsi. Tattha ye ime satta boj-
jhaūgā ti ye ime satta[1] dhammavicayaviriyapītipas-
saddbisamādhiupekkhā samkhātā bodhiyā yatbāvuttāya

---

[1] ime sati, cd.

dhammasāmaggiyā bodhissavā bojjhaṅgassa samaṅgino puggalassa aṅgabhūtattā bojjhaṅgā ti laddhanāmā satta dhammā. Maggā nibbānapattiyā[1] ti nibbānādhigamassa upāyabhūtā. Bhāvitā te mayā sabbe yathā buddhena desitā ti te sattatiṃsa bodhipakkhiyadhammā sabbehi mayā yathā buddhena bhagavatā desitā tathā mayā uppāditā[2] vaḍḍhitā ca. Diṭṭho hi[3] me so bhagavā ti hisaddo hetuattho. Yasmā so bhagavā dhammakāyo sammāsambuddho attano adhigataariyadhammadassanena diṭṭho tasmā antimo 'yaṃ samussayo 'ti yojanā. Ariyadhammadassanena hi buddhā bhagavanto aññe ca ariyā diṭṭhā nāma honti, na rūpakāyadassanamattena yathāha: "Yo kho Vakkali dhammaṃ passati so maṃ passatī" ti. "Sutavā ca kho ariyasāvako bhikkhave ariyānaṃ dassāvī" ti ca ādi. Sesaṃ vuttanayaṃ eva.

Jentāya theriyā gāthāvaṇṇanā samattā.

XXI.

Sumuttike ti ādikā Sumaṅgalamātāya theriyā gāthā. Ayaṃ pi purimabuddhesu katādhikārā tattha tattha bhave kusalaṃ upacinitvā imasmiṃ buddhuppāde Sāvatthiyaṃ daḷiddakule nibbattitvā vayappattā aññatarassa naḷakārassa dinnā paṭhamagabbhe yeva pacchimabhavikaṃ puttaṃ labhitvā tassa Sumaṅgalo ti nāmaṃ ahosi. Tato paṭṭhāya Sumaṅgalamātā ti paññāyittha. Yasmā pan' assā nāmaṃ[4] gottaṃ na pākaṭaṃ, tasmā aññatarā bhikkhunī asaññātā ti[5] pāḷiyaṃ vuttā.[6] So pi 'ssā putto[7] viññutaṃ patto pabbajitvā saha paṭisambhidāhi arahattaṃ patvā Sumaṅgalathero ti pākaṭo ahosi. Tassa mātā bhikkhunī pabbajitvā vipassanāya kammaṃ karontī ekadivasaṃ gihīkāle attanā pattadukkhaṃ paccavekkhitvā saṃ-

---

[1] nibbānap°, cd. [2] uppādikā, cd.
[3] diṭṭbo ti, cd. [4] nāma, cd.
[5] asaññā ti, cd. [6] vuttaṃ, cd. [7] putto, *om.* cd.

vegajātā vipassanaṃ vaḍḍhetvā saha paṭisambhidāhi arahattaṃ patvā udānentī:

Sumuttike sumuttikā sādhu muttik'[1] amhi musalassa
ahiriko me chattakaṃ vā pi ukkhalikā me daddubhāvā.[2] 23.
Rāgañ ca ahaṃ dosañ ca vicchindantī viharāmi[3]
sā rukkhamūlaṃ upagamma aho sukhaṃ ti sukhato jhāyāmī ti. 24.

Imā dve gāthā abhāsi. Tattha sumuttike ti sumuttā. Kakāro padapūraṇamattaṃ. Suṭṭhu muttā vatā ti attho. Sāsane attanā paṭiladdhasampattiṃ disvā pasādavasena tassā vā pasaṃsāvasena āmantetvā vuttaṃ sumuttike sumuttikā ti. Yaṃ[4] pana gihikā visesato[5] jigucchati tato vimuttiṃ[6] dassentī: sādhu muttik' amhi ādiṃ āha. Tattha sādhu muttik' amhī ti sammad eva muttā vata amhi. Musalassā ti musalato. Ayaṃ kira daḷiddabhāvena gihīkāle sayaṃ eva musalakammaṃ karoti, tasmā evaṃ āha.

Ahiriko me ti mama sāmiko[7] ahiriko nillajjo. So mama na ruccatī ti vacanaseso. Pakatiyā 'va kāmesu virattacittatāya kāmādhimuttānaṃ pavattiṃ[8] jigucchantī vadati: chattakaṃ vā sī ti. Jīvitahetukena kariyamānaṃ chattakaṃ pi me na ruccatī ti attho. Vāsaddo avuttasamuccayattho. Tena peḷācaṅgoṭakādi saṃgaṇhāti. Veḷudaṇḍādīni gahetvā divase divase chattādīnaṃ karaṇavasena dukkhajīvitaṃ jigucchantī vadati[9]: ahitako me tato ti. Keci tato ti vatvā ahitako jarāvaho gihīkāle[10] mama sarīrato vāyatī ti atthaṃ vadanti. Apare pana ahitako paresaṃ duggandhataro ca mama sarīrato vāyatī ti atthaṃ vadanti. Ukkhalikā me daḷiddabhāvā[11] ti me mama bhattapacanabhājanaṃ cirapāri-

[1] sādhu muttik', *om.* cd. [2] deḍḍubh°, M.
[3] vicchindi, cd.; vihanāmi, m. [4] yā, cd.
[5] sesato, cd. [6] vimutti, cd. [7] sāvako, cd.
[8] pavatti, cd. [9] vadasi, cd.
[10] jarāvabhogihikāle, cd. [11] daddubhāvā, *corr.* cd.

vāsikabhāvena aparisuddhatāya udakasabbagandhaṃ vāyati. Tato ayaṃ sādhu muttik' amhī ti yojanā.

Rāgañ ca ahaṃ dosañ ca vicchindantī viharāmī ti ahaṃ kilesajeṭṭhakaṃ rāgañ ca dosañ ca vicchindantī viharāmī ti. Iminā saddena saddhi viharāmi vināsemi vijahāmī ti attho. Sā kira attano sāmikaṃ jigucchantī tena divase divase pīḷiyamānānaṃ dukkhaṃ veḷudaṇḍādīnaṃ saddaṃ arahantī. Tassa pahānaṃ rāgadosappahāne samaṃ katvā avoca. Sā rukkhamūlaṃ upagammā ti sā ahaṃ Sumaṅgalamātā vivittaṃ rukkhamūlaṃ upasaṃkamitvā. Snkhato jhāyāmī ti sukhan ti jhāyāmi. Kālena kālaṃ samāpajjantī phalasukhaṃ ca paṭivedayamānā phalajjhānena jhāyāmī ti attho Aho sukhan ti idaṃ pan' assa samāpattito pacchā pavattamanasikāravasena vuttaṃ. Pubbābhogavasenā ti pi yujjate.[1]

Sumaṅgalamātāya theriyā gāthāvaṇṇana samattā.

XXII.

Yāva Kāsijanapado[2] ti ādikā Aḍḍhakāsiyā theriyā gāthā. Ayaṃ kira Kassapassa dasabalassa kāle kulagehe nibbattitvā viññutaṃ patvā bhikkhunīnaṃ santikaṃ gantvā dhammaṃ sutvā paṭiladdhasaddhā pabbajitvā bhikkhunī sīle ṭhitaṃ aññataraṃ paṭisambhidāpattaṃ khīṇāsavatheriṃ[3] gaṇikāvādena akkositvā tato cutā niraye pacitvā imasmiṃ buddhuppāde Kāsiraṭṭhe uḷāravibhave seṭṭhikule nibbattitvā vuḍḍhippattā pubbe katassa vacīduccaritassa nissandena dhātuto pariṭṭhā gaṇikā ahosi nāmena Aḍḍhakāsī nāma. Tassā pabbajjā ca dūtena upasampadā ca khandhake āgatā yeva, vuttaṃ b'ctaṃ: Tena kho pana samayena Aḍḍhakāsī gaṇikā bhikkhunīsu pabbajitā[4] hoti, sā Sāvatthiṃ gantukāmā hoti "bhagavato santike upasampajjissāmī" ti. Assosuṃ kho dhuttā: "Aḍḍhakāsī

---

[1] yujjato, cd. [2] yāva kāpij°, cd.
[3] sakhīṇās°, cd. [4] pajjita, cd.

kira gaṇikā Sāvatthiṃ gantukāmā" ti, te magge pariyuṭṭhiṃsu. Assosi[1] kho Aḍḍhakāsī gaṇikā "dhuttā kira magge pariyuṭṭhitā" ti, sā bhagavato santike dūtaṃ pāhesi: "ahaṃ pi upasampajjitukāmā kathaṃ tu mayā paṭipajjitabbaṃ" ti. Atha kho bhagavā etasmiṃ nidāne dhammikathaṃ katvā bhikkhū āmantesi: Anujānāmi bhikkhave dūtena pi upasampādetuṃ ti. Evaṃ laddhūpasampadā pana vipassanāya kammaṃ karontī nacirass' eva saha paṭisambhidāhi arahattaṃ pāpuṇi. Tena vuttaṃ Apadāne:

Imamhi bhaddake kappe brahmabandhu mahāyaso
Kassapo nāma nāmena uppajji vadataṃ varo. 1.
Tadāhaṃ pabbajitvāna[2] tassa buddhassa sāsane
saṃvutā pātimokkhamhi indriyesu ca pañcasu 2.
Mattaññū nīcaāsane[3] suttā jāgariye pi ca
vasantī yuttayogāhaṃ[4] bhikkhuniṃ vigatāsavaṃ 3.
Akkosiṃ duṭṭhacittāhaṃ "gaṇike" ti bhaṇiṃ tadā[5]
tena pāpena kammena nirayamhi apaccisaṃ. 4.
Ten'eva kammasesena[6] ajāyiṃ gaṇikākule
bahuso parivattantī[7] pacchimāyaṃ pi jātiyaṃ.[8] 5.
Kāsikaraṭṭhe seṭṭhikule[9] brahmacārābalen' ahaṃ
accharā viya devesu ahosiṃ rūpasampadā. 6.
Disvāna dassanīyaṃ maṃ Giribbajapuruttame
gaṇikatte nivesesuṃ akkosanabalena me. 7.
Sāhaṃ suṇitvā saddhammaṃ[10] buddhaseṭṭhena desitaṃ
pubbavāsanasampannā pabbajiṃ[11] anagāriyaṃ. 8.
Tad upasampadatthāya gacchantī jinasantikaṃ.
magge dhutte ṭhite sutvā labhiṃ dūto 'pasampadaṃ. 9.
Sabbakammaṃ[12] parikkhīṇaṃ puññaṃ[13] pāpaṃ tath'
eva ca

[1] Assosuṃ, cd. [2] pabbajjitvāna, P.
[3] abhiāsane, P. [4] yuttayogaṃ, P.
[5] sahi tadā, P. [6] tena kammāvasesena, A.
[7] bahuso 'va parādhīnā, A. [8] pacchimāya ca j°, A.
[9] Kāsīsu seṭṭhikulajā, A. [10] sutvāna saddhammaṃ, A.
[11] pabbajji, P. [12] sabbakamma, P. [13] puñña, P.

sabbasaṃsāraṃ uttiṇṇā[1] gaṇikattañ ca khepitaṃ. 10.
Iddhīsu ca vasī homi dibbāya sotudhātuyā
cetopariyañāṇassa vasī homi mahāmune. 11.
Pubbenivāsaṃ jānāmi dibbacakkhuṃ visodhitaṃ
sabbāsavā parikkhīṇā n'atthi dāni punabbhavo. 12.
Atthadhammaniruttīsu paṭibhāṇe ṭath' eva ca
ñāṇaṃ mama mahāvīra uppannaṃ tava santike. 13.
Kilesā jhāpitā mayhaṃ —pa— kataṃ buddhassa sāsanaṃ. 14.

Arahattaṃ pana patvā udānavasena:

Yāva Kāsijanapado suṅko me tattako[2] ahu
taṃ katvā negamo agghaṃ agghe[3] 'nagghaṃ ṭhapesi maṃ. 25.
Atha nibbind' ahaṃ rūpe nibbindaṃ ca virajj' ahaṃ
mā puna jātisaṃsāraṃ[4] sandhāveyyaṃ punappunaṃ
tisso vijjā sacchikatā kataṃ buddhassa sāsanaṃ ti. 26.

Imā gāthā abhāsi. Tattha yāva Kāsijanapado suṅko me tattako[5] ahū ti Kāsīsu janapadesu gato suṅko Kāsijanapado. So yāvatako[6] tattha mayhaṃ suṅko ahu ahosi. Kittako pana so ti sahassamatto Kāsiraṭṭhe kira tadā suṅkavasena ekadivasaṃ rañño uppajjanakaayo ahosi. Sahassamatto imāya pi purisānaṃ hatthato ekadivasaṃ laddhadhanaṃ tattakaṃ. Tena vuttaṃ yāva Kāsijanapado suṅko me tattako[7] ahū ti. Sā pana Kāsisuṅkaparimāṇatāya Kāsī ti samaññaṃ labhi. Tattha yebhuyyena manusso[8] sahassaṃ dātuṃ asakkonto tato upaḍḍhaṃ datvā divasabhāgaṃ eva ramitvā gacchati[9] tesaṃ vasenāyaṃ Aḍḍhakāsī ti paññāyittha. Tena vuttaṃ taṃ katvā[10] negamo agghaṃ agghe 'nagghaṃ ṭhapesi man ti. Taṃ pañcasatamattaṃ dhanaṃ

[1] uttinnā, P. [2] tatthako, cd. [3] aḍḍhe, m.
[4] °saṃsāro, cd. [5] tatthako, cd. [6] yāvatthako, cd.
[7] tatthako, cd. [8] manussā, cd.
[9] gacchanti, cd. [10] vuttakaṃ katvā, cd.

agghaṃ katvā negamo nigamavāsī jano itthiratanabhāvena anagghaṃ pi samānaṃ agghena agghanimittaṃ Aḍḍhakāsī ti samaññāvasena maṃ ṭhapesi, tathā maṃ voharīti attho. Atha nibbind'ahaṃ[1] rūpe ti evaṃ rūpūpajīvinī hutvā ṭhitā. Atha pacchā sāsanaṃ nissāya rūpe ahaṃ nibbindantī iti pi rūpaṃ aniccaṃ iti rūpaṃ dukkhaṃ asubhan ti passantī tattha ukkaṇṭhi. Nibbindañ ca virajj'ahaṃ ti nibbindantī cāhaṃ tato paraṃ virāgaṃ āpajjin ti nibbindagahaṇena c' ettha taruṇavipassanaṃ dasseti. Virāgagahaṇena balavavipassanaṃ nibbindanto virajjati virāgā vimuccatī ti hi vuttaṃ. Mā puna jātisaṃsāraṃ sandhāveyyaṃ punappunaṃ ti iminā nibbindanavirajjanākāreṇa dasseti. Tisso vijjā ti ādinā tesaṃ atthaṃ kappati, taṃ vuttanayaṃ eva.

Aḍḍhakāsiyā theriyā gāthāvaṇṇanā samattā.

XXIII.

Kiṃ cāpi kho 'mhi kisikā ti ādikā Cittāya theriyā gāthā. Ayaṃ pi purimabuddhesu katādhikārā tattha tattha bhave vivaṭṭūpanissayaṃ kusalaṃ upacinantī ito catunavute kappe Candabhāgāya nadiyā tīre kinnarīyoniyaṃ nibbatti. Sā ekadivasaṃ ekaṃ paccekasambuddhaṃ rukkhamūle nisinnaṃ disvā pasādamānasā aṭṭha pupphehi pūjaṃ katvā vanditvā añjaliṃ gahetvā padakkhiṇaṃ katvā pakkāmi. Sā tena puññakammena devamanussesu saṃsarantī imasmiṃ buddhuppāde Rājagahe gahapatimahāsālakule nibbattitvā viññutaṃ patvā satthu Rājagahappavesane paṭiladdhasaddhā pacchā Mahāpajāpatigotamiyā santike pabbajitvā mahallikakāle Gijjhakūṭapabbataṃ abhirūhitvā samaṇadhammaṃ karontī vipassanaṃ vaḍḍhetvā saha paṭisambhidāhi arahattaṃ pāpuṇi. Tena vuttaṃ Apadāne:

Candabhāgānadītīre ahosiṃ kinnarī tadā
addasaṃ virajaṃ buddhaṃ sayambhuṃ aparājitaṃ. 1.

---

[1] nibbindayaṃ, cd.

Pasannacittā sumanā vedajātā katañjalī
naḷapuppham [1] gahetvāna Sayambhuṃ abhipūjayiṃ. 2.
Tena kammena sukatena agañchiṃ tidasāgaṇaṃ
chattiṃsadevarājūnaṃ mahesittaṃ akārayiṃ. 3.
Dasannaṃ cakkavattīnaṃ mahesittaṃ akārayiṃ
kilesā jhāpitā mayhaṃ bhavā saṃghāṭitā mama. 4.
Sabbāsavā parikkhīṇā n'atthi dāni punabbhavo.
Saṃvejayitvā me cittaṃ pabbajiṃ anagāriyaṃ. 5.
Catunavute ito kappe yaṃ pupphaṃ abhipūjayiṃ
duggatiṃ nābhijānāmi buddhapūjāy' idaṃ phalaṃ. 6.
Kilesā jhāpitā mayhaṃ kataṃ buddhassa sāsanaṃ ti. 7.

Sā pana arahattaṃ patvā attano paṭipattiṃ paccavekkhitvā:

Kiñcāpi kho 'mhi kisikā gilānā bāḷhadubbalā
daṇḍaṃ olubbha gacchāmi pabbataṃ abhirūhiya. 27.
Saṅghāṭiṃ nikkhipitvāna [2] pattakaṃ ca nikujjiya [3]
sele khambhesi attānaṃ tamokkhandhaṃ padāliyā [4] ti. 28.

Imā dve gāthā abhāsi. Tattha kiṃ cāpi kho 'mhi kisikā ti ahaṃ jarājiṇṇā appamaṃsalohitabhāvena kisasarīrā amhi. Gilānā bāḷhadubbalā ti dhātvādivikārena gilānā ten'eva gelaññena ativiya dubbalā. Daṇḍaṃ olubbha gacchāmī ti yattha katthaci gacchantī kattarayatthiṃ ālambitvā 'va gacchāmi. Pabbataṃ abhirūhiyā ti evambhūtā vivekakāmatāya Gijjhakūṭapabbataṃ abhirūhitvā. Saṃghāṭiṃ [5] nikkhipitvānā ti santaruttarā eva hutvā yathā saṃghāṭiaṃse ṭhapitaṃ saṃghāṭihatthapasse ṭhapetvā. Pattakaṃ ca nikujjiyā [6] ti mayhaṃ valañjanamattikā mattikāpattaṃ adhomukhaṃ katvā ekamante ṭhapetvā. Sele khambhesi attānaṃ tamokkhandhaṃ padāliyā [7] ti pabbate nisinnā iminā dīghena addhunā apadālitapubbe mohakkhandhaṃ padālitvā ten'evaca mohakkhandhapadā-

[1] A. naḷamālaṃ.
[2] nikkhepetvāna, cd.
[3] nikucchiya, cd.
[4] padālayā, cd.
[5] saṃghāṭi, cd.
[6] nikucchiyā, cd.
[7] padālayā, cd.

lanena attānaṃ attabhāvaṃ khambhesi mama sattānaṃ āyatiṃ anuppattidhammatāpadānena vikkhambhesī ti attho. Cittāya theriyā gāthāya vaṇṇanā samattā.

XXIV.

Kiṃ cāpi kho 'mhi dukkhitā ti ādi Mettikāya[1] theriyā gāthā. Ayaṃ pi purimabuddhesu katādhikārā tattha tattha bhave vivaṭṭūpanissayaṃ puññaṃ upacinantī Siddhatthassa bhagavato kāle gahapatikule nibbattitvā viññutaṃ patvā satthu cetiye ratanena patimaṇḍitāya mekhalāya[2] pūjam akāsi. Sā tena puññakammena devamanussesu saṃsarantī imasmiṃ buddhuppāde Rājagahe brāhmaṇamahāsālakule nibbatti. Sesaṃ anantare vuttasadisaṃ. Ayam pana paṭibhāgakūṭaṃ abhirūhitvā samaṇadhammaṃ karontī vipassanaṃ vaḍḍhetva saha paṭisambhidāhi arahattaṃ pāpuṇi. Tena vuttaṃ Apadāne:

Siddhatthassa bhagavato thūpakārādhikā ahuṃ[3]
mekhalikā mayā dinnā navakammāya satthuno. 1.
Niṭṭhite ca mahāthūpe mekhalaṃ[4] puna dās'ahaṃ
lokanāthassa munino pasannā sehi pāṇibi. 2.
catunavute ito kappe yaṃ mekhalam adaṃ[5] tadā
duggatiṃ nābhijānāmi thūpapūjāy'[6] idaṃ phalaṃ. 3.
Kilesā jhāpitā mayhaṃ —pa— kataṃ buddhassa sāsanaṃ
ti. 4.

Arahattaṃ pana patvā attano paṭipattiṃ paccavekkhitvā udānavasena:

Kiṃ cāpi kho 'mhi dukkhitā dubbalā gatayobbanā
daṇḍaṃ olubbha gacchāmi pabbataṃ abhirūhiya. 29.
Nikkhipitvāna saṃghāṭiṃ[7] pattakaṃ ca nikujjiya

---

[1] Pettikāya, cd. [2] makhalāya, cd.
[3] Supakārāpure ahū, P. [4] mekhali, P. [5] adi, P.
[6] thūpakārass', A. [7] saṃghāṭi, cd.

nisinnā c'amhi selamhi atha cittaṃ vimucci me
tisso vijjā anuppattā kataṃ buddhassa sāsanaṃ. 30.

Imā gāthā abhāsi. Tattha dukkhitā ti rogābhibhavena dukkhitā sañjātadukkhappattā. Dubbalā ti tāya ceva dukkhappattiyā jarājiṇṇatāya balavirahitā.[1] Tenāha gatayobbanā ti addhagatā ti attho. Atha cittaṃ vimucci me ti. Selamhi pāsāṇe. Nisinnā c'amhi athavānantaraṃ viriyasamatāya sammad eva yojitattā maggapaṭipāṭiyā sabbehi pi āsavehi mama cittaṃ vimucci. Sesaṃ vuttanayaṃ eva.

Mettikāya[2] theriyā gāthāvaṇṇanā samattā.

XXV.

Cātuddasī pañcaddasī ti ādikā aparāya Mettāya theriyā gāthā. Ayaṃ pi purimabuddhesu katādhikārā tattha tattha bhave vivaṭṭūpanissayaṃ kusalaṃ upacinantī Vipassissa bhagavato kāle khattiyakule nibbattitvā viññutaṃ patvā Bandhumassa rañño antepurikā hutvā Vipassissa bhagavato sāvikaṃ ekaṃ khīṇāsavaṃ theriṃ disvā pasannamānasā hutvā tassā hatthato pattaṃ gahetvā paṇītassa khādanīyabhojanīyassa pūritvā mahagghena sāṭakayugena saddhiṃ adāsi. Sā tena puññakammena devamanussesu saṃsarantī imasmiṃ buddhuppāde Kapilavatthusmiṃ Sākyarājakule nibbattitvā viññutaṃ patvā satthu santike dhammaṃ sutvā paṭiladdhasaddhā upāsikā ahosi. Sā aparabhāge Mahāpajāpatigotamiyā santike pabbajitvā katapubbakiccā vipassanāya kammaṃ karontī nacirass' eva saha paṭisambhidāhi arahattaṃ pāpuṇi. Tena vuttaṃ Apadāne:

Nagare Bandhumatiyā Bandhumā nāma khattiyo
tassa rañño ahaṃ bhariyā cārikaṃ cārayām' ahaṃ.[3] 1.
Rahogatā nisīditvā evaṃ cintes' ahaṃ tadā

---

[1] phalavirahitatā, cd. [2] Pettikāya, cd.
[3] ekicchā cārayām ahaṃ, A.; caritaṃ cāriyām', P.

ādāya gamanīyaṃ hi kusalaṃ n'atthi me kataṃ. 2.
Mahābhitāpaṃ kaṭukaṃ ghorarūpaṃ sudāruṇaṃ
nirayaṃ nūna gacchāmi tattha me n'atthi saṃsayo. 3.
Rājānaṃ upasaṅkamma [1] idaṃ vacanaṃ abraviṃ
"ekaṃ me samaṇaṃ dehi bhojayissāmi khattiya." 4.
Adāsi me mahārājā samaṇaṃ bhāvitindriyaṃ
tassa pattaṃ gahetvāna paramannena tappayiṃ. 5.
Pūrayitvā paramannaṃ gandhālepaṃ akās' ahaṃ
[2] sahassagghanaken'eva [2] vatthayugena chādayiṃ. 6.
Ārammaṇaṃ mama etaṃ sarāmi yāvajīvitaṃ
tattha cittaṃ pasādetvā Tāvatiṃsaṃ agañch'ahaṃ.[3] 7.
Tiṃsānaṃ devarājūnaṃ mahesittaṃ akārayiṃ
manasā patthitaṃ[4] mayhaṃ nibbattati yathicchitaṃ. 8.
Vīsānaṃ cakkavattīnaṃ mahesittaṃ akārayiṃ
ocitattā[5] ca hutvāna saṃsarāmi bhavesu 'haṃ. 9.
Sabbabandhanamuttāhaṃ asekkhā me upādikā[6]
sabhāsavā parikkhīṇā n'atthi dāni punabbhavo. 10.
Ekanavute ito kappe yaṃ dānaṃ adadiṃ tadā
duggatiṃ nābhijānāmi piṇḍapātass' idaṃ phalaṃ. 11.
Kilesā jhāpitā mayhaṃ —pa— kataṃ buddhassa sāsanaṃ. 12.

Arahattaṃ pana patvā[7] attano paṭipattiṃ paccavekkhitvā pītisomanassajātā udānavasena:

Cātuddasī pañcadasī yā va pakkhassa aṭṭhamī
pāṭihārikapakkhañ ca aṭṭhaṅgasusamāgataṃ
uposathaṃ upagañchi devakāyābhinandinī.[8] 31.
Sājja[9] ekena bhattena muṇḍā saṅghāṭipārutā
devakāyaṃ na patthe'haṃ vineyya hadaye daraṃ ti. 32.

Imā dve gāthā abhāsi. Tattha c ā t u d d a s ī [10] p a ñ c a-

---

[1] upasaṅgamma, A.
[2]—[2] jālena pidahitvāna, A. B.; mahātelena ch°, B.
[3] añchiyaṃ, P. [4] paṭṭhitaṃ, B. [5] ocitatthā, A.
[6] apetā me upāditā, B. [7] patvā *om.* cd.
[8] °ābhinandani, cd. [9] sajja, cd. [10] catuddasī, cd.

d a s ī ti cnddasannaṃ pūraṇī cātuddasī[1] pañcadasannaṃ pūraṇī pañcadasī ti. Cātuddasī pañcadasī yā va pakkhassā ti sambandho. Accantasaṃyoge c'etaṃ upayogavacanaṃ. Yā va pakkhassa aṭṭhamī ti yā cā[2] ti yojanā. Pāṭihārikapakkhañ cā ti parihāraṇakapakkhañ ca cātuddasīpañcadasīnṭṭhamīnaṃ yathākkamaṃ ādito antato vā pavcsanigamavasena uposathasīlassa pariharitahbapakkhañ ca. Terasī[3]pāṭipadasattamīnavamīsu cā ti attho. Aṭṭhaṅgasusamāgatan ti pāṇātipātā veramaṇīādīhi aṭṭhabi aṅgehi snṭṭhu samannāgataṃ[4] uposathaṃ upagañchī ti upagamiṃ npavasin ti attho. Yaṃ sandhāya vuttaṃ :

Pāṇaṃ na hāne na cādinnaṃ ādiye
mnsā na bhāss na ca majjapo siyā.
Abrahmacariyā virameyya methunā
rattiṃ na bhuñjsyya vikālabhojanaṃ.
Mālaṃ na dhāre na ca gandham ācare
mañce chamāyaṃ va sayetha santhats.
Etaṃ hi aṭṭhaṅgikaṃ āh' nposathaṃ
bnddhena dukkhantagunā[5] pakāsitan ti.

Dsvakāyābhinandinī ti nandūpapattiākaṃkhāvasena[6] cātumahārājikadsvakāyaṃ abhipatthentī nposathaṃ upāgañchin ti yojanā. Sājja[7] eksna hbatt e n ā ti sā ahaṃ ajja imasmiṃ ysva divass ekena bhattabhojanakkhaṇena muṇḍā saṃghāṭipārutā ti muṇḍitakesā saṃghāṭipārutasarīrā ca hutvā pabbajitā[8] ti attho. Devakāyaṃ na patthe 'haṃ ti aggamaggassa adhigatattā kiṃcid sva nikāyaṃ ahaṃ na patthays. Ten' evāha vineyya hadays daran ti cittakataṃ kilesapathaṃ samucchsdavasena vinītā ti attho. Idaṃ eva c'assā aññaṃ vyākaraṇaṃ ahosi.

Aparāya Mettāya theriyā gāthāvaṇṇanā samattā.

---

[1] catuddasī, cd. [2] aṭṭhamī yañ cā, cd. [3] terasa, cd.
[4] sampannāgatam, cd. [5] dukkhandhagunā, cd.
[6] °ākaṃkhav°, cd. [7] sajjā, cd. [8] pabhajjitā, cd.

XXVI.

Uddhaṃ pādatalā ti ādikā Abhayamātāya theriyā gāthā. Ayaṃ pi purimabuddhesu katādhikārā tattha tattha bhave puññāni upacinantī Tissassa bhagavato kāle kulagehe nibbattitvā viññutaṃ patvā ekadivasaṃ satthāraṃ piṇḍāya carantaṃ disvā pasannamānasā pattaṃ gahetvā kaṭacchumattaṃ bhikkhaṃ adāsi. Sā tena puññakammena devamanussesu saṃsarantī imasmiṃ buddhuppāde tādisena kammanissandena[1] Ujjeniyaṃ Padumavatī nāma nagarasobhanī ahosi. Rājā Bimbisāro tassā rūpasampattiādike guṇe sutvā purohitassa ācikkhi: "Ujjeniyaṃ kira Padumavatī nāma gaṇikā ahosi, taṃ ahaṃ daṭṭhukāmo 'mhī" ti. Purohito "sādhu devā" ti mantabalena Kumbhīraṃ nāma yakkhaṃ āvahetvā yakkhānubhāvena rājānaṃ tāvad eva Ujjenīnagaraṃ nesi. Rājā tāya saddhiṃ ekarattiṃ saṃvāsaṃ kappesi. Sā tena gabbhaṃ gaṇhi rañño ca ārocesi: "Mama kucchiyaṃ gabbho patiṭṭhahī" ti. Taṃ sutvā rājā naṃ "sace putto bhaveyya vaḍḍhetvā maṃ dassehī" ti vatvā muddikaṃ datvā agamāsi. Sā dasamāsaccayena puttaṃ vijāyitvā nāmagahaṇadivase Abhayo ti nāmaṃ akāsi, puttañ ca sattavassikakāle "tava pitā Bimbisārarājā" ti rañño santikaṃ pahiṇi. Rājā taṃ passitvā puttasinehaṃ paṭilabhitvā kumārakaparihārena vaḍḍhesi. Tassa saddhāpaṭilābho pabbajjāvisesādhigamo ca heṭṭhā āgato yeva. Tassa mātā aparabhāge puttassa Abhayattherassa santike dhammaṃ sutvā paṭiladdhasaddhā bhikkhunīsu pabbajitvā vipassanāya kammaṃ karontī nacirass' eva saha paṭisambhidāhi arahattaṃ pāpuṇi. Tena vuttaṃ Apadāne:

Piṇḍapātaṃ[2] carantassa Tissanāmassa satthuno
kaṭacchubhikkhaṃ paggayha buddhaseṭṭhass' adās' ahaṃ. 1.
Paṭiggahetvā sambuddho Tisso lokagganāyako
vīthiyā saṃṭhito satthā[3] akā me anumodanaṃ. 2.

---

[1] °nisandena, ed. [2] piṇḍacāraṃ, A. [3] satthu, P.

Kaṭacchubhikkhaṃ datvāna Tāvatiṃsaṃ gamissasi
chattiṃsa devarājūnaṃ mahesittaṃ karissasi. 3.
Paññāsaṃ cakkavattīnaṃ mahesittaṃ karissasi
manasā patthitaṃ[1] sabbaṃ paṭilacchasi sabbadā. 4.
sampattiṃ[2] anubhotvāna pabbajissasi 'kiñcanā
sabbāsave pariññāya nibbāyissasi[3] 'nāsavā. 5.
Idaṃ vatvāna sambuddho Tisso lokaggaṇāyako
nabhaṃ abbhuggami dhīro haṃsarājā va ambare. 6.
Sudinnaṃ me dānavaraṃ suyiṭṭhā yāgasampadā[4]
kaṭacchubhikkhaṃ datvāna pattāhaṃ acalaṃ padaṃ. 7.
Dvenavute ito kappe yaṃ kammaṃ akarī tadā[5]
duggatiṃ nābhijānāmi bhikkhādānass' idaṃ phalaṃ. 8.
Kilesā jhāpitā mayhaṃ —pa— kataṃ buddhassa sāsanaṃ
ti. 9.

Arahattaṃ pana patvā attano puttena Abhayatherena dhammaṃ kathentena ovādavasena tā gāthā[6] bhāsitā, udānavasena sayaṃ pi tā eva paccudāharantī:

Uddhaṃ pādatalā amma adho ve kesamatthakā
paccavekkhassu 'maṃ kāyaṃ asuciṃ pūtigandhikaṃ. 33.
Evaṃ viharamānāya sabbo rāgo samūhato
pariḷāho samucchinno sītibhūt' amhi nibbutā ti. 34.

āha. Tattha paṭhamagāthāya tāva ayaṃ saṃkhepattho: Amma Padumavatī pādatalato uddhaṃ kesamatthakato adho nānappakāraṃ asucipucchitāya asuci sabbakālaṃ pūtigandhavāyanato pūtigandhikaṃ imaṃ kucchitānaṃ yathā yathāyaṃ sarīraṃ ñāṇacakkhunā paccavekkhasū[7] ti. Ayaṃ hi sā puttena ovādadānavasena bhāsitā gāthā. Sā taṃ sutvā arahattaṃ patvā udānentī ācariyapūjāvasena taṃ eva gāthaṃ paṭhamaṃ vatvā attano paṭipattiṃ[8] kathentī, *evaṃ viharamānāyā* ti dutiyagāthaṃ āha. Tattha evaṃ *viharamānāyā* ti evaṃ mama puttena Abhayatherena: Uddhaṃ pādatalā ti ādinā dinne ovāde

[1] paṭṭhitaṃ, B. [2] sampatti, P. [3] nibbāyissati, B.
[4] cārasampadā, P. [5] yaṃ dānaṃ adadin tadā, A.
[6] sāgāthā, cd. [7] paṭiavokkhasū, cd. [8] paṭipatti, cd.

ṭhatvā sabbakāyaṃ asubhato disvā ekaggacittā tattha bhūtūpādāya bhede rūpadhamme tappaṭibandhe vedanādike arūpadhamme pariggahetvā tattha tilakkhaṇaṃ āropetvā aniccānupassanādivasena viharamānāya sabbo rāgo samūhato ti vuṭṭhānagāminivipassanāya maggena ghaṭitāya maggapaṭipāṭikāya aggamaggena sabbo rāgo mayā samūhato samugghātito.. Pariḷāho samucchinno tato eva sabbo kilesapariḷāho sammad eva ucchinno tassa ca samucchinnattā evaṃ sītibhūtā saupādisesāya nibbānadhātuyā nibbutā amhī ti.

Abhayamātāya theriyā gāthāvaṇṇanā samattā.

XXVII.

Abhaye bhiduro kāyo ti ādikā Abhayatheriyā gāthā. Ayaṃ pi purimabuddhesu katādhikārā tattha tattha bhavo vivaṭṭūpanissayaṃ puññaṃ upacinantī Sikhissa bhagavato kāle khattiyamahāsālakule nibbattitvā viññutaṃ patvā Aruṇaraññ̄o mahesī ahosi. Rājā tassā ekadivasaṃ gandhasampannāni rattauppalāni adāsi. Sā tāni gahetvānime imehi piḷandhehi "yannūnāhaṃ imehi taṃ bhagavantaṃ pūjissāmī" ti cintetvā nisīdi, bhagavā ca bhikkhācāravelāyaṃ rājanivesanaṃ pāvisi. Sā bhagavantaṃ disvā pasannamānasā paccuggantvā tehi pupphehi pūjetvā pañcapatiṭṭhitena vanditvā-sā tena puññakammena devamanussesu saṃsarantī imasmiṃ buddhuppāde Ujjeniyaṃ kulagehe nibbattitvā viññutaṃ pattā Abhayamātu sahāyikā hutvā tāya pabbajitāya sinehena sayaṃ pi pabbajitvā tāya saddhiṃ Rājagahe vasamānā ekadivasaṃ asubhadassanatthaṃ Sītavanaṃ agamāsi. Satthā gandhakuṭiyaṃ nisinno'va tassānubhūtapubbaṃ ārammaṇaṃ purato katvā tassā uddhumātakādibhāvaṃ[1] pakāsesi. Taṃ disvā saṃvegamānasā aṭṭhāsi. Satthā obhāsaṃ pharitvā purato nisinnaṃ viya attānaṃ dassesi:

Abhaye bhiduro kāyo yattha sattā puthujjanā
nikkhipissām' imaṃ dehaṃ sampajānā satīmatī.[2] 35.

---

[1] uddhumātakādiribhāvam, cd. [2] satimatā, m.

bahūhi dukkhadhammehi appamādaratāya me
taṇhākkhayo anuppatto kataṃ buddhassa sāsanan ti. 36.

Imā gāthā abhāsi. Sā gāthāpariyosāne arahattaṃ pāpuṇi. Tena vuttaṃ Apadāne:

Nagare Aruṇavatiyā Aruṇo nāma[1] khattiyo
tassa rañño ahaṃ bhariyā cārikaṃ cārayām'[2] ahaṃ. 1.
Satta mālā gahetvāna uppalā devagandhikā
nisajja pāsādavare evaṃ cintesi tāvade: 2.
Kiṃ me imāhi mālāhi sirasi ropitāhi[3] me
varaṃ me buddhaseṭṭhassa ñāṇamhi abhiropitaṃ. 3.
Sambuddhaṃ paṭimānentī dvārāsanne nisīd'ahaṃ
yadi ehiti sambuddho pūjayissaṃ mahāmuniṃ.[4] 4.
Kakudho vilapanto[5] va migarājā va kesarī
bhikkhusaṅghena sahito āgañchi vīthiyā jino. 5.
Buddhassa raṃsiṃ[6] disvāna haṭṭhā saṃviggamānasā
dvāraṃ apāpuritvāna buddhaseṭṭhaṃ apūjayiṃ. 6.
Satta uppalapupphāni parikiṇṇāni[7] ambare
chādiṃ[8] karonti[9] buddhassa. Matthake dhārayanti te. 7.
Udaggacittā sumanā vedajātā katañjalī
tattha cittaṃ pasādetvā Tāvatiṃsaṃ agañchi 'haṃ. 8.
Mahānilassa chadanaṃ[10] dhārentī mama muddhani
dibbaṃ gandhaṃ pavāyāmi, sattuppalass'[11] idaṃ phalaṃ. 9.
Kadāci niyamānāya ñātisaṃghena me tadā[12]
yāvatā parisā[13] mayhaṃ mahānilaṃ[14] dhārīyati.[15] 10.
Sattati devarājūnaṃ mahesittaṃ akārayiṃ
sabbattha issarā hutvā saṃsarāmi bhavābhave. 11.
Tesaṭṭhi cakkavattīnaṃ mahesittaṃ akārayiṃ
sabbe maṃ anuvattanti: ādeyyavacanā[16] ahaṃ.[17] 12.

---

[1] Aruṇavā nāma, A.
[2] vāritaṃ vār°, A.; naralam pādayām', B.
[3] ropitehi, A.B. [4] mahāmuni, P. [5] vilasanto, A.
[6] raṃsi, P. [7] parikkhīṇani, P. [8] chādi, P.
[9] karonto, A. [10] mahānelassa chādanam, A. B.
[11] sattuppalān', P.; satta mālān', B. [12] mamtadā, A.
[13] yāva tāya disā, P. [14] mahānelaṃ, A. B.
[15] padissati, P. [16] ādheyyav°, P. [17] ahuṃ, A.

Uppalass' eva me vaṇṇo gandho c'eva pavāyati
dubbaṇṇiyaṃ na jānāmi[1] buddhapūjāy' idaṃ phalaṃ. 13.
Iddhipādesu kusalā[2] bojjhaṅgabhāvanā ratā
abhiññāpāramīppattā buddhapūjāy' idaṃ phalaṃ. 14.
Satipaṭṭhānakusalā samādhijjhānagocarā
sammappadhānamanuyuttā[3] buddhapūjāy'idaṃ phalaṃ. 15.
Viriyaṃ me dhuradhorayhaṃ yogakkhemādhivāhanaṃ[4]
sabbāsavā parikkhīṇā n'atthi dāni punabbhavo. 16.
Ekatiṃse ito kappe yaṃ kammaṃ akarī tadā[5]
duggatiṃ nābhijānāmi pupphadānass' idaṃ[6] phalaṃ. 17.
Kilesā jhāpitā mayhaṃ — pa — kataṃ buddhassa sāsanaṃ. 18.

Arahattaṃ pana patvā udānentī tā eva gāthā parivattitvā abhāsi. Tattha Abhaye ti attānaṃ eva ālapati. Bhiduro ti bhijjanasabhāvo anicco ti attho. Yattha sattā puthujjanā ti yasmiṃ khaṇe bhijjanasīle asuciduggandhajigucchāpaṭikūlasabhāvo kāye ime andhaputhujjanā sattā laggā laggitā. Nikkhipissāmi imaṃ dehaṃ ti ahaṃ pana imaṃ dehaṃ pūtikāyaṃ puna anādānena nirapekkhā khipissāmi. Tattha kāraṇaṃ āha: sampajānā satīmatī ti[7] bahūhi dukkhadhammehi jātijarādīhi anekehi dukkhadhammehi phuṭṭhāyā ti adhippāyo. Appamādaratāyā ti tāya eva dukkhokiṇṇatāya patiladdhasaṃvegattā satī avippavāsasaṅkhāte appamāde ratāya. Sesaṃ vuttanayaṃ eva. Ettha ca satthārā desitaniyāmena nikkhipāhi imaṃ dehaṃ[8] appamādaratāya te taṇhākkhayaṃ pāpuṇāti. Karohi buddhasāsanaṃ ti pāṭho. Theriyā vuttaniyāmen'eva pana saṅgīti āropitā appamādaratāya tassā bhavitabban ti attho.

Abhayatheriyā gāthāvaṇṇanā samattā.

---

[1] duggatinābhijānāmi, B.; ājānāmi, P.
[2] kusalo, P. [3] samapadhānamayattā, B.
[4] °khemānivāh°, P. [5] yaṃ pupphaṃ abhipūjayiṃ, A. B.
[6] buddhapūjāy' idaṃ, A. B.
[7] satimatā ti, cd. [8] idaṃ dehaṃ cd.

XXVIII.

Catukkhattuṃ pañcakkhattuṃ ti ādikā Sāmāya theriyā gāthā. Ayaṃ pi purimabuddhesu katādhikārā tattha tattha bhave vivaṭṭūpanissayaṃ kusalaṃ upacinitvā [1] sugatīsu yeva saṃsarantī imasmiṃ buddhuppāde Kosambiyaṃ gahapatimahāsālakule nibbattitvā Sāmā ti 'ssā nāmaṃ ahosi. Sā viññutaṃ pattā Sāmāvatiyā upāsikāya piyasahāyikā hutvā tāya kālaṃ katāya sañjātasaṃvegā pabbaji. Pabbajitvā 'va Sāmāvatikaṃ ārabbha uppannasokaṃ vinodetuṃ asakkontī ariyamaggaṃ gaṇhituṃ nāsakkhi. Aparabhāge āsanasālāya nisinnā Ānandattherassa ovādaṃ sutvā vipassanaṃ paṭṭhapetvā tato sattame divase saha paṭisambhidāhi arahattaṃ pāpuṇi. Arahattaṃ pana patvā attano paṭipattiṃ paccavekkhitvā taṃ pakāsentī:

Catukkhattuṃ pañcakkhattuṃ vihārā upanikkhami
aladdhā cetaso santiṃ citte avasavattini. 37.
Tassā me aṭṭhamī ratti taṇhā mayhaṃ samūhatā.
Bahūhi dukkhadhammehi appamādaratāya me
taṇhakkhayo anuppatto kataṃ buddhassa sāsanan ti. 38.

Udānavasena dve gāthā abhāsi. Tattha catukkhattuṃ pañcakkhattuṃ vihārā upanikkhamī ti mama vasanakavihāre vipassanāmanasikārena nisinnā samaṇakiccaṃ matthakaṃ pāpetuṃ asakkontī utusappāyābhāvena "na nu kho mayhaṃ vipassanāmaggena ghaṭṭetī" ti cintetvā cattāro pañca cā ti nava vāre vihārā upassayato [2] bahi nikkhami, tenāha aladdhā cetaso santiṃ citte avasavattinī ti. Tattha cetaso santin ti [3] ariyamaggasamādhiṃ [4] sandhāyāha. Citte avasavattinī ti viriyasamathāya abhāvena mama bhāvanācittena vasavattinī ti. Sā kira ativiya paggahitaviriyā ahosi. Tassā me aṭṭhamī rattī ti yato paṭṭhāya Ānandattherassa santike ovādaṃ paṭilabhi, tato paṭṭhāya rattindivaṃ atanditā

---

[1] upacinetvā cd.
[2] upapassayato, cd.
[3] santī ti, cd.
[4] °samādhi, cd.

vipassanāya kammaṃ karontī rattiyaṃ catukkhattuṃ pañcakkhattuṃ vihārato nikkhamitvā manasikāraṃ pavattentī visesaṃ anadhigantvā aṭṭhamiyaṃ rattiyaṃ viriyasamathaṃ labhitvā maggapaṭipāṭiyā kilese khepentī ti attho. Tena vuttaṃ tassā me aṭṭhamī ratti yato taṇhā samūhatā ti. Sesaṃ vuttanayam eva.

Sāmāya theriyā gāthāya vaṇṇanā samattā.

Dukanipātavaṇṇanā niṭṭhitā.

XXIX.

Tikanipāte paṇṇavīsati[1] vassānī ti ādikā aparāya Sāmāya theriyā gāthā. Ayaṃ pi purimabuddhesu katādhikārā tattha tattha bhave vivaṭṭūpanissayaṃ kusalaṃ upacinantī Vipassissa bhagavato kāle Candabhāgāya nadiyā tīre kinnarīyoniyaṃ nibbatti. Sā tattha kinnarehi saddhiṃ kīḷāpasutā vicarati. Ath' ekadivasaṃ satthā sattākusalabījaṃ ropanatthaṃ tattha gantvā naditīre caṅkami. Sā bhagavantaṃ disvā haṭṭhatuṭṭhā salaḷapupphāni ādāya satthu santikaṃ gantvā vanditvā tehi pupphehi bhagavantaṃ pūjesi. Sā tena puññakammena devamanussesu saṃsarantī imasmiṃ buddhuppāde Kosambiyaṃ kulaghare nibbattitvā vayappattā Sāmāvatiyā sahāyikā hutvā tassā maraṇakāle[2] saṃvegajātā pabbajitvā pañcavīsati vassāni cittasamodhānaṃ alabhitvā mahallakakāle sugatovādaṃ labhitvā vipassanaṃ vaḍḍhetvā saha paṭisambhidāhi arahattaṃ pāpuṇi. Tena vuttaṃ Apadāne:

Candabhāgānadītīre ahosi kinnarī tadā
ath' addasaṃ devadevaṃ caṅkamantaṃ narāsabhaṃ. 1.
Ocinitvāna salaḷaṃ buddhaseṭṭhassa dās' ahaṃ
upasiṅgha mahāvīra saḷalaṃ devagandhikaṃ. 2.
Paṭiggahetvā sambuddho Vipassī lokanāyako
upasiṅghi mahāvīro pekkhamānāya me tadā. 3.
Añjaliṃ paggahetvāna vanditvā dipaduttamaṃ

---

[1] pannavīsati, cd. [2] manakāle, cd.

sakaṃ cittaṃ pasādetvā tato pabbataṃ āruhi. 4.
Ekanavute ito kappe yaṃ pupphaṃ abhipūjayiṃ
duggatiṃ nābhijānāmi buddhapūjāy' idaṃ phalaṃ. 5.
Kilesā jhāpitā mayhaṃ—pa—kataṃ buddhassa sāsanaṃ. 6.

Arahattaṃ pana patvā attano paṭipattiṃ[1] paccavekkhitvā udānavasena:

Paṇṇavīsati vassāni yato pabbajitāya me
nābhijānāmi cittassa samaṃ laddhaṃ kudācanaṃ. 39.
Aladdhā cetaso santiṃ[2] citte avasavattini
tato saṃvegaṃ āpādi saritvā jinasāsanaṃ. 40.
Bahūhi dukkhadhammehi appamādaratāya me
taṇhakkhayo anuppatto kataṃ buddhassa sāsanaṃ.
Ajja me sattamī ratti yato taṇhā visositā ti. 41.

Imā gāthā abhāsi. Tattha cittassa samaṃ ti cittassa vūpasamaṃ cetosamathamaggaphalasamādhī ti attho. Tato ti tasmā. Cittavasaṃ vattetuṃ asamatthabhāvato saṃvegaṃ āpādī ti satthari dharante pi pabbajitakiccaṃ matthakaṃ pāpetuṃ asakkontī pacchā kathaṃ pāpissasī ti saṃvegañāṇutrāsaṃ āpajji. Saritvā jinasāsanan ti kāṇakacchapūpamādi satthu ovādaṃ anussaritvā. Sesaṃ vuttanayaṃ eva.
Aparāya Sāmāya theriyā gāthāvaṇṇanā samattā.

XXX.

Catukkhattuṃ pañcakkhattuṃ ti ādikā Uttamāya theriyā gāthā. Ayaṃ pi purimabuddhesu katādhikārā, tattha tattha bhave vivaṭṭūpanissayaṃ kusalaṃ upacinantī Vipassissa bhagavato kāle Bandhumatīnagare aññatarassa kuṭimbikassa gehe gharadāsī hutvā nibbatti. Sā vayappattā attano ayyakānaṃ veyyāvaccaṃ karontī jīvati. Tena ca samayena Bandhumarājā anuposathaṃ

---

[1] paṭipatti, cd. [2] santi, cd.

uposathiko hutvā purebhattaṃ dānāni datvā pacchābhattaṃ dhammaṃ suṇāti. Atha mahājanā yathā rājā paṭipajjati tath'eva anuposathaṃ uposathaṅgāni samādāya vattanti, ath' assā dāsiyā etad ahosi: "Etarahi kho rājā mahājanā ca uposathaṅgāni samādāya vattanti, yannūnāhaṃ uposathadivasesu uposathasīlaṃ samādāya vatteyyan ti." Sā tathā karontī suparisuddhaṃ uposathasīlaṃ rakkhitvā Tāvatiṃsesu nibbattā, aparāparaṃ sugatīsu yeva saṃsarantī imasmiṃ buddhuppāde Sāvatthiyaṃ seṭṭhikule nibbattitvā, viññutaṃ pattā, Paṭācārāya theriyā santike dhammaṃ sutvā pabbajitvā vipassanaṃ paṭṭhapetvā taṃ matthakaṃ pāpetuṃ nāsakkhi. Paṭācārā therī tassā cittācāraṃ ñatvā ovādaṃ adāsi. Sā tassā ovāde ṭhatvā saha paṭisambhidāhi arahattaṃ pāpuṇi. Tena vuttaṃ Apadāne:

Nagare Bandhumatiyā Bandhumā nāma khattiyo
divase puṇṇamāyaṃ so upagañchi uposathaṃ. 1.
Ahaṃ tena samayena kumbhadāsī ahuṃ tahiṃ
disvā sarājikaṃ[1] senaṃ evāhaṃ cintayiṃ tadā. 2.
Rājā pi rajjaṃ chaḍḍetvā upagañchi uposathaṃ
saphalaṃ vata[2] taṃ kammaṃ janakāyo pamodito. 3.
Yoniso paccavekkhitvā duccajaṃ ca daḷiddakaṃ[3]
mānasaṃ sampahaṃsitvā[4] upagañchim uposathaṃ. 4.
Ahaṃ uposathaṃ katvā sammāsambuddhasāsane
tena kammena sukatena Tāvatiṃsaṃ agañchi 'haṃ.[5] 5.
Tattha me sukataṃ brahmaṃ ubbhayojanam uggataṃ
kūṭāgāravarūpetaṃ mahāsayanabhūsitaṃ.[6] 6.
Accharāsatasahassāni[7] upatiṭṭhantimaṃ sadā
aññe deve atikkamma[8] atirocāmi sabbadā. 7.
Catusaṭṭhi devarājūnaṃ mahesittaṃ akārayiṃ
tesaṭṭhi cakkavattīnaṃ mahesittaṃ akārayiṃ. 8.
Suvaṇṇavaṇṇā hutvāna bhavesu saṃsarām' ahaṃ
sabbattha pavarā homi, uposathass' idaṃ phalaṃ. 9.

---

[1] sarājakaṃ, A. [2] saphalaṃ nūna, A.
[3] duggaccañ ca daliddakaṃ, A. [4] sampahiṃsitvā, P.
[5] agacch' ahaṃ, A. [6] mahāsanasubhūsitaṃ, A.
[7] °satasahassā, A. [8] atikkama, P.

Hatthiyānaṃ assayānaṃ rathayānaṃ va kevalaṃ [1]
labhāmi sabbaṃ etañ [2] ca, uposathass' idaṃ phalaṃ. 10.
Sovaṇṇamayaṃ [3] rūpimayaṃ atho pi phalikāmayaṃ
lohitaṅkamayaṃ [4] c'eva sabbaṃ paṭilabhām' ahaṃ. 11.
Koseyyakambaliyāni khomakappāsikāni ca
mahagghāni ca vatthāni sabbaṃ paṭilabhām' ahaṃ. 12.
Annapānaṃ khādanīyaṃ vatthasenāsanāni ca
sabbaṃ etaṃ paṭilabhe, uposathass' idaṃ phalaṃ. 13.
Varagandhañ ca mālañ ca cuṇṇakaṃ [5] ca vilepanaṃ
sabbaṃ etaṃ paṭilabhe, uposathass' idaṃ phalaṃ. 14.
Kūṭāgāraṃ ca pāsādaṃ maṇḍapaṃ hammiyaṃ guhaṃ
sabbaṃ etaṃ paṭilabhe, uposathass' idaṃ phalaṃ. 15.
Jātiyā sattavassāhaṃ pabbajiṃ anagāriyaṃ [6]
aḍḍhamāse asampatte arahattaṃ apāpuṇiṃ. 16.
Ekanavute ito kappe [7] yaṃ uposathaṃ upāvasiṃ [7]
duggatiṃ nābhijānāmi uposathass' idaṃ phalaṃ. 17.
Kilesā jhāpitā mayhaṃ —pa— kataṃ buddhassa sāsanan
ti. 18.

Arahattaṃ pana patvā attano paṭipattiṃ paccavekkhitvā udānavasena:

Catukkhattuṃ pañcakkhattuṃ vihārā upanikkhamiṃ
aladdhā cetaso santiṃ [8] citte avasavattini. 42.
Sā bhikkhuniṃ [9] upāgañchi yā me saddhāyikā ahū
sā me dhammaṃ adesesi khandhāyatanadhātuyo. 43.
Tassā dhammaṃ suṇitvāna yathā maṃ anusāsi sā
sattāhaṃ ekapallaṅke nisīdi pītisukhasamappitā.
aṭṭhamiyā pāde pasāremi tamokkhandhaṃ padāliyā [10] ti. 44.

Imā gāthā abhāsi. Tattha sā bhikkhuniṃ [11]

---

[1] rathayānañ ca sivikaṃ, A. [2] etam pi.
[3] soṇṇamayaṃ, A. [4] lohitaṅgamayam, A.
[5] cunnakaṃ, P. [6] anāgāriyaṃ, A.
[7]—[7] yaṃ kammaṃ akariṃ tadā, A.
[8] santi, cd. [9] bhikkhunī, cd.
[10] padālayā, cd. [11] bhikkhuni, cd.

upagañchi yā me saddhāyikā ahū ti yā mayā saddhātabbā saddheyyavacanā ahosi, taṃ bhikkhuniṃ[1] sāhaṃ upagañchi upasaṃkami. Paṭācāratheriṃ[2] sandhāya vadati. Sā bhikkhunī upagañchi yā me saddhāyikāyi pi pāṭho. Sā Paṭācārā bhikkhunī anukampāya maṃ upagañchi yā mayhaṃ padatthassa sādhikā ti attho. Sā me dhammam adesesi khandhāyatanadhātuyo ti Paṭācārā therī ime pañcakkhandhā imāni dvādasāyatanāni imā aṭṭhārasa dhātuyo ti khandhādike virājetvā dassentī mayhaṃ dhammaṃ adesesi. Tassā dhammaṃ suṇitvānā[3] ti tassā paṭisambhidāpannāya theriyā santike khandhādivibhāgapubbaṅgamaṃ ariyamaggaṃ pāpetvā desitasaṇhasukhumavipassanādhammaṃ sutvā. Yathā maṃ anusāsi sā ti sā therī yathā maṃ anusāsi [ovādo] tathā paṭipajjantī paṭipattimatthakaṃ pāpetvā pi. Sattāhaṃ ekapallaṅke[4] nisīdi. Kathaṃ? Pītisukhasamappitā jhānavayena pītisukhena samaṅgībhūtā. Aṭṭhamiyā pāde pasāresi tamokkhandhaṃ padāliyā[5] ti anavasesamohakkhandhaṃ aggamaggena padāletvā aṭṭhame divase pallaṅkaṃ abhinandantī[6] pāde pasāresi. Idaṃ sva c'assā[7] aññaṃ vyākaraṇaṃ ahosi.

Uttamāya theriyā gāthāvaṇṇanā samattā.

XXXI.

Ye ime satta bojjhaṅgā ti ādikā aparāya Uttamāya theriyā gāthā. Ayaṃ pi purimabuddhesu katādhikārā tattha tattha bhave vivaṭṭūpanissayaṃ kusalaṃ upacinantī Vipassissa bhagavato kāle Bandhumatīnagare kuladāsī hutvā nibbattā. Sā ekadivasaṃ satthu sāvakaṃ ekaṃ khīṇāsavatheraṃ piṇḍāya carantaṃ disvā pasannamānasā tīni modakāni adāsi. Sā tena puññakammena

---

[1] bhikkhuni, cd. [2] °therī, cd. [3] sunitvānā, cd.
[4] ekapallaṅksna, cd. [5] padālayā, cd.
[6] abhinandati, cd. [7] ca sā, cd.

devamanussesu saṃsarantī imasmiṃ buddhuppāde Kosalajanapade aññatarasmiṃ brāhmaṇamahāsālakule nibbattitvā viññutaṃ pattā janapadacārikaṃ carantassa satthu santike dhammaṃ sutvā paṭiladdhasaddhā pabbajitvā nacirass'eva saha paṭisambhidāhi arahattaṃ pāpuṇi. Tena vuttaṃ Apadāne:

Nagare Bandhumatiyā kumbhadāsī ahosi 'haṃ
mama bhāgaṃ gahetvāna agañchiṃ udakahārikā. 1.
Panthambi[1] samaṇaṃ disvā santacittaṃ samāhitaṃ
pasannacittā sumanā modake tīṇi dās' ahaṃ. 2.
Tena kammena sukatena cetanāpaṇidhībi ca
ekanavuti kappāni vinipātaṃ na gañchi 'haṃ. 3.
Sampattikaṃ karitvāna[2] sabbam anubhavim ahaṃ
modake tīni datvāna pattābaṃ acalaṃ padaṃ. 4.
Kilesā jhāpitā mayhaṃ —pa— kataṃ buddhassa sāsanan
ti. 5.

Arahattaṃ pana patvā attano paṭipattiṃ paccavekkhitvā udānavasena:

Ye ime satta bojjhaṅgā maggā nibbānapattiyā
bhāvitā te mayā sabbe yathā buddhena desitā. 45.
Suññatassānimittassa[3] lābhinī 'haṃ yad icchakaṃ
Orasā dhītā buddhassa nibbānābhiratā sadā. 46.
Sabbe kāmā samucchinnā ye dibbā ye ca mānusā
vikkhīṇo jātisaṃsāro n'atthi dāni punabbhavo ti. 47.

Imā gāthā abhāsi. Tattha suññatassānimittassa[4] lābhinī 'haṃ yad icchakan ti suññatasamāpattiyā animittasamāpattiyā ca ahaṃ yadicchakaṃ lābhinī. Tattha yaṃ yaṃ samāpajjituṃ icchāmi yattha yattha yadā yadā taṃ taṃ tattha tattha samāpajjitvā viharāmī ti attho. Yadi pi hi suññataghaṇaṃ hitāni nāma yassa kassaci pi maggassa suññatādibhedatividhaṃ pi

[1] pathambi, P. B. [2] sapattikamitvāna, B.
[3] suññatassa nim°, cd. [4] suññatassa nim°, cd.

balaṃ sambhavati, ayaṃ pana therī suññatādinimittasamāpattiyo ca samāpajjī ti.[1] Tena vuttaṃ suññatassānimittassa lābhinī 'baṃ yad icchakan ti. Yebhuyyavasena vā etaṃ vuttaṃ. Nidassanamattaṃ etan ti. Apare ye dibbā ye ca mānusā ti ye devaloke pariyāpannā ye ca manussaloke pariyāpannā vatthukāmā te sabbe pi tappaṭibandhachandarāgappahānena sammad eva ucchinnā[2] aparibhogārahā. Vuttaṃ hi: abhabbo āvuso khīṇāsavo bhikkhu kāme paribhuñjituṃ. Seyyathāpi pubbe anagāriyabhūto ti. Sesaṃ vuttanayaṃ eva.

Aparāya Uttamāya theriyā gāthāvaṇṇanā samattā.

XXXII.

Divāvihārā nikkhammā ti ādikā Dantikātheriyā gāthā. Ayaṃ pi purimabuddhesu katādhikārā, tattha tattha bhave vivaṭṭūpanissayaṃ kusalaṃ upacinantī buddhasuññakāle[3] Candabhāgānadītīre kinnarīyoniyaṃ nibbatti. Sā ekadivasaṃ kinnarehi saddhiṃ kīḷantī vicaramānā addasa aññataraṃ paccekabuddhaṃ aññatarasmiṃ rukkhamūle divāvihāraṃ nisinnaṃ. Disvāna pasannamānasā upasaṃkamitvā pupphehi pūjaṃ katvā vanditvā pakkāmi. Sā tena puññakammena devamanussesu saṃsarantī imasmiṃ buddhuppāde Sāvatthiyaṃ Kosalarañño purohitabrāhmaṇassa gehe nibbattitvā viññutaṃ pattā Jetavane paṭiladdhasaddhā upāsikā hutvā pacchā Mahāpajāpatigotamiyā santike pabbajitvā Rājagahe vasamānā ekadivasaṃ pacchābbattaṃ Gijjhakūṭaṃ abhirūhitvā divāvihāraṃ nisinnā hatthārohassa abhirūhaṇatthāya pādaṃ pasārentaṃ hatthiṃ[4] disvā taṃ eva ārammaṇaṃ katvā vipassanaṃ vaḍḍhetvā saha paṭisambhidāhi arahattaṃ pāpuṇi. Tena vuttaṃ Apadāne:

Candabhāgānadītīre ahosiṃ kinnarī tadā
addasaṃ virajaṃ buddhaṃ sayambhuṃ aparājitaṃ. 1.

---

[1] samāpajjiṃ, cd. [2] ucchinā, cd.
[3] buddhassuñña°, cd. [4] hattic, cd.

Pasannacittā sumanā vedajātā katañjalī
sālamālaṃ [1] gahetvāna sayambhuṃ abhipūjayiṃ. 2.
Tena kammena sukatena cetanāpaṇidhīhi ca
jahitvā mānusaṃ dehaṃ Tāvatiṃsaṃ agacchi 'haṃ. 3.
Chattiṃsa devarājūnaṃ mahesittaṃ akārayiṃ
[2] manasā patthitaṃ mayhaṃ nibbattati yath' icchitaṃ.[2] 4.
Dasannaṃ cakkavattīnaṃ mahesittaṃ akārayiṃ.
[3] Ocitattā 'va hutvāna saṃsarāmi bhavesvahaṃ.[3] 5.
Kusalaṃ vijjate mayhaṃ pabbajiṃ anagāriyaṃ
pūjārahā ahaṃ ajja Sakyaputtassa sāsane. 6.
Visuddhamanasā ajja apetamanapāpikā
sabbāsavaparikkhīṇā n'atthi dāni punabbhavo. 7.
Kilesā jhāpitā mayhaṃ kataṃ buddhassa sāsanan ti. 8.

Arahattaṃ pana patvā attano paṭipattiṃ paccavekkhitvā pītisomanassajātā udānavasena:

Divāvihārā nikkhamma Gijjhakūṭamhi pabbate
nāgaṃ ogāha-m-uttiṇṇaṃ nadītīramhi addasaṃ. 48.
Puriso aṅkusaṃ ādāya "dehi pādaṃ" ti yācati.
nāgo pasārayi pādaṃ, puriso nāgaṃ āruhi. 49.
Disvā adantaṃ damitaṃ manussānaṃ vasaṃ gataṃ
tato cittaṃ samādhemi khalu tāya vanaṃ gatā ti. 50.

Imā gāthā abhāsi. Tattha nāgam ogāha-m-uttiṇṇaṃ ti hatthināgaṃ nadiyaṃ ogāhaṃ katvā ogayha tato uttiṇṇaṃ. Ogayha-m-uttiṇṇaṃ ti vā pāṭho. Makāro padasandhikaro. Nadītīramhi addasan ti Candabhāgānadiyā tīre apassi. Karontī ti c'etaṃ dassetuṃ vuttaṃ puriso ti ādi. Tattha dehi pādaṃ ti rājavīthiārohaṇatthaṃ pādaṃ pasāretuṃ saññaṃ deti, yathā paricitaṃ saññaṃ dento idha yācatī ti vutto. Disvā adantaṃ damitan ti pakatiyā pubbe adantaṃ idāni hatthācariyena hatthisikkhāya damitadamitaṃ upagataṃ kiriyaṃ. Manussānaṃ vasaṃ gataṃ yaṃ yaṃ manussā āṇāpenti taṃ taṃ disvā ti yojanā.

[1] naḷamālaṃ, A. [2]—[2] *Om.* P.

Tato cittaṃ samādhemi khalu tāya vanaṃ gatā ti. Khalū ti avadhāraṇatthe nipāto. Tato hatthidassanato pacchā. Tāya hatthino kiriyāya hetubhūtāya vanaṃ araññaṃ gatā cittaṃ samādhemi yeva. Kathaṃ[1] ayaṃ pi tiracchānagato hatthī hatthidamakassa vasena damanaṃ gato? Kasmā manussabhūtāya cittaṃ purisadamakassa satthu vasena damanaṃ na gamissatī ti saṃvegajātā vipassanaṃ vaḍḍhetvā aggamaggasamādhinā[2] mama cittaṃ samādhemi[3] accantaṃ samādānena sabbaso kilese khepesī ti attho.

Dantikāya theriyā gāthāvaṇṇanā samattā.

XXXIII.

Amma Jīvā 'ti ādikā Ubbiriyā theriyā gāthā. Ayaṃ pi purimabuddhesu katādhikārā tattha tattha bhave vivaṭṭūpanissayaṃ kusalaṃ upacinantī Padumuttarassa bhagavato kāle Haṃsavatīnagare kulagehe nibbattitvā viññutaṃ pattā ekadivasaṃ mātāpitusu maṅgalaṃ anubhavituṃ gehantaragatesu adutiyā sayaṃ gehe ohīnā upakaṭṭhāya velāya bhagavato sāvakaṃ ekaṃ khīṇāsavattheraṃ gehadvārasamīpena gacchantaṃ disvā bhikkhaṃ dātukāmā bhante idha pavisathā 'ti vatvā there gehaṃ paviṭṭhe pañcapatiṭṭhitena theram vanditvā goṇakādīhi āsanaṃ paññāpetvā adāsi. Nisīdi thero paññatte āsane. Sā pattaṃ gahetvā piṇḍapātassa pūretvā therassa hatthe ṭhapesi. Thero anumodanaṃ katvā pakkāmi. Sā tena puññakammena tāvatiṃsesu nibbattitvā tattha yāvatāyukaṃ uḷāradibbasampattiṃ anubhavitvā tato cutā sugatīsu yeva saṃsarantī imasmiṃ buddhuppāde Sāvatthiyaṃ gahapatimahāsālakule nibbattitvā Ubbirī ti[4] nāma abhirūpā dassanīyā ahosi. Sā vayappattakāle Kosalarañño attano gehe nītā katipayasaṃvaccharātikkamena ekaṃ dhītaraṃ labhi. Tassā Jīvantī ti nāmaṃ

---

[1] Kataṃ, cd. [2] samādhinaṃ, cd. [3] samādemi, cd.
[4] Ubbira ti, cd.

akaṃsu. Rājā tassā dhītaraṃ disvā tuṭṭhamānaso Ubbiriyā abhisekaṃ adāsi. Dhītā pan' assā ādhāvitvā paridhāvitvā vicaraṇakāle kālaṃ akāsi. Mātā yattha tassā sarīranikkhepo kato taṃ susānaṃ gantvā divase divase paridevesi. Ekadivasaṃ satthu santikaṃ gantvā vanditvā thokaṃ nisīditvā gatā. Aciravatiyā nadiyā tīre ṭhatvā dhītaraṃ ārabbha paridevati.[1] Taṃ disvā satthā gandhakuṭiyaṃ yathā nisinno 'va attānaṃ dassetvā "kasmā vippalapasī" ti pucchi. "Mama dhītaraṃ ārabbha vippalapāmi[2] bhagavā" ti. "Imasmiṃ susāne jhāpitā tava dhītaro caturāsīti sahassamattā, tāsaṃ kataraṃ sandhāya vippalapasī" ti. Tāsaṃ taṃ taṃ aḷāhanaṭṭhānaṃ dassetvā:

Amma Jīvā ti vanamhi kandasi attānaṃ adhigaccha
Ubbiri.
cūḷāsītisahassāni sabbā Jīvasanāmikā
etamh' āḷāhane daḍḍhā tāsaṃ kaṃ anusocasī ti. 51.

upaḍḍhagāthaṃ āha. Tattha amma Jīvā ti mātupacāranāmena dhītuyā ālapanaṃ. Idaṃ c' assā vippalapanākāradassanaṃ. Vanamhi kandasī ti vanamajjhe paridevasi. Attānaṃ adhigaccha Ubbirī ti Ubbiri tava attānaṃ eva tāva bujjhassu yathāvato jānāhi. Cūḷāsīti sahassānī ti caturāsīti sahassāni. Sabbā Jīvasanāmikā ti tā sabbā pi Jīvantiyā samānanāmikā. Sahassamattā sukhaṃ sandhāya tvaṃ anusocasi anusokaṃ[3] āpajjasī ti. Evaṃ satthārā dhamme[4] desite desanānusārena ñāṇaṃ pesitvā vipassanaṃ ārabhitvā satthu desanāvilāsena attano hetusampattiyā yathā ṭhitā 'va vipassanaṃ ussukkāpetvā maggapaṭipāṭiyā aggaphale arahattaṃ patiṭṭhāsi. Tena vuttaṃ Apadāne:

Nagare Haṃsavatiyā ahosiṃ bālikā tadā
mātā ca me pitā ca[5] me kammantaṃ agamaṃsu te. 1.

---

[1] paridevasi, cd. [2] vippalapasi, cd.
[3] anu anusokaṃ, cd. [4] dhamma, cd. [5] pitāpica, A.

Majjhantikamhi suriye addasaṃ samaṇaṃ ahaṃ
vīthiyā anugacchantaṃ. Āsanaṃ paññāpes'[1] ahaṃ. 2.
Goṇakavikatikāhi[2] paññāpetvā tad āsanaṃ[3]
pasannacittā sumanā idaṃ vacanam abraviṃ. 3.
Santattā kuthitā[4] bhūmi sūro majjhantike ṭhito
mālutā ca na vāyanti kālo c'ettha upaṭṭhito.[5] 4.
Paññattam āsanam idaṃ tav' atthāya mahāmuni
anukampaṃ upādāya nisīda mama āsane. 5.
Nisīdi tattha samaṇo sudanto[6] suddhamānaso
tassa pattaṃ gahetvāna yathārandhaṃ[7] adās' ahaṃ. 6.
Tena kammena sukatena cetanāpaṇidhīhi ca
jahitvā mānusaṃ dehaṃ Tāvatiṃsaṃ agañchi 'haṃ. 7.
Tattha me sukataṃ brahmaṃ āsanena[8] anuimmitaṃ
saṭṭhiyojanam ubbedhaṃ[9] tiṃsayojanavitthataṃ. 8.
Soṇṇamayā[10] maṇimayā atho 'pi[11] phalikāmayā
lohitaṅkamayā[12] c'eva pallaṅkā vividhā mama. 9.
Tulikāvikatikāhi[13] kaṭṭhissacittakāhi[14] ca
uddhaekantalomī[15] ca pallaṅkā me susaṇṭhitā. 10.
Yadā icchāmi gamanaṃ hāsakhiḍḍasamappitā[16]
saha pallaṅkaseṭṭhena gacchāmi mama patthitaṃ.[17] 11.
Asīti devarājūnaṃ mahesittam akārayiṃ
sattati cakkavattīnaṃ mahesittam akārayiṃ. 12.
Bhavābhave saṃsarantī mahābhogaṃ labhām' ahaṃ
bhogā me ūnakā[18] n'atthi, ekāsanaphalaṃ idaṃ. 13.
Duve bhave saṃsarāmi devatte[19] atha mānuse
aññe bhave na jānāmi, ekāsanaphalaṃ idaṃ. 14.

---

[1] paññāpem', P.; paññāpetvāna ās°, P.
[2] vikatikādīhi, P. [3] mam' āsanaṃ, A.
[4] kutitā, A_2; santakā kuṭikā, P.
[5] kālo c'ev' ettha me hiti, A. [6] sunando, P.
[7] yathāladdhaṃ, P; yathārantaṃ, B. [8] āsane, P.
[9] ubbiddhaṃ, A. [10] sovāṇṇamayā, P.
[11] atho 'si, P. [12] lohitaṅgam°, A. [13] tulitāv°, P.
[14] kattissacitt°, P.; kaṭṭissāc°, A.
[15] uddhaṃ ca kandalomīhi, P. [16] pasādinnas°, P.
[17] paṭṭhitaṃ, B. [18] bhoge me ūnatā, A.
[19] devatthe, A.

Duve kule pajāyāmi khattiye cāpi brāhmaṇe
uccā kulīnā[1] sabbattha, ekāsanaphalaṃ idaṃ. 15.
Domanassaṃ na jānāmi cittasantāpanaṃ[2] mama
vevaṇṇiyaṃ na jānāmi, ekāsanaphalaṃ idaṃ. 16.
Dhātiyo maṃ upaṭṭhanti[3] khujjā celāṭakā[4] bahū
aṅgena[5] aṅgaṃ gacchāmi, ekāsanaphalaṃ idaṃ. 17.
Aññā nhāpenti[6] bhojenti aññā ramanti[7] me sadā[8]
aññā gandhaṃ vilimpanti,[9] ekāsanaphalaṃ idaṃ. 18.
Maṇḍape rukkhamūle vā suññāgāre vasantiyā
mama saṅkappam aññāya pallaṅko me upaṭṭhahi.[10] 19.
Ayaṃ pacchimako mayhaṃ[11] carimo[12] vattate bhavo
ajjāpi rajjaṃ chaḍḍetvā[13] pabbajiṃ anagāriyaṃ. 20.
Satasahasse ito kappe yaṃ dānaṃ adadiṃ tadā
duggatiṃ nābhijānāmi, ekāsanaphalaṃ idaṃ. 21.
Kilesā jhāpitā mayhaṃ —pa— kataṃ buddhassa sāsanan
ti. 22.

Arahattaṃ pana patvā attano adhigataṃ visesaṃ pakāsentī:

Abbahi vata me sallaṃ duddasaṃ hadayanissitaṃ
yaṃ me sokaparetāya dhītu sokaṃ apānudi. 52.
Sājja[14] abbūḷhasallāhaṃ nicchātā parinibbutā
buddhaṃ dhammañ ca saṅghaṃ ca upemi saraṇaṃ muniṃ
ti. 53.

diyaḍḍhagāthaṃ āha. Tattha abbahi vata me sallaṃ duddasaṃ hadayanissitaṃ ti anupacitakusalasambhārehi yathāvato. Duddasaṃ[15] mama cittasannissitaṃ piḷājananato dunnīharanato anto nudakato ca

---

[1] kulikā, A. [2] °santāsanaṃ, P. [3] upaṭṭhenti, A.
[4] celāpikā, A; celāyikā, B. [5] aṅga, P.
[6] aññe tāpenti, P. [7] aññe ramanti, P.
[8] dumenti maṃ, P. [9] aññe g° vilepenti, P.
[10] pallaṅko upatiṭṭhati, A. [11] maññaṃ, P.
[12] carime, P. [13] chaṭṭetvā, A.
[14] Sajja, cd. [15] duddassaṃ, cd.

sallan ti laddhanāmam sokam taṇham ca. Abbahi vata nīhari vata.[1] Yam me sokaparetāyā ti yasmā sokena abbibhūtāya mayham dhītu sokam vyapānudi anavasesato nīhari, tasmā abbahi vata me sallan ti yojanā. Sājja abbūlhasallāhan ti sā aham ajja sabbaso uddhaṭataṇhāsallā tato eva nicchātā parinibbutā. Munin ti sabbaññubuddham. Tassa desitam maggaphalam nibbānappabbedanavividham lokuttaradhammam tattha patiṭṭhitam aṭṭhaariyapuggalasamūhasamkhātam samghañ ca. Anuttarehi tehi yojanato sakalavaṭṭadukkham vināsanato saraṇam tāṇam leṇam parāyanan ti upemi upagacchāmi[2] bujjhāmi sevāmi cā ti attho.

Ubbiriyā theriyā gāthāvaṇṇanā samattā.

XXXIV.

Kim me[3] katā Rājagahe ti ādikā Sukkāya theriyā gāthā. Ayam pi purimabuddhesu katādhikārā tattha tattha bhave vivaṭṭūpanissayam kusalam upacinantī kulagehe nibbattitvā viññutam pattā upāsikāhi saddhim vihāram gantvā satthu santike dhammam sutvā paṭiladdhasaddhā pabbajitvā bahussutā dhammadharā paṭibhāṇavatī ahosi. Sā tattha bahūni vassasatāni brahmacariyam caritvā puthujjanakālakiriyam eva katvā Tusite nibbatti. Tathā Vipassissa bhagavato Vessabhussa bhagavato kāle ti evam tiṇṇam sammāsambuddhānam sāsane sīlam rakkhitvā[4] bahussutā dhammadharā ahosi. Tathā Kakusandhassa Koṇāgamanassa ca bhagavato sāsane pabbajitvā visuddhasīlā bahussutā dhammakathikā ahosi. Evam sā tattha tattha bahu puññam upacinitvā sugatīsu yeva samsarantī imasmim buddhuppāde Rājagahanagare gahapatimahāsālakule nibbattitvā Sukkā ti 'ssā nāmam ahosi. Sā viññutam pattā satthu Rājagahappavesane

---

[1] nihari va jāyam, cd. [2] °gacchā, cd.
[3] Ki me, cd. [4] rakkhetvā, cd.

laddhapasādā upāsikā hutvā aparabhāge Dhammadinnāya theriyā santike dhammaṃ sutvā saṃjātasaṃvegā tassā eva santike pabbajitvā vipassanāya kammaṃ karontī nacirass' eva saha paṭisambhidāhi arahattaṃ pāpuṇi. Tena vuttaṃ Apadāne:

Ekanavute ito kappe Vipassī nāma nāyako
uppajji cārudassano sabbadhammavipassako. 1.
Tadāhaṃ Bandhumatiyaṃ jātā aññatare kule
dhammaṃ sutvāna munino pabbajiṃ anagāriyaṃ. 2.
Bahussutā[1] dhammadharā paṭibhāṇavatī[2] tathā
vicittakathikā cāpi[3] jinasāsanakārikā. 3.
Tadā dhammakathaṃ sutvā[4] hitāya janataṃ bahuṃ[5]
tato cutā 'haṃ Tusitaṃ upapannā yasassinī. 4.
Ekatiṃse ito kappe Sikhī piyasikhī jino
tapanto yasasā loke[6] uppajji vadataṃvaro. 5.
Tadāpi pabbajitvāna buddhasāsanakovidā[7]
jotetvā jinavākyāni ito pītidivaṃ[8] gatā. 6.
Ekatiṃse 'va kappamhi Vessabhū nāma nāyako
uppajjittha[9] mahāñāṇī tadā pi ca tath' ev' ahaṃ. 7.
Pabbajitvā dhammadharā jotayiṃ jinasāsanaṃ
gantvā marupuraṃ rammaṃ anubhosiṃ mahāsukhaṃ. 8.
Imasmiṃ bhaddake kappe Kakusandho anuttaro[10]
uppajji narasaraṇo tadā pi ca tath' ev' ahaṃ. 9.
Pabbajitvā munimataṃ jotayitvā yathāsukhaṃ[11]
tato cutā 'haṃ tidivaṃ agaṃ sabhavanaṃ[12] yathā. 10.
Imasmiṃ yeva kappamhi Koṇāgamananāyako
uppajji lokasaraṇo[13] araṇo amataṅgato. 11.
Tadā pi pabbajitvāna sāsane tassa tādino
bahussutā dhammadharā jotayiṃ jinasāsanaṃ. 12.
Imasmiṃ yeva kappamhi Kassapo purisuttamo[14]

---

[1] bahutvātā, A. [2] paṭibhānavasi, P.
[3] cāsi, A. B. [4] katvā, A. B. [5] janasaṃ pari, P.
[6] na patto 'yaṃ saha loke, P. [7] °kovidhā, P.
[8] tato pītid°, A. [9] uppajjitvā, P. [10] jinuttamo, A. B.
[11] yathāyukaṃ, A. B. [12] sasavanaṃ, P.
[13] uppajjitvā dīpavaro, B. [14] muni-m-uttamo, A. B.

uppajji lokanāyako [1] saraṇo [2] maraṇantagū. 13.
Tassa pi naravīrassa pabbajitvāna sāsane
pariyāpuṇi saddhammaṃ [3] paripucchāvisāradā. 14.
Susīlā lajjinī [4] c'eva tīsu sikkhāsu kovidā
bahuṃ dhammakathaṃ katvā yāvajīvaṃ mahāmune. 15.
Tena kammavipākena cetanāpaṇidhīhi ca
jahitvā [5] mānusaṃ dehaṃ Tāvatiṃsaṃ agañchi 'haṃ. 16.
Pacchime 'va bhave dāni Giribbaje puruttame
jātā seṭṭhikule phīte mahāratanasaṅcaye. 17.
Yadā bhikkhusahassena pareto [6] lokanāyako
upāgami Rājagahaṃ sahassakkhena vaṇṇito, 18.
Danto dantehi saha purāṇajaṭilehi ca [7]
vippamutto vippamuttehi siṅginikkhasavaṇṇo
Rājagahaṃ pavisi bhagavā. 19.
Disvā buddhānubhāvan taṃ sutvā 'va guṇasañcayaṃ
buddhe cittaṃ pasādetvā pūjayiṃ taṃ yathābalaṃ. 20.
Aparena ca kālena Dhammadinnāya santike
agārā nikkhamitvāna pabbajiṃ anagūriyaṃ. 21.
Kesesu chijjamānesu kilese jhāpayiṃ ahaṃ
uggahiṃ sāsanaṃ sabbaṃ pabbajitvā ciren'ahaṃ. [8] 22.
Tato dhammaṃ adesesiṃ mahājanasamāgame
dhamme desiyamānambhi [9] dhammābhisamayo ahū. 23.
Nekapāṇasahassānaṃ taṃ viditvā [10] 'ti vimhito
abhippasanno me yakkho bhamitvāna [11] Giribbajaṃ. 24.
Kiṃ me [12] katā Rājagahe manussā madhuṃ pītā 'va acchare [13]
ye Sukkaṃ na upāsanti desentiṃ [14] amataṃ padaṃ. 25.
Taṃ ca appaṭivāniyaṃ [15] asecanakaṃ ojavaṃ
pivanti maññe sappaññā valāhakam iv'addhagū. [16] 26.

---

[1] lokasaraṇo, A. B.   [2] araṇo, A. B.
[3] pariyāputasaddhammā, A. B.   [4] lajjīhi, P.
[5] jahetvā, P.   [6] apareto, P.   [7] ca om. A.
[8] cirena taṃ, P.   [9] desiyamānehi, P.
[10] saṃviditvā, B.   [11] bhavitvā hi, P. B.
[12] ki me, A. P.   [13] acchaye, P.
[14] desenti, P. B.   [15] appaṭibhāniyaṃ, B.
[16] valāhagāṃ ivantagū, P. ; kanakam iva vantagū, B.

Iddhiyā[1] ca vasī homi dibbāya sotadhātuyā
cetopariyañāṇassa vasī homi mahāmune.[2] 27.
Pubbenivāsaṃ jānāmi dibbacakkhuṃ visodhitaṃ
sabbāsavā parikkhīṇā n'atthi dāni punabbhavo. 28.
Atthadhammaniruttīsu paṭibhāṇe[3] tath'eva ca
ñāṇaṃ mama mahāvīra uppannaṃ tava santike. 29.
Kilesā jhāpitā mayhaṃ —pa— kataṃ buddhassa sāsanan
ti. 30.

Arahattaṃ pana patvā pañcasatabhikkhunīparivārā mahādhammakathikā ahosi. Sā ekadivasaṃ Rājagahaṃ piṇḍāya caritvā katabhattakiccā bhikkhunūpassayaṃ pavisitvā[4] sannisinnāya mahatiyā parisāya madhubhaṇḍaṃ pīḷetvā sumadhuraṃ pāyantī viya amatena abhisiñcantī viya dhammaṃ deseti. Parisā c'assā dhammakathaṃ ohitasotā avikkhittā sakkaccaṃ suṇāti. Tasmiṃ khaṇe theriyā caṅkamanakoṭiyaṃ rukkhe adhivatthā devatā dhammadesanāya pasannā Rājagahaṃ pavisitvā[5] rathiyāya rathiyaṃ siṅghāṭakena siṅghāṭakaṃ vicaritvā tassā guṇaṃ vibhāventī:

Kiṃ me katā Rājagahe manussā madhu pītā'va acchare[6]
ye Sukkaṃ na upāsanti desentiṃ buddhasāsanaṃ. 54.
Tañ ca appaṭivāniyaṃ asecanakaṃ ojavaṃ
pivanti maññe sappaññā valāhakam iv' addhagū ti. 55.

Imā gāthā abhāsi. Tattha kiṃ me katā Rājagahe manussā ti ime Rājagahamanussā kiṃ katā[7] kismiṃ nāma kicce vyāvaṭā. Madhu pītā 'va acchare ti yathā bhaṇḍaṃ gahetvā[8] madhuṃ pivantā[9] visaññino[10] hutvā sīsaṃ ukkhipituṃ na sakkonti evaṃ ime pi dhammasaññāya visaññino hutvā maññe sīsaṃ ukkhipituṃ na sakkonti, kevalaṃ acchanti yevā 'ti attho. Ye Sukkaṃ

---

[1] iddhīsu, A. [2] mahāmuni, P. [3] paṭibhāne, P.
[4] pavisetvā, cd. [5] pavisetvā, cd.
[6] acchaye, cd. [7] kikatā, cd.
[8] gahetvā *om.* cd. [9] pivanto, cd. [10] vissaññino, cd.

na upāsanti desentiṃ[1] buddhasāsanan ti buddhassa bhagavato sāsanaṃ yāthāvato desentiṃ pakāsentiṃ Sukkatheriṃ[2] na upāsanti na payirupāsanti. Te ime Rājagahe manussā kiṃ katā ti yojanā. Taṃ ca appaṭivāniyan ti tañ ca pana dhammaṃ anivattitabhāvāvahaṃ niyyānikaṃ[3] abhikkantatāya thāsotujanasavanamanoharabhāvena avasecaniyaṃ asecakaṃ anāsittakaṃ pakatiyā 'va mahārasaṃ tato eva ojavantaṃ. Osadhan ti pi pāḷi. Vaṭṭaṃ dukkhavyādhīhi kicchāya osadhaṃ bhūtaṃ pivanti maññe. Sappaññā valāhakam iv'addhagū ti valāhakantarato nikkhantaudakaṃ nirudakakantāre saṇhakā viya taṃ dhammaṃ sappaññā paṇḍitapurisā pivanti maññe pivantā viya suṇanti.[4] Manussā taṃ sutvā pasannamānasā theriyā santikaṃ upasaṃkamitvā sakkaccaṃ dhammaṃ suṇiṃsu. Aparabhāgo theriyā āyupariyosāne parinibbānakāle sāsanassa niyyānikabhāvanatthaṃ[5] aññaṃ vyākarontī :

Sukkā sukkehi dhammehi vītarāgā samāhitā
dhārehi antimaṃ dehaṃ jetvā Māraṃ savāhanaṃ ti. 56.

Imaṃ gāthaṃ abhāsi. Tattha Sukkā ti Sukkā therī attānaṃ eva paraṃ viya dasseti. Sukkehi dhammehī ti suddhehi lokuttaradhammehi. Vītarāgā samāhitā ti aggamaggena sabbaso vītarāgā arahattaphala samādhinā samāhitā. Sesaṃ vuttanayaṃ eva.

Sukkāya theriyā gāthāvaṇṇanā samattā.

XXXV.

N'atthi nissaraṇaṃ loke ti ādikā Selāya theriyā gāthā. Ayam pi purimabuddhesu katādhikārā tattha tattha bhave vivaṭṭūpanissayaṃ kusalaṃ upacinantī Haṃsavatīnagare kulagehe nibbattitvā viññutaṃ pattā mātāpitūhi samā-

---

[1] desenti, P. [2] desenti pakāsenti Sukkatheriyo, cd.
[3] niyānikaṃ, cd. [4] sunanti, cd. [5] niyānika°, cd.

najātikassa kulaputtassa dinnā. Tena saddhiṃ bahūni vassasatāni sukhasaṃvāsaṃ vasitvā tasmiṃ kālaṃ kate sayaṃ pi addhagatā vayo anuppattā saṃvegajātā kiṃ kusalaṃ gavesinī kālena kālaṃ ārāmena ārāmaṃ vihārena vihāraṃ anuvicarantī "samaṇabrāhmaṇānaṃ santike dhammaṃ desessāmī" ti sā ekadivasaṃ satthu bodhirukkhaṃ upasaṃkamitvā "yadi buddho bhagavā asamo samasamo appaṭipuggalo dassetu me ayaṃ bodhipāṭihāriyan" ti nisīdi. Tassā tathā cittuppādasamanantaram eva bodhi pajjali, sabbasovaṇṇamayā sākhā upaṭṭhahiṃsu, sabbā disā virociṃsu, sā taṃ pāṭihāriyaṃ disvā pasannamānasā garucittikāraṃ upaṭṭhapetvā sirasi añjaliṃ paggayha satta rattindivaṃ tattheva nisīdi. Sattame divase uḷāraṃ pūjāsakkāraṃ akāsi. Sā tena puññakammena devamanussesu saṃsarantī imasmiṃ buddhuppāde Āḷaviraṭṭhe Āḷavikassa rañño dhītā hutvā nibbatti, Selā ti 'ssā nāmaṃ ahosi. Āḷavikassa pana rañño dhītā ti katvā Āḷavikā ti pi naṃ voharanti. Sā viññutaṃ pattā satthari Āḷavikaṃ[1] damitvā tassa hattho pattacīvaraṃ datvā tena saddhiṃ Āḷaviṃ nagaraṃ upagate dārikā hutvā raññā saddhiṃ satthu santikaṃ upagantvā dhammaṃ sutvā paṭiladdhasaddhā upāsikā ahosi. Sā aparabhāge sañjātasaṃvegā bhikkhunīsu pabbajitvā katapubbakiccā vipassanaṃ paṭṭhapetvā saṅkhāre sammasantī upanissayasampannattā paripakkañāṇā nacirass' eva arahattaṃ pāpuṇi. Tena vuttam Apadāne:

Nagare Haṃsavatiyā cārikī[2] ās' ahaṃ tadā
ārāmena ca ārāmaṃ[3] carāmi kusalatthikā. 1.
Kālapakkhambhi divaso addasaṃ bodhiṃ uttamaṃ
tattha cittaṃ pasādetvā[4] bodhimūle nisīdi 'haṃ. 2.
Garucittaṃ paṭṭhapetvā[5] siro katvāna añjaliṃ[6]
somanassaṃ pavedetvā evaṃ cintesi tāvade. 3.
Yadi buddho amitaguṇo asamappaṭipuggalo
dassetu pāṭihīraṃ me, bodhi[7] obhāsatu ayaṃ. 4.

---

[1] Āḷavakaṃ, cd. [2] cāriṇī, B.
[3] ārāmena vihārena, P. [4] uppādetvā, B.
[5] upaṭṭhitvā, A. [6] añjali, P. [7] odhi, B.

Saha āvajjite mayhaṃ bodhi pajjali tāvade
sabbasoṇṇamayā [1] āsi disā sabbā virocati. 5.
Satta rattindivaṃ tattha bodhimūle nisīd'ahaṃ [2]
sattame divase patte [3] dīpapūjaṃ akās'ahaṃ. [4] 6.
Āsanaṃ parivāretvā pañca dīpāni pajjaluṃ [5]
yāva udeti suriyo dīpā me [6] pajjaluṃ [7] tadā. 7.
Tena kammena sukatena cetanāpaṇidhīhi ca
jahitvā mānusaṃ dehaṃ Tāvatiṃsaṃ agañch' ahaṃ. 8.
Tattha me sukataṃ brahmaṃ pañca dīpā ti vuccati [8]
saṭṭhiyojanaṃ [9] ubbiddhaṃ [10] tiṃsayojanavitthataṃ. 9.
Asaṃkhayāni dīpāni parivāre [11] jaliṃsu me
yāvatā devabhavanaṃ dīpā lokena jotati. 10.
Parammukhā nisīditvā yadi icchāmi passituṃ
uddhaṃ adho ca tiriyaṃ [12] sabbaṃ passāmi cakkhunā. 11.
Yāvatā abhikaṅkhāmi daṭṭhuṃ sukaṭadukkaṭe
tattha āvaraṇaṃ [13] n'atthi rukkhesu pabbatesu vā. 12.
Asīti devarājūnaṃ mahesittaṃ akārayiṃ
satānaṃ [14] cakkavattīnaṃ mahesittaṃ akārayiṃ. 13.
Yaṃ yaṃ yo nūpapajjāmi devattaṃ atha mānusaṃ
dīpasatasahassāni parivāre [15] jalanti me. 14.
Devalokā cavitvāna uppajji mātu kucchiyaṃ
mātukucchigatā santī akkhi me na nimīlati. [16] 15.
Dīpasatasahassāni puññakammasamaṅgitā [17]
jalanti sūtike [18] gehe. Pañca dīpān' idaṃ phalaṃ. 16.
Pacchime bhavasampatte mānasaṃ vinivattayiṃ [19]
ajarāmataṃ [20] sītibhāvaṃ nibbānaṃ phassayiṃ [21] ahaṃ. 17.

---

[1] sabbasovaṇṇam°, P. [2] nisīdayaṃ, P.
[3] sampatte, P. [4] adās'ahaṃ, P. [5] pajjalaṃ, P.
[6] divā me, P. [7] pajjalaṃ, P. [8] dīpītivuccati, P.
[9] °yojana, P. [10] ubbedhaṃ, B.
[11] parivāretvā, P. [12] adho tathā tiriyaṃ, P.
[13] me varaṇaṃ, B. [14] sattannaṃ, P. [15] parivāretvā, P.
[16] nimmīlati, P.; nimissati, B. [17] samaṅgino, P.
[18] sūtikā, P. B. [19] vinivaṭṭayaṃ, P. B.
[20] ajarāmaraṇaṃ, P. [21] passayiṃ, A.; phussayī, P.

Jātiyā sattavassāhaṃ [1] arahattaṃ apāpuṇiṃ
upasampādayi buddho guṇaṃ aññāya Gotamo. 18.
Maṇḍape rukkhamūle vā suññāgāre vasantiyā
sadā pajjalate dīpaṃ. Pañca dīpān' idaṃ phalaṃ. 19.
[2] Pacchime bhavasappañño 'gāre vasantiyā sadā
sadā [3] pajjalate dīpaṃ. Pañca dīpān' idaṃ phalaṃ.[2] 20.
Dibbacakkhu visuddhaṃ me samādhikusalā ahaṃ
abhiññāpāramīppattā. Pañca dīpān' idaṃ phalaṃ. 21.
Sabbe tepiṭake ñāṇā [4] katakiccā anāsavā
pañca dīpā mahāvīra pāde vandāmi [5] cakkhuma. 22.
Satasahasse ito kappe yaṃ dīpaṃ abhipūjayiṃ [6]
duggatiṃ nābhijānāmi. Pañca dīpān' idaṃ phalaṃ. 23.
Kilesā jhāpitā mayhaṃ —pa— kataṃ buddhassa sāsanaṃ ti. 24.

Arahattaṃ pana patvā therī Sāvatthiyaṃ viharati.[7] Ekadivasaṃ pacchābhattaṃ Sāvatthito nikkhamitvā divāvihāratthāya Andhavanaṃ pavisitvā aññatarasmiṃ rukkhamūle nisīdi. Atha naṃ Māro vivekato vicchinitukāmo aññātakarūpena upagantvā:

N'atthi nissaraṇaṃ loke kiṃ vivekena kāhasi [8]
bhuñjāhi kāmaratiyo māhu [9] pacchānutāpinī ti. 57.

gāthaṃ āha. Tass' attho: imasmiṃ loke sabbasamayesu pi uparikkhiyamānaṃ nissaraṇanibbānaṃ kiṃ vivekaṃ nāma n'atthi. Tesaṃ tesaṃ samaṇabrāhmaṇānaṃ chandaso paṭiññāyamānaṃ vā chavatthum ev'etaṃ, tasmā k i ṃ v i v e k e n a k ā h a s i evarūpe sampannapaṭhame vaye ṭhitā iminā kāyavivekena kiṃ karissasi? Atha kho b h u ñ j ā h i k ā m a r a t i y o vatthukāmakilesakāmasannissitā khiḍḍāratiyo paccanubhohi, tasmā m ā h u p a c c h ā n u t ā-

---

[1] sattavassāva, P.
[2]—[2] *Om.* A. [3] sadā *om.* P. [4] sabhavositavosānā, A.
[5] vandati, A. [6] yaṃ dīpaṃ adadiṃ tadā, A.
[7] theriyā Sāvatthiyaṃ viharanti, cd.
[8] vivekakāhasi, cd. [9] mātu, cd.

pinī.[1] Nissarantaṃ brahmacariyaṃ carāmi, tad eva nibbānaṃ n'atthi, ten' eva taṃ nādhigataṃ kāmarāgo ca parihīno anattho vata mayhan ti vippaṭisārinī[2] māhosī ti adhippāyo. Taṃ sutvā therī "bālo vatāyaṃ Māro yo mama paccakkhabhūtaṃ nibbānaṃ paṭikkhipati kāmesu ca maṃ pavāreti, mama khīṇāsavabhāvaṃ na jānāti, handa naṃ taṃ jānāpetvā tajjessāmī" ti cintetvā:

Sattisūlūpamā kāmā khandhānaṃ adhikuṭṭanā[3]
yaṃ tvaṃ kāmaratiṃ brūsi arati dāni sā mama. 58.
Sabbattha vihatā nandi tamokkhandho padālito
evaṃ jānāhi pāpima nihato tvaṃ asi antakā ti. 59.

Imaṃ gāthādvayaṃ āha. Tattha sattisūlūpamā kāmā ti kāmā nāma yena adhiṭṭhitā tassa sattassa viniviijjhanato nisītasatti viya sūlaṃ viya ca daṭṭhabbā. Khandhā ti upādānakkhandhā. N'atthi tesaṃ adhikuṭṭanā[4] ti khandhānudiṭṭhānaṃ[5] accādānan ti attho. Yato khandhe accādāya sattā kāmehi chijjabhijjaṃ pāpuṇanti. Yaṃ tvaṃ kāmaratiṃ[6] brūsi arati dāni sā maman ti[7] "pāpima tvaṃ yaṃ kāmaratiṃ ramitabbaṃ sevitabbaṃ katvā[8] tvaṃ vadasi, sā dāni mama niratijātikassa mīḷhasadisā, na tāya mama koci attho atthī ti tattha kāraṇaṃ āha. Sabbattha vihatā nandī ti ādinā tattha evaṃ jānāhī ti sabbaso pahīṇataṇhā vijjā ti maṃ jānāhi. Tato eva vālavidhamanavipassanātikkamehi[9] antaka lāmaka[10] vā Māra tvaṃ mayā nihato bādhito. Asināhaṃ tayā bādhitabbā ti attho. Evaṃ theriyā Māro santajjito tatth' ev' antaradhāsi. Therī pi phalasamāpattisukhena Andhavane divasabhāgaṃ vitināmetvā sāyaṇhe vasanaṭṭhānaṃ eva gatā.

Selāya theriyā gāthāvaṇṇanā samattā.

[1] paccānutāpi, cd. [2] vippatisāri, cd.
[3] adhikuḍḍanā, cd. [4] adhikuḍḍanā, cd.
[5] candanudiṭṭhānaṃ, cd. [6] kāmarati, cd.
[7] mamatā ti, cd. [8] kūmarati, cd.
[9] °vipassāti°, cd. [10] lamakā, cd.

XXXVI.

Yaṃ taṃ isīhi[1] pattabban ti ādikā Somāya theriyā gāthā. Ayam pi purimabuddhesu katādhikārā tattha tattha bhave vivaṭṭūpanissayaṃ kusalaṃ upacinantī Sikhissa bhagavato kāle khattiyamahāsālakule nibbattitvā viññutaṃ pattā Aruṇavato rañño aggamahesī ahosi. Sabbaṃ atītavatthuṃ Abhayatheriyā vatthusadisaṃ. Paccuppannavatthum pana: ayaṃ therī tathā devamanussesu saṃsarantī imasmiṃ buddhuppāde Rājagahe Bimbisārassa rañño purohitassa dhītā hutvā nibbatti. Tassā Somā ti nāmaṃ ahosi. Sā viññutaṃ pattā satthu Rājagahappavese paṭiladdhasaddhā upāsikā hutvā aparabhāge saṃjātasaṃvegā bhikkhunīsu pabbajitvā katabuddhakiccā vipassanāya kammaṃ karontī nacirass' eva saha paṭisambhidāhi arahattaṃ pāpuṇi. Tena vuttaṃ Apadāne:

Nagare Aruṇavatiyā Aruṇavā nāma khattiyo
tassa rañño ahaṃ bhariyā cārikaṃ[2] cārayām' ahaṃ. 1.

Yāvatakaṃ buddhassa sāsanan ti sabbaṃ Abhayatheriyā Apadānasadisaṃ. Arahattaṃ pana patvā vimuttisukhena Sāvatthiyā viharantī ekadivasaṃ divāvihāratthāya Andhavanaṃ pavisitvā aññatarasmiṃ rukkhamūle nisīdi. Atha naṃ Māro vivekato vicchinditukāmo adissamānarūpo upagantvā ākāse ṭhatvā:

Yan taṃ isīhi pattabbaṃ ṭhānaṃ[3] durabhisambhavaṃ
na taṃ dvaṅgulisaññāya sakkā pappotuṃ itthiyā ti. 60.

Imaṃ gāthaṃ āha. Tass' attho: sīlakkhandhādīnaṃ esanaṭṭhena isīhi[4] laddhanāmehi buddhādīhi mahāpaññehi pattabbaṃ,[5] taṃ aññehi pana durabhisambhavaṃ dunnipphādanīyaṃ[6] yan taṃ arahattasaṅkhātaṃ paramassāsaṭṭhānaṃ. Na taṃ dvaṅgulisaññāya

---

[1] isīti vattabban, cd. [2] vāditaṃ, P. [3] santaṃ, cd.
[4] isī ti, cd. [5] sattabbaṃ, cd. [6] nu dun°, cd.

itthiyā pāpuṇituṃ sakkā. Itthiyo hi sattaṭṭhavassakālato paṭṭhāya sabbakālaṃ odanaṃ pacantiyo pakkutbite[1] udake taṇḍule pakkhipitvā ettāvatā odanaṃ pakkan ti na jānanti. Pakkuthiyamāne pana taṇḍnle dabbiyā uddharitvā dvīhi aṅgulīhi pīḷitvā jānanti, tasmā dvaṅgulisaññāyā ti vuttā. Taṃ sutvā therī Māraṃ apasādentī:

Itthibhāvo no kiṃ kayirā cittamhi susamāhite
ñāṇamhi vattamānamhi sammā dhammaṃ vipassato. 61.
Sabbattha vihatā nandi tamokkhandho padālito
evaṃ jānāhi pāpima, nihato tvaṃ asi antakā ti. 62.

Itarā dve gāthā abhāsi. Tattha itthibhāvo no kiṃ kayirā ti mātugāmabhāvo amhākaṃ kiṃ kareyya[2] arahattapattiyā kīdisaṃ bandhanaṃ[3] uppādeyya. Cittamhi susamāhite ti citte aggamaggasamādhinā suṭṭhu samāhite. Ñāṇamhi vattamānamhī ti tato arahattamaggañāṇe pavattamāne. Sammā dhammaṃ vipassato ti catusaccadhammaṃ pariññādividhinā sammad eva passato, ayaṃ h'ettha saṃkhepo. Pāpima itthī vā hotu puriso vā hotu aggamagge adhigate arahattaṃ hatthagataṃ evā ti. Idāni tassa attano adhigatabhāvaṃ ujukataṃ eva dassentī sabbattha vihatā nandī ti gāthaṃ āha. Taṃ vuttatthaṃ eva.

Somāya theriyā gāthāvaṇṇanā samattā.

Tikanipātavaṇṇanā niṭṭhitā.

XXXVII.

Catukkanipāte putto buddhassa dāyādo ti ādikā Bhaddāya Kapilāniyā theriyā gāthā. Sā kira Padumuttarassa bhagavato kāle Haṃsavatīnagare kulagehe nibbattitvā viññutaṃ pattā satthu[4] santike dhammaṃ suṇantī satthāraṃ ekaṃ[5] bhikkhuniṃ pubbenivāsaṃ

---

[1] pakkudhite, cd. [2] kareyyuṃ, cd.
[3] kīdisavibandhaṃ, cd. [4] satthā, cd. [5] etaṃ, cd.

anussarantīnaṃ aggaṭṭhāne ṭhapentaṃ disvā adhikārakammaṃ katvā sayam pi taṃ ṭhānaṃ patthetvā yāvajīvaṃ puññāni katvā tato cutā[1] devamanussesu saṃsarati.[2] Anuppatte buddhe Vārāṇasiyaṃ kulagehe nibbattitvā patikulaṃ gantvā ekadivasaṃ attano nanandāya saddhiṃ kalahaṃ karontī tāya paccekabuddhassa piṇḍapāte dinne "ayaṃ imassa dānaṃ datvā uḷārasampattiṃ labhissatī" ti paccekabuddhassa hatthato pattaṃ gahetvā bhattaṃ chaḍḍetvā kalalassa pūretvā adāsi. Mahājano garahi: "Bāle paccekabuddho te kiṃ aparajjhī" ti. Sā tesaṃ vacanena lajjamānā puna pattaṃ gahetvā kalalaṃ nīharitvā dhovitvā gandhacuṇṇena ubbaṭṭetvā[3] catumadhurassa pūretvā upari āsittena padumagabbhavaṇṇena sappinā vijjotamānaṃ paccekabuddhassa hatthe ṭhapetvā "yathā ayaṃ piṇḍapāto obhāsadāto, evaṃ obhāsadātaṃ me sarīraṃ hotū" ti patthanaṃ ṭhapesi. Sā tato cavitvā sugatisu[4] yeva saṃsarantī Kassapabuddhakāle Bārāṇasiyaṃ mahāvibhavassa seṭṭhino dhītā hutvā nibbatti. Pubbakammaphalena duggandhasarīrā manussehi jigucchitabbā hutvā saṃvegajātā attano ābharaṇehi suvaṇṇiṭṭhakaṃ kāretvā bhagavato cetiye ṭhapesi uppalahatthena ca pūjaṃ akāsi. Ten' assā sarīraṃ tasmiṃ yeva bhave sugandhaṃ manoharaṃ jātaṃ. Sā patino piyā manāpā hutvā yāvajīvaṃ kusalaṃ katvā tato cutā sagge nibbatti, tatthāpi yāvajīvaṃ dibbasukhaṃ anubhavitvā tato cutā Bārāṇasirañño dhītā hutvā tattha devasampattisadisaṃ sampattiṃ anubhavantī cirakālaṃ paccekabuddhe upaṭṭhahitvā tesu parinibbutesu saṃvegajātā tāpasapabbajjāya pabbajitvā uyyāne vasantī jhānāni bhāvetvā brahmaloke nibbattitvā tato cutā Sāgalanagare Kosiyagottassa brāhmaṇakulassa gehe nibbattitvā mahatā parihārena vaḍḍhitvā vayappattā Mahātitthagāme Pippalikumārassa gehānītā. Tasmiṃ pabbajituṃ nikkhante mahantaṃ bhogakkhandhaṃ ñātiparivaṭṭaṃ pahāya pabbajjatthāya nikkhamitvā pañca vassāni Titthiyārāme vasitvā aparabhāge Mahāpajāpatigotamiyā santike pabbaji

---

[1] cuto, cd. [2] saṃsaranti, cd.
[3] ubbiritvā, cd. [4] suggatisu, cd.

upasampadañ ca labhitvā vipassanaṃ paṭṭhapetvā nacirass' eva arahattaṃ pāpuṇi. Tena vuttaṃ Apadāne:

Padumuttaro nāma jino sabbadhammesu cakkhumā
ito satasahassamhi kappe uppajji nāyako. 1.
Tadāhu [1] Haṃsavatiyaṃ Videho nāma nāmako
seṭṭhi pahūtaratano tassa jāyā ahosi 'haṃ. 2.
Kadāci so narādiccaṃ upecca [2] saparijano
dhammaṃ assosi buddhassa sabbadukkhabhayappahaṃ.[3] 3.
Sāvakaṃ dhutavādānaṃ aggaṃ kittesi nāyako
sutvā sattāhikaṃ dānaṃ datvā buddhassa tādino. 4.
Nipacca [4] sirasā pāde taṃ ṭhānaṃ abhipatthayi
pahāsanto saparisaṃ [5] tadāha narapuṅgavo. 5.
Seṭṭhino anukampāya imā gāthā abhāsatha:
lacchasi patthitaṃ [6] ṭhānaṃ nibbuto hohi [7] puttaka. 6.
Satasahasse ito kappe Okkākakulasambhavo
Gotamo nāma nāmena satthā loke bhavissati. 7.
Tassa dhammesu dāyādo oraso dhammanimmito
Kassapo nāma nāmena hessati satthu sāvako. 8.
Taṃ sutvā mudito hutvā yāvajīvaṃ tadā jinaṃ
mettacitto paricari paccayehi vināyakaṃ. 9.
Sāsanaṃ jotayitvāna so madditvā kutitthiyo [8]
veneyye [9] vinayitvāna nibbuto so sasāvako. 10.
Nibbute tamhi lokagge pūjanatthāya satthuno
ñātimitte samānetvā saha tehi akārayiṃ 11.
Sattayojanikaṃ [10] thūpaṃ ubbiddhaṃ [11] ratanāmayaṃ
jalantaṃ sataraṃsī va sālarājaṃ [12] va pupphitaṃ.[13] 12.
Sattasatasahassāni pātiyo tattha kārayiṃ
naḷaggi viya jotante [14] ratanehʼ [15] eva sattahi.[16] 13.
Gandhatelena pūretvā dīpā 'nujjalayiṃ [17] tahiṃ

[1] tadāti, P. [2] upacca, B.; uppajja, P.
[3] °dukkhakkhayā ahaṃ, P. [4] nipajja, P.
[5] pahāsayanto, B.; pahāsaranto parisaṃ tadā so nara°, P.
[6] paṭṭhitaṃ, B. [7] hoti, P. [8] kulitthiye, P.
[9] veneyyaṃ, A. [10] tattha yoj°, P. [11] ubbedhaṃ, P.
[12] sālarājāva, P. [13] phullitaṃ, P. [14] jātante, P.
[15] rataneva sova. [16] sattati, P. [17] divānujjalayi, P.

pūjanatthāya mahesissa sabbabhūtānukampino. 14.
Sattasatasahassāni puṇṇakumbhāni [1] kārayiṃ
ratanehʼ eva puṇṇāni pūjatthāya mahesino. 15.
Majjhe saṭṭaṭṭha [2] kumbhāni ussitā kañcanagghiyo
atirocanti vaṇṇena [3] sarade va divākaro. 16.
Catudvāresu sobhanti toraṇā ratanāmayā [4]
ussitā phalakā rammā sobhanti ratanāmayā. 17.
Virocanti parikkhittā avataṃsā [5] sunimmitā
ussitāni paṭākāni [6] ratanāni virocare. 18.
Sunattaṃ sukataṃ cittaṃ [7] cetiyaṃ ratanāmayaṃ
atirocati vaṇṇena sasimajjhe [8] divākaro. 19.
Thūpassʼ imādi pātiyo [9] haritālena pūrayiṃ
ekaṃ manosilāyʼekaṃ [10] añjanena [11] ca ekikaṃ. 20.
Pūjaṃ etādisaṃ rammaṃ [12] kāretvā varavādino
adāsi dānaṃ saṅghassa yāvajīvaṃ yathābalaṃ.[13] 21.
Sahāʼva [14] seṭṭhinā tena tāni puññāni sabbaso
yāvajīvaṃ karitvāna sahāʼva sugatiṃ [15] gatā.[16] 22.
Sampattiyo ʼnubhotvāna devatte atha mānuse
chāyā viya sarīrena saha tenʼeva saṃsariṃ.[17] 23.
Ekanavute ito kappe Vipassī nāma nāyako
uppajji cārudassano sabbadhammavipassako. 24.
Tadāyaṃ [18] Bandhumatiyaṃ brāhmaṇo sādhusammato
andho santo guṇenāpi dhanena ca suduggato. 25.
Tadā pi tassāhaṃ āsiṃ brāhmaṇī samacetasā [19]
kadāci so dijavaro [20] saṅgamesi [21] mahāmuniṃ. 26.

---

[1] soʼhaṃ satasahassāni puṇṇakumbhā paṇāmikā, P.
[2] aṭṭhaṭṭha kumbhīnaṃ, A.
[3] vaṇṇāni, P.
[4] ratanamayā, P.
[5] bhāvitaṃsā, P.
[6] dassitāni satākāni, P.
[7] cetaṃ, P.
[8] sasañchāva, A.
[9] sātiyo, B.; pādiyo, P.
[10] ekā manosilāyekā, P.
[11] añcayena, P.
[12] pūjiyaṃ tādisaṃ kammaṃ, P.
[13] yathāpbalaṃ, P.
[14] sahāya, B.; pahāya, P.
[15] sugatī, P.
[16] ahaṃ, P.
[17] saṃsari, P.
[18] tadā hi, P.
[19] sammac°, B.; mama c°, P.
[20] divāgantvā, P.
[21] saṃgame pi, P.

Nisinnaṃ janakāyamhi desentaṃ[1] amataṃ padaṃ
sutvā dhammaṃ pamudito adāsi ekasāṭakaṃ. 27.
Gharaṃ ekena vatthena gantvānedaṃ mam abravi[2]
anumoda mahāpuññe[3] dinnaṃ buddhassa sāṭakaṃ. 28.
Tadāhaṃ añjaliṃ katvā anumodiṃ supīṇitā
sudinno sāṭako sāmi[4] buddhaseṭṭhassa tādino. 29.
Sukhito pabbajito hutvā[5] saṃsaranto bhavābhave
Bārāṇasīpure ramme rājā āsi[6] mahīpati. 30.
Tadā tassa mahesī 'haṃ itthīgumbassa uttamā
tassātidayitā[7] āsiṃ pubbasnehena c'uttari.[8] 31.
Piṇḍāya vicarante[9] te aṭṭha paccekanāyake
disvā pamuditā hutvā datvā piṇḍaṃ mahārahaṃ 32.
Puna nimantayitvāna katvā ratanamaṇḍapaṃ
kammārehi kataṃ pattaṃ sovaṇṇaṃ vata tattakaṃ[10] 33.
Samānetvāna te sabbe[11] tesaṃ dānaṃ adāsi so
senāsane[12] paviṭṭhānaṃ pasanno sehi pāṇihi.[13] 34.
Taṃ pi dānaṃ sahādāsiṃ Kāsirājen'ahaṃ tadā
punāhaṃ[14] Bārāṇasiyaṃ rājā pi dvāragāmake.[15] 35.
Kuṭimbikakule phīte sukhito so sabhātuko
jeṭṭhassa bhātuno jāyā ahosi supaṭibbatā. 36.
Paccekabuddhaṃ disvāna mama bhattu kaṇīyasā[16]
bhāgannaṃ tassa datvāhaṃ āgate tamhi[17] pāvadiṃ. 37.
Nābhinandittha[18] so dānaṃ[19] tato tassa adās' ahaṃ
ukhā ānīya taṃ annaṃ puno[20] tass' eva so adā. 38.
Tad annaṃ chaḍḍayitvāna duṭṭhā[21] buddhass' ahaṃ tadā
pattaṃ kalalapuṇṇan taṃ adāsiṃ tassa tādino. 39.

---

[1] desentī, P. [2] gantvānetaṃ samabravi, A.
[3] °puñña, P. [4] sāpi, P. [5] sajjito hutvā, A.
[6] rājā āhu, P. [7] tassā hi dayitvā, P.
[8] bhattari, P.; uttarā, B. [9] vicarantesu, P.
[10] sovaṇṇasatahatthakaṃ, B.; vata hatthakaṃ, P.
[11] taṃ sabbaṃ, P. [12] soṇṇāsaue, A. B.
[13] pāṇibhi, A. [14] puna pi, P.
[15] ajānetvāna kāmato, P. [16] khāṇiyasā, P.
[17] āgate tassa, P. [18] ābhin°, P.
[19] buddhā aniyataṃ dānaṃ, B. [20] puna, P.
[21] uṭṭhā, P.

Dāne ca gahaṇe c'eva apace paduse pi ca [1]
samacittamukhaṃ [2] disvā tadāhaṃ saṃvijiṃ [3] bhusaṃ. 40.
Puno [4] pattaṃ gahetvāna sodhayitvā sugandhinā
pasannacittā pūretvā [5] saghataṃ sakkāraṃ adaṃ. 41.
Yattha yatthūpapajjāmi surūpā homi dānato
buddhassa apakārena duggandhā vadanena ca. 42.
Puna Kassapadhīrassa [6] niṭṭhāpentamhi [7] cetiye
sovaṇṇaṃ iṭṭhakaṃ varaṃ [8] adāsiṃ muditā ahaṃ. 43.
Catujjātena gandhena nicayitvā [9] taṃ iṭṭhakaṃ
muttā duggandhadosamhā sabbaṅgasamupāgatā. [10] 44.
Satta pātisahassāni [11] rataneh' eva sattahi
kāretvā ghatapūrāni vaṭṭīni [12] ca sahassaso. [13] 45.
Pakkhipitvā padīpetvā [14] ṭhapayiṃ satta pantiyo [15]
pūjatthaṃ lokanāthassa vippasannena cetasā. 46.
Tadāpi tamhi puññamhi [16] bhāginī 'haṃ visesato
puna Kāsīsu sañjāto Sumitto iti vissuto. 47.
Tassāhaṃ bhariyā āsiṃ sukhitā sajjitā piyā [17]
tadāhaṃ paccekamune [18] adāsi ghanaveṭhanaṃ. [19] 48.
Tassāpi bhāginī [20] āsiṃ moditvā dānaṃ uttamaṃ
puna pi Kāsiraṭṭhamhi jātā [21] Koliyajātiyā. 49.
Tadā Koliyaputtānaṃ satehi saha pañcahi
pañca paccekabuddhānaṃ satāni samupaṭṭhahi. 50.
Temāsaṃ tappayitvāna [22] adaṃsu [23] ca ticīvare
jāyā tassa tadā āsiṃ puññakammapathānugā. 51.
Tato cuto ahū rājā Nando nāma mahāyaso
tassāpi mahesī āsiṃ sabbakāmasamiddhinī. 52.

---

[1] amacce manase pi ca, B.
[2] samacittaṃ sukhaṃ, P.
[3] saṃvijjhiṃ, P.
[4] puna, P.
[5] pūritvā, P.
[6] Kassapavīrassa, A.
[7] nidhāyantamhi, A.
[8] iṭṭhakagharaṃ, B.
[9] necayitvā, P.
[10] °susamāgatā, A. B.
[11] pāṭis°, P.
[12] vaḍḍhīni, P.
[13] sahassayo, P.
[14] pasīditvā, P.
[15] paniyo, B.
[16] tasmiṃ kule, P.
[17] siyā, P.
[18] paccekabuddhassa, P.
[19] gana°, B.
[20] bhaginī, P.
[21] jāto, A.
[22] tapayitvāna, P.
[23] adāsi, P.

Tadā rājā bhavitvāna[1] Brahmadatto mahīpati
Padumavatīputtānaṃ paccekamuninaṃ tadā. 53.
Satāni pañc' anūnāni yāvajīvaṃ upaṭṭhahiṃ
rājuyyāne nivāsetvā nibbutāni ca pūjayiṃ. 54.
Cetiyāni ca kāretvā pabbajitvā ubho mayaṃ
bhāvetvā appamaññāyo brahmalokaṃ agamhase. 55.
Tato cuto mahātitthe Sujāto Pippalāyano[2]
Mātā Sumanadevī ti Kosigotto dijo pitā. 56.
Ahaṃ Madde janapade Sāgalāyaṃ[3] puruttame
Kapilassa[4] dijassāsiṃ dhītā,[5] mātā Sucimatī. 57.
Ghanakañ cana bimbena[6] nimminitvāna maṃ pitā
adā Kassapadhīrassa kāmehi[7] vajjitassa maṃ.[8] 58.
Kadāci so kāruṇiko gantvā kammantapekkhako
kākādikehi[9] khajjante pāṇe disvāna saṃviji. 59.
Ghare vāhaṃ[10] tile jāte[11] disvānātapatāpane[12]
kimikākehi khajjante saṃvegaṃ alabhiṃ tadā. 60.
Tadā so pabbaji dhīro ahaṃ taṃ anupabbajiṃ
pañca vassāni nivasiṃ[13] paribbājavate ahaṃ. 61.
Yadā pabbajitā āsi Gotamī jinaposikā[14]
tadāhaṃ tam upagantvā[15] buddhena anusāsitā. 62.
Naciren' eva kālena arahattaṃ apāpuṇiṃ
aho kalyāṇamittataṃ Kassapassa sirīmato. 63.
Suto[16] buddhassa dāyādo Kassapo ausamāhito
pubbenivāsaṃ yo vedi saggāpāyañ ca passati. 64.
Ato jātikkhayaṃ patto abhiññāvosito muni
etāhi tīhi vijjāhi tevijjo hoti brāhmaṇo. 65.
Tath' eva Bhaddā Kapilānī[17] tevijjā maccuhāyinī[18]
dhāreti antimaṃ dehaṃ jetvā[19] Māraṃ savāhanaṃ. 66.

---

[1] tato ahū cavitvāna, P. [2] ajāto Pippale kule, P.
[3] Sākalāya, A. [4] Kappilassa, A.
[5] dijassāpi ṭhitvā, P. [6] dhammena, B.
[7] kāmāhi, P. [8] °tassa me, P. [9] kākādike, P.
[10] vā sā, B. [11] jāto, P.
[12] °tapane, P.; disvāna tapanāsane, B. [13] nivāsi, B.
[14] °positā, A. B. [15] samupag°, B. [16] sutto, P.
[17] Kāpilānī, A. [18] paccuhāyini, P.; maccuhārinī, A.
[19] jitvā, A.

Disvā ādīnavaṃ loke ubho pabbajitā mayaṃ
ty amha[1] khīṇāsavā dantā sītibhūt' amha nibbutā. 67.
Kilesā jhāpitā mayhaṃ —pa— kataṃ buddhassa sāsanaṃ
ti. 68.

Arahattaṃ pana patvā pubbe nivāsañāṇe ciṇṇavasī ahosi, tattha sātisayaṃ katādhikārattā. Aparabhāge taṃ satthā Jetavane ariyagaṇamajjhe nisinno bhikkhuniyo paṭipāṭiyā ṭhānantaresu ṭhapento pubbenivāsaṃ anussarantīnaṃ aggaṭṭhāne ṭhapesi. Sā ekadivasaṃ Mahākassapattherassa guṇābhitthavanapubbakaṃ attano katakiccakatādivibhāvanāmukhena udānaṃ udānentī:

Putto buddhassa dāyādo Kassapo susamāhito
pubbenivāsaṃ yo vedī saggāpāyañ ca passati. 63.
Ato jātikkhayaṃ patto abhiññāvosito muni
etāhi tīhi vijjāhi tevijjo hoti brāhmaṇo. 64.
Tath'eva Bhaddā Kapilānī tevijjā maccuhāyinī[2]
dhāreti antimaṃ dehaṃ jetvā Māraṃ savāhanaṃ. 65.
Disvā ādīnavaṃ loke ubho pabbajitā mayaṃ
ty amhā khīṇāsavā dantā sītibhūt' amha[3] nibbutā ti. 66.

Imā gāthā abhāsi. Tattha putto buddhassa dāyādo ti buddhānaṃ buddhabhāvato sammāsambuddhassa anujātabbūto. Tato eva tassa dāyādabhūtassa navalokuttaradhammassa ādānena dāyādo Kassapagotto lokiyalokuttarehi samādhīhi suṭṭhu samāhitacittatāya susamāhito. Pubbenivāsaṃ yo vedī ti yo Mahākassapatthero pubbenivāsaṃ attano paresañ ca nivutthakkhandhasattānaṃ pubbenivāsānussatiñāṇena pākaṭaṃ katvā avedi aññāsi paṭibujjhati. Saggāpāyañ ca passatī ti chabbīsati devalokato saggaṃ catubbidhaṃ apāyañ ca dibbacakkhunā hatthatale āmalakaṃ viya passati. Ato jātikkhayaṃ patto ti tatoparam jātikkhayasaṅkhātaṃ arahattaṃ patto. Abhiññāya abhivisuddhena ñāṇena abhiññāya dhammaṃ abhijānitvā pariññeyyaṃ

[1] tamhā, P. [2] paccuh°, cd. [3] amhi, cd.

parijānitvā pahātabbaṃ pahāya sacchikātabbaṃ sacchikatvā. V o s i t o niṭṭhappatto katakicco āsavakkhayapaññāsaṅkhātaṃ monaṃ pattattā m u n i. T a t h' e v a B h a d d a k a p i l ā n ī ti yathā Mahākassapo etāhi yathāvuttāhi tīhi vijjāhi tevijjo maccuhāyī[1] ca, tath' eva Bhaddakapilānī t e v i j j ā m a c c u h ā y i n ī[2] ti. Tato eva d h ā r e t i a n t i m a ṃ d e h a ṃ j e t v ā M ā r a ṃ s a v ā h a n a n ti attānaṃ eva paraṃ viya katvā dasseti. Idāni yathā therassa paṭipattiādimajjhapariyosānakalyāṇaṃ evam amhasī ti dassentī d i s v ā ā d ī n a v a n ti osānagāthaṃ āha. Tattha t y a m h ā k h ī ṇ ā s a v ā d a n t ā ti te mayaṃ Mahākassapatthero ahañ ca uttamena damanena dantā sabbaso k h ī ṇ ā s a v ā[3] ca amha s ī t i b h ū t' amha n i b b u t ā ti. Tato eva kilesapariḷāhābhāvato sītibhūtā saupādisesāya nibbāṇadhātuyā nibbutā ca.

Bhaddakapilānitheriyā gāthāvaṇṇanā samattā. Catukkanipātavaṇṇanā niṭṭhitā.

XXXVIII.

Pañcakanipāte p a ṇ ṇ a v ī s a t i v a s s ā n ī ti ādikā aññatarāya theriyā gāthā. Ayam pi purimabuddhesu katādhikārā tattha tattha bhave vivaṭṭūpanissayaṃ kusalaṃ upacinantī imasmiṃ buddhuppāde Devadahanagare Mahāpajāpatīgotamīdhātī hutvā Vaḍḍhesī nāma, gottato pana apaññātā ahosi. Sā Mahāpajāpatīgotamiyā pabbajitakāle sayam pi pabbajitvā pañcavīsati saṃvaccharāni kāmarāgena upaddutā accharāsaṃghātamattaṃ pi kālaṃ cittekaggataṃ alabhantī bāhā paggayha kandamānā Dhammadinnattheriyā santike dhammaṃ sutvā kāmehi vinivattitamānasā kammaṭṭhānaṃ gahetvā bhāvanaṃ anuyuñjantī na cirass' eva chaḷabhiññā hutvā attano paṭipattiṃ paccavekkhitvā udānavasena:

---

[1] paccuhāyi, cd. [2] paccuh°, cd.
[3] khīṇaso khīṇāsavā, cd.

Paṇṇavīsati vassāni yato pabbajitā ahaṃ
n'accharāsaṃghātamattaṃ[1] pi cittass' upasam' ajjhagaṃ. 67.
Aladdhā cetaso santiṃ kāmarāgen' avassutā
bāhā paggayha kandantī vihāraṃ pāvisiṃ ahaṃ. 68.
Sā bhikkhuniṃ[2] upāgacchi yā me saddhāyikā ahu
sā me dhammaṃ adesesi khandhāyatanadhātuyo. 69.
Tassā dhammaṃ suṇitvāna ekamante upāvisiṃ
pubbenivāsaṃ jānāmi dibbacakkhu visodhitaṃ. 70.
Ceto pariccañāṇañ ca sotadhātu visodhitā
iddhi pi me sacchikatā patto me āsavakkhayo.
Cha me 'bhiññā sacchikatā kataṃ buddhassa sāsanan ti. 71.

Ime gāthā abhāsi. Tattha a c c h a r ā s a ṅ g h ā t a m a t t a ṃ pī ti ghaṭikāmattam[3] pi khaṇaṃ aṅgulipoṭhanamattam pi kālan ti attho. C i t t a s s ' u p a s a m ' a j j h a g a n ti cittassa upasamanaṃ cittekaggaṃ na ajjhagaman ti yojanā. Na paṭilabhī ti attho. K ā m a r ā g e n ' a v a s s u t ā ti kāmaguṇasaṅkhātesu vatthukāmesu daḷhatarābhinivesitāya bahulena[4] chandarāgena tintacittā. S ā b h i k k h u n i n[5] ti Dhammadinnattheriṃ sandhāya vadati. C e t o p a r i c c a ñ ā ṇ a ñ c ā ti cetopariyañāṇañ ca visodhitan ti sambandho. Adhigatan ti attho. Sesaṃ vuttanayam eva.
Aññatarāya theriyā gāthāvaṇṇanā samattā.

XXXIX.

M a t t ā v a ṇ ṇ e n a r ū p e n ā ti ādikā Vimalāya theriyā gāthā. Ayaṃ pi purimabuddhesu katādhikārā tattha tattha bhave vivaṭṭūpanissayaṃ kusalaṃ upacinitvā imasmiṃ buddhuppāde Vesāliyaṃ aññatarāya rūpūpajīviniyā itthiyā dhītā hutvā nibbatti. Vimalā ti'ssā nāmaṃ ahosi. Sā vayappattā tato duccintitaṃ[6] kappentī ekadivasaṃ āyasmantaṃ Mahā-

[1] accharā°, cd. [2] bhikkhunī, cd. [3] ghaṭikam°, cd.
[4] bahalena, cd. [5] bhikkhunī ti, cd. [6] ducintitaṃ, cd.

moggallānaṃ Vesāliyaṃ piṇḍāya carantaṃ disvā paṭibaddhacittā hutvā therassa vasanaṭṭhānaṃ gantvā theraṃ uddissa palobhanakammaṃ kātuṃ ārabhi. Titthiyehi uyyojitā tathā akāsī ti keci vadanti. Thero tassā asubhavibhāvanāmukhena[1] santajjanaṃ katvā ovādaṃ adāsi. Taṃ heṭṭhā theragāthāhi āgataṃ eva. Tathā pana therena ovāde dinne sā saṃvegajātā hirottappaṃ paccupaṭṭhāpetvā sāsane paṭiladdhasaddhā upāsikā hutvā aparabhāge bhikkhunīsu pabbajitvā ghaṭentī vāyamantī hetusampannatāya na cirass' eva arahattaṃ patvā attano paṭipattiṃ[2] paccavekkhitvā udānavasena:

Mattā vaṇṇena rūpena sobhaggena yasena ca
yobbanena c' upatthaddhā aññā samatimaññi 'haṃ. 72.
Vibhūsitvā imaṃ kāyaṃ sucittaṃ bālālapanaṃ[3]
aṭṭhāsi vesidvāramhi luddo pāsaṃ iv' oḍḍiya.[4] 73.
Pilandhanaṃ vidaṃsentī[5] guyhaṃ pakāsikaṃ bahuṃ
akāsi vividhaṃ māyaṃ ujjhagghantī[6] bahuṃ janaṃ. 74.
Sājja piṇḍaṃ caritvāna muṇḍā saṅghāṭipārutā
nisinnā rukkhamūlamhi avitakkassa lābhinī. 75.
Sabbe yogā samucchinnā ye dibbā ye ca mānusā
khepetvā āsave sabbe sītibhūt' amhi nibbutā ti. 76.

Imā gāthā abhāsi. Tattha mattā vaṇṇena rūpenā ti guṇavaṇṇena c'eva rūpasampattiyā ca. Sobhaggenā ti subhagabhāvena. Yasenā ti parivārasampattiyā. Mattā vaṇṇamadarūpamadasobhaggamadaparivāramadavasena madaṃ āpannā ti attho. Yobbanena c'upatthaddhā ti yobbanamadena uparūparitthaddhā yobbanena nimittena ahaṃkārena upatthaddhacittā anupasantamānasā. Aññā samatimaññi 'haṃ ti aññā itthiyo attano vaṇṇādiguṇehi sabbathā pi atikkamitvā maññi. Ahaṃ aññāsaṃ vā itthīnaṃ vaṇṇādiguṇe atimaññi. Atikkamitvā aññaavamānaṃ akāsiṃ.

---

[1] °vibhāvana°, cd. [2] paṭipatti, cd.
[3] bālalāpanaṃ, cd. m. [4] oḍḍiyaṃ, cd. m.
[5] pi ghaṃsantī, cd. [6] ujjhāyantī, cd.

Vibhūsitvā imaṃ kāyaṃ sucittaṃ bālālapanan[1] ti imaṃ nānāvidhaasucibharitaṃ jegucchaṃ ahaṃ mamā ti bālānaṃ lapāpanato vacanato bālālapanaṃ[2] mama kāyaṃ chaviraṅgakāraṇaṃ kesaṭhapanādinā sucittaṃ vatthābharaṇehi vibhūsitvā sumaṇḍitapasādhitaṃ katvā. Aṭṭhāsi vesidvāramhi luddo pāsaṃ iv'oḍḍiyan[3] ti migaluddo viya migānaṃ bandhanatthāya daṇḍavāgurādimigapāsaṃ Mārapāsabhūtaṃ yathāvuttaṃ mama kāyaṃ vesidvāramhi vesiyā gharadvāre oḍḍiyitvā aṭṭhāsi. Pilandhanaṃ vidaṃsentī[4] guyhaṃ pakāsikaṃ[5] bahū ti ūrujaghanadassanādikaṃ guyhañ c'eva pādajānusirādikaṃ pakāsañ cā ti guyhaṃ pakāsikañ ca bahuṃ nānappakārapiḷandhanaābharaṇaṃ dassentī.[6] Akāsi vividhaṃ māyaṃ ujjhagghantī bahuṃ janan ti yobbanamadamattaṃ bahu bālajanaṃ vippalambhetuṃ hasantī gandhamālavatthābharaṇādīhi sarīrasabhāvapaṭicchādanena yāva vilāsabhāvākādīhi tehi ca vividhaṃ nānappakāraṃ vañcanaṃ akāsi.

Sājja piṇḍaṃ caritvāna—pa—avitakkassa lābhinī ti sā ahaṃ evaṃ samāvibārinī samānā ajja idāni ayyassa Mahāmoggallānattherassa ovāde ṭhatvā sāsane pabbajitvā muṇḍā saṅghāṭipārutā hutvā piṇḍaṃ caritvāna bhikkhāhāraṃ bhuñjitvā. Rukkhamūlamhi rukkhamūle vivittāsane nisinnā dutiyajjhānapādakassa aggaphalassa adhigamena avitakkassa lābhinī amhī ti yojanā. Sabbe yogā ti kāmayogādayo cattāro pi yogā samucchinnā ti paṭhamamaggādinā yathārahaṃ sammad eva ucchinnā pahīnā. Sesaṃ vuttanayam eva.

Vimalāya theriyā gāthāvaṇṇanā samattā.

XL.

Ayoniso manasikārā ti ādikā Sīhāya theriyā

---

[1] bālalāpanan, cd.
[2] bālālapana, cd.
[3] iv'aḍḍiyan, cd.
[4] vidhaṃsentī, cd.
[5] pakāsitaṃ, cd.
[6] dassantī, cd.

gāthā. Ayam pi purimabuddhesu katādhikārā tattha tattha bhave vivaṭṭūpanissayaṃ kusalaṃ upacinitvā imasmiṃ buddhuppāde Vesāliyaṃ Sīhasenāpatino bhaginiyā dhītā hutvā nibbatti. Tassā "mātulassa nāmaṃ karothā" ti Sīhā ti nāmaṃ akaṃsu. Sā viññutaṃ pattā ekadivasaṃ satthari[1] Sīhassa senāpatino dhamme desiyamāne taṃ dhammaṃ sutvā paṭiladdhasaddhā mātāpitaro anujānāpetvā pabbaji. Pabbajitvā ca vipassanaṃ ārabhitvā pi bahiddhāsubhārammaṇe vidhāvantaṃ cittaṃ nivattetuṃ asakkontī satta saṃvaccharāni micchāvitakkehi dhāviyamānā cittassādaṃ alabhantī "kiṃ me iminā pāpajīvitena ubbandhitvā[2] marissāmī" ti pāsaṃ gahetvā rukkhasākhāya laggitvā taṃ attano kaṇṭhe paṭimuñcantī pubbāciṇṇavasena vipassanāya cittaṃ abhinīhari. Antimabhavikatāya pāsassa bandhanaṃ gīvaṭṭhāne ahosi ñāṇassa paripākaṃ gatattā sā tāvad eva vipassanaṃ vaḍḍhetvā saha paṭisambhidāhi arahattaṃ pāpuṇi. Arahattaṃ pattasamakālam eva ca pāsabandho gīvato muñcitvā vinivatti. Sā arahatte patiṭṭhitā udānavasena:

Ayoniso manasikārā kāmarāgena aṭṭitā
ahosi uddhaṭā pubbe citte avasavattinī. 77.
Pariyuṭṭhitā kilesehi sukhasaññānuvattinī
samaṃ cittassa nālabhi[3] rāgacittavasānugā. 78.
Kisā paṇḍuvivaṇṇā ca satta vassāni cāri 'haṃ
nāhaṃ divā vā rattiṃ vā sukhaṃ vindi sudukkhitā. 79.
Tato rajjuṃ gahetvāna pāvisi vana-m-antaraṃ
varam me idha ubbandhaṃ yañ ca hīnaṃ pun' ācare. 80.
Daḷham pāsaṃ karitvāna rukkhasākhāya bandhiya[4]
pakkhipi pāsaṃ gīvāyaṃ atha cittaṃ vimucci me ti. 81.

Imā gāthā abhāsi. Tattha ayoniso manasikārā ti anupāyamanasikārena asubhe subhan ti vipallāsaggāhena. Kāmarāgena aṭṭitā ti kāmaguṇesu chandarāgena piḷitā. Ahosi uddhaṭā[5] pubbe citte avasavattinī ti pubbe mama citte mayhaṃ vase

[1] satthārā, cd. [2] ubandhitvā, cd. [3] nāma lābhi, cd.
[4] bandhiya *om.* cd. [5] uddhatā, cd.

avattamāne uddhatā nānārammaṇe vikkhittacittā asamāhitā ahosi. Pariyuṭṭhitā kilesehi sukhasaññānuvattinī ti pariyuṭṭhānapattehi kāmarāgādikilesehi abhibhūtā rūpādisu sukhappattāya[1] kāmasaññāya anuvattanasīlaṃ samaṃ cittassa[2] nālabhi rāgacittavasānugā kāmarāgasampayuttacittassa[3] vasaṃ anugacchantī īsakam pi cittassa samaṃ cetosamathacittekaggataṃ na alabhi. Kisā paṇḍuvivaṇṇā ca evaṃ ukkaṇṭhitabhāvena kisā dhamanisanthatagattā uppaṇḍupaṇḍukajātā tato eva vivaṇṇā vigatachavivaṇṇā ca hutvā. Satta vassānī ti satta saṃvaccharāni cārī ti cari ahaṃ. Nāhaṃ divā vā rattiṃ vā sukhaṃ vindi sudukkhitā ti evaṃ sattasu saṃvaccharesu evaṃ kilesadukkhena dukkhitā ekadā pi divā vā rattiṃ vā samaṇasukhaṃ na paṭilabhi. Tato ti kilesapariyuṭṭhānena samaṇasukhālābhabhāvato.

Rajjuṃ gahetvāna pāvisi vanamantaran ti pāsaṃ rajjuṃ ādāya vanantaraṃ pāvisi. Kim atthaṃ pāvisī ti ce ahaṃ? Varaṃ me idha ubbandhaṃ yañ[4] ca hīnaṃ pun'ācare ti yadāhaṃ samaṇadhammaṃ kātuṃ asakkontī hīnaṃ gihībhāvaṃ puna ācareyyaṃ anutiṭṭheyyaṃ tato sataguṇesu sahassaguṇesu imasmiṃ vanantare ubbandhanaṃ bandhitvā maraṇaṃ varaṃ seṭṭhan ti attho. Atha cittaṃ vimucci me ti yadā rukkhasākhāya baddhapāsaṃ[5] gīvāyaṃ pakkhipi atha tadanantaraṃ eva vuṭṭhānagāminivipassanāmaggena ghaṭitattā maggapaṭipāṭiyā sabbāsavehi mama cittaṃ vimuttaṃ hoti.

Sīhāya theriyā gāthāvaṇṇanā samattā.

XLI.

Āturaṃ asucin ti ādikā Sundarīnandāya theriyā gāthā. Ayaṃ kira Padumuttarassa bhagavato kāle

---

[1] sukhantipp°, cd. [2] mama cittaṃ, cd.
[3] °yuttacitassa, cd. [4] ubhandhayañ, cd.
[5] bandhapāsaṃ, cd.

Haṃsavatīnagare kulagehe nibbattitvā viññutaṃ patvā satthu santike dhammaṃ suṇantī satthāraṃ[1] ekaṃ bhikkhuniṃ jhāyinīnaṃ aggaṭṭhāne ṭhapentaṃ disvā adhikārakammaṃ katvā taṃ ṭhānantaraṃ patthetvā kusalaṃ upacinantī kappasatasahassaṃ devamanussesu saṃsarantī imasmiṃ buddhuppāde Sākyarājakule nibbatti. Nandā ti 'ssā nāmaṃ akaṃsu. Aparabhāge rūpasampattiyā Sundarīnandā Janapadakalyāṇī ti ca paññāyittha. Sā amhākaṃ bhagavati sabbaññutaṃ patvā anupubbena Kapilavatthusmiṃ gantvā Nandakumārañ ca Rāhulakumārañ ca pabbājetvā gate Suddhodanamahārāje ca parinibbute Mahāpajāpatigotamiyā Rāhulamātāya ca pabbajitāya cintesi: "Mayhaṃ jeṭṭhabhātā cakkavattirajjaṃ pahāya pabbajitvā loke aggapuggalo buddho jāto, putto pi 'ssa Rāhulakumāro pabbaji, bhātā[2] pi me Nandarājā mātā pi Mahāpajāpatigotamī bhaginī pi Rāhulamātā pabbajitā. Idānāhaṃ gehe kiṃ karissāmi pabbajissāmī" ti bhikkhunūpassayaṃ gantvā ñātisinehena pabbaji no saddhāya. Yasmā[3] pabbajitvā pi rūpaṃ nissāya uppannamadā, satthā rūpaṃ vivaṇṇeti garahati anekapariyāyena rūpe ādīnavaṃ dassetī ti buddhupaṭṭhānaṃ na gacchati ti ādi sabbaṃ heṭṭhā Abhirūpanandāya vatthusmiṃ vuttanayen' eva veditabbaṃ. Ayaṃ pana viseso: satthārā nimmitaṃ itthirūpaṃ anukkamena jarābhibhūtaṃ disvā aniccato dukkhato manasikarontiyā theriyā kammaṭṭhānābhimukhaṃ cittaṃ ahosi. Taṃ disvā satthā tassā sappāyavasena dhammaṃ desento:

Āturaṃ asuciṃ pūtiṃ passa Nande samussayaṃ
asubhāya cittaṃ bhāvehi ekaggaṃ susamāhitaṃ. 82.
Yathā idaṃ tathā etaṃ yathā etaṃ tathā idaṃ
duggandhaṃ pūtikaṃ vāti bālānaṃ abhinanditaṃ. 83.
Evaṃ etaṃ avekkhantī rattindivaṃ atanditā
tato sakāya paññāya abhinibbijja dakkhisaṃ ti.[4] 84.

Imā tisso gāthā abhāsi. Sā desanānusārena ñāṇaṃ

---

[1] satthārā, cd. [2] bhattā, cd.
[3] tasmā, cd. [4] rakkhasī ti, cd. (see pp. 85, 86.)

pesetvā sotāpattiphale patiṭṭhahi. Tassā upari maggatthāya kammaṭṭhānaṃ ācikkhanto "Nande imasmiṃ sarīre appamattako pi sāro n'atthi maṃsalohitalepano jarādīnaṃ āvāsabhūto aṭṭhipuñjamatto evāyaṃ" ti dassetuṃ:

Aṭṭhīnaṃ nagaraṃ kataṃ maṃsalohitalepanaṃ
yattha jarā ca maccu ca māno makkho ca ohito ti.

Dhammapade imaṃ gāthaṃ āha. Sā desanāvasāne arahattaṃ pāpuṇi. Tena vuttaṃ Apadāne:

Padumuttaro nāma jino sabbadhammāna pāragū
ito satasahassamhi kappe uppajji nāyako. 1.
Ovādako viññāpako tārako sabbapāṇinaṃ
desanākusalo buddho tāresi janataṃ bahuṃ. 2.
Anukampako kāruṇiko hitāya [1] sabbapāṇinaṃ
sampatte titthiye sabbo pañcasīle patiṭṭhahi.[2] 3.
Evaṃ nirākulaṃ āsi suññataṃ [3] titthiyehi ca
vicittaṃ arahantehi vasībhūtehi tādihi. 4.
Ratanān' aṭṭhapaññāsaṃ [4] uggato [5] 'va mahāmuni
kañcanagghiyasaṅkāso battiṃsavaralakkhaṇo. 5.
Vassasatasahassāni [6] āyu vijjati tāvade
tāvatā tiṭṭhamāno so tāresi janataṃ bahuṃ. 6.
Tadāhaṃ Haṃsavatiyaṃ jātā seṭṭhikule ahuṃ
nānāratanapajjote mahāsukhasamappitā. 7.
Upagantvāhaṃ [7] Mahāvīraṃ assosiṃ dhammadesanaṃ
amataṃ paramassādaṃ paramatthanivedakaṃ. 8.
Tadā nimantayitvāna sasaṃghaṃ lokanāyakaṃ [8]
datvā tassa mahādānaṃ pasannā sehi pāṇihi.[9] 9.
Jhāyinīnaṃ bhikkhunīnaṃ aggaṭṭhānaṃ apatthayiṃ [10]
nipacca sirasā vīraṃ [11] sasaṃghaṃ lokanāyakaṃ. 10.

---

[1] hitesi, P. [2] patiṭṭhasi, A. [3] saññataṃ, P.
[4] °paññāsa, P. [5] uggato so, P.; uggaho, B.
[6] tassasata°, P. [7] upetvā taṃ, A. B.
[8] sasaṃghaṃ taṃ bhagavantaṃ, P. [9] pāṇibhi, A. B.
[10] apaṭṭhayiṃ, B. [11] dhīraṃ, A.

Tadā anantadamako tilokasaraṇo pabhū
vyākāsi narasārathi: lacchae' etaṃ supatthitaṃ.[1] 11.
Satasahasse ito kappe Okkākakulasambhavo
Gotamo nāma nāmena satthā loke bhavissati. 12.
Tassa dhammesu dāyādā orasā dhammanimmitā
Nandā ti nāma nāmena hessasi[2] satthu sāvikā. 13.
Taṃ sutvā muditā[3] hutvā yāvajīvaṃ tadā jinaṃ
mettacittā paricariṃ paccayehi vināyakaṃ. 14.
Tena kammena sukatena cetanāpaṇidhīhi ca
jahitvā mānusaṃ dehaṃ Tāvatiṃsaṃ agañchi 'haṃ. 15.
Tato cutā Yāmasaggaṃ[4] tato 'haṃ Tusitaṃ saggaṃ[5]
tato ca Nimmānaratiṃ Vasavattipuraṃ gatā.[6] 16.
Yattha yatthūpapajjāmi tassa kammassa vāhasā[7]
tattha tattheva rājūnaṃ mahesittaṃ akārayiṃ. 17.
Tato cutā manussatte rājūnaṃ[8] cakkavattinaṃ
maṇḍalīnañ ca rājūnaṃ mahesittaṃ akārayiṃ. 18.
Sampattiṃ anubhūtvāna devesu manujesu ca
sabbattha sukhitā hutvā nekakappesu saṃsariṃ. 19.
Pacchime bhavasampatte suramme Kapilavhaye
rañño Suddhodanassāhaṃ[9] dhītā āsiṃ aninditā. 20.
Siriyā rūpiniṃ[10] disvā nanditaṃ āsi taṃ kulaṃ
tena Nandā ti me nāmaṃ sundaraṃ pavaraṃ[11] ahu. 21.
Yuvatīnañ ca sabbāsaṃ kalyāṇī ti[12] ca visutā
tasmiṃ pi nagare ramme ṭhapetvā hi Yasodharaṃ.[13] 22.
Jeṭṭho bhātā ti lokaggo pacchimo arahā tathā
ekākinī gahaṭṭhāhaṃ[14] mātarā[15] paricoditā: 23.
Sākiyamhi kule jātā putte[16] buddhānujā tuvaṃ[17]
Nandena pi vinā bhūtā agāre kiṃ na acchasi.[18] 24.

---

[1] lacchaṃ evaṃ upaṭṭhitaṃ, P.; sumaṭṭhitaṃ, B.
[2] hessati, A. B.
[3] mudikā, P.
[4] Yāmaṃ agaṃ, A.
[5] Tusitaṃ agaṃ, A.
[6] °puraṃ tato, A.
[7] vāhasā, A. B.
[8] rājānaṃ, A.
[9] Suddhodanassīha, P.
[10] sirī ca rūpinī, P.
[11] tena Nandā ti nāmena sundarā pavarā, P.
[12] kalyāṇībhi, P.
[13] ṭhapetvā taṃ yaso dhanaṃ, P.
[14] gahaṭṭhāhiṃ, P.
[15] mātuyā, P.
[16] putto, P. B.
[17] buddhānujātiyaṃ, B.
[18] kiṃ na lajjasi, P. B.

Jarāvasānaṃ [1] yobbaññaṃ rūpaṃ asucisammataṃ
rogantam api cārogyaṃ [2] jīvitaṃ maraṇantikaṃ. 25.
Idaṃ pi te subhaṃ rūpaṃ sasīkantaṃ [3] manoharaṃ [4]
bhūsanānaṃ alaṃkāraṃ sirisaṅghāṭasannibhaṃ. [5] 26.
Puñjitaṃ [6] lokasāraṃ va [7] nayanānaṃ rasāyanaṃ
puññānaṃ kittijananaṃ Okkākakulanandanaṃ. 27.
Nacireu' eva kālena jarāyam adhisessati [8]
vihāya gehaṃ kāruññe [9] cara dhammam aniudite. [10] 28.
Sutvāhaṃ mātu vacanaṃ pabbajiṃ anagāriyaṃ
dehena na tu citteua rūpayobbanalāḷitā. [11] 29.
Mahatā ca payattena [12] jhānajjhānaparaṃ [13] mama
kātuñ ca vadate [14] mātā na cāhaṃ tattha [15] ussukā. 30.
Tato mahākāruṇiko disvā maṃ kāmalālasaṃ
nibbindanatthaṃ rūpasmiṃ mama cakkhupathe jino 31.
Sakena ānubhāvena itthiṃ [16] māpesi sobhaṇiṃ
dassanīyaṃ suruciraṃ mamato pi surūpiniṃ. [17] 32.
Tam ahaṃ vimhitā disvā ativimhitadehiniṃ [18]
cintayiṃ saphalaṃ me ti [19] nettalābhaṃ ca mānusaṃ. [20] 33.
Tam ahaṃ "ehi subhage yen' attho taṃ vadehi me
kulan te nāmagottaṃ ca vada me yadi te piyaṃ." 34.
Navañ ca [21] kālo subhage ucchaṅge maṃ nivāsaya [22]
nisīdantī [23] mam'aṅgāni pasuppaya muhuttakaṃ. [24] 35.
Tato sīsaṃ mam'aṅge sā [25] katvā sayi sulocanā
tassā naḷāṭe patitā [26] luddā paramadāruṇā. [27] 36.

---

[1] rājāvasānaṃ, B. [2] ārogyaṃ, P.
[3] pasikantaṃ, B. [4] parikantamanorahaṃ, P.
[5] sirisaṅketasan°, P.; sirisaṅkatasan°, B.
[6] piṇḍitaṃ, P. [7] lokasārañ ca, P.
[8] jarāya saṅkhārāsati, P. [9] kāruññena, P.
[10] vara dhammaṃ atandite, B. [11] °lāḷite, A.; °gaḷitā, P.
[12] va sayattena, P. [13] jhānajjhena°, A.
[14] kattu ca vasate, P. B.
[15] nāvāhaṃ tatra, P.; na cāha tattha, A. [16] itthi, P.
[17] visurūpini, P. [18] °dehini, P. [19] neti, B.
[20] mānasaṃ, P. [21] napañca, P. [22] maṃ nivesa taṃ, P
[23] sīdantī 'va, A. [24] sasupiyaṃ muh°, P.; passapiyaṃ, B.
[25] sīsaṃ mama kesā, P. [26] paṇitā, P. [27] latā par°, P.

Saha tassā nipātena piḷakā upapajjatha.[1]
Paggharimsu pabhinnā ca kuṇapā pubbalohitā. 37.
Pabhinnaṃ vadanaṃ cāpi kuṇapaṃ pūtigandhikaṃ [2]
uddhumātaṃ vinīlañ ca pubbañ cāpi [3] sarīrakaṃ. 38.
Sā pavedhitasabbaṅgī [4] nissasantī muhuṃ muhuṃ
vedayantī sakaṃ dukkhaṃ karuṇaṃ paridevayi.[5] 39.
Dukkhena dukkhitā homi phusayanti ca vedanā
mahādukkhe nimugg' amhi saraṇaṃ hohi me sakhī. 40.
Kuhiṃ vadanasobhan te kuhiu te tuṅganāsikā
tambabimbavaroṭṭhan [6] te vedanan te kuhiṃ gataṃ. 41.
Kuhiṃ sasīnibhaṃ vattaṃ kambugīvā [7] kuhiṃ gatā
dolātulā va [8] te kaṇṇā vevaṇṇaṃ [9] samupāgatā. 42.
Makuḷakhārakākārā kalasā [10] va payodharā
pabhinnā pūtikuṇapā duṭṭhagandhitvam āgatā. 43.
Vedimajjhā [11] 'va sussoṇi sunā vaṇitakibbisā [12]
jātā amajjhabharitā.[13] Aho rūpaṃ asassataṃ. 44.
Sabbaṃ sarīrasañjātaṃ pūtigandhaṃ bhayānakaṃ
susānam iva jegucchaṃ [14] ramante yattha bālisā.[15] 45.
Tadā mahākāruṇiko bhātā me lokanāyako
disvā saṃviggacittaṃ maṃ imā gāthā abhāsatha: 46.
Āturaṃ asuciṃ pūtiṃ passa Nande samussayaṃ
asubhāya cittaṃ bhāvehi ekaggaṃ susamāhitaṃ. 47.
Yathā idaṃ tathā etaṃ yathā etaṃ tathā idaṃ
duggandhaṃ pūtikaṃ vāti bālānaṃ abhinanditaṃ. 48.
Evaṃ etaṃ avekkhanti rattindivaṃ atanditā
tato sakāya paññāya abhinibbijja dakkhisaṃ.[16] 49.
Tato 'haṃ abhisaṃviggā sutvā gāthā subhāsitā
tatra ṭhitā vipassantī [17] arahattaṃ apāpuṇiṃ. 50.

---

1 piḷakaṃ udapajjatha, P.
2 pūtigandhanaṃ, A.
3 sabbañ cāpi, P.
4 sā saveditā sabbaṅga, P.
5 paridevati, P.
6 tampa°, A.
7 kampug°, A.
8 dolakelā va, B.; dolalullā, A.
9 vevaṇṇā, P.
10 kalakā, A.
11 vedimajjā, A.; vedimajjha puthusāti, P.
12 vanita°, A.; sunakhinītakib°, P.
13 amajjabh°, A.
14 susāna-r-iva, P.; iva vebhaccam, A.
15 bāliyā, A.
16 dakkhasi, B.; dakkhayi, A.
17 ṭhitā 'va haṃsantī, A. B

Yattha yattha nisinnāhaṃ sadā jhānaparāyanā
jino tasmiṃ guṇe tuṭṭho etadagge ṭhapesi maṃ. 51.
Kilesā jhāpitā mayhaṃ —pa— kataṃ buddhassa sāsanaṃ
ti. 52.

Arahattaṃ pana patvā attano paṭipattiṃ paccavekkhitvā udānavasena: Āturaṃ asucin ti ādinā satthārā desitatīhi gāthāhi saddhiṃ:

Tassā me appamattāya vicinantiyā yoniso
yathābhūtaṃ ayaṃ kāyo diṭṭho santarabāhiro. 85.
Atha nibbindi 'haṃ kāye ajjhattañ ca virajj' ahaṃ
appamattā visaṃyuttā upasantā hi nibbutā ti. 86.

Imā gāthā abhāsi. Tattha evam etaṃ avekkhantī—pa—dakkhisan[1] ti etaṃ āturādisabhāvaṃ kāyaṃ. Evaṃ yathā idaṃ tathā etan ti ādikā vuttappakārena rattindivaṃ sabbakālaṃ atanditā hutvā parato ghosahetukaṃ sutamayañāṇaṃ muñcetvā tato taṃ nimittaṃ attaniyaṃ bhūtattā manasikārabhāvanā mayā yāya paññāya yāthāvato ghanavinibbhogakaraṇena abhinibbijja. Kathaṃ nu kho dakkhisaṃ passissan ti ābhogapurecārikena pubhabhāgañāṇacakkhunā avekkhantī vicinantī ti attho.

Tenāha: Tassā me appamattāyā ti ādi. Tass' attho tassā me satiavippavāsena appamattāya. Yoniso upāyena aniccādivasena vipassanāpaññāya. Vicinantiyā vīmaṃsantiyā. Ayaṃ khandhapañcakasaṅkhāto kāyo sasantānaparasantānavibhāgato santarabāhiro yathābhūtaṃ diṭṭho. Atha tathā dassanato pacchā. Nibbind' ahaṃ kāye vipassanāpaññāya sahitāya maggapaññāya attabhāvena nibbisesato ajjhattasantāne virajjiṃ virāgaṃ āpajjiṃ. Ahaṃ tathābhūtāya appamādapaṭipattiyā matthakappattiyā appamattā sabbaso saṃyojanānaṃ samucchinnattā visaṃyuttā upasantā ca nibbutā ca amhī ti.

Sundarīnandāya theriyā gāthāvaṇṇanā samattā.

---

[1] padakkhiyan, cd.

XLII.

Aggiṃ[1] candaṃ cā ti ādikā Nanduttarāya theriyā gāthā. Ayam pi purimabuddhesu katādhikārā tattha tattha bhave vivaṭṭūpanissayaṃ kusalaṃ upacinitvā imasmiṃ buddhuppāde Kururaṭṭhe Kammāssadammanigame brāhmaṇakule nibbattitvā ekaccānaṃ vijjāṭṭhānāni sippāyatanāni ca uggahetvā nigaṇṭhapabbajjaṃ upagantvā vādasutā jambusākhaṃ gahetvā Bhaddā Kuṇḍalakesī viya Jambudīpatale vicarantī Mahāmoggallānatheraṃ upasaṅkamitvā pañhaṃ pucchitvā parājayaṃ pattā therassa ovāde ṭhatvā sāsane pabbajitvā samaṇadhammaṃ karontī nacirass' eva saha paṭisambhidāhi arahattaṃ patvā attano paṭipattiṃ paccavekkhitvā udānavasena:

Aggiṃ[2] candaṃ ca suriyaṃ ca devatā ca namassi 'haṃ
nadītitthāni gantvāna udakaṃ oruhāmi 'haṃ. 87.
Bahūvatasamādānā[3] aḍḍhaṃ[4] sīsassa olikhi
chamāya seyyaṃ kappemi rattibhattaṃ na bhuñji[5] 'haṃ. 88.
Vibhūsanamaṇḍanaratā nhāpanucchādanehi ca
upakāsi imaṃ kāyaṃ kāmarāgena aṭṭitā. 89.
Tato saddhaṃ labhitvāna pabbajiṃ anagāriyaṃ
disvā kāyaṃ yathābhūtaṃ kāmarāgo samūhato.[6] 90.
Sabbe bhavā samucchinnā icchā ca patthanā pi ca
sabbayogavisaṃyuttā santiṃ pāpuṇi cetaso ti. 91.

Imā pañca gāthā abhāsi. Tattha aggiñ[7] candañ ca suriyañ ca devatā ca namassi 'haṃ ti aggisammukhā devā ti indānaṃ devānaṃ ārādhanatthaṃ āhutiṃ[8] paggahetvā aggiṃ ca māse māse sukkapakkhassa dutiyāya candaṃ ca divase sāyampātaṃ suriyañ ca aññañ ca bāhirabhiraññagabbhādayo devatā ca visuddhimaggaṃ gavesantī namassi ahaṃ namakkāraṃ ahaṃ akāsiṃ.

---

1 aggi, cd. 2 aggi, cd. 3 bahuv°, cd.
4 ada, cd. 5 abhuñji, cd. 6 samohato, cd.
7 aggi, cd. 8 ahuti, cd.

Nadītitthāni gantvāna udakaṃ oruhām' ahaṃ ti gaṅgādīnaṃ pūjātitthāni upagantvā sāyampātaṃ udakaṃ otarāmi. Udake nimujjitvā aggiciñcanaṃ karomi. Bahūvatasamādānā ti pañcātapatappanādibahuvidhavatasamādānā.[1] Gāthāsukhatthaṃ bahū ti dīghakaraṇaṃ. Aḍḍhaṃ sīsassa olikhin[2] ti mayhaṃ pi sīsassa aḍḍham eva muṇḍemi. Keci aḍḍhaṃ sīsassa olikhin[3] ti kesakalāpassa aḍḍhaṃ jaṭābandhanavasena bandhitvā aḍḍhaṃ vissajjesin ti atthaṃ vadanti. Chamāya seyyaṃ kappemī ti thaṇḍilasāyinī hutvā antarahitāya bhūmiyā sayāmi. Rattibhattaṃ na bhuñji[4] 'han ti rattūparatā hutvā rattiyaṃ bhojanaṃ na bhuñjiṃ.

Vibhūsanamaṇḍanaratā ti cirakālaṃ attakilamathānuyogena kilantakāyā evaṃ sarīraesa kilamanena n'atthi paññāsuddhi. Sace pana indriyānaṃ tosanavasena sarīrassa kampanena suddhi siyā ti? Mantā imaṃ kāyaṃ anugaṇhantī vibhūsāyaṃ maṇḍane ca ratā vatthālaṅkārehi alaṅkaraṇe gandhamālādīhi maṇḍane ca abhiratā. Nhāpanucchādanehi cā ti sambāhanādīni[5] kāretvā nhāpanena ucchādanena ca. Upakāsi imaṃ kāyan ti imaṃ mama kāyaṃ anugaṇhiṃ santappesiṃ. Kāmarāgena aṭṭitā ti evaṃ kāyadaḷhībahulā hutvā ayonisomanasikārapaccayā pariyuṭṭhitena kāmarāgena aṭṭitā ti abhiṇhaṃ upaddutā ahosiṃ. Tato saddhaṃ labhitvānā ti evaṃ samādinnavatāni bhinditvā kāyadaḷhībahulā vādapasutā hutvā tattha tattha vicarantī tato pacchā aparabhāge Mahāmoggallānattherassa santike laddhovādānusāsanā saddhaṃ paṭilabhitvā. Disvā kāyaṃ yathābhūtaṃ ti saha vipassanāya maggapaññāya imaṃ mama kāyaṃ yathābhūtaṃ disvā. Anāgāmimaggena sabbaso kāmarāgo samūhato. Tato paraṃ aggamaggena sabbe bhavā samucchinnā icchā ca patthanā pi cā ti paccuppannavisayābhilāpasaṅkhātā icchā āyatibhavābhilāpasaṅkhātā patthanā pi sabbā samuc-

---

[1] pañcātapakapp°, cd. [2] olikhan, cd. [3] olikan, cd.
[4] abhuñji, cd. [5] ati sammāhanādīni, cd.

chinnā ti yojanā. Santim[1] pāpuṇi cetaso ti accantasantiarahattaphalaṃ pāpuṇiṃ[2] adhigacchin ti attho.
Nanduttarāya theriyā gāthāvaṇṇanā samattā.

XLIII.

Saddhāya pabbajitvānā ti ādikā Mittākālikātheriyā gāthā. Ayam pi purimabuddhesu katādhikārā tattha tattha bhave vivaṭṭūpanissayaṃ kusalaṃ upacinantī imasmiṃ buddhuppāde Kururaṭṭhe Kammāssadammanigame brāhmaṇakule nibbattitvā viññutaṃ pattā Mahāsatipaṭṭhānadesanāya paṭiladdhasaddhā bhikkhunīsu pabbajitvā satta saṃvaccharāni lābhasakkāragiddhikā hutvā samaṇadhammaṃ karontī tattha tattha vivaditvā aparabhāge yoniso uppajjantī saṃvegajātā hutvā vipassanaṃ paṭṭhapetvā nacirass' eva saha paṭisambhidāhi arahattaṃ patvā attano paṭipattiṃ[3] paccavekkhitvā udānavasena:

Saddhāya pabbajitvāna agārasmānagāriyaṃ
vicari 'haṃ tena tena lābhasakkāraussukā. 92.
Riñcitvā paramaṃ atthaṃ hīnaṃ attham asevi 'haṃ
kilesānaṃ vasaṃ gantvā sāmaññattham nirajji 'haṃ. 93.
Tassā me ahu saṃvego nisinnāya vihārake
ummaggapaṭipann' amhi taṇhāya vasam āgatā. 94.
Appakaṃ jīvitaṃ mayhaṃ jarā vyādhi vimaddati
purāyaṃ bhijjati kāyo na me kālo pamajjituṃ. 95.
Yathābhūtam avekkhantī khandhānaṃ udayabbayaṃ
vimuttacittā uṭṭhāsi kataṃ buddhassa sāsanan ti. 96.

Imā gāthā abbhāsi. Tattha vicari 'haṃ tena tena lābhasakkāraussukā ti lābhe ca sakkāre ca ussukā yuttapayuttā hutvā tena tena bāhusaccadhammakathādinā lābhuppādahetunā vicariṃ ahaṃ. Riñcitvā paramaṃ atthan ti jhānavipassanāmaggaphalādiuttamaṃ atthaṃ jahitvā chaḍḍitvā. Hīnaṃ attham asevi

---

[1] santi, cd. [2] pāpuṇi, cd. [3] paṭipatti, cd.

'h a n ti catupaccayasaṅkhātaññisahhāvato nihīnaṃ lāmakaṃ atthaṃ ayonisopariyesanā parisevim ahaṃ. K i l e- s ā n a ṃ v a s a ṃ g a n t v ā ti mānamadataṇhādīnaṃ kilesānaṃ vasaṃ upagantvā s ā m a ñ ñ a t t h a ṃ[1] samaṇakiccaṃ n i r a j j i na jānim a h a ṃ.

N i s i n n ā y a v i h ā r a k e ti mama vasanakaovarake nisinnāya a h u s a ṃ v e g o. Kathan ti ce āha u m m a g- g a p a ṭ i p a n n' a m h ī ti. Tattha ummaggapaṭipann' amhī ti yāvad eva anupādāya parinibbānatthaṃ idaṃ sāsanaṃ tattha sāsane pabbajitvā kammaṭṭhānaṃ amanasikarontī tassa ummaggapaṭipannā amhī ti. T a ṇ h ā y a v a s a ṃ ā g a t ā ti paccayuppādanataṇhāya vasaṃ upagatā.

A p p a k a ṃ j ī v i t a ṃ m a y h a ṃ ti paricchinnakālā jīvito bahūpaddavato ca mama jīvitaṃ appakaṃ parittaṃ lahukaṃ. J a r ā v y ā d h i c a m a d d a t ī ti tañ ca samantato apatitvā nippothento pabbatā viya jarā ca vyādhi ca maddati nimmathati. M a d d a t e ti ca pāṭho. J a r ā y a ṃ b h i j j a t i k ā y o ti ayaṃ kāyo bhijjati jarāyaṃ.[2] Yasmā tassa ekaṃsiko bhedo tasmā n a m e k ā l o p a m a j j i t u ṃ ayaṃ kālo aṭṭhakkhaṇavajjito, navamo khaṇo so pamajjituṃ na yutto ti. Tassāhu saṃvego ti yojanā.

Y a t h ā b h ū t a m a v e k k h a n t ī ti evaṃ jātasaṃvego vipassanaṃ paṭṭhapetvā aniccādimanasikārena yathābhūtam avekkhantī. Kiṃ avekkhantī ti āha. K h a n d h ā- n a ṃ u d a y a b b a y a ṃ ti avijjāsamudayā rūpasamudayo ti ādinā samapaññāsabhedaṃ pañcannaṃ upādānakkhandhānaṃ uppādanirodhañ ca udayabbayānupassanāya avekkhantī vipassanaṃ ussukkāpetvā maggapaṭipāṭiyā sabbaso kilesehi ca vimuñcitvā u ṭ ṭ h ā s i ubhato upaṭṭhānena maggena bhavattayato pi vuṭṭhitā ahosiṃ. Sesaṃ vuttanayam eva.

Mittākāliyā theriyā gāthāvaṇṇanā samattā.

---

[1] sāmaññattaṃ, cd. [2] jarā, cd.

XLIV.

Agārasmiṃ[1] vasantī ti ādikā Pakulāya theriyā gāthā. Ayaṃ kira Padumuttarassa bhagavato kāle Haṃsavatīnagaro Ānandassa[2] rañño dhītā hutvā nibbattā satthu vemātikabhaginī Nandā ti nāmena. Sā viññutaṃ pattā ekadivasaṃ satthu santike dhammaṃ suṇantī satthāraṃ ekaṃ bhikkhuniṃ dibbacakkhukīnaṃ[3] aggaṭṭhāne ṭhapentaṃ disvā ussāhadevatā adhikārakammaṃ katvā sayam pi taṃ ṭhānantaraṃ[4] patthentī paṇidhānaṃ akāsi. Sā tattha yāvajīvaṃ bahuṃ uḷāraṃ kusalaṃ kammaṃ katvā devaloke nibbattitvā aparāparaṃ sugatīsu yeva saṃsarantī Kassapassa bhagavato kāle brāhmaṇakule nibbattitvā paribbājakapabbajjaṃ pabbajitvā ekacāriṇī vicarantī ekadivasaṃ telabhikkhāya āhiṇḍitvā telaṃ labhitvā tena telena satthu cetiye sabbarattiṃ dīpapūjaṃ akāsi. Sā tato cutā Tāvatiṃse nibbattitvā suvisuddhadibbacakkhukā hutvā ekaṃ buddhantaraṃ devesu yeva saṃsaritvā imasmiṃ buddhuppāde Sāvatthiyaṃ brāhmaṇakule nibbatti. Pakulā 'ti 'ssā nāmaṃ ahosi. Sā viññutaṃ patvā satthu Jetavanapaṭiggahaṇe paṭiladdhasaddhā upāsikā hutvā aparabhāge aññatarassa khīṇāsavattherassa santike dhammaṃ sutvā saṃjātasaṃvegā pabbajitvā vipassanaṃ ṭhapetvā ghaṭentī vāyamantī nacirass' eva arahattaṃ pāpuṇi. Tena vuttaṃ Apadāne:

Padumuttaro nāma jino sabbadhammāna pāragū
ito satasahassamhi kappe uppajji nāyako. 1.
Hitāya sabbasattānaṃ sukhāya vadataṃ varo
atthāya purisājañño paṭipanno sadevake. 2.
Yasaggappatto sirimā kittivaṇṇagato jino
pūjito sabbalokassa disā sabbā suvissuto. 3.
Uttiṇṇavicikiccho so vītivattakathaṃkatho
sampuṇṇamanasaṅkappo[5] patto sambodhiṃ uttamaṃ. 4.
Anuppannassa maggassa uppādetā naruttamo
anakkhātañ ca akkhāsi asañjātañ ca sañjani. 5.

---

[1] agārasmā, cd. [2] Ānanassa, cd. [3] °cakkhukānaṃ, cd.
[4] ṭhānantaṃ, cd. [5] sampannam°, P.

Maggaññū ca maggavidū maggakkhāyī narāsabho
maggassa kusalo[1] satthā sārathīnaṃ varuttamo. 6.
Tadā mahākāruṇiko[2] dhammaṃ desesi nāyako
nimugge kāmapaṅkamhi[3] samuddharati pāṇino. 7.
Tadāhaṃ Haṃsavatiyaṃ jātā khattiyanandanā
surūpā sadhanā cāpi dayitā ca sirīmatī. 8.
Ānandassa mahārañño dhītā paramasobhaṇā
vemātā bhaginī cāpi Padumuttaranāmino. 9.
Rājakaññāhi sahitā sabbābharaṇabhūsitā
upāgamma[4] Mahāvīraṃ assosiṃ dhammadesanaṃ. 10.
Tadā hi so lokagaru bhikkhuniṃ dibbacakkhukiṃ[5]
kittayaṃ parisāmajjhe aggaṭṭhāne ṭhapesi taṃ.[6] 11.
Suṇitvā tam ahaṃ haṭṭhā dānaṃ datvāna satthuno[7]
pūjetvāna ca sambuddhaṃ dibbacakkhuṃ apatthayiṃ. 12.
Tato avoca maṃ satthā Nande lacchasi patthitaṃ
padīpadhammadānānaṃ[8] phalaṃ etaṃ yathicchitaṃ.[9] 13.
Satasahasse ito kappe Okkākakulasambhavo
Gotamo nāma nāmena satthā loke bhavissati. 14.
Tassa dhammesu dāyādā orasā dhammanimmitā
Pakulā[10] nāma nāmena hessasi[11] satthu sāvikā. 15.
Tena kammena sukatena cetanāpaṇidhīhi ca
jahitvā mānusaṃ dehaṃ Tāvatiṃsaṃ agañch' ahaṃ. 16.
Imamhi bhaddake kappe brahmabandhu mahāyaso
Kassapo nāma nāmena uppajji vadataṃ varo. 17.
Paribbājikinī āsiṃ tadāhaṃ ekacārinī
bhikkhāya vicaritvāna alabhiṃ telamattakaṃ.[12] 18.
Tena dīpaṃ padīpetvā upaṭṭhiṃ sabbasaṃvariṃ
cetiyaṃ dvipadaggassa vippasannena cetasā. 19.
Tena kammena sukatena cetanāpaṇidhīhi ca
jahitvā mānusaṃ dehaṃ Tāvatiṃsaṃ agañchi 'haṃ. 20.

---

[1] maggakusalo, P. [2] mahākāruṇiko satthā, A.
[3] nimuggaṃ mohapaṅk°, P. [4] uppagamma, P.
[5] °cakkhukī, P. [6] ṭhapesi 'haṃ, P.
[7] 'bhinanditvāna satthuno, A. [8] °dānena, P.
[9] etaṃ sunicchitaṃ, A. [10] Sakulā, A. [11] hessati, A.
[12] tena mattakaṃ, B.

Yattha yatthūpapajjāmi tassa kammassa pākasā[1]
saṃjalanti[2] mahādīpā tattha tattha gatāya me. 21.
Tirokuḍḍaṃ[3] tiroselaṃ samatiggayha pabbataṃ
passām' ahaṃ yad icchāmi, dīpadānass' idaṃ phalaṃ.[4] 22.
Visuddhadassanā[5] homi yasasā pajalām' ahaṃ
saddhā paññāvatī[6] c'eva, dīpadānass' idaṃ phalaṃ. 23.
Pacchime ca bhave 'dāni jātā vippakule ahaṃ
pahūtadhanadhaññamhi mudite rājapūjite.[7] 24.
Ahaṃ sabbaṅgasampannā sabbābharaṇabhūsitā
purappavese[8] sugataṃ vātapāne ṭhitā ahaṃ. 25.
Disvā jalantaṃ yasasā devamanussasakkataṃ
anuvyañjanasampannaṃ lakkhaṇehi vibhūsitaṃ 26.
Udaggacittā sumanā pabbajjaṃ samarocayiṃ
naciren' eva kālena arahattaṃ apāpuṇiṃ. 27.
Iddhīsu ca vasī homi dibbāya sotadhātuyā
paracittāni jānāmi satthu sāsanakārikā. 28.
Pubbenivāsaṃ jānāmi dibbacakkhuṃ visodhitaṃ
khepetvā āsave sabbe visuddhāsiṃ sunimmalā. 29.
Pariciṇṇo mayā satthā kataṃ buddhassa sāsanaṃ
ohito garuko bhāro bhavanetti samūhatā. 30.
Yass'atthāya pabbajitā agārasmānagāriyaṃ
so me attho anuppatto sabbasaṃyojanakkhayo. 31.
Tato mahākāruṇiko etadagge ṭhapesi maṃ
"dibbacakkhukīnaṃ[9] aggā Pakulā[10]" ti naruttamo. 32.
Kilesā jhāpitā mayham —pa— kataṃ buddhassa sāsanan
ti. 33.

Arahattaṃ pana patvā katādhikāratāya dibbacakkhuññāṇe ciṇṇavasī ahosi. Tena taṃ satthā dibbacakkhukīnaṃ[11] bhikkhunīnaṃ aggaṭṭhāne ṭhapesi. Sā attano paṭipattiṃ paccavekkhitvā pītisomanassajātā udānavasena:

---

[1] vāhasā, A. B. [2] saṃsaranti, P.; sañcaranti, B.
[3] tirokuṭaṃ, A. [4] balaṃ, A.
[5] visuddhanayanā, A. [6] paññāsatī, P.
[7] muditā rājapūjitā, P. [8] purampavesa, P.
[9] °cakkhukānaṃ, P. [10] Sakulā, A. B.
[11] °cakkhukānaṃ, ed.

Agārasmiṃ vasantī 'haṃ dhammaṃ sutvāna bhikkhuno
addasaṃ virajaṃ dhammaṃ nibbānapadam accutaṃ. 97.
Sāhaṃ puttaṃ ca dhītaṃ ca dhanadhaññaṃ ca chaḍḍiya
kese chedāpayitvāna pabbaji anagāriyaṃ. 98.
Sikkhamānā ahaṃ santī bhāventī maggaṃ añjasaṃ
pahāsi rāgadosaṃ ca tadekaṭṭhe ca āsave. 99.
Bhikkhunī upasampajja pubbajātiṃ anussariṃ
dibbacakkhu visodhitaṃ vimalaṃ sādhu bhāvitaṃ. 100.
Saṅkhāre parato disvā hetujāte palokine
pahāya āsave sabbe sītibhūt' amhi nibbutā ti. 101.

Imā gāthā abhāsi. Tattha agārasmiṃ vasantī 'haṃ dhammaṃ sutvāna bhikkhuno ti ahaṃ pubbe agāramajjhe vasamānā aññatarassa bhinnakilesassa bhikkhuno santike catusaccagabbhaṃ[1] dhammakathaṃ sutvā. Addasaṃ virajaṃ dhammaṃ nibbāṇapadaṃ accutan ti rāgarajādīnaṃ abhāvena virajaṃ vāṇato nikkhantattā nibbāṇaṃ maccunābhāvato adhigatānaṃ accutahetukāya ca nibbāṇaṃ accutaṃ padan ti ca laddhanāmasaṅkhātadhammaṃ sahassanayapatimaṇḍitena dassanasaṅkhātena dhammacakkhunā addasaṃ passiṃ.

Sāhan ti sā ahaṃ vuttappakārena sotāpannā homi. Sikkhamānā ahaṃ santī ti ahaṃ sikkhamānā vasamānā pabbajitvā vasse aparipuṇṇe evaṃ bhāventī maggaṃ añjasan ti majjhimapaṭipattibhāvato añjasaṃ uparimaggaṃ uppādentī. Tadekaṭṭhe ca[2] āsave ti rāgadosehi sahajekaṭṭhe pahānekaṭṭhe ca tatiyamaggamajjhe āsave pahāsi samucchindi.[3]

Bhikkhunī upasampajjā ti vasse paripuṇṇe upasampajjitvā bhikkhunī hutvā. Vimalan ti avijjādīhi upakkilesehi vimuttatāya vigatamalaṃ sakkacca-d-eva mama bhāsitaṃ. Sādhū ti vā buddhādīhi bhāvitaṃ uppāditaṃ dibbacakkhuṃ visodhitan ti sambandho. Saṅkhāre ti tebhūmakasaṅkhāre. Parato ti anattato. Hetujāte[4] ti paccuppanne. Palokine

---

[1] catusaccaṃ g°, cd. [2] ca om. cd.
[3] samucchin ti, cd. [4] hetujāto, cd.

ti palujjanasabhāve pabbaṅgurena paññācakkhunā disvā. Pahāsi āsave sabbe ti aggamaggena avasiṭṭhe sabbe pi āsave pajahiṃ khepesin ti attho. Sesaṃ vuttanayaṃ eva.

Pakulāya theriyā gāthāvaṇṇanā samattā.

XLV.

Dasa putte vijāyitvā ti ādikā Soṇāya theriyā gāthā. Ayaṃ pi Padumuttarassa bhagavato kāle Haṃsavatīnagare kulagehe nibbattitvā viññutaṃ patvā ekadivasaṃ satthu santike dhammaṃ suṇantī satthāraṃ[1] ekaṃ bhikkhuniṃ āraddhaviriyānaṃ bhikkhunīnaṃ aggaṭṭhāne ṭhapentaṃ disvā adhikārakammaṃ katvā sayaṃ pi taṃ ṭhānantaraṃ patthetvā yāvajīvaṃ puññāni katvā, tato cutā kappasatasahassaṃ devamanussesu saṃsaritvā imasmiṃ buddhuppāde Sāvatthiyaṃ kulagehe nibbattitvā vayappattā patikulaṃ gatā dasa puttadhītaro labhitvā Bahuputtikā ti paññāyittha. Sā sāmike pabbajite puttadhītaro gharāvāse patiṭṭhāpetvā sabbaṃ dhanaṃ puttānaṃ vissajjetvā adāsi, na kiñci attano ṭhapesi. Taṃ puttā ca puttabhariyā ca katipāhaṃ eva upaṭṭhahitvā paribhavaṃ akaṃsu. "Kiṃ mayhaṃ imehi paribhavāya ghare vasantiyā" ti bhikkhuniyo upasaṃkamitvā pabbajjaṃ yāci. Taṃ bhikkhuniyo pabbājesuṃ. Sā laddhūpasampadā "ahaṃ mahallikakāle pabbajitvā appamattāya bhavitabban" ti bhikkhunīnaṃ vattapaṭivattaṃ karontī "sabbarattiṃ samaṇadhammaṃ karissāmī" ti heṭṭhā pāsāde ekaṃ thambhaṃ hatthena gahetvā taṃ avijjamānā samaṇadhammaṃ karontī caṅkamamānā pi "andhakāre ṭhāne rukkhādīsu yattha tatthaci me sīsaṃ paṭihaññeyyā" ti rukkhaṃ hatthena gahetvā taṃ avijahamānā 'va samaṇadhammaṃ karoti. Tato paṭṭhāya sā āraddhaviriyatāya pākaṭā ahosi. Satthā tassā ñāṇapari-

---

[1] satthārā, cd.

pākaṃ disvā gandhakuṭiyaṃ nisinno 'va obhāsaṃ pharitvā sammukhe nisinno viya attānaṃ dassetvā:

Yo ca vassasataṃ jīve apassaṃ dhammam uttamaṃ
ekāhaṃ jīvitaṃ seyyo passato dhammam uttaman ti.

gāthaṃ abhāsi. Sā gāthāpariyosāne arahattaṃ pāpuṇi. Tena vuttaṃ Apadāne:

Padumuttaro nāma jino sabbadhammāna pāragū
ito satasahassamhi kappo uppajji nāyako. 1.
Tadā[1] seṭṭhikule jātā sukhitā pūjitā piyā[2]
upetvā[3] taṃ munivaraṃ assosiṃ madhuraṃ vacaṃ. 2.
Āraddhaviriyān' aggaṃ vaṇṇentaṃ bhikkhuniṃ jinaṃ
taṃ sutvā muditā hutvā kāraṃ katvāna satthuno 3.
Abhivādiya sambuddhaṃ taṃ ṭhānaṃ[4] patthayiṃ tadā.
Anumodi mahāvīro "sijjhataṃ paṇidhī tava."[5] 4.
Satasahasse ito kappe Okkākakulasambhavo
Gotamo nāma nāmena satthā loke bhavissati. 5.
Tassa dhammesu dāyādā orasā dhammanimmitā
Soṇā ti nāma nāmena hessasi[6] satthu sāvikā. 6.
Taṃ sutvā muditā hutvā yāvajīvaṃ tadā jinaṃ
mettacittā paricariṃ paccayehi vināyakaṃ. 7.
Tena kammena sukatena cetanāpaṇidhībi ca
jahitvā mānusaṃ dehaṃ Tāvatiṃsaṃ agañchi 'haṃ. 8.
Pacchime ca bhave dāni jātā seṭṭhikule ahaṃ
Sāvatthiyaṃ puravare iddhe phīte mahaddhane. 9.
Yadā ca yobbanappattā gantvā patikulaṃ ahaṃ
dasa puttāni ajaniṃ surūpāni visesato 10.
Sukhedhitā[7] ca te sabbe jananettamanoharā
amittānam pi rucitā mama pag eva te piyā[8] 11.
Tato mayhaṃ akāmāya dasaputtapurakkhato
pabbajittha sa me satthā devadevassa sāsane. 12.

---

[1] tadāhaṃ, P. [2] dassitā siyā, P. [3] ṭhapetvā, P.
[4] ṭhānaṃ taṃ, A. [5] paṇidhīhi ca, P.
[6] hessati, A. [7] sukhe ṭhitā, P. [8] te siyā, P.

Tad ekikā vicintesiṃ: jīvitenālam atthu me
jināya [1] patiputtehi [2] vuḍḍhāya ca varākiyā.[3] 13.
Ahaṃ pi tattha gacchissaṃ sampatto [4] yattha me pati [5]
evāhaṃ cintayitvāna pabbajiṃ anagāriyaṃ. 14.
Tato ca maṃ [6] bhikkhuniyo ekaṃ bhikkhunūpassaye
vihāya gacchuṃ [7] ovādaṃ "tāpehi udakaṃ" iti. 15.
Tadā udakam āhitvā okiritvāna kumbhiyā
cūḷe ṭhapetvā āsinā [8] tato cittaṃ samādahiṃ.[9] 16.
Khandhe aniccato disvā dukkhato ca anattato
chetvāna [10] āsave sabbe arahattaṃ apāpuṇiṃ. 17.
Tadāgantvā bhikkhuniyo uṇhodakaṃ apucchisuṃ [11]
tejodhātuṃ adhiṭṭhāya khippaṃ santāpayiṃ [12] jalaṃ. 18.
Vimhitā tā jinavaraṃ etaṃ atthaṃ abhāvayuṃ [13]
taṃ sutvā mudito nātho imaṃ gāthaṃ abhāsatha: 19
"Yo ca vassasataṃ jīve kusīto hīnaviriyo
ekāhaṃ jīvitaṃ seyyo viriyam ārabhato daḷhaṃ." 20.
Ārādhito mahāvīro mama suppaṭipattiyā [14]
āraddhaviriyān' aggaṃ mahāpañño mahāmuni. 21.
Kilesā jhāpitā mayhaṃ —pa— kataṃ buddhassa sāsanan
ti. 22.

Atha naṃ bhagavā bhikkhuniyo paṭipāṭiyā ṭhānantare ṭhapento āraddhaviriyānaṃ aggaṭṭhāne ṭhapesi. Sā ekadivasaṃ attano paṭipattiṃ paccavekkhitvā udānavasena:

Dasa putte vijāyitvā asmiṃ rūpasamussaye
tato 'haṃ dubbalā jiṇṇā [15] bhikkhuniṃ upasaṃkamiṃ. 102.
Sā me dhammaṃ adesesi khandhāyatanadhātuyo
tassā dhammaṃ suṇitvāna kese chetvāna [16] pabbajiṃ. 103.

---

[1] jināya, MSS.
[2] paṭiputtehi, P.
[3] buddhāya ca parākiyā, P.
[4] passuto, B.
[5] sattha me sati, P.
[6] mama, P.
[7] gacche, P.
[8] asinā, P.
[9] pasādayiṃ, P.; samādayi, P.
[10] khepetvā, A. B.
[11] °dakasamucchisuṃ, P.
[12] santapayiṃ, A.
[13] pasāvayuṃ, P.
[14] mama sūpapavattiyā, P.
[15] ciṇṇā, cd.
[16] hitvāna, cd.

Tassā me sikkhamānāya dibbacakkhu visodhitaṃ.
pubbenivāsaṃ jānāmi yattha me vusitaṃ pure. 104.
Animittaṃ ca bhāvemi ekaggā susamāhitā
anantarāvimokkhāsiṃ anupādāya nibbutā.[1] 105.
Pañca kkhandhā pariññātā tiṭṭhanti chinnamūlakā
ṭhitivatthuj' anej' amhi n'atthi dāni punabbhavo 'ti. 106.

Imā gāthā abhāsi. Tattha r ū p a s a m u s s ā y e ti
rūpasaṅkhāte samussaye. Ayaṃ rūpasaddo cakkhuṃ ca
paṭicca rūpe ca uppajjati cakkhuviññāṇan ti ādisu rūpāya-
tane āgato. Yaṃ kiñci rūpaṃ atītānāgatapaccuppannaṃ
ti ādisu rūpakkhandhe piyarūpe sātarūpe rajjatī ti ādisu
sabhāve bahiddhā rūpāni passatī ti ādisu kasiṇāyatano rūpī
rūpāni passatī ti ādisu rūpajjhāne aṭṭhiñ ca paṭiccanhāruṃ
ca paṭicca cammaṃ ca paṭicca maṃsaṃ ca paṭicca ākāso
parivārito rūpan tveva saṅkhaṃ gacchatī ti ādisu rūpakāye
idhāpi rūpakāyo 'va daṭṭhabbo. Samudayasaddo pi aṭṭhī-
naṃ sarīrassa pariyāyo satan ti samudayo ti ādisu aṭṭhi-
pariyāye āturaṃ a s u c i ṃ pūtiṃ passa N a u d e
s a m u s s a y a u ti ādisu sarīre idhāpi sarīro[2] ova daṭṭhabbo.
Tena vuttaṃ r ū p a s a m u s s a y e ti rūpasaṅkhāte samus-
saye sarīre ti attho. Ṭhatvā ti vacanaseso.

A s m i ṃ r ū p a s a m u s s a y e ti imasmiṃ rūpasamus-
saye ṭhatvā imaṃ rūpakāyaṃ nissāya dasa putte vijāyitvā
ti yojanā. T a t o ti tasmā dasaputtavijāyanahetu. Sā hi
paṭhamavayaṃ atikkamitvā puttake vijāyantī anukkamena
dubbalasarīrā jiṇṇā 'va ahosiṃ. Tena vuttaṃ : T a t o
'h a ṃ d u b b a l ā j i ṇ ṇ ā ti. Tassā tuto t a s s ā ti vā tassā
santike. Puna vā t a s s ā ti karaṇe sāmivacanaṃ. Tāyā ti
attho. S i k k h a m ā n ā y ā ti tisso pi sikkhā sikkhamānā.
A n a n t a r ā v i m o k k h ā s i n ti aggamaggassa anantarā
uppannavimokkhā āsiṃ. Rūpī rūpāni[3] passatī ti ādayo hi
aṭṭha pi vimokkhā[4] anantaravimokkhā nāma na honti.
Maggānantaraṃ anuppattā[5] ti phalavimokkhā pana samā-
pattikāle[6] pavattamānā pi paṭhamamaggānantaraṃ eva

---

[1] nibbuti, cd.   [2] sarīre, cd.   [3] rūpā rūpāni, cd.
[4] vimokkhānaṃ, cd.   [5] anuppatto, cd.
[6] phalavikkhāpanasamāpattikāle, cd.

samuppattito taṃ upādāya anantaravimokkho nāma. Yathā[1] maggasamādhi anantarikasamādhī ti vuccati. Anupādāya nibbutā ti rūpādīsu kiñci pi agahetvā kilesaparinibbānena nibbutā āsiṃ. Evaṃ vijjāttayaṃ vibhāvetvā arahattaphalena kūṭaṃ gaṇhin ti udānetvā idāni jarāya cirakālaṃ upaddutā garahitaṃ vigarahantī saha vatthunā tassā samatikkantibhāvaṃ vibhāvetuṃ pañcakkhandhā pariññātā ti osānagāthaṃ āha. Tattha ṭhitavatthuj'anej'ambī ti aṅgānaṃ sithilabhāvakaraṇādinā jammi lāmake jane tuyhaṃ dhi atthu tava dhikāro hotu. N'atthi dāni punabbhavo ti tasmā tvaṃ mayā atikkantā abhibhūtā sī ti adhippāyo.

Soṇāya theriyā gāthāvaṇṇanā samattā.

XLVI.

Lūnakesī ti ādikā Bhaddāya Kuṇḍalakesāya theriyā gāthā. Ayaṃ pi Padumuttarassa bhagavato kāle Haṃsavatīnagare kulagehe nibbattitvā viññutaṃ pattā ekadivasaṃ satthu santike dhammaṃ suṇantī satthāraṃ[2] ekaṃ bhikkhuniṃ khippābhiññānaṃ aggaṭṭhāne ṭhapentaṃ disvā adhikārakammaṃ katvā taṃ ṭhānantaraṃ[3] patthetvā yāvajīvaṃ puññāni katvā kappasatasahassaṃ devamanussesu saṃsaritvā Kassapabuddhakāle Kikissa Kāsiraññño gehe sattannaṃ bhaginīnaṃ abbhantarā hutvā vīsati vassasahassāni dasa sīlāni samādāya komārabrahmacariyaṃ carantī saṅghassa ca pana pariveṇaṃ kāretvā ekaṃ buddhantaraṃ sugatīsu yeva saṃsaritvā imasmiṃ buddhuppāde Rājagahe seṭṭhikule nibbattitvā Bhaddā ti 'ssā nāmaṃ ahosi. Sā mahatā parivārena vaḍḍhamānā vayappattā tasmiṃ yeva nagare purohitassa puttaṃ Satthukaṃ nāma coraṃ sahoḍhaṃ gahetvā rājāṇāya[4] nagaraguttikena[5] māretuṃ āghātanaṃ[6] nīyamānaṃ sīhapañjare olokentī

---

[1] yato, cd. [2] sattbārā, cd. [3] ṭhanantaraṃ, cd.
[4] rājaṇāya, cd. [5] nagaraguttikānaṃ, cd.
[6] āghātaṃ, cd.

disvā paṭibaddhacittā hutvā "sace taṃ labhāmi jīvissāmi no ce marissāmī" ti sayane adhomukhā nipajji. Ath' assā pitā taṃ pavattiṃ sutvā ekadhītāya balavasineho sahassalañcaṃ[1] datvā upāyena coraṃ vissajjāpetvā gandhodakena nhāpetvā sabbābharaṇapaṭimaṇḍitam kāretvā pāsādaṃ pesesi. Bhaddā pi paripuṇṇamanorathā atirekālaṅkārena alaṅkaritvā taṃ paricarati. Satthuko katipāhaṃ vītināmetvā tassā ābharaṇesu uppannalobho "Bhadde ahaṃ nagaraguttikena gahitamatto 'va corapapāte adhivatthāya devatāya sac' āhaṃ jīvitaṃ labhāmi tuyhaṃ balikammaṃ upasaṃharissāmī ti patthanaṃ ayāciṃ tasmā balikammaṃ sajjāpehī" ti. Sā "tassa manaṃ pūressāmī" ti balikammaṃ sajjāpetvā sabbābharaṇavibhūsitā sāmikena saddhiṃ ekaṃ yānaṃ abhiruyha "devatāya balikammaṃ karissāmī" ti corapapātaṃ abhirūhituṃ[2] āraddhā. Satthuko cintesi "sabbesu abhirūhantesu[3] imissā ābharaṇaṃ gahetuṃ na sakk'amhī" ti parivārajanaṃ tatth' eva ṭhapetvā tam eva balibhājanaṃ gāhāpetvā pabbataṃ abhirūhanto tāya saddhiṃ piyakathaṃ na kathesi. Sā iṅgiten' eva tassādhippāyaṃ aññāsi. Satthuko "Bhadde tava uttarisāṭakaṃ omuñcitvā kāyārūḷhapasādhanaṃ bhaṇḍikaṃ karohī" ti. Sā pi "mayhaṃ ko aparādho" ti. "Kiṃ bāle balikammatthaṃ[4] āgato ti saññaṃ karosi?" Balikammāpadesena pana tava ābharaṇaṃ gahetuṃ āgato 'ti. "Kassa pana ayya pasādhanaṃ kassa[5] ahan" ti. "Nāhaṃ etaṃ vibhāgaṃ jānāmī[6]" ti. "Hotu ayya, ekaṃ pana me adhippāyaṃ pūrehi, alaṅkataniyāmena āliṅgituṃ dehī" ti. So "sādhū" ti sampaṭicchi. Sā tena sampaṭicchitabhāvaṃ ñatvā purato āliṅgitvā pacchato āliṅgantī viya pabbatapapāto pātesi. So patitvā cuṇṇavicuṇṇaṃ ahosi. Tāya kataṃ acchariyaṃ disvā pabbate adhivatthā devatā kosallaṃ vibhāventī imā gāthā abhāsi:

Na so sabbesu ṭhānesu puriso hoti paṇḍito
itthī pi paṇḍitā hoti tattha tattha vicakkhaṇā.

---

[1] °lañchaṃ, cd. [2] abhiruyhituṃ, cd.
[3] abhiruyhantesu, cd. [4] balikammaṃ, cd.
[5] kissa, cd. [6] jānāmi, cd. *om.* ti.

Na so sabbesu ṭhānesu puriso hoti paṇḍito
itthī pi paṇḍitā hoti mubuttam api cintaye ti.

Tato Bhaddā cintesi: "Na sakkā mayā iminā niyāmena gehaṃ gantuṃ, ito gantvā ekaṃ pabbajjaṃ pabbajissāmī" ti nigaṇṭhārāmaṃ gantvā nigaṇṭhapabbajjaṃ yāci. Atha naṃ te āhaṃsu: "Kena niyāmena pabbajjā hotū" ti? "Yaṃ tumhākaṃ pabbajjāya uttamaṃ tad eva karothā" ti. Te "sādhū" ti tassā tālaṭṭhinā kese luñcitvā pabbājesuṃ. Puna kesā vaḍḍhantā kuṇḍalavaṭṭā[1] hutvā vaḍḍhesuṃ. Tato paṭṭhāya sā Kuṇḍalakesā nāma jātā. Sā tattha uggahetabbaṃ samayaṃ vādamaggañ ca uggahetvā "ettakaṃ nāma ime jānanti, ito uttariṃ viseso n'atthī" ti ñatvā tato apakkamitvā yattha yattha paṇḍitā atthi tattha tattha gantvā tesaṃ jānanasippaṃ uggahetvā attanā saddhiṃ kathetuṃ samatthaṃ adisvā yaṃ yaṃ gāmaṃ vā nigamaṃ vā pavisati tassa dvāre vālikarāsiṃ katvā tasmiṃ[2] jambusākhaṃ ṭhapetvā "yo mama vādaṃ āropetuṃ sakkoti so imaṃ sākhaṃ maddatū" ti samīpe ṭhitadārakānaṃ saññaṃ datvā vasanaṭṭhānaṃ gacchati. Sattāhaṃ pi jambusākhāya tath' eva ṭhitāya taṃ gahetvā pakkamati.

Tena ca samayena amhākaṃ bhagavā loke uppajjitvā pavattavaradhammacakko anupubbena Sāvatthiṃ upanissāya Jetavane viharati. Kuṇḍalakesā pi vuttanayena gāmanigamarājadhānīsu vicarantī Sāvatthiṃ patvā nagaradvāre vālikārāsimhi jambusākhaṃ ṭhapetvā dārakānaṃ saññaṃ datvā Sāvatthiṃ pāvisi.

Ath' āyasmā dhammasenāpati ekako 'va nagaraṃ pavisanto taṃ sākhaṃ disvā taṃ dametukāmo dārake pucchi: "Kasmāyaṃ sākhā[3] evaṃ ṭhapitā" ti? Dārakā taṃ atthaṃ ārocesuṃ. Thero: "yadi evaṃ, imaṃ sākhaṃ maddathā" ti āha. Dārakā taṃ maddiṃsu. Kuṇḍalakesā katabhattakiccā nagarato nikkhamantī taṃ sākhaṃ madditaṃ disvā "ken' idaṃ madditan" ti pucchitvā, therena maddāpitabhāvaṃ ñatvā "apakkhiko vādo na sobhatī" ti Sāvatthiṃ pavisitvā vīthito vīthiṃ vicarantī "passoyyātha

[1] kuṇḍalāvaṭṭā, cd. [2] tassa, cd. [3] sākhaṃ, cd.

samaṇehi Sākyaputtiyehi saddhiṃ mayhaṃ vādan" ti ugghosetvā mahājanaparivutā[1] aññatarasmiṃ rukkhamūle nisinnaṃ dhammasenāpatiṃ upasaṅkamitvā paṭisanthāraṃ katvā ekamantaṃ ṭhitā "kiṃ tumhehi mama jambusākhā maddāpitā" ti āha? "Āma mayā maddāpitā" ti. "Evaṃ sante tumhehi saddhiṃ mayhaṃ vādo hotū" ti. "Hotu bhadde." "Kassa pucchā kassa vissajjanā" ti? "Pucchā nāma ambākaṃ pattā, tvaṃ yaṃ attanā jānanakaṃ pucchā" ti. Sā sabbaṃ eva attanā jānanavādaṃ pucchi. Thero sabbaṃ vissajjesi. Sā uparipucchitabbaṃ ajānantī tuṇhī ahosi. Atha naṃ thero āha: "Tayā bahuṃ pucchitaṃ, ahaṃ pi taṃ ekaṃ pañhaṃ pucchissāmī" ti. "Pucchatha bhante" ti. Thero "ekaṃ nāma kin" ti imaṃ pañhaṃ pucchi. Kuṇḍalakesā n'eva antaṃ na koṭiṃ passantī andhakāraṃ paviṭṭhā viya hutvā "na jānāmi bhante" ti āha. "Tvaṃ ettakaṃ pi ajānantī aññaṃ kiṃ jānissasī" ti vatvā dhammaṃ desesi. Sā therassa pādesu patitvā "bhante tumhe saraṇaṃ gacchāmī" ti āha. "Mā maṃ tvaṃ Bhadde saraṇaṃ gaccha, sadevake loke aggapuggalaṃ bhagavantaṃ eva saraṇaṃ gacchā" ti. "Evaṃ karissāmi bhante" ti. Sā sāyaṇhasamaye dhammadesanavelāya satthu santikaṃ gantvā pañcapatiṭṭhitena vanditvā ekamantaṃ aṭṭhāsi. Satthā tassā ñāṇaparipākam ñatvā:

Sahassaṃ api ce gāthā anatthapadasaṃhitā
ekaṃ gāthāpadaṃ seyyo yaṃ sutvā upasammatī ti

imaṃ gātbaṃ āha. Gāthāpariyosāne yathā ṭhitā 'va saha paṭisambhidāhi arahattaṃ pāpuṇi. Tena vuttaṃ Apadāne:

Padumuttaro nāma jino sabbadhammāna pāragū
ito satasahassamhi kappe uppajji nāyako. 1.
Tadāhaṃ Haṃsavatiyaṃ jātā seṭṭhikule ahuṃ
nānāratanapajjote mahāsukhasamappitā. 2.
Upetvā taṃ Mahāvīraṃ assosiṃ dhammadesanaṃ

[1] °parivuto, ed.

tato jātapasādāhaṃ upesiṃ [1] saraṇaṃ jinaṃ. 3.
Tadā mahākāruṇiko Padumuttaranāmako [2]
khippābhiññānamaggante [3] ṭhapesi bhikkhuniṃ subhaṃ. 4.
Taṃ sutvā muditā hutvā dānaṃ datvā mahesino
nipacca sirasā [4] pāde taṃ ṭhānaṃ abhipatthayiṃ. 5.
Anumodi mahāvīro Bhaddo yan te 'bhipatthitaṃ [5]
samijjhissasi [6] taṃ sabbaṃ sukhinī hohi nibbutā. 6.
Satasahasse ito kappe Okkākakulasambhavo
Gotamo nāma nāmena satthā loke bhavissati. 7.
Tassa dhammesu dāyādā orasā dhammanimmitā
Bhaddā Kuṇḍalakesā ti hessasi [7] satthu sāvikā. 8.
Tena kammena sukatena cetanāpaṇidhīhi ca
jahitvā mānusaṃ dehaṃ Tāvatiṃsaṃ agañchi 'haṃ. 9.
Tato cutā Yāmasaggaṃ [8] tato ca Tusitaṃ gatā
tato ca Nimmānaratiṃ Vasavattipuraṃ gatā. 10.
Yattha yatthūpapajjāmi tassa kammassa vāhasā
tattha tatth'eva rājūnaṃ mahesittam akārayiṃ. 11.
Tato cutā manussesu rājūnaṃ cakkavattinaṃ
maṇḍalīnañ ca rājūnaṃ mahesittaṃ akārayiṃ. 12.
Sampattiṃ anubhotvāna [9] devesu mānusesu ca
sabbattha sukhitā hutvā nekakappesu saṃsariṃ. 13.
Imasmiṃ bhaddake kappe brahmabandhu mahāyaso
Kassapo nāma nāmena uppajji vadataṃ varo. 14.
Upaṭṭhāko mahesissa tadā āsi narissaro
Kāsirājā Kikī nāma Bārāṇasipuruttamo. 15.
Tassa dhītā catutthāsiṃ Bhikkhadāyī [10] ti vissutā
dhammaṃ sutvā jinaggassa pabbajjaṃ samarocayiṃ. [11] 16.
Anujāni [12] na no tāto agāre 'va tadā mayaṃ [13]
vīsaṃ [14] vassasahassāni vicarimha atanditā 17.
Komāriṃ brahmacariyaṃ [15] rājakaññā sukhedhitā
buddhopaṭṭhānaniratā muditā satta dhītaro. 18.

---

[1] upemi, P. [2] °nāyako, A. [3] khippābhiññāya, P.
[4] sīrasā, MSS. [5] yan te si p°, P. [6] samijjhissati, A.
[7] hessati, MSS. [8] Yāmamagaṃ, A. [9] anubhutvāna, P.
[10] Bhikkhudāyī, A. [11] mama rocayi, P.
[12] anujānāmi, P. [13] agāre tadā mayaṃ, P.
[14] vīsa, A. [15] komārabrahmacariyā, P.

Samaṇī Samaṇaguttā ca Bhikkhunī Bhikkhadāyikā [1]
Dhammā c'eva Sudhammā ca sattamī Saṃghadāyikā 19.
Khemā Uppalavaṇṇā ca Paṭācārā ahan tadā [2]
Kisāgotamī Dhammadinnā Visākhā hoti sattamī. 20.
Tehi kammehi sukatehi cetanāpaṇidhīhi ca
jahitvā mānusaṃ deham Tāvatiṃsam agañchi 'haṃ. 21.
Pacchime ca bhave dāni Giribbajapuruttame
jātā seṭṭhikule phīte yadāhaṃ yobbane ṭhitā 22.
Coraṃ vadhatthaṃ nīyantaṃ disvā rattā tahiṃ ahaṃ
pitā me taṃ sahassena [3] mocayitvā vadhā tato 23.
Adāsi tassa maṃ tāto viditvāna manaṃ mama
tassāhaṃ āsi vissatthā [4] atīva dayitā [5] hitā. 24.
So me bhūsanalobhena balimajjhāsayo [6] diso
corapapātaṃ netvāna pabbataṃ cetayi [7] vadhaṃ. 25.
Tadāhaṃ paṇamitvāna [8] Satthukaṃ [9] sukatañjalī
rakkhantī attano pāṇaṃ idaṃ vacanam abraviṃ: 26.
Idaṃ suvaṇṇakeyūram muttāveḷuriyā bahū
sabbaṃ varassu [10] bhaddan te mañcadāsī [11] ti sāvaya. [12] 27.
Oropayassu kalyāṇi mā bāḷhaṃ paridevayi [13]
na cāhaṃ abhijānāmi ahantvā [14] dhanam ābhataṃ. 28.
Yato sarāmi attānaṃ yato patto 'smi viññutaṃ
na cāhaṃ abhijānāmi aññaṃ piyataraṃ tayā. [15] 29.
Ehi taṃ upagūhissaṃ [16] katvāna taṃ padakkhiṇaṃ
na ca dāni puno atthi [17] mama tuyhaṃ ca saṅgamo. 30.
Na hi sabbesu ṭhānesu puriso hoti paṇḍito
itthī pi paṇḍitā hoti tattha tattha vicakkhaṇā. 31.
Na hi sabbesu ṭhānesu puriso hoti paṇḍito
itthī pi paṇḍitā hoti lahuṃ atthavicintikā. [18] 32.

---

[1] Bhikkhudāy° A. [2] ayan tadā, P. [3] sahassehi, P.
[4] vissaṭṭhā, A. P. [5] dassitā, P.
[6] balipaccaharaṃ, B.; balimajjhāsarā, P.
[7] cetasi, P. [8] panam°, P. [9] Sattukaṃ, A.
[10] sādassa, B.; varasu, P. [11] mañcadasīti, P.
[12] sāvassa, P. [13] bahuṃ pari°, P.; paridevasi, A.
[14] ahaṃ tvā, P. [15] tassa, P. [16] upagayhissaṃ, P.
[17] dāni punapatti, P. [18] °vicintitā, P.

Lahuñ ca vata khippañ ca nikaṭṭhe [1] samacetayiṃ [2]
migaṃ puṇṇāyateu' eva [3] tadāhaṃ Satthukaṃ vadhiṃ. 33.
Yo ce [4] uppatitaṃ [5] atthaṃ na khippam anubujjhati
so haññate mandamati coro'va girigabbhare. 34.
Yo ce [6] uppatitaṃ atthaṃ khippam eva nibodhati [7]
muccate sattusambādhā [8] tadāhaṃ Satthukā [9] yathā. 35.
Tadāhaṃ pātayitvāna giriduggamhi Satthukaṃ [10]
santikaṃ setavatthānaṃ upetvā pabbajiṃ ahaṃ. 36.
Saṇḍāsena ca kese me [11] luñcitvā sabbaso tadā
pabbajitvāna samayaṃ ācikkhiṃsu nirantaraṃ. 37.
Tato taṃ uggahetvāhaṃ nisīditvāna ekikā
samayaṃ taṃ vicintesiṃ [12] suvānā mānusaṃ [13] karaṃ. 38.
Chinnaṃ gayha [14] samīpe me pātayitvā apakkami
disvā nimittam alabhiṃ atthaṃ taṃ puḷavākulaṃ. [15] 39.
Tato uṭṭhāya [16] saṃviggā apucchiṃ sahadhammike
te avocuṃ "vijānanti taṃ atthaṃ Sakyabhikkhavo." 40.
Sāhaṃ tam atthaṃ pucchissaṃ upetvā buddhasāvake
te mam ādāya [17] gacchiṃsu buddhaseṭṭhassa santikaṃ. [18] 41.
So me dhammam adesesi khandhāyatanadhātuyo
asubhāniccadukkhā ti anattā ti ca nāyako. 42.
Tassa dhammaṃ suṇitvāhaṃ dhammacakkhuṃ [19] visodhayiṃ
tato viññātasaddhammā pabbajjaṃ upasampadaṃ. 43.
Āyācito tadā āha [20] "ehi Bhadde" ti nāyako
tadāhaṃ upasampannā parittaṃ toyam addasaṃ. 44.
Pādapakkhālanenāhaṃ [21] ñatvā saudayabbayaṃ
tathā sabbe pi saṃkhāre īdisaṃ [22] cintayiṃ tadā. 45.

---

[1] nikante, P. [2] samacetasi, P.
[3] migamaṇṇā yathā evaṃ, A. P.
[4] Yo ca, P. [5] uppattitaṃ, P. [6] yo ca, P.
[7] nibodhayi, P. [8] sattusº, P. [9] Sattukā, A.
[10] Sattukaṃ, A. [11] kesaṃ me, P. [12] vicintemi, P.
[13] mānussaṃ, P. [14] Chinnagayhaṃ, B. P.
[15] hitthan taṃ muṭṭhivālakaṃ, P.
[16] tato—m—uṭṭhāya, P. [17] te samādāya, P.
[18] santike, P. [19] dibbacakkhuṃ, P. [20] tadā ahaṃ, P.
[21] pādapakkhālitenāhaṃ, P. [22] itisaṃ, P.

Tato cittaṃ vimucci me anupādāya sabbaso
khippābhiññānamaggaṃ me tadā paññāpayi jino.[1] 46.
Iddhīsu ca vasī homi dibbāya sotadhātuyā
paracittāni jānāmi [2] satthu sāsanakārikā. 47.
Pubbenivāsaṃ jānāmi [2] dibbacakkhuṃ visodhitaṃ
khepetvā āsave sabbe visuddhāsiṃ [3] sunimmalā. 48.
Pariciṇṇo mayā satthā kataṃ buddhassa sāsanaṃ
ohito garuko bhāro bhavanetti samūhatā. 49.
Yass' atthāya pabbajitā agārasmānagāriyaṃ
so me attho anuppatto sabbasaṃyojanakkhayo. 50.
Atthadhammaniruttīsu paṭibhāṇe tath'eva ca
ñāṇaṃ me vipulaṃ[4] suddhaṃ buddhaseṭṭhassa sāsane.[5] 51.
Kilesā jhāpitā mayham —pa— kataṃ buddhassa sāsanan
ti. 52.

Arahattaṃ pana patvā tāvad eva pabbajjaṃ yāci. Satthā tassā pabbajjaṃ anujāni. Sā bhikkhunūpassayaṃ gantvāna pabbajitvā phalasukhena nibbānasukhena vītinā-mentī attano paṭipattiṃ paccavekkhitvā udānavasena:

Lūnakesī paṅkadharī ekasāṭī [6] pure cari
avajje vajjamatinī vajje cāvajjadassinī. 107.
Divāvihārā nikkhamma Gijjhakūṭamhi pabbate
addasaṃ virajaṃ buddhaṃ bhikkhusaṅghapurakkha-
taṃ. 108.
Nihacca jānuṃ [7] vanditvā sammukhā pañjali ahaṃ
ehi Bhadde ti maṃ avaca. Sā me ās' upasampadā. 109.
Ciṇṇā [8] Aṅgā ca Magadhā Vajjī Kāsī ca Kosalā
anaṇā paṇṇāsavassāni [9] raṭṭhapiṇḍaṃ abhuñji 'haṃ. 110.
Puññaṃ ca pasaviṃ [10] bahuṃ sappañño vatāyaṃ upāsako
yo Bhaddāya cīvaraṃ adāsi vippamuttāya sabbaganthehī
ti. 111.

---

[1] khibbābh°, A.; °ābhiññāyamaggan te tadā viññāpayi, P.
[2]—[2] om. A. [3] visuddhāpi, P. [4] vimalaṃ, A.
[5] vāhasā, P. [6] ekasāti, cd. [7] jāṇuṃ, cd.
[8] cinnā, cd. [9] paṇṇāpav°, cd.
[10] vata passaviṃ, cd. m.

Imā gāthā abhāsi. Tattha **lūnakesī** ti lūnā luñcitā kesā mayhan ti lūnakesī. Nigaṇṭhesu pabbajitā [1] laṭṭhinā luñcitakesā, taṃ sandhāya vadati. **paṅkadharī** ti [2] dantakaṭṭhassa akhādanena dantesu malapaṅkadhāraṇato paṅkadharī. **Ekasāṭī** ti nigaṇṭhacārittavasena [3] ekasāṭakā. **Pure cariṃ** ti nigaṇṭhī hutvā evaṃ vicari. **Avajje vajjamatinī** ti nhānuchādanadantakaṭṭhakhādanādike [4] anavajje sāvajjasaññā. **Vajje cāvajjadassinī** ti mānamakkhapalāsavipallāsādike sāvajje anavajjadiṭṭhī.

Divāvihārā nikkhammā ti attano divāvihāraṭṭhānato nikkhamitvā. Ayaṃ hi majjhantikavelāyaṃ therena sahagatā tassa pañhassa visajjanena dhammadesanāya ca nihatamānadappā [5] pasannamānasā hutvā satthu santikaṃ upasaṅkamitukāmā 'va attano vasanaṭṭhānaṃ gantvā divāṭṭhāne nisīditvā sāyaṇhasamaye satthu santikaṃ upasaṅkamitvā. **Nihacca** [6] **jānuṃ vanditvā** ti jānndvayaṃ [7] paṭhaviyaṃ nihantvā patiṭṭhapetvā pañcapatiṭṭhitena vanditvā. **Sammukhā pañjalī** [8] **ahaṃ** ti satthu sammukhā dasanakhasamodhānasamujjalaṃ añjaliṃ akāsi.

Ehi Bhadde ti maṃ avaca. Sā me ās' upasampadā ti yaṃ maṃ bhagavā arahattaṃ patvā pabbajjañ ca upasampadañ ca yācitvā ṭhitaṃ "ehi Bhadde bhikkhunūpassayaṃ gantvā bhikkhunīnaṃ santike pabbajjaṃ upasampajjassū" ti avaca, āṇāpesi. Sā satthu āṇā mayhaṃ upasampadāya kāraṇattā upasampadā āsi ahosi.

Ciṇṇā ti ādikā dve gāthā aññavyākaraṇagāthā. Tattha **ciṇṇā Aṅgā ca Magadhā** ti ye ime Aṅgā Magadhā ca Vajjī ca Kāsī ca Kosalā ca janapadā pubbesaraṇāya mayā raṭṭhapiṇḍaṃ bhuñjantiyā ciṇṇā caritā, tesu yeva satthārā samāgamato paṭṭhāya **anaṇā** [9] niddosā apagatakilesā hutvā **paññāsa saṃvaccharāni raṭṭha-**

[1] pabbajjiyatā, cd. [2] paṅkadharin ti, cd.
[3] °cārita°, cd. [4] nhan°, cd. [5] °dabbā, cd.
[6] nihajacca, cd. [7] °tvābhi jānu°, cd.
[8] añjalī, cd. [9] aṇaṇā, cd.

piṇḍaṃ abhuñji 'haṃ. Yena atha pasannamānasena upāsakena attano cīvaraṃ dinnaṃ tassa puññavisesakittanamukhena aññaṃ vyākaronti.

Puññaṃ vata pasaviṃ[1] bahun ti osānagāthaṃ āha, sā suviññeyyā[2] eva.

Bhaddāya Kuṇḍalakesāya theriyā gāthāvaṇṇanā samattā.

XLVII.

Naṅgalohi kasaṃ khettan ti ādikā Paṭācārāya theriyā gāthā. Ayaṃ hi Padumuttarassa bhagavato kāle Haṃsavatīnagare kulagehe nibbattitvā viññutaṃ patvā ekadivasaṃ satthu santiko dhammaṃ suṇantī satthāraṃ ekaṃ bhikkhuniṃ vinayadharānaṃ aggaṭṭhāne ṭhapentaṃ disvā adhikārakammaṃ katvā taṃ ṭhānantaraṃ patthesi. Sā yāvajīvaṃ kusalaṃ katvā devamanussesu saṃsarantī Kassapabuddhakāle Kikissa Kāsikarañño gehe paṭisandhiṃ gahetvā sattannaṃ bhaginīnaṃ abbhantarā hutvā vīsati vassasahassāni brahmacariyaṃ acari, bhikkhusaṅghassa pariveṇaṃ akāsi. Sā devaloke nibbattā ekaṃ buddhantaraṃ dibbasampattiṃ anubhavitvā imasmiṃ buddhuppāde Sāvatthiyaṃ seṭṭhigehe nibbattitvā vayappattā attano gehe ekena kammakārena saddhiṃ kilesasanthavaṃ akāsi. Taṃ mātāpitaro samajātikassa kumārassa dātuṃ divasaṃ gaṇhāpesuṃ.[3] Taṃ ñatvā sā batthisāraṃ[4] gahetvā tena katasanthavena purisena saddhiṃ aggadvārena nikkhamitvā ekasmiṃ gāmake vasantī gabbhinī ahosi. Sā paripuṇṇe gabbhe "kiṃ idha anāthavāsena, kulagehe gacchāma sāmī" ti vatvā, tasmiṃ "ajja gacchāma sve gacchāmā" ti kālavikkhepaṃ karonte "nāyaṃ bālo maṃ nessatī" ti tasmiṃ bahi gate gehe paṭisāmetabbaṃ paṭisāmetvā "kulagharaṃ gatā ti mayhaṃ sāmikassa katheta" ti paṭivissakagharavāsīnaṃ ācikkhitvā "ekikā va kulagharaṃ gamissāmī" ti mag-

---

[1] passavi, cd. [2] suviññeyyaṃ, cd. [3] gaṇhapesuṃ, cd. [4] batthasāraṃ, cd., and Jāt. i. 114.

gaṃ paṭipajji. So āgantvā gehe taṃ apassanto paṭivissake pucchitvā "kulagharaṃ gatā" ti sutvā "maṃ nissāya kuladhītā anāthā jātā" ti padānupadaṃ gantvā sampāpuṇi. Tassā antarāmagge eva gabbhavuṭṭhānaṃ ahosi. Sā pasūtakālato paṭṭhāya paṭippassaddhā gamanaṃ annyuttā sāmikaṃ gahetvā nivatti. Dutiyavāraṃ pi gabbhinī ahosī ti ādi sabbaṃ purimanayen' eva veditabbaṃ. Ayaṃ pana viseso: Yadā tassā antarāmagge kammajavātā calimsu tadā mahāakālamegho udapādi, samantato vijjulatāhi ādittaṃ viya meghadhanitehi bhijjamānaṃ viya dhārānipātanirantaraṃ nabhaṃ ahosi. Sā taṃ disvā "sāmi me anovassakaṃ ṭhānaṃ jānāhī" ti āha. So ito c'ito ca olokento ekaṃ tiṇasaṃchannaṃ gumbaṃ disvā tattha gantvā hatthagatāya vāsiyā tasmiṃ gumbe daṇḍake chinditukāmo tiṇehi sañchāditavammīkasīsaute uṭṭhitarukkhadaṇḍakaṃ chindi. Tāvad eva ca naṃ tato vammīkato nikkhamitvā ghoraviso āsīviso ḍaṃsi. So tatth' eva patitvā kālaṃ akāsi. Sā mahādukkhaṃ anubhavantī tassa āgamanaṃ olokentī dve pi dārake vātavuṭṭhiṃ asahamāne viravante urantare katvā dvīhi jāṇukehi dvīhi hatthehi ca bhūmiṃ[1] uppīḷitvā yathā ṭhitā 'va rattiṃ vītināmetvā vibhātāya rattiyā maṃsapesivaṇṇaṃ ekaṃ puttaṃ piḷotikācumbaṭake[2] nipajjāpetvā hatthehi urehi ca pariggahetvā itaraṃ "ehi tāta pitā te ito gato" ti vatvā sāmikena-gatamaggena gacchantī taṃ vammīkasamīpe[3] kālaṃ kataṃ nisinnaṃ disvā "maṃ nissāya mama sāmiko mato" ti rodantī paridevantī sakalarattiṃ[4] devena vuṭṭhattā jaṇṇukappamāṇaṃ tanuppamāṇaṃ udakaṃ savantiṃ[5] antarāmagge nadiṃ[6] patvā attano mandabuddhitāya dubbalatāya ca dvīhi dārakehi saddhiṃ udakaṃ otarituṃ avisahantī jeṭṭhaputtaṃ orimatīre ṭhapetvā itaraṃ ādāya paratīraṃ gantvā sākhābhaṅgaṃ attharitvā tattha piḷotikācumbaṭake[7] nipajjāpetvā "itarassa santikaṃ gamissāmī" ti bālaputtakaṃ pahātuṃ asakkontī punappunaṃ nivattitvā olokayamānā[8] nadiṃ otarati.

---

[1] bhūmi, cd. [2] piḷotikac°, cd. [3] vammikaṃ s°, cd.
[4] sakalaratti, cd. [5] savanti, cd.
[6] nadī, cd. [7] piḷotikac°, cd. [8] olokiyamānā, cd.

Ath' assā nadīmajjhaṃ gatakāle eko seno taṃ dārakaṃ disvā maṃsapesī ti saññāya ākāsato gami. Sā taṃ disvā ubho hatthe ukkhipitvā su sū ti tikkhattuṃ mahāsaddaṃ nicchāresi. Seno dūrabhāvena taṃ anādiyanto kumārakaṃ gahetvā vehāsaṃ uppati. Orimatīre ṭhito putto ubho hatthe ukkhipitvā mahāsaddaṃ nicchārayamānaṃ[1] disvā maṃ sandhāya vadatī ti saññāya vegena udake pati. Iti bālaputtako senena, jeṭṭhaputto udakena hato. Sā "eko putto senena gahito, eko udakena vūḷho, panthe me pati mato" ti rodantī paridevantī gacchantī Sāvatthito āgamantaṃ ekaṃ purisaṃ disvā pucchi: "Kattha vāsiko sī" ti. "Sāvatthivāsiko 'mhi ammā" ti. "Sāvatthiyaṃ asukavīthiyaṃ asukakulaṃ nāma atthi, taṃ jānāsi[2] tātā" ti. "Jānāmi amma, taṃ pana mā puccha, aññaṃ pucchā" ti. "Aññena me payojanaṃ n'atthi, tad eva pucchāmi tātā" ti. "Amma tvaṃ attano ācikkhituṃ na desi.[3] Ajja te sabbarattiṃ[4] devo vassanto diṭṭho" ti. "Diṭṭho me tāta, mayhaṃ eva so sabbarattiṃ vuṭṭho, taṃ kāraṇaṃ pacchā kathessāmi; etasmiṃ tāva me seṭṭhigehe pavattiṃ[5] kathehī" ti. "Amma ajja rattiyaṃ seṭṭhiṃ ca bhariyañ ca seṭṭhiputtañ ca tayo pi jane avattharamāne gehe[6] patite ekacitakāyaṃ jhāpenti,[7] svāyaṃ[8] dhūmo paññāyati ammā" ti. Sā tasmiṃ khaṇe nivatthavatthaṃ pi patamānaṃ na sañjāni, sokummattakaṃ nāma patvā. Jātarūpen' eva:

Ubho puttā kālaṅkatā, panthe mayhaṃ pati mato
mātā pitā ca bhātā ca ekacitakasmiṃ ḍayhare ti.

vilapantī paribbhamantī tato paṭṭhāya tassā nivāsanamattena pi vatthena patitenācārattā[9] Paṭācārā tveva samaññā ahosi. Taṃ disvā manussā "gaccha ummattike" ti

---

[1] nicchāriyam°, cd. [2] taṃ janāti, cd. [3] demi, cd.
[4] sabbaratti, cd. [5] pavatti, cd.
[6] avattharamānaṃ gehaṃ, cd.
[7] jhāyanti, cd. [8] tvāyaṃ, cd.
[9] °mattena pi vatthena pi vatthena ācarato patitācārattā, cd.

keci kacavaraṃ matthake khipanti, aññe paṃsuṃ okiranti, apare leḍḍū khipanti. Satthā Jetavane mahāparisamajjhe nisīditvā dhammaṃ desento taṃ tathā paribbhamantiṃ[1] disvā ñāṇaparipākañ ca oloketvā yathā vihārābhimukhī āgacchati tathā akāsi. Parisā taṃ disvā "imissā ummattikāya ito āgantuṃ[2] mā datthā" ti āha. Bhagavā "mā naṃ vārayitthā" ti vatvā avidūraṭṭhānaṃ āgatakāle "satiṃ[3] paṭilabha[4] bhaginī" ti āha. Sā tāvad eva buddhānubhāvena satiṃ[5] labhitvā nivatthavatthassa patitabhāvaṃ sallakkhetvā hirottappaṃ paccupaṭṭhāpetvā ukkuṭikaṃ sampatinipajjāya nisīdi. Eko puriso uttarisāṭakaṃ khipi. Sā taṃ nivāsetvā satthāraṃ upasaṅkamitvā pañcapatiṭṭhitena vanditvā "bhante avassayo me hotha. Ekaṃ me puttaṃ seno gaṇhi, eko udakena vūḷho, pauthe pati mato, mātāpitaro bhātā ca gehena avatthatā matā ekacitakasmiṃ jhāyantī" ti sā sokakāraṇaṃ ācikkhi. Satthā "Paṭācāre mā cintayi, tava avassayo bhavituṃ samatthass' eva santikaṃ āgatā si. Yathā hi tvaṃ idāni puttādīnaṃ maraṇanimittaṃ assūni pavattesi, evaṃ anamatagge saṃsāre puttādīnaṃ maraṇahetu pavattitaṃ assu catunnaṃ mahāsamuddānaṃ udakato bahutaran" ti dassento:

Catusu samuddesu jalaṃ parittakaṃ
tato bahuṃ assujalaṃ anappakaṃ
dukkhena phuṭṭhassa narassa socato[6]
kiṃkāraṇā socavasā pamajjasī ti

gāthaṃ abhāsi. Evaṃ satthari anamataggapariyāyakathaṃ kathente tassā soko tanutarabhāvaṃ[7] agamāsi. Atha naṃ tanubhūtasokaṃ ñatvā "Paṭācāre[8] puttādayo nāma paralokaṃ gacchantassa tāṇaṃ vā leṇaṃ vā saraṇaṃ vā bhavituṃ na sakkontī ti. Vijjamānā pi te na santaye va.[9]

---

[1] paribbhamanti, cd. [2] āgantu, cd. [3] sati, cd.
[4] patilabhi, cd. [5] sati, cd. [6] socatā, cd.
[7] tanutaraṃ, cd. [8] Paṭācārī, cd.
[9] si te na santi evaṃ, cd.

Tasmā paṇḍitena attano sīlaṃ visodhetvā nibbānagāmī maggo yeva sādhetabbo" ti dassento:

Na santi puttā tāṇāya na pitā na pi bandhavā
antakenādhipannassa n'atthi ñātīsu tāṇatā.
Etaṃ atthavasaṃ ñatvā paṇḍito sīlasaṃvuto
nibbānagamanaṃ maggaṃ khippaṃ eva visodhaye ti.

Imāhi gāthāhi dhammaṃ desesi. Desanāvasāne Paṭācārā sotāpattiphale patiṭṭhāpitā pabbajjaṃ yāci. Satthā taṃ bhikkhunīnaṃ santike netvā pabbājesi. Sā laddhūpasampadā uparimaggatthāya vipassanāya kammaṃ karontī ekaṃ divasaṃ[1] ghaṭena udakaṃ ādāya pāde dhovantī udakaṃ pi āsiñcitaṃ thokaṃ ṭhānaṃ gantvā pacchijji. Dutiyavāraṃ āsittaṃ tato dūraṃ agamāsi. Tatiyavāraṃ āsittaṃ tato pi dūrataraṃ agamāsi. Sā tad eva ārammaṇaṃ gahetvā tayo vāre paricchinditvā "mayā paṭhamaṃ āsittaṃ udakaṃ viya ime sattā paṭhamavaye pi maranti tato dūraṃ gataṃ dutiyavāraṃ āsittaṃ udakaṃ viya majjhimavaye pi, tato dūrataraṃ gataṃ tatiyavāraṃ āsittaṃ udakaṃ viya pacchimavaye pi maranti yevā" ti cintesi. Satthā gandhakuṭiyaṃ nisinno va obhāsaṃ pharitvā tassā sammukhena kathento viya: "Evaṃ eva Paṭācāre sabbe p'ime sattā maraṇadhammā tasmā pañcannaṃ khandhānaṃ udayabbayaṃ apassantassa vassasataṃ jīvato[2] taṃ passantassa ekāhaṃ pi ekakkhaṇaṃ pi jīvitaṃ seyyo ti imaṃ atthaṃ dassento:

Yo ca vassasataṃ jīve apassaṃ udayabbayaṃ
ekāhaṃ jīvitaṃ seyyo passato[3] udayabbayaṃ ti.

gāthaṃ āha. Gāthāpariyosāne Paṭācārā saha paṭisambhidāhi arahattaṃ pāpuṇi. Tena vuttaṃ Apadāne:

Padumuttaro nāma jino sabbadhammāna pāragū
ito satasahassamhi kappe uppajji nāyako. 1.

---

[1] ekan ti divasaṃ, cd. [2] jīvanato, cd. [3] passante, cd.

Tadāhaṃ Haṃsavatiyaṃ jātā seṭṭhikule ahuṃ
nānāratanapajjote [1] mahāsukhasamappitā. 2.
Upetvā taṃ mahāvīraṃ assosiṃ dhammadesanaṃ
tato jātappasādāhaṃ [2] upesiṃ [3] saraṇaṃ jinaṃ. 3.
Tato vinayadhārīnaṃ aggaṃ vaṇṇesi nāyako
bhikkhuniṃ [4] lajjiniṃ [5] tādiṃ kappākappavisāradaṃ. 4.
Tadā muditacittāhaṃ taṃ ṭhānaṃ abhikaṅkhinī [6]
nimantetvā dasabalaṃ sasaṃghaṃ lokanāyakaṃ 5.
bhojayitvāna sattāhaṃ daditvā 'va ticīvaraṃ
nipacca [7] sirasā pāde idaṃ vacanam abraviṃ : 6.
yā tayā vaṇṇitā vīra ito aṭṭhamake muni
tādisāhaṃ bhavissāmi yadi sijjhasi [8] nāyaka. 7.
Tadā avoca maṃ satthā bhadde mā bhāsi assasa [9]
anāgatamhi addhāne lacchas' etaṃ manorathaṃ. 8.
Satasahasse ito kappe Okkākakulasambhavo
Gotamo nāma nāmena satthā loke bhavissati. 9.
Tassa dhammesu dāyādā orasā dhammanimmitā
Paṭācārā ti nāmena hessasi [10] satthu sāvikā. 10.
Tadāhaṃ muditā [11] hutvā yāvajīvaṃ tadā jinaṃ
mettacittā paricariṃ sasaṃghaṃ lokanāyakaṃ. 11.
Tena kammena sukatena cetanāpaṇidhī hi ca
jahitvā mānusaṃ dehaṃ Tāvatiṃsaṃ agañchi 'haṃ. 12.
Imasmiṃ bhaddako kappe brahmabandhu mahāyaso
Kassapo nāma nāmena uppajji vadataṃ varo. 13.
Upaṭṭhāko mahesissa tadā āsi narissaro
Kāsirājā Kikī nāma Bārāṇasīpuruttame. 14.
Tassāsiṃ [12] tatiyā dhītā Bhikkhunī iti vissutā
dhammaṃ sutvā jinaggassa pabbajjaṃ samarocayiṃ. 15.
Anujāni na no tāto, agāre 'va tadā mayaṃ
vīsaṃ vassasahassāni vicarimha atanditā.[13] 16.
Komāriṃ [14] brahmacariyaṃ rājakaññā sukhedhitā
buddhopaṭṭhānaniratā muditā satta dhītaro. 17.

---

[1] °pajjoto, P. [2] °pasādāyaṃ, P. [3] upemi, P.
[4] bhikkhunī, P. [5] lajjiniṃ *om.* A.; lajjinī tādi, P.
[6] abhikaṅkhayiṃ, P. [7] nipajja, P. [8] sijjhati, A.
[9] bhāsi avassayaṃ, P. [10] hessati, A. [11] pamudī, A.
[12] tassāpi, P. [13] atandikā, A. [14] Komāraṃ, P.

Samaṇī Samaṇaguttā ca Bhikkhunī Bhikkhudāyikā
Dhammā c'eva Sudhammā ca sattamī Saṃghadāyikā. 18.
Ahaṃ Uppalavaṇṇā ca Khemā Bhaddā ca bhikkhunī
Kisāgotamī Dhammadinnā Visākhā hoti sattamī. 19.
Tehi kammehi sukatehi cetanāpaṇidhīhi ca
jahitvā mānusaṃ dehaṃ Tāvatiṃsaṃ agamhase.[1] 20.
Pacchime ca bhave dāni[2] jātā seṭṭhikule ahaṃ
Sāvatthiyaṃ puravare[3] iddhe phīte mahaddhane. 21.
Yadā ca[4] yobbanūpetā vitakkavasagā ahaṃ
naraṃ jārapatiṃ disvā tena saddhiṃ agañchi 'haṃ. 22.
Ekaputtapasūtāhaṃ dutiyo kucchiyā mamaṃ
tadāhaṃ mātāpitaro dakkhāmī[5] ti sunicchitā. 23.
Nārocesi pati[6] mayhaṃ. Tadā tamhi pavāsito[7]
ekikā niggatā gehā gantuṃ[8] Sāvatthim uttamaṃ. 24.
Tato me sāmi[9] āgantvā sambhāvesi[10] pathe mamaṃ
tadā me[11] kammajā vātā uppannā atidāruṇā. 25.
Uṭṭhito ca mahāmegho pasūtisamaye mama
dabbatthāya tadāgantvā sāmi sappena[12] mārito. 26.
Tadā vijātadukkhena anāthā kapaṇā ahaṃ[13]
kunnadiṃ pūritaṃ[14] disvā gacchantī sakulālayaṃ 27.
bālaṃ ādāya atariṃ[15] pārakule ca ekikā
pāhetvā[16] bālakaṃ puttaṃ itaraṃ taraṇāya 'haṃ 28.
nivattā, ukkuso hāsi[17] taruṇaṃ vilapantakaṃ
itarañ ca vahi soto, sāhaṃ sokasamappitā. 29.
Sāvatthinagaraṃ gantvā assosiṃ sajane[18] mate
tadā avoca sokaṭṭā mahāsokasamappitā: 30.

---

[1] agacchi 'haṃ, A. [2] pacchime ca tad evāhi, P.
[3] pure vare, A. [4] yadā 'va, P.
[5] okkhāmī, A.; okkāmī, B. [6] naroccsiṃ patiṃ, A.
[7] mamhi pav°, P. [8] gantaṃ, P. [9] te sāmi, P.
[10] sambhāsesi, P. [11] tadā maṃ, P.
[12] sabhena, A. [13] kapaṇā mahaṃ, A.
[14] kunnadīpūritaṃ, B.; kunnadīpurisaṃ, P.
[15] balaṃ ādāya acari, P.
[16] pāhetvā, P.; pāyetvā, B.; pātetvā, A.
[17] ḍasi, P. [18] sajane pi, P.

Ubho puttā kālaṅkatā [1] pantho mayhaṃ pati mato
pitā mātā ca bhātā ca ekacitamhi ḍayhare. 31.
Tadā kisā ca paṇḍū ca anāthā dīnamānasā
ito tato gamentī'ham [2] addasaṃ narasārathiṃ. 32.
Tato avoca maṃ satthā putte mā soci assasa
attānaṃ te gavesassu [3] kiṃ niratthaṃ vihaññasi.[4] 33.
Na santi puttā tāṇāya na ñātī nāpi [5] bandhavā
antakenādhipannassa n'atthi ñātisu tāṇatā.[6] 34.
Taṃ sutvā munino vākyaṃ paṭhamaṃ phalam ajjhagaṃ
pabbajitvāna naciraṃ arahattaṃ apāpuṇiṃ. 35.
Iddhīsu ca vasī homi dibbāya sotadhātuyā
paracittāni jānāmi satthu sāsanakārikā. 36.
Pubbenivāsaṃ jānāmi dibbacakkhuṃ visodhitaṃ
khepetvā āsave sabbe visuddh' amhi [7] sunimmalā. 37.
Tato'haṃ Vinayaṃ sabbaṃ santike sabbadassino
uggahiṃ [8] sabbavitthāraṃ vyāhariṃ ca yathā tathaṃ. 38.
Jino tasmiṃ guṇe tuṭṭho etadaggo ṭhapesi maṃ
aggaṃ vinayadhārīnaṃ Paṭācārā 'va ekikā. 39.
Pariciṇṇo [9] mahāsatthā kataṃ buddhassa sāsanaṃ
ohito garuko bhāro bhavanetti samūhatā.[10] 40.
Yass'atthāya pabbajitā agārasmānagāriyaṃ
so me attho anuppatto sabbasaṃyojanakkhayo. 41.
Kilesā jhāpitā mayhaṃ —pa— kataṃ buddhassa sāsanan
ti. 42.

Arahattaṃ pana patvā sekkhakāle attano paṭipattiṃ paccavekkhitvā uparivisesassa nibbattitākāraṃ vibhāventī udānavasena :

Naṅgalehi kasaṃ [11] khettaṃ bījāni pavapaṃ [12] chamā
puttadārāni posentā [13] dhanaṃ vindanti māṇavā. 112.

---

[1] kālakatā, P.; mato panthe pati mama, P.
[2] gament'ahaṃ, A. [3] bhave sassu, P.
[4] ki niratta viññasi, P. [5] na pitā nāpi, P.
[6] tāṇatā, P. [7] visuddhāsiṃ, A. [8] uggahetvā, P.
[9] paricinno, P. [10] samohatā, P. [11] kataṃ, cd.
[12] pavasaṃ, cd. [13] posento, cd. m.

Kim ahaṃ[1] sīlasampannā satthu sāsanakārikā
nibbānaṃ nādhigacchāmi akusītā anuddhatā. 113.
Pādo pakkhālayitvāna udakesu karom'ahaṃ
pādodakañ ca disvāna thalato ninnam āgataṃ.
tato cittaṃ samādhesi[2] assaṃ bhadraṃ va jāniyaṃ.[3] 114.
Tato dīpaṃ[4] gahetvāna vihāraṃ pāvisi ahaṃ
seyyaṃ olokayitvāna mañcakamhi upāvisi. 115.
Tato sūciṃ[5] gahetvāna vaṭṭiṃ[6] okassayām' ahaṃ
padīpass' eva nibbānaṃ[7] vimokkho ahu cetaso ti. 116.

Imā gāthā abhāsi. Tattha kasan ti kasikammaṃ karontā. Pathutthe hi idaṃ ekavacanaṃ.[8] Pavapan[9] ti bījāni vapantā. Chamā ti chamāyaṃ. Bhummatthe hi idaṃ paccatthavacanaṃ, ayaṃ h'ettha saṃkhepattho. Ime dhanavanto[10] sapattā naṅgalehi phalehi khettaṃ kasantā yathādhippāyaṃ khettaṃ bhūmiyaṃ pubbantāparantabhedāni bījāni vapantā taṃ hetuṃ[11] taṃ nimittaṃ attānaṃ puttadārādīni pi posentā[12] hutvā dhanaṃ paṭilabhanti.[13] Evaṃ imasmiṃ loke yoniso payuttā paccattaparisakkāro nāma saphalo saudayo.

Tattha kiṃ ahaṃ sīlasampannā satthu sāsanakārikā nibbānaṃ nādhigacchāmi akusītā anuddhatā[14] ti ahaṃ suvisuddhasīlā āraddhaviriyatāya akusītā ajjhattaṃ susamāhitacittatā ca anuddhatā[15] ca hutvā catusaccakammaṭṭhānabhāvanāsaṃkhātaṃ satthu sāsanaṃ karontī kasmā nibbānaṃ nādhigacchāmi nādhigamissāmi?[16] evā ti evaṃ pana cintentī[17] vipassanāya kammaṃ karontī · ekadivasaṃ pādadhovane udake nimittaṃ gaṇhiṃ.[18] Tenāha: pāde

[1] kimahā, cd. [2] samādesi, cd.
[3] asso bhadro va jāniyo, cd. [4] divaṃ, cd.
[5] suci, cd. [6] vaḍḍi, cd. [7] parisayo nibbānaṃ, cd.
[8] ekaṃ vacanaṃ, cd. [9] pavasan, cd.
[10] dhānavā, cd. [11] taṃ sotuṃ, cd.
[12] posento, cd. [13] paṭilabhati, cd. [14] anuddhatā, cd.
[15] anuddhatā, cd. [16] adhigamissāmi, cd.
[17] cintento, ed. [18] gaṇhi, cd.

pakkhālayitvānā ti ādi. Tass' attho: ahaṃ pādo dhovantī pādapakkhālanahetu[1] 'va tikkhattuṃ āsittesu udakesu thalato ninnam āgataṃ pādodakaṃ disvā nimittaṃ karomi. Yathā sarīraṃ udakaṃ khayadhammaṃ vayadhammaṃ[2] evaṃ sattānaṃ āyusaṅkhārā ti. Evaṃ aniccalakkhaṇaṃ tadanusārena dukkhalakkhaṇaṃ anattalakkhaṇañ ca upadhāretvā vipassanaṃ vaḍḍhenti. Tato pi cittaṃ samādhesi assaṃ bhadraṃ va jāniyaṃ. Kusalo sārathi sukhena sāreti evaṃ ahaṃ[3] cittaṃ sukhen' eva samādhesi vipassanāsamādhinā samāhitaṃ akāsi. Evaṃ pana vipassanaṃ vaḍḍhentī utusappāya nijigiṃsāya ovarakaṃ pavisantī andhakāravidhamanatthaṃ padīpaṃ gahetvā mañcake nisinnamattā 'va dīpaṃ vijjhāpetuṃ[4] aggaḷasūciyā dīpavaṭṭim[5] ākaḍḍhi. Tāvad eva utusappāyalābhena cittaṃ samāhitaṃ ahosi. Vipassanā vidhiṃ[6] otarati magge ghaṭṭesi, tato maggapaṭipāṭiyā sabbaso āsavānaṃ khayo ahosi. Tena vuttam: tato sūciṃ[7] gahetvāna —pa— vimokkho cetaso ahū ti. Tattha seyyaṃ olokayitvānā ti dīpālokena seyyaṃ passitvāna. Sūcin ti aggalasūciṃ[8] gahetvāna vaṭṭiṃ[9] okassayāmī ti dīpaṃ vijjhāpetuṃ[10] telābhimukhaṃ dīpavaṭṭiṃ[11] ākaḍḍhemī ti. Vimokkho ti[12] kilesehi vimokkho. So pana yasmā[13] paramatthato cittassa tasmā vuttaṃ cetaso ti. Yathā pana vaṭṭitelādiko paccaye sati uppajjanato padīpo tad abhāve anuppajjanato[14] nibbuto ti vuccati, evaṃ kilesādipaccaye sati uppajjanārahaṃ tad abhāvena anuppajjanato[15] cittaṃ vimuttan ti vuccatī ti āha: padīpass' eva nibbānaṃ vimokkho ahu cetaso ti.

Paṭācārāya theriyā gāthāvaṇṇanā samattā.

---

[1] °pakkhālahetu, cd. [2] viyadh,° cd. [3] mahaṃ, cd.
[4] vijjāpetuṃ, cd. [5] dīpavaḍḍhi, cd. [6] vidhi, cd.
[7] tato dīpaṃ, cd. [8] aggalasūci, cd. [9] vaḍḍhi, cd.
[10] vijjāpetuṃ, cd. [11] °vaṭṭi, cd.
[12] °mokkhā ti, cd. [13] panāyasmā, cd.
[14] anupajj°, cd. [15] anuppajjato tato, cd.

XLVIII.

Musalāni gahetvānā ti ādikā tiṃsamattānaṃ therīnaṃ gāthā. Tā pi purimabuddhesu katādhikārā tattha tattha bhave vivaṭṭūpanissayaṃ kusalaṃ upacinantiyo anukkamena [1] upacitavimokkhasambhārā imasmiṃ buddhuppāde sakammasañcoditā tattha tattha kulagehe nibbattitvā viññutaṃ patvā [2] Paṭācārāya theriyā santike dhammaṃ sutvā paṭiladdhasaddhā pabbajitvā parisuddhasīlā vattapaṭivattaṃ paripūrentiyo viharanti. Ath' ekadivasaṃ Paṭācārā therī tāsaṃ ovāde dentī:

Musalāni gahetvāna dhaññaṃ koṭṭenti māṇavā
puttadārāni posentā [3] dhanaṃ vindanti māṇavā. 117.
Karotha buddhasāsanaṃ yaṃ katvā nānutappati
khippaṃ pādāni dhovitvā ekamante nisīdatha,
cetosamathaṃ anuyuttā [4] karotha buddhasāsanan ti. 118.

Imā dvo gāthā abhāsi. Tatthāyaṃ saṅkhepattho: ime sattā jīvitahetu musalāni gahetvā paresaṃ dhaññaṃ koṭṭenti udukkhalakammaṃ karonti. Aññaṃ pi ekadivasaṃ nisinnaṃ kammaṃ katvā puttadāraṃ posentā [5] yathācāraṃ dhanaṃ pi saṃharanti. Taṃ pana tesaṃ kammaṃ hīnakammaṃ pothujjanikaṃ anatthasaṃhitañ ca, tasmā edisaṃ saṃkilesikapapañcaṃ vajjetvā karotha buddhasāsanaṃ sikkhattayasaṅkhātaṃ sammāsambuddhasāsanaṃ karotha sampādetha. Attano santāne nibbattetvā tattha kāraṇaṃ āha. Yaṃ katvā nānutappatī ti yassa karaṇahetu etarahi āyatiñ ca anutāpaṃ nūpajjati. Idāni tassākaraṇe pubbakiccaṃ anuyogavidhiṃ ca dassetuṃ khippaṃ pādāni dhovitvā ti ādi vuttaṃ. Tattha yasmā adhovitapādassa avikkhālitamukhassa ca nisajja sukhaṃ utusappāyalābho ca na hoti. Pāde pana dhovitvā mukhañ ca vikkhāletvā ekamante nisinnassa tad ubhayaṃ labbhati. Tasmā khippaṃ imaṃ yathāladdhaṃ khaṇaṃ

---

[1] anukkamo, cd. [2] pattā cd. [3] posento, cd.
[4] anuyutto, cd. [5] posento, cd.

avirādhentiyo pādāni attano pāde dhovitvā ekamante vivitte okāse nisīdatha nipajjatha. Aṭṭhatiṃsāya ārammaṇesu yattha katthaci cittāruciye ārammaṇe attano cittaṃ upanibandhitvā cetosamathaṃ anuyuttā samāhitena cittena catusaccakammaṭṭhānabhāvanāvasena buddhassa bhagavato sāsanaṃ ovādaṃ anudiṭṭhiṃ[1] karotha sampādethā ti. Atha tā bhikkhuniyo tassā theriyā ovāde ṭhatvā vipassanaṃ paṭṭhapetvā bhāvanāya kammaṃ karontiyo ñāṇassa paripākaṃ gatattā hetusampannatāya ca saha paṭisambhidāhi arahattaṃ patvā attano paṭipattiṃ[2] paccavekkhitvā ovādagāthāhi saddhiṃ:

Tassā[3] tā vacanaṃ sutvā Paṭācārāya sāsanaṃ
pāde pakkhālayitvāna ekamantaṃ upāvisuṃ.[4]
cetosamathaṃ anuyuttā akaṃsu buddhasāsanaṃ.[5] 119.
Rattiyā purime yāme pubbajātiṃ[6] anussaruṃ.[7]
rattiyā majjhime yāme dibbacakkhuṃ visodhayuṃ
rattiyā pacchime yāme tamokkhandhaṃ padālayuṃ. 120.
Uṭṭhāya pāde vandiṃsu katā te anusāsanī
Indaṃ va devā tidasā saṃgāme aparājitaṃ
purakkhatvā vihariyāma[8] tevijj' amha anāsavā ti.[8] 121.

Imā gāthā abhāsiṃsu. Tattha tassā tā vacanaṃ sutvā Paṭācārāya sāsanan ti tassā Paṭācārāya theriyā kilesapaṭipattiṃ[9] sāsanaṭṭhena sāsanabhūtaṃ ovādavacanaṃ tā tiṃsamattā bhikkhuniyo sutvā paṭisutvā sirasā sampaṭicchitvā uṭṭhāya pāde vandiṃsu. Katā te anusāsanī ti yathā sampaṭicchitaṃ tassā sāsanaṃ[10] aṭṭhikatvā manasikatvā yathā phāsukaṭṭhāne nisīditvā bhāventiyo bhāvanaṃ matthakaṃ pāpetvā attano adhigatavisesaṃ ārocetuṃ nisinnā āsanato[11] uṭṭhāya tassā

---

[1] anudiṭṭhi, cd. [2] patipatti, cd. [3] tassāsā, cd.
[4] upāvisi, cd. [5] kataṃ buddhassa, cd.
[6] pubbejātiṃ, cd. [7] anussaraṃ, cd.
[8]—[8] *om.*, cd. [9] °paṭipatti, cd. [10] tassāsanaṃ, cd.
[11] nisinnāsanato, cd.

santikaṃ gantvā "mahātherī tathānusāsati yathānusiṭṭhaṃ amhehi katan"[1] ti vatvā tassā pāde pañcapatiṭṭhitena vandiṃsu. Indaṃ ca devā tidasā saṅgāme aparājitaṃ ti devasaṅgāmo[2] aparājitaṃ jitā Indaṃ Tāvatiṃsa devā viya mahātheriṃ[3] mayan taṃ purakkhatvā vihariyāma. Aññassa kattabbassa abhāvato tasmā tevijj' amhā anāsavā ti attano kataññūbhāvaṃ pavedenti, idaṃ eva gāthaṃ aññaṃ vyākaraṇaṃ ahosi, yaṃ pan' ettha atthato avibhattaṃ, taṃ heṭṭhā vuttanayaṃ eva.

Tiṃsamattānaṃ therīnaṃ gāthāvaṇṇanā samattā.

XLIX.

Duggatāhaṃ pure āsiṃ ti ādikā Candāya theriyā gāthā. Ayaṃ pi purimabuddhesu katādhikārā tattha tattha bhave vivaṭṭūpanissayaṃ kusalaṃ upacinantī anukkamena sambhāvitavimokkhasambhārā paripakkañāṇā imasmiṃ buddhuppāde aññatarasmiṃ brāhmaṇagāmo apaññātassa brāhmaṇassa gehe paṭisandhiṃ gaṇhi. Tassā nibbattito paṭṭhāya taṃ kulaṃ bhogehi parikkhayaṃ gataṃ. Sā anukkamena viññutaṃ pattā dukkhe jīvati. Atha tasmiṃ gehe ahivātarogo uppajjati, ten' assā sabbe pi ñātakā maraṇavyasanaṃ[4] pāpuṇiṃsu. Sā ñātikhaye jāte aññattha jīvituṃ asakkontī kapālahatthā kule kule vicaritvā laddhena bhikkhāhārena yāpentī ekadivasaṃ Paṭācārāya theriyā bhattavissaggaṭṭhānaṃ agamāsi. Bhikkhuniyo taṃ dukkhitaṃ khudhābhibhūtaṃ disvāna sañjātakāruññapiyasamudācārena saṅgahetvā tattha vijjamānena upacāramanosārena āhārena santappesuṃ.[5] Sā tāsaṃ ācārasīle pasīdetvā theriyā santikaṃ upasaṅkamitvā vanditvā ekamantaṃ nisīdi, tassā therīdhammaṃ kathesi. Sā taṃ dhammaṃ sutvā sāsane abhippasannā saṃsāre ca

---

[1] katā, ed. [2] devasusaṅgāme, ed. [3] mahātherī, ed.
[4] parimaraṇavyasanaṃ, ed. [5] santapesuṃ, ed.

sañjātasaṃvegā pabbaji, pabbajitvā ca theriyā ovādo ṭhatvā vipassanaṃ paṭṭhapetvā bhāvanaṃ anuyuñjantī katādhikāratāya ñāṇassa ca paripākaṃ gatattā nacirass' eva saha paṭisambhidāhi arahattaṃ patvā attano paṭipattiṃ[1] paccavekkhitvā:

Duggatāhaṃ pure āsi vidhavā ca aputtikā
vinā mittehi ñātībi bhattacoḷassa nādhigaṃ.[2] 122.
Pattaṃ daṇḍaṃ ca gaṇhitvā bhikkhamānā kulā kulaṃ
sītuṇhena ca ḍayhantī satta vassāni cāri'haṃ. 123.
Bhikkhuniṃ[3] pana disvāna annapānassa lābhiniṃ[4]
upasaṅkamma avocaṃ: pabbaja[5] anagāriyaṃ. 124.
Sā ca maṃ anukampāya pabbājesi Paṭācārā
tato maṃ ovaditvāna paramatthe niyojayi. 125.
Tassā taṃ vacanaṃ sutvā akāsi anusāsaniṃ[6]
amogho ayyāya ovādo tevijj' amhi anāsavā ti. 126.

Udānavasena imā gāthā abhāsi. Tattha duggatā ti daliddā. Pure ti pabbajitato pubbe, pabbajitakālato paṭṭhāya hi idha puggalo bhogehi aḍḍho daliddo ti na vattabbo. Guṇehi pana ayaṃ therī aḍḍhā yeva, tenāha: duggatāhaṃ pure āsin ti. Vidhavā ti. Dhavo vuccati sāmiko, tad abhāvā vidhavā matapatikā ti attho. Aputtikā ti puttarahitā. Vinā mittehi ñātībī ti mittehi bandhavehi ca parihīnā rahitā. Bhattacoḷassa nādhigan ti bhattassa coḷassa ca pāripūriṃ[7] nādhigacchi, kevalaṃ pana bhikkhāpiṇḍassa pilotikākhaṇḍassa ca vasena ghāsacchādanamattam eva alatthan ti adhippāyo.

Tenāha: pattaṃ daṇḍañ ca gaṇhitvā ti ādi. Tattha pattan ti mattikābhājanaṃ.[8] Daṇḍan ti goṇasunakhādiparibharaṇadaṇḍakaṃ. Kulā kulan ti kulato kulaṃ. Sītuṇhena ca ḍayhantī ti vasanagehābhāvato sītena ca uṇhena ca pīḷiyamānā.

---

[1] paṭipatti, cd. [2] nādhikaṃ, cd. [3] bhikkhunī, cd.
[4] lābhinī, cd. [5] pabbajja, cd. [6] anusāsani, cd.
[7] pāripūri, cd. [8] mattikabh°, cd.

Bhikkhuni[1] ti Paṭācārātheriṃ[2] sandhāya vadati. Punā ti pacchā sattasaṃvaccharato aparabhāge. Paramatthe ti parame uttame atthe nibbānagāminiyā paṭipadāya nibbāne ca. Niyojayī[3] ti kammaṭṭhānaṃ ācikkhantī yojesi. Sesaṃ vuttanayaṃ eva.

Candāya theriyā gāthāvaṇṇanā samattā.

Pañcanipātavaṇṇanā niṭṭhitā.

L.

Chakkanipāte yassa maggaṃ na jānāsī ti ādikā pañcasatamattānaṃ therīnaṃ gāthā. Imā pi purimabuddhesu katādhikārā tattha tattha bhave vivaṭṭūpanissayaṃ kusalaṃ upacinantiyo anukkamena upacitavimokkhasambhārā hutvā imasmiṃ buddhuppāde tattha tattha kulagehe nibbattitvā vayappattā mātāpitūhi patikulaṃ ānītā tattha putte labhitvā gharāvāsaṃ vasantiyo samānajātikassa[4] tādisassa kammassa katattā sabbe ca mataputtā hutvā puttasokena abhibhūtā Paṭācārāya theriyā santikaṃ upasaṅkamitvā vanditvā nisinnā attano sokākāraṃ[5] ārocesuṃ. Therī tāsaṃ sokaṃ vinodentī:

Yassa[6] maggaṃ na jānāsi āgatassa gatassa vā
taṃ kuto āgataṃ sattaṃ mama putto ti rodasi. 127.
Maggaṃ ca kho 'ssa[7] jānāsi[8] āgatassa gatassa vā
na naṃ samanusocesi evaṃdhammā hi pāṇino.[9] 128.
Ayācito[10] tato gacchi ananuññāto ito gato
kuto pi nūna āgantvā vasitvā katipāhakaṃ.[11] 129.
Ito pi aññena gato tato aññena gacchati
peto manussarūpena saṃsaranto gamissati.
yathāgato tathāgato kā tattha paridovanā ti. 130.

---

[1] Bhikkhunī, cd. [2] °therī, cd. [3] niyojasī, cd.
[4] °jātiyassa, cd. [5] sokokāraṃ, cd. [6] yassaṃ, cd.
[7] kho 'sa, cd. [8] jānāmi, cd. [9] dhammāna pāpino, cd.
[10] āyācito, cd. [11] katipāhataṃ, cd.

Imāhi catūhi gāthāhi dhammaṃ desesi, tā tassā dhammaṃ sutvā sañjātasaṃvegā theriyā santike pabbajiṃsu. Pabbajitvā vipassanāya kammaṃ karontiyo vimuttiparipācaniyānaṃ[1] dhammānaṃ paripākaṃ gatattā nacirass' eva saha paṭisambhidāhi arahattaṃ patiṭṭhahiṃsu. Atha tā adhigatārahattā attano paṭipattiṃ paccavekkhitvā udānavasena "yassa maggaṃ na jānāsī" ti ādikāhi ovādagāthāhi saddhiṃ:

Abbahi vata me sallaṃ duddasaṃ hadayanissitaṃ
yā me sokaparetāya[2] puttasokaṃ apānudi. 131.
Sājja abbūḷhasallāhaṃ[3] nicchātā parinibbutā
buddhaṃ dhammaṃ ca saṅghaṃ ca upemi[4] saraṇaṃ
munin ti. 132.

Imā gāthā visuṃ visuṃ abhāsiṃsu. Tattha yassa maggaṃ na jānāsi āgatassa gatassa vā ti yassa sattassa idha āgatassa āgatamaggaṃ[5] vā ito gatassa gatamaggaṃ vā taṃ na jānāsi anantarā atītānāgatā idhūpapattiyo sandhāya vadati. Taṃ kuto āgataṃ sattan ti taṃ evaṃ abhiññāgatamaggaṃ kuto pi gatito āgatamaggaṃ gacchantena antarāmaggo sahbena sahbaṃ āgataparicayasamāgatapurimasadisaṃ sattaṃ. Kevalaṃ maman taṃ uppādetvā mama putto ti kuto kena kāraṇena rodasi? appaṭikārato mama puttassa ca akātabbato na ettha rodanakāraṇaṃ atthī ti adhippāyo.

Maggañ ca kho 'ssa jānāsī ti[6] ayaṃ tava puttābhimatassa[7] sattassa āgatassa āgatamaggaṃ gatassa[8] gatamaggañ ca atha jāneyyāsi. Na naṃ samanusocesī ti evaṃ pi naṃ na samanusoceyyāsi. Tasmā evaṃdhammā hi pāṇino.[9] Itthadhammo[10] hi sattānaṃ sabbehi piyehi nānābhāvo vinābhāvo tattha vasavattitāya abhāvato pag eva abhisamparāyaṃ. Ayācito tato

[1] °paripācaniyā, cd. [2] °paretassa, cd.
[3] sambūḷha°, cd. [4] upesi, cd. [5] āgataṃ m°, cd.
[6] jānāsītī ti, cd. [7] °ābhimattassa, cd.
[8] gatassa *om.* cd. [9] pāuino, cd. [10] itthadhamme, cd.

gacchī ti tato paralokato kena yācito[1] idha āgacchi. Āgato ti pi pāḷi. So ev' attho āgato. Ananuññāto ito gato ti idha lokato kenaci ananuññāto paralokaṃ gato. Kuto pi nirayādito yato kutoci gato.[2] Nūnā ti parisaṃkāyaṃ. Vasitvā katipāhakaṃ ti katipayadivasamattaṃ[3] idha vasitvā.

Ito pi aññena gato ti ito pi bhavato aññena gato aññaṃ pi bhavaṃ paṭisandhivasena upagato. Tato aññena gacchatī ti tato pi bhavato aññena gamissati aññam eva bhavaṃ upagamissati. Peto ti apeto. Taṃ taṃ bhavaṃ upapajjitvā apagato. Manussarūpenā ti nidassanamattam etaṃ. Manussabhāvena tiracchānādibhāvena cā ti attho. Saṃsaranto ti aparāparaṃ upapattivasena saṃsaranto. Yathāgato tathāgato ti yathāviññātagatito ca anāmantetvā āgato tathā viññātagatito ananuññāto na gato. Kā tattha paridevanā ti tattha tādise avasavattini yathā kāmāvacare[4] kā nāma paridevanā kiṃ paridevito na payojanan ti attho. Sesaṃ vuttanayam eva. Ettha ca ādito catasso gāthā Paṭācārāya theriyā, sesānaṃ[5] pañcamattānaṃ itthisatānaṃ sokavinodanavasena visuṃ visuṃ bhāsitā. Tassā ovāde ṭhatvā pabbajitvā adhigatavisesāhi tāhi pañcasatamattāhi bhikkhunīhi cha pi gāthā paccekaṃ bhāsitā ti daṭṭhabbā. Pañcasatā Paṭācārā ti Paṭācārāya theriyā santike laddhaovādatāya Paṭācārāya vuttaṃ avodisun[6] ti katvā Paṭācārā ti laddhanāmā pañcasatā bhikkhuniyo.

Pañcasatamattānaṃ therīnaṃ gāthāvaṇṇanā samattā.

LI.

Puttasokenāhaṃ[7] aṭṭā[8] ti ādikā Vāseṭṭhiyā theriyā gāthā. Ayaṃ pi purimabuddhesu katādhikārā tattha tattha bhave vivaṭṭūpanissayaṃ kusalaṃ upaci-

---

[1] kena cito, cd. [2] gatito, cd. [3] °matam, cd.
[4] kāmacāre, cd. [5] sosam, cd. [6] avedisū, cd.
[7] sokonāyaṃ, cd. [8] attā, cd.

nantī anukkamena sambhatavimokkhasambhārā devamanussesu saṃsarantī imasmiṃ buddhuppāde Vesāliyaṃ kulagehe nibbattitvā[1] vayappattā mātāpitūhi samānajātikassa kulaputtassa dinnā patikulaṃ gantvā tena saddhiṃ sukhasaṃvāsaṃ vasantī ekaṃ puttaṃ labhitvā tasmiṃ ādhāvitvā paridhāvitvā vicaraṇakāle kālaṃ kate puttasokena aṭṭitā ummattakā[2] ahosi. Sā ñātakesu sāmike tikicchaṃ[3] karontesu mosaṃ ajānantānaṃ yeva palāyitvā yato tato paribbhamantī Mithilanagaraṃ sampattā. Tatthāddasa[4] bhagavantaṃ anantaravīthiyaṃ[5] gacchantaṃ dantaṃ guttaṃ saṃyatindriyaṃ. Nāgaṃ disvāna saha dassanena buddhānubhāvato āgatummādā pakaticittaṃ paṭilabhi. Ath'assā[6] satthā saṃkhittena dhammaṃ desesi. Sā taṃ dhammaṃ sutvā paṭiladdhasaṃvegā satthāraṃ pabbajjaṃ yācitvā satthu āṇāya bhikkhunīsu pabbajitvā katapubbakiccā vipassanaṃ paṭṭhapetvā ghaṭentī[7] vāyamantī paripakkañāṇatāya nacirass' eva saha paṭisambhidāhi arahattaṃ patvā attano paṭipattiṃ paccavekkhitvā udānavasena:

Puttasoken' ahaṃ aṭṭā khittacittā visaññinī
naggā pakiṇṇakesī[8] ca tena tena vicāri 'haṃ.[9] 133.
Vīthisaṅkārakūṭesu susāne[10] rathiyāsu ca
acari tīṇi vassāni khuppipāsāsamappitā. 134.
Ath' addasāmi sugataṃ nagaraṃ Mithilaṃ gataṃ
adantānaṃ damotāraṃ[11] sambuddham akutobhayaṃ. 135.
Saṃ cittaṃ paṭiladdhāna vanditvāna upāvisi
so me dhammaṃ adesesi anukampāya Gotamo. 136.
Tassa dhammaṃ suṇitvāna pabbajiṃ anagāriyaṃ
yuñjantī[12] satthu vacane sacchākāsi padaṃ sivaṃ. 137.
Sabbe sokā samucchinnā pahīnā etadantikā
pariññātā hi me vatthū[13] yato sokāna sambhavo ti. 138.

---

1 nibbattetvā, cd. 2 aṭṭitvā ummatakā, cd. 3 saññatakesu sāmike cā tik°, cd. 4 tatthāddasaṃ, cd. 5 °vidhiyaṃ, cd. 6 assa, cd. 7 ghaṭenti, cd. 8 pakinnakesī, cd. 9 vicāri taṃ, cd. 10 susāṇar°, cd. 11 dametānaṃ, cd. 12 yujjanti, cd. 13 vatthu, cd.

Imā gāthā abhāsi. Tattha a ṭ ṭ ā ti aṭṭitā. Ayam eva vā pāṭho. A ṭ ṭ i t ā pīḷitā ti attho. K h i t t a c i t t ā ti sokummādena khittahadayā. Tato eva pakatasaññāsaññāya vigamena v i s a ñ ñ i n ī. Hirottappābhāvato apagatavatthatāya[1] n a g g ā. Vidhūtakesatāya p a k i ṇ ṇ a k e s ī.[2] T e n a t o n ā ti gāmena gāmaṃ nagarena nagaraṃ vividhaṃ cari ahaṃ. A t h ā ti pacchā ummādasantati yassa kammassa parikkhaye. S u g a t a n ti sobhaṇagamanattā sundaraṃ ṭhānaṃ gatattā sammā gatattā sugataṃ bhagavantaṃ. M i t h i l a ṃ g a t a n ti[3] Mithilābhimukhaṃ. Mithilanagarābhimukhaṃ gacchitan ti attho.

S a ṃ c i t t a ṃ p a ṭ i l a d d h ā n ā ti buddhānubhāvena ummādaṃ pahāya attano pakaticittaṃ paṭilabhitvā. Y u n j a n t ī s a t t h u v a c a n e[4] ti satthu sammāsambuddhassa satthu sāsane yogaṃ karontī[5] bhāvanaṃ anuyuñjantī. S a c c h ā k ā s i p a d a ṃ s i v a n ti sivaṃ khemaṃ catūhi yogehi anupaddutaṃ[6] nibbānaṃ padaṃ sacchiakāsi.

E t a d a n t i k ā ti etaṃ idāni mayā adhigataṃ arahattaṃ antopariyosānaṃ etesan ti etadantikā[7] sokā[8] Na dāni tesaṃ sambhavo atthī ti attho. Y a t o s o k ā n a[9] s a m b h a v o ti yato antonijjhānalakkhaṇānaṃ[10] sokānaṃ sambhavo tesaṃ c'upādānakkhandhasaṃkhātā vatthū adhiṭṭhānāni ñāṇatīraṇapahānapariññāhi[11] pariññātā, tasmā sokā etadantikā ti yojanā.

Vāseṭṭhiyā theriyā gāthāvaṇṇanā samattā.

LII.

D a h a r ā t u v a ṃ r ū p a v a t ī ti ādikā Khemāya theriyā gāthā. Ayaṃ kira Padumuttarassa bhagavato

---

[1] vatthutāya, cd. [2] pakinnakesī, cd.
[3] gatī ti, cd. [4] Bhuñjanti satthu vane, cd.
[5] yo karonti, cd. [6] anupadutaṃ, cd.
[7] edantikā, cd. [8] sotā, cd. [9] sokana, cd.
[10] °lakkhaṇaṃ, cd. [11] ñānatīrap°, cd.

kāle Haṃsavatīnagare parādhīnavuttikā paresaṃ dāsī ahosi. Sā paresaṃ veyyāvaccakaraṇena jīvitaṃ kappenti ekadivasaṃ Padumuttarassa sammāsambuddhassa sāvakaṃ Sujātattheraṃ piṇḍāya carantaṃ disvā tayo modake datvā taṃ divasam eva attano kese vissajjetvā therassa dānaṃ datvā "anāgate[1] mahāpaññā buddhassa sāvikā bhaveyyan" ti patthanaṃ katvā yāvajīvaṃ kusalakamme aggappattā hutvā devamanussesu saṃsaranti anukkamena cha kāmāvacarānaṃ tesaṃ tesaṃ devarājūnaṃ mahesibhāvena upapannā manussaloke pi anekavāraṃ cakkavattīnaṃ maṇḍalarājūnaṃ ca mahesibhāvaṃ upagatā mahāsampattiyo anubhavitvā Vipassissa bhagavato kāle manussaloke uppajjitvā viññutaṃ patvā[2] satthu santike dhammaṃ sutvā paṭiladdhasaṃvegā pabbajitvā dasa vassasahassāni brahmacariyaṃ carantī bahussutā dhammakathikā hutvā bahujanassa dhammakathanādinā paññāsaṃvattaniyakammaṃ katvā tato cavitvā sugatisu yeva saṃsaranti imasmiṃ kappe bhagavato ca Kakusandhassa bhagavato ca Konāgamanassa kāle vibhavasampanne kule nibbattitvā viññutaṃ patvā mahantaṃ saṅghārāmaṃ katvā buddhapamukhassa bhikkhusaṅghassa niyyādesi. Bhagavato pana Kassapadasabalassa kāle Kikissa Kāsikaraññe sabbajeṭṭhikā Samaṇī nāma dhītā hutvā satthu santike dhammaṃ sutvā paṭiladdhasaṃvegā agāre yeva ṭhitā vīsati vassasahassāni komāriṃ[3] brahmacariyaṃ carantī samaṇaguttādīhi attano bhātihi saddhiṃ ramaṇīyaṃ pariveṇaṃ kāretvā buddhapamukhassa bhikkhusaṅghassa niyyādesi. Evam eva tattha tattha bhave āyatanaṃ gataṃ uḷāraṃ puññakammaṃ katvā sugatīsu yeva saṃsaritvā imasmiṃ buddhuppāde Magadharaṭṭhe Sāgalanagare rājakule nibbatti. Khemā ti 'ssā nāmaṃ ahosi. Suvaṇṇavaṇṇā kañcanasannibhattacā[4] vayappattā Bimbisārarañño gehaṃ gatā satthari Veluvane viharante rūpamattā hutvā rūpe dosaṃ dassetī ti, satthu dassanāya na gacchati. Rājā manussehi Veluvanassa vaṇṇe pakāsetvā deviyā[5] vihāradassanāya

[1] anāgato, cd. [2] pattā, cd. [3] komāraṃ, cd.
[4] °nibhattā, cd. [5] vediyā, cd.

cittaṃ uppādesi. Atha devī "vihāraṃ passissāmī" ti rājānaṃ paṭipucchi. Rājā vihāraṃ gantvā satthāraṃ adisvā "gantuṃ na labhissasī" ti vatvā purisānaṃ saññaṃ adāsi: "balakkārena deviṃ[1] dasabalaṃ dassethā ti." Devī vihāraṃ gantvā divasabhāgaṃ khepetvā nivattentī satthāraṃ adisvā va gantuṃ āraddhā. Atha naṃ rājapurisā anicchantiṃ[2] pi satthu santikaṃ nayiṃsu. Satthā taṃ āgacchantiṃ[3] disvā iddhiyā devaccharāsadisaṃ itthiṃ[4] nimminitvā tālapaṇṇaṃ[5] gahetvā vījamānaṃ akāsi. Khemā devī disvā cintesi: "evarūpā nāma devaccharāpaṭibhāgā[6] itthiyo bhagavato avidūre tiṭṭhanti, ahaṃ etāsaṃ parivāritā na ppahomi manaṃ pi nikkāraṇapāpacittassa vasena naṭṭhā" ti nimittaṃ gahetvā tam eva itthiṃ[7] olokayamānā aṭṭhāsi. Ath' assā passantiyā[8] 'va satthu adhiṭṭhānabalena sā itthī paṭhamavayaṃ atikkamma majjhimavayaṃ pi atikkamma pacchimavayaṃ patvā khaṇḍadantā palitakesā valitatacā hutvā saddhiṃ tālapaṇṇena[9] parivattitvā pati. Tato Khemā katādhikārattā evaṃ cintesi: "evaṃvidham pi sarīraṃ īdisaṃ vipattiṃ[10] pāpuṇi, mayhaṃ pi sarīraṃ evaṃgatikam eva bhavissatī" ti. Ath'assā cittākāraṃ[11] ñatvā satthā:

Ye rāgarattānupatanti sotaṃ
sayaṃkataṃ makkaṭako va jālaṃ
etaṃ pi chetvāna paribbajanti
anapekkhino kāmasukhaṃ pahāyā ti. (Dhp. 347.)

gāthaṃ āha. Sā gāthāpariyosāne saha paṭisambhidāh arahattaṃ pāpuṇī ti aṭṭhakathāsu āgataṃ. Apadāne pana imaṃ gāthaṃ sutvā sotāpattiphale patiṭṭhitā rājānaṃ anujānāpetvā pabbajitvā arahattaṃ pāpuṇī ti āgataṃ. Tatthāyam Apadānapāḷi:

---

[1] devī, cd. [2] anicchantī, cd. [3] āgacchantī, cd.
[4] itthī, cd. [5] tālapaṇṇaṃ, cd. [6] °accharap°, cd.
[7] itthī, cd. [8] vassantiyā, cd. [9] tālapannena, cd.
[10] vippatti, cd. [11] cittācāraṃ, cd.

Padumuttaro nāma jino sabbadhammesu cakkhumā
ito satasahassamhi kappe uppajji nāyako. 1.
Tadāhaṃ Haṃsavatiyaṃ jātā seṭṭhikule ahuṃ
nānāratanapajjote[1] mahāsukhasamappitā.[2] 2.
Upetvā taṃ mahāvīraṃ assosiṃ dhammadesanaṃ
tato jātappasādāhaṃ upemi saraṇaṃ jinaṃ. 3.
Mātaraṃ pitaraṃ cāhaṃ āyācitvā vināyakaṃ
nimantayitvā sattāhaṃ bhojayiṃ saha sāvakaṃ. 4.
Atikkante ca sattāhe mahāpaññānam uttamaṃ[3]
bhikkhuniṃ[4] etadaggamhi ṭhapesi narasārathi. 5.
Taṃ sutvā muditā hutvā puno tassa mahesino
kāraṃ katvāna taṃ ṭhānaṃ paṇipacca paṇidahiṃ.[5] 6.
Tato mama jino āha sijjhataṃ paṇidhī tava
Sasaṅghe mo kataṃ kāraṃ appameyyaṃ phalaṃ tayā.[6] 7.
Satasahasse ito kappe Okkākakulasambhavo
Gotamo nāma nāmena satthā loke bhavissati. 8.
Tassa dhammesu dāyādā orasā dhammanimmitā
etadaggaṃ anuppattā Khemā nāma bhavissasi.[7] 9.
Tena kammena sukatena cetanāpaṇidhīhi ca
jahitvā mānusaṃ dehaṃ Tāvatiṃsūpagā ahaṃ. 10.
Tato cutā Yāmam agaṃ[8] tato 'haṃ Tusitaṃ[9] gatā[10]
tato ca Nimmānaratiṃ Vasavattipuran tato. 11.
Yattha yatthūpapajjāmi[11] tassa kammassa vāhasā
tattha tatth' eva rājūnaṃ mahesittam akārayiṃ. 12.
Tato cutā manussatte rājūnaṃ cakkavattinaṃ
maṇḍalīnaṃ ca rājūnaṃ mahesittaṃ akārayiṃ. 13.
Sampattiṃ anubhotvāna[12] devesu manujesu ca
sabbattha sukhitā hutvā nekakappesu saṃsariṃ. 14.
Ekanavute ito kappe Vipassī lokanāyako
uppajji cārudassano sabbadhammavipassano. 15.

---

[1] °pajjoto, cd. [2] °sukhaṃ sam°, P.
[3] uttamā, P. [4] bhikkhunī, P.
[5] paṇidhiñ ca paṇidhahaṃ, P.; paṇiddahiṃ, A.
[6] tassā, P. [7] bhavissati, cdd. [8] Yāmasaggaṃ, P.
[9] Tussitaṃ, A. [10] gato, P. [11] yatthūpajānāmi, P.
[12] anubhojetvā, P.

Tam ahaṃ lokanāyakaṃ upetvā narasārathiṃ
dhammavaraṃ suṇitvāna[1] pabbajiṃ anagāriyaṃ. 16.
Asīti vassasahassāni tassa vīrassa sāsane
brahmacariyaṃ[2] caritvāna yuttayogā bahussutā 17.
Paccayākārakusalā catusaccavisāradā
nipuṇā cittakathikā satthu sāsanakārikā. 18.
Tato cutāham Tusitaṃ[3] upapannā yasassinī
atibhomi tahiṃ aññe brahmacāriphalen'[4] ahaṃ. 19.
Yattha yatthopapannāhaṃ mahābhogā mahādhanā
medhāvinī[5] rūpajīvī[6] vinītapurisā[7] pi ca 20.
Bhavāmi tena kammena yogena jinasāsane
sabbā sampattiyo mayhaṃ sulabhā manaso piyā. 21.
Yo pi me bhavate[8] bhattā yattha yattha gatāya pi
vimāneti na maṃ koci paṭipattibalena[9] me. 22.
Imasmiṃ bhaddake kappe brahmabandhu mahāyaso
nāmena Koṇāgamano uppajji vadataṃ varo. 23.
Tadāhaṃ Bārāṇasiyaṃ susamiddhakulappajā[10]
Dhanañjānī Sumedhā ca[11] aham pi ca tayo janā 24.
Saṅghārāmam adāsimha dānaṃ sahassikam[12] pure
saṅghassa ca vihāram pi uddissa kārikā[13] mayaṃ.[14] 25.
Tato cutā mayaṃ sabbā[15] Tāvatiṃsūpagā ahuṃ
yasasā aggataṃ pattā manussesu tath'eva ca. 26.
Imasmiṃ yeva kappamhi brahmabandhu mahāyaso
Kassapo nāma nāmena uppajji vadataṃ varo. 27.
Upaṭṭhāko[16] mahesissa tadā āsi narissaro
Kāsirājā Kikī nāma Bārāṇasipuruttame. 28.

---

[1] dhammaṃ bhaṇitaṃ sutvāna, A.
[2] brahmacaraṃ, A.
[3] Tussitaṃ, A.
[4] adhikāsi tato aññaṃ brahmacāriphalen', P.
[5] sīlavatī, A.
[6] rūpavatī, B.
[7] vinītaparisā, A.
[8] yo pi bhavate, P.
[9] °phalena, P.
[10] susamiddhaṃ kulaṃ pajā, P.; asamiddhikulaṃ, B.
[11] Sumedhāvi, P.
[12] dānā sahassikā, A.; nekasahassike mukhe, P.
[13] uddissikayikā, B.
[14] vihāramhi uddissakassikā mahaṃ, P.
[15] sagge, P.
[16] upaṭṭhako, P

Tassāsiṃ [1] jeṭṭhikā dhītā Samaṇī iti vissutā
dhammaṃ sutvā jinaggassa pabbajjaṃ samarocayiṃ. 29.
Annjāni na no tāto agāre va tadā mayaṃ
vīsaṃ [2] vassasahassāni vicarimha atanditā 30.
Komāriṃ [3] brahmacariyaṃ rājakaññā sukhedhitā
buddhopaṭṭhānaniratā mnditā satta dhītaro. 31.
Samaṇī Samaṇaguttā ca [4] Bhikkhunī Bhikkhadāyikā
Dhammā c'eva Sudhammā ca sattamī Saṅghadāyikā. 32.
Ahaṃ Uppalavaṇṇā ca Paṭācārā ca Kuṇḍalā
Kisāgotamī ca Dhammadinnā Visākhā hoti [5] sattamī. 33.
Kadāci so narādicco dhammaṃ desesi abbhutaṃ
Mahānidānasuttantaṃ sutvā; taṃ pariyāpuṇiṃ. 34.
Tehi kammehi sukatehi cetanāpaṇidhīhi ca
jahitvā mānusaṃ deham Tāvatiṃsaṃ agañchi'haṃ. 35.
Pacchime ca bhave dāni Sāgalāyaṃ [6] puruttame
rañño Maddassa dhīt' amhi [7] manāpā dayitā piyā. [8] 36.
Saha me [9] jātamattamhi khoman tamhi [10] pure ahū
tato Khemā ti nāmaṃ mo guṇato upapajjatha. [11] 37.
Yadāhaṃ yobbanaṃ pattā [12] rūpavilāsabhūsitā [13]
tadā adāsi maṃ tāto [14] Bimbisārassa rājino. 38.
Tassāhaṃ suppiyā āsiṃ rūpakelāyane ratā
rūpānaṃ dosavādī ti [15] na upesiṃ mahādayaṃ. [16] 39.
Bimbisāro tadā rājā mamānuggahabuddhiyā [17]
vaṇṇayitvā Veḷuvanaṃ gāyake pāpayi mamaṃ. 40.
Rammaṃ Veḷuvanaṃ yena na diṭṭhaṃ sugatālayaṃ
na tena Nandanaṃ diṭṭhaṃ iti [18] maññāmase mayaṃ. 41.
Yena Veḷuvanaṃ diṭṭhaṃ naranandananandanaṃ
sudiṭṭhaṃ nandaṃ nandena [19] amariudasunandanaṃ. 42.

---

[1] tassāpi, P. [2] vīsa, A.
[3] Komārī, A; Komāraṃ, P. [4] Samaṇarattā ca, P.
[5] Visākhā cāpi, P. [6] Sākalāyaṃ, A.
[7] dhitāpi, P. [8] dassitā pitā, P. [9] yassā me, P.
[10] khepaṃ tamhi, P. [11] udapajjatha, P. [12] sattā, P.
[13] rūpalāviññābhūsikā, P. [14] maṃ tāva, P.
[15] °vārī ti, P. [16] mahādeyaṃ, B.; mahāyasaṃ, P.
[17] mahānugg°, A. [18] na tena Nandaṃ diṭṭhaṃ ti, P.
[19] nandanaṃ tena, A.

Vihāya nandanaṃ devā otaritvā mahītalaṃ
rammaṃ Veḷuvanaṃ disvā na tappanti suvimhitā.[1] 43.
Rājapuññena nibbattaṃ buddhapuññena bhūsitaṃ
ko vattā tassa nissesaṃ [2] vanassa guṇasañcayaṃ. 44.
Taṃ sutvā vanasamiddhiṃ[3] mama sotaṃ manoharaṃ[4]
daṭṭhukāmā taṃ uyyānaṃ rañño ārocayiṃ tadā. 45.
Mahatā parivārena tadā ca so mahīpati
maṃ pesesi taṃ uyyānaṃ dassanāya samussukaṃ. 46.
Gaccha passa mahābhoge vanaṃ [5] nettarasāyanaṃ
yaṃ sadā bhāti siriyā sugatā bhānuraññjitaṃ. 47.
Yadā ca piṇḍāya muni Giribbajapuruttamaṃ
paviṭṭho 'haṃ[6] tadā yeva[7] vanaṃ daṭṭhum upāgamiṃ. 48.
Tadāhaṃ phullavipinaṃ[8] nānābhamarakūjitaṃ
kokilagītasahitaṃ mayūragaṇanaccitaṃ 49.
Appasaddam anākiṇṇaṃ nānācaṅkamabhūsitaṃ
kuṭimaṇḍapasaṅkiṇṇaṃ yogīvaravirājitaṃ[9] 50.
Vicarantī amaññissaṃ saphalaṃ nayanaṃ mama.
Tatthāhaṃ taruṇaṃ bhikkhuṃ yuttaṃ disvā vicintayiṃ: 51.
Īdise vipine[10] ramme ṭhito 'yaṃ navayobbane
vasantam iva kantena[11] rūpena ca samanvito.[12] 52.
Nisinno rukkhamūlamhi muṇḍo saṃghāṭipāruto
jhāyate vat' ayaṃ bhikkhu[13] hitvā visayajaṃ ratiṃ. 53.
Nanu nāma gahaṭṭhena kāmaṃ bhutvā yathāsukhaṃ
pacchā jiṇṇena dhammo 'yaṃ caritabbo subhaddako. 54.
Suññataṃ ti viditvāna gandhagehaṃ[14] jinālayaṃ
upetvā jinam addakkhiṃ udayantaṃ va bhākaraṃ.[15] 55.
Ekekaṃ[16] sukhaṃ āsīnaṃ vijamānaṃ[17] varitthiyā[18]
disvān'evaṃ vicintesi: nāyaṃ lūkho narāsabho. 56.

---

[1] suvimhatā, P. [2] nisesaṃ, P. [3] sāmiddhi, P.
[4] sotamanoharaṃ, A. [5] dhanaṃ, P.
[6] paviṭṭhāhaṃ, A. [7] yena, B.
[8] phullapavanaṃ, P. B. [9] yativara°, P.
[10] īdise pavane, P. [11] vasantī niccakantena, B.
[12] samantato, P. [13] bhikkhuṃ, P. [14] gandhagehe, P.
[15] pabhākaraṃ, B.; pabharikaraṃ, P. [16] ekakaṃ, A.
[17] bījamānam, A. [18] varattiyā, P.

Sā kaññā kanakābhāsā padumānanalocanā
bimboṭṭhikundadassanā[1] manonettarasāyanā 57.
Hemadolā va savanā[2] kalasākārasutthanī[3]
vedimajjhā[4] va sussoṇī[5] rambhorū cārubhūsanā 58.
Rattaṃsakūpasaṃvyānā[6] nīlā maṭṭhanivāsanā
atappaneyyarūpena hāsabhāvasamanvitā. 59.
Disvā taṃ eva cintesiṃ: aho 'yaṃ abhirūpinī[7]
na mayānena netteua diṭṭhapubbā kudācanaṃ. 60.
Tato jarābhibhūtā sā vivaṇṇā vikatānanā[8]
chinnadantā setasirā salālā vadanāsucī 61.
Saṃkhittakaṇṇā[9] setakkhī lambāsubhapayodharā
valivitatasabbaṅgī[10] sirāvitatadehinī[11] 62.
Nataṅgā daṇḍadutiyā uppāsulikā kisikā
pavedhamānā patitā nissasantī muhuṃ muhuṃ. 63.
Tato me āsi saṃvego abbhuto lomahaṃsano[12]
dhir atthu rūpaṃ asuciṃ ramante yattha bālisā.[13] 64.
Tadā mahākāruṇiko disvā saṃviggamānasaṃ
udaggacitto sugato imā gāthā abhāsatha: 65.
Āturaṃ asuciṃ pūtiṃ passa Kheme samussayaṃ
uggharantaṃ paggharantaṃ bālānaṃ abhinanditaṃ.[14] 66.
Asubhāya cittaṃ bhāvehi ekaggaṃ susamāhitaṃ
sati kāyagatā ty atthu nibbidābahulā bhava.[15] 67.
Yathā idaṃ tathā etaṃ yathā etaṃ tathā idaṃ
ajjhattaṃ ca bahiddhā ca kāye chandaṃ virājaya.[16] 68.
Animittañ ca bhāvehi mānānusayam ujjaha
tato mānābhisamayā upasantā carissasi. 69.
Ye rāgarattānupatanti sotaṃ
sayaṃkataṃ makkaṭako va jālaṃ

---

[1] °dasanā, A. [2] dolābasavanā, A.; dolābhāvasanā, P.
[3] kalakākāras°, A.; kalakāyasuttanī, P.; kālabhākāras°, B.
[4] vedimajjā, A. [5] susoṇī, A.
[6] nukkaṃsabhāsnsaṃ dhitā, P. [7] ahoramanirūpinī, P.
[8] vigat°, P. [9] °kannā, P.
[10] valitatacā sabbaṅgā, P.; valivigatasabbaṅgī, B.
[11] sirāvigatadehinī, B. [12] asubhora lomahaṃsano, P.
[13] pālisā, P. [14] abhipatthitaṃ, P.
[15] nibbudāphalavā bhava, P. [16] virājaye, P.

Ekaṃ pi chetvāna paribbajanti
anapekkhino kāmasukhaṃ pahāya. 70.
Tato kallikacittaṃ [1] maṃ ñatvāna narasārathi
mahānidānaṃ deesi suttantaṃ vinayāya me. 71.
Sutvā suttantaṃ [2] seṭṭhan taṃ [3] pubbasaññam anussariṃ
tattha ṭhitā'va haṃsantī dhammacakkhuṃ visodhayiṃ. 72.
Nipatitvā mahesissa pādamūlamhi tāvade
accayaṃ desanattbāya idaṃ vacanaṃ abraviṃ: 73.
Namo te sabbadassāvī namo te karuṇākara [4]
namo te tiṇṇasaṃsāra namo te amataṃdada.[5] 74.
Diṭṭhigahanapakkhannā [6] kāmarāgavimocitā [7]
tayā sammā [8] upāyena [9] vinītā vinaye ratā. 75.
Adassanena vibhogā tādisānaṃ [10] mahesinaṃ
anubhonti mahādukkhaṃ sattā saṃsārasāgare. 76.
Yadāhaṃ lokasaraṇaṃ araṇaṃ araṇantaguṃ [11]
nāddassāmi [12] adūraṭṭhaṃ desissāmi tam accayaṃ. 77.
Mahāhitaṃ varadadaṃ ahito ti vieaṅkitā
nopesiṃ rūpaniratā desissāmi tam accayaṃ. 78.
Tadā madhuranigghoso mahākāruṇiko jino
avoca "tiṭṭha Kheme" ti siñcanto amatena maṃ.[13] 79.
Tadā paṇamya sirasā katvā ca naṃ padakkhiṇaṃ
gantvā disvā narapatiṃ idaṃ vacanam abraviṃ: 80.
Aho sammā upāyo te cintito 'yam arindama
vanadassanakāmāya [14] diṭṭho nibbanatho [15] muni. 81.
Yadi te ruccate [16] rāja sāsanaṃ tassa [17] tādino
pabbajissāmi rūpe 'haṃ nibbinnā [18] munivādinā. 82.
Añjaliṃ paggahetvāna tadāha [19] sa mahīpati:
anujānāmi te bhadde pabbajjā tava sijjhatu. 83.

---

[1] kaṇṇikac°, B.; kallita°, P. [2] suttantaseṭṭhan, A.
[3] seṭṭhan ti, P. [4] karuṇāsaya, P.
[5] amataṃ padaṃ, P. [6] °pakkhandā, A. P.
[7] °vimohitā, B. [8] samma, P.
[9] sambuddhapāyena, B. [10] vibhūtā adisvāna, P.
[11] araṇantaggaṃ, P. [12] nadassāmi, P.; na dassāsiṃ, B.
[13] siñcanto vacane manaṃ, P. [14] tava dass°, B.
[15] nibbanito, P. [16] nuccate, P. [17] sāsanetassa, A.
[18] nibbinnaṃ, P. [19] tadāhaṃ, P.

Pabbajitvā tadā cāhaṃ addhamāse [1] upaṭṭhite
dīpodayañ ca bhedaṃ ca disvā saṃviggamānasā 84.
Nibbinnā [2] sabbasaṃkhāre [3] paccayākārakovidā
caturoghe [4] atikkamma arahattam apāpuṇiṃ. 85.
Iddhīsu ca vasī āsiṃ dibbāya sotadhātuyā
cetopariyañāṇassa vasī cāpi bhavām' ahaṃ. 86.
Pubbenivāsaṃ jānāmi dibbacakkhu visodhitaṃ
sabbāsavā parikkhīṇā n'atthi dāni punabbhavo. 87.
Atthadhammaniruttisu paṭibhāne tath'eva ca
parisuddhaṃ mama ñāṇaṃ uppannaṃ buddhasāsane. 88.
Kusalāhaṃ visuddhīsu Kathāvatthuvisāradā
Abhidhammanayaññū ca vasī patt'amhi sāsane. 89.
Tato Bhojanavatthusmiṃ [5] raññā Kosalasāminā
pucchitā nipuṇe pañhe vyākarontī yathātathaṃ. 90.
Tadā pi rājā sugataṃ upasaṃkamma pucchatha
tath'eva buddho vyākāsi yathā te vyākatā mayā. 91.
Jino tasmiṃ guṇe tuṭṭho etadagge ṭhapesi maṃ
mahāpaññānam aggā ti bhikkhunīnaṃ naruttamo. 92.
Kilesā jhāpitā mayhaṃ — pa — kataṃ buddhassa sāsanan ti. 93.

Sā imissā theriyā sati pi aññāsaṃ khīṇāsavatherīnaṃ puññaphalūpapattiyaṃ, tattha pana katādhikāratāya mahāpaññābhāvo pākaṭo ahosi. Tathā hi taṃ bhagavā Jetavanamahāvihāre ariyagaṇamajjhe nisinno paṭipāṭiyā bhikkhuniyo ṭhānantare ṭhapento: "etad aggaṃ bhikkhave mama sāvikānaṃ bhikkhunīnaṃ mahāpaññānaṃ yad idaṃ Khemā bhikkhunī ti mahāpaññāya aggaṭṭhāne ṭhapesi. Taṃ ekadivasaṃ aññatarasmiṃ rukkhamūle divāvihāraṃ nisinnaṃ Māro pāpimā taruṇarūpena upasaṅkamitvā kāmehi palobhento:

Daharā tuvaṃ rūpavatī aham pi daharo yuvā
pañcaṅgikena turiyena ehi Kheme ramāmase ti. 139.

---

[1] sattamāse, P. [2] nibbindā, A. P.
[3] °saṃsāre, P. [4] caturoge, A.
[5] Kāraṇavatthusmiṃ, B.; Toraṇavatthusmiṃ, A.

gātham āha. Tass' attho: Kheme tvaṃ taruṇā [1] yobbane [2] ṭhitā rūpasampannā, ahaṃ pi taruṇo,[3] tasmā mayaṃ [4] yobbaññaṃ akhepetvā [5] pañcaṅgikena turiyena vajjamānena ehahi kāmakhiḍḍāratiḥi [6] ramāma kīḷāmā ti. Taṃ sutvā sā kāmesu sabbadhammesu ca attano virattabhāvaṃ tassa ca Mārabhāvaṃ attābhinivesesu sattesu attano thāmagataṃ pasādakaṃ katakiccatañ ca pakāsentī:

Iminā pūtikāyena āturena pabhaṅgunā
aṭṭiyāmi harāyāmi. Kāmataṇhā samūhatā. 140.
Sattisūlūpamā [7] kāmā khandhānaṃ [8] adhikuṭṭanā
yaṃ tvaṃ kāmaratiṃ [9] brūsi arati dāni sā mama. 141.
Sabbattha vihatā nandi tamokkhandho padālito
evaṃ jānāhi pāpima, nihato tvam asi antaka. 142.
Nakkhattāni namassantā aggiṃ [10] paricaraṃ vane
yathābhuccaṃ ajānantā [11] bālā suddhiṃ [12] amaññatha. 143.
Ahañ ca kho namassantī sambuddhaṃ purisuttamaṃ
parimuttā sabbadukkhehi satthu sāsanakārikā ti. 144.

Imā gāthā abhāsi. Tattha aggiṃ paricaraṃ vane ti tapovane aggihuttaṃ paricaranto. Yathābhuccaṃ ajānantā ti pavattiyo yathābhūtaṃ aparijānantā.

Sesaṃ ettha heṭṭhāvuttanayena, sesaṃ uttānaṃ eva.
Khemāya theriyā gāthāvaṇṇanā samattā.

LIII.

Alaṅkatā suvasanā ti ādikā Sujātāya theriyā gāthā. Ayaṃ pi purimabuddhesu katādhikārā tattha

---

[1] taruṇāpattā, cd. [2] yobbanā, cd.
[3] taruṇo yutto, cd. [4] tasmāyaṃ, cd.
[5] akhemetva, cd. [6] °ratiyā, cd. [7] satthi°, cd.
[8] khandhāsaṃ, cd. [9] kāmarati, cd. [10] aggi, cd.
[11] pajānadantā, cd. [12] suddhi, cd.

tattha bhave vivaṭṭūpanissayaṃ kusalaṃ upacinantī anukkamena sambhūtavimokkhasambhārā hutvā imasmiṃ buddhuppāde Sāketanagare seṭṭhikule nibbattā vayappattā mātāpitūhi samānajātikassa seṭṭhiputtassa dinnā hutvā patikulaṃ[1] gatā tattha tena saddhiṃ sukhasaṃvāsaṃ vasantī ekadivasaṃ uyyānaṃ gantvā nakkhattakīḷaṃ kīḷitvā parijanena saddhiṃ nagaraṃ āgacchantī Añjanavane satthāraṃ disvā pasannamānasā upasaṅkamitvā vanditvā ekamantaṃ nisīdi. Satthā tassā anupubbikathaṃ kathetvā kallacittaṃ ñatvā upari sāmukkaṃsikadhammadesanaṃ pakāsesi. Sā desanāvasāne attano katādhikāratāya ñāṇaparipākaṃ gatattā'va satthu desanāvilāsena yathā nisinnā ca saha paṭisambhidāhi arahattaṃ patvā satthāraṃ vanditvā gehaṃ gantvā sāmikaṃ ca mātāpitaro ca anujānāpetvā satthu āṇāya[2] bhikkhunūpassayaṃ gantvā bhikkhunīnaṃ[3] santike pabbaji. Pabbajitvā ca attano paṭipattiṃ paccavekkhitvā udānavasena:

Alaṅkatā suvasanā mālinī candanokkhitā
sabbābharaṇasañchannā dāsīgaṇapurakkhatā.[4] 145.
Annapānañ ca ādāya khajjabhojjaṃ anappakaṃ
gehato nikkhamitvāna uyyānaṃ abhihārayi. 146.
Tattha ramitvā kīḷitvā āgacchanti sakaṃ gharaṃ
vihārarukkhaṃ pāvisi Sākete Añjanaṃ vanaṃ. 147.
Disvāna lokapajjotaṃ vanditvāna upāvisi
so me dhammaṃ adesesi anukampāya cakkhumā. 148.
Sutvā ca kho mahesissa saccaṃ appaṭivijjh'ahaṃ
tatth'eva virajaṃ dhammaṃ phusayi[5] amataṃ padaṃ. 149.
Tato viññātasaddhammā pabbaji anagāriyaṃ
tisso vijjā anuppattā amoghaṃ buddhasāsanaṃ. 150.

ti imā gāthā abhāsi. Tattha alaṅkatā ti vibhūsitā. Taṃ pana alaṅkatākāraṃ dassetuṃ suvasanā mālinī candanokkhitā ti vuttaṃ. Tattha mālinī ti māladhārinī. Candanokkhitā ti candanānulittā.

[1] patikulaṃ, cd. [2] ānāya, cd. [3] bhikkhūnaṃ, cd.
[4] °purakkhitā, cd. [5] phussayi, cd.

Sabbābharaṇapaṭicchannā ti hatthūpagādīhi sabbehi ābharaṇehi alaṅkāravasena sañchāditasarīrā.

Annapānam ca ādāya khajjabhojjaṃ anappakan ti sāliodanādiannaṃ ambapānādipānaṃ piṭṭhakhādanīyādikhajjaṃ avasiṭṭhaṃ āhārasaṅkhātaṃ bhojjañ ca pahūtaṃ gahetvā. Uyyānam abhihārayin ti nakkhattakīḷāvasena uyyānaṃ upanesi. Annapānādi tattha[1] ānetvā saha parijanena kīḷantī ramantī paricāriyantī ti adhippāyo.[2] Sākete Añjanaṃ vanan ti Sāketasamīpe Añjanavane vihāraṃ pāvisi.

Lokapajjotan ti ñāṇapajjotena lokassa pajjotabhūtaṃ. Phusayin[3] ti phusi. Adhikaṃ gacchau ti attho. Sesaṃ vuttanayam eva.

Sujātāya theriyā gāthāvaṇṇanā samattā.

LIV.

Ucce kule ti ādikā Anopamāya theriyā gāthā. Ayaṃ pi purimabuddhesu katādhikārā tattha tattha bhave vivaṭṭūpanissayaṃ kusalaṃ upacinantī anukkamena vimuttiparipācaniyena dhamme paribrūhitvā imasmiṃ buddhuppāde Sāketanagare Majjhassa nāma seṭṭhino dhītā hutvā nibbatti. Rūpasampattiyā Anopamā ti nāmaṃ ahosi. Tassā vayappattakāle bahū seṭṭhiputtā rājamahāmattā rājāno ca pitu dūtaṃ pāhesuṃ: "attano dhītaraṃ Anopamaṃ[4] dehi, idañ c'idañ ca[5] dassāmā" ti. Sā taṃ sutvā upanissayasampannatāya "gharāvāsena mayhaṃ attho n'atthī ti" satthu santikaṃ gantvā dhammaṃ sutvā ñāṇassa paripākaṃ gatattā desanānusārena vipassanaṃ ārabhitvā taṃ uesukkāpentī maggapaṭipāṭiyā tatiyaphale patiṭṭhāsi. Sā satthāraṃ pabbajjaṃ yācitvā satthu āṇāya bhikkhunūpassayaṃ upagantvā bhikkhunīnaṃ santike pabbajitvā sattame divase arahattaṃ sacchikatvā attano paṭipattiṃ paccavekkhitvā udānavasena:

---

[1] hattha, cd. [2] paricāre sauti adhippāyo, cd. [3] phussayin, cd. [4] Anūpamaṃ, cd. [5] idc' idañca, cd.

Ucce kule ahaṃ jātā bahuvitte mahaddhane
vaṇṇarūpena sampannā dhītā Majjhassa atrajā. 151.
Patthitā rājaputtehi seṭṭhiputtehi gijjhitā
pitū me pesayi dūtaṃ: "Detha mayhaṃ Anopamaṃ: 152.
Yattakaṃ[1] tulitā esā tuyhaṃ dhītā Anopamā
tato aṭṭhaguṇaṃ dassaṃ hiraññaṃ ratanāni ca." 153.
Sāhaṃ[2] disvāna sambuddhaṃ lokajeṭṭhaṃ anuttaraṃ
tassa pādāni vanditvā ekamante upāvisi. 154.
So me dhammam adesesi[3] anukampāya Gotamo.
Nisinnā āsane tasmiṃ phusayi[4] tatiyaṃ phalaṃ. 155.
Tato kesāni chetvāna pabbajiṃ anagāriyaṃ
ajja me sattamī[5] ratti yato taṇhā visositā. 156.

ti imā gāthā abhāsi. Tattha ucce kule ti uḷāranāme vessakule. Bahuvitte ti alaṅkārādibahuvittūpakaraṇe. Mahaddhane ti nidhānagate yeva. Cattārīsakoṭiparimāṇassa mahato dhanassa atthibhāvena mahaddhane ahaṃ jātā ti yojanā. Vaṇṇarūpena sampannā ti vaṇṇasampannā c'eva rūpasampannā ca. Siniddhabhāsurāya chavisampattiyā ābharaṇādisarīrāvayavasampattiyā ca sampannāgatā ti attho. Dhītā Majjhassa atrajā ti Majjhanāmassa seṭṭhino orasā dhītā. Patthitā rājaputtehi ti: "Kathaṃ nu kho taṃ labheyyāmā" ti rājakumārehi abhipatthitā. Seṭṭhiputtehi gijjhitā ti tathā seṭṭhikumārehi pi gijjhitā paccāsiṃsitā. Detha mayhaṃ Anopamaṃ ti rājaputtādayo "detha mayhaṃ Anopamaṃ detha mayhan" ti pitu santike dūtaṃ pesayiṃsu.

Yattakaṃ[6] tulitā esā ti tuyhaṃ dhītā Anopamā yattakaṃ dhanaṃ agghatī ti tulitatulitā lakkhaṇaññūhi paricchinnā. Tato aṭṭhaguṇaṃ dassāmī[7] ti pitu me pesayi dūtan ti yojanā. Sesaṃ heṭṭhāvuttanayaṃ eva.

Anopamāya theriyā gāthāvaṇṇanā samattā.

---

[1] yatthakaṃ, cd. [2] sā maṃ, cd. [3] adesi, cd.
[4] phussayi, cd. [5] sattamā, cd. [6] yatthakaṃ, cd.
[7] aṭṭhaguṇaṃ deyaṃ dass°, cd:

LV.

Buddhavīra namo ty atthu ti ādikā Mahāpajāpatigotamiyā gāthā. Ayaṃ pi kira Padumuttarabhagavato kāle Haṃsavatīnagare kulagehe nibbattitvā viññūtaṃ pattā satthu santike dhammaṃ suṇantī satthāraṃ ekaṃ bhikkhuniṃ rattaññūnaṃ aggaṭṭhāne ṭhapentaṃ disvā adhikārakammaṃ katvā taṃ ṭhānantaraṃ paṭṭhapetvā yāvajīvaṃ dānādīni puññāni katvā kappasatasahassaṃ devamanussesu saṃsaritvā Kassapassa ca bhagavato amhākañ ca bhagavato antare buddhasuññe loke Bārāṇasiyaṃ pañcannaṃ dāsisatānaṃ jeṭṭhakā hutvā nibbatti. Atha sā vassūpanāyikasamaye pañca paccekabuddhe Nandamūlakapabbhārato Isipatane otaritvā nagare piṇḍāya caritvā Isipatanam eva gantvā vassūpanāyikakuṭiyā atthāya hatthakammaṃ pariyesante disvā tā dāsiyo tāsaṃ attano sāmike samādayitvā caṅkamanādiparicārasampannā[1] pañca kuṭiyo kāretvā mañcapīṭhapānīyaparibhojanīyabhājanādīni upaṭṭhapetvā paccekabuddhe temāsaṃ tattha vasanatthāya paṭiññaṃ kāretvā vārabhikkhaṃ paṭṭhapesuṃ. Sā attano vāradivase bhikkhaṃ dātuṃ na sakkoti. Tassā sayaṃ sakagehato nīharitvā deti, evaṃ temāsaṃ paṭijaggitvā pavāraṇāya sampattāya ekekaṃ dāsi ekekaṃ sāṭakaṃ visajjāpesi. Pañca thūlasāṭakasatāni ahesuṃ, tāni parivattāpetvā pañcannaṃ paccekabuddhānaṃ ticīvarāni katvā adāsi. Paccekabuddhā tāsaṃ passantīnaṃ yeva ākāsena Gandhamādanapabbataṃ agamaṃsu, tā pi sabbā yāvajīvaṃ kusalaṃ katvā devaloke nibbattiṃsu. Tāsaṃ jeṭṭhikā tato cavitvā Bārāṇasiyā avidūre pesakāragāme pesakārajeṭṭhikāya gehe nibbatti. Viññutaṃ patvā Padumavatiyā putte pañcasate paccekabuddhe disvā sampiyāyamānā sabbe vanditvā bhikkhaṃ adāsi. Te bhattakiccaṃ katvā Gandhamādanam eva agamaṃsu. Sā pi yāvajīvaṃ kusalaṃ katvā devamanussesu saṃsarantī amhākaṃ satthu nibbattato puretaram eva Devadahanagare Mahāsuppabuddhassa gehe paṭi-

[1] caṅkamān°, cd.

sandhiṃ gaṇhi. Gotamī ti'ssā [1] gottākataṃ eva nāmaṃ ahosi, Mahāmāyāya kaniṭṭhabbaginī. Lakkhaṇapāṭhakā pi "imāsaṃ dvinnaṃ pi kucchiyaṃ vasitā dārakā cakkavattī bhavissantī" ti vyākariṃsu. Suddhodanamahārājā vayappattakāle dve pi maṅgalaṃ katvā attano gharaṃ ānesi. Aparabhāge ambākaṃ satthari uppajjitvā pavattavaradhammacakke anupubbena tattha tattha veneyyānaṃ anuggahaṃ karonte Vesāliṃ [2] upanissāya kūṭāgārasālāyaṃ viharante Suddhodanamahārājā setacchattassa heṭṭhā arahattaṃ sacchikatvā parinibbāsi. Atha Mahāpajāpatī pabbajitukāmā hutvā satthāraṃ ekavāraṃ pabbajjaṃ yācamānā alabhitvā dutiyavāraṃ kesaṃ chindāpetvā kāsāyāni acchādetvā kalahavivādasuttantadesanāpariyosāne nikkhamitvā pabbajitānaṃ [3] pañcannaṃ Sakyakumārasatānaṃ pādaparicārikāhi saddhiṃ Vesāliṃ [4] gantvā Ānandattheraṃ satthāraṃ yācāpetvā aṭṭhahi garudhammehi pabbajjañ ca [5] upasampadañ ca paṭilabhi. Itarā pana sabbā pi ekato upasampannā ahesuṃ, ayam ettha saṃkhepo. Vitthārato pan'etaṃ vatthupāḷiyaṃ āgatam eva. Evaṃ upasampannā pana Mahāpajāpatīgotamī satthāraṃ upasaṅkamitvā abhivādetvā ekamantaṃ aṭṭhāsi. Ath'assā satthā dhammaṃ desesi. Sā satthu santike kammaṭṭhānaṃ gahetvā bhāvanaṃ anuyuñjantī nacirass'eva abhiññāpaṭisambhidāparivāraṃ arahattaṃ pāpuṇi. Sesā pana pañcasatā bhikkhuniyo nandakovādapariyosāne chaḷabhiññā ahesuṃ. Ath'ekadivasaṃ satthā Jetavanamahāvihāre ariyagaṇamajjhe nisinno bhikkhuniyo ṭhānantare ṭhapento Mahāpajāpatigotamiṃ [6] rattaññūnaṃ bhikkhunīnaṃ aggaṭṭhāne ṭhapesi. Sā phalasukhena nibbānasukhena vītināmentī kataññutāya ṭhatvā ekadivasaṃ satthu guṇābhitthavanapubbakaupakaraṇābhāvamukhena aññaṃ vyākarontī:

Buddhavīra namo ty atthu sabbasattānam uttama [7]
yo maṃ dukkhā pamocesi aññaṃ ca bahukaṃ janaṃ. 157.

---

[1] ti sā, cd. [2] Vesāli, cd. [3] pabbajjitānaṃ, cd.
[4] Vesālī, cd. [5] pabbājañ, cd. [6] °gotamī, cd.
[7] uttamaṃ, cd.

Sabbadukkhaṃ pariññātaṃ hetutaṇhā visositā
ariyaṭṭhaṅgiko[1] maggo nirodho phusito[2] mayā. 158.
Mātā putto pitā bhātā ayyikā ca pure ahuṃ[3]
yathābhuccaṃ ajānantī[4] saṃsari'haṃ anibbisaṃ. 159.
Diṭṭho hi me so bhagavā antimo'yaṃ samussayo
nikkhīṇo jātisaṃsāro n'atthi dāni punabbhavo. 160.
Āraddhaviriye pahitatte niccaṃ daḷhaparakkame
samagge sāvake passa, esā buddhāna vandanā. 161.
Bahunnaṃ vata atthāya Māyā janayi Gotamaṃ
vyādhimaraṇaturnānaṃ[5] dukkhakkhandhaṃ vyapānudī
ti. 162.

Imā gāthā abhāsi. Tattha buddhavīrā ti catusaccabuddhesu vīrasabbaññubuddho hutvā uttamaviriyehi catusaccabuddhe vā catubbidhasamappadhānaviriyanibbattiyā vijitavijayattā vīrā nāma. Bhagavā pana viriyapāramīpāripūriyā caturaṅgasamannāgataviriyādhiṭṭhānena[6] sātisayacatubbidhasamappadhānakiccanibbattiyā tassā ca vinayasantāne sammad eva patiṭṭhāpitattā visesato viriyayuttatāya vīro ti vattabbataṃ arahati. Namo ty atthū ti namo namakkāro te hotu. Sabbasattānam uttamā ti apadādibhedesu sattesu sīlādiguṇehi uttamo bhagavā. Tad ekasesaṃ satthu pakāraguṇaṃ dassetuṃ yo maṃ dukkhā pamocesi aññaṃ ca bahukaṃ janan ti vatvā attano dukkarapamuttabhāvaṃ bhāventī sabbadukkhan ti gātham āha. Puna yato pamocesi taṃ tattha dukkhaṃ ekadesena dassentī mātā putto ti gātham āha.

Tattha yathābhuccaṃ ajānantī[7] ti pavattihetuādi yathābhūtaṃ anavabojjhantī. Saṃsari'haṃ anibbisan[8] ti saṃsārasamuddapatiṭṭhaṃ avindantī alabhantī rāgādīsu aparāparuppattivasena saṃsari ahan ti kathentī āha "mātā putto[9] ti ādi.'

---

[1] bhāvit' aṭṭh°, cd. [2] phussito, cd. [3] ahu, cd.
[4] pajānantī, cd. [5] maraṇacatun°, cd.
[6] °sampannāg°, cd. [7] pajānantī, cd.
[8] anibhisan, cd. [9] mātu putto, cd.

Yasmiṃ bhave etassa mātā ahosi tato aññasmiṃ bhave hi tass'eva[1] putto, tato aññasmiṃ bhave pitā bhātā ahū ti attho. D i ṭ ṭ h o m o ti gāthāya pi attano dukkhato pamuttabhāvam eva vibhāveti. Tattha d i ṭ ṭ h o h i m e s o b h a g a v ā ti so bhagavā sammāsambuddho attanā diṭṭhalokuttaradhammadassanena ñāṇacakkhunā mayā paccakkhāto diṭṭho. Yo hi dhammaṃ passati bhagavantaṃ passati nāma yathāha: "Yo kho Vakkhali dhammaṃ passati so maṃ passatī" ti ādi.

Ā r a d d h a v i r i y e ti paggahitaviriyo. P a h i t a t t o ti nibbānaṃ pesitacitte. N i c c a ṃ d a ḷ h a p a r a k k a m e ti appattassa pattiyā phalasamāpattattāya sabbakālaṃ thiraparakkame. S a m a g g e ti sīladiṭṭhisāmaññena saṃhatabhāvena[2] samagge satthu desanāya savanatto jātattā. S ā v a k e ti ime maggaṭṭhā ime phalaṭṭhā ti yāthāvato passati. E s ā b u d d h ā n a[3] v a n d a n ā ti sā satthu dhammasarīrabhūtassa ariyasāvakānaṃ ariyabhāvabhūtassa ca lokuttaradhammassa atthapaccakkhakiriyā esā sammāsambuddhānaṃ sāvakabuddhānañ ca vandanā yāthāvatoraṇaninnatā.

B a h u n n a ṃ v a t a a t t h ā y ā ti osānagāthāya pi satthu lokassa bahūpakāranaṃ yeva vibhāveti. Yaṃ pan'ettha atthato na vibhattaṃ taṃ suviññeyyaṃ eva.

Ath' ekadā Mahāpajāpatīgotamī satthari Vesāliyaṃ viharante mahāvane kūṭāgārasālāyaṃ sayaṃ Vesāliyaṃ bhikkhunūpassaye viharantī pubbaṇhasamayaṃ Vesāliyaṃ piṇḍāya caritvā bhattaṃ bhuñjitvā attano divāṭṭhāne yathāparicchinnakālaṃ phalasamāpattisukhena vītināmetvā phalasamāpattito vuṭṭhāya attano paṭipattiṃ[4] paccavekkhitvā somanassajātā attano saṅkhāre āvajjantī tesaṃ khīṇāsavabhāvaṃ[5] ñatvā evaṃ cintesi: yan nūnāhaṃ vihāraṃ gantvā bhagavantaṃ anujātā manobhāvayena ca there sabbe va sabrahmacariyo āpucchitvā[6] idha āgacchantā parinibbāpeyyan ti. Yathā ca theriyā evaṃ tassā

---

[1] hi sseva, cd. [2] samaṃhata°, cd.
[3] buddhānaṃ, cd. [4] paṭipatti, cd.
[5] khīṇābhāvaṃ, cd. [6] āpucchetvā, cd.

parivārabhūtānaṃ pañcannaṃ bhikkhunīsatānaṃ parivitakko ahosi. Tena vuttaṃ Apadāne :—

Ekadā lokapajjoto Vesāliyaṃ mahāvane
kūṭāgāresu sālāyaṃ vasate narasārathi.[1] 1.
Tadā jinassa mātucchā Mahāgotamī bhikkhunī
tahiṃ gate[2] pure ramme vasi bhikkhunūpassaye.[3] 2.
Bhikkhunīhi vimuttāhi satehi saha pañcahi
rahogatāya tass'evaṃ cittassāsi[4] vitakkitaṃ.[5] 3.
Buddhassa parinibbānaṃ[6] sāvakaggayugassa[7] vā
Rāhulānandanandānāṃ[8] nāhaṃ lacchāmi passituṃ 4.
Buddhassa parinibbānaṃ sāvakaggayugassa vā[9]
Mahākassapanandānaṃ Ānandarāhulāna ca.[10] 5.
Paṭipucchāhaṃ[11] saṅkhāre osajjitvāna nibbutiṃ
gaccheyyaṃ[12] lokanāthena anuññātā mahesinā. 6.
Tathā pañcasatānaṃ pi bhikkhunīnaṃ vitakkitaṃ
āsi Khemādikānaṃ pi etad eva vitakkitaṃ. 7.
Bhūmicālo tadā āsi nāditā[13] devadudrabhi
upassayādhivatthāyo[14] devatā sokapīḷitā. 8.
Vilapantā sukaruṇaṃ tatth'assūni pavattayuṃ
mittā bhikkhuniyo tehi upagantvāna Gotamiṃ. 9.
Nipacca sirasā pāde idaṃ vacanam abravuṃ[15]
tattha toyalavāsittā mayam ayye[16] raho gatā. 10.
Sācalā calitā bhūmi nāditā[17] devadudrabhi
paridevā ca suyyante[18] kim atthaṃ[19] nūna Gotami. 11.
Tadā avoca sā saddaṃ yathā parivitakkitaṃ
tāyo pi sabbā āhaṃsu[20] yathā parivitakkitaṃ. 12.
Yadi te ruccitaṃ ayye nibbānaṃ paramaṃ sivaṃ
nibbāyissāma sabbā pi buddhānuññāya subbate. 13.

---

[1] vasatena sārathi, P. [2] tahiṃ kate, A.
[3] bhikkhūnapassaye, P. [4] cittassapi, A. P.
[5] vitikkitaṃ, P. [6] parinibbānā, P. [7] sāvakappay°, P.
[8]—[9] Rāhul°—°yugassa vā, *om.* P.
[10] °rāhulo pi ca, P. [11] °pucchāyusaṅkh, A.
[12] āgacch°, P. [13] aditā, P. [14] °vatthāya, P.
[15] abravi, P. [16] mayameyya, P. [17] āditā, P.
[18] sūyante, P. [19] kim attha, P. [20] ahaṃsu, A.

Mayaṃ pahāya nikkhantā[1] gharā pi ca bhavā pi ca
sahāye'va gamissāma nibbānaṃ padaṃ[2] uttamaṃ. 14.
Nibbānāya vadantīnaṃ kiṃ vakkhāmī ti sā vadi[3]
saha sabbāhi niggañchi bhikkhunīlayanā tadā. 15.
Upassaye yā 'dhivatthā devatā tā khamantu me
bhikkhunīlayanassedaṃ pacchimaṃ dassanaṃ mama. 16.
Na jarā maccu vā yattha[4] appiyehi samāgamo[5]
piyehi na viyogo 'tthi taṃ vajissaṃ asaṅkhataṃ. 17.
Avītarāgā taṃ sutvā vacanaṃ sugatorasā
sokaṭṭā parideviṃsu "aho no appapuññatā." 18.
Bhikkhunīnilayo suñño bhūto tāhi vinā ayaṃ
passa te viya tārāyo[6] na dissanti jinorasā. 19.
Nibbānaṃ Gotamī yāti satehi saha pañcahi
nadīsatehi va sahā Gaṅgā pañcahi sāgaraṃ. 20.
Rathiyāya vajanti[7] taṃ disvā saddhā upāsikā
gharā nikkhamma pādesu nipacca idam abravuṃ. 21.
"Pasīdassu mahābhoge anāthāyo vihāya no;
tayā na yuttā nibbātuṃ" icchaṭṭā vilapiṃsu tā. 22.
Tāsaṃ sokapahānatthaṃ avoca madhuraṃ giraṃ:
ruditena alaṃ puttā hāsakālo'yam ajja vo. 23.
Pariññātaṃ mahādukkhaṃ dukkhahetu virajjito
nirodho me sacchikato maggo cāpi subhāvito. 24.
Pariciṇṇo mayā satthā kataṃ buddhassa sāsanaṃ
ohito garuko bhāro bhavanetti samūhatā. 25.
Yass' atthāya pabbajitā agārasmānagāriyaṃ
so me attho anuppatto sabbasaññojanakkhayo. 26.
Buddho tassa ca saddhammo anūno yāva tiṭṭhati
nibbātuṃ tāva kālo me mā maṃ socatha puttikā. 27.
Koṇḍaññānandanandādi tiṭṭhanti Rāhulo jino
sukhito sahito saṅgho hatadabbā ca titthiyā. 28.
Okkākavaṃsassa yaso ussito Māramaddano
nanu sampati kālo[8] me nibbānatthāya puttikā. 29.

---

[1] mayaṃ sahā va nik°, A. [2] puram, P.
[3] sāsanaṃ, P.; sā vadaṃ, A. [4] taṃ yatthi, P.
[5] samāgamā, P. [6] tarāyo, B.
[7] vajantiyo, A. [8] sampattakālo, B.

Cirappabhuti yaṃ mayhaṃ patthitaṃ ajja sijjhate
Ānanda bherikālo 'yaṃ kiṃ vo assūhi puttikā. 30.
Sace mayi dayā atthi yadi o' atthi kataññutā
saddhammaṭṭhitiyā sabbā karotha viriyaṃ daḷhaṃ. 31.
Thīnaṃ adāsi pabbajjaṃ sambuddho yācito mayā
tasmā yathāhaṃ nandissaṃ tathā tam anutiṭṭhatha. 32.
Tā evam anusāsitvā bhikkhunībhi purakkhatā
upecca buddhaṃ vanditvā idaṃ vacanam abravi: 33.
Ahaṃ Sugata te mātā tvaṃ ca vīra pitā mama
saddhammasukhada nātha [1] tayā jāt'amhi Gotama. 34.
Saṃvaḍḍhito [2] 'yaṃ Sugata rūpakāyo mayā tava
anindito [3] dhammatanu mama saṃvaḍḍhito [4] tayā. 35.
Muhuttaṃ taṇhāsamaṇaṃ khīraṃ tvaṃ pāyito mayā
tayāhaṃ [5] santam accantaṃ dhammakhīraṃ pi pāyitā. 36.
Bandhanā rakkhano mayhaṃ anaṇo tvaṃ mahāmune
puttakāmā thiyo yācaṃ [6] labhanti tādisaṃ sutaṃ. [7] 37.
Mandhātādinarindānaṃ yā mātā sā bhavaṇṇave
nimuggāhaṃ tayā [8] putta tāritā bhavasāgarā. 38.
"Rañño mātā mahesī" ti sulabhaṃ nāmam itthinaṃ [9]
"Buddhamātā" ti yaṃ nāmaṃ etaṃ paramadullabhaṃ. 39.
tañ ca laddhaṃ mahāvīra paṇidhānaṃ manan tayā [10]
aṇukaṃ vā mahantaṃ vā taṃ sabbaṃ pūritaṃ tayā. [11] 40.
Parinibbātum icchāmi vihāyemaṃ kaḷevaraṃ
anujānāhi me vīra dukkhantakara nāyaka. 41.
Cakkaṅkusadhajākiṇṇe pāde kamalakomale
pasārehi. Paṇāmaṃ te karissaṃ puttauttame. [12] 42.
Suvaṇṇarāsisaṅkāsaṃ sarīraṃ kuru pākaṭaṃ
katvā dehaṃ sudiṭṭhaṃ to santiṃ gacchāmi [13] nāyaka. 43.
Dvattiṃsalakkhaṇūpetaṃ supabbālakaṅtaṃ tanuṃ
sañjhāghanā [14] va bālakkaṃ [15] mātucchaṃ dassayi jino. 44.

---

[1] °sukhadaṃ nātha, P. [2] saṃvaddhito, A. [3] anindiyo, P. [4] saṃvaddhito, A. [5] tassāhaṃ, P. [6] dhiyoyāca, P. [7] puttaṃ, P. [8] tassā, P. [9] nāmanimittinaṃ, P. [10] tiyā, P. [11] mayā, P. [12] puttapemasā, P. [13] santi gacchāma, P. [14] sañchā°, A. [15] balattaṃ, B.

Phullāravindasaṅkāse taruṇādiccasappabhe [1]
cakkaṅkite pādatale tato sā sirasā pati. 45.
Paṇamāmi [2] narādicca ādiccakulaketunaṃ
pacchime maraṇe tuyhaṃ na taṃ ikkhām'ahaṃ puno. 46.
Itthiyo nāma lokagga sabbadosā karāma tā
yadi ko c'atthi [3] doso me khamassu karuṇākara. 47.
Itthikānañ ca pabbajjaṃ yaṃ' haṃ yāciṃ punappunaṃ
ettha ce atthi [4] doso me taṃ khamassu narāsabha. 48.
Mayā bhikkhuniyo vīra tavānuññāya sāsitā
tatra ce atthi dunnītaṃ taṃ khamassu khamāpitā. [5] 49.
Akkhante nāma khantabbaṃ [6] kimbhave guṇabhūsane
kim uttaran te vakkhāmi nibbānāya vajantiyā. 50.
Suddhe anūne mama bhikkhusaṅghe lokā ito nissarituṃ khamante
pabhātakāle [7] vyasanaṅgatānaṃ disvāna niyyāti va candalekhā. 51.
Tadetarā bhikkhuniyo jiṇaggaṃ tārā va candānugatā Sumeruṃ [8]
padakkhiṇaṃ kacca nipacca pāde ṭhitā [9] mukhantaṃ samudikkhamānā. 52.
Na tittipubbaṃ [10] tava dassanena cakkhuṃ na sotaṃ tava bhāsitena
cittaṃ mama kevalam ekam eva pappuyya [11] taṃ dhammarasena tittiṃ. [12] 53.
Nadato parisāyan te [13] vāditabbapahārino
ye te dakkhanti vadanaṃ [14] dhaññā [15] te narapuṅgava. 54.
Dīghaṅguli tambanakhe subhe āyatapambike
ye pāde paṇamissanti [16] te pi dhaññā guṇandhara. [17] 55.
Madhurāni pahaṭṭhāni dosagghāni hitāni ca
ye te vākyāni suyyanti te pi dhaññā naruttama. 56.

---

[1] karuṇād°, P. [2] panamāmi, P. [3] yadi ko pacatthi, P.
[4] tattha, A. [5] khamāmī ti, B.
[6] akkhantena akhān°, A. ; akkhātaṃ āma khant°, P.
[7] pabbhāta°, P. [8] Sineruṃ, P. [9] dhītā, P.
[10] titthip°, P. [11] pabbuyya, A. P. [12] titthi, P.
[13] parisāyanto, P. [14] vadantaṃ, P. [15] paññā, P.
[16] panamissanti, P. [17] guṇandharā, P.

dhaññāhan te mahāvīra mānapūjanatapparā[1]
tiṇṇasaṃsārakantārā[2] suvākyena sirīmato. 57.
Tato sā anumānetvā[3] bhikkhusaṅghaṃ pi sabbatā
Rāhulānandanande ca vanditvā idam abravi: 58.
āsivisālayasame rogāvāse kaḷevare
nibbinnā dukkhasaṅghāṭe[4] jarāmaraṇagocare 59.
Nānākālamalākiṇṇe[5] parāyatte[6] nirīhake
tena nibbātum icchāmi anumaññatha puttakā. 60.
Nando Rāhulabhaddo ca vītasokā nirāsavā
ṭhitācalaṭṭhitithirā[7] dhammatam anucintayuṃ. 61.
dhir atthu saṅkhataṃ lolaṃ asāraṃ kadalūpamaṃ
māyāmarīcisadisaṃ ittaraṃ[8] anavaṭṭhitaṃ. 62.
Yattha nāma jinassāyaṃ mātucchā buddhaposikā
Gotamī nidhanaṃ yāti aniccaṃ sabbasaṅkhataṃ 63.
Ānando ca tadā sekho sokaṭṭo jinavacchalo
tatth' assūni karonto so karuṇaṃ paridevati: 64.
Hāsantī[9] Gotamī yāti nūna buddho[10] pi nibbutiṃ
gacchati naciren' eva aggi-r-iva[11] nirindhano. 65.
Evaṃ vilapamānan taṃ Ānandaṃ āha Gotamī:
sutisāgaragambhīra buddhopaṭṭhānatappara 66.
Na yuttaṃ socituṃ putta hāsakāle[12] upaṭṭhite
tayā me saraṇaṃ[13] putta nibbānantam upāgataṃ. 67.
Tayā[14] tāta samajjhiṭṭho[15] pabbajjaṃ anujāni no
mā putta vimano hohi[16] saphalo te parissamo. 68.
Yaṃ na diṭṭhaṃ purāṇehi[17] titthikācariyehi pi
taṃ padaṃ sukumārīhi sattavassāhi[18] veditaṃ. 69.
Buddhasāsanapāletā[19] pacchimaṃ[20] dassanaṃ tava
tattha gacchām' ahaṃ putta gato yattha na dissate. 70.

---

[1] °tamparā, P. [2] tinna°, P. [3] anubhāvetvā, B.
[4] nibbiṇṇā dukkhasaṅkhāte, P. [5] °kāḷa°, P.
[6] parāyatthe, P. [7] °dhitivarā, B.
[8] itaraṃ, P. B. [9] bhāsantī, P.
[10] nanu buddho, A. B. [11] aggi viya. [12] hāsakāre, P.
[13] maraṇaṃ, P. [14] tassā, P. [15] samijjh°, P.
[16] hoti, P. [17] pūraṇehi, A. [18] satav°, B.
[19] °pāleto, B. [20] khamantaṃ, P.

Kadāci dhammaṃ desento khipi lokaggauāyako
tadāhaṃ āsīsavācaṃ [1] avocaṃ [2] anukampikā: 71.
" Ciraṃ jīva mahāvīra kappaṃ tiṭṭha mahāmune
sabbalokassa atthāya bhavassu ajarāmaro." 72.
Taṃ tathāvādiniṃ [3] buddho mamaṃ so ctaṃ abravi [4]:
" na h' evaṃ vandiyā bnddhā yathā vandasi Gotami." 73.
" Kathaṃ carahi sabbaññu vanditabbā tathāgatā
kathaṃ avandiyā buddhā taṃ me akkhāhi pucchito." 74.
" Āraddhaviriye pahitatte niccaṃ daḷhaparakkame
samaggo sāvako passa etaṃ buddhāna vandanaṃ." [5] 75.
Tato upassayaṃ gantvā ekikāhaṃ [6] vicintayiṃ:
samaggaṃ parisaṃ nātho roceti [7] ti bhavantago. 76.
Handāhaṃ parinibbissaṃ mā vipattitam addasaṃ. [8]
evāhaṃ cintayitvāna disvāna isisattamaṃ 77.
pariuibbānakālaṃ taṃ āroccsiṃ [9] vināyakaṃ.
tato so samanuññāsi: kālaṃ jānāhi Gotami. 78.
Kilesā —pa— anāsavā. 79.
Svāgataṃ —pa— sāsanaṃ. 80.
Paṭisambhidā —pa— sāsanaṃ. 81.
Thīnaṃ dhammābhisamaye ye bālā vimatiṅgatā
tesaṃ diṭṭhippahānatthaṃ iddhiṃ dassehi Gotami. 82.
Tadā nipacca sambuddhaṃ uppatitvāna ambaraṃ
iddhiṃ anekaṃ [10] dassesi buddhānuññāya Gotamī. 83.
Ekikā bahudhā āsi [11] bahudhā-c-ekikā tathā
āvibhāvaṃ tirobhāvaṃ tiroknḍḍaṃ tironabhaṃ [12] 84.
Asajjamānā [13] agamā bhūmiyaṃ pi nimujjatha
abhijjamāne udake agañchi mahiyā yathā. 85.
Saknṇī va yathākāse [14] pallaṅken' agamī [15] tadā
vasaṃ vattesi kāyona yāva brahmanivesanaṃ. 86.

[1] āsi vacanaṃ, P. B.   [2] avocuṃ, P.
[3] tathāvādinī, P.   [4] mama so eta bravi, P.
[5] vandanā, P. B.   [6] ekakāhaṃ, A.   [7] rocesī, A.
[8] vippattitaṃ, A.; vipattitamandassaṃ, P.
[9] arocesi, P.   [10] iddhi anekā, P.
[11] ehikā bahudhā cāpi, P.
[12] tirokuṭaṃ tironagaṃ, A.   [13] āsajjo, B.
[14] tathākāse, A.   [15] pallaṅkena kami, A.

Sineruṃ daṇḍaṃ katvāna chattaṃ katvā mahāmahiṃ[1]
samūlaṃ parivattetvā dhārayaṃ caṅkami nabhe. 87.
Chasūrodayakālo va lokañ ca kāsi dhūmikaṃ[2]
yugante[3] viya lokaṃ sā[4] jālamālākulaṃ akā. 88.
Mucalindaṃ[5] mahāselaṃ Merumūlanadantare[6]
sāsapā-r-iva sabbāni eken'aggahi muṭṭhinā. 89.
aṅgulaggena[7] chādesi bhākaraṃ sadisākaraṃ
candasūrasahassāni āveḷam[8] iva dhārayi. 90.
Catusāgaratoyāni dhārayi ekapāṇinā
yugantajaladākāraṃ[9] mahāvassaṃ pavassatha. 91.
Cakkavattiṃ saparisaṃ māpayi sā nabhatthale
Garuḷaṃ dviradaṃ[10] sīhaṃ vinadantaṃ padassayi.[11] 92.
ekikā abhinimmitvā 'ppameyyaṃ bhikkhunīgaṇaṃ
puna antaradhāpetvā ekikā munim abravi : 93.
Mātucchā te mahāvīra tava sāsanakārikā
anuppattā sakaṃ atthaṃ[12] pāde vandāmi[13] cakkhuma. 94.
Dassetvā vividhaṃ iddhiṃ[14] orohitvā nabhatthalā
vanditvā lokapajjotaṃ ekamantaṃ nisīdi sā. 95.
Sā[15] vīsavassasatikā jātiyāhaṃ mahāmune
alam ettāvatā vīra nibbāyissāmi nāyaka.[16] 96.
Tadā ti[17] vimhitā sabbā parisā sā katañjalī
avoc' ayya[18] kathaṃ āsi atuliddhiparakkama.[19] 97.
Padumuttaro nāma jino sabbadhaṃumesu cakkhumā
ito satasahassamhi kappe uppajji nāyako. 98.
Tadāhaṃ Haṃsavatiyaṃ jātāmaccakulo ahuṃ
sabbopakārasampanne iddhe phīte mahaddhane. 99.
Kadāci pitunā saddhiṃ dāsigaṇapurakkhatā[20]
mahatā parivārena taṃ upecca narāsabhaṃ 100.

---

[1] mahī imaṃ, P.   [2] dhūmakaṃ, P.   [3] yugandhe, P.
[4] pīyalokaṃsā, A.   [5] Muñcalindaṃ, A.
[6] °mūlāno, P.   [7] aṅguliggena, P.   [8] avelam, P.
[9] yugandhajalajā karā, P.   [10] dvitudaṃ, P.
[11] padassasi, P.   [12] attaṃ, P.   [13] vandāma, P.
[14] vividhā iddhi, P.   [15] sa, P.   [16] nāyakaṃ, P.
[17] tadā tā, P.   [18] avoceya, P.
[19] °parakkamā, A.   [20] °purakkhitā, P

Vāsavaṃ [1] viya vassantaṃ dhammameghaṃ pavassayaṃ [2]
sāradādiccasadisaṃ raṃsijālasamujjalaṃ 101.
disvā cittaṃ pasādetvā [3] sutvā c'assa subhāsitaṃ [4]
mātucchaṃ bhikkhuniṃ [5] agge ṭhapentaṃ naranāyakaṃ 102.
Sutvā datvā mahādānaṃ sattāhaṃ tassa tādino
sasaṅghassa naraggassa paccayāni bahūni ca 103.
nipacca pādamūlamhi taṃ ṭhānam abhipatthayiṃ.
Tato mahāparisati avoca isisattamo: 104.
Yā sasaṅghaṃ abhojesi sattāhaṃ lokanāyakaṃ
tam ahaṃ kittayissāmi suṇātha mama bhāsato. 105.
Satasahasse ito kappe Okkākakulasambhavo
Gotamo nāma nāmena satthā loke bhavissati. 106.
Tassa dhammesu dāyādā orasā dhammanimmitā
Gotamī nāma nāmena hessati satthu sāvikā. 107.
Tassa buddhassa mātucchā jīvikāpādikā [6] ayaṃ
rattaññūnañ ca aggattaṃ bhikkhunīnaṃ labhissati. 108.
Taṃ sutvāhaṃ [7] pamoditvā [8] yāvajīvaṃ tadā jinaṃ
paccayehi upaṭṭhitvā tato kālakatā [9] ahaṃ. 109.
Tāvatiṃsesu devesu sabbakāmasamiddhisu
nibbattā dasah' aṅgehi [10] aññe abhibhaviṃ ahaṃ. [11] 110.
Rūpasaddehi gandhehi rasehi phusanehi ca
āyunāpi ca vaṇṇena sukhena yasasā pi ca. 111.
Tath'evādhipateyyena adhiggayha [12] virocanaṃ
ahosim amarindassa mahesī dayitā tahiṃ. 112.
Saṃsāre saṃsarantī 'haṃ kammavāyusameritā
Kāsissa rañño visaye ajāyiṃ dāsagāmake. [13] 113.
Pañca dāsasatānūnā nivasanti tahiṃ tadā
sabbesaṃ tattha yo jeṭṭho tassa jāyā ahos' ahaṃ. 114.
Sayambhuno pañcasatā gāmaṃ piṇḍāya pāvisuṃ.
te disvāna ahaṃ tuṭṭhā saha sabbāhi itthibhi 115.

---

[1] vasantaṃ, A. [2] pavassaraṃ, P. [3] pasāditvā, P.
[4] vassasubh°, P. [5] bhikkhunī, P.
[6] jīvitamātikā, B.; jīvitāp°, P. [7] haṃ *om.* A.
[8] pamuditā, P. [9] kālaṅkatā, A.
[10] das'aṅgehi, P. [11] aññehi nikkamī aham, P.
[12] atiggayha, A. [13] aññāsi gāmake, P.

Subhā bhavitvā[1] sahbāyo[2] catumāse upaṭṭhahuṃ.[3]
Ticīvarāni datvāna saṃsarimha sasāmikā. 116.
Tato cutā sabbā pi tā Tāvatiṃsagatā mayaṃ.
pacchime ca bhave dāni jātā Devadahe pure. 117.
Pitā Añjanasakko me mātā mama Sulakkhaṇā
tato Kapilavatthusmiṃ Suddhodanagharaṃ gatā. 118.
Sesā Sakyakule jātā Sakyānaṃ gharam āgamuṃ
ahaṃ visiṭṭhā sabbāsaṃ jinassāpādikā ahuṃ. 119.
Mama putto' bhinikkhamma buddho āsi vināyako.
Pacchāhaṃ pabbajitvāna satehi saha pañcahi 120.
Sākiyānīhi dhīrāhi saha[4] santī sukhaṃ phusiṃ.
ye tadā pubbajātiyaṃ amhākaṃ āhu sāmino 121.
Saha puññassa kattāro mahāsamayakārakā
phusiṃsu[5] arahattaṃ te sugatenānukampitā.[6] 122.
tadetarā bhikkhuniyo āruhiṃsu[7] nabhatthalaṃ
saṃgatā viya tārāyo virociṃsu mahiddhikā. 123.
Iddhim[8] anekā dassesuṃ piḷandhavikatiṃ[9] yathā
kammāro kanakass' eva[10] kammaññassa susikkhitā. 124.
dassetvā pāṭiherāni[11] cittāni ca bahūni ca
tosetvā vā dīpavaraṃ muniṃ saparisaṃ[12] tadā 125.
orohitvāna gsganā[13] vanditvā isisattamaṃ
anuññātā naraggena yathā ṭhāne nisīdisuṃ. 126.
Aho 'nukampikā[14] amhaṃ saṃvāsaṃ cira[15] Gotamī
vāsitā tava puññehi pattā no āsavakkhayaṃ. 127.
Kilesā —pa— sāsanaṃ. 128.
Iddhiyaṃ ca vasī homa[16] dibbāya sotadhātuyā
Cetopariyañāṇassa vasī homa mahāmune. 129.
Pubbenivāsaṃ jānāma dibbacakkhuṃ visodhitaṃ
sabbāsavā parikkhīṇā n'atthi dāni punabbhavo. 130.

---

[1] pugā bhavitvā, B.; pugāva hutvā, A.
[2] saṇhāyo, B. [3] upaṭṭhayi, P. [4] vinābi saba, P.
[5] phussimsu, P. [6] °kampite, P.
[7] arah°, A. [8] iddhisu, P. [9] piladdhanavikati, P.
[10] kanakaṃ yeva, P. [11] pāṭihīrāni, A.
[12] purisasadisaṃ, P. [13] gaganā, P.
[14] 'nukampitā, P. [15] vira, P. [16] homi, P.

Atthe dhamme ca nerutte paṭibhāne ca vijjati[1]
ñāṇaṃ ambhaṃ mahāvīra uppannaṃ tava santike. 131.
Asmābhiparicinno 'si mettacittāhi nāyaka
annjānāhi sabhāyo nibbānāya mahāmune. 132.
Nibbāyissāma icc' evaṃ kiṃ vakkhāmi vadantiyo
yassa dāni ca vo kālaṃ[2] maññathā ti jino bravi. 133.
Gotamīādikā tāyo tadā bhikkhuniyo jinaṃ
vanditvā āsanā tamhā vuṭṭhāya āgamiṃsu tā. 134.
Mahatā janakāyena saha lokagganāyako
anusaṃsāvayi vīro mātuccham yāva koṭṭhakaṃ. 135.
Tadā nipati pādesu Gotamī lokabandhuno
sahetarāhi[3] sabbāhi pacchimaṃ pādavandanaṃ. 136.
Idaṃ pacchimakaṃ[4] mayhaṃ lokanāthassa dassanaṃ
na puno amatākāraṃ passissāmi mukhaṃ tava. 137.
Na ca me vadanaṃ[5] vīra tava pādesu komale
samphusissāmi lokagga[6] ajja gacchāmi nibbutiṃ. 138.
Rūpena kiṃ tavānena diṭṭhadhamme yathātathe[7]
sabbaṃ saṅkhatam ev'etaṃ anassāsikam ittaraṃ. 139.
Sā saha tāhi gantvāna bhikkhunūpassayaṃ sakaṃ
aḍḍhapallaṅkam ābhujya[8] nisīdi paramāsane.[9] 140.
Tadā upāsikā tattha buddhasāsanavacchalā[10]
tassā pavattiṃ[11] sutvāna upesuṃ pādavandikā. 141.
Karehi uraṃ pahantvā chinnamūlā yathā latā
rodentā karuṇaṃ ravaṃ[12] sokaṭṭā bhuvi[13] pātitā.[14] 142.
Mā no saraṇade nāthe vihāya gami[15] nibbutiṃ[16]
nipatitvāna yācāma sabbāyo sirasā mayaṃ. 143.
Yā padhānatamā[17] tāsaṃ saddhāpaññā upāsikā
tassā sīsaṃ pamajjanti idaṃ vacanaṃ abraviṃ[18]: 144.
Alaṃ puttā visādena mārapāsānuvattinā
aniccaṃ saṅkhataṃ sabbaṃ viyogantaṃ[19] calācalaṃ. 145.

---

[1] vijjāti, A. [2] te kālaṃ, P. [3] sah' eva tāhi, A.
[4] imaṃ p°, P. [5] te vandanaṃ, P. [6] lokaggaṃ, P.
[7] yathātathaṃ, P. [8] ābhuñja, A. P.; āruhyaṃ, B.
[9] varamāsane, P. [10] °vacchalo, P. [11] pavatti, A.
[12] rāvaṃ, P. [13] bhūmi, B. [14] pāṭikā, P.
[15] vihāyāgami, P. [16] nibbuti, P.
[17] padānat°, P. [18] abravi, cdd. [19] viyogandhaṃ, P.

Tato sā tā visajjitvā[1] paṭhamaṃ jhānam uttamaṃ
dutiyañ ca tatiyañ ca samāpajji catutthakaṃ. 146.
Ākāsāyatanañ ceva viññāṇāyatanaṃ tathā
ākiñcaṃ[2] neva saññañ ca samāpajji yathākkamaṃ. 147.
Paṭilomena jhānāni samāpajjatha Gotamī
yāvatā[3] paṭhamaṃ jhānaṃ tato yāva catutthakaṃ. 148.
Tato vuṭṭhāya nibbāyi dīpaccī va[4] nirāsavā
bhūmicālo mahā āsi nabhasmā[5] vijjutā[6] pati. 149.
Panāditā[7] dudrabhiyo paridevimsu devatā
puppbavuṭṭhi ca gaganā abhivassatha medinim. 150.
Kampito Merurājā pi raṅgamajjhe yathā naṭo
sokena cātidīno 'va[8] viravo āsi sāgaro.[9] 151.
Devā nāgāsurā brahmā saṃviggahiṃsu taṃ khaṇe
aniccā vata saṅkhārā yathāyaṃ vilayaṃ gatā. 152.
Yā cemaṃ parivārimsu satthu sāsanakārikā
tāyo pi anupādānā dīpacci[10] viya nibbutā. 153.
Hā yogā vippayogantā[11] hāniccaṃ sabbasaṅkhataṃ
hā jīvitaṃ vināsantaṃ iccāsi[12] paridevanā. 154.
Tato devā ca brahmā ca lokadhammānuvattanaṃ
kālānurūpaṃ kubbanti upetvā isisattamaṃ. 155.
Tadā āmantayi satthā Ānandaṃ sutisāgaraṃ[13]
gacchānanda nivodehi bhikkhūnaṃ mātu nibbutiṃ.[14] 156.
Tadānando nirānando assunā puṇṇalocano
gaggarena sarenāha[15] "samāgacchantu[16] bhikkhavo. 157.
Pubbadakkhiṇapacchāsu uttarāyañ[17] ca santike
suṇantu[18] bhāsitaṃ mayhaṃ bhikkhavo sugatorasā. 158.
Yā vandayi payattena sarīraṃ pacchimaṃ mune
sā Gotamī gatā santiṃ[19] tārā va suriyodayā[20] 159.

---

[1] sā taṃ vis°, P. [2] ākiñci, P. [3] pabhavatā, P.
[4] dīpacchiva, P. [5] nabhasā, A. [6] vijjatā, P.
[7] sanāditā, P. [8] °dīno ca, P.
[9] vibhavo āsi sāgare, P. [10] dīpacchi, P.
[11] °gantvā, P. [12] icchasi, P. [13] sutivisālaṃ, P.
[14] nibbutī, P. [15] sarenāhaṃ, P. [16] sammāg°, P.
[17] uttarāya, A. [18] suṇantaṃ, A.
[19] santi, P. [20] suriyādayā, P.

Buddhamātā ti paññattaṃ ṭhapayitvā gatāsamaṃ
na yattha pañcanetto pi gatiṃ[1] dakkhati[2] nāyako. 160.
Yass' atthi sugate saddhā[3] yo ca piyo[4] mahāmune
buddhamātuyā sakkāraṃ karotu sugatoraso." [5] 161.
Sudūraṭṭhā pi taṃ sutvā sīghaṃ[6] āgañchu bhikkhavo
keci buddhānubhāvena keci iddhīsu kovidā. 162.
Kūṭāgāravare ramme sabbasoṇṇamaye[7] subhe
mañcakaṃ samaropesuṃ[8] yattha vuṭṭhāsi Gotamī.[9] 163.
Cattāro lokapālā to[10] aṃsehi samadhārayuṃ
sesā Sakkādikā devā kūṭāgāre samaggahuṃ. 164.
Kūṭāgārāni sabbāni āsuṃ pañcasatāni pi[11]
saradādiccavaṇṇāni[12] visuṃ kammakatāni hi. 165.
Sabbā tā pi[13] bhikkhuniyo āsuṃ mañcesu sāyikā[14]
devānaṃ khandham[15] ārūḷhā niyyanti anupubbaso. 166.
Sabbaso chāditaṃ[16] āsi vitānena nabhatthalaṃ
satārā candasuriyā[17] ca lañchitā[18] kanakāmayā. 167.
Paṭākā ussitā[19] 'nekā cittakā pupphakañcukā[20]
ogatākāsapaddhā ca mahisā puppham[21] uggataṃ. 168.
Dissanti candasuriyā pajjalanti[22] ca tārakā
majjhagato pi cādicco na tāpesi sasī yathā. 169.
Devā dibbehi gandhehi mālehi[23] surabhīhi ca
vāditehi ca naccehi saṅgītīhi ca pūjayuṃ. 170.
Nāgāsurā ca brahmāno[24] yathāsatti yathābalaṃ
pūjayiṃsu ca niyyantiṃ[25] nibbutaṃ buddhamātaraṃ. 171.
Sabbāyo purato nītā nibbutā sugatorasā
Gotamī niyyate pacchā sakkatā buddhaposikā. 172.

---

[1] gati, P. [2] dakkhiti, P. [3] paṭṭbā, P.
[4] yo vasi yo, P. [5] sagatoyaso, P.
[6] siṅgham, A. [7] sabbasuvaṇṇaye, P.
[8] saha ropesuṃ, A. [9] yattba puttāpi Gotamī, P.
[10] °pālā ye, P. [11] °ni bi, P. [12] saradānicca°, P.
[13] tā hi, P. [14] maññesu sāyitā, P. [15] khattaṃ, P.
[16] caritaṃ, P. [17] caudasūrā, A. [18] laññjitā, A.
[19] vussitā, P. [20] citakā pupphakaṃ cutā, P.
[21] pubbam, P. [22] vijjalanti, P. [23] mallehi, P.
[24] brahmano, A [25] nīyanti, P.

Purato devamanujā sanāgāsurabrahmakā
pacchā sasāvako buddho pūjatthaṃ yāti mātuyā. 173.
Buddhassa parinibbānaṃ nedisaṃ āsi yādisaṃ
Gotamīparinibbānaṃ atīv'acchariyaṃ ahū. 174.
Buddho buddhassa nibbāne [1] no paṭiyādi bhikkhavo
buddho Gotamīnibbāne Sāriputtādikā tathā. 175.
Citakāni karitvāna sabbagandhamayāni te
gandhacuṇṇāni kiṇṇāni [2] jhāpayiṃsu [3] ca tā tahiṃ. 176.
Sesabhāgāni ḍayhiṃsu [4] aṭṭhisesāni sabbaso
Ānando ca tadāvoca saṃvegajanakaṃ vaco: [5] 177.
Gotamī nidhanaṃ [6] yātā ḍaḷhaṃ [7] c'assā sarīrakaṃ.
saṃketaṃ buddhanibbānaṃ na cirena bhavissati. 178.
Tato Gotamīdhātūni tassā pattagatāni so
upanāmesi nāthassa Ānando buddhacodito. 179.
Pāṇinā tāni paggayha avoca isisattamo:
mahato sāravantassa yathā rukkhassa tiṭṭhato 180.
yo so mahattaro khandho palujjeyya aniccatā
tathā bhikkhunīsaṅghassa Gotamī parinibbutā. 181.
[8] Aho acchariyaṃ mayhaṃ [8] nibbutāya pi mātuyā
sarīramattasesāya [9] n'atthi sokapariddavo. [10] 182.
Na sociyā paresaṃ sā [11] tiṇṇasaṃsārasāgarā
parivajjitasantāpā sītibhūtā sunibbutā. 183.
Paṇḍitā 'si [12] mahāpaññā puthupaññā tath'eva ca
rattaññū bhikkhunīnaṃ sā evaṃ dhāretha bhikkhavo. 184.
Iddhiyā ca vasī āsi dibbāya sotadhātuyā
cetopariyañāṇassa vasī āsi ca Gotamī. 185.
Pubbenivāsaṃ aññāsi dibbacakkhuṃ ca sodhitaṃ
sabbāsavā parikkhīṇā n'atthi tassā punabbhavo. 186.
Atthadhammaniruttīsu paṭibhāne tath'eva ca
parisuddhaṃ ahū ñāṇaṃ tasmā socaniyā [13] na sā. 187.

---

[1] na buddho buddhanibbāne, P.
[2] °cuṇṇapakiṇṇāni, A. [3] jhāpayisu, P.
[4] dayhisu, P. [5] va te, P. [6] nibbutaṃ, P.
[7] ḍayhaṃ, A. [8]—[8] Ānandassa buddhassa, P.
[9] sarīrapattasesāya, A. [10] °paridevo, P.
[11] na so viyāmaresambhi, P.
[12] paṇḍi si, P. [13] socariyā, P.

Ayoghanahatass'eva [1] jalato jātavedaso [2]
anupubbūpasantassa yathā na ñāyate gati 188.
evaṃ sammāvimuttānaṃ kāmabandhoghatārinaṃ [3]
paññāpetuṃ gati n'atthi pattānaṃ acalaṃ sukhaṃ. 189.
Attadīpā [4] tato hotha satipaṭṭhānagocarā
bhāvetvā satta bojjhaṅge dukkhass' antaṃ karissathā ti. 190.
Itthaṃ sudaṃ Mahāpajāpatīgotamī imā gāthāyo abhāsitthā ti.

Mahāpajāpatīgotamiyā gāthāvaṇṇanā samattā.

LVI.

Gutte yadatthaṃ pabbajjā ti ādikā Guttāya theriyā gāthā. Ayaṃ pi purimabuddhesu katādhikārā tattha tattha bhave vivaṭṭūpanissayaṃ kusalaṃ upacinantī anukkamena sambhūtavimokkhasambhārā hutvā paripakkakusalamūlā sugatīsu yeva saṃsarantī imasmiṃ buddhuppāde Sāvatthiyaṃ brāhmaṇakule nibbattā Guttā [5] ti 'ssā nāmaṃ ahosi. Sā viññutaṃ pattā upanissayasampattiyā codiyamānā gharāvāsaṃ jigucchantī mātāpitaro anujānāpetvā Mahāpajāpatīgotamiyā santike pabbajitvā ca vipassanaṃ paṭṭhapetvā bhāvanaṃ anuyuñjantī tassā cittaṃ cirakālaparicayena bahiddhārammane vidhāvati. Ekaggaṃ nāsi satthā disvā taṃ anugaṇhanto gandhakuṭiyaṃ yathā nisinno 'va obhāsaṃ pharitvā tassā āsanne ākāse nisinnaṃ viya attānaṃ dassetvā ovadanto :

Gutte yadatthaṃ pabbajjā hitvā [6] puttaṃ samussayaṃ [7]
tam eva anubrūhehi [8] mā cittassa vasaṃ gami. 163.
Cittena vañcitā sattā Mārassa visaye ratā
anekajātisaṃsāraṃ sandhāvanti aviddasū. [9] 164.

---

[1] ayoghana°, P. [2] jātavedasā, A.
[3] °tādinaṃ, P. [4] atthadīpā, A_2. [5] Guttā *om.* cd.
[6] hitā, cd. [7] samuppiyam, m.; samappiyaṃ, cd.
[8] tamo anub°, cd. [9] sandhāvantā avindiṃsu, cd.

Kāmacchandañ ca vyāpādaṃ sakkāyadiṭṭhim[1] eva ca
sīlabbataparāmāsaṃ vicikicchañ ca pañcamaṃ. 165.
Saññoyanāni etāni pajahitvāna bhikkhuni
orambhāgamanīyāni[2] na-y-idaṃ punar ehisi. 166.
Rāgaṃ mānaṃ avijjañ ca uddhaccaṃ ca vivajjiya
saññojanāni chetvāna dukkhass' antaṃ karissasi.[3] 167.
Khepetvā jātisaṃsāraṃ pariññāya punabbhavaṃ
diṭṭh' eva dhamme nicchātā upasantā carissasī ti. 168.

Imā gāthā abhāsi. Tattha *tam eva anubrūhehī* ti yad atthaṃ yassa kilesaparinibbānassa khandhaparinibbānassa ca atthāya. *Hitvā*[4] *puttaṃ samupiyan* ti piyāyitabbaṃ ñātiparivaṭṭabhogakkhandhañ ca hitvā. Mama sāsane pabbajjā brahmacariyavāso icchito taṃ eva vaḍḍheyyāsi sampādeyyāsi. *Mā cittassa vasaṃ gami* dīgharassarūpādiārammaṇassa pāṇavaḍḍhitassa kuṭicittavasaṃ mā gacchi. Yasmā cittaṃ nām'etaṃ māyūpamaṃ yena vañcitā andhaputhujjanā Māravasānugā saṃsāraṃ nātivattanti. Tena vuttaṃ *cittena vañcitā* ti ādi.[5] *Saññojanānī etānī* ti etāni kāmacchandañ ca vyāpādan ti ādinā yathāvuttāni pañcabandhanaṭṭhena saññojanāni. *Pajahitvānā* ti anāgāmimaggena samucchinditvā. *Bhikkhunī* ti tassā ālapanaṃ. *Orambhāgamanīyānī*[6] ti rūpārūpadhātuto heṭṭhābhāge kāmadhātuyaṃ manussajīvassayitāni upakārāni, tattha paṭisandhiyā paccayabhāvato. Makāro padasandhikaro. *Oraṃ āgamanīyānī* ti pāḷi. So ev' attho. *Na-y-idaṃ puna-d-ehisī* ti orambhāgīyānaṃ saññojanānaṃ pahānena idaṃ kāmaṭṭhānaṃ kāmabhavaṃ paṭisandhivase na punar āgamissasi. Rakāro padasandhikaro. *Itthan* ti vā pāḷi. Itthattaṃ[7] kāmabhavam icc eva attho.

Rāgan ti rūparāgañ ca arūparāgañ ca. *Mānan* ti aggamaggavajjamānaṃ. *Avijjaṃ uddhaccañ cā* ti

[1] sakkāyaṃ d°, cd. [2] orambhag°, cd.
[3] karissati, cd. [4] hetvā, cd. [5] vañcitādi ādi, cd.
[6] orambhag°, cd. [7] ittatthaṃ, cd.

etthāpi es' eva nayo. Vivajjiyā ti vipassanāya vikkhambhetvā. Saññyojanāni chetvānā ti etāni rūparāgādīni pañcuddhambhāgiyāni saṃyojanāni arahattamaggena samucchinditvā. Dukkhass' antaṃ karissasī ti sabbavaṭṭadukkhassa pariyantapariyosānaṃ pāpuṇissasi. Khepetvā jātisaṃsāraṃ ti jātisamūlikasaṃsārappavattiṃ[1] pariyosāpetvā. Nicchātā ti nittaṇhā upasantā ti sabbaso kilesānaṃ vūpasamena upasantā. Sesaṃ vuttanayaṃ eva.

Evaṃ satthārā imāsu[2] gāthāsu bhāsitāsu gāthāpariyosāne therī saha paṭisambhidāhi arahattaṃ patvā udānavasena bhagavatā bhāsitaniyāmen' eva imā gāthā abhāsi. Ten' etā theriyā gāthā nāma jātā.

Guttāya theriyā gāthāvaṇṇanā samattā.

LVII.

Catukkhattun ti ādikā Vijayāya theriyā gāthā. Ayaṃ pi purimabuddhesu katādhikārā tattha tattha bhave vivaṭṭūpanissayaṃ kusalaṃ upacinantī anukkamena paribrūhitakusalamūlā devamanussesu saṃsarantī imasmiṃ buddhuppāde Rājagahe aññatarasmiṃ kulagehe nibbattitvā viññutaṃ pattā Khemāya theriyā gihīkālo sahāyikā ahosi. Sā tassā pabbajitabhāvaṃ sutvā "sāpi nāma rājamahesī pabbajissati kim aṅga panāhan" ti pabbajitukāmā yeva hutvā Khemātheriyā santikaṃ upasaṅkami. Therī tassā ajjhāsayaṃ ñatvā tathā dhammaṃ desesi yathā saṃsāre saṃviggamānasā sāsane sā abhippasannā bhavissati. Sā taṃ dhammaṃ sutvā saṃvegajātā paṭiladdhasaddhā ca hutvā pabbajjaṃ yāci. Therī taṃ pabbājesi. Sā pabbajitvā katapubbakiccā vipassapubbakiccā vipassanaṃ paṭṭhapetvā hetusampannatāya nacirass' eva saha paṭisambhidāhi arahattaṃ patvā attano paṭipattiṃ[3] paccavekkhitvā udānavasena:

---

[1] °pavatti, cd. [2] imāya, cd. [3] paṭipatti, cd.

Catukkhattuṃ pañcakkhattuṃ vihārā upanikkhami
aladdhā[1] cetaso santiṃ[2] citte avasavattinī. 169.
Bhikkhuniṃ[3] upasaṅkamma sakkaccaṃ paripucch' ahaṃ.
sā me dhammaṃ adesesi dhātuāyatanāni[4] ca. 170.
Cattāri ariyasaccāni indriyāni balāni[5] ca
bojjhaṅgaṭṭhaṅgikaṃ maggaṃ uttamatthassa[6] pattiyā. 171.
Tassāhaṃ vacanaṃ sutvā karontī anusāsaniṃ[7]
rattiyā purime yāme pubbajātim anussari. 172.
Rattiyā majjhime yāme dibbacakkhuṃ visodhayi
rattiyā pacchime yāme tamokkhandhaṃ padālayi. 173.
Pītisukhena ca kāyaṃ pharitvā vihari tadā
sattamiyā pāde pasāresi tamokkhandhaṃ padāliyā ti. 174.

Imā gāthā abhāsi. Tattha bhikkhunin ti Khemātheriṃ[8] sandhāya vadati.

Bojjhaṅgaṭṭhaṅgikamaggan ti sattabojjhaṅgañ ca aṭṭhaṅgikañ ca ariyamaggaṃ. Uttamatthassa[9] pattiyā ti arahattassa nibbānassa vā[10] pattiyā adhigamāya.

Pītisukhenā ti phalasamāpattiyā[11] pariyāpannāya pītisukhena ca. Kāyan ti taṃ sampayuttaṃ nāma kāyaṃ yad anusārena rūpakāyañ ca. Pharitvā ti phussetvā vyāpetvā vā. Sattamiyā pāde pasāresi[12] ti vipassanāya āraddhadivasato sattamiyaṃ pallaṅkaṃ bhinditvā pāde pasāresi. Kathaṃ? Tamokkhandhaṃ padāliya appadālitapubbaṃ mohakkhandhaṃ aggamaggañāṇāsinā padāletvā. Sesaṃ heṭṭhā vuttanayaṃ eva.

Vijayāya theriyā gāthāvaṇṇanā samattā.
Chakkanipātavaṇṇanā niṭṭhitā.

---

[1] laddhā, cd. [2] santi, cd. [3] bhikkhunī, cd.
[4] dhātuyo, cd. [5] pbalāni, cd. [6] uttamattassa, cd.
[7] anusāsani, cd. [8] Khemātherī, cd.
[9] uttamattassa, cd. [10] nibbānaseevā, cd.
[11] °samāpatti, cd. [12] pasāreuti, cd.

LVIII.

Sattakanipāts musalāni gahetvānā ti Uttarāya theriyā gāthā. Ayaṃ pi purimabuddhesu katādhikārā tattha tattha bhavs vivaṭṭūpanissayaṃ kusalaṃ upacinantī anukkamena saṃropitakusalamūlā samupacitavimokkhasambhārā paripakkavimuttiparipācaniyadhammā hutvā imasmiṃ buddhuppāde Sāvatthiyaṃ aññatarasmiṃ kulagshs nibbattitvā Uttarā ti laddhanāmā anukkamena viññutaṃ pattā Paṭācārāya theriyā santikaṃ upasaṅkamitvā thsrī tassā[1] dhammaṃ kathesi. Sā dhammaṃ sutvā saṃsāre jātasaṃvegā sāsane abhippasannā hutvā pabbaji.[2] Pabbajitvā 'va katapubbakiccā Paṭācārāya theriyā santiks vipassanaṃ paṭṭhapetvā bhāvanam anuyuñjantī upanissayasampannatāya indriyānaṃ paripākaṃ gatattā nacirass' eva vipassanaṃ ussukkāpetvā saha paṭisambhidāhi arahattaṃ pāpuṇi. Arahattaṃ pana patvā attano paṭipattiṃ[3] paccavekkhitvā udānavasena:

Musalāni gahctvāna dhaññaṃ koṭṭenti mānavā
puttadārāni posentā[4] dhanaṃ vindanti mānavā. 175.
Ghaṭatha buddhasāsane yaṃ katvā nānutappati.
khippaṃ pādāni dhovitvā ekamants nisīdatha. 176.
Cittaṃ upaṭṭhapetvāna ekaggaṃ susamāhitaṃ
paccavekkhatha[5] saṅkhārs parato no ca attato. 177.
Tassāhaṃ vacanaṃ sutvā Paṭācārānusāsaniṃ[6]
pāde pakkhālayitvāna ekamante upāvisi. 178.
Rattiyā purime yāme pubbajātim anussari,
rattiyā majjhime yāms dibbacakkhuṃ visodhayi, 179.
Rattiyā pacchime yāms tamokkhandhaṃ padālayi,
tevijjā atha vuṭṭhāsi[7] katā tc anusāsanī. 180.
Sakkaṃ va devā tidasā saṃgāme aparājitaṃ
purakkhitvā vihissāmi[8] tcvijj' amhi anāsavā ti. 181.

---

[1] tassa, cd. [2] pabbajji, cd. [3] paṭipatti, cd.
[4] possnto, cd. [5] paccavekkha, cd. [6] °sāsani, cd.
[7] vuṭṭhāti, cd. [8] viharissāmi, cd.

Imā gāthā abbāsi. Tattha cittaṃ upaṭṭhapetvānā ti bhāvanācittaṃ kammaṭṭhāne upaṭṭhapetvā. Kathaṃ? Ekaggaṃ susamāhitaṃ. Paṭipattiṃ avekkhitasaṃsāre aniccāni pi dukkhāni anantāni pi lakkhaṇattayāni[1] vipassathā ti attho. Idañ ca ovādakāle attano aññesañ ca bhikkhunīnaṃ theriyādīnaṃ ovādassa anuvādanavasena vuttaṃ. Paṭācārānusāsanin[2] ti Paṭācārāya theriyā anuppattaṃ. Paṭācārāsāsanan ti pi pāṭho. Atha vuṭṭhāsin ti tevijjābhāvappattito pacchā āsanato vuṭṭhāsiṃ.

Ayaṃ pi therī ekadivasaṃ Paṭācārāya theriyā santike kammaṭṭhānaṃ sodhetvā attano vasanaṭṭhānaṃ pavisitvā pallaṅkaṃ ābhujitvā nisajja "na tāv' imaṃ pallaṅkaṃ bhindissāmi yāva me na anupādāya āsavehi cittaṃ vimuccatī" ti nicchayaṃ katvā sammasanaṃ[3] ārabhitvā anukkamena vipassanaṃ ussukkāpetvā maggapaṭipāṭiyā abhiññāpaṭisambhidāhi parivāraṃ arahattaṃ patvā ekūna[4]vīsatiyā paccavekkhaṇapavattāya "idāni 'mhi katakiccā" ti somanassajātā imā gāthā udānetvā pāde pasāresi. Aruṇuggamanavelāyaṃ tato sammad eva vibhātāya rattiyā theriyā santikaṃ upagantvā imā gāthā paccudāhāsi. Tena vuttaṃ: katā te anusāsanī ti ādi. Sesaṃ sabbaṃ heṭṭhā vuttanayam eva.

Uttarāya theriyā gāthāvaṇṇanā samattā.

LIX.

Satiṃ[5] upaṭṭhāpetvānā ti ādikā Cālāya theriyā gāthā. Ayaṃ pi purimabuddhesu katādhikārā tattha tattha bhave vivaṭṭūpanissayaṃ kusalaṃ upacinitvā imasmiṃ buddhuppāde Magadhesu Nālakagāme Surūpasārībrāhmaṇiyā kucchimhi nibbatti. Tassā nāmagahanadivase Cālā ti nāmaṃ akaṃsu. Tassā kaniṭṭhāya Upacālā ti, ath' assā kaniṭṭhāya Sīsūpacālā ti. Imā

---

[1] lakkhaṇattaya, ed. [2] °sāsane, ed.
[3] sammasana, ed. [4] ekūṇa°, ed. [5] Sati, ed.

tisso pi dhammasenāpatissa [1] kaniṭṭhabhaginiyo, imāsaṃ puttānaṃ pi tiṇṇaṃ idam eva nāmaṃ yā [2] sandhāya theriyā gāthāya Cālā Upacālā Sīsūpacālā [3] ti āgataṃ. Imā pana tisso pi bhaginiyo dhammasenāpatipabbajitaṃ sutvāna "nūna [4] so oriko dhammavinayo na sā orikā pabbajjā, yattha amhākaṃ ayyo pabbajito" ti ussāhajātā tibbacchandā [5] assumukhaṃ rudamānaṃ ñātiparijanaṃ pahāya pabbajiṃsu. Pabbajitvā 'va ghaṭentiyo vāyamantiyo nacirass' eva arahattaṃ pāpuṇiṃsu. Arahattaṃ pana patvā nibbānasukhena phalasukhena viharanti. Cālā [6] bhikkhunī ekadivasaṃ pacchābhattaṃ piṇḍapātapaṭikkantā Andhavanaṃ pavisitvā divāvihāraṃ nisīdi. Atha taṃ Māro upasaṅkamitvā kāmehi upacchandesi, yaṃ sandhāya sutte vuttaṃ.

Atha kho Cālā bhikkhunī pubbanhasamayaṃ nivāsetvā pattacīvaraṃ ādāya Sāvatthiyaṃ piṇḍāya pāvisi. Sāvatthiyaṃ piṇḍāya caritvā pacchābhattaṃ piṇḍapātapaṭikkantā yena Nandavanaṃ ten' upasaṅkami divāvihārāya. Upasaṅkamitvā' Andhavanaṃ ajjhogāhetvā aññatarasmiṃ rukkhamūle divāvihāraṃ nisīdi. Atha kho Māro pāpimā yena Cālā bhikkhunī ten' upasaṅkami, upasaṅkamitvā Cālaṃ bhikkhuniṃ etad avoca [7]: Andhavanamhi divāvihāraṃ nisinnaṃ Māro upasaṅkamitvā brahmacariyavāsato vicchinditukāmo k a ṃ n u u d d i s s a m u ṇ ḍ ā s ī' ti ādi pucchi. Ath' assa satthu guṇe dhammassa ca niyyānikabhāvaṃ pakāsetvā attano katakiccabhāvavibhāvanena tassa visayātikkamanaṃ pavedesi. Taṃ sutvā Māro dukkhī dummano tatth' eva antaradhāsi. Ath' assā [8] attanā Mārena ca [9] bhāsitagāthā udānavasena kathenti:

Satiṃ upaṭṭhapetvāna bhikkhunī bhāvitindriyā
paṭivijjhi padaṃ santaṃ saṅkhārūpasamaṃ sukhaṃ. 182.
Kan nu [10] uddissa muṇḍā si samaṇī viya dissasi

---

[1] dhammadesenāpātissa, cd.
[2] ye cd. [3] Cāle Upacāle Sīsūpacāle, cd.
[4] sā nūna, cd. [5] tipacchandā, cd. [6] Sucālā, cd.
[7] avocā ti, cd. [8] assa, cd. [9] ca *om.* cd. [10] kin nu, cd.

na ca rocesi pāsaṇḍe[1] kim idaṃ carasi momuhā[2] 183.
Ito bahiddhā pāsaṇḍā diṭṭhiyo upanissitā
na te dhammaṃ vijānanti na te dhammassa kovidā. 184.
Atthi Sakyakule[3] jāto buddho appaṭipuggalo
so me dhammam adesesi diṭṭhīnaṃ samatikkamaṃ. 185.
Dukkhaṃ dukkhasamuppādaṃ dukkhassa ca atikkamaṃ
ariyaṃ[4] c'aṭṭhaṅgikaṃ maggaṃ dukkhūpasamagāminaṃ. 186.
Tassāhaṃ vacanaṃ sutvā vihari[5] sāsane ratā
tisso vijjā anuppattā kataṃ buddhassa sāsanaṃ. 187.
Sabbattha vihatā nandi tamokkhandho padālito
evaṃ jānāhi pāpima nihato tvam asi antakā ti. 188.

Imā gāthā abhāsi. Tattha **satiṃ**[6] **upaṭṭhapetvānā** ti satipaṭṭhānaṃ bhāvanāvasena kāyādīsu asubhadukkhāniccānantavasena satiṃ[7] suṭṭhu upaṭṭhitaṃ katvā. **Bhikkhunī** ti attānaṃ sandhāya vadati. **Bhāvitindriyā** ti ariyamaggabhāvanāya bhāvitāni[8] saddhādipañcindriyāni paṭivijjhi. **Padaṃ santan** ti santaṃ padaṃ nibbānaṃ sacchikiriyāya paṭivedhena paṭivijjhi sacchākāsi. **Saṅkhārūpasaman** ti sabbasaṅkhārānaṃ upasamahetubhūtaṃ. **Sukhan** ti accantasukhaṃ.

Kan nu[9] **uddissā** ti gāthā Mārena vuttā. Tatrāyaṃ saṅkhepattho: imasmiṃ loke bahū samayā tesañ ca[10] desetāro bahū evaṃ titthakārā. Yesu **kan nu kho tvaṃ uddissa muṇḍā sī** ti muṇḍitakesā asi. Na kevalaṃ muṇḍā 'va atha kho kāsāvadhāraṇe ca **samaṇī viya dissasi**[11]. **Na ca rocesi**[12] **pāsaṇḍo** ti tāpasaparibbājakādīnaṃ ādāyabhūte pāsaṇḍe te te samayantare n'eva rocesi. **Kim idaṃ carasi momuhā**[13] ti kiṃ nām' idaṃ yaṃ pāsaṇḍavihitaṃ pūjaṃ nibbānamaggaṃ

---

[1] pāsaṇḍo, cd. [2] momūhā, cd. [3] kalyākule, cd.
[4] arim, cd. [5] vihāri, cd. [6] sati, cd.
[7] sati, cd. [8] bhāvitaṃ, cd. [9] kin nu, cd.
[10] ce, cd. [11] dissati, cd. [12] na rocasi, cd.
[13] momūhā, cd.

pahāya ajja kālikaṃ kumaggaṃ paṭipajjantī ati viya mūlaṃ carasi paribbhamasī ti.

Taṃ sutvā therī paṭivacanadānamukhena taṃ tajjentī ito bahiddhā ti ādim āha. Tattha ito bahiddhā pāsaṇḍā nāma ito sammāsambuddhasāsanato bahiddhā ekabāhiratappavedikā hi satthāni taṇhāpāyaṃ diṭṭhipāsañ ca ḍenti oḍḍentī ti pāsaṇḍā ti vuccanti. Tenāha diṭṭhiyo upanissitā[1] ti sassatadiṭṭhigatāni[2] upanissitā ādiyisū ti attho. Yad agghena ca diṭṭhisannissitā tad agghena pāsaṇḍasannissitā. Na te dhammaṃ vijānantī ti ye[3] pāsaṇḍino sassatadiṭṭhigatasannissitā ayaṃ pavatti eva pavattī ti dhammaṃ pi yathābhūtaṃ na vijānanti. Na te dhammassa kovidā ti ayaṃ nivattī ti nivattadhammassāpi akusalā pavatti dhammapatte pihito sammūḷhā kim aṅga pana nivattidhammehi evaṃ pāsaṇḍānaṃ aniyyānikatan dassetvā idāni kaṃ nu uddissa muṇḍā sī ti pañhaṃ vissajjesuṃ.

Atthi Sakyakule jāto ti ādi vuttaṃ. Tattha diṭṭhīnaṃ samatikkamaṃ ti sabbāsaṃ diṭṭhīnaṃ samatikkamanupāyaṃ diṭṭhijālaviniveṭhanaṃ.[4] Sesam vuttanayaṃ eva.

Cālāya theriyā gāthāvaṇṇanā samattā.

LX.

Satīmatī ti ādikā Upacālāya theriyā gāthā. Tassā vatthuṃ Cālāya theriyā vatthumhi vuttam eva. Ayaṃ pi hi Cālā viya pabbajitvā vipassanaṃ paṭṭhapetvā arahattaṃ patvā udānentī:

> Satīmatī cakkhumatī bhikkhunī bhāvitindriyā
> paṭivijjhi[5] padaṃ santaṃ akāpurisasevitaṃ ti. 189.

Imaṃ gāthaṃ abhāsi. Tattha satīmatī ti satiṃ[6]

---

[1] upaccanissitā, cd. [2] sassatād°, cd.
[3] ya, cd. [4] °vinivedhanaṃ, cd.
[5] paṭivijjhā, cd. [6] sati, cd.

sampannā pubbabhāge paramena satinepakkena samannāgatā[1] hutvā pacchā ariyamaggassa bhāvitattā sativepullapattiyā uttamāya satiyā samannāgatā[2] ti attho. Cakkhumatī ti paññācakkhunā samannāgatā. Ādito udayatthagāminiyā paññāya ariyāya nibbedhitāya samannāgatā[3] hutvā paññāvepullappattiyā paramena paññācakkhunā samannāgatā ti vuttaṃ[4] hoti. Akāpurisasevitaṃ ti alāmakapurisehi uttamapurisehi ariyehi buddhādīhi sevitaṃ. Kiṃ nu jātiṃ[5] na rocesī ti gāthā theriṃ[6] kāmesu pabāretukāmena Mārena vuttā. "Kiṃ nu tvaṃ bhikkhunī taṃ na rocesī"[7] ti hi Mārena puṭṭhā[8] therī āha "jātim ahaṃ[9] āvuso na rocesī" ti. Atha naṃ Māro āha: "jātassa nāma paribhogo, tasmā jāti pi icchitabbā. Kāmā hi paribhuñjitabbā" ti dassento:

Kiṃ nu jātiṃ[10] na rocesi. Jāto kāmāni bhuñjati.[11]
Bhuñjāhi kāmaratiyo māhu pacchānutāpinī ti. 190.

gāthaṃ āha. Tass' attho: Kiṃ nu taṃ kāraṇaṃ yena tvaṃ Upacāle jātiṃ na rocesi na roceyyāsi. Na taṃ kāranaṃ atthi yasmā jāto kāmāni bhuñjati. Idha jāto kāmaguṇasaṃhitāni rūpādīni paṭisevanto kāmasukhaṃ paribhuñjati. Na hi ajātassa taṃ atthi. Tasmā bhuñjāhi kāmaratiyo kāmakhiḍḍāratiyo anubhava. Māhu pacchānutāpinī[12] yobbaññe[13] sati vijjamānesu bhogesu "na mayā kāmasukham anusayabhūtan"[14] ti pacchānutāpinī mā ahosi. Imasmiṃ lokadhammā nāma yāvad eva atthā vigamattho attho ca kāmasukhattho ti pākaṭo 'yam attho ti adhippāyo.

Taṃ sutvā therī jātiyā dukkhanimittakaṃ attano ca tassa visayātikkamaṃ vibhāvetvā tajjentī:

---

[1] sampannāgatā, cd. [2] sampannāgatā, cd.
[3] sampannāgatā, cd. [4] sampannāgati v°, cd.
[5] jāti, cd. [6] theri. [7] rocasī, cd.
[8] phuṭṭhā, cd. [9] jāticcāhaṃ, cd. [10] jāti, cd.
[11] bhuñjasi, cd. [12] mātu pac°, cd.
[13] yopaññe, cd. [14] anussabh°, cd.

Jātassa maraṇaṃ hoti hatthapādāna chedanaṃ [1]
vadhabandhapariklesaṃ, jāto dukkhaṃ nigacchati. 191.
Atthi Sakyakule jāto sambuddho aparājito
so me dhammaṃ adesesi jātiyā samatikkamaṃ. 192.
Dukkhaṃ dukkhasamuppādaṃ dukkhassa ca atikkamaṃ
ariyaṭṭhaṅgikaṃ maggaṃ dukkhūpasamagāminaṃ. 193.
Tassāhaṃ vacanaṃ sutvā vihari sāsane ratā
tisso vijjā anuppattā, kataṃ buddhassa sāsanaṃ. 194.
Sabbattha vihatā nandi tamokkhandho padālito
evaṃ jānāhi pāpima nihato tvam asi antakā ti. 195.

Imaṃ gāthaṃ abhāsi. Tattha **jātassa maraṇaṃ hotī** ti yasmā jātassa sattassa maraṇaṃ hoti na[2] ajātassa, na kevalaṃ maraṇam eva atha kho jarārogādayo yattakā[3] tattha sabbā pi te jātassa honti jātihetukā. Tenāha bhagavā: "jātipaccayā jarāmaraṇaṃ sokaparidevadukkhadomanassupāyāsā sambhavantī" ti. Ten' evāha: **hatthapādāna chedanan** ti hatthapādanakhachedanaṃ jātass' eva hoti na ajātassa. Hatthapādachedanāpadesena c'ettha battiṃsa kammakarā pi dassitā evā ti daṭṭhabbaṃ. Ten' evāha: **vadhabandhapariklesaṃ jāto dukkhaṃ nigacchatī** ti jīvitaviyojanamuṭṭhippahārādisaṅkhātaṃ[4] vadhapariklesaṃ c'eva addanabandhanādisaṅkhātaṃ[5] bandhapariklesaṃ aññañ ca yaṃ kiñci dukkhaṃ nāma taṃ sabbaṃ jāto eva nigacchati na ajāto. Tasmā jātiṃ[6] na[7] rocemī ti. Idāni jātiyā kāmānañ ca accantam eva attano samatikkantabhāvaṃ mūlato paṭṭhāya dassentī: **atthi Sakyakule jāto**[8] ti ādim āha. Tattha **aparājito** ti kilesamārādinā kenaci na parājito. Satthā hi sabbābhibhū sadevakaṃ lokaṃ aññad atthu abhibha-

---

[1] hatthāpadānucchedanaṃ, cd. [2] nā, cd.
[3] yatthakā, cd. [4] °saṅkhātā, cd.
[5] addabandh°, cd. [6] jāti, cd. [7] na *om.* cd.
[8] jātā, cd.

vitvā ṭhito. Tato[1] tassa parājayo. Sesaṃ vuttanayattā uttānaṃ eva.

Upacālāya theriyā gāthāvaṇṇanā samattā.
Sattakanipātavaṇṇanā niṭṭhitā.

LXI.

Aṭṭhakanipāte bhikkhunī sīlasampannā ti ādikā Sīsūpacālāya theriyā gāthā. Imissā pi vatthuṃ Cālāya[2] theriyā vatthumhi vuttam eva. Ayaṃ pi āyasmato Dhammasenāpatissa pabbajitabhāvaṃ sutvā ussāhajātā[3] pabbajitvā katabuddhakiccā vipassanaṃ paṭṭhapetvā ghaṭentī vāyamantī nacirass' eva arahattaṃ pāpuṇi. Arahattaṃ patvā phalasamāpattisukhena viharantī ekadivasaṃ attano paṭipattiṃ[4] paccavekkhitvā katapubbakiccā somanassajātā udānavasena:

Bhikkhunī sīlasampannā indriyesu susaṃvutā
adhigacche padaṃ santaṃ asecanakam ojavan ti. 196.

gātham āha. Sīlasampannā ti parisuddhena bhikkhunī sīlena samannāgatā[5] paripuṇṇā. Indriyesu susaṃvutā ti manacchaṭṭhesu indriyesu suṭṭhu saṃvutā, rūpādiārammaṇe iṭṭhe rāgaṃ aniṭṭhe dosaṃ asamapekkhane mohañ ca pahāya suṭṭhu pihitindriyā.[6] Asecanakam ojavan ti kenaci anāsittakaṃ ojavantaṃ sabhāvamadhuraṃ sabbassa pi kilesarogassa vūpasamato osadhabhūtaṃ ariyamaggaṃ nibbānam eva. Ariyamaggaṃ pi hi nibbānam atthi[7] tehi paṭipajjitabbato kilesapariḷāho bhāvato ca padaṃ santaṃ ti vattuṃ vaṭṭati.

Tāvatiṃsā ca Yāmā ca Tusitā cāpi devatā
Nimmānaratino devā ye devā Vasavattino
tattha cittaṃ paṇidhehi yattha te vusitaṃ pure ti. 197.

---

[1] kato, cd. [2] Chālāya, cd. [3] ayam pi uss°, cd.
[4] paṭipatti, cd [5] sampannāgatā, cd.
[6] °indriyo, cd. [7] nibbānatthi, cd.

Ayaṃ gāthā "kāmasaggesu nikantiṃ uppādehī" ti tattha uyyojitavasena therim[1] samāpattiyā cāvetukāmena Mārena vuttā. Tattha sahapuññakārino tettiṃsa janā yattha uppannā taṃ ṭhānaṃ Tāvatiṃsaṃ ti. Tattha nibbattā sabbe pi devaputtā T ā v a t i ṃ s ā. Keci pana Tāvatiṃsā ti tesaṃ devānaṃ nāmam evā ti vadanti. Dvīhi devalokehi visiṭṭhaṃ dibbaṃ sukhaṃ yātā upayātā sampannā ti Y ā m ā, dibbāya sampattiyā tuṭṭhā pahaṭṭhā ti T u s i t ā. Pakatipaṭiyattārammaṇato atirekena nimmitakāmatākāle[2] yathārucite bhoge nimminitvā ramantī ti N i m m ā n a r a t i n o.[3] Cittarucim ñatvā parehi nimmitesu bhogesu vasaṃ vattantī ti v a s a v a t t i n o. T a t t h a c i t t a ṃ p a ṇ i d h e h ī ti tasmiṃ Tāvatiṃsādike devanikāye tava cittaṃ ṭhapehi, upapajjanāya nikantiṃ karohi. Cātummahārājikānaṃ bhogānaṃ itarehi nihīnā ti adhippāyena Tāvatiṃsādayo 'va vuttā. Y a t t h a t e v u s i t a ṃ p u r e ti yesu devanikāyesu tayā pubbe upapannā ayaṃ kira pubbadevesu uppajjantī Tāvatiṃsato paṭṭhāya pañca kāmaguṇe sodhetvā puna heṭṭhato otarantī Tusitesu ṭhatvā tato cavitvā idāni manussesu nibbattā.

Taṃ sutvā therī: "tiṭṭhatu Māra tayā vuttakāmaloko añño pi sabbo loko rāgaggiādīhi āditto sampajjalito, na tattha viññutaṃ cittaṃ ramatī" ti kāmato ca lokato ca attano vinivattitamānasataṃ dassetvā Māraṃ tajjentī:

Tāvatiṃsā ca Yāmā ca Tusitā cāpi devatā
Nimmānaratino devā ye devā Vasavattino 198.
Kālaṃ kālaṃ bhavā bhavaṃ sakkāyasmiṃ purakkhatā[4]
avītivattā sakkāyaṃ jātimaraṇasārino. 199.
Sabbo ādīpito loko sabbo loko paridīpito[5]
sabbo pajjalito loko sabbo loko pakampito. 200.
Akampiyaṃ atuliyaṃ aputhujjanasevitaṃ
buddho ca dhammaṃ desesi tattha me nirato mano. .201.

---

[1] therī, cd. [2] nimmituk°, cd.
[3] nimmānarati, cd. [4] sakāyasmiṃ purakkhato, cd.
[5] parivuto, cd.; padīpito, m.

Tassāhaṃ vacanaṃ sutvā vihari sāsane ratā
tisso vijjā anuppattā kataṃ buddhassa sāsanaṃ. 202.
Sabbattha vihatā nandi tamokkhandho padālito
evaṃ jānāhi pāpima, nihato tvaṃ asi antakā ti. 203.

Imā gāthā abhāsi. Tattha kālaṃ kālan ti taṃ taṃ kālaṃ. Bhavā bhavan ti bhavato bhavaṃ. Sakkāyasmin[1] ti khandhapañcake. Purakkhatā[2] ti purakkhārakārino. Idaṃ vuttaṃ hoti: Māra tayā vuttā Tāvatiṃsādayo devā bhavato bhavaṃ upagacchantā aniccatādianekādīnavā kule sakkāye patiṭṭhitā. Tasmā tasmiṃ bhave upapattikāle vemajjhakāle[3] pariyosānakāle ti tasmiṃ tasmiṃ kāle sakkāyam eva purakkhitvā ṭhitā. Tato eva avītivattā sakkāyaṃ nissaraṇābhimukhā[4] ahutvā sakkāyatīram eva anuparidhāvantā jātimaraṇasārino rāgādīhi anugatattā punappunaṃ jātimaraṇam eva anusaranti. Tato na vimuccantī ti.

Sabbo ādīpito loko ti Māra na kevalaṃ tayā vuttakāmaloko yeva dhātuttayasaññito. sabbo pi loko rāgaggiādīhi ekādasahi āditto, tehi yeva punappunaṃ ādīpitatāya paridīpito nirantaraṃ ekajālībhūtatāya pajjalito, taṇhāya sabbakilesehi ca ito c'ito ca kampitatāya vicalitatāya vikampito. Evaṃ āditte pajjalite pakampite ca loke kenaci pi kampetuṃ cāletuṃ asakkuṇeyyatāya akampiyaṃ. Guṇato ettako ti tuletuṃ asakkuṇeyyatāya attanā sadisassa abhāvato ca atuliyaṃ. Buddhādīhi ariyehi eva gocarabhāvanāhi arahato sevitattā aputhujjanasevitaṃ. Buddho bhagavā maggaphalanibbānappabhedaṃ navavidhaṃ lokuttaradhammaṃ mahākaruṇāya saṃcoditamānaso adesesi sadevakassa lokassa kathesi pavedesi. Tattha tasmiṃ ariyadhamme mayhaṃ manoratho abhirato na tato vinivaṭṭatī ti attho. Sesaṃ heṭṭhāvuttanayam eva.

Sīsūpacālāya theriyā gāthāvaṇṇanā samattā.

Aṭṭhakanipātavaṇṇanā niṭṭhitā.

---

[1] sakāyasmiṃ, cd.
[2] purakkhato, cd.
[3] parivemajjhak°, cd.
[4] sakkāyaniss°, cd.

LXII.

Navanipāte mā su te Vaḍḍha lokasmin ti ādikā Vaḍḍhamātāya theriyā gāthā. Ayaṃ pi purimabuddhesu katādhikārā tattha tattha bhave vivaṭṭūpanissayaṃ kusalaṃ upacinantī anukkamena sambbūtavimokkhasambhārā hutvā imasmiṃ buddhuppāde Bhārukacchanagare kulagehe nibbattitvā vayappattā patikulaṃ gatā ekaṃ puttaṃ vijāyi. Tassa Vaḍḍho ti nāmaṃ ahosi. Tato paṭṭhāya sā Vaḍḍhamātā ti vohāriyittha.[1] Sā bhikkhūnaṃ santike dhammaṃ sutvā paṭiladdhasaddhā puttaṃ ñātīnaṃ niyyādetvā bhikkhunūpassayaṃ gantvā pabbaji. Ito paraṃ yaṃ vattabbaṃ taṃ vaḍḍhetvā tassa vatthumhi āgatam eva, Vaḍḍhattheraṃ hi attano puttaṃ santaruttaraṃ[2] ekakaṃ bhikkhunūpassaye attano dassanatthāya upagataṃ ayaṃ therī "kasmā tvaṃ ekako santaruttaro 'va idhāgato" ti codetvā ovadantī:

Mā su te Vaḍḍha lokamhi vanatho ahu kudācanaṃ
mā puttaka punappunaṃ ahu dukkhassa bhāgimā. 204.
Sukhaṃ hi Vaḍḍha munayo anejā chinnasaṃsayā[3]
sītibhūtā damappattā[4] viharanti anāsavā. 205.
Teh' āneiṇṇaṃ[5] isībhi maggaṃ dassanapattiyā[6]
dukkhass' antakiriyāya tvaṃ Vaḍḍha anubrūhayā ti. 206.

Imā tisso gāthā abhāsi. Tattha mā su te Vaḍḍha lokamhi vanatho ahu kudācanan ti. Sū tinipātamattaṃ. Vaḍḍha puttaka sabbasmiṃ pi sattaloke saṅkhāraloke ca kilesavanatho tuyhaṃ kadāci pi mā ahu mā ahosi. Tattha kāraṇaṃ āha: mā puttaka punappunaṃ ahu dukkhassa bhāgimā ti vacanaṃ anucinanto[7] nimittassa punappunaṃ aparāparaṃ jātiādidukkhassa bhāgī mā hosi. Evaṃ vanathassa asamucchede ādīnavaṃ dassetvā idāni samucchede ānisaṃsaṃ dassentī

[1] vohārittha, ed. [2] santanuruttaṃ, ed.
[3] chindasaṃsayā, ed. [4] ramappattā, ed.
[5] ānucinnaṃ, ed. [6] maggad°, ed. [7] anucchin°, ed.

sukhaṃ hi Vaḍḍhā ti ādim āha. Tass' attho: Puttaka Vaḍḍha moneyyadhammapasannāgamena [1] munayo, ejāsaṅkhātāya taṇhāya abhāvena anejā, dassanamaggen' eva pahīnavicikicchatāya chinnasaṃsayā, sabbakilesapariḷāhābhāvena sītibhūtā, uttamassa damathassa adhigatattā damappattā, anāsavā khīṇāsavā sukhaṃ viharanti. Na tesaṃ etarahi ceto dukkhaṃ atthi, āyatiṃ pana sabbaṃ pi dukkhaṃ na bhavissat' eva. Yasmā c'ete devatasmā teh' ānuciṇṇaṃ [2] isībhi —pa—anubrūhaya. Tehi khīṇāsavehi isīhi anuciṇṇaṃ [3] paṭipannaṃ samathavipassanāmaggañāṇadassanassa adhigamāya sakalassa pi Vaḍḍha [4] dukkhassa antakiriyāya Vaḍḍha tvaṃ anubrūhaya vaḍḍhayyāsī ti.

Taṃ sutvā Vaḍḍhatthero "addhā me mātā arahattaṃ patiṭṭhitā" ti cintetvā taṃ atthaṃ pavedento:

Visāradā va bhaṇasi etam atthaṃ janetti me
maññāmi nūna māmike [5] vanatho te na vijjati ti. 207.

gāthaṃ āha. Tattha visāradā va bhaṇasi etaṃ atthaṃ janetti me ti. Mā su te Vaḍḍha lokamhi vanatho ahu kudācanan ti etam atthaṃ etaṃ ovādaṃ amma vigatasārajjā katthaci alaggā anālīnā 'va hutvā mayhaṃ vadasi,[6] tasmā maññāmi nūna māmike vanatho te na vijjatī ti nūna māmike mayhaṃ amma gehasi pemapatto pi vanatho tuyhaṃ mayi na vijjatī ti maññāmi. Na māmike ti attho. Taṃ sutvā therī anumatto pi kileso katthaci pi visaye mama na vijjatī ti vatvā attano katakiccataṃ pakāsentī:

Ye keci Vaḍḍha saṃkhārā hīnaukkaṭṭhamajjhimā
aṇu pi aṇumatto pi vanatho me na vijjati. 208.
Sabbe me āsavā khīṇā appamattassa jhāyato
tisso vijjā anuppattā kataṃ buddhassa sāsanaṃ ti. 209.

---

[1] mānsyya°, cd. [2] ānucinnaṃ, cd.
[3] anucinnaṃ, cd. [4] Vaṭṭa, cd.
[5] māpike, cd. [6] vadati, cd.

Idaṃ[1] gāthādvayam āha. Tattha ye kecī ti atiyamānaṃ. Saṅkhārā ti saṅkhatadhammā. Hīnā ti lāmakā patikuṭṭhā. Ukkaṭṭhamajjhimā ti paṇītā o'eva majjhimā ca. Tesu vā asaṅkhatā hīnā jāti, saṅkhatā ukkaṭṭhā, ubhayavimissitā majjhimā. Hīnehi vā chandādīhi nibbattitā hīnā, majjhimehi majjhimā, paṇītehi ukkaṭṭhā, akusalā dhammā vā hīnā, lokuttarā dhammā ukkaṭṭhā, itarā majjhimā. Aṇumatto pī ti na kevalaṃ tayi eva atha kho ye keci hīnādibhedabhinnā saṅkhārā tesu sabbesu aṇu pi aṇumatto pi atiparittato pi vaṇatho mayhaṃ na vijjati.

Tattha kāraṇaṃ āha: sabbe me āsavā khīṇā appamattassa jhāyato ti appamattāya jhāyantiyā. Liṅgavipallāsena h'etaṃ vuttaṃ. Ettha ca yasmā ti tisso vijjā anuppattā tasmā kataṃ buddhassa sāsanaṃ. Yasmā appamattā jhāyinī[2] tasmā sabbe me āsavā khīṇā aṇu pi aṇumatto pi vaṇatho me na vijjatī ti yojanā.

Evaṃ vuttaṃ ovādaṃ aṅkusaṃ katvā saṃjātasaṃvego thero vihāraṃ gantvā divāṭhāne nisinno vipassanaṃ vaḍḍhetvā arahattaṃ patvā attano paṭipattiṃ paccavekkhitvā saṃjātasomanasso mātu santikaṃ gantvā aññaṃ vyākarouto:

Uḷāraṃ vata me mātā patodaṃ samavassari
paramatthasaññitā gāthā yathāpi anukampikā. 210.
Tassāhaṃ vacanaṃ sutvā anusiṭṭhiṃ[3] janettiyā
dhammasaṃvegam[4] āpādi yogakkhemassa pattiyā. 211.
So'haṃ padhānapahitatto rattindivam atandito
mātarā codito santo aphusi[5] santim uttaman ti. 212.

Imā tisso gāthā abhāsi. Atha therī attano vacanaṃ aṅkusaṃ katvā puttassa arahattuppattiyā ārādhitacittā tena bhāsitagāthā sayaṃ paccanubhāsi. Evan tā pi theriyā gāthā nāma jātā. Tattha uḷāran ti vipulaṃ mahantaṃ.

---

[1] imā, cd. [2] jhāyī, cd. [3] anusiṭṭhi, cd.
[4] tasmā saṃv°, cd. [5] aphussa, cd.

Patodan ti ovādapatodaṃ. Samavassarī ti sampavattesi.[1] Vatā ti yojanā. "Ko pana so patodo" ti āha. Paramatthasaññitā gāthā ti. Mā su te Vaḍḍha lokamhī ti ādikā gāthā sandhāya vadati. Yathā pi anukampikā ti yathā aññe pi anuggāhikā evaṃ mayhaṃ mātā pavattinivattivibhāvanagāthāsaṅkhātaṃ uḷāraṃ patodaṃ pājanadaṇḍakaṃ mama ñāṇavegasamuttejaṃ pavattesī ti attho. Dhammasaṃvegaṃ[2] āpādin ti ñāṇabhayāvahantam[3] ati viya mahantaṃ bhiṃsanaṃ saṃvegaṃ āpajji. Padhānapahitatto ti catubbidhasammappadhānayogena nibbāṇaṃ pati pesitacitto. Aphusi[4] santim uttaman ti anuttaraṃ santinibbānaṃ phusiṃ[5] adhigacchin ti attho.

Vaḍḍhamātāya theriyā gāthāvaṇṇanā samattā.

Navakanipātavaṇṇanā samattā.

LXIII.

Ekādasanipāte kalyāṇamittatā ti ādikā Kisāgotamiyā gāthā. Ayaṃ kira Padumuttarassa bhagavato kāle Haṃsavatīnagare kulagehe nibbattitvā viññutaṃ pattā ekadivasaṃ satthu santike dhammaṃ suṇantī satthāraṃ ekaṃ bhikkhuniṃ lūkhacīvaradharānaṃ aggaṭṭhāne ṭhapentaṃ disvā adhikārakammaṃ katvā taṃ ṭhānantaraṃ patthesi. Sā kappasatasahassaṃ devamanussesu saṃsarantī imasmiṃ buddhuppāde Sāvatthiyaṃ duggatakule nibbatti. Gotamī ti 'ssā nāmaṃ ahosi, kisasarīratāya pana Kisāgotamī ti vohariyittha. Taṃ patikulaṃ gataṃ "duggatakulassa dhītā" ti paribhaviṃsu. Sā ekaṃ puttaṃ vijāyi. Puttalābhena c'assā sammānaṃ akaṃsu. So pan' assā putto ādhāvitvā paridhāvitvā kīḷanakāle ṭhito kālam akāsi. Ten' assā sokummādo uppajji. Sā ahaṃ[6] pubbe paribhavappattā hutvā puttassa jātakālato paṭṭhāya sak-

---

[1] samāpavattesi, cd. [2] tasmā saṃ°, cd.
[3] °āvahantā, cd. [4] aphussaṃ, cd.
[5] phussiṃ, cd. [6] mā ahaṃ, cd.

kāraṃ pāpuṇi. "Ime mayhaṃ puttaṃ bahi chaḍḍetum pi vāyamantī" ti sokummādavasena matakaḷevaraṃ aṅkenādāya "puttassa me bhesajjaṃ dethā" ti gehadvārapaṭipāṭiyā nagare vicarati. Manussā "bhesajjaṃ kuto" ti paribhāsanti. Sā tesaṃ kathaṃ na gaṇhāti. Atha naṃ eko paṇḍitapuriso "ayaṃ puttasokena cittavikkhepaṃ pattā, etissā bhesajjaṃ dasabalo jānissatī" ti cintetvā "amma tava puttassa bhesajjaṃ sammāsambuddhaṃ upasaṅkamitvā puccha" ti āha. Sā satthu dhammadesanāvelāyaṃ vihāraṃ gantvā "puttassa me bhesajjaṃ detha bhagavā" ti āha. Satthā tassā upanissayaṃ disvā "gaccha nagaraṃ pavisitvā yasmiṃ gehe koci matapubbo n'atthi tato siddhatthakaṃ āharā" ti āha. Sā "sādhu bhante" ti tuṭṭhamanasā nagaraṃ pavisitvā paṭhamagehe yeva gantvā "mama puttassa bhesajjatthāya siddhatthakaṃ āharāpemi,[1] sace etasmiṃ gehe koci matapubbo n'atthi siddhatthakaṃ me dethā" ti āha. "Ko idha mate gaṇetuṃ sakkotī" ti. "Kiṃ tehi ahaṃ siddhatthakehī" ti dutiyaṃ tatiyaṃ gharaṃ gantvā buddhānubhāvena vigatummādā pakaticitte ṭhitā cintesi: "Sakale nagare ayam eva niyāmo bhavissati, idaṃ hitānukampinā bhagavatā diṭṭhaṃ bhavissatī" ti saṃvegaṃ labhitvā tato ca bahi nikkhamitvā āmakasusāne chaḍḍetvā imaṃ gātham āha:

Na gāmadhammo no nigamassa dhammo na cāpi 'yaṃ
 ekakulassa dhammo
sabbalokassa sadevakassa es'eva dhammo yad. idaṃ aniccatā ti.

Evaṃ ca pana vatvā satthu santikaṃ agamāsi. Atha naṃ satthā "laddho te Gotami siddhatthako" ti āha. "Niṭṭhitaṃ bhante siddhatthakena kammaṃ, patiṭṭhānaṃ me hothā" ti āha. Ath' assā satthā:

Taṃ puttapasusammattaṃ [2] vyāsattamanasaṃ naraṃ
suttaṃ gāmaṃ mahogho va maccu ādāya gacchatī ti.

---

[1] āharāpeti, cd. [2] °samattaṃ, cd.

gātham āha. Gāthāpariyosāne yathā ṭhitā 'va sotāpattiphale patiṭṭhāya pabbajjaṃ yāci. Satthā pabbajjaṃ anujānāsi. Sā satthāraṃ tikkhattuṃ padakkhiṇaṃ katvā vanditvā bhikkhunūpassayaṃ gantvā pabbajitvā upasampadaṃ labhitvā na cirass' eva yonisomanasikāreṇa kammaṃ karontī vipassanaṃ vaḍḍhesī ti. Ath' assā satthā:

Yo ca vassasataṃ jīve apassaṃ amataṃ padaṃ
ekāhaṃ jīvitaṃ seyyo passato amataṃ padan ti.

Imaṃ obhāsagāthaṃ āha. Sā gāthāpariyosāne arahattaṃ pāpuṇitvā parikkhāravalañje paramukkaṭṭhā hutvā tīhi lūkhehi samannāgataṃ cīvaraṃ pārupitvā vicari. Athanaṃ satthā Jetavane nisinno bhikkhuniyo paṭipāṭiyā ṭhānantare ṭhapento lūkhacīvaradharānaṃ aggaṭṭhāne ṭhapesi. Sā attano paṭipattiṃ paccavekkhitvā satthāraṃ nissāya "mayā ayaṃ viseso laddho" ti kalyāṇamittatāpasaṃsāmukhena imā gāthā abhāsi:

Kalyāṇamittatā muninā lokaṃ ādissa vaṇṇitā
kalyāṇamitte bhajamāno api bālo paṇḍito assa. 213.
Bhajitabbā sappurisā paññā saṃvaḍḍhati bhajantānaṃ
bhajamāno sappurise sabbehi pi dukkhehi pamucceyya. 214.
Dukkhañ ca vijāneyya dukkhassa ca samudayaṃ
nirodhañ ca aṭṭhaṅgikaṃ maggañ cattāri pi ariyasaccāni. 215.
Dukkho itthibhāvo akkhāto purisadammasārathinā
sapattikaṃ pi dukkhaṃ appekaccā sakiṃ vijātāyo. 216.
Gale [1] apakantanti [2] sukhumāliniyo visāni khādanti
janamārakamajjhagatā ubho pi vyasanāni anubhonti. 217.
Upavijaññā gacchantī [3] addasāhaṃ patiṃ [4] mataṃ panthe. [5]
Vijāyitvāna appattāhaṃ sakaṃ gehaṃ. 218.
Dve puttā kālaṃkatā pati ca me panthe mato
kapaṇikāya mātā pitā ca bhātā ca ḍayhanti [6] ekacitakāyaṃ. 219.

---

[1] galale, cd. [2] asakantanti, cd.
[3] upajīva ubhaṃ gacchantī, cd. [4] pati, cd.
[5] sapante, cd. [6] chaḍḍeyanti, cd.

Khīṇakulīne kapaṇe anubhūtan te dukkhaṃ aparimāṇaṃ assu [1] ca te pavattaṃ bahūni jātisahassāni. 220.
Passi taṃ susānamajjhe atho pi khāditāni puttamaṃsāni hatakulikā sabbagarahitā matapatikā amataṃ adhigacchi. 221.
Bhāvito me maggo ariyo aṭṭhaṅgiko amatagāmi nibbānaṃ sacchikataṃ dhammādāsaṃ avekkhitaṃ. 222.
Ahaṃ amhi kantasallā [2] ohitabhārā kataṃ me karaṇīyaṃ Kisāgotamī therī suvimuttacittā imaṃ bhaṇī ti. 223.

Tattha kalyāṇamittatā ti kalyāṇo bhaddo sundaro mitto etassā ti kalyāṇamitto. Yassa sīlādiguṇasampanno aghassa ghātāhitassa vidhānāni evaṃ sabbākāreṇa upakāro mitto hoti so puggalo kalyāṇamitto, tassa bhāvo kalyāṇamittatā kalyāṇamittavantatā. Muninā ti satthārā. Lokaṃ ādissa vaṇṇitā ti kalyāṇamitte anuggahetabbaṃ. Sattalokaṃ uddissa sakalam eva h'idaṃ [3] Ānanda brahmacariyaṃ yad idaṃ kalyāṇamittatā kalyāṇasahāyatā kalyāṇasampavaṅkatā. Kalyāṇamittass' etaṃ Meghiya bhikkhuno pāṭikaṅkhaṃ kalyāṇasahāyassa kalyāṇasampavaṅkassa yaṃ sīlavā bhavissatī ti pātimokkhasaṃvarasaṃvuto viharatī ti ca. Evamādinā pasaṃsitā kalyāṇamitte bhajamāno ti ādi kalyāṇamittatāya ānisaṃsadassanaṃ. Tattha api bālo paṇḍito assā ti kalyāṇamitte bhajamāno puggalo pubbe sutādivirahena bālo pi samāno sutasavaṇādinā paṇḍito bhaveyya. Bhajitabbā sappurisā ti bālassa pi paṇḍitabhāvahetuto buddhādayo sappurisā kālena kālaṃ upasaṅkamanādinā sevitabbā.

Paññā tathā pavaḍḍhati bhajantānan ti kalyāṇamitto bhajantānaṃ tathā paññā vaḍḍhati brūhati pāripūriṃ gacchati. Yathā tesu yo koci khattiyādiko bhajamāno sappurise sabbehi jātiādidukkhehi muceyyā ti yojanā. Muñcanavītipatanakalyāṇamittavidhiṃ [4] dassetuṃ dukkhañ ca vijāneyyā ti ādi vuttaṃ.

---

[1] asu, cd. [2] tamhi kantisallā, cd.
[3] h'itam, cd. [4] °vītipana°, cd.

Tattha cattāri pi ariyasaccānī ti dukkhañ ca dukkhasamudayañ ca nirodhañ ca aṭṭhaṅgikaṃ maggañ cā ti imāni cattāri ariyasaccāni vijāneyya paṭivajjeyyā ti yojanā.

Dukkho itthibhāvo ti ādikā dve gāthā aññatarāya yakkhiniyā itthibhāvaṃ garahantiyā bhāsitā. Tattha dukkho itthibhāvo akkhāto ti capalatā gabbhadhāraṇaṃ sabbakālaṃ parapaṭibaddhavuttitā ti. Evamādihi ādīnavehi itthibhāvo dukkho ti purisadammasārathinā bhagavatā kathito. Sapattikaṃ pi dukkhan ti sapattavāso[1] sapattiyā saddhiṃ saṃvāso pi dukkho, ayaṃ pi itthibhāvo ādīnavo ti adhippāyo. Appekaccā sakiṃ vijātāyo ti ekaccā itthiyo ekavāram eva vijātā paṭhamagabbho vijāyanadukkhaṃ asahantiyo gale[2] apakantanti attano gīvaṃ chindanti. Sukhumāliniyo visāni khādantī ti sukhumālasarīrā attano sukhumālabhāvena khedaṃ avisahantiyo visāni pi khādanti.

Janamārakamajjhagatā ti janamārako vuccati mūḷhagabbho mātugāmajanassa mārako, majjhagatā janamārakā kucchigatamūḷhagabbhā ti attho. Ubho pi vyasanāni anubhontī ti. Gabbho gabbhinī cā ti dvo pi janā maraṇamāraṇantikavyasanāni[3] pāpuṇanti. Apadassa na gaṇantī ti janamārakā nāma kilesā. Tesaṃ majjhagatā kilesasantānapatitā ubho pi jāyāpatikā idha kilesapariḷāhavasena āyatiṃ duggatiparikkilesavasena vyasanāni pāpuṇantī ti. Imā kira dve gāthā sā yakkhinī purimattabhāve attano anubhūtadukkhaṃ anussaritvā āha.[4] Therī pana itthībhāve ādīnavavibhāvanāya[5] paccanubhāsantī avoca: upavijaññā gacchantī ti ādikā dve gāthā Paṭācārāya theriyā pavattiṃ[6] ārabbha bhāsitā. Tattha upavijaññā gacchantī ti upagatavijāyanakāle maggaṃ gacchantī appattā sakaṃ gehaṃ pantho vijāyitvā patiṃ[7] mataṃ addasaṃ ahan ti yojanā.

Kapaṇikāyā ti varākāya.[8] Imā kira dve gāthā Paṭā-

---

[1] sapakkav°, cb. [2] galale, cd.
[3] maraṇaṃ māraṇantikaṃ vyasanāni, cd.
[4] cd. *om.* āha. [5] ādīnavaṃ vibh°, cd.
[6] pavatti, cd: [7] pati, cd. [8] varakāya, cd.

cārāya tadā eokmmmādappattayā vuttā 'va vuttakāraṇaanukaraṇavasena[1] itthibhāve ādīnavavibhāvanattbaṃ[2] eva theriyā vuttā. Ubhayaṃ p'etaṃ udāharaṇabhāvena ānetvā idāni attano anubhūtaṃ dukkhaṃ vibhāventī k h ī ṇ a k u l ī n e ti ādim āha.

Tattha k h ī ṇ a k u l ī n e ti bhogādībi pārijuññappattakule. K a p a ṇ e ti[3] kapaṇapaññātaṃ patte ubhayaṃ c'etaṃ attano eva āmantanavacanaṃ. A n u b h ū t a n t e d u k k h a ṃ a p a r i m ā ṇ a n ti imasmiṃ attabhāve ito parimattabhāvesu vā anappakaṃ dukkhaṃ tassā anubhāvitaṃ.[4] Idāni taṃ dukkhaṃ ekadesena vibhajitvā dassetuṃ a s s u c a t e p a v a t t a n ti ādi vuttaṃ. Tass'attho: imasmiṃ anamatagge saṃsāre paribhavantiyā bahukāni jātisahassāni sokāni bhūtāya a s s u c a p a v a t t a ṃ avisositaṃ katvā tañ c'etaṃ mahāsamuddassa udakato pi bahukam eva siyā.

P a s s i t a ṃ s u s ā n a m a j j h e ti. Manussamaṃsakhādikā sunakhī siṅghālī ca hutvā vyagghadīpībiḷārādikāle p u t t a m a ṃ s ā n i p i k h ā d i t ā n i.

H a t a k u l i k ā ti vinaṭṭhakulavaṃsā. Sabbehi pi g a r a h i t ā garahappattā. M a t a p a t i k ā vidhavā. Ime pana tayo pakāre carimattabhāve attano anuppatte gahetvā vadati. Evaṃbhūtā pi hutvā adhiccaladdhāya kalyāṇamittasevāya a m a t a m a d h i g a c c h i nibbānaṃ anuppattā. Idāni tam eva amatādhigamaṃ pākaṭaṃ katvā dassetuṃ b h ā v i t o[5] ti ādi vuttaṃ.

Tattha b h ā v i t o[6] ti vibhāvito uppādito vaḍḍhito bhāvanābhisamayavasena paṭiladdho. D h a m m ā d ā s a ṃ a p e k k h i 'h a ṃ ti dhammamayaṃ ādāsaṃ adakkhiṃ apassiṃ ahaṃ.

A h a ṃ a m h i[7] k a n t a s a l l ā[8] ti ariyamaggena samucchinnarāgādisallā ahaṃ amhi. O h i t a b h ā r ā ti oropitakilesābhisaṃkhārā. K a t a ṃ k a r a ṇ ī y a n ti pariññā-

---

[1] vuttāyavuttakārayaanuk°, cd. [2] ādīnavaṃ vibh°, cd.
[3] kapaṇe ti *om.* cd. [4] anubhavitaṃ, cd.
[5] bhāvitako, cd. [6] bhavitako, cd.
[7] tamhi, cd. [8] kantisallā, cd.

dibhedaṃ soḷasavidhaṃ pi kiccaṃ kataṃ pariyositaṃ. Suvimuttacittā imaṃ bhaṇī ti sabbaso vimuttacittā ti Kisāgotamī[1] therī imam atthaṃ kalyāṇamittatā ti ādinā abhaṇī ti attānaṃ paraṃ viya therī vadati.

Tatr' idaṃ imissā theriyā Apadānaṃ :

Padumuttaro nāma jino sabbadhammāna pāragū
ito satasahassamhi kappe uppajji nāyako. 1.
Tadāhaṃ Haṃsavatiyaṃ jātā aññatare kule
upetvā taṃ naravaraṃ saraṇaṃ samupāgamiṃ. 2.
Dhammañ ca tassa assosiṃ catusaccūpasaṃhitaṃ
madhuraṃ paramassādaṃ vaṭṭasantisukhāvahaṃ.[2] 3.
Tadā ca bhikkhuniṃ vīro lūkhacīvaradhāriniṃ[3]
ṭhapento etadaggamhi vaṇṇayi purisuttamo. 4.
Janetvā 'nappakam pītiṃ[4] sutvā bhikkhuniyā guṇaṃ[5]
kāraṃ katvāna buddhassa yathā sattiṃ[6] yathā balaṃ 5.
Nipacca munivaran[7] taṃ taṃ ṭhānaṃ abhipatthayiṃ.
tadānumodi sambuddho ṭhānalābhāya nāyako. 6.
Satasahasse ito kappe Okkākakulasambhavo
Gotamo nāma nāmena satthā loke bhavissati. 7.
Tassa dhammesu dāyādā orasā dhammanimmitā
Kisāgomatī nāmena[8] hessasi[9] satthu sāvikā. 8.
Taṃ sutvā muditā hutvā yāvajīvaṃ tadā jinaṃ
mettacittā[10] paricariṃ paccayehi vināyakaṃ. 9.
Tena kammena sukatena cetanāpaṇidhīhi ca
jahitvā mānusaṃ dehaṃ Tāvatiṃsaṃ agacchi 'haṃ. 10.
Imamhi bhaddake kappe brahmabandhu mahāyaso
Kassapo nāma nāmena uppajji vadataṃ varo. 11.
Upaṭṭhāko mahesissa tadā āsi narissaro
Kāsirājā Kikī nāma Bārāṇasīpuruttame. 12.
Pañcamī tassa dhītāsiṃ[11] Dhammā nāmena vissutā
dhammaṃ sutvā jinaggassa pabbajjaṃ[12] samarocayiṃ. 13.

---

[1] kilesāgot °, cd
[2] cittasanti°, P.; vittaṃ santi°, B.
[3] °dhārinam, P.
[4] pīti, P.
[5] guṇe, A.
[6] satti, P.
[7] munivīran, B. P.
[8] Gotamī nāma nāmena, A.
[9] hessati, A.
[10] mettacittaṃ, P.
[11] dhītāpi, P.
[12] pabbajaṃ, A.

Anujāni na no tāto agāre ca [1] tadā mayaṃ
vīsaṃ vassasahassāni vicarimhā atanditā 14.
Komāriṃ brahmacariyaṃ [2] rājakaññā sukhedhitā
buddhopaṭṭhānaniratā muditā satta dhītaro 15.
Samaṇī Samaṇaguttā ca Bhikkhunī Bhikkhadāyikā [3]
Dhammā c'eva Sudhammā ca sattamī Saṅghadāyikā 16.
Khemā Uppalavaṇṇā ca Paṭācārā ca Kuṇḍalā
ahaṃ ca Dhammadinnā ca Visākhā hoti sattamī. 17.
Tehi kammehi sukatehi cetanāpaṇidhīhi ca
jahitvā mānusaṃ dehaṃ Tāvatiṃsaṃ agacchi 'haṃ. 18.
Pacchime ca bhave dāni jātā seṭṭhikule ahaṃ
duggate adhane naṭṭhe gatā ca sadhanaṃ kulaṃ. 19.
Patiṃ ṭhapetvā [4] sesā me dessanti [5] adhanā iti
yadā ca pasutā [6] āsiṃ sabbesaṃ dayitā [7] tadā. 20.
Yadā me taruṇo putto [8] komalako [9] sukhedhito
sapāṇam iva [10] kanto me tadāyam avasaṅgato. 21.
Sokaṭṭā dīnavadanā assunettā rudammukhā
mataṃ kuṇapam ādāya vilapantī gamām' ahaṃ. 22.
Tadā ekena sandiṭṭhā upetvābhi Sakkuttamaṃ [11]
avocaṃ [12] dehi bhesajjaṃ puttasañjīvanan ti bho.[13] 23.
"Na vijjanto matā yasmiṃ [14] gehe siddhatthakaṃ tato
āharā" ti jino āha vinayopāyakovido. 24.
Tadā gamitvā Sāvatthiṃ na labhiṃ [15] tādisaṃ gharaṃ
kuto siddhatthakaṃ tasmā [16] tato laddhā satiṃ [17] ahaṃ. 25.
Kuṇapaṃ chaḍḍayitvāna [18] upesiṃ [19] lokanāyakaṃ.
Dūrato 'va mamaṃ disvā avoca madhurassaro: 26.
yo ca vassasataṃ jīve apassaṃ udayabbayaṃ
ekāhaṃ jīvitaṃ [20] seyyo passato udayabbayaṃ. 27.

---

[1] agāre va, A. [2] Komārabrahmacariyā, P.
[3] Bhikkhud°, A. [4] patiṭṭhapitvā, P.
[5] dissanti, B. [6] passutā, P. [7] dassitā, P.
[8] yadā so taruṇo bhaddo, A. [9] kāmalono, P.
[10] sapāṇam idha, P. [11] upetvā abhibhuttamaṃ, P.
[12] avocuṃ, A. [13] °nantigo, P.; °nantike, B.
[14] mahāsmiṃ, P. [15] nālabhiṃ, P.
[16] siddhatthakamasmā, P. [17] sati, P.
[18] chaṭṭayitvāna, A. [19] upemi, P. [20] jīvitā, A.

Na gāmadhammo no nigamassa dhammo
na cāpi yaṃ ekakulassa dhammo
sabbassa lokassa sadevakassa
es'eva dhammo yad idaṃ aniccatā. 28.
Sāhaṃ sutvān'[1] imā gāthā dhammacakkhuṃ visodhayiṃ
tato viññātasaddhammā pabbajiṃ anagāriyaṃ. 29.
Tathā[2] pabbajitā santī yuñjantī jinasāne
na ciren' eva kālena arahattaṃ apāpuṇiṃ. 30.
Iddhīsu ca vasī homi dibbāya sotadhātuyā
paracittāni jānāmi satthu sāsanakārikā. 31.
Pubbenivāsaṃ jānāmi dibbacakkhuṃ visodhayiṃ[3]
khepetvā āsave sabbe visuddhāsiṃ sunimmalā. 32.
Pariciṇṇo mayā satthā kataṃ buddhassa sāsanaṃ
ohito garuko bhāro bhavanetti samūhatā. 33.
Yass' atthāya pabbajitā agārasmānagāriyaṃ
so me attho anuppatto sabbasaññojanakkhayo. 34.
Atthadhammaniruttīsu paṭibhāṇe tath'eva ca
ñāṇaṃ me vimalaṃ suddhaṃ buddhaseṭṭhassa vāhasā.[4] 35.
Saṅkārakūṭā āhitvā[5] susānāratiyā pi ca[6]
tato saṃghāṭikaṃ katvā lūkhaṃ dhāremi cīvaraṃ. 36.
Jino tasmiṃ guṇe tuṭṭho lūkhacīvaradhāraṇe
ṭhapesi etadaggamhi parisāsu vināyako. 37.
Kilesā jhāpitā mayhaṃ —pa— kataṃ buddhassa sāsanan
ti. 38.

Kisāgotamītheriyā gāthāvaṇṇanā samattā.
Ekādasanipātavaṇṇanā niṭṭhitā.

LXIV.

Dvādasanipāte ubhomātā ca pitā cā ti ādikā Uppalavaṇṇāya theriyā gāthā. Ayaṃ pi Padumuttarassa bhagavato kālo Haṃsavatīnagare kulagehe nibbattitvā viññutaṃ patvā mahājanena saddhiṃ satthu santikaṃ gantvā

---

[1] sahasutvān', A. [2] tassā, P.
[3] visodhitaṃ, A. [4] buddhaseṭṭhasāvikā, P.
[5] ahatā, P. B. [6] susānarathiyāhi ca, P. B.

dhammaṃ suṇantī satthāraṃ ekaṃ bhikkhuniṃ iddhimatīnaṃ[1] aggaṭṭhāne ṭhapentaṃ disvā sattāhaṃ buddhapamukhassa saṅghassa mahādānaṃ datvā taṃ ṭhānantaraṃ patthesi. Sā yāvajīvaṃ kusalaṃ katvā devamanussesu saṃsarantī Kassapabuddhakāle Bārāṇasīnagare Kikissa rañño gehe paṭisandhiṃ gahetvā sattannaṃ bhaginīnaṃ abbhantarā hutvā vīsati vassasahassāni brahmacariyaṃ caritvā bhikkhunīsaṅghassa pariveṇaṃ kāretvā devalokaṃ nibbattā. Tato cavitvā puna manussalokaṃ āgacchantī ekasmiṃ gāmake sahatthā kammaṃ katvā jīvanakaṭṭhāne nibbattā. Sā ekadivasaṃ khettakuṭiṃ gacchantī antarāmagge ekasmiṃ sare pāto 'va pupphitaṃ padumapupphaṃ disvā taṃ saraṃ oruyha taṃ eva pupphaṃ lājapakkhipanatthāya paduminipattaṃ gahetvā kedāre sālisīsāni chinditvā kuṭikāya nisinnā lājo bhajjitvā[2] pañca lājasatāni katvā ṭhapesi. Tasmiṃ khaṇe Gandhamādanapabbate nirodhasamāpattito vuṭṭhito eko paccekabuddho āgantvā tassā avidūre ṭhāne aṭṭhāsi. Sā paccekabuddhaṃ disvā lājehi saddhiṃ padumapupphaṃ gahetvā kuṭito oruyha lāje paccekabuddhassa patte pakkhipitvā padumapupphena pattaṃ pidhāya adāsi. Ath' assā paccekabuddhe thokaṃ gate etad ahosi: pabbajitā nāma pupphena anatthikā, ahaṃ pupphaṃ gahetvā pilandhissāmī ti gantvā paccekabuddhassa hatthato pupphaṃ gahetvā puna cintesi: "sace ayyo pupphena anatthiko bhavissa pattamatthake ṭhapetuṃ nādassā" ti puna gantvā pattamatthake ṭhapetvā paccekabuddhaṃ khamāpetvā "bhante imesaṃ lājānaṃ nissandena lājagaṇanañña puññā assu padumapupphanissandena nibbattaṭṭhāne pade pade padumapupphaṃ uṭṭhahatū" ti patthanaṃ akāsi.

Paccekabuddho tassā passantiyā 'va ākāsena Gandhamādanaṃ gantvā taṃ padumaṃ Nandamūlakapabbhāre paccekabuddhānaṃ akkamanasopānasamīpe pādapūjanaṃ katvā ṭhapesi. Sā pi tassa kammassa nissandena devaloke paṭisandhiṃ gaṇhi. Nibbattakālato paṭṭhāya tassā pade pade padumapupphaṃ uṭṭhāsi. Sā tato cavitvā pabbatapāde

---

[1] iddhimantānaṃ, ed.   [2] tajjitvā, ed.

ekasmiṃ padmasare padumagabbhe nibbatti. Taṃ nissāya eko tāpaso vasati. So pāto 'va mukhadhovanatthāya saraṃ gantvā taṃ pupphaṃ disvā cintesi: "idaṃ pupphaṃ sesehi mahantataraṃ sesāni ca pupphitāni idaṃ makulitam eva bhavitabbam ettha kāraṇenā" ti udakaṃ otaritvā taṃ pupphaṃ gaṇhi. Taṃ tena gahitamattaṃ eva pupphitaṃ. Tāpaso anto padumagabbhe nippannaṃ dārikaṃ addasa. Diṭṭhakālato paṭṭhāya dhītu sinehaṃ labhitvā padumen' eva saddhiṃ paṇṇasālaṃ netvā mañcake nipajjāpesi. Ath' assā puññānubhāvena aṅguṭṭhake khīraṃ nibbatti. So tasmiṃ pupphe milāte aññaṃ navaṃ pupphaṃ āharitvā taṃ nipajjāpesi. Ath' assā ādhāvanavidhāvanena kīḷituṃ samatthakālato paṭṭhāya padavāre padumapupphaṃ uṭṭhāti. Kuṅkaṭṭharāsiyā viya sarīravaṇṇo hoti. Sā appattā devavaṇṇaṃ atikkantā mānussavaṇṇaṃ ahosi. Sā pitari phalāphalatthāya gate paṇṇasālāyaṃ ohīyati. Ath' ekadivasaṃ tassā vayappattakāle pitari phalāphalatthāya gate eko vanacariko taṃ disvā cintesi: "manussānaṃ nāma evarūpaṃ n'atthi, vīmaṃsissāmi taṃ" ti tāpasassa āgamanaṃ udikkhanto nisīdi. Sā pitari āgacchante paṭipathaṃ gantvā tassa hatthato kājaṃ kamaṇḍaluṃ aggahesi. Āgantvā nisinnassa ca attano karaṇavantaṃ dassesi. Tadā so vanacarako manussabhāvaṃ ñatvā tāpasaṃ abhivādetvā nisīdi. Tāpaso taṃ vanacarakaṃ mūlaphalena pānīyena ca nimantetvā "bho purisa imasmiṃ eva ṭhāne bhavissasi udāhu gamissasī" ti pucchi. "Gamissāmi bhante idha[1] kiṃ karissāmī" ti. Idaṃ tassā diṭṭhakāraṇaṃ gataṭṭhāne apanetuṃ sakkhisī ti. Sace ayyo na icchati kiṃkāraṇā kathessāmī ti tāpasaṃ vanditvā gamanakāle maggasañjānanatthaṃ sākhāsaññañ ca rukkhasaññañ ca karonto pakkami. So pi Bārāṇasiṃ gantvā rājānaṃ addasa. Rājā "kasmā āgato sī" ti pucchi "ahaṃ deva tumhākaṃ vanacarako pabbatapāde acchariyaṃ itthiratanaṃ disvā āgato 'mhī" ti sabbaṃ pavattiṃ kathesi. So tassa vacanaṃ sutvā vegena pabbatapādaṃ gantvā avidūre ṭhāne khandhavāraṃ nivesetvā vanacara-

---

[1] ida, cd.

kena c'eva aññehi purisehi ca saddhiṃ tāpasassa bhattakiccaṃ katvā nisinnavelāya tattha gantvā abhivādetvā paṭisanthāraṃ katvā ekamantaṃ nisīdi. Rājā tāpasassa pabbajitaparikkhārabhaṇḍaṃ pādamūle ṭhapetvā: "bhante imasmiṃ ṭhāne kiṃ karoma gamissāmī" ti āha. "Gaccha mahārājā" ti. "Gacchāmi bhante ayyassa pana samīpe visabhāgaparisā atthī' ti assu mahāpapañco[1] eva pabbajitānaṃ." "Mayā saddhiṃ gacchatu bhante" ti. Manussānaṃ nāma cittaṃ duṭṭho sayaṃ kataṃ bahunnaṃ majjhe vasissāmā ti amhākaṃ rucitakālato paṭṭhāya sesānaṃ jeṭṭhakaṭṭhāne ṭhapetvā paṭipajjituṃ.[2] So rañño kathaṃ sutvā daharakāle gahitanāmavasen' eva "amma Padumavatī" ti dhītaraṃ pakkosi. Sā ekavacanen' eva paṇṇasālato pitaraṃ abhivādetvā aṭṭhāsi. Atha naṃ pitā āha: "tvaṃ amma vayappattā imasmiṃ ṭhāne rañño diṭṭhakālato paṭṭhāya vasituṃ abhabbā, rañño saddhiṃ gaccha ammā" ti. Sā "sādhu tātā" ti pitu vacanaṃ sampaṭicchitvā abhivādetvā rodamānā aṭṭhāsi. Rājā "imissā catucittaṃ gaṇhissāmī" ti tasmiṃ yeva ṭhāne kahāpaṇarāsimhi ṭhapetvā abhisekaṃ akāsi. Atha naṃ gahetvā attano nagaraṃ ānetvā āgatakālato paṭṭhāya sesitthiyo anoloketvā tāya saddhiṃ yeva ramati. Tā itthiyo issāpakatā rañño antare paribhinditukāmā evam āhaṃsu: "nāyaṃ mahārāja manussajātikā, kahaṃ nāma tumhehi manussānaṃ vicaraṇaṭṭhāne padumāni uṭṭhahantāni diṭṭhapubbāni. Addhā ayaṃ yakkhinī ti haratha naṃ mahārājā" ti. Rājā tāsaṃ kathaṃ sutvā tuṇhī ahosi. Ath' assāparena samayena paccanto kupito. So "garubhārā Padumavatī" ti nagare ṭhapetvā paccantaṃ agamāsi. Atha tā itthiyo tassā upaṭṭhāyikāya lañcaṃ datvā: "imissā dārakaṃ jātakamattam eva ānetvā ekaṃ dārughaṭikaṃ lohitena makkhitvā santike ṭhapehī" ti āhaṃsu. Padumavatiyā pi nacirass' eva gabbhavuṭṭhānaṃ ahosi. Mahāpadumakumāro ekako 'va kucchiyaṃ vasi, avasesā ekūnapañcasatā dārakā Mahāpadumakumārassa mātu kucchito nikkhamitvā nipphannā kāle saṃsedajātā hutvā nibbattiṃsu. Ath' assā nabhā va ayaṃ

[1] °papañcā, cd. [2] paṭipajjituṃ, cd.

satiṃ[1] labhatī ti ñatvā upaṭṭhāyikā ekaṃ dārughaṭikaṃ lohitena makkhitvā samīpe ṭhapetvā tāsaṃ itthīnaṃ aññaṃ adāsi. Tā pi pañcasatā itthiyo ekekā ekekaṃ dārakaṃ gahetvā cundānaṃ santikaṃ pesetvā karaṇḍakaṃ āharāpetvā attanā gahitadārake tattha nipajjāpetvā bahi lañcanaṃ katvā ṭhapayiṃsu. Padumavatī pi kho saññaṃ labhitvā taṃ upaṭṭhāyikaṃ "kiṃ vijāt' amhi ammā" ti pucchi. Sā taṃ santajjetvā "kuto tvaṃ dārakaṃ labhasī" ti vatvā "ayaṃ tava kucchito nikkhantadārako" ti lohitamakkhitaṃ dārughaṭikaṃ purato ṭhapesi. Sā taṃ disvā domanassappattā "sīghaṃ taṃ phāletvā apanehi, saco koci passeyya lajjitabbaṃ bhaveyyā" ti āha. Sā tassā kathaṃ sutvā attakāmā viya dārughaṭikaṃ phāletvā uddhane pakkhipi. Rājā paccantato āgantvā nakkhattaṃ paṭimānento bahi nagare khandhavāraṃ katvā nisīdi. Atha tā pañcasatā itthiyo rañño paccuggamanaṃ āgantvā āhaṃsu: "tvaṃ mahārāja amhākaṃ na saddahasi, amhehi vuttaṃ akāraṇaṃ viya hoti, tvaṃ mahesiyā upaṭṭhāyikaṃ pakkosāpetvā paṭipuccha, dārughaṭikaṃ devī vijātā" ti. Rājā taṃ kāraṇaṃ upaparikkhitvā "amanussajātikā bhavissatī" ti taṃ gehato nikkaḍḍhi. Tassā rājagehato saha nikkhamanen' eva padumapupphāni antaradhāyiṃsu, sarīracchavi pi vivaṇṇā ahosi. Sā ekikā 'va antaravīthiyā pāyāsi. Atha naṃ ekā vayappattā mahallikā itthī disvā dhītu sinehaṃ uppādetvā "kahaṃ gacchasī" ti āha. "Āgantuk' amhi vasanaṭṭhānaṃ olokentī carāmī" ti. "Idhāgaccha ammā" ti vasanaṭṭhānaṃ datvā bhojanaṃ paṭiyādesi. Tassā iminā niyāmena tattha vasamānāya tā pañcasatā itthiyo ekacittā hutvā rājānaṃ āhaṃsu: "mahārāja tumhesu khandhavāraṃ gatesu amhehi Gaṅgādevatāya amhākaṃ deve jīvitasaṅgāme āgate balikammaṃ katvā udakakīḷaṃ[2] karissāmā" ti patthitaṃ atthi. Etam atthaṃ deva jānāpemā" ti. Rājā tesaṃ vacanena tuṭṭho gaṅgāya udakakīḷikaṃ kātuṃ agamāsi. Tā pi attanā gahitakaraṇḍakaṃ paṭicchannaṃ katvā ādāya nadiṃ gantvā tesaṃ karaṇḍakānaṃ paṭicchādanatthaṃ pārupitvā udake

[1] sati, cd. [2] udakaṃ kīlaṃ, cd.

vissajjesuṃ. Te pi kho karaṇḍakā gantvā heṭṭhāsotc pasāritajālamhi laggiṃsu. Tato udakakīḷaṃ kīḷitvā rañño uttiṇṇakāle[1] jālaṃ ukkhipitvā te karaṇḍake disvā rañño santikaṃ nayiṃsu. Rājā karaṇḍakaṃ oloketvā "kiṃ tāta karaṇḍakesū" ti āha. "Na jānāma devā" ti. So te karaṇḍake vivarāpetvā olokento paṭhamaṃ Mahāpadumakumārassa karaṇḍakaṃ vivarāpesi. Tesaṃ pana sabbesaṃ pi karaṇḍakesu uipajjāpitadivasesu yeva puññiddhiyā aṅguṭṭhako khīraṃ nibbatti. Sakko devarājā tassa rañño nikkaṅkhabhāvatthaṃ antokaraṇḍake akkharāni likhāpesi: "ime kumārā Padumavatiyā kucchimhi nibbattā Bārāṇasīrañño puttā, atha te Padumavatiyā sapattiyo pañcasatā itthiyo karaṇḍakesu pakkhipitvā udake khipiṃsu. Rājā imaṃ kāraṇaṃ jānātū" ti. Karaṇḍake vivaramatte rājā akkharāni vācetvā dārake disvā Mahāpadumakumāraṃ ukkhipitvā: "vegena rathe yojitaasse kappetha, ahaṃ ajja antonagaraṃ pavisitvā ekaccānaṃ mātugāmānaṃ piyaṃ karissāmī" ti pāsādavaraṃ āruyha hatthīgīvāya sahassabhaṇḍikaṃ ṭhapetvā bheriṃ carāpesi: "yo Padumavatiṃ[2] passati so imaṃ sahassaṃ gaṇhātū[3]" ti. Taṃ kathaṃ sutvā Padumavatī mātu saññaṃ adāsi: "hatthīgīvato sahassaṃ gaṇha ammā" ti. "Nāhaṃ evarūpaṃ gaṇhituṃ visahāmī" ti āha. Sā dutiyaṃ pi vutte "kiṃ vatvā gaṇhāmi ammā" ti āha. "Mama dhītā Padumavatī devī nāmā ti vatvā gaṇhāhī" ti. Sā "yaṃ vā taṃ vā hotū" ti gantvā sahassacaṅgoṭakaṃ gaṇhi. Atha naṃ manussā pucchiṃsu: "Padumavatiṃ deviṃ[4] passasī" ti. "Ahaṃ pana na passāmi, dhītā kira pana me passatī[5]" ti āha. Te "kahaṃ pana sā ammā" ti vatvā tāya saddhiṃ gantvā Padumavatiṃ[6] sañjānetvā pādesu nipatiṃsu. Tasmiṃ kāle sā Padumavatī devī ayan ti ñatvā "bhāriyaṃ vata itthiyā kammaṃ kataṃ yā evaṃvidhassa rañño mahesī samānā evarūpe ṭhāne niyārakkhā vasī" ti āha. Te pi rājapurisā Padumavatiyā nivesanaṃ setasāṇīhi parikkhipā-

---

[1] uttinnak°, cd.
[2] Padumavatī, cd.
[3] gaṇhatū, cd.
[4] Padumavatī devī, cd.
[5] passasī, cd.
[6] Padumavatī, cd.

petvā dvāre ārakkhaṃ ṭhapetvā gantvā rañño ārocesuṃ. Rājā suvaṇṇasivikaṃ pesesi. Sā "ahaṃ evaṃ nāgamissāmi, mama vasanaṭṭhānato paṭṭhāya yāva rājagehaṃ etthantare varapotthakacittattharaṇe attharāpetvā uparisovaṇṇatārakavicittaṃ celavitānaṃ bandhāpetvā pasādhanatthāya sabbālaṅkāresu pahitesu padasā' va āgamissāmi, evaṃ me nāgarā sampattiṃ[1] passissantī" ti āha. Rājā "Padumavatiyā ruciṃ karothā" ti āha. Tato Padumavatī "sabbapasādhanaṃ pasādhetvā rājagehaṃ gamissāmī" ti maggaṃ paṭipajji. Akkantaṭṭhāne varapotthakacittattharaṇaṃ bhinditvā padumapupphāni uṭṭhahiṃsu. Sā mahājanassa attano sampattiṃ dassetvā rājanivesanaṃ āruyha sabbe pi te celacittattharaṇe tassā mahallikāya posāvayanikamūlaṃ[2] katvā dāpesi. Rājā pi kho tā pañcasatā itthiyo pakkosāpetvā: "imā te devī dāsiyo katvā demī" ti āha. "Sādhu mahārāja tāsaṃ mayhaṃ dinnabhāvaṃ sakalanagare jānāpehī" ti. Rājā nagare bheriṃ carāpesi: "Padumavatiyā dūsikā pañcasatā itthiyo etissā 'va dāsiyo katvā dinnā ti." So[3] tāsaṃ sakalanagare dāsibhāvo sallakkhito ti ñatvā "ahaṃ mama dāsiyo bhujisse kātuṃ labhāmi devā" ti rājānaṃ pucchi. "Tava icchā devī" ti evaṃ sante tam eva bhericārikaṃ pakkosāpetvā "Padumavatiyā deviyā attano dāsiyo katvā dinnā pañcasatā itthiyo sabbā 'va bhujissaṃ katā ti puna bheriṃ carāpethā" ti āha. Sā tāsaṃ bhujissabhāve kate ekūnāni pañcaputtasatāni tāsaṃ yeva hatthe posanatthāya datvā sayaṃ Mahāpadumakumāraṃ yeva gaṇhi. Athāparabhāge tesaṃ kumārānaṃ kīḷanavaye sampatte rājā uyyāne nānāvidhaṃ kīḷanaṭṭhānaṃ kāresi. Te attano soḷasavassuddesikakāle sabbe ekato hutvā uyyāne padumasañchannāya maṅgalapokkharaṇiyā kīḷantā navapadumāni pupphantāni purāṇapadumāni ca daṇḍato patantāni disvā "imassa tāva anupādiṇṇakassa evarūpā jarā pāpuṇāti kim aṅga pana amhākaṃ sarīrassa. Idaṃ hi etaṃ gatikam eva bhavissatī" ti ārammaṇaṃ gahetvā sabbe paccekabodhiñāṇaṃ nibbattitvā uṭṭhāyuṭṭhāya padumakaṇṇikāsu pallaṅkena nisīdiṃsu. Atha

[1] sampatti, cd. [2] posāyanika°, cd. [3] sā, cd.

tehi saddhiṃ gatapurisā bahugataṃ divasaṃ ñatvā "ayyaputtā tumhākaṃ velaṃ jānāthā" ti āhaṃsu. Te tuṇhī aheeuṃ, purisā gantvā rañño ārocesuṃ. "Kumārā devapadumakaṇṇikāsu nisinnā amhesu pi kathentesu vacībhedaṃ na karontī ti." "Yathā ruciyā nesaṃ nisīdituṃ dethā" ti. Te sabbarattiṃ gahitārakkhā padumakaṇṇikāsu nisinnaniyāmen' eva aruṇaṃ uṭṭhāpesuṃ. Purisā punadivase upasaṅkamitvā "devā[1] velaṃ jānāthā" ti āhaṃsu. "Na mayaṃ devā paccekabuddhā nāma[2] amha. Ayyā tumhe bhāriyaṃ kathaṃ kathetha, paccekabuddhā nāma tumhādisā na honti dvaṅgulakesamassu pana kāye paṭimukkaaṭṭhaparikkhārā hontī 'ti. Tena tumhe bhāriyaṃ kathaṃ kathethā" ti.[3] Te dakkhiṇahatthe sīsaṃ parāmasiṃsu, tāvad eva gihiliṅgaṃ antaradhāsi aṭṭha parikkhārā kāye paṭimukkā ca ahesuṃ. Tato passantass' eva mahājanassa ākāsena Nandamūlakapabbhāraṃ agamaṃsu. Sā pi kho Padumavatī devī "ahaṃ bahuputtā hutvā niputtā jātā" ti hadayasokaṃ patvā ten' eva rogena kālaṃ katvā Rājagahanagare dvāragāmake ekahatthena kammaṃ katvā jīvanaṭṭhāne nibbatti. Athāparabhāge kulagharaṃ gatā ekadivasaṃ sāmikassa khette yāguṃ haramānā tesaṃ attano puttānaṃ antare aṭṭha paccekabuddhe bhikkhācāravelāyaṃ ākāsena āgacchante disvā sīghaṃ gantvā sāmikassa ārocesi: "passa ayye[4] paccekabuddhe ete nimantetvā bhojeyyāmī" ti. So āha: "samaṇā sakuṇā nām' ete aññadā pi evaṃ caranti, na ete paccekabuddhā" ti. Te tesaṃ kathentānaṃ yeva avidūre ṭhāne otariṃsu. Sā itthīnaṃ divasaṃ attanā labhanakaṃ khajjaṃ tesaṃ datvā "eve aṭṭha pi no mayhaṃ bhikkhaṃ gaṇhathā" ti āha. "Sādhu upāsike tava sakkāro ettako 'va hotu, āsanāni ca aṭṭh' eva hontu. Aññe pana bahū pi paccekabuddhe disvā tava cittaṃ pasīdeyyāsī" ti. Sā puna divase aṭṭha āsanāni paññāpetvā aṭṭhannaṃ paṭiyādetvā nisīdi. Nimantitapaccekabuddhā sesānaṃ saññaṃ adaṃsu: "mārisā ajja aññattha agantvā sabbe 'va tumhākaṃ mātu saṅgahaṃ karothā" ti. Tesaṃ vacanaṃ

---

[1] deva, cd. [2] nāmassauti, cd.
[3] katheti, cd. [4] ayyo, cd.

sutvā sabbe ekato ākāsena āgantvā mātugāmagharadvāre pātur ahesuṃ. Sā pi paṭhamaṃ laddhasaññāya bahū pi disvā na kampittha. Sabbe 'va te gehaṃ pavisitvā āsanesu nisīdāpesi. Tesu paṭipāṭiyā nisīdantesu navamo aññāni aṭṭha āsanāni māpetvā sayaṃ dhurāsane nisīdati. Yāva āsanāni vaḍḍhanti tāva gehaṃ vaḍḍhati. Evaṃ tesu sabbesu pi nisinnesu sā itthī aṭṭhannaṃ paccekabuddhānaṃ paṭiyāditaṃ sakkāraṃ pañcasatānaṃ pi yāvadatthaṃ datvā aṭṭha nīluppalahatthake āharitvā nivattitapaccekabuddhānaṃ yeva pādamūle ṭhapetvā āha: "mayhaṃ bhante nibbattaṭṭhāne sarīravaṇṇo imesaṃ nīluppalānaṃ antogabbhavaṇṇo viya hotū" ti. Paccekabuddhā mātu anumodanaṃ katvā Gandhamādanaṃ yeva agamaṃsu. Sā pi yāvajīvaṃ kusalaṃ katvā tato cutā devaloke nibbattitvā imasmiṃ buddhuppāde Sāvatthiyaṃ seṭṭhikule paṭisandhiṃ gaṇhi. Nīluppalagabbhasamānavaṇṇatāya c'assā Uppalavaṇṇā tveva nāmaṃ akaṃsu. Atha tassā vayappattakāle sakalajambudīpe rājāno ca seṭṭhino ca seṭṭhissa santikaṃ dūtaṃ pahiṇiṃsu "dhītaraṃ amhākaṃ detū" ti. Apahiṇantā nāma nāhosi. Tato seṭṭhi cintesi: "ahaṃ sabbesaṃ manaṃ gahetuṃ na sakkhissāmi, upāyaṃ pan' ekaṃ karissāmī" ti dhītaraṃ pakkosāpetvā "pabbajituṃ amma sakkhissasī" ti āha. Tassā pacchimabhavikattānaṃ vacanaṃ sīse āsittasatapākatelaṃ viya ahosi. Tasmā pitaram "pabbajissāmi tātā" ti āha. So tassā sakkāraṃ katvā bhikkhunūpassayaṃ netvā pabbājesi. Tassā acirapabbajitāya eva uposathāgāre kālavāro pāpuṇi. Sā padīpaṃ jāletvā uposathāgāraṃ sammajjitvā dīpasikhāya nimittaṃ gaṇhitvā 'va punappunaṃ olokiyamānā tejokasiṇaṃ jhānaṃ nibbattitvā tad eva pādakaṃ katvā arahattaṃ pāpuṇi. Phalena saddhiṃ yeva abhiññāpaṭisambhidā pi ijjhiṃsu. Visesato pana iddhivikubbane ciṇṇavasī ahosi. Tena vuttaṃ Apadāne:

Padumuttaro nāma jino sabbadhammesu pāragū
ito satasahassamhi kappe uppajji nāyako. 1.
Tadāhaṃ Haṃsavatiyaṃ jātā seṭṭhikule ahuṃ
nānāratanapajjoto mahāsukhasamappitā. 2.

Upetvā taṃ mahāvīraṃ assosiṃ dhammadesanaṃ
tato jātappasādāhaṃ upemi saraṇaṃ jinaṃ. 3.
Bhagavā iddhimantānaṃ aggaṃ vaṇṇesi nāyako
bhikkuniṃ lajjiniṃ tādiṃ samādhijhānakovidaṃ. 4.
Tadā muditacittāhaṃ taṃ ṭhānaṃ abhikaṅkhinī
nimantitvā dasabalaṃ sasaṅghaṃ lokanāyakaṃ 5.
Bhojayitvāna sattāhaṃ datvāna ca ticīvaraṃ
satta mālā gahetvāna uppalā devagandhikā 6.
Satta pāde gahetvāna ñāṇamhi abhipūjayiṃ.
nipacca sirasā pāde idaṃ vacanam abravi: 7.
Yādisā vaṇṇitā dhīra ito aṭṭhamakā sāni
tādisāhaṃ bhavissāmi yadi vijjhati nāyaka. 8.
Tadā avoca maṃ satthā visatthā hohi dārake
anāgatamhi addhāne lacchas' etaṃ manorathaṃ. 9.
Satasahasse ito kappe Okkākakulasambhavo
Gotamo nāma nāmena satthā loke bhavissati. 10.
Tassa dhammesu dāyādā orasā dhammanimmitā
nāmen' Uppalavaṇṇā ti rūpena ca yasassinī 11.
Abhiññāsu vasippattā satthu sāsanakārikā
sabbāsavaparikkhīṇā hessasi satthu sāvikā. 12.
Tadāhaṃ muditā hutvā yāvajīvaṃ tadā jinaṃ
mettacittā paricariṃ sasaṅghalokanāyakaṃ. 13.
Tena kammena sukatena cetanāpaṇidhīhi ca
jahitvā mānusaṃ dehaṃ Tāvatiṃsaṃ agacch' ahaṃ. 14.
Tato cutāhaṃ manuje upapannā sayambhuno
uppalehi paṭicchannaṃ piṇḍapātam adās' ahaṃ. 15.
Ekanavute ito [1] kappe Vipassī nāma nāyako
uppajji cārudassano sabbadhammesu cakkhumā. 16.
Seṭṭhidhītā tadā hutvā Bārāṇasipuruttame
nimantetvāna sambuddhaṃ sasaṅghaṃ lokanāyakaṃ 17.
Mahādānaṃ daditvāna uppalehi vimissitaṃ [2]
pūjayitvā cetasā 'va [3] vaṇṇasobhaṃ apatthayiṃ.[4] 18.
Imamhi bhaddake kappe brahmabandhu mahāyaso
Kassapo nāma nāmena uppajji vadataṃ varo.[5] 19.

---

[1] ekanavut' ito, A. [2] vināyakam, A. B.
[3] ca teso ca, P. [4] apatthayi, B. [5] varataṃ varo, P.

Upaṭṭhāko mahesissa tadā āsi narissaro
Kāsirājā Kikī nāma Bārāṇasipuruttame. 20.
Tassāsiṃ [1] dutiyā dhītā Samaṇaguttasavhayā
dhammaṃ sutvā jinaggassa pabbajjaṃ [2] samarocayiṃ. 21.
Anujāni na no tāto agāre 'va tadā mayaṃ
vīsaṃ vassasahassāni vicarimhā atanditā [3] 22.
Komāriṃ brahmacariyaṃ [4] rājakaññā sukhedhitā
buddhopaṭṭhānaniratā muditā satta dhītaro 23.
Samaṇī Samaṇaguttā ca Bhikkhunī Bhikkhadāyikā
Dhammā c'eva Sudhammā ca sattamī Saṅghadāyikā 24.
ahaṃ Khemā ca sappaññā Paṭācārā ca Kuṇḍalā
Kisāgotamī Dhammadinnā Visākhā hoti sattamī. 25.
Tehi kammehi sukatehi cetanāpaṇidhībi ca
jahitvā mānusaṃ dehaṃ Tāvatiṃsaṃ agacchi 'haṃ. 26.
Tato cutā manussesu upapannā mahākule
pītaṃ maṭṭham varaṃ [5] dussaṃ adaṃ arahato ahaṃ. 27.
[6] Tato cutāriṭṭhapure jātā vippakule ahaṃ
dhītā Tirīṭivacchassa Ummādantī manoharā. 28.
Tato cutā janapade kule aññatare ahaṃ
pasutā nātiphītamhi sāliṃ gopem' ahan tadā.[6] 29.
Disvā paccekasambuddhaṃ [7] pañca lājasatāni [8] 'haṃ
datvā padumachannāni pañca puttasatāni 'haṃ 30.
Patthayiṃ.[9] Te samijjhisuṃ [10] madhuṃ datvā sayambhuno.
tato cutā araññe 'haṃ ajāyiṃ padumodare. 31.
Kāsirañño mahesī 'haṃ [11] hutvā sakkatapūjitā
ajaniṃ [12] rājaputtānaṃ anūnaṃ satapañcakaṃ. 32.
Yadā te yobbanappattā [13] kīḷantā jalakīḷikaṃ
disvā opattapadumaṃ āsuṃ paccekanāyakā 33.
Sāhaṃ tehi vinā bhūtā sutavirābhisokinī [14]
cutā Isigilipasse gāmakamhi ajāyi 'haṃ. 34.

---

[1] tassāpi, P. [2] pabbajaṃ, A. [3] atandikā, A.
[4] komārabr°, P. [5] vantaṃ caraṃ, P. [6]—[6] *om.* P.
[7] disvāna paccekab°, P. [8] lājās°, A.
[9] paṭṭhayiṃ, B. [10] te pi patthesuṃ, A.
[11] mahesīnaṃ, P. [12] ajinaṃ, P. [13] yobbanaṃ patvā, P.
[14] satavīrehi sokinī, B.; sutavinarabbh°, P.

Yadā buddhāsutamati puttānaṃ attano pi ca [1]
yāgum ādāya gacchanti aṭṭha paccekanāyake 35.
Bhikkhāya gāmaṃ gacchante disvā putte anussariṃ.
Khīradhārā [2] viniggacchi tadā me puttapemasā. 36.
Tato tesaṃ adaṃ yāguṃ pasannā sehi pāṇihi
tato cutāhaṃ tidasaṃ Nandanaṃ upapajji 'haṃ. 37.
Anubhotvā [3] sukhaṃ dukkhaṃ saṃsaritvā bhavābhave
tav' atthāya mahāvīra pariccattaṃ ca jīvitaṃ.
[4] Dhītā tuyhaṃ mahāvīra paññavanta jutindhara. 38.
Bahuṃ [5] ca dukkaraṃ kammaṃ kataṃ me atidukkaraṃ
Rāhulo ca ahaṃ c'eva nekajātisato bahu. 39.
Ekasmiṃ sambhave jātā [6] samānachandamānasā
nibbatti ekato hoti jātīsu bahuso mama. 40.
Pacchime bhavasampatte ubho pi nānasambhavā
purimānaṃ jinaggānaṃ sammukhā ca parammukhā. 41.
Adhikāraṃ bahum [7] mayhaṃ tuyh' atthāya mahāmuni
mahāpurisaṃ kammaṃ kusalaṃ parame muni. 42.
Tav' atthāya mahāvīra puññaṃ upacitaṃ mayā
abhabbaṭṭhāne vajjetvā paripācento bahuṃ [8] janaṃ.[4] 43.
Tav' atthāya mahāvīra cattaṃ [9] me jīvitaṃ bahu
evaṃ bahuvidhaṃ dukkhaṃ sampatti ca bahuvidhā.[10] 44.
Pacchime bhavasampatte jātā Sāvatthiyaṃ pure
mahaddhane seṭṭhikule [11] sukhite sajjite [12] tathā 45.
Nānāratanapajjote sabbakāmasamiddhine
sakkatā pūjitā c'eva [13] mānitā pacitā tathā. 46.
Rūpasirim anuppattā [14] kulesu abhisammatā [15]
atīva patthitā [16] cāpi rūpabhogasirīhi [17] ca. 47.

---

[1] sutānaṃ bhattuno pi ca, A.
[2] khīradāra, B.; khīratarā, A.
[3] anubhutvā, P. [4]—[4] *Omitted in* A. B.
[5] bahulo, cd. [6] jāto, cd. [7] bahū, cd.
[8] bahū, cd. [9] cittaṃ, cd.
[10] sampattiñ ca bahuvidhaṃ, A. [11] mahādhanas°, A.
[12] pajjite, P. [13] pūjitā cāpi, P.
[14] rūpasobhaggasampattā, P. [15] abhisakkatā, A.
[16] patthatā, P. [17] rūpasobhasirīhi, P.

Patthitā[1] seṭṭhiputtehi anekehi satehi pi
agāraṃ pajahitvāna pabbajiṃ anagāriyaṃ. 48.
Aḍḍhamāse asampatte catusaccam apāpuṇiṃ.
iddhiyā pi nimmitvāna[2] caturassaṃ rathaṃ ahaṃ
buddhassa pāde vandissaṃ[3] lokanāthassa tādino. 49.
[4] Buddhiyā ca vasī homi dibbāya sotadhātuyā
cetopariyañāṇassa yathā kammūpage tathā. 50.
Pubbenivāsaṃ jānāmi dibbacakkhuṃ visodhitaṃ
sabbāsavā parikkhīṇā n'atthi dāni punabbhavo. 51.
N'atthi dhammaniruttīsu paṭibhāṇe tath' eva ca
ñāṇam me vimalaṃ suddhaṃ sabhāvena mahesino. 52.
Cīvaraṃ piṇḍapātañ ca paccayaṃ sayanāsanaṃ
kāle kālaṃ uppādentī sahassāni samantato.[4] 53.
Supupphitaggaṃ upagamma bhikkhunī
ekā tuvaṃ tiṭṭhasi sālamūle
na c'atthi te dutiyā vaṇṇadhātu
bāle na tvaṃ bhāyasi dhuttakānaṃ. 54.
Sataṃ sahassāni pi dhuttakānaṃ[5]
idhāgatā tādisakā bhaveyyuṃ
lomaṃ na icchāmi na santasāmi
na Māra bhāyāmi tam ekikā pi. 55.
Esā antaradhāyāmi kucchiṃ vā pavisāmi te
bhamukantarikāyaṃ pi tiṭṭhantiṃ maṃ na dakkhasi. 56.
Cittasmiṃ vasibhūt' amhi iddhipādā subhāvitā
sabbabandhanamutt' amhi na taṃ bhāyāmi āvuso. 57.
Sattisūlūpamā kāmā khandhānaṃ adhikuṭṭanā[6]
yaṃ tvaṃ kāmaratiṃ brūsi arati dāni sā mama. 58.
Sabbattha vihatā nandī tamokkhandho padālito.
evaṃ jānāhi pāpima nihato tvam asi antaka. 59.
Jino tamhi guṇe[7] tuṭṭho etadagge ṭhapesi maṃ

---

[1] paṭṭhitā, B.; uḷārā, P.
[2] iddhiyā abhinimmitvā, A.
[3] vanditvā, P.; vandisaṃ, B.
[4]—[4] *Only* P. [5] dhuttakāni, A. [6] °kuṭṭanā, A.
[7] iddhiguṇe, P.

"satthā iddhimatīnaṃ" ti parisāsu vināyako. 60.
paricinno mayā satthā kataṃ buddhassa sāsanaṃ
ohito[1] garuko bhāro bhavanetti samūhatā. 61.
Yass'atthāya pabbajitā agārasmā anagāriyaṃ
so me attho anuppatto sabbasaṃyojanakkhayo. 62.
[2] Cīvaraṃ piṇḍapātaṃ ca paccayaṃ sayanāsanaṃ
khaṇena upanāmenti sahassāni samantato[2] 63.
Kilesā jhāpitā mayhaṃ —pa— kataṃ buddhassa sāsanan
ti. 64.

Ayaṃ pana therī yadā bhagavā Sāvatthīnagaradvāre yamakapāṭihāriyaṃ kātuṃ gaṇḍhabbarukkhamūlaṃ upagacchi tadā satthāraṃ upasaṃkamitvā vanditvā evam āha: "ahaṃ bhante pāṭihāriyaṃ karissāmi, yadi bhagavā anujānātī" ti sīhanādaṃ nadi. Satthā taṃ kāraṇaṃ ñatvā aṭṭhuppattiṃ katvā Jetavanamahāvihāre ariyagaṇamajjhe nisinno paṭipāṭiyā bhikkhuniyo ṭhānantaro ṭhapento imaṃ theriṃ iddhimantānaṃ aggaṭṭhāne ṭhapesi. Sā jhānasukhena phalasukhena ca vītināmentī ekadivasaṃ kāmānaṃ ādīnavaṃ okāraṃ saṃkilesañ ca paccavekkhiyamānā Gaṅgātiriyattherassa mātuyā dhītāya saddhiṃ sapattivāsaṃ upadissa saṃvegajātāya gāthā 'va[3] vuttā paccanubhāsantī:

Ubho mātā ca dhītā ca mayaṃ āsuṃ sapattiyo
tassā me ahu saṃvego abbhuto[4] lomahaṃsano. 224.
Dhi-r-atthu kāmā asucī duggandhā bahukaṇṭakā[5]
yattha mātā ca dhītā ca sabhariyā mayaṃ ahuṃ. 225.
Kāmesvādīnavaṃ disvā nekkhammaṃ daḷhakhemato[6]
sā pabbaji Rājagahe agārasmā anagāriyaṃ ti. 226.

Imā tisso gāthā abhāsi. Tattha u b h o m ā t ā c a d h ī t ā c a m a y a ṃ ā s u ṃ s a p a t t i y o ti. Mātā ca dhītā ca ti ubho mayaṃ aññamaññaṃ sapattiyo ahumha. Sāvatthiyaṃ kira aññatarassa vāṇijassa bhariyāya paccūsavelāya kucchiyaṃ gabbho saṇṭhāsi. Sā taṃ na aññāsi. Vāṇijo

[1] ohuto, P. [2]—[2] om. P. [3] gāthāya, cd.
[4] abbhūto, cd. [5] °kaṇṭako, cd. [6] daṭṭhukh°, cd.

vibhātāya rattiyā sakaṭesu bhaṇḍaṃ āropetvā Rājagahaṃ uddissa gato. Tassa gacchantakālo gabbho vaḍḍhetvā 'va paripākaṃ agamāsi. Atha naṃ sassū evaṃ āha: "mama putto cirappavuttho[1] tvaṃ ca gabbhinī, pāpakaṃ tayā katan ti. Sā "tava puttato aññaṃ purisaṃ na jānāmī" ti āha. Taṃ sutvā pi sassū asaddahantī taṃ gharato nikkaḍḍhi. Sā sāmikaṃ gavesantī anukkamena Rājagahaṃ sampattā. Tāvad eva c' assā kammajavātesu calantesu maggasamīpe aññataraṃ sālaṃ paviṭṭhāya gabbhavuṭṭhānaṃ ahosi. Sā suvaṇṇabimbasadisaṃ puttaṃ vijāyitvā anāthasālāya sayāpetvā udakakiccaṃ kātuṃ[2] bahi nikkhantā. Ath' aññataro aputtako satthavāho tena maggena gacchanto "asāmikāya dārako mama putto bhavissatī" ti taṃ dhātiyā hatthe adāsi. Ath' assa mātā udakakiccaṃ katvā udakaṃ gahetvā patinivattitvā[3] puttaṃ apassantī sokābhibhūtā paridevitvā Rājagahaṃ apavisitvā 'va maggaṃ paṭipajji.[4] Taṃ[5] aññataro corajeṭṭhako antarāmagge disvā paṭibaddhacitto attano pajāpatiṃ akāsi. Sā tassa gehe vasantī ekaṃ dhītaraṃ vijāyi. Atha sā ekadivasaṃ dhītaraṃ gahetvā ṭhitā sāmikena bhaṇḍitvā dhītaraṃ mañcake khipi. Dārikāya sīsaṃ thokaṃ bhindi. Tato sāmikaṃ bhāyitvā Rājagaham eva paccāgantvā serivicāren' eva vicarati. Tassā putto paṭhamayobbane ṭhito mātā ti ajānanto attano pajāpatiṃ akāsi. Aparabhāge taṃ corajeṭṭhakadhītaraṃ bhaginībhāvaṃ ajānanto vivāhaṃ katvā attano gehaṃ ānesi. Evaṃ so attano mātaraṃ bhaginiñ ca pajāpatī katvā vāsesi. Tena tā ubho pi sapattīvāsaṃ[6] vasiṃsu. Ath' ekadivasaṃ mātā dhītu kesavaṭṭiṃ mocetvā ūkaṃ olokentī sīse vaṇaṃ disvā "app' eva nāmāyaṃ mama dhītā bhaveyyā" ti pucchitvā saṃvegajātā hutvā Rājagahe bhikkhunīupassayaṃ gantvā pabbajitvā katapubbakiccāvivekavāsaṃ vasantī attano ca pubbapaṭipattiṃ paccavekkhitvā u b h o m ā t ā ti ādikā gāthā abhāsi. Tā pana tāya vuttagāthā 'va[7] kāmesu ādīnavadassanavasena pacca-

---

[1] cirappavuṭṭho, cd. [2] kātuṃ *om.* cd.
[3] bahi niv°, cd. [4] maggapaṭipajjituṃ, cd.
[5] taṃ *om.* cd. [6] sapativāsaṃ, cd. [7] vuttagāthāya, cd.

nubhāsantī ayaṃ therī u b h o m ā t ā c a d h ī t ā c ā ti āha. Tena vuttaṃ: sā jhānasukhena phalasukhena nibbānasukhena vītināmentī imā tisso gāthā abhāsī ti.

Tattha a s u c ī ti kilesāsucipaggharaṇe asucī. D u g g a n d h ā ti visagandhavāyanena[1] pūtigandhā. Mahākaṇṭakapāyikappavattiyā[2] sucaritavinivijjhanaṭṭhena b a h u vidhakilesak a ṇ ṭ a k ā. Tathā hi'te sattisūlūpamā kāmā ti vuttā yathā ti yesu kāmesu paribhuñjitabbesu. S a b h a r i y ā ti samānabhariyā sapattiyo[3] ti attho.

[4] Pubbenivāsaṃ jānāmi dibbacakkhuṃ visodhitaṃ
ceto paricca ñāṇañ ca sotadhātu visodhitā. 227.
Iddhi pi me sacchikatā patto me āsavakkhayo
cha me abhiññā sacchikatā kataṃ b° sāsanan ti. 228.[4]

P u b b e n i v ā s a ṃ ti ādikā dve gāthā attano adhigatavisesaṃ paccavekkhitvā pītisomanassajātāya theriyā vuttā. Tattha c e t o p a r i c c a ñ ā ṇ a n ti cetopariyañāṇaṃ. S a c c h i k a t a ṃ pattan ti vā sambandho.

Iddhiyā abhinimmitvā caturassaṃ rathaṃ ahaṃ
buddhassa pāde vanditvā lokanāthassa sirīmato ti. 229.

Ayaṃ gāthā yadā bhagavā yamakapāṭihāriyaṃ kātuṃ gandhabbarukkhamūlaṃ upasaṃkami tadā ayaṃ therī evarūpaṃ rathaṃ nimminitvāna tena saddhiṃ satthu santikaṃ gantvā: "bhagavā ahaṃ pāṭihāriyaṃ karissāmi titthiyanimmathanāya, anujānāthā" ti vatvā satthu santike aṭṭhāsi. Taṃ sandhāya vuttā.

Tattha i d d h i y ā a b h i n i m m i t v ā c a t u r a s s a ṃ r a t h a ṃ a h a ṃ taṃ catūhi assehi[5] yojitaṃ rathaṃ iddhiyā abhinimmitvā buddhassa bhagavato pāde vanditvā ekamantaṃ aṭṭhāsin ti adhippāyo.

Supupphitaggaṃ upagamma pādapaṃ ekā tuvaṃ tiṭṭhasi
rukkhamūle

---

[1] viyag°, cd. [2] °kaṇṭakāyika°, cd. [3] sapayo, cd.
[4]—[4] *Omitted in* cd. [5] ayyehi, cd.

na cāpi te datiyo atthi koci na tvaṃ bāle bhāyasi dhuttakānaṃ. 230.

Tattha supupphitaggaṃ ti suṭṭhu pupphitaṃ aggaṃ. Aggato paṭṭhāya sabbapaliphullan[1] ti attho. Pādapan ti rukkhaṃ. Idha pana sālarukkho adhippeto. Ekā tuvan ti ekikā tvaṃ idha tiṭṭhasi. Na cāpi te dutiyo atthi kocī ti tava sahāyabhūto ārakkhako koci pi n'atthi. Rūpasampattiyā 'va tuyhaṃ dutiyo koci pi n'atthi. Asadisarūpā ekikā 'va imasmiṃ janavivitte ṭhāne tiṭṭhasi.

Na tvaṃ bāle bhāyasi dhuttakānan ti taruṇake tvaṃ dhuttapurisānaṃ kathaṃ na bhāyasi. Sakiñcanakārino dhuttā ti adhippāyo. Imaṃ kira gātham Māro ekadivasaṃ theriṃ supupphite[2] sālavane divāvihāraṃ nisinnaṃ disvā upasaṃkamitvā vivekato vicchinditukāmo vīmaṃsanto āha. Atha naṃ therī santajjentī attano ānubhāvavasena:

Sataṃ sahassānaṃ[3] pi dhuttakānaṃ samāgatā edisakā bhaveyyuṃ
lomaṃ na iñje na pi sampavedhe kiṃ me tuvaṃ[4] Māra karissas' eko. 231.
Esā antaradhāyāmi kucchiṃ vā pavisāmi te
bhamukantare tiṭṭhāmi tiṭṭhantiṃ[5] maṃ na dakkhasi. 232.
Cittamhi[6] vasībhūtāhaṃ iddhipādā subhāvitā
cha me abhiññā sacchikatā katam buddhassa sāsanaṃ. 233.
Sattisūlūpamā kāmā khandhānaṃ[7] adhikuṭṭanā[8]
yaṃ tvaṃ[9] kāmaratiṃ brūsi arati dāni sā[10] mama. 234.
Sabbattha vihatā nandi tamokkhandho padālito
evaṃ jānāhi pāpima nihato tvam asi antakā ti. 235.

Imā gāthā abhāsi. Tattha satasahassānaṃ pi

---

[1] °pāliphullan, cd.
[2] therīsupabbajite, cd.
[3] sahassaṃ, cd.
[4] kime tuvaṃ, cd.
[5] tiṭṭhantaṃ, cd.
[6] cittāpi, cd.
[7] khandhāsaṃ, cd.
[8] adhikuḍḍhanā, cd.
[9] yaṃ taṃ, cd.
[10] arati ati sā, cd.

dhuttakānaṃ samāgatā edisakā bhaveyyuṃ ti. Yādisako tvaṃ edisakā evarūpā anekasatasahassamattā pi dhuttakā samāgatā yadi bhaveyyuṃ. Lomaṃ na iñjena pi sampavedhe ti lomamattaṃ pi na iñjeyya na sampavedheyya. Kiṃ me tuvaṃ[1] Māra karissas' eko ti Māra tvaṃ ekako 'va mayhaṃ kiṃ karissasi? Idāni Mārassa attano upari kiñci pi kātuṃ asamatthataṃ yeva vibhāventī esā antaradhāyāmī ti gāthaṃ āha. Tass' attho: Māra esāhaṃ tava purato ṭhitā[2] 'va antaradhāyāmi adassanaṃ gacchāmi, ajānantass' eva te kucchiṃ vā pavisāmi, bhamukantare vā tiṭṭhāmi, evaṃ tiṭṭhantiṃ ca maṃ tvaṃ na passasi.

Kasmā ti ce cittamhi vasībhūtāhaṃ iddhipādā subhāvitā? ahaṃ hi Māra mayhaṃ cittaṃ vasībhāvappattā cattāro pi iddhipādā mayā suṭṭhu bhāvitā bahulikatā, tasmā ahaṃ yathāvuttāya iddhivisayatāya[3] pahomī ti. Sesaṃ sabbaṃ heṭṭhāvuttanayattā uttānam eva.

Uppalavaṇṇāya theriyā gāthāvaṇṇanā samattā.
Dvādasanipātavaṇṇanā niṭṭhitā.

LXV.

Soḷasanipāte udahārī ahaṃ[4] sīte ti ādikā Puṇṇāya theriyā gāthā. Ayaṃ pi purimabuddhesu katādhikārā tattha tattha bhave vivaṭṭūpanissayaṃ kusalaṃ upacinantī Vipassissa bhagavato kāle kulagehe nibbattitvā viññutaṃ pattā hetusampannatāya jātasaṃvegā bhikkhunīnaṃ santikaṃ gantvā dhammaṃ sutvā laddhappasādā pabbajitvā parisuddhasīlā tīni piṭakāni uggahetvā bahussutā dhammadharā dhammakathikā ca ahosi. Yathā Vipassibhagavato[5] sāsane evaṃ Sikhissa, Vessabhussa, Kakusandhassa, Ko-

---

[1] kime tuvaṃ, cd. [2] ṭhito, cd. [3] iddhivisavitāya, cd.
[4] udahāriyahaṃ, cd. [5] Vipassabhāvato, cd.

ṇāgamanassa Kassapassa ca bhagavato sāsane pabbajitvā sīlasampannā bahussutā dhammadharā dhammakathikā ca ahosi. Mānadhātukattā pana kilese samucchinditum nāsakkhi, mānopanissayavasena kammassa katattā imasmiṃ buddhuppāde Anāthapiṇḍikassa seṭṭhino gharadāsiyā kucchimhi nibbatti. Puṇṇā ti 'ssā nāmaṃ ahosi. Sā sīhanādasuttantadesanāya sotāpannā hutvā pacchā Udakasuddhikaṃ brāhmaṇaṃ dametvā seṭṭhino sambhāvitā hutvā tena bhujissabhāvaṃ pāpitā taṃ pabbajjaṃ anujānāpetvā pabbajitvā vipassanāya kammaṃ karontī na cirass' eva saha paṭisambhidāhi arahattaṃ pāpuṇi. Tena vuttaṃ Apadāne:

Vipassino bhagavato Sikhino Vessabhussa ca
Kakusandhassa munino Koṇāgamanatādino 1.
Kassapassa ca buddhassa pabbajitvāna sāsane
bhikkhunī sīlasampannā nipakā saṃvutindriyā 2.
Bahussutā dhammadharā attatthapaṭipucchikā[1]
uggahetā ca[2] dhammānaṃ sotā payirūpāsikā[3] 3.
Desentī janamajjhe 'haṃ ahosiṃ[4] jinasāsanaṃ.[5]
Bahusaccena tenāhaṃ pesalā abhimaññisaṃ.[6] 4.
Pacchime ca bhave'dāni Sāvatthiyaṃ puruttame
Anāthapiṇḍino gehe jātāhaṃ kumbhadāsiyā. 5.
Gatā udakahāriyaṃ sotthiyaṃ[7] dijam addasaṃ
sītaṭṭaṃ[8] toyamajjhamhi. Taṃ disvā idaṃ abraviṃ: 6.
udakahārī ahaṃ sīte[9] sadā udakam otariṃ[10]
ayyānaṃ daṇḍabhayabhītā vācādosabhayaṭṭitā.[11] 7.
Kassa[12] brāhmaṇa tvaṃ bhīto sadā udakam otari?
vedhamānehi gattehi sītaṃ[13] vedayase bhusaṃ. 8.
Jānantī ca tuvaṃ[14] bhoti Puṇṇike paripucchasi

---

[1] aṭṭhatthaparipucchikā, P.
[2] uggatetā 'va, P. [3] sokayirupāyikā, P.
[4] assosiṃ, P. [5] jinasāsane, A. B.
[6] nātimaññisaṃ, P.; atimaññissaṃ, B.
[7] kittiya, B.; sottiyaṃ, A. [8] sītaṭṭī, P.
[9] pi te, P. [10] āhari, B. [11] codanabhayaaṭṭitā, B.
[12] tassa, P. [13] sutaṃ, P. [14] jānanti vata maṃ, A.

karontaṃ kusalaṃ kammaṃ rundhantaṃ [1] kamma pāpa-
kaṃ.[2] 9.
Yo ce vuddho [3] daharo vā pāpakammaṃ pakubbati
udakābhisecanā so pi [4] pāpakammā pamuccati. 10.
Uttarantassa [5] akkhāsiṃ dhammatthasaṃhitaṃ padaṃ
taṃ ca sutvāna [6] saṃviggo pabbajitvārahā [7] ahu. 11.
Pūrentī ūnakasataṃ [8] jātā dāsīkule yato
tato Puṇṇā ti nāmaṃ me bhujissañ ca [9] akaṃsu te. 12.
Seṭṭhiṃ tato 'numodetvā [10] pabbajiṃ anagāriyaṃ
acireṇ' eva kālena arahattaṃ apāpuṇiṃ. 13.
Iddhīsu ca vasī homi dibbāya sotadhātuyā
cetopariyañāṇassa vasī homi mahāmune. 14.
Pubbenivāsaṃ jānāmi dibbacakkhuṃ visodhitaṃ
sabbāsavā parikkhīṇā n'atthi dāni punabbhavo. 15.
Atthadhammaniruttīsu paṭibhāṇe tatth' eva ca
ñāṇaṃ me vimalaṃ suddhaṃ buddhaseṭṭhassa vāhasā. 16.
Bhāvanāya mahāpaññā suten' eva sutāvinī
mānena nīcakulajā na hi kammaṃ vinassati. 17.
Kilesā jhāpitā mayhaṃ —pa— kataṃ buddhassa sāsanan
ti. 18.

Arahattaṃ pana patvā attano paṭipattiṃ paccavekkhitvā udānavasena:

Udahārī ahaṃ sīte [11] sadā udakaṃ otari
ayyānaṃ daṇḍabhayabhītā vācādosabhayaṭṭitā. 236.
Kassa brāhmaṇa tvaṃ bhīto sadā udakaṃ otari?
vedhamānehi gattehi sītaṃ vedayase bhusaṃ. 237.
Jānantī ca tuvaṃ bhoti Puṇṇike paripucchasi
karontaṃ kusalaṃ kammaṃ rundhantaṃ [12] kamma pāpa-
kaṃ. 238.

---

[1] rudantaṃ, P. [2] katapāpakaṃ, A.
[3] buddho, A. [4] udakābhisiñcanā bhoti, A.
[5] udarantassa, B.; uttaraṇassa, P.
[6] sutvā sa, A. [7] pabbajitvāna sā, P.
[8] udakasataṃ, P. B. [9] bhujissaṃ me, A.
[10] anumānetvā, A. [11] pite, cd. [12] rudantaṃ, cd.

Yo ca vuḍḍho daharo vā pāpakammaṃ pakubbati
udakābhisecanā so pi pāpakammā pamuccati. 239.
Ko nu te idam[1] akkhāsi ajānantassa ajānako[2]
udakābhisecanā nāma pāpakammā pamuccati? 240.
Saggaṃ nūna gamissanti sabbe maṇḍūkakacchapā[3]
nāgā ca[4] suṃsumārā ca ye c' aññe udakecarā. 241.
Orabbhikā sūkarikā macchikā migavadhikā
corā ca vajjhaghātā ca ye c'aññe pāpakammino
udakābhisecanā te pi[5] pāpakammā pamuccare.[6] 242.
Sace imā nadiyo te pāpaṃ pubbekataṃ vaheyyuṃ[7]
puññaṃ p'imā[8] vaheyyuṃ te tena tvaṃ paribāhiro.[9] 243.
Yassa brāhmaṇa tvaṃ bhīto sadā udakaṃ otari
tam eva brahme[10] mā kāsi mā te sītaṃ chaviṃ hane. 244.
Kumaggaṃ[11] paṭipannaṃ maṃ ariyamaggaṃ samānayi
udakābhisecanaṃ[12] bhoti imaṃ sāṭaṃ[13] dadāmi te. 245.
Tuyh' eva sāṭako hotu nāhaṃ icchāmi sāṭakaṃ.
Sace bhāyasi dukkhassa[14] sace te dukkhaṃ appiyaṃ 246.
mā kāsi pāpakaṃ kammaṃ āvi vā yadi vā raho.
Sace ca pāpakaṃ kammaṃ karissasi karosi vā 247.
na te dukkhā pamuty[15] atthi upeccāpi palāyato.
Sace bhāyasi dukkhassa sace te dukkham appiyaṃ 248.
upehi saraṇaṃ buddhaṃ dhammaṃ saṅghañ ca tādinaṃ
samādiyāhi sīlāni tan te atthāya hehiti.[16] 249.
Upemi saraṇaṃ buddhaṃ dhammaṃ saṅghaṃ ca tādinaṃ
samādiyāmi sīlāni taṃ me atthāya hehiti.[17] 250.
Brahmabandhu pure āsi ajj' amhi saccaṃ brāhmaṇo
tevijjo vedasampanno[18] sotthiyo c'amhi[19] nhātako[20] ti. 251.

---

[1] idhaṃ, cd. [2] jānato, cd.; jānako, m.
[3] maṇḍakak°, cd. [4] nāgā 'va, cd.
[5] te hi, cd. [6] pāmuñcati, cd.
[7] vahuṃ, m. [8] puññān' imā, cd.
[9] paribāhiro assa, cdd.; assa *om.* m.
[10] pitaṃ chavi māne, cd. [11] Kummaggaṃ, cd.
[12] °secanā, cd. [13] sātaṃ, cd. [14] bhāyasi pi d°, cd.
[15] samuty, cd. [16] hotīti, cd. [17] hotīti, cd.
[18] devasamp°, cd. [19] dhamhi, cd. [20] nāhako, cd.

Imā gāthā abhāsi. Tattha udakam āharī ti ghaṭena udakavāham[1] akāsi. Tena sadā udakam otarin ti sītakāle pi sabbadā rattim divaṃ udakaṃ otari. Yadā yadā ayyakānaṃ udakena attho tadā tadā udakaṃ pāvisi, udakam otaritvā udakaṃ upanesī ti adhippāyo.

Ayyānaṃ daṇḍabhayabhītā ti ayyakānaṃ daṇḍabhayena bhītā. Vācādosabhayaṭṭitā ti vacīdaṇḍabhayena c'eva dosabhayena ca aṭṭitā pīḷitā sīte pi udakam otarin ti yojanā. Ath' ekadivasaṃ Puṇṇā dāsī ghaṭena udakaṃ ānetuṃ udakatitthaṃ gatā. Tattha addasa aññataraṃ brāhmaṇaṃ udakasuddhikaṃ himapātasamaye mahati sīte vattamāne pāto va udakaṃ otaritvā sasīsaṃ nimujjitvā mante japitvā udakato uṭṭhahitvā allavatthaṃ allakesaṃ pavedhantaṃ dantavīṇaṃ vādayamānaṃ. Taṃ disvā karuṇasañcoditamānasā tato naṃ diṭṭhigatā vivecetukāmā: kassa brāhmaṇa tvaṃ bhīto ti gātham āha. Tattha kassa brāhmaṇa kuto ca nāma bhayahetuto bhīto hutvā sadā udakam otari sabbakālaṃ sāyampātaṃ otaritvā ca. Vedhamānehi kampamānehi sarīrāvayavehi sītaṃ vedayase bhusaṃ sītaṃ dukkhaṃ ativiya dukkhaṃ paṭivedayasi paccanubhavasi.

Jānantī ca tuvaṃ bhotī ti bhoti Puṇṇike tvaṃ katūpacitaṃ pāpakammaṃ rundhantaṃ[2] nivāraṇasamatthaṃ kusalaṃ kammaṃ iminā udakarohanena karontaṃ maṃ jānantī ca paripucchasi. Nanu ayam attho loke pākaṭo. Evaṃ tathāpi yaṃ mayhaṃ vadāmī ti dassento so vuḍḍho cā ti gātham āha. Tass' attho: vuḍḍho vā daharo vā majjhimo vā yo koci ti sadisaṃ pāpakammaṃ pakubbati ativiya karoti so pi bhusaṃ pāpakammaṃ nivārako. Dakābhisecanā sinānena. Tato pāpakammā pamuccati accantam eva vimuccatī ti.

Taṃ sutvā Puṇṇikā tassa paṭivacanaṃ dentī: ko nu te ti ādim āha. Tattha ko nu te idam akkhāsi

---

[1] udakavāhi, cd. [2] rudantaṃ, cd.

ajānantassa ajānako¹ ti kammavipākaṃ ajānan-
tassa ts sabhena sahhaṃ kammavipākaṃ ajānako² avid-
dasu³ bālo. Udakābhisscanahetu pāpakam-
mato pamuccatī ti idam atthajātaṃ ko nu nōma
akkhāsi? Na so saddheyyavacano nāpi c'etaṃ yuttan ti
adhippāyo. Idāni tam sva ynttiabhāvaṃ vibhāventī
saggaṃ nūna gamissantī⁴ ti ādim āha.

Tattha nāgā ti vajjhasā. Sumsumārā ti kum-
hhīlā. Ye'o'aññs udakecarā ti ye c'aññe pi vāri-
gocarā macchamakaranandiyādayo ca. Ts pi saggaṃ
nūna gamissanti dsvalokaṃ upapajjissanti maññe,
udakāhhisecanā pāpakammato mutti hoti ce ti attho.

Orabhhikā ti urabhhaghātakā. Sūkarikā ti sū-
karaghātakā. Macoharikā ti kevaṭṭā. Migava-
dhikā ti māgavikā. Vajjhaghātakā ti vajjhaghā-
takamme niyuttā.

Puññaṃ p'imā⁵ vaheyyuṃ ti imā Aciravatī-
ādayo nadiyo yathā tayā puhbekataṃ pāpaṃ tattha
udakābhisecanena sace vaheyyuṃ nībareyyuṃ tathā tayā
kataṃ puññaṃ pi imā nadiyo vahsyyuṃ pavāheyyuṃ.
Tena tvaṃ paribāhiro assa tathā pahitena puñña-
kammena parihāhiro virahi vināseti. So tassa paṭipakkho
yathā āloko andhakārassa vijjā ca avijjāya. Na evaṃ
nahānaṃ pāpassa tasmā niṭṭham ettha gantahhaṃ udakā-
hhisecanā pāpaparimuttī ti. Tenāha hbagavā :

Udaksna sucī homa butanahāyati jāyato
yamhi saccañ ca dhammo ca so suci so ca brāhmaṇo ti.

Yadi pāpaṃ pavāhetukāmo pi sabbena sahhaṃ pāpaṃ
Māro hī ti dassstuṃ yassa brāhmaṇā ti gāthaṃ āha.
Tattha tam eva⁶ brabme mā kāsī ti yato pāpato
tvaṃ bhīto tam eva pāpaṃ hrabms brāhmaṇa tvaṃ mā
kāsi.⁷ Udakarohanaṃ pana īdiss sītakāls kevalaṃ sarīram

---

¹ jānato, cd. ² ajānato, cd. ³ avindisu, cd.
⁴ gamissasī, cd. ⁵ puññān' imā, cd.
⁶ kam eva, cd. ⁷ tvam ākāsi, cd.

eva dhovati. Tenāha: mā te sītaṃ chaviṃ hana' ti īdise sītakāle udakābhisecanena jātasītaṃ tava sarīraṃ chaviṃ[2] mā haneyya mā bādhosī ti attho.

Kumaggaṃ[3] paṭipannan ti udakābhisecanena suṭṭhu hotī ti imaṃ kumaggaṃ[4] micchāgāhaṃ paṭipannaṃ paggayha[5] tvaṃ[6] maṃ ariyamaggaṃ samānayī ti sabbapāpassa akaraṇaṃ kusalassa upasampadā ti imaṃ buddhādīhi ariyehi gatamaggaṃ samānesi. Tasmā bhoti imaṃ sāṭakaṃ tuṭṭhidānaṃ ācariyabhāgaṃ tuyhaṃ dadāmi, taṃ paṭigaṇhā ti attho.

So taṃ paṭikkhipitvā dhammaṃ kathetvā saraṇesu sīlesu ca patiṭṭhāpetuṃ tuyh' eva sāṭako hotu nāham icchāmi sāṭakan ti vatvā sace bhāyasi dukkhassā ti ādim āha. Tass' attho: yadi tuyhaṃ sakalāpāyike sugatiyañ ca apbāsukanādo sakkatādibhedaṃ[7] dukkhaṃ bhāyasi yadi tesaṃ appiyaṃ na iṭṭhaṃ āvi vā paresaṃ pākaṭabhāvena appaṭichannaṃ katvā kāyena vācāya vā pāṇātipātā divasena yadi vā raho apākaṭabhāvena paṭicchannaṃ katvā manodvāre yeva abhijjhādivasena anumattam pi pāpakaṃ lāmakakammaṃ mā kāsi mā kari. Atha pana taṃ pāpakammaṃ āyati karissasi etarahi karosi vā nirayādīsu catūsu apāyesu manussesu ca tassa phalabhūtaṃ dukkhaṃ ito etto vā palāyante[8] mayi nānubandhissatī ti adhippāyo.

Upecca[9] sañcicca. Palāyato pi te tato pāpato mutti mokkho n'atthi. Gatikālādipaccayantarasamavāye sati vipaccate vā ti attho. Upaccā ti vā pāṭho. Upanetvā ti attho. Evaṃ pāpassa akaraṇena dukkhabhāvaṃ dassetvā idāni puññassa karaṇena pi taṃ dassetuṃ sace bhāyasī[10] ti ādi vuttaṃ.

Tattha tādinan ti diṭṭhādisutādibhāvappattaṃ yathā vā purimakā sammāsambuddhā passitabbā tathā passi-

---

[1] chavim āne, cd. [2] chavi, cd.
[3] kummaggaṃ, cd. [4] kummaggaṃ, cd.
[5] paggayhati, cd. [6] taṃ, cd. [7] saggatādi°, cd.
[8] phalāyanto, cd. [9] upacca, cd. [10] bhāyatī, cd.

tabbato tādisaṃ buddhaṃ saraṇaṃ upehi ti
yojanā. Dhammasaṃghesu pi es'eva nayo. Tādinaṃ
varabuddhādīnaṃ dhammaṃ aṭṭhanuaṃ ariyapuggalānaṃ
saṃghasamūhan ti yojanā. Tan ti saraṇaṃgamanaṃ
sīlānaṃ samādānañ ca. Hehiti bhavissatī ti. So brāh-
maṇo saraṇesn sīlesu ca patiṭṭhāya aparabhāge satthn
santikaṃ dhammaṃ sutvā paṭiladdhasaddho pabbajitvā
ghaṭento vāyamanto nacirass'eva tevijjo hutvā attano
paṭipattiṃ paccavekkhitvā ndānento brahmabandhū
ti gāthaṃ āha. Tass' attho: ahaṃ pubbe brāhmaṇa-
kulena uppattimattena brahmabandhu nāmāsi. Tathā
arubhedādīnaṃ ajjhenādimattena tevijjo vedasam-
panno [1] sotthiyo ṇhātako ca nāmāsi. Idāni sabbaso
bāhitapāpitatāya brāhmaṇo paramatthabrāhmaṇo vijjat-
tayādhigamena tevijjo maggañāṇasamkhātena vedena [2]
samannāgatattā [3] vedasampanno nirattasabbapāpatāya [4]
ṇhātako ca amhī ti. Ettha ca brāhmaṇena vuttagāthā pi
attanā vuttagāthā pi pacchā theriyā paccekabhāsitā ti sabbā [5]
theriyā gāthā eva jātā.

Puṇṇāya theriyā gāthāvaṇṇanā samattā.

Soḷasanipātavaṇṇanā niṭṭhitā.

LXVI.

Vīsatinipāte kāḷabhamaravaṇṇasadisā ti ādikā
Ambapāliyā theriyā gāthā. Ayaṃ pi purimabuddhesu
katādhikārā tattha tattha bhave vivaṭṭūpanissayaṃ ku-
salaṃ upacinantī Sikhissa bhagavato sāsane pabbajitvā
upasampannā hutvā bhikkhunīsikkhāpadaṃ samādāya
viharantī ekadivasaṃ sambahulāhi bhikkhunīhi saddhiṃ
cetiyaṃ vanditvā padakkhiṇaṃ karontī puretaraṃ gacchan-
tiyā khīṇāsavatheriyā khipantiyā sahasā khelapiṇḍaṃ
cetiyaṅgaṇe pati. Taṃ khīṇāsavatherim apassitvā gantvā

---

[1] bedas°, cd.　　　[2] bedena, cd.　　　[3] sampannāg°, cd.
[4] nirattis°, cd.　　　　　　　　　　　　　[5] sabba, ed.

sayaṃ pacchato gacchantī taṃ khelapiṇḍaṃ disvā "kā nāma gaṇikā imasmiṃ ṭhāne khelapiṇḍaṃ pātesī" ti akkosi. Sā bhikkhunīkāle sīlaṃ rakkhantī gabbhavāsaṃ jigucchitvā upapātikattabhāve cittaṃ ṭhapesi. Tena carimattabhāve Vesāliyaṃ rājauyyāne ambarukkhamūle opapātikā hutvā nibbatti. Taṃ disvā uyyānapālo nagaraṃ upanesi. Ambarukkhamūle nibbattatāya sā Ambapālī tveva vohariyittha. Atha naṃ abhirūpaṃ dassanīyaṃ pāsādikaṃ vilāsakautukādiguṇavisesamuditaṃ disvā sambahulā rājakumārā attano pariggahaṃ kātukāmā aññamaññaṃ kalahaṃ akaṃsu. Tesaṃ kalahavūpasamatthaṃ[1] tassā kammasañcoditā vohārikā sabbesaṃ hotū ti gaṇikāṭhāne ṭhapesuṃ. Sā satthari paṭiladdhasaddhā attano uyyāne vihāraṃ katvā buddhapamukhassa bhikkhusaṃghassa niyyādetvā pacchā attano puttassa Vimalakoṇḍaññatherassa santike dhammaṃ sutvā vipassanāya kammaṃ karontī attano sarīrassa jarājiṇṇabhāvaṃ nissāya saṃvegajātā saṅkhārānaṃ aniccataṃ eva bhāventī:

Kālabhamaravaṇṇasadisā[2] vellitaggā[3] mama muddhajā ahuṃ
te jarāya sāṇavākasadisā.[4] Saccavādivacanam anaññathā. 252.
Vāsito va surabhikaraṇḍako puppbapūraṃ mama[5] uttamaṅgabhūto
taṃ jarāya sasalomagandhikaṃ.[6] Saccavādi°. 253.
Kānanaṃ va sahitaṃ suropitaṃ kocchasūcivicitaggasobbitaṃ
taṃ jarāya viraḷaṃ tahiṃ tahiṃ. Saccavādi° 254.
Kaṇhagandhakasuvaṇṇamaṇḍitaṃ[7] sobhate su veṇihi 'laṅkataṃ
taṃ jarāya khalitaṃ siraṃ kataṃ. Saccavādi° 255.
Cittakārasukatā va lekhitā sobhate[8] su bhamukā pure mama

---

[1] te taṃ kalahaṃ, cd. [2] kāḷakā bh°, cd. [3] vallitaggā, cd. [4] sāna°, cd. [5] °pūra mama, cd. [6] jarāyatha salomag°, cd. [7] kaṇhakhandh°, cd. [8] sobbare, m.

tā jarāya valīhi palambitā.[1] Saccavādi° 256.
Bhassarā surucirā yathā maṇi nettāhesuṃ abhinīla-m-āyatā
te jarāy' abhihatā na sobhate. Saccavādi° 257.
Saṇhatuṅgasadisī ca nāsikā sobhate su abhiyobbanaṃ pati[2]
sā jarāya upakūlitā viya.[3] Saccavādi° 258.
Kaṅkaṇaṃ va sukataṃ[4] suniṭṭhitaṃ sobhate[5] su mama kaṇṇapāliyo
pure tā jarāya valihi palambitā.[6] Saccavādi° 259.
Pattalīmakulavaṇṇasadisā sobhate[7] su dantā pure mama
te jarāya khaṇḍā yavapītakā.[8] Saccavādi° 260.
Kānanamhi vanasaṇḍacāriṇī[9] kokilā va madhuraṃ nikūjitaṃ
taṃ jarāya khalitaṃ tahiṃ tahiṃ. Saccavādi° 261.
Saṇhakambu-r-iva[10] suppamajjitā sobhate[11] su gīvā pure mama
sā jarāya bhaggā vināmitā.[12] Saccavādi° 262.
Vaṭṭapalighasadisopamā ubho sobhate[13] su bāhā[14] pure mama
tā jarāya yathā pāṭali dubbalikā.[15] Saccavādi° 263.
Saṇhamuddikāsuvaṇṇamaṇḍitā[16] sobhate[17] su hatthā pure mama
te jarāya yathā mūlamūlikā. Saccavādi° 264.
Pīnavaṭṭapahituggatā[18] ubho sobhate[19] su thanakā pure mama

---

[1] palambhitā, cd. [2] sati, cd. [3] upakūlitā piyaṃ, cd.
[4] kaṃkakiṃsukataṃ, cd. [5] sobhare, m.
[6] dalitīpal°, cd. [7] sobhare, m.
[8] khaudhāyavāsitā, cd.; khaṇḍāyacāsitā, m.
[9] vanasoṇḍa°, cd. [10] saṇhamuṇḍikā suvaṇṇamaṇḍitā, cd.
[11] sobhare, m. [12] vināsitā, cd. [13] sobhare, m.
[14] bāhā, om. cd. [15] jarāyathā pāṭalibbalitā, cd. m.
[16] saṇhatammudi va pupphamajjitā, cd. [17] sobhare, m.
[18] °vaṭṭasahit,° m.; °pahituṃgatā, cd. [19] sobhare, m.

te rindī va [1] lambante 'nodakā. Saccavādi° 265.
Kañcanaphalakaṃ va sumaṭṭhaṃ [2] sobhate [3] su kāyo pure mama
so valihi sukhumāhi otato. Saccavādi° 266.
Nāgabhogasadisopamā ubho sobhate [4] su ūrū pure mama
te [5] jarāya yathā veḷunāḷiyo. [6] Saccavādi° 267.
Saṇhanūpurasuvaṇṇamaṇḍitā sobhate [7] su jaṃghā pure mama
tā jarāya tiladaṇḍakā-r-iva. Saccavādi° 268.
Tūlapuṇṇasadisopamā ubho sobhate [8] su pādā pure mama
te jarāya phuṭikā [9] valimatā. [10] Saccavādi° 269.
Ediso ahu ayaṃ samussayo [11] jajjaro bahudukkhānam ālayo
so palepapatito jarāgharo. Saccavādi° 270.

Imā gāthāyo abhāsi. Tattha kālakā ti kālakavaṇṇā. Bhamaravaṇṇasadisā ti kālakā hontā pi bhamarasadisavaṇṇā. Siniddhanīlā ti attho. Vellitaggā ti kuñcitaggā. Mūlato paṭṭhāya yāva aggā kuñcitā vellitā ādikā. Muddhajā ti kesā. Jarāyā ti jarāhetu jarāya upahatasobhā. Sāṇavākasadisā ti sāṇasadisā [12] vākasadisā ca sāṇavākasadisā [13] c'eva. Makacivākasadisā cā ti pi attho. Saccavādivacanaṃ anaññathā ti. Saccavādino avitathavādino [14] sammāsambuddhassa "sabbaṃ rūpaṃ aniccaṃ jarābhibhūtaṃ" ti ādi vacanaṃ anaññathā yathābhūtam eva. Na tattha vitathaṃ atthī ti.

Vāsito va [15] surabhikaraṇḍako ti pupphagandhavāsacuṇṇādīhi vāsito vāsaṃ gāhāpito pasādhanasamuggo viya sugandhi. Pupphapūraṃ mama uttamaṅgabhūto ti campakasumanamallikādipupphehi [16]

---

[1] therī ti va, m. [2] sammaṭṭhaṃ, m. cd.
[3] sobhare, m. [4] sobhare, m. [5] tā, cd.
[6] veḷunāḷiyo, cd. [7] sobhare, m.
[8] sobhare, m. [9] phuḷitā, m.; pubbitā, cd.
[10] valimakā, cd. [11] samudayo, cd.
[12] sāṇa°, cd. [13] sāṇa°, cd. [14] avitatathavādino, cd.
[15] vāsito ca, cd. [16] dhammakasum°, cd.

pūrito pubbe mama kesakalāpo. Nimmalo ti attho. Tan ti uttamaṅgaṃ. Atha pacchā. Etarahi salomagandhikaṃ pākatikalomagandham eva jātaṃ. Atha vā salomagandhikan ti matthalomehi samānagandhaṃ. Eḷakalomagandhan ti pi vadanti.

Kānanaṃ va sahitaṃ suropitaṃ ti suṭṭhu ropitaṃ sahitaṃ ghanasannivesaṃ uddham eva uṭṭhitauddhadīghasākhaṃ [1] upavanaṃ viya. Kocchasūcivicitaggasobhitan ti pubbe kocchena suvaṇṇasūciyā ca kesajaṭāvijaṭanena [2] vicitaggaṃ hutvā sobhitaṃ. Ghanabhāvena vā kocchasadisaṃ hutvā phaladantasūcīhi [3] vicitaggatāya sobhitaṃ. Tan ti uttamaṅgajaṃ. Viraḷaṃ [4] tahiṃ tahin ti. Tattha tattha viraḷaṃ [5] vilūnakesaṃ.

Kaṇhagandhakasuvaṇṇamaṇḍitaṃ ti suvaṇṇavajirādīhi vibhūsitaṃ kaṇhakesapuñjakaṃ. Ye pana paṇhakaṇḍakasuvaṇṇamaṇḍitan [6] ti paṭhanti tesaṃ saṇhāhi [7] suvaṇṇasūcīhi jaṭāvijaṭanena maṇḍitan ti attho. Sobhate suveṇīhi 'laṅkataṃ ti sundarehi rājarukkhaphalasadisehi kesaveṇīhi alaṅkataṃ hutvā pubbe virājate.[8] Taṃ jarāya khalitaṃ siraṃ katan ti taṃ tathā sobhitaṃ siraṃ [9] idāni jarāya khalitaṃ khaṇḍākhaṇḍikaṃ [10] vilūnakesaṃ katam.

Cittakārasukatā va lekhitā ti cittakārena sippinā nīlāya vaṇṇadhātuyā suṭṭhu katā lekhā viya. Subhamukā pure mamā ti sundarā bhamukā pubbe mama. Sobhaṇe gatā mama bhamukā. Valihi palambitā ti nalāṭante uppannāhi valihi palambantā ti.

Bhassarā ti pabhassarā. Surucirā ti suṭṭhu rucirā. Yathā maṇī [11] ti maṇimuddikā [12] viya. Nettāhesuṃ ti sunettā ahesuṃ. Abhinīla-m-āyatā ti abhinīlā hutvā āyatā ca. Te ti nettā. Jarāy'abhihatā ti jarāya abhihatā.

---

[1] utthitā°, cd. [2] kesajaṭānivijatanena, cd.
[3] phalādaṇḍa°, cd. [4] virūḷhaṃ, cd.
[5] virūḷhaṃ, cd. [6] paṇḍak°, cd. [7] saṇḍāhi, cd.
[8] virājito, cd. [9] saraṃ, cd. [10] khaṇḍātikaṃ, cd.
[11] manī, cd. [12] manim°, cd.

Saṇhatuṅgasadisī[1] cā ti saṇhatuṅgasesamukhāvayavānaṃ[2] anurūpā 'va. Sobhate ti vaḍḍhetvā ṭhapitaharitālavatti viya mama nāsikā sobhate. Su abhiyobbanaṃ patī[3] ti sundare abhinavayobbanakāle. Sā nāsikā idāni jarāya nivāritasobhatāya paṭisedhikā viya jātā.

Kaṅkaṇaṃ va sukataṃ suniṭṭhitaṃ ti. Purimakappakataṃ suvaṇṇakaṅkaṇaṃ viya. Vatthalabhāvaṃ sandhāya vadati. Sobhate ti sobhante. Sobhante ti vā pāṭho. Su iti nipātamattaṃ. Kaṇṇapāliyo ti kaṇṇapantā.[4] Valihi palambitā tahiṃ tahiṃ[5] uppannavalihi valitā hutvā vaṭṭaniyā patecita vattha khandhā viya māpakā olambanti.

Pattalimakulavaṇṇasadisā ti kadalimakulasadisavaṇṇā. Khaṇḍā ti khaṇḍādibhedanapatanehi[6] khaṇḍitā khaṇḍabhāvaṃ gatā. Pītakā ti vaṇṇabhedena pītabhāvaṃ gatā.

Kānanamhi vanasaṇḍacārinī kokilā va madhuraṃ nikūjitan[7] ti vanasaṇḍe vocaraṇena vanasaṇḍacārinī.[8] Kānane anusaṅgītanivāsinī kokilā viya madhurālāpaṃ nikūji.[9] Tato pi ahaṃ tan ti taṃ nikūjitaṃ[10] ālapanaṃ khalitaṃ tahin tahin ti khaṇḍadantādibhāvena tattha tattha pakkhalitaṃ jātaṃ.

Saṇṭhakaṃmudī va suppamajjitā ti suṭṭhu pamajjitā saṇṭhakaṃ suvaṇṇasaṅkhā viya. Bhaggā vinamitā ti maṃsaparikkhayena vibhūtasirājalanāya bhaggā hutvā vinatā.

Vaṭṭapalighasadisopamā ti vaṭṭena parighadaṇḍena samasamā. Tā ti tā ubho pi bāhāyo. Yathā pāṭali dubbalikā[11] ti[12] jajjarabhāvena phalitapāṭalīsākhāsadisā.

---

[1] saṇḍat°, cd. [2] saṇḍat°, cd.
[3] satī, cd. [4] kaṇṇagandhā, cd. [5] tahaṃ tahaṃ, cd.
[6] sadisāvaṇṇasaṇḍā khaṇḍādhibhedapacānehi, cd.
[7] madhuranikujjitan, cd. [8] vanasoṇḍacārinī, cd.
[9] nikujji, cd. [10] nikujjitaṃ, cd.
[11] pāṭalippalitā, cd. [12] hi, cd.

Saṇhamuddikāsuvaṇṇamaṇḍitā[1] ti suvaṇṇamayāhi . maṭṭhabhāsuramuddikāhi[2] vibhūsitā. Yathā mūlamūlikā ti mūlakakaṇḍasadisā.

Pīnavaṭṭapahituggatā ti pīnā vaṭṭā[3] aññamaññaṃ pahitā[4] 'va hutvā nggatā uddhamnkhā. Sobhate su thanakā pure maman ti mama ubho pi thanā yathāvnttarūpā hutvā snvaṇṇakalāpiyo viya sobhiṃsu. Puthntthe hi idaṃ ekavacanaṃ atītatthe ca vattamānavacanaṃ. Theriti va lambante 'nodakā ti te ubho pi me thanā anudakā gaḷitajalā venūdaṇḍake ṭhapitā[5] ndakabhastā[6] viya lambanti.

Kañcanassa phalakaṃ va sumaṭṭhan[7] ti jātihiṅgulakena makkhitvā khīraparimajjitasovaṇṇaphalakaṃ viya sobhate. So valihi sukhumāhi otato ti so mama kāyo idāni sukhumāhi valihi tahiṃ tahiṃ vitato[8] valittacataṃ āpanno.

Nāgabhogasadisopamā ti hatthināgassa hatthena samasamā. Hatthī[9] hi idha bhuñjati etenā ti bhogo ti vutto. Tā ti ūruyo.[10] Yathā veḷunāḷiyo ti idāni veḷupabbasadisā ahesuṃ.

Saṇhanūpurasuvaṇṇamakkhitā[11] ti siniddhamattehi snvaṇṇanūpurehi vibhūsitā. Jaṅghā ti atthijaṅghāyo. Tā ti tā jaṅghāyo. Tiladaṇḍakā-r-ivā ti appamaṃsalohitattā kisabhāvena lūnāvasiṭṭhavisukkhatiladaṇḍakā[12] viya ahesuṃ. Rakāro padasandhikaro.

Tūlapuṇṇasadisopamā ti mudusiniddhabhāvena simbalitūlapuṇṇapāliguṇṭhitaupāhanasadisā.[13] Te mama pādā idāni phuṭikā[14] bāhitā. Valīmatā valimanto jātā.

Ediso ti evarūpo. Ahu ahosi. Yathāvuttappakāro ayaṃ samussayo ti ayaṃ mama kāyo. Jajjaro

---

[1] saṇḍāmnd°, cd. [2] °bhāsugatimudditāhi, cd.
[3] vattaṃ, cd. [4] sahitā, cd. [5] ṭhapitaṃ, cd.
[6] °bhasmā, cd. [7] snmaṭṭaṃ, cd. [8] vivato, cd.
[9] hattho, cd. [10] tā ūruyo, cd.
[11] °maṇḍitā, cd. [12] ulūnāvas°, cd.
[13] °pālikuṇḍima°, cd.; °sadiso, cd. [14] niphuṭitā, cd.

ti sithilābaddho. Bahudukkhānam ālayo ti jarādihetukānaṃ bahūnaṃ dukkhānaṃ ālayabhūto. So palepapatito ti so ayaṃ samussayo palepapatito. Abhisaṅkhāralepaparikkhayena pātābhimukho ti attho. So pi alepapatito[1] ti vā padaviggaho. So ev' attho. Jarāgharo ti jiṇṇagharasadiso. Jarāya vā gharabhūto ahosi. Tasmā saccavādino dhammānaṃ yathābhūtaṃ sabhāvaṃ sammad[2] eva ñatvā kathanato avitathavādino sammāsambuddhassa mama satthu vacanaṃ anaññathā.[3] Evam ayaṃ therī attano attabhāve aniccatāya sallakkhaṇamukhena sabbesu pi tebhūmakadhammesu aniccataṃ upadhāretvā tadanusārena tattha dukkhalakkhaṇaṃ anantalakkhaṇaṃ ca āropetvā vipassanaṃ ussukkāpentī maggapaṭipāṭiyā arahattaṃ pāpuni. Tena vuttaṃ Apadāne:

Yo raṃsiphusitāveḷo Phusso nāma mahāmuni
tassāhaṃ bhaginī asiṃ, ajāyiṃ khattiye kule. 1.
Tassa dhammaṃ suṇitvāhaṃ vippasannena cetasā
mahādānaṃ daditvāna patthayiṃ rūpasampadaṃ. 2.
Ekatiṃse ito kappe Sikhī lokaggaṇāyako
uppanno lokapajjoto tilokasaraṇo jino. 3.
Tadāruṇapure ramme brahmaññakulasambhavā
vimuttacittaṃ kupitā[4] bhikkhuniṃ abhisāpayiṃ. 4.
Vesikā 'va anācārā jinasāsanadūsikā
evaṃ akkosayitvāna tena pāpena kammunā 5.
Dāruṇaṃ nirayaṃ gantvā mahādukkhasamappitā.
tato cutā manussesu upapannā tapassinī 6.
Dasa jātisahassāni gaṇikattam akārayiṃ.
tamhā pāpā na muccissaṃ bhutvā duṭṭhavisaṃ yathā. 7.
Brahmaceram asevissaṃ Kassape jinasāsane
tena kammavipākena ajāyiṃ tidase pure. 8.
Pacchime bhavasampatte ahosiṃ opapātikā
ambasākhantaro jātā Ambapālī ti ten' ahaṃ. 9.
Parivutā pāṇikoṭihi pabbajiṃ jinasāsane

---

[1] alenarapatito, cd. [2] dhammad, cd.
[3] aññathā, cd. [4] vipatticittakupitā, B.

pattāhaṃ acalaṃ ṭhānaṃ dhītā buddhassa orasā. 10.
Iddhīsu ca vasī homi sotadhātuvisuddhiyā
cetopariyañāṇassa vasī homi mahāmuni. 11.
Pubbenivāsaṃ jānāmi dibbacakkhu visodhitaṃ
sabbāsavaparikkhīṇā n'atthi dāni punabbhavo. 12.
Atthadhammaniruttīsu paṭibhāṇe tath'eva ca
ñāṇaṃ me vimalaṃ suddhaṃ buddhaseṭṭhassa vāhasā. 13.
Kilesā jhāpitā mayhaṃ — pa — kataṃ buddhassa sāsanan
ti. 14.

Ambapāliyā theriyā gāthāvaṇṇanā samattā.

LXVII.

Samaṇā ti bhoti maṃ vipassī ti ādikā Rohiṇiyā theriyā gāthā. Ayam pi purimabuddhesu katādhikārā tattha tattha bhave vivaṭṭūpanissayaṃ kusalaṃ upacinantī ito ekanavutikappe Vipassissa bhagavato kāle kulagehe nibbattitvā vayappattā[1] ekadivasaṃ Bandhumatīnagare bhagavantaṃ piṇḍāya carantaṃ disvā pattaṃ gahetvā pūvassa pūretvā pattaṃ bhagavato datvā pītisomanassajātā pañcapatiṭṭhitena vanditvā sā tena puññakammena devamanussesu saṃsaranti anukkamena upacitavimokkhasambhārā hutvā imasmiṃ buddhuppāde Vesāliyaṃ Mahāvibhavassa brāhmaṇassa gehe nibbattitvā Rohiṇī ti laddhanāmā viññutaṃ pattā satthari Vesāliyaṃ viharante vihāraṃ gantvā dhammaṃ sutvā sotāpannā hutvā mātāpitūnaṃ dhammaṃ desetvā sāsane pasādaṃ uppādetvā te anujānāpetvā sayaṃ pabbajitvā vipassanāya kammaṃ karontī na cirass' eva saha paṭisambhidāhi arahattaṃ pāpuni. Tena vuttaṃ Apadāne:

Nagare Bandhumatiyā Vipassissa mahesino
piṇḍāya vicarantassa pūve dāsiṃ ahaṃ tadā. 1.
Tena kammena sukatena cetanāpaṇidhīhi ca
tattha cittaṃ pasādetvā Tāvatiṃsaṃ agacchi 'haṃ. 2.

---

[1] pavattā cd.

Chattiṃsa devarājūnaṃ mahesittam akārayiṃ
paññāsa cakkavattīnaṃ mahesittam akārayiṃ. 3.
Manasā patthitā nāma sabbaṃ mayhaṃ samijjhatha
sampattiṃ anubhūtvāna devesu manujesu ca. 4.
Pacchime bhavasampatte jātā vippakule ahaṃ
Rohiṇī nāma nāmena ñātakehi piyāyitā. 5.
Bhikkhūnaṃ santikaṃ gantvā dhammaṃ sutvā yathātathaṃ
saṃviggamānasā hutvā pabbajiṃ anagāriyaṃ. 6.
Yoniso padahantīnaṃ arahattam apāpuniṃ
ekanavute ito kappe yaṃ dānam akariṃ tadā 7.
Duggatiṃ nābhijānāmi pūvadānass' idaṃ phalaṃ.
kilesā jhāpitā mayhaṃ —pa— kataṃ buddhassa sāsanan ti. 8.

Arahattaṃ pana patvā attano paṭipattiṃ paccavekkhitvā pubbe sotāpannakāle pitarā attanā vacanapaṭivacanavasena vuttagāthā udānavasena bhāsantī:

Samaṇā ti bhoti maṃ vipassī samaṇā ti patibujjhasi[1]
samaṇān' eva kittesi, samaṇī nūna bhavissasi.[2] 271.
Vipulaṃ annaṃ ca pānaṃ ca samaṇānaṃ pavecchasi[3]
Rohiṇi dāni pucchāmi: kena te samaṇā piyā? 272.
Akammakāmā alasā paradattopajīvino
āsaṃsukā sādukāmā[4] kena te samaṇā piyā? 273.
Cirassaṃ vata maṃ tāta samaṇānaṃ paripucchasi
tesan te kittayissāmi paññāsīlaparakkamaṃ. 274.
Kammakāmā analasā kammaseṭṭhassa kārakā
rāgaṃ dosaṃ pajahanti tena me samaṇa piyā. 275.
Tīni pāpassa mūlāni dhunanti sucikārino
sabbapāpaṃ[5] pahīn' esaṃ tena me samaṇā piyā. 276.
Kāyakammaṃ suci nesaṃ vacīkammaṃ ca tādisaṃ
manokammaṃ suci nesaṃ tena° 277.

---

[1] patibujjhati, cd.; pabujjhasi, m. [2] bhavissati, cd.
[3] samaṇānaṃ sayaṃ casi, cd. [4] sādunukāmā, cd.
[5] sabbaṃ pāpaṃ, cd.

Vimalā saṃkhamuttā 'va suddhā santarabāhirā
puṇṇā sukkānaṃ dhammānaṃ tena° 278.
Bahussutā dhammadharā ariyā dhammajīvino
atthaṃ dhammaṃ ca desenti tena° 279.
Bahussutā dhammadharā ariyā dhammajīvino
ekaggacittā satimanto tena° 280.
Dūraṅgamā satimanto mantabhāṇī [1] anuddhatā
dukkhass' antaṃ pajānanti tena° 281.
Yamhā gāmā pakkamanti na vilokenti kiñcanaṃ [2]
anapekkhā 'va gacchanti tena° 282.
Na te saṃ koṭṭhe [3] osenti [4] na kumbhiṃ na kalopiyaṃ
pariniṭṭhitam esānā tena° 283.
Na te hiraññaṃ gaṇhanti na suvaṇṇaṃ na rūpiyaṃ
paccuppannena yāpenti tena° 284.
Nānākulā pabbajitā nānājanapadehi ca
aññamaññaṃ piyāyanti [5] tena° 285.
Atthāya vata no bhoti kule jātā si Rohiṇī [6]
saddhā buddhe ca dhamme ca saṅghe ca tibbagāravā 286.
Tuvaṃ h'etaṃ pajānāsi [7] puññakkhettaṃ anuttaraṃ
Amham pi ete samaṇā paṭigaṇhanti dakkhiṇaṃ.
patiṭṭhito h'ettha yañño [8] vipulo no bhavissati. 287.
Sace bhāyasi [9] dukkhassa sace te dukkham appiyaṃ
upehi saraṇaṃ buddhaṃ dhammaṃ saṅghaṃ ca tādinaṃ
samādiyāhi sīlāni taṃ te atthāya hehiti. 288.
Upemi saraṇaṃ buddhaṃ dhammaṃ saṅghaṃ ca tādinaṃ
samādiyāmi sīlāni taṃ me atthāya hehiti. 289.
Brahmabandhu pure āsi so idāni 'mhi brāhmaṇo
tevijjo sotthiyo c'amhi vedagū c'amhi nhātako [10] ti. 290.

Imā gāthā paccudabhāsi. Tattha ādito tisso gāthā attano dhītu bhikkhūsu sammutiṃ [11] aticchantena vuttā. Tattha s a m a ṇ ā t i b h o t i m a ṃ v i p a s s ī ti. Bhoti tvaṃ

[1] mantabhāṇa, cd. [2] kiñcinaṃ, cd. [3] koṭṭha, cd.
[4] openti, m. [5] pihayanti, m.
[6] jātā pi Rohini, cd. [7] hetu pajānāmi, cd.
[8] sotthiṃ yañño, cd. [9] bhāyati, cd.
[10] nātako, cd. [11] sammuti, cd.

passanakāle pi samaṇā ti kittentī samaṇapaṭibaddhaṃ[1] yeva kathaṃ kathentī passasi.[2] Samaṇā ti paṭibujjhasī ti passanato uṭṭhahantī samaṇā icc' eva paṭibujjhasi niddāya vuṭṭhāsi.[3] Samaṇānam eva kittesī ti sabbakālam pi samaṇe eva samaṇānam eva vā guṇe kittesi abhitthavasi. Samaṇī nūna bhavissasī[4] ti gihīrūpena ṭhitā vicittena samaṇī eva maññe bhavissasi. Atha vā samaṇī nūna bhavissasī[5] ti idāni gihīrūpena ṭhitā pi naciren' eva samaṇī eva maññe bhavissasi.

Samaṇesu eva ninnaponabbhāvato vacchasī ti desi. Rohiṇi dāni pucchāmī ti amma Rohiṇi[6] taṃ ahaṃ idāni pucchāmī ti brāhmaṇo attano dhītaraṃ pucchanto āha: kena te samaṇā piyā ti. Amma Rohiṇi[7] tvaṃ sayantī pi pabujjhantī pi aññadāsi samaṇānam eva guṇe kittayasi. Kena nāma kāraṇena tuyham samaṇā piyāyitabbā jātā ti attho.

Idāni brāhmaṇo samaṇesu dosaṃ dhītu ācikkhanto akammakāmā ti gātham āha. Tattha akammakāmā ti na kammakāmā attano paresaṃ ca atthāvahaṃ kiñci kammaṃ na kātukāmā. Alasā ti kusītā. Paradattopajīvino ti parehi dinnaṃ yeva upajīvanasīlā. Āsaṃsukā ti tato vuḍḍhā pajānanādinaṃ āsiṃsanakā. Sādukāmā ti sādu madhuram eva āhāraṃ icchanakā. Sabbam etaṃ brāhmaṇo samaṇānaṃ guṇe ajānanto attanā ca parikappitaṃ dosam āha.

Taṃ sutvā Rohiṇī[8] "laddho dāni me okāso ayyānaṃ guṇe kathetuṃ" ti tuṭṭhamānasā bhikkhūnaṃ guṇe kittetukāmā paṭhaman tāva tesaṃ kittane somanassaṃ pavedentī cirassaṃ vata man tātā ti gātham āha. Tattha cirassaṃ vatā ti cirena vata. Tātā ti pitaraṃ ālapati. Samaṇānaṃ ti samaṇe. Samaṇānaṃ vā mayhaṃ piyāyitabbaṃ. Tesan ti samaṇānaṃ. Pañ-

---

[1] °paṭibandhaṃ, cd. [2] passati, cd. [3] vuṭṭhisi, cd.
[4] bhavissatī, cd. [5] bhavissatī, cd. [6] Rohini, cd.
[7] Rohini, cd. [8] Rohinī, cd.

ñ ā s ī l a p a r a k k a m a n ti pañcasīlaṃ ca ussāhaṃ ca. K i t t a y i s s ā m ī ti paṭijānetvā te kittentī.

A k a m m a k ā m ā a l a s ā ti tena vuttadosaṃ tāva nibbeṭhetvā tappaṭipakkhabhūtaguṇaṃ dassetuṃ k a m m a k ā m ā ti ādim āha. Tattha k a m m a k ā m ā ti vattapaṭivattādibhedaṃ kammaṃ samaṇakiccaṃ paripūraṇavasena kāmenti icchantī ti kammakāmā. Tattha yuttapayuttā hutvā uṭṭhāya samuṭṭhāya vāyāmanato na alasā ti a n a l a s ā. Taṃ pana kammaṃ seṭṭhaṃ uttamaṃ nibbānāvahaṃ eva karontī ti k a m m a s e ṭ ṭ h a s s a k ā r a k ā. Karontā pana taṃ paṭipattiyā āvajjabhāvato r ā g a ṃ d o s a ṃ p a j a h a n t i. Yathā rāgadosā pahīyanti evaṃ samaṇakammaṃ karonti. T e n a m e s a m a ṇ ā piyā ti tena yathāvuttena sammāpaṭipajjanena mayhaṃ samaṇā piyā piyāyitabbā ti attho.

T ī ṇ i[1] p ā p a s s a m ū l ā n ī ti lobhadosamohasaṃkhātāni akusalassa tīni mūlāni. D h u n a n t ī ti nicchādenti pajahantī ti attho. S u c i k ā r i n o ti anavajjakammakārino. S a b b a p ā p a ṃ[2] p a h ī n ' e s a ṃ ti aggamaggādhigamena sabbaṃ pi pāpaṃ pahīnaṃ.

Evaṃ samaṇā sucikārino ti saṃkhepato vuttam atthaṃ vibhajitvā dassetuṃ k ā y a k a m m a n ti gātham āha. Taṃ suviññeyyam eva.

V i m a l ā s a ṃ k h a m u t t ā 'vā ti sudhotasaṃkhā viya muttā viya ca vigatamalā rāgādimalarahitā. S u d d h ā s a n t a r a b ā h i r ā ti santarabāhirato suddhā suddhāsayapayogā ti attho. P u ṇ ṇ ā s u k k e h i d h a m m e h ī ti ekantasukkehi anavajjadhammehi paripuṇṇā. Asekkhehi sīlakkhandhādīhi samannāgatā ti attho.

Suttageyyādi bahussutam etesaṃ sutena ca uppannā ti b a h u s s u t ā. Pariyattibāhusaccena paṭivedhabāhusaccena ca samannāgatā ti attho. Tam eva duvidhaṃ[3] pi dhammaṃ dhārentī ti d h a m m a d h a r ā. Sattānaṃ ācārasamācārasikkhāpadena dhammena ñāyena jīvantī ti d h a m m a j ī v i n o. A t t h a ṃ d h a m m a ṃ ca

[1] tīni, cd. [2] Sabbapāpa, cd. [3] uvidhaṃ, cd.

desentī[1] ti bhāsitattham ca desanādhammaṃ ca kathenti pakāsentī ti. Athavā atthato anapetaṃ dhammato anapetaṃ ca desenti ācikkhanti.

Ekaggacittā ti samāhitacittā. Satimato ti upaṭṭhitasatino. Dūraṃgamā ti araññagatāya manussupacāraṃ muñcitvā dūraṃ gacchanti.[2] Iṭṭhānnbhāvena vā yathāruncitaṃ dūraṭṭhānaṃ gacchantī ti dūraṅgamā. Mantā vuccati paññā. Tāya bhaṇanasīlatāya mantabhāṇī. Na uddhatā ti anuddhatā. Uddhaccarahitā vūpasantacittā. Dukkhass' antaṃ pajānantī ti vaṭṭadukkhāya pariyantabhūtaṃ nibbānaṃ paṭivijjhanti.

Na vilokenti kiñcanaṃ[3] ti yato gāmato pakkamanti tasmiṃ gāme kiñci sattaṃ vā saṃkhāraṃ vā apekkhāvasena na olokenti. Atha kho pana anāpekkhā 'va gacchanti pakkamanti.

Na tesaṃ koṭṭhe osentī ti te samaṇā saṃ attano santakaṃ sāpateyyaṃ koṭṭhe na osenti na paṭisāmetvā ṭhapenti. Tādisassa pariggahassa abhāvato. Kumbhin ti kumbhiyaṃ. Kaḷopiyaṃ ti pacchiyaṃ. Pariniṭṭhitam esānā ti parakulesu paresu atthāya siddham eva ghāsaṃ pariyesantā.

Hiraññan ti kahāpaṇā. Rūpiyan ti rajataṃ. Paccuppannena yāpentī ti atītaṃ ananusocantā anāgataṃ ca apaccāsiṃsantā paccuppannena yāpenti attabhāvaṃ pavattenti. Aññamaññaṃ piyāyantī ti[4] aññamaññasmiṃ mettiṃ karonti. Pīyāyantī ti pi pāṭho. So ev' attho.

Evaṃ brāhmaṇo dhītuyā santike bhikkhūnaṃ guṇe sutvā pasannamānaso dhītaraṃ pasaṃsanto atthāya vatā ti ādim āha.

Amhaṃ pī ti ambākam pi. Dakkhiṇan ti deyyadhammaṃ. Etthā ti etesu samaṇesu. Yañño ti dānadhammo. Vipulo ti vipulaphalo. Sesaṃ vuttanayam eva. Evaṃ brāhmaṇo saraṇesu sīlesu ca patiṭṭhito aparabhāge saṃjātasaṃvego pabbajitvā vipassanaṃ vaḍ-

---

[1] dassentī, cd. [2] gacchati, cd.
[3] kiñcinaṃ, cd. [4] aññamaññaṃ pismin ti, cd.

ḍhetvā arahatte patiṭṭhāya attano paṭipattiṃ[1] paccavekkhitvā udānento[2] brahmabandhū ti gātham āha. Tass' attho heṭṭhā vutto yeva.

Rohiṇiyā theriyā gāthāvaṇṇanā samattā.

LXVIII.

Laṭṭhihattho pure āsī[3] ti ādikā Cāpāya theriyā gāthā. Ayaṃ pi purimabuddhesu katādhikārā tattha tattha bhave vivaṭṭūpanissayaṃ kusalaṃ upacinantī anukkamena upacitakusalamūlasambhūtavimokkhasambhārā hutvā imasmiṃ buddhuppāde Vaṅkahārajanapade aññatarasmiṃ migaluddakagāme jeṭṭhakamigaluddakassa dhītā hutvā nibbatti. Cāpā ti 'ssā nāmaṃ ahosi. Tena ca samayena Upako ājīvako bodhimaṇḍato dhammacakkaṃ pavattetuṃ Bārāṇasiṃ uddissa gacchantena satthārā saha gato vippasanno "paripuṇṇāni kho te āvuso indriyāni, parisuddho chavivaṇṇo pariyodāto, kaṃ si tvaṃ āvuso uddissa pabbajito ko vā te satthā kassa vā tvaṃ dhammaṃ rocesī" ti pucchitvā:

Sabbābhibhū sabbavidū 'ham asmi sabbesu dhammesu
anupalitto
sabbaṃjaho taṇhakkhaye[4] vimutto sayaṃ abhiññāya kam
uddiseyyan ti.
na me ācariyo atthi sadiso me na vijjati
sadevakasmiṃ lokasmiṃ n'atthi me paṭipuggalo
dhammacakkaṃ[5] pavattetuṃ gacchāmi Kāsinaṃ puraṃ
andhabhūtasmiṃ lokasmiṃ āhañchuṃ amatadudrabhin ti.

Satthārā attano sabbaññubuddhabhāve dhammacakkapavattane ca pavedite pasannacitto so huveyya p' āvuso, arah' asi anantajino ti vatvā ummaggaṃ gahetvā pakkanto

---

[1] paṭipatti, cd. [2] udānanto, cd: [3] avasī, cd.
[4] taṇhakkhayo, cd. [5] brahmacakkaṃ, cd

Vaṅkahārajanapadaṃ agamāsi. So tattha ekaṃ migaluddakagāmakaṃ upanissāya vāsaṃ kappesi. Taṃ tattha jeṭṭhakamigaluddako upaṭṭhāsi. So ekadivasaṃ dūraṃ migavaṃ gacchanto "mayhaṃ arahante mā pamajjī" ti attano dhītaraṃ Cāpaṃ āṇāpetvā agamāsi saddhiṃ puttabhātukehi. Sā c'assa dhītā abhirūpā hoti dassanīyā. Atha Upako ājīvako bhikkhācāravelāya migaluddakassa gharaṃ gato parivisituṃ[1] upagataṃ Cāpaṃ disvā rāgena abhibhūto bhuñjituṃ pi asakkonto bhājanena bhattaṃ ādāya vasanaṭṭhānaṃ gantvā bhattaṃ ekamante nikkhipitvā sace Cāpaṃ labhissāmi jīvāmi no ce marissāmī ti nirāhāro nipajji. Sattame divase migaluddako āgantvā dhītaraṃ pucchi: "kiṃ mayhaṃ arahante appamajjī" ti. "So ekadivasaṃ eva āgantvā puna nāgatapubbo" ti āha. Migaluddako ca tāvad ev' assa vasanaṭṭhānaṃ gantvā kiṃ bhante aphāsukan ti pāde parimajjanto pucchi. Upako uitthunanto[2] parivattati yeva. So vada bhante yaṃ mayā sakkā kātuṃ sabbaṃ taṃ karissāmā ti āha. Upako ekena pariyāyena attano ajjhāsayaṃ ārocesi. Itaro "jānāsi pana kiñci sippan" ti. "Na jānāmi kiñci sippan" ti. "Ajānantena sakkā gharaṃ āvasitun" ti. Tumhākaṃ maṃsahārako bhavissāmi maṃsaṃ ca vikkiṇissāmī[3] ti. Māgaviko amhākam pi etad eva ruccatī ti uttarisāṭakaṃ datvā attano sahāyakassa gehe katipāhaṃ vasāpetvā tādise divase gharaṃ ānetvā dhītaraṃ adāsi. Atha kāle gacchante tesaṃ saṃvāsaṃ anvāya putto nibbatti. Subhaddo ti 'ssa nāmaṃ akaṃsu. Cāpā tassa rodanakāle Upakassa putta ājīvakassa putta maṃsahārakassa putta mā rodi mā rodī ti ādinā vuttavasena gīteua Upakaṃ uppaṇḍeti. So "mā tvaṃ Cāpe maṃ anāthā" ti maññi. Atthi me sahāyo anantajino nāma. Tassāhaṃ santikaṃ gamissāmī ti āha. Cāpā evaṃ ayaṃ aṭṭiyatī ti ñatvā punappunaṃ tathā kathesi yeva. So ekadivasaṃ tāya kathāya vutte kujjhitvā gantum āraddho. Tāya taṃ taṃ vatvā anunīyamāno pi paññattiṃ[4] āgacchanto pacchimadisābhimukho pakkāmi.

---

[1] pavisituṃ, cd. [2] niṭṭhuuanto, cd.
[3] vikkinissāmī, cd. [4] paññatti, cd.

Bhagavā ca tena samayena Sāvatthiyaṃ Jetavane viharanto bhikkhūnaṃ ācikkhi. Yo bhikkhave "ajja kuhiṃ anantajino" ti idhāgantvā pucchati taṃ mama santikaṃ pesethā ti. Upako pi "kuhiṃ anantajino vasatī" ti tattha tattha pucchanto anupubbena Sāvatthiṃ gantvā vihāraṃ pavisitvā vihāramajjhe ṭhatvā "kuhiṃ anantajino" ti pucchi. Taṃ bhikkhū bhagavato santikaṃ nayiṃsu. So bhagavantaṃ disvā "jānātha maṃ bhagavā" ti. "Āma jānāmi." "Kuhiṃ pana tvaṃ ettakaṃ kālaṃ vasī" ti. "Vaṅkahārajanapade bhante" ti. "Upaka idāni mahallako jāto pabbajituṃ sakkhissasī" ti. "Pabbajissāmi bhante" ti. Satthā aññataraṃ bhikkhuṃ āṇāpesi: "Ehi tvaṃ bhikkhu imaṃ pabbājehī" ti. So taṃ pabbājesi. So pabbajito satthu santike kammaṭṭhānaṃ gahetvā bhāvanaṃ anuyuñjanto na cirass' eva anāgāmiphale patiṭṭhāya kālaṃ katvā avihesu nibbatto. Nibbattakkhaṇe yeva arahattaṃ apāpuṇi.[1] Avihesu nibbattamattā satta janā arahattaṃ pattā. Tesaṃ ayaṃ aññataro. Vuttaṃ h'etaṃ:

Avihaṃ upapannā 'me vimuttā satta bhikkhavo
rāgadosaparikkhīṇā tiṇṇā soko visattikaṃ
Upako Salakaṇṭho[2] ca Pukkuso[3] ti ca te tayo
Bhaddiyo Khaṇḍadevo ca Bahunandi[4] ca Piṅgiyo
te hitvā mānusaṃ dehaṃ dibbayogaṃ upaccagun ti.

Upake pana pakkante nibbindahadayā Cāpā dārakaṃ ayyakassa niyyādetvā pubbe Upakena gatamaggaṃ gacchantī Sāvatthiṃ gantvā bhikkhunīnaṃ santike pabbajitvā vipassanāya kammaṃ karontī maggapaṭipāṭiyā arahatte patiṭṭhitā attano paṭipattiṃ paccavekkhitvā pubbe Upakena attanā ca[5] kathitagāthāyo udānavasena ekajjhaṃ katvā:

---

[1] apāpuni, cd.
[2] Salakaṇḍo, cd.
[3] Pukkusā, cd.
[4] Bahumanti, cd.
[5] attanā va, cd.

Laṭṭhihattho pure āsi so dāni migaluddako
āsāya[1] palipā ghorā nāsakkhi pāraṃ etase.[2] 291
Sumattaṃ[3] maṃ maññamānā Cāpā puttaṃ atosayi[4]
Cāpāya bandhanaṃ chetvā pabbajissaṃ puno-m-ahaṃ.[5] 292
Mā me kujjhi mahāvīra mā me kujjhi mahāmuni
na hi kodhaparetassa[6] suddhi atthi kuto tapo. 293.
Pakkāmissañ[7] ca Nālāto ko' dha Nālāya vacchati
bandhanti itthirūpena samaṇe dhammajīvino. 294.
Ehi Kāḷa nivattassu bhuñja kāme yathā pure
ahaṃ ca te vasīkatā ye ca me santi ñātakā. 295.
Etto c'eva[8] catubbhāgaṃ yathā bhāsasi taṃ ca me
tayi rattassa posassa uḷāraṃ vata taṃ siyā. 296.
Kāḷ' aṅginiṃ[9] va takkāriṃ[10] pupphitaṃ girimuddhani
phullaṃ dālikalaṭṭhiṃ[11] va antodīpe va pāṭaliṃ.[12] 297.
Haricandanalittaṅgiṃ[13] kāsikuttamadhāriniṃ[14]
taṃ maṃ rūpavatiṃ santiṃ[15] kassa ohāya gacchasi. 298.
Sākuntiko va sakuṇiṃ[16] yathā bandhitum icchati[17]
āharimena rūpena na maṃ tvaṃ bādhayissasi. 299.
Imañ[18] ca me puttaphalaṃ Kāḷa uppāditaṃ tayā
taṃ maṃ puttavatiṃ santiṃ[19] kassa ohāya gacchasi. 300.
Jahanti putte sappaññā tato ñāti tato dhanaṃ
pabbajanti mahāvīrā nāgo chetvā va bandhanaṃ. 301.
Idāni te imaṃ puttaṃ daṇḍena churikāya vā
bhūmiyaṃ vā nisumbheyyaṃ[20] puttasokā na gacchasi.[21] 302.
Sace puttaṃ sigālānaṃ kukkurānaṃ padāhisi[22]
na maṃ puttakate jammi[23] punar āvattayissasi. 303.

---

[1] āsayā, cd. [2] assituṃ, m.; etasse, cd. [3] sumutta, cd.
[4] atosayaṃ, cd. [5] puno-p-ahaṃ, m. [6] kodhāp°, cd.
[7] pakkam°, cd. [8] etto Cāpe, m. [9] kālaṃkāna, cd.
[10] takkāri, cd. [11] dālimalaṭṭhī, m.; dālijalaṭṭhi, cd.
[12] pāṭali, cd. [13] °taugī, cd. [14] °dharinī, cd.
[15] rūpavatī santī, cd. [16] sakuṇi, cd. [17] icchasi, cd.
[18] amañ, cd. [19] tvaṃ maṃ puttavatī santī, cd.
[20] nisumbhissa, m.; nisumbhiyaṃ, cd. [21] gacchati, cd.
[22] sadā hi pi, cd. [23] puttaṃkate jappi, cd.

Handa kho dāni bhaddan te kuhiṃ Kāḷa gamissasi[1]
katamaṃ gāmaṃ[2] nigamaṃ nagaraṃ rājadhāniyo.[3] 304.
Ahumha pubbo gaṇino asamaṇā samaṇamānino
gāmena gāmaṃ vicarimha nagare rājadhāniyo.[4] 305.
Eso hi bhagavā buddho nadiṃ[5] Nerañjaraṃ pati
sabbadukkhapahānāya dhammaṃ desesi pāṇinaṃ.
tassāhaṃ santike gacchaṃ so me satthā bhavissati. 306.
Vandanan dāni vajjāsi lokanāthaṃ anuttaraṃ
padakkhiṇañ ca katvāna ādiseyyāsi dakkhiṇaṃ. 307.
Etaṃ kho labbhaṃ[6] amhehi yathā bhāsasi tam ca me[7]
vandanan dāni te vajjaṃ[8] lokanāthaṃ anuttaraṃ
padakkhiṇaṃ ca katvāna ādisissāmi dakkhiṇaṃ. 308.
Tato ca Kāḷo pakkāmi nadiṃ[9] Nerañjaraṃ pati
so addasāsi sambuddhaṃ desentaṃ amataṃ padaṃ. 309.
Dukkhaṃ dukkhasamuppādaṃ dukkhassa ca atikkamaṃ
Ariyaṭṭhaṅgikaṃ maggaṃ dukkhūpasamagāminaṃ. 310.
Tassa pādāni vanditvā katvāna naṃ padakkhiṇaṃ[10]
Cāpāya ādisitvāna[11] pabbaji anagāriyaṃ.
tisso vijjā anuppattā kataṃ buddhassa sāsanan ti. 311.

Imā gāthā abhāsi. Tattha laṭṭhihattho ti daṇḍahattho. Pure ti pubbe paribbājakakāle. Caṇḍagoṇakukkurādīnaṃ parihāraṇatthaṃ daṇḍaṃ hatthena gahetvā vicaraṇako ahosi. So dāni migaluddako ti so eko idāni migaluddehi saddhiṃ sambhogasaṃvāsehi migaluddo māgaviko jāto. Āsāyā ti taṇhāya. Āsiyā ti pi pāṭho. Ajjhāsayahetū ti attho. Palipā ti kāmapaṅkato diṭṭhipaṅkato ca. Ghorā ti aviditavipulattā ca hatthā dāruṇato ghorā. Na sakkhi pāram etase[12] ti tass' eva palipassa pārabhūtaṃ[13] nibbānaṃ etuṃ[14] gantuṃ na

---

[1] kuhi Kālāgam°, cd. [2] gāma, cd.
[3] rājaṭhāniyo, cd. [4] rājaṭhāniyo, cd. [5] nadī, cd.
[6] laddhaṃ, cd. [7] yathā bhāsi tuvaṃ ca me, m.
[8] te gacchaṃ, cd. [9] nadī, cd.
[10] katvānaṃ abhiddakkhiṇaṃ, cd.
[11] āvikatvāna, cd. [12] etasse, cd
[13] pāragūtaṃ, cd. [14] etaṃ, cd.

cakkhi na abhisambhunī ti. Attānam eva sandhāya Upako vadati.

Sumattaṃ maṃ maññamānā ti attani suṭṭhu mattaṃ[1] madappattaṃ kāmagedhavasena laggaṃ pamattaṃ vā katvā maṃ sallakkhantī. Cāpā puttam atoesayī[2] ti migaluddassa dhītā Cāpā ājīvakassa puttā ti ādinā maṃ ghaṭṭentī puttaṃ tosesi keḷāpassasi. Puttaṃ maṃ maññamānā ti ca paṭhanti. Subhatī ti maṃ maññamānā[3] ti attho. Cāpāya bandhanaṃ chetvā ti Cāpāya tayi uppannaṃ kilesabandhanaṃ chindetvā. Pabbajiesaṃ[4] puno-m-ahan ti puna dutiyavāram pi ahaṃ pabbajissāmi. Idāni tassā mayhaṃ attho n'atthī ti vadati.

Taṃ sutvā Cāpāya khamāpentī mā me kujjhī ti gātham āha. Tattha mā me kujjhī ti kelikāraṇamattena mā mayhaṃ kujjhi. Mahāvīra mahāmunī ti Upakaṃ ālapati. Taṃ hi esā "pubbe pi pabbajito idāni pabbajitukāmo" ti katvā khantiṃ[5] ca paccāsiṃsantī[6] mahāmunī ti āha. Tenevāha: na hi kodhaparetassa suddhi atthi kuto tapo ti. Tvaṃ ettakaṃ pi asahanto kathaṃ cittaṃ damessasi[7] kathaṃ vā tapaṃ carissasī ti adhippāyo.

Atha Nālaṃ gantvā jīvitukāmā pī ti Cāpāya vutto āha: pakkamiesaṃ ca Nālāto ko 'dha Nālāya vacchatī ti. Ko idha Nālāya vasissati, Nālāto 'va ahaṃ pakkamissāmi' eva. So hi tassa jātagāmo. Tato nikkhamitvā pabbajitattā evam āha. Nālā ti Upakassa jātagāmo. So ca Magadharaṭṭhe Bodhimaṇḍassa āsannapadese. Taṃ sandhāya vuttaṃ: bandhanti itthirūpena samaṇe dhammajīvino ti. Cāpe tvaṃ dhammena jīvante dhammike pabbajite attano itthirūpena kuttākappehi bandhantī tiṭṭhasi. Yenāhaṃ idāni yādiso jāto tasmā taṃ pariccajāmī ti adhippāyo.

---

[1] matta, cd. [2] puttaṃ matopassī, cd.
[3] maññamāno, cd. [4] pabbajissaṃ yaṃ, cd.
[5] khantī, cd. [6] paccāsiṃsanantī, cd. [7] damessati, cd.

Evaṃ vutto Cāpā taṃ nivattetukāmā: ehi Kāḷā[1] ti gātham āha. Tass' attho: kāḷavaṇṇatāya[2] Kāḷa Upaka. Ehi nivattassu mā pakkami. Pubbe viya kāme paribhuñja. Ahaṃ ca ye ca me santi ñātakā te sabbe tuyhaṃ imāya pakkamitukāmatāya vasīkatā vasavattito katā ti.

Taṃ sutvā Upako etto c'evā ti gātham āha. Tattha Cāpe ti Cāpe. Cāpasadisa-aṅgalaṭṭhitāya sā Cāpā ti nāmaṃ labhi. Tasmā Cāpā ti vuccati. Tvaṃ Cāpe yathā bhāsasi idāni yādisaṃ[3] kathesi ito catubbhāgaṃ ce piyasamudāhāraṃ kareyyāsi. Tayi rattassa rāgābhibhūtassa purisassa uḷāraṃ vata taṃ siyā. Ahaṃ pan' etarahi tayi kāmesu ca viratto tasmā Cāpāya vacanena tiṭṭhāmī ti adhippāyo.

Puna Cāpā attani tassa āsattiṃ[4] uppādetukāmā Kāḷ' aṅginiṃ[5] ti āha. Tattha Kāḷā ti tassa ālapanaṃ. Aṅginin[6] ti aṅgalaṭṭhisampannaṃ. Va iti[7] upamāya nipāto. Takkāriṃ[8] pupphitaṃ girimuddhanī ti pabbatamuddhani ṭhitaṃ supupphitadālikalaṭṭhiṃ[9] viya. Ukkāgārin ti keci paṭhanti. Aṅgalaṭṭhiṃ[10] viyā ti attho. Girimuddhanī ti ca idaṃ kenaci anupahatasobhatādassanatthaṃ vuttaṃ. Keci kāliginin ti pāṭhaṃ vatvā tassa kumbhaṇḍalatāsadisan ti atthaṃ vadanti. Phulladālimalaṭṭhiṃ vā ti[11] pupphitaṃ bījapūralataṃ viya. Antodīpe va pāṭalin ti dīpagabbhantare pupphitapāṭalirukkhaṃ viya. Dīpagahaṇañ c'ettha sokapāṭihāriyadassanatthaṃ eva.

Haricandanalittaṅgiu[12] ti lohitacandanena anulittasabbaṅgiṃ.[13] Kāsikuttamadhārinin[14] ti uttamakāsikavatthadharaṃ. Taṃ man ti tādisaṃ maṃ. Rūpavatiṃ santin[15] ti rūpasampannasamānaṃ.

---

[1] Kālā, cd. [2] kālavaṇṇ°, cd. [3] sādisaṃ, cd.
[4] āsatti, cd. [5] Kāḷ' aṅgitaṃ, cd. [6] aṅginī, cd.
[7] ca iti, cd. [8] takkāri, cd. [9] °laṭṭhi, cd.
[10] Aṅgatthilaṭṭhi, cd. [11] laṭṭhitan ti, cd.
[12] °taṅgī, cd. [13] °baṅgī, cd.
[14] °dhārinan, cd. [15] rūpavatī santī, cd.

Kaeea ohāya gacchaeī ti kassa nāma eattassa kaesa vā hetuno kena kāraṇena pahāya ohāya pariccajitvā gacchasi.

Ito param pi tesaṃ vacanapaṭivacanagāthā 'va ṭhapetvā pariyosāne tisso gāthā. Tattha sākuntiko ti sakuṇaluddo viya. Āharimena rūpena ti kesamaṇḍanādinā sarīrajagganena c'eva vatthābharaṇādinā ca abhisaṃkhārikena rūpena vaṇṇena kittimena cāturiyena cā ti attho. Na maṃ tvaṃ bādhayiseasī ti pubbe viya idāni maṃ tvaṃ na bādhituṃ sakkhissasi.

Puttaphalan ti puttasaṃkhātaphalaṃ puttappasavo.

Sappaññā ti paññavanto. Saṃsārena ādīnavavibhāvaniyā paññāya samannāgatā ti adhippāyo. Te hi appaṃ va mahantam pi ñātiparivaṭṭabhogakkhandhaṃ vā pahāya pabbajanti. Tenāha: pabbajanti mahāvīrā[1] nāgo chetvā va bandhanaṃ ti. Ayaṃ bandhanaṃ viya hatthināgo gihibandhanaṃ[2] chindetvā mahāviriyā ca pabbajanti. Na hīnaviriyā ti attho.

Daṇḍenā ti yena kenaci daṇḍena. Churikāyā ti na khurena.[3] Bhūmiyaṃ va nisumbheyyan[4] ti paṭhaviyaṃ pātetvā[5] bādhanavijjhanādinā[6] vibādhissāmi. Puttasokā na gacchaeī ti puttasokanimittaṃ na gacchissasi.

Padāhisī[7] ti dassasi. Puttakate ti puttakārakā. Jammī ti tassā[8] ālapanaṃ. Lāmake ti attho.

Idāni tassa gamanaṃ anujānitvā gamanaṭṭhānaṃ jānituṃ handa kho ti gātham āha. Itaro pubbe ahaṃ aniyyānikaṃ sāsanaṃ paggayha aṭṭhāsi, idāni pana niyyānikaanantajinassa sāsane ṭhātukāmo. Tasmā "tassa santikaṃ gamissāmī" ti dassento ahumhā[9] ti ādim āha. Tattha gaṇino ti gaṇadharā. Asamaṇā ti na samitapāpā. Samaṇamānino ti samitapāpā ti evaṃsaññino. Vicarimhā ti pūraṇādīsu attānaṃ pakkhipitvā vadati.

---

[1] mahāvīra, cd. [2] °bandhana, cd. [3] khareṇa, cd.
[4] nisumbhiyan, cd. [5] pāthetvā, cd. [6] bodhana°, cd.
[7] sadāhisī, cd. [8] tassa, cd. [9] amhā, cd.

Nerañjaraṃ[1] patī ti Nerañjarāya nadiyā samīpe. Tassā tīre buddho abhisambodhiṃ patto ti abhisambodhiṃ[2] dassento sabbakālaṃ bhagavā tattha vasī ti adhippāyena vadati.

Vandanaṃ dāni me vajjāsī ti mama vandanaṃ vadeyyāsi[3] mama vacanena lokanāthaṃ anuttaraṃ vadeyyāsī ti attho. Padakkhiṇaṃ ca katvāna ādiseyyāsi[4] dakkhiṇan ti buddhaṃ bhagavantaṃ tikkhattuṃ padakkhiṇaṃ katvā pi catūsu ṭhānesu vanditvā tato puññato mayhaṃ pattidānaṃ dento padakkhiṇaṃ ādiseyyāsī[5] ti buddhaguṇānaṃ sutapubbattābetusampannatāya ca evaṃ vadati.

Etaṃ kho labbhaṃ[6] amhehī ti etaṃ padakkhiṇakāraṇaṃ puññaṃ amhehi tava dhātuṃ sakkā na nivattanaṃ pubbe viya kāmūpabhogo ca na sakkā ti adhippāyo. Tuvaṃ Cāpe ti tvaṃ Cāpe. Vajjaṃ vakkhāmi.[7] So ti Kāḷo. Addasāsī ti addakkhi. Sattbudesanāya saccakathāya padhānattā sabbadhi muttāya[8] abhāvato dukkhan ti ādi vuttaṃ. Sesaṃ vuttanayam eva.

Cāpāya theriyā gāthāvaṇṇanā samattā.

LXIX.

Petāni bhoti puttānī ti ādikā Sundariyā theriyā gāthā. Ayam pi purimabuddhesu katādhikārā tattha tattha bhave vivaṭṭūpanissayaṃ kusalaṃ upacinantī ito ekatiṃse kappe Vessabhussa bhagavato kāle kulagehe nibbattitvā viññutaṃ pattā ekadivasaṃ satthāraṃ piṇḍāya carantaṃ disvā pasannamānasā bhikkhaṃ datvā pañcapatiṭṭhitena vanditvā ca satthā tassā cittappasādaṃ ñatvā anumodanaṃ katvā pakkāmi. Sā tena puññakammena tāvatiṃsesu

---

[1] Nerañjara, cd.
[2] abhisambodhi, cd.
[3] vasseyyāsi, cd.
[4] ādiseyyāmi, cd.
[5] ādiyeyyāsī, cd.
[6] laddhaṃ, cd.
[7] gacchāmi vakkh°, cd.
[8] sabbinimuttāya, cd.

nibbattitvā tattha yāvatāyukaṃ katvā dibbasampattiṃ anubhavitvā tato cutā. Aparāparaṃ sugatibhavesu yeva saṃsarantī paripakkañāṇā hutvā imasmiṃ buddhuppāde Bārāṇasiyaṃ Sujātassa nāma brāhmaṇassa dhītā hutvā nibbatti. Tassā rūpasampattiyā Sundarī ti nāmaṃ ahosi. Vayappattakāle c'assā kaniṭṭhabhātā kālaṃ akāsi. Ath' assā pitā puttasokena abhibhūto tattha tattha vicaranto[1] Vāsiṭṭhītheriyā samāgantvā taṃ sokavinodanakāraṇaṃ pucchanto p e t ā n i[2] b h o t i p u t t ā n i ādinā dve gāthā abhāsi. Therī taṃ[3] sokābhibhūtaṃ ñatvā sokavinodetukāmā b a h ū n i m e p u t t a s a t ā n ī ti ādinā dve gāthā vatvā attano asokikabhāvaṃ kathesi. Taṃ sutvā brāhmaṇo "kathaṃ tvaṃ ayye evaṃ asokā jātā" ti āha. Tassa therī ratanattayaguṇaṃ kathesi. Brāhmaṇo "kuhiṃ satthā" ti pucchitvā "idāni Mithilāyaṃ viharatī" ti sutvā[4] tāvad eva rathaṃ yojetvā rathena Mithilaṃ gantvā satthāraṃ upasaṃkamitvā vanditvā sammodanīyaṃ kathaṃ katvā ekamantaṃ nisīdi. Tassa satthā dhammaṃ desesi. So dhammaṃ sutvā paṭiladdhasaddho pabbajitvā vipassanaṃ paṭṭhapetvā ghaṭento vāyamanto tatiyadivase arahattaṃ[5] pāpuṇi. Atha sārathi rathaṃ[6] ādāya Bārāṇasiṃ gantvā brāhmaṇiyā taṃ pavattiṃ ārocesi. Sundarī attano pitu pabbajitabhāvaṃ sutvā "amma ahaṃ pi pabbajissāmī" ti mātaraṃ āpucchi. Mātā "yaṃ imasmiṃ gehe bhogajātaṃ sabban taṃ tuyhaṃ santakaṃ. Tvaṃ imassa kulassa dāyādikā. Paṭipajja imaṃ sabbabhogaṃ paribhuñja mā pabbajī"[7] ti āha. Sā "na mayhaṃ bhogehi attho. Pabbajissām' evāhaṃ ammā" ti mātaraṃ anujānāpetvā mahatiṃ sampattiṃ[8] khelapiṇḍaṃ viya chaḍḍetvā pabbaji.[9] Pabbajitvā ca sikkhamānā yeva hutvā ghaṭentī[10] vāyamantī hetusampannatāya ñāṇassa paripākaṃ gatattā saha paṭisambhidāhi arahattaṃ pāpuṇi. Tena vuttaṃ Apadāne:

---

[1] vicarante, cd. [2] petā nu, cd. [3] therī tassa, cd.
[4] ti taṃ sutvā, cd. [5] arahatta, cd. [6] ratha, cd.
[7] pabbajjī, cd. [8] mahati sampatti, cd.
[9] pabbajji, cd. [10] ghaṭṭentī, cd.

Piṇḍapātaṃ carantassa Vessabhussa mahesino
kaṭacchubhikkhaṃ paggayha buddhaseṭṭhassa dās'ahaṃ. 1.
Paṭiggahetvā sambuddho Vessabhū lokanāyako
vīthiyā[1] saṇṭhito satthā akā me anumodanaṃ. 2.
Kaṭacchubhikkhaṃ datvāna Tāvatiṃsaṃ gamissasi
chattiṃsa devarājūnaṃ mahesittaṃ karissasi. 3.
Paññāsaṃ cakkavattīnaṃ mahesittaṃ karissasi
manasā patthitaṃ sabbaṃ paṭilacchasi sabbadā. 4.
Sampattiṃ[2] anubhotvāna pabbajissasi 'kiñcanā[3]
sabbāsave pariññāya nibbāyissasi 'nāsavā.[4] 5.
Idaṃ vatvāna sambuddho Vessabhū lokanāyako
nabhaṃ[5] abbhuggami dhīro haṃsarājā[6] va ambare. 6.
Sudinnaṃ me dānavaraṃ suyiṭṭhā yāgasampadā[7]
kaṭacchubhikkhaṃ datvāna pattāhaṃ acalaṃ padaṃ. 7.
Ekatiṃse ito kappe yaṃ dānaṃ adadiṃ tadā
duggatiṃ nābhijānāmi bhikkhādānass'idaṃ phalaṃ. 8.
Kilesā jhāpitā mayhaṃ —pa— kataṃ buddhassa sāsanan
ti. 9.

Arahattaṃ pana patvā phalasukhena nibbānasukhena viharantī aparabhāge satthu purato sīhanādaṃ nadissāmī ti upajjhāyaṃ āpucchitvā Bārāṇasīto nikkhamitvā sambahulāhi bhikkhunīhi saddhiṃ anukkamena Sāvatthiṃ gantvā satthu santikaṃ upasaṃkamitvā satthāraṃ vanditvā ekamantaṃ ṭhitā. Satthārā katapaṭisanthārā satthu orasadhītubhāvādivibhāvanena aññaṃ vyākāsi. Ath' assā mātaraṃ ādiṃ katvā sabbo ñātigaṇo parijano ca pabbaji. Sā aparabhāge attano paṭipattiṃ paccavekkhitvā pitarā vuttagāthaṃ ādiṃ katvā udānavasena:

Petāni bhoti puttāni[8] khādamānā tuvaṃ pure
tuvaṃ divā ca ratto ca atīva paritappasi. 312.
Sājja sabbāni khāditvā satta puttāni brāhmaṇi[9]

---

[1] vīthiyaṃ, P. [2] sampatti, P.
[3] pabbajissa saṃ kiñcanā, P. [4] nibbāyissaṃ anāsavā, P.
[5] nasaṃ, P. [6] haṃsarājī, P. [7] yāvasampadā, P.
[8] puttānaṃ, cd. [9] brahmaṇi, cd.

Vāseṭṭhi[1] kena vaṇṇena na bāḷhaṃ[2] paritappasi. 313.
Bahūni puttasatāni ñātisaṃghasatāni ca
khāditāni atītaṃse mama tuyhaṃ ca brāhmaṇa.[3] 314.
Sāhaṃ nissaraṇaṃ ñatvā jātiyā maraṇassa ca
na socāmi na rodāmi na cāhaṃ paritappayiṃ.[4] 315.
Abbhutaṃ vata Vāseṭṭhi[5] vācaṃ bhāsasi odisaṃ
kassa[6] tvaṃ dhammaṃ aññāya giraṃ bhāsasi edisaṃ. 316.
Esa brāhmaṇa sambuddho nagaraṃ Mithilaṃ pati
sabbadukkhappahānāya dhammaṃ desesi pāṇinaṃ.[7] 317.
Tassāhaṃ brāhmaṇa[8] arahato dhammaṃ sutvā nirūpadhiṃ[9]
tattha viññātasaddhammā puttasokaṃ vyapānudi.[10] 318.
So ahaṃ pi gamissāmi nagaraṃ Mithilaṃ pati
app eva maṃ so bhagavā sabbadukkhā pamocaye. 319.
Addasa[11] brāhmaṇo buddhaṃ vippamuttaṃ nirūpadhiṃ
tassa dhammaṃ adesesi muni dukkhassa pāragū. 320.
Dukkhaṃ dukkhasamuppādaṃ dukkhassa ca atikkamaṃ
ariyaṃ c' aṭṭhaṅgikaṃ maggaṃ dukkhūpasamagāminaṃ. 321.
Tattha viññātasaddhammo pabbajjaṃ samarocayi
Sujāto tīhi rattīhi tisso vijjā aphassayi.[12] 322.
Ehi sārathi gacchāhi rathaṃ nīyādayāh'[13] imaṃ
ārogyaṃ brāhmaṇiṃ vajja[14] pabbajito[15] dāni brāhmaṇo.
Sujāto tīhi rattīhi tisso vijjā aphassayi.[16] 323.
Tato ca rathaṃ ādāya sahassaṃ cāpi sārathi
ārogyaṃ brāhmaṇiṃ[17] voca pabbajito[18] dāni brāhmaṇo.
Sujāto tīhi rattīhi tisso vijjā aphassayi.[19] 324.
Etaṃ c'ahaṃ[20] assarathaṃ sahassaṃ cāpi sārathi.
tevijjaṃ brāhmaṇaṃ ñatvā puṇṇapattaṃ dadāmi te. 325.

---

[1] Vāsiṭṭhi, cd. [2] bālaṃ, cd. [3] brahmaṇa, cd.
[4] paritappati, cd. [5] Vāsiṭṭhi, cd. [6] tassa, cd.
[7] pāṇinaṃ, cd. [8] hassa brahme, m.
[9] nirūpadhi, cd. [10] apānudi, cd. [11] addasaṃ, cd.
[12] apassayi, m., cd. [13] niyyāthayāhi, cd.
[14] brāhmaṇi vijjā, cd. [15] pabbajji, m.
[16] apassayi, m., cd. [17] brāhmaṇi, cd.
[18] pabbajji, m. [19] apassayi, m., cd. [20] etaṃ ca te, cd.

Tumh' eva [1] hotu assaratho sahassaṃ cāpi brāhmaṇi
aham pi pabbajissāmi varapaññassa santike. 326.
Hatthigavassaṃ maṇikuṇḍalañ [2] ca phītaṃ c' imaṃ gehavigataṃ [3] pahāya
pitā pabbajito tuyhaṃ bhuñja bhogāni Sundari tuvaṃ dāyādikā kule. 327.
Hatthigavassaṃ maṇikuṇḍalañ [4] ca rammaṃ c'imaṃ gehavigataṃ [5] pahāya
pitā pabbajito mayhaṃ puttasokena aṭṭito
aham pi pabbajissāmi bhātu sokena aṭṭitā. 328.
So te ijjhatu saṃkappo yaṃ tvaṃ patthesi Sundari
uttiṭṭhapiṇḍo uñcho [6] ca paṃsukūlaṃ ca cīvaraṃ
etāni abhisambhontī paraloko anāsavā. 329.
Sikkhamānāya me ayye dibbacakkhuṃ visodhitaṃ
pubbenivāsaṃ jānāmi yattha me vusitaṃ pure. 330.
Tuvaṃ nissāya kalyāṇi therīsaṃghassa [7] sobhane
tisso vijjā anuppattā kataṃ buddhassa sāsanaṃ. 331.
Anujānāhi me ayye. Icche Sāvatthiṃ [8] gantave [9]
sīhanādaṃ nadissāmi buddhaseṭṭhassa santike. 332.
Passa Sundari satthāraṃ hemavaṇṇaṃ harittacaṃ
adantānaṃ dametāraṃ [10] sambuddham akutobhayaṃ. 333.
Passa Sundariṃ āyantiṃ [11] vippamuttaṃ nirūpadhiṃ
vītarāgaṃ visaṃyuttaṃ katakiccaṃ anāsavaṃ. 334.
Bārāṇasīto nikkhamma tava santikam āgatā
sāvikā te mahāvīra pāde vandati Sundarī. 335.
Tuvaṃ buddho tuvaṃ satthā, tuyhaṃ dhīt'ambhi [12] brāhmaṇa
orasā mukhato jātā katakiccā anāsavā. 336.
Tassā te svāgataṃ bhadde tato [13] te adurāgataṃ
evaṃ hi dantā āyanti [14] satthu pādāni vandikā
vītarāgā visaṃyuttā katakiccā anāsavā ti. 337.

Imā gāthā paccudabhāsi. Tattha petānī ti orāni.

---

[1] tuyhaṃ va, cd. [2] manik°, cd. [3] gahavig°, cd.
[4] manik°, cd. [5] gahavig°, cd. [6] uccho, cd.
[7] theresaṃgh°, cd. [8] Sāvatthi, cd. [9] gantuve, cd.
[10] dametānaṃ, cd. [11] Sundarī āyantī, cd.
[12] tuvaṃ dhītā, cd. [13] ato, m. [14] dantam āyanti, cd.

Bhotī ti tam ālapati. Puttānī ti liṅgavipallāsena vuttaṃ. Pete putte ti attho. Eko eva ca tassā[1] putto mato. Brāhmaṇo pana nacirakālaṃ ayaṃ sokena aṭṭā hutvā vicari bahū maññe imissā puttā matā ti evaṃsaññi hutvā bahuvacanenāha. Tathā ca[2] sājja[3] sabbāni khāditvā eatta puttānī ti khādamānā ti lokavohāravasena khuṃsanavacanaṃ etaṃ. Loke hi yassā itthiyā jātajātā puttā maranti taṃ garahanti "puttakhādanī" ti ādi vadanti. Atīvā ti ati viya bhūtaṃ. Paritappasī ti saṃtappasi pure ti yojanā. Ayaṃ h'ettha saṃkhepattho. Bhoti Vāseṭṭhi[4] pubbe tvaṃ mataputtā hutvā socantī paridevantī ativiya sokāya samappitā gāmanigamarājadhāniyo[5] āhiṇḍasi.

Sājjā ti sā ajja. Sā tvaṃ etarahī ti attho. Ajjā ti vā pāṭho. Kena vaṇṇenā ti kena kāraṇena khāditānī ti therī brāhmaṇena vuttapariyāyen' eva vadati. Sajjā ti khāditāni ti vā vyagghadīpibilārādijātiyo sandhāy'evam āha. Atītaṃse ti atīte koṭṭhāse. Atikkantabhavesū ti attho. Mama tuyhaṃ cā ti mayā cā tayā ca. Nissaraṇaṃ ñatvā jātiyā maraṇaeca cā ti jātijarāmaraṇānaṃ nissaraṇabhūtaṃ nibbānaṃ maggañāṇena paṭivijjhitvā. Na cāpi paritappayin[6] ti na cāpi upāyās'āsi.[7] Ahaṃ upāyāsaṃ na āpajjī ti attho.

Abbhutaṃ vatā ti acchariyaṃ vata. Taṃ hi abhūtan ti vuccati. Edieam ti ovarūpaṃ.[8] Na socāmi na rodāmi na cāpi paritappayin[9] ti evaṃ socanādinaṃ abhāvadīpativācaṃ. Kassa tvaṃ dhammam aññāyā ti kevalaṃ yathā ediso dhammo laddhuṃ na sakkā tasmā kassa nāma satthuno dhammam aññāya giraṃ vācaṃ bhāeasi edisan ti satthāraṃ sā naṃ ca pucchati.

Nirūpadhin ti niddukkhaṃ. Viññātasaddham-

---

[1] catasso, cd. [2] tathā vā, cd. [3] sajja, cd.
[4] Vāsiṭṭhi, cd. [5] rajaṭhāniyo, cd. [6] parikappatī, cd.
[7] upāyāsi, cd. [8] ovarūpi, cd. [9] paritappatī, cd.

mā ti paṭividdhaariyasaddhammā vyapānudin[1] ti nihari pajahi. Vippamuttan[2] ti sabbaso vimuttaṃ sabbakilesehi sabbabhavehi ca visaṃyuttaṃ. Hessati so sammāsambuddho assa brāhmaṇassa satthā ti tassa catusaccadhammadesanāya.

Rathaṃ niyyādayāh' iman[3] ti imaṃ rathaṃ brāhmaṇiyā niyyādehi.[4]

Sahassaṃ cāpī ti maggaparibbayatthaṃ nītaṃ kahāpanasahassaṃ cāpi ādāya niyyādesiu ti yojanā. Assarathan ti assayuttarathaṃ. Puṇṇapattan ti tuṭṭhidānaṃ.

Evaṃ brāhmaṇiyā tuṭṭhidāne diyyamāne taṃ sampaṭicchantī[5] sārathi tuyh' eva hotū ti gāthaṃ vatvā satthu santikam eva gantvā pabbajito[6] pana sārathimhi brāhmaṇī attano dhītaraṃ Sundariṃ āmantetvā gharāvāse niyojentī hatthigavassan ti gātham āha. Tattha hatthī ti hatthino. Gavassan ti gāvo ca assā ca. Maṇikuṇḍalañ cā ti maṇī ca kuṇḍalāni ca. Phītaṃ[7] c'imaṃ gehavigataṃ[8] pahāyā ti imaṃ hatthiādippabhedaṃ yathāvuttaṃ avuttaṃ ca khettavatthahiraññasuvaṇṇādibhedaṃ phītaṃ.[9] Bahu taṃ ca gehavigataṃ gehūpakaraṇaṃ aññaṃ ca dāsīdāsādikaṃ sabbaṃ pahāya tava pitā pabbajito. Bhuñja bhogāni Sundarī ti Sundari tvaṃ ime bhoge bhuñjassu. Tuvaṃ dāyādikā kule ti tuvaṃ hi imasmiṃ kule dāyajjarahā ti. Taṃ sutvā Sundarī attano nekkhammajjhāsayaṃ pakāsentī hatthigavassan ti ādim āha. Atha naṃ mātā nekkhammass' eva niyojentī so te ijjhatū ti ādinā diyaḍḍhagātham āha. Tattha yaṃ tvaṃ patthesi Sundarī ti Sundari tvaṃ idāni yaṃ patthayasi ākaṃkhasi. So tava pabbajjāya saṃkappo pabbajjāya chando ijjhatu anantarāyena sijjhatu. Uttiṭṭhapiṇḍo ti

---

[1] vyāpāu°, cd.
[2] vippavutthan, cd.
[3] niyyātassābhiyan, cd.
[4] niyyātehi, cd.
[5] °icchanto, cd.
[6] pabbajitena, cd.
[7] pītaṃ, cd.
[8] gahavigataṃ, cd.
[9] thitaṃ, cd.

ghare ghare upatiṭṭhitvā laddhabbabhikkhāpiṇḍo. Uñcho[1] ti tadatthaṃ gharapaṭipāṭiyā āhiṇḍanaṃ[2] uṭṭhānañ ca. Etāni ti uṭṭiṭṭhapiṇḍādīni. Abhisambhontī ti anibbiṇṇarūpajaṃghābalaṃ[3] nissāya abhisambhavantī sādhentī ti attho.

Atha Sundarī sādhu ammā ti mātuyā paṭisuṇitvā nikkhamitvā bhikkhunūpassayaṃ gantvā sikkhamānā yeva samānā tisso vijjā sacchikatvā satthu santikaṃ gamissāmī ti upajjhāyaṃ ārocetvā bhikkhunīhi saddhiṃ Sāvatthiṃ agamāsi. Tena vuttaṃ sikkhamānāya me ayye ti ādi. Tattha sikkhamānāya me ti sikkhamānāya samānāya mayā. Ayye ti attano upajjhāyaṃ ālapati.

Tuvaṃ nissāya kaḷyāṇi therīsaṃghassa sobhane ti bhikkhunīsaṃghe vuddharatanabhāvena thiraguṇayogena ca saṃghatheriyo imehi sīlādīhi samannāgatattā sobhane kaḷyāṇamitte ayye taṃ nissāya mayā tisso vijjā anuppattā kataṃ buddhassa sāsanan ti yojanā.

Icche ti icchāmi. Sāvatthiṃ gantave[4] ti Sāvatthiṃ gantuṃ. Sīhanādaṃ nadissāmī ti aññaṃ vyākaraṇaṃ sandhāyāha.

Atha Sundarī anukkamena Sāvatthiṃ gantvā vihāraṃ pavisitvā satthāraṃ dhammāsane nisinnaṃ disvā uḷārapītisomanassaṃ paṭisaṃvediyamānā attānam eva ālapantī āha passa Sundarī ti. Hemavaṇṇan ti suvaṇṇavaṇṇaṃ. Harittacaṃ ti kañcanasannibhattacaṃ. Ettha ca bhagavā pītavaṇṇena suvaṇṇavaṇṇo ti vuccati. Atha kho sammad eva ghaṃsitvā jātihiṃgulakena anulimpitvā suparimajjitakañcanādāsasannibho ti dassetuṃ hemavaṇṇan ti vatvā harittacan ti vuttaṃ.

Passa Sundariṃ āyantin[5] ti taṃ Sundarīnāmikaṃ maṃ bhagavā gacchantaṃ passa. Vippamuttan ti ādinā aññaṃ vyākarontī pītivippakāravasena vadati. "Kuto pana āgatā kattha ca āgatā kīdisā cāyaṃ Sundarī" ti

---

[1] uccho, cd. [2] āhiṇḍanto, cd. [3] °rūpājaṃghab°, cd.
[4] Sāvatthi gantuve, cd. [5] ayantī, cd.

āsamkantīnam āsaṃkaṃ nivattetuṃ Bārāṇasito ti gāthaṃ vatvā tattha sāvikā cā ti vuttam atthaṃ pākaṭataraṃ kātuṃ tuvaṃ buddho ti gātham āha. Tass' attho: imasmiṃ sadevake loke tuvam ev'eko sabbaññū buddho diṭṭhadhammikasamparāyikaparamatthehi yathārahaṃ anusāsanato tuvaṃ me satthā ahaṃ ca khīṇāsavabrāhmaṇī[1] bhagavā tuyhaṃ ure tassā maṃ janitābhijātikāya orasā mukhato pavattadhammaghosena sāsanassa ca mukhabhūtena ariyamaggena jātattā mukhato jātā niṭṭhitapariññādikaraṇiyatāya katakiccā sabbaso āsavānaṃ khepitattā anāsavā ti.

Ath'assā satthā āgamanaṃ abhinandanto tassā te svāgatan ti gātham āha. Tass'attho: mayā adhigataṃ dhammaṃ yāthāvato adhigacchi. Tassā te bhaddo Sundari idha mama santike āgataṃ. Tato eva taṃ adurāgataṃ na durāgataṃ hoti. Tasmā evaṃ hi dantā āyanti yathā tvaṃ Sundari evaṃ pi uttamena ariyamaggasamathena dantā. Tato eva sabbadhi vītarāgā sabbesaṃ saṃyojanānaṃ samucchinnattā visaṃyuttā katakiccā anāsavā satthu pādānaṃ vandanikā āgacchanti. Tasmā tassā te svāgataṃ[2] adurāgatan ti yojanā.

Sundarītheriyā gāthāvaṇṇanā samattā.

LXX.

Daharā ahan ti ādikā Subhāya kammāradhītāya theriyā gāthā. Ayam pi purimabuddhesu katādhikārā tattha tattha bhave vivaṭṭūpanissayaṃ kusalaṃ upacinantī anukkamena saṃropitakusalamūlā upacitavimokkhasambhārā sugatisu yeva saṃsarantī paripakkañāṇā hutvā imasmiṃ buddhuppāde Rājagahe aññatarassa suvaṇṇakārassa dhītā hutvā nibbatti. Rūpasampattisobhāya Subhā ti tassā nāmaṃ ahosi. Anukkamena viññutaṃ pattā satthu

[1] °brāhmaṇo, cd. [2] kasmā tassa se svāgataṃ, cd.

Rājagahappavesane satthari saṃjātappasādā ekadivasaṃ bhagavantaṃ upasaṃkamitvā vanditvā ekamantaṃ nisīdi. Satthā tassā indriyaparipākaṃ disvā ajjhāsayānurūpaṃ catusaccagabbhadhammaṃ desesi. Sā tāvad eva sahassanayapaṭimaṇḍite sotāpattiphale patiṭṭhāsi. Sā aparabhāge gharāvāse dosaṃ disvā Mahāpajāpatīgotamiyā santike pabbajitvā bhikkhunīsīle patiṭṭhitā upari maggatthāya bhāvanaṃ anuyuñjati.[1] Taṃ ñātikā kālena kālaṃ upasaṃkamitvā kāmehi nimantetvā[2] pahūtadhanavibhavaṃ ca dassetvā palobhenti. Sā ekadivasaṃ attano santikaṃ upagatānaṃ gharāvāsesu kāmesu ca ādīnavaṃ pakāsentī d a h a r ā a h a ṃ ti ādīhi catuvīsatiyā gāthāhi dhammaṃ kathetvā te nirāse[3] katvā vissajjitvā vipassanāya kammaṃ karontī indriyāni pariyodapentī bhāvanaṃ ussukkāpetvā nacirass'eva saha paṭisambhidāhi arahattaṃ pāpuṇi. Arahattaṃ pana patvā:

Daharā ahaṃ suddhavasanā yaṃ pure dhammam asuṇi
tassā me appamattāya[4] saccābhisamayo ahu. 338.
Tato 'haṃ sabhakāmesu bhusaṃ aratiṃ ajjhagaṃ
sakkāyasmiṃ bhayaṃ disvā nikkhammam eva pihaye. 339.
Hitvān' ahaṃ ñātigaṇaṃ dāsakammakarāni ca
gāmakhettāni phītāni ramaṇīye pamodite
pahāy' ahaṃ pabbajitā[5] sāpateyyam anappakaṃ. 340.
evaṃ saddhāya nikkhamma saddhamme suppavedite
na me taṃ[6] assa patirūpaṃ ākiñcaññaṃ hi patthaye
yā[7] jātarūparajataṃ ṭhapetvā punar āgame.[8] 341.
Rajataṃ jātarūpaṃ vā na bodhāya na santiyā[9]
n' etaṃ samaṇasāruppaṃ na etaṃ ariyaṃ dhanaṃ. 342.
Lobhanaṃ madanaṃ c'etaṃ mohanaṃ rajavaḍḍhanaṃ
sāsaṅkaṃ bahuāyāsaṃ n'atthi c'ettha dhuvaṃ ṭhiti. 343.
Ettha rattā pamattā ca saṃkiliṭṭhamanā narā
aññamaññena vyāruddhā puthu kubbanti medhakaṃ. 344.

---

[1] anuyuñjanti, cd. [2] nimantento, cd.
[3] nirāhāse, cd. [4] anuppamattāya, cd.
[5] pabbajitvā, cd. [6] n'etaṃ, m. [7] yo, cd. m.
[8] āgahe, m. [9] santiya, cd. m.

Vadho bandho parikleso jāni sokapariddavo
kāmesu adhipannānaṃ dissate vyasanaṃ bahuṃ. 345.
Taṃ maṃ ñātī amittā ca kiṃ maṃ kamesu yuñjatha
jānātha maṃ pabbajitaṃ kāmesu bhayadassiniṃ.[1] 346.
Na hiraññasuvaṇṇena parikkhīyanti āsavā
amittā vadhakā kāmā sapattā[2] sallabandhanā. 347.
Taṃ maṃ ñātī amittā ca kiṃ maṃ kāmesu yuñjatha
jānātha maṃ pabbajitaṃ muṇḍaṃ[3] saṃghāṭipārutaṃ. 348.
Uttiṭṭhapiṇḍo uñcho[4] ca paṃsukūlaṃ ca cīvaraṃ
etaṃ kho mama sāruppaṃ anagārūpanissayo. 349.
Vantā mahesinā kāmā ye dibbā ye ca mānusā
khemaṭṭhāne vimuttā te pattā te acalaṃ sukhaṃ. 350.
Māhaṃ kāmehi saṃgacchi yesu tāṇaṃ na vijjati
amittā vadhakā kāmā aggikkhandhasamā dukhā.[5] 351.
Paripantho eso sabhayo[6] savighāto sakaṇṭako
gedho suvisamo c'eso mahanto mohanāmukho.[7] 352.
Upasaggo bhīmarūpo[8] kāmā sappasirūpamā
ye bālā abhinandanti andhabhūtā puthujjanā. 353.
Kāmapaṅkena sattā[9] hi bahū loke aviddasū[10]
pariyantaṃ nābhijānanti jātiyā maraṇassa ca. 354.
Duggatigamanaṃ maggaṃ manussā kāmahetukaṃ
bahuṃ ve paṭipajjanti attano roga-m-āvahaṃ. 355.
Evaṃ amittajananā tāpanā saṃkilesikā
lokāmisā bandhanīyā kāmā maraṇabandhanā. 356.
Ummādanā ullapanā kāmā cittapamāthino[11]
sattānaṃ saṃkilesāya khipaṃ Mārena oḍḍitaṃ.[12] 357.
Anantādinavā[13] kāmā bahudukkhā mahāvisā
appassādā[14] raṇakarā sukkapakkhavisosanā. 358.
Sāhaṃ etādisaṃ katvā vyasanaṃ kāmahetukaṃ
na taṃ paccāgamissāmi nibbānābhiratā sadā. 359.

---

[1] °dassinaṃ, cd. [2] pamattā, cd. [3] muṇḍa, cd.
[4] uccho, cd. [5] dukkhā, cd. [6] paribandho esa bhayo, cd.
[7] gehe suvisamaṃ c'etaṃ mahantamohanaṃ sukhaṃ, cd.
[8] bhimmar°, cd. [9] kāmasaṃsaggasattā, cd.
[10] bahūsu loke avindisu, cd.
[11] °pamathino, m.; cittasamādhino, cd. [12] uddisaṃ, cd.
[13] na anantā pi navā, cd. [14] appasādhā, cd.

Raṇaṃ karitvā kāmānaṃ sītibhāvābhikaṅkhinī[1]
appamattā vihissāmi tesaṃ saṃyojanakkhaye.[2] 360.
Asokaṃ virajaṃ khemaṃ ariyaṭṭhaṅgikaṃ ujuṃ[3]
taṃ[4] maggaṃ anugacchāmi yena tiṇṇā[5] mahesino. 361.
Imaṃ passatha dhammaṭṭhaṃ Subhaṃ kammāradhītaraṃ
anejaṃ upasampajja rukkhamūlamhi jhāyati. 362.
Ajj' aṭṭhamī pabbajitā saddhā saddhammasobhaṇā
vinīt' Uppalavaṇṇāya tevijjā maccuhāyinī.[6] 363.
Sāyaṃ bhujissā anaṇā bhikkhunī bhāvitindriyā
sabbayogavisaṃyuttā katakiccā anāsavā. 364.
Taṃ Sakko devasaṃghena upasaṃkamma iddhiyā
namassati bhūtapati Subhaṃ kammāradhītaran ti. 365.

Imā gāthā abhāsi. Tattha d a h a r ā a h a ṃ s u d d h a-v a s a n ā y a ṃ p u r e d h a m m a m a s u ṇ i n ti yasmā ahaṃ pubbe daharā taruṇī evaṃ suddhavasanā suddhavatthanivatthā alaṃkatapaṭiyattā satthu santike dhammaṃ assosi. T a s s ā m e a p p a m a t t ā y a[7] s a c c ā b h i s a-m a y o a h ū ti yasmā ca tasmā me mayhaṃ yathāsutaṃ dhammaṃ paccavekkhitvā appamattāya upaṭṭhitasatiyā sīlaṃ adhiṭṭhahitvā bhāvanaṃ anuyuñjanti yāva catunnaṃ ariyasaccānaṃ abhisamayo idaṃ dukkhan ti ādinā paṭivedho ahosi.

T a t o 'h a ṃ s a b b a k ā m e s u b h u s a ṃ a r a t i m a j j h a g a n ti tato tena kāraṇena satthu santike dhammassa sutattā saccānañ ca abhisamitattā mānusesu dibbesu cā ti sabbesu kāmesu b h u s a ṃ ati viya aratiṃ ukkaṇṭhiṃ[8] adhigacchi. S a k k ā y a s m i ṃ upādānakkhandhapañcake. B h a y a ṃ sappaṭibhayabhāvaṃ. Ñāṇacakkhunā d i s v ā n e k k h a m m a s s' e v a pabbajjānibbānass' eva. P i h a y e pihayāmi patthayāmi.

D ā s a k a m m a k a r ā n i c ā ti dāse ca kammakare ca.

---

[1] °ābhisaṃkhinī, cd.
[2] viharissāmi ratā saṃyojanakkhayo, cd.
[3] uju, cd. [4] kaṃ, cd. [5] tikkā, cd.
[6] paccuhāyinī, cd. [7] adhimattāya, cd.
[8] arati ukkaṇṭhi, cd.

Liṅgavipallāsena h'etaṃ vuttaṃ. Gāmakhottāni ti gāme ca pubbaṇṇāparaṇṇavirūhanakhettāni ca gāmapariyāpannā vā khettāni. Phītāni ti samiddhāni. Ramaṇīye ti manuññe. Pamodite ti pamudite. Bhogakkhandho hutvā ti sambandho. Sāpateyyan ti santakaṃ maṇikanakarajatādipariggahavatthu. Anappakan ti mahantaṃ pahāyā ti yojanā. Evaṃ saddhāya nikkhammā ti[1] hitvān' ahaṃ ñātigaṇan ti ādinā vuttappakārena mahantaṃ ñātiparivaṭṭaṃ mahantañ ca bhogakkhandhaṃ pahāya kammaphalāni ratanattayaṃ cā ti saddheyyavatthuṃ saddhāya saddahitvā gharato nikkhamma saddhamme suppavedite sammāsambuddhena suṭṭhu pavedite ariyavinayo ahaṃ pabbajitā. Evaṃ pabbajitāya pana na mo taṃ assa paṭirūpaṃ yad idaṃ chaḍḍitānaṃ kāmānaṃ paccāgamanaṃ. Ākiñcaññaṃ hi patthaye ti[2] akiñcanabhāvaṃ apariggahabhāvaṃ eva patthayāmi. Yā[3] jātarūparajataṃ ṭhapotvā punar āgame ti yo puggalo suvaṇṇaṃ aññam pi vā kiñci dhanajātaṃ chaḍḍetvā puna taṃ gaṇheyya so paṇḍitānaṃ antare kathaṃ sīsaṃ ukkhipeyya.

Yasmā rajataṃ jātarūpaṃ vā na bodhāya na santiyā[4] na maggaññāṇāya na nibbānāya hotī ti attho. N'etaṃ samaṇasāruppan ti etaṃ jātarūparajatādipariggahavatthuṃ tassa[5] vā paṭigaṇhanaṃ samaṇānaṃ sāruppaṃ na hoti. Tathā hi vuttaṃ: na kappati samaṇānaṃ Sakyaputtiyānaṃ jātarūparajatan ti ādi. N'etaṃ ariyadhanan ti etaṃ yathāvuttapariggahavatthu saddhādidhanaṃ viya ariyadhammamayam pi dhanaṃ na hoti na ariyabhāvāvahato.

Tenāha lobhanan ti ādi. Tattha lobhanan ti lobhuppādaṃ. Madanan ti madāvahaṃ. Mohanan ti sammohanaṃ.[6] Rajavaḍḍhanan ti rāgarajādisaṃvaḍḍhanaṃ. Yena pariggahitaṃ tassa āsaṃkāvahattā

---

[1] nikkhamantī, cd. [2] patthaye ahan ti, cd.
[3] Yo, cd. [4] santiye, cd. [5] tassā, cd.
[6] sammohajanaṃ, cd.

saha āsaṃkāya vattatī ti sāsaṃkaṃ.[1] Yena pariggahitaṃ tassa yato kuto āsaṃkāvahan ti attho. Bahuāyāsan ti sajjanarakkhanādivasena bahuāyāsaṃ. N'atthi c'ettha dhuvaṃ ṭhitī ti etasmiṃ ṭhāne dhuvabhāvo ca n'atthi calācalam[2] anavatthitam evā ti attho.

Ettha rattā pamattā cā ti etasmiṃ ṭhāne[3] rattā saññātarajanaakusaladhammesu satiyā vippavāsena pamattā lobhādisaṃkilesena saṃkiliṭṭhacittā ca nāma honti. Tato ca aññamaññamhi vyāruddhā puthu kubbanti[4] medhakan ti antamaso mātā pi puttena putto pi mātarā ti evaṃ aññamaññaṃ paṭiviruddhā hutvā puthu sattā medhakaṃ kalahaṃ karonti. Tenāha bhagavā: puna ca paraṃ bhikkhavo kāmahetu kāmanidānaṃ kāmādhikaraṇaṃ mātā pi puttena putto pi mātarā vivadatī ti ādi.

Vadho ti maraṇaṃ. Bandho ti daddubandhanādibandhanaṃ. Parikleso ti hatthacchedādiparikilesāpatti. Dhanaṃjānī ti dhanajāni c'eva parivārajāni ca. Sokapariddavo ti soko ca paridevo ca. Adhipannānan ti ajjhesitānaṃ. Dissate vyasanaṃ bahun ti yathāvuttavadhabandhanādibhedaṃ avuttañ ca domanassupāyāsādidiṭṭhadhammikaṃ samparāyikañ ca bahuvidhaṃ vyasanaṃ anattho kāmesu dissate 'va.

Taṃ maṃ[5] ñātī amittā va kiṃ maṃ kāmesu yuñjathā ti tādisaṃ maṃ yathākāmesu virattaṃ tumhe ñātī ñātakā samānā anatthakāmā amittā viya kiṃ kena kāraṇena kāmesu yuñjatha niyojetha. Jānātha maṃ pabbajitaṃ kāmesu bhayadassinin[6] ti kāme bhayato passantaṃ pabbajitaṃ maṃ[7] anujānātha kiṃ ettakaṃ[8] tumhehi anuññātan ti adhippāyo.

Na hiraññena suvaṇṇena parikkhīyanti

---

[1] sāsaṃkā, cd. [2] sasañcalaṃ, cd. [3] dhane, cd.
[4] kuppanti, cd. [5] kammaṃ, cd. [6] °dassinaṃ, cd.
[7] passanti pabbajitamanaṃ, cd. [8] etthakaṃ, cd.

āsavā ti[1] kāmāsavādayo hiraññasuvaṇṇena na kadāci parikkhayaṃ gacchanti. Atha kho tehi eva parivaḍḍhant' eva. Tenāha: amittā vadhakā kāmā sapattā sallabandhanā ti. Kāmā hi ahitāvahattā mettiyā abhāvena amittā. Maraṇahetutāya ukkhittāsivadhakasadisattā vadhakā. Anubandhitvā pi anatthāvahanatāya verānubandhapattāsadisattā sapattā. Rāgādīnaṃ sallānaṃ bandhanato sallabandhanā.

Muṇḍan ti muṇḍitakesaṃ. Tattha tattha uantakāni gahetvā saṃghāṭicīvarapārupanena saṃghāṭipārutaṃ.

Uttiṭṭhapiṇḍo ti vivaṭadvāre gharo ghare patiṭṭhitvā labbhanakapiṇḍo. Uñcho[2] ti tad atthaṃ uñchācariyā.[3] Anāgārūpanissayo ti anāgārānaṃ pabbajitānaṃ upagantvā nissitabbato upanissayabhūto jīvitaparikkhāro. Taṃ hi nissāya pabbajitā jīvanti.

Vantā ti chaḍḍitā. Mahesihī ti buddhādīhi mahesīhi. Khemaṭṭhāne ti kāmayogādīhi anupaddavaṭṭhānabhūte nibbāne. Te ti mahesayo. Acalaṃ sukhan ti nibbānasukhaṃ pattā. Yasmā vantakāmā buddhādayo mahesayo nibbānasukhaṃ pattā tasmā taṃ patthentena kāmā pariccajitabbā ti adhippāyo.

Māhaṃ kāmehi saṃgacchin ti ahaṃ kadāci pi kāmehi na samāgaccheyyaṃ. Tasmā ti ce āha: yesu tāṇaṃ na vijjatī ti ādi yesu kāmesu upaparikkhiyamānesu ekasmiṃ anatthaparittāṇaṃ nāma n'atthi. Aggikkhandhūpamā mahābhitāpaṭṭhena dukkhadukkhamaṭṭhena.

Paribandho esa bhayo yad idaṃ kāmā nāma aviditavipulānatthāvahattā. Savighāto cittavighātakarattā. Sakaṇṭako vinivijjhanato. Gedho suvisamo[4] c'eso ti giddhihetutāya gedho suṭṭhu visamo. Mahāpalibodho so dhuranikkamanaṭṭhena mahanto. Mohanāmukho mucchāpattihetuto.

Upasaggo bhīmarūpo atibhiṃsanakasabhāvo

---

[1] āsavādi, cd. [2] uccho, cd.
[3] ucchācariyā, cd. [4] sucisamo, cd.

mahanto devatūpasaggo viya appatthikādidukkhāvahano. Sappasirūpamā kāmā sappaṭibhayaṭṭhena.

Kāmapaṃkasattā ti kāmasaṃkhātena paṃkena sattā laggā.

Duggatigamanaṃ maggan ti nirayādiapāyagāminaṃ[1] maggaṃ. Kāmahetukan ti kāmopabhogahetukaṃ. Bahun ti pāṇātipātādibhedena bahuvidhaṃ. Roga-m-āvahan ti rujanaṭṭhena rogasaṃkhātassa diṭṭhadhammikādibhedassa dukkhassa āvahanakaṃ.

Evan ti amittā vadhakā ti ādinā vuttappakārena. Amittajananā ti amittabhāvassa nibbattakā. Tāpanā ti santāpanakā tapanīyā ti attho. Saṃkilesikā ti saṃkilesāvahā. Lokāmisā ti loke āmisabhūtā. Bandhanīyā ti bandhabhūtehi saṃyojanehi bandhitabbā saṃyojanīyā ti attho. Maraṇabandhanā ti bhavādīsu nibbattinimittatāya pavattakaraṇato ca maraṇavibandhanā.

Ummādanā ti viparināmadhammatāviyogavasena sokummādakarā bandhiyā vā uparūparimadāvahā. Ullapanā ti aho sukhaṃ aho sukhan ti uddhaṃ uddhaṃ lapāpanakā. Ullolanā ti pi pāṭho. Bhattapiṇḍanimittaṃ naṅguṭṭhaṃ ullolento sunakho viya āmisahetu satte uparūparilālanā paramabhāvaññāta pāpa nākāsi attho.(?) Cittappamāthino[2] ti pariḷāhuppādanādinā sampati[3] āyatiñ ca cittassa pamathanasīlā. Cittappamaddino ti vā pāṭho. So[4] ev' attho. Ye pana cittappamādino ti vadanti tesaṃ cittassa pamādāvahā ti attho. Saṃkilesāyā ti vibādhanāya upatāpanāya vā. Khipaṃ Mārena oḍḍitan[5] ti kāmā nām' ete Mārena uditaṃ(!) kuminan ti daṭṭhabbā sattānaṃ anatthāvahanato.

Anantādīnavā ti palobhanaṃ[6] maraṇañ c'etan ti ādi. Idha sītassa purakkhato uṇhassa purakkhato ti ādinā dukkhakkhandhasuttādīsu vuttanayena apariyantādīnavā bahudosā. Bahudukkhā ti apāyikādibahuvidhadukkhānubandhā. Mahāvisā ti kaṭukasemhaphala-

---

[1] °gāminī, ed. [2] cittappamatino, ed. [3] sammati, ed.
[4] so *om.* ed. [5] uddhitan, ed. [6] palopanam, ed.

tāya sālādimahāvisasadisā. Appassādā[1] ti satthadhārāgatamadhubindu[2] viya padinna (?). Raṇakarā ti rāgādisambandhato. Sukkapakkhavisosanā[3] ti sattānaṃ anavajjakoṭṭhāsayavināsakā.

Sāhan ti sā ahaṃ. Heṭṭhāvuttanayen' eva satthu santike dhammaṃ sutvā paṭiladdhasaddhā kāme pahāya pabbajitvānā ti attho. Etādisan ti evarūpaṃ vuttappakāraṃ. Katvā[4] ti iti katvā yathāvuttakāraṇenā ti attho. Na taṃ paccāgamissāmī[5] ti taṃ mayā pubbe vantaṃ kāmamethunaṃ na paribhuñjissāmi. Nibbānābhiratā sadā ti yasmā pabbajitakālato paṭṭhāya sabbakālaṃ nibbānābhiratā tasmā na te paccāgamissāmī[6] ti yojanā.

Raṇaṃ karitvā kāmānan ti kāmānaṃ raṇaṃ te ca mayā kātabbaṃ ariyamaggaṃ sampahāraṃ katvā. Sītibhāvābhikaṃkhinī[7] ti sabbakilesadarathapariḷāhavūpasamena sītibhāvasaṃkhātaṃ arahattaṃ abhikaṃkhantī. Sabbasaṃyojanakkhaye ti sabbasaṃyojanānaṃ khayabhūte nibbāne abhiratā.

Yena tiṇṇā mahesino[8] ti yena ariyamaggena buddhādayo mahesayo saṃsāramahoghaṃ tiṇṇā aham pi tena gatamaggena[9] anugacchāmi sīlādipaṭipattiyā pāpuṇāmī ti attho.

Dhammaṭṭhaṃ ti ariyaphaladhamme ṭhitaṃ. Anejan ti paṭipassaddhitejatāya anejan ti laddhanāmaṃ aggaphalaṃ. Upasampajjā ti sampādetvā aggamaggādhigamena adhigantvā. Jhāyatī ti tam eva phalajjhānaṃ upanijjhāyati.

Ajj'aṭṭhamī pabbajitā ti hutvā pabbajitato paṭṭhāya ajj' aṭṭhamadivasā. Ito atīte aṭṭhamiyaṃ pabbajitā ti attho. Saddhā ti saddhāsampannā. Saddhammasobhanā ti saddhammādhigamena sobhanā.

---

[1] appassādan, cd. [2] °bindhu, cd. [3] °visosakā, cd.
[4] ṭhatvā, cd. [5] pacchāgam°, cd. [6] pacchāgam°, cd.
[7] sītibhūtābhikaṃkhinī, cd. [8] mahesinā, cd.
[9] gatamaggaṃ, cd.

B h u j i s s ā ti dāsabhāvasadisānaṃ[1] kilesānaṃ pahānena bhujissā. Kāmacchandā ti iṇāpagamena a n a ṇ ā. Imā kira tisso gāthā pabbajitvā aṭṭhame divase arahattaṃ patvā aññatarasmiṃ rukkhamūle phalasamāpattiṃ[2] samāpajjitvā nisinnaṃ theriṃ[3] bhikkhūnaṃ dassetvā pasaṃsantena bhagavatā vuttā. Atha Sakko devānaṃ indo taṃ pavattiṃ dibbena cakkhunā disvā evaṃ satthārā pasaṃsiyamānā ayaṃ therī yasmā devehi ca payirupāsitabbā ti tāvad eva tāvatiṃsehi devehi saddhiṃ upasaṃkamitvā abhivādetvā añjaliṃ paggayha aṭṭhāsi. Taṃ sandhāya saṅgītikārehi vuttaṃ: t a ṃ S a k k o d e v a s a ṃ g h e n a u p a s a ṃ k a m m a i d d h i y ā n a m a s s a t i b h ū t a p a t i S u b h a ṃ k a m m ā r a d h ī t a r a n ti. Tattha ṭīeu kāmabhavesu bhūtānaṃ sattānaṃ pati issaro ti katvā b h ū t a p a t ī ti laddhanāmo S a k k o devarājā devasaṃghena saddhiṃ t a ṃ S u b h a ṃ k a m m ā r a d h ī t a r a ṃ attano devi d d h i y ā u p a s a ṃ k a m m a n a m a s s a t i pañcapatiṭṭhitena vandatī ti attho.

Subhāya kammāradhītāya theriyā gāthāvaṇṇanā samattā.

Vīsatināpatavaṇṇanā niṭṭhitā.

LXXI.

Tiṃsakanipāte J ī v a k a m b a v a n a ṃ r a m m a n ti ādikā Subhāya Jīvakambavanikāya theriyā gāthā. Ayam pi purimabuddhesu katādhikārā tattha tattha bhave vivaṭṭūpanissayaṃ kusalaṃ upacinantī saṃcoditakusalamūlā anukkamena paribrūhitavimokkhasambhārā paripakkañāṇā hutvā imasmiṃ buddhuppāde Rājagahe brāhmaṇamahāsālakule nibbatti. Subhā ti 'ssā nāmaṃ ahosi. Tassā kira sarīrāvayavā sobhaṇavaṇṇayuttā ahesuṃ. Tasmā Subhā ti anvattham eva nāmaṃ jātaṃ. Sā satthu Rājagahappavese paṭiladdhasaddhā upāsikā hutvā aparabhāgo saṃsāre jātasaṃvegā kāmesu ādīnavaṃ disvā nekkhammaṃ ca

---

[1] dāsabyabhāva°, cd. [2] °samāpatti, cd. [3] therī, cd.

khemato sallakkhentī Mahāpajāpatīgotamiyā santike pabbajitā 'va vipassanāya kammaṃ karontī katipāheneva anāgāmiphale patiṭṭhāsi. Atha naṃ ekadivasaṃ aññataro Rājagahavāsī dhuttapuriso taruṇo paṭhamayobbane ṭhito Jīvakambavane divāvihārāya gacchantiṃ disvā paṭibaddhacitto hutvā maggaṃ ovaranto kāmehi nimantesi. Sā tassa nānappakārehi kāmānaṃ ādīnavaṃ attano ca nekkhammajjhāsayaṃ pavedentī dhammaṃ kathesi. So dhammakathaṃ sutvā pi na paṭikkamati nibandhati yeva. Therī na attano vacane adhiṭṭhahantaṃ[1] akkhimhi ca rattaṃ disvā "handa tassāsabbhaṃ[2] akkhin" ti attano ekaṃ akkhiṃ uppāṭetvā tassa upanesi. Tato so puriso santāsī saṃvegajāto tattha vigatarāgo 'va hutvā theriṃ khamāpetvā gato. Therī satthu santikaṃ agamāsi. Saha dassane 'ssā akkhi paṭipākatikaṃ ahosi. Tato sā buddhagatāya pītiyā nirantaraṃ phuṭā hutvā aṭṭhāsi. Satthā tassā cittācāraṃ ñatvā dhammaṃ desetvā aggamaggatthāya kammaṭṭhānaṃ ācikkhi. Sā pītiṃ vikkhambhetvā tāvad eva vipassanaṃ vaḍḍhetvā saha paṭisambhidāhi arahattaṃ pāpuṇi. Arahattaṃ pana patvā phalasukhena nibbānasukhena viharantī attano paṭipattiṃ paccavekkhitvā attano tena dhuttapurisena vuttagāthā udānavasena:

Jīvakambavanaṃ rammaṃ gacchantiṃ bhikkhuniṃ[3] Subhaṃ
dhuttako sannivāresi. Tam enaṃ abravī Subhā: 366.
Kin te aparādhitaṃ mayā yaṃ maṃ ovariyāna[4] tiṭṭhasi.
na hi pabbajitāya āvuso puriso samphusanāya kappati. 367.
Garuke mama satthu sāsane yā sikkhā sugatena desitā
parisuddhapadaṃ anaṅgaṇaṃ kiṃ maṃ ovariyāna[5] tiṭṭhasi. 368.
Āvilacitto anāvilaṃ sarajo vītarajaṃ[6] anaṅgaṇaṃ
sabbattha vimuttamānasaṃ kiṃ maṃ ovariyāna[7] tiṭṭhasi. 369.

---

[1] atiṭṭhantaṃ, cd. [2] tassasābhāvitaṃ, cd.
[3] gacchantī bhikkhunī, cd. [4] ovadiyāna, cd.
[5] ovadiyāna, cd. [6] vigatarajaṃ, m. [7] ovadiyāna, cd.

Daharā ca apāpikā c' asi[1] kin te pabbajjā karissati.[2]
Nikkhipa[3] kāsāyacīvaraṃ ehi ramāmase[4] pupphite vane. 370.
Madhurañ ca pavanti[5] sabbaso kusumarajena samuddhatā[6] dumā
paṭhamavasanto sukho utu ehi ramāmase pupphite vane. 371.
Kusumitasikharā 'va pādapā abhigajjanti[7] 'va māluteritā
kā tuyhaṃ rati bhavissati yadi ekā vanaṃ ogāhissasi. 372.
Vāḷamigasaṅghasevitaṃ kuñjaramattakareṇulolitaṃ[8]
asahāyikā gantum icchasi rahitaṃ bhiṃsanakaṃ mahāvanaṃ. 373.
Tapanīyakatā va dhītikā vicarasi Cittarathe[9] va accharā[10]
kāsikasukhumehi vagguhi sobhasi vasanehi[11] 'nūpame. 374.
Ahaṃ[12] tava vasānugo[13] siyaṃ yadi viharessasi kānanantare
na hi m'atthi tayā[14] piyataro pāṇo kinnarimandalocane.[15] 375.
Yadi me vacanaṃ karissasi sukhitā ehi agāram āvasa
pāsādanivātavāsinī parikamman te karontu nāriyo. 376.
Kāsikasukhumāni dhāraya abhiropehi[16] ca mālavaṇṇakaṃ
kañcanamaṇimuttakaṃ bahuṃ vividhaṃ ābharaṇaṃ karomi te. 377.
Sudhotarajapacchadaṃ subhaṃ goṇakatūlikasantataṃ navaṃ[17]
abhirūha sayanaṃ mahārahaṃ candanamaṇḍitaṃ sāragandhikaṃ. 378.
Uppalaṃ ca udakato ubbhataṃ[18] yathā yaṃ amanussasevitaṃ

---

[1] asāmikā vasi, cd. [2] karissasi, cd.
[3] nikkhamma, cd. [4] ramāma, m. [5] bhavanti, cd.
[6] samuṭṭhitā, cd. m. [7] abhigacchanti, cd.
[8] °kārenu°, cd. [9] cittalate, m. [10] vadaccharā, cd.
[11] suvasanehi, m.; vasavanehi 'nopame, cd.
[12] ahaṃ tañ ca, cd. [13] vasānubho, cd. [14] tassā, cd.
[15] kinnara°, cd. [16] abhirososi, cd.
[17] goṇakaṃtūlikattha santhataṃ, cd.
[18] ubbhitaṃ, cd.; udakā saṃuggataṃ, m.

evaṃ tuvaṃ brahmacārini sakesu aṅgesu jaraṃ gamissasi. 379.
Kin te idha sāsanasammataṃ [1] kuṇapapūrambi [2] susānavaḍḍhane
bhedanadhamme kaḷebare yaṃ disvā vimano [3] udikkhasi. 380.
Akkhīni ca turiyā-r-iva [4] kinnariyā-r-iva pabbatantare
tava me nayanāni udikkhiya bhiyyo kāmarati pavaḍḍhati. 381.
Uppalasikharopamānite [5] vimale hāṭakasannibhe [6] mukhe
tava me nayanāni udikkhiya bhiyyo kāmaguṇo pavaḍḍhati. 382.
Api [7] dūragatā sarembase [8] āyatapamhe visuddhadassane
na hi m'atthi tayā piyatarā [9] nayanā kinnarimandalocane.[10] 383.
Apathena payātum icchasi candaṃ [11] kīḷanakaṃ gavesasi
Meruṃ [12] laṃghetum icchasi yo tvaṃ buddhasutaṃ maggayasi.[13] 384.
N'atthi hi loke sadevake rāgo yattha pi dāni me siyā
na pi naṃ jānāmi kīriso atha maggena hato samūlako.[14] 385.
Iṅghāḷakhuyā [15] va ujjhito visapatto-r-iva aggato [16] kato
na pi naṃ passāmi kīriso [17] atha maggena hato samūlako.[18] 386.
Yassā siyā apaccavekkhitaṃ satthā vā anusāsito [19] siyā
tvaṃ tādisikaṃ [20] palobhaya jānantiṃ [21] so imaṃ vihaññasi. 387.
Mayhaṃ hi akkuṭṭhavandite sukhadukkhe ca [22] sati upaṭṭhitā

---

[1] °sammati, cd. [2] kunapa°, cd. [3] vamano, cd.
[4] turiyāni ca, cd. [5] °sikharāsamānite, cd.
[6] hātaka°, cd. [7] asi, cd. [8] saramhase, m.
[9] piyataro, cd. [10] kinnara°, cd. [11] canda, cd.
[12] Meru, cd. [13] magīyasi, cd. m. [14] samūlato, cd.
[15] iṅghalākhuyā, m. [16] aggito, m.
[17] kīdiso, cd. [18] samūlato, cd.
[19] nanusāsito, m.; anupāsito, cd.
[20] tādisaṃ kaṃ, cd. [21] jānatī, cd. [22] va, cd.

saṃkhataṃ asubhaṃ ti jāniya sabbatth' eva mano na limpati. 388.
Sāhaṃ sugatassa sāvikā maggaṭṭhaṅgikayānayāyinī,
uddhaṭasallā anāsavā suññāgāragatā ramām' ahaṃ. 389.
Diṭṭhā hi mayā sucittitā sombhā dārukacillakā navā
tantibi[1] ca khīlakehi ca vinibaddhā[2] vividhaṃ panaccitā.[3] 290.
Tamh' uddhaṭe[4] tantikhīlake[5] visaṭṭhe[6] vikale paripakkate
avinde[7] khaṇḍaso kate kimhi tattha manaṃ nivesaye. 391.
Tathūpamaṃ dehakāni man tehi dhammehi vinā na vattanti[8]
dhammehi vinā na vattanti[9] kimhi tattha manaṃ nivesaye. 392.
Yathā haritālena makkhitaṃ addasa cittikaṃ bhittiyā kataṃ
tamhi te[10] viparītadassanaṃ paññā mānusikā niratthikā. 393.
Māyaṃ viya aggato kataṃ supinante va suvaṇṇapādapaṃ
upadhāvasi[11] andha rittakaṃ janamajjhe-r-iva rupparūpakaṃ.[12] 394.
Vaṭṭani-r-iva koṭar' ohitā majjhe bubbuḷakā[13] saassukā
pīḷikoḷikā[14] c'ettha jāyati vividhā cakkhuvidhā 'va piṇḍitā.[15] 395.
Uppāṭiyā cārudassanā na ca pajjittha asaṅgamānasā
handa te cakkhuṃ harassu taṃ tassa narassa adāsi tāvade. 396.
Tassa ca viramāsi[16] tāvade rāgo tattha khamāpayi ca naṃ
sotthi siyā brahmacārini na puno edisakaṃ bhavissati. 397.
Āhaniya edisaṃ janaṃ aggiṃ[17] pajjalitaṃ[18] 'va liṅgiya

---

1 tantuhi, m. 2 vinibandhu, cd.
3 paracchikā, cd. 4 uddhate, cd. 5 °khilate, cd.
6 vissaṭṭhe, cd. m. 7 na vindeyya, m. 8 vattati, cd. m.
9 santidhammehi vinā na vattati, m. cd.
10 tamhi va to, cd. 11 upaṭṭhāsi, m.; upaṭṭhavasi, cd.
12 rūpar°, cd. m. 13 pubbāḷhakā, cd.; pubbuḷakā, m.
14 piḷi°, cd. 15 piṇḍanā, cd. 16 vigamāsi, cd.
17 aggi, cd. 18 paliṅgiya, cd.

gaṇhissaṃ āsivisaṃ viya api nu sotthi siyā khamehi no. 398.
Muttā ca tato sā bhikkhunī agami buddhavarassa santikaṃ passiya varapuññalakkhaṇaṃ[2] cakkhu āsi yathāpurāṇakan ti. 399.

Imā gathā paccudabhāsi. Tattha Jīvakambavanan ti Jīvakassa Komārabhaccassa ambavanaṃ. Ramman ti ramaṇīyaṃ. Taṃ kira bhūmibhāgasampattiyā chāyūdakasampattiyā rukkhānaṃ ropitākārena ati viya manuññaṃ manoramaṃ. Gacchantin[3] ti ambavanaṃ uddissakataṃ[4] divāvihārāya upagacchantiṃ.[5] Subhan ti evaṃnāmikaṃ. Dhuttako ti itthidhutto Rājagahavasī kir' eko mahāvibhavassa suvaṇṇakārassa putto yuvā abhirūpo itthidhutto purisamadamatto vicari. So taṃ paṭipatho disvā paṭibaddhacitto maggaṃ uparundhitvā aṭṭhāsi. Tena vuttam: dhuttako sannivāresī ti gamanaṃ nisedhesī ti attho. Tam enaṃ abravī Subhā ti tam enaṃ nivāritvā ṭhitaṃ dhuttaṃ Subhā bhikkhunī kathesi. Ettha ca gacchantiṃ bhikkhuniṃ[6] Subhaṃ abravi Subhā ti[7] ca attānam eva therī aññaṃ viya katvā vadati. Theriyā vuttagāthānaṃ[8] sambandhadassanavasena saṃgītikārehi ayaṃ gāthā vuttā.

Abravī Subhā ti vatvā tassā dhuttākāradassanatthaṃ āha kin te aparādhitan ti ādi. Tattha kin te aparādhitaṃ mayā ti kiṃ tuyhaṃ āvuso mayā aparaddhaṃ.[9] Yaṃ maṃ ovadiyāna titthasī ti yena aparādhena maṃ gacchantiṃ [10] ovaditvā gamanaṃ nisedhetvā tiṭṭhasi. So n'atth' evā ti adhippāyo.

Atha itthī ti saññāya evaṃ paṭipajji.[11] Evam pi na yuttaṃ ti dassentī āha: Na hi pabbajitāya āvuso puriso samphusanāya kappatī ti. Āvuso

---

[1] namehi, cd. [2] pavaraṃ p°, cd. [3] gacchantī, cd.
[4] uddissagataṃ, cd. [5] °gacchantī, cd.
[6] gacchantī bhikkhunī, cd. [7] Subhā si, cd.
[8] vuttakathānaṃ, cd. [9] aparuddhaṃ, cd.
[10] gacchanti, cd. [11] paṭipajjasi, cd.

suvaṇṇakārapnttu lokiyacārittena purisassa pi pabbajitānaṃ phusanāya na kappati. Pabbajitāya pana puriso tiracchānagato viya phusanāya na kappati. Tiṭṭhatu tāva purisaphusanārāgavasen' assā nissaggiyena purisassa nissaggiyassāpi phusanā na kappat' eva.

Tenāha: Garuke mama satthu sāsane ti ādi. Tass' attho garuke pāsāṇacchattaṃ viya garukātabbe mayhaṃ satthu sāsane yā sikkhā bhikkhuniyo uddissa sugatena sammāsambuddhena desitā paññattā. Tā hi parisuddhakusalakoṭṭhāsaṃ rāgādianāgaṇānaṃ sabbaso abhāvena anaṅgaṇaṃ evambhūtaṃ maṃ gacchantin[1] ti kena kāraṇena ovaditvā[2] tiṭṭhasī ti. Āvilacitto ti cittassa āvilabhāvakarānaṃ kāmavitakkādīnaṃ vasena āvilacitto tvaṃ, tad abhāvato anāvilaṃ rāgarajādīnaṃ vasena sarajo aṅgaṇo, tad abhāvato vītarajaṃ anaṅgaṇaṃ sabbattha khandhapañcake samucchedavimuttiyā vimuttamānasaṃ maṃ kasmā ovaditvā tiṭṭhasī ti evaṃ theriyā vutte dhuttako attano adhippāyaṃ vibhāvento daharā cā ti ādinā dasa gāthā abhāsi.

Tattha daharā ti taruṇī paṭhame yobbane ṭhitā. Apāpikā c'asī[3] ti rūpena alāmikā asi. Uttamarūpadharā cāhosī ti adhippāyo. Kiu te pabbajjā karissatī[4] ti tuyhaṃ evaṃ paṭhamavaye ṭhitāya rūpasampannāya pabbajjā kiṃ karissati.[5] Buddhāya vigatarūpāya[6] vā pabbajitabban ti adhippāyena vadati. Nikkhipā ti chaḍḍehī. Nikkhippā ti vā pāṭho. Apanetvā ti attho.

Madhuran ti sukhaṃ. Subhan ti attho. Pavantī ti vāyanti. Sabbaso ti samantato. Kusumarajena samuṭṭhitā dumā ti ime rukkhā mandavātena samuṭṭhahamānakusumareṇuvātena[7] attano kusumaraje sayaṃ samuṭṭhitā viya hutvā samantato surabhi vāyanti. Paṭha-

---

[1] gacchantī, cd. [2] ācaritvā, cd. [3] apāyikā vasī, cd.
[4] karissasī, cd. [5] karissasi, cd. [6] vigaccharūpāya, cd.
[7] samuṭṭhassamāna°, cd.

mavasanto[1] sukho utū ti ayaṃ paṭhamo vasantamāso[2] sukhasamphasso ca utu vattatī ti attho.

Kusumitasikharā ti supupphitaggā. Abhigajjanti[3] va mālutaritā ti vātena sañcalitā abhigajjanti[4] va abhitthunantā viya tiṭṭhanti.[5] Yadi ekā vanam ogāhissasī ti sace tvaṃ ekikā vanam ogāhissasi. Kā nāma te tattha rati bhavissatī ti attano bandhasukhābhiratattā[6] evam āha.

Vāḷamigasaṅghasevitan ti sīhavyagghādivāḷamigasamūhehi tattha tattha upasevitaṃ. Kuñjaramattakareṇulolitan ti mattakuñjarehi[7] hatthinīhi ca migānaṃ cittatāpanena rukkhagacchādīnaṃ sākhābhañjanena[8] ca ālolitaṃ padesaṃ kiñcāpi tasmiṃ vane īdisaṃ tadā n'atthi vanaṃ nāma evarūpan ti taṃ bhiṃsāpetukāmo evam āha. Rahitan ti janarahitaṃ vijanaṃ. Bhiṃsanakan ti bhayajanakaṃ.

Tapanīyakatā[9] va dhītikā ti rattasuvaṇṇena viracitā dhītalikā viya sukusalena yantācariyena yantayogavasena vissajjitā suvaṇṇapaṭimā viya vicarasi.[10] Idāni ce ito c'ito ca[11] sañcarasi Cittarathe va accharā ti Cittarathanāmake uyyāne devaccharā viya. Kāsikasukhumehī ti Kāsikaraṭṭhe uppannehi ati viya sukhumehi. Vagguhī ti siniddhamaṭṭhehi. Sobhasi vasanehi[12] 'nopame ti vāsanapārupanavatthehi anūpame upamārahite.

Tvaṃ idāni me vasānugo asī[13] ti bhāvīnaṃ attano adhippāyavasena ekantikaṃ vattamānaṃ viya katvā vadati:

Ahaṃ tava vasānugo siyan[14] ti aham pi tuyhaṃ vasānugo[15] kiṃkārapaṭissāvī bhaveyyaṃ. Yadi viharemasi(!) kānanantarehī ti yadi mayaṃ[16] ubho

---

[1] °vassants, cd. [2] vassantim°, cd. [3] °gacchanti, cd.
[4] °gacchanti, cd. [5] abhitthunatāviya tiṭṭhati, cd.
[6] °rattattā, cd. [7] °mattākareṇu°, cd.
[8] °bhañjanāni, cd. [9] tampiniyatatā, cd.
[10] vicarati, cd. [11] ca *om.* cd. [12] vasavanehi, cd.
[13] vaso asī, cd. [14] siyun, cd. [15] viramasi, cd.
[16] yadi ayaṃ, cd.

pi vanantare saha vasāma ramāma. Na hi m'atthi tayā[1] piyataro ti vasānugahbāvassa kāraṇaṃ āha. Pāṇo ti satto. Añño koci pi satto tayā[2] piyataro mayhaṃ n'atthī ti attho. Athavā pāṇo ti attano jīvitaṃ sandhāya vadati. Mayhaṃ jīvitaṃ piyataraṃ[3] na hī atthī ti attho. Kinnarimandalocane[4] ti kinnarī viya mandaputhuvilocane.

Yadi mo vacanaṃ karissasi sukhitā ehi agāram āvasā ti[5] sace tvaṃ mama vacanaṃ karissasi ekāsanaṃ ekaseyyaṃ brahmacariyadukkhaṃ pahāya ehi kāmabhogehi sukhitā hutvā agāraṃ ajjhāvasa. Sukhitā hoti agāram āvasantī ti keci[6] paṭhanti. Tesaṃ sukhitā bhavissati agāraṃ ajjhāvasantī ti attho. Pāsādanivātavāsinī ti nivātesu pāsādesu vāsinī. Pāsādavimānavāsinī ti ca pāṭho. Vimānasadisesu pāsādesu vāsinī ti attho. Parikammaṃ ti veyyāvaccaṃ.

Dhārayā ti paridaha nivāsehi c'eva uttarīyañ ca karohi. Abhirohehī ti maṇḍanavibhūsanavasena vā sarīraṃ āropaya alaṅkarohī ti attho. Mālavaṇṇakaṃ ti mālaṃ c'eva gandhavilepanaṃ ca. Kañcanamaṇimuttakaṃ ti kañcanena maṇimuttānaṃ vāsehi c'eva uttarīyañ ca karohi. Abhirohehī ti hi ca yuttaṃ. Suvaṇṇamayamaṇimuttāhi cittaṃ[7] ti attho. Bahuṃ ti batthūpagādibhedato bahuppakāraṃ. Vividhaṃ ti karaṇavikatiyā nānāvidhaṃ.

Sudhotarajapacchadaṃ[8] ti sudhotakāyapavāhitaṃ rajaṃ uracchadaṃ. Subhaṃ ti sobhaṇaṃ. Goṇakatūlikapatthaṭaṃ[9] ti dīghalomakāḷakojavena c'eva haṃsalomādipuṇṇāya tūlikāya ca patthaṭaṃ.[10] Navaṃ ti abhinavaṃ. Mahārahaṃ ti mahagghaṃ. Candanamaṇḍitasāragandhikaṃ ti gosīsakādisāracan-

---

[1] tassā, cd. [2] tassā, cd. [3] piyaṃ taṃ, cd.
[4] kinnaraṃ°, cd. [5] āvasaṃ ti, cd.
[6] āvasanti keci, cd. [7] citaṃ, cd.
[8] sudhotarajataṃ pacchadaṃ, cd.
[9] °patthataṃ, cd. [10] patthataṃ, cd.

danena maṇḍitatāya surabhigandhi kaṃ [1] evarūpaṃ sayanam āruha [2] taṃ āruhitvā yathāsukhaṃ sayāhi c'eva nisīda vā ti attho.

Uppalañ ca udakato ubbhatan ti. Cakāro nipātamattaṃ. Udakato ubbhataṃ uṭṭhitaṃ accuggamaṭṭhitaṃ suphullaṃ [3] uppalaṃ. Yathāyaṃ amanussasevitan ti tañ ca rakkhasapariggahitāya pokkharaṇiyā jātattā nimmanussehi sevitaṃ kenaci aparibhuttam eva bhaveyya. Evaṃ tuvaṃ brahmacāriṇī ti evam eva [4] taṃ suṭṭhu phullaṃ uppalaṃ viya tuvaṃ brahmacārini sakesu aṅgesu attano sarīrāvayavesu kenaci aparibhuttesu yeva araṃ gamissasi vuddhā yeva jarājiṇṇā bhavissasi. [5] Evaṃ dhuttakena attano adhippāye pakāsite therī sarīrasabhāvavibhāvanena taṃ tattha vicchedentī kin te idānī ti gātham āha. Tass' attho: āvuso suvaṇṇakāraputta kesādikuṇapapūre ekante bhedanadhamme susānavaḍḍhane idha imasmiṃ kāyasaññite asucikalebare kin nāma tava sāran ti samanam sambhāvitaṃ yaṃ disvā vimano aññatarasmiṃ ārammaṇe vigatamanasaṃkappo ettb' eva vā avimano somanassiko hutvā udikkhasi taṃ mayhaṃ kathehi. Taṃ taṃ sutvā dhuttako kiñcāpi tassā rūpaṃ caturassasobhitaṃ saddhammaṃ dassanato pana paṭṭhāya yasmiṃ diṭṭhipāse paṭibaddhacitto tam eva apassanto [6] akkhīni ca turiyā-r-ivā ti ādim āha. Kāmañ cāyaṃ therī suṭṭhu saṃyatatāya santindriyatāya dhīravippasannasammasantanipātakammānubhāvanipphannesu [7] manasā pañcapasādapatimaṇḍitesu nayanesu labbhamānesu bhāvī ti cāturiye diṭṭhipāte yasmāyaṃ [8] caritabhāvavilāsādiparikappavañcito so dhutto jāto yasmāyaṃ diṭṭhirāgo savisesaṃ vepullaṃ agamāsi. Tattha akkhīni ca turiyā-r-ivā ti. Turī [9] vuccati migī. Casaddo nipātamattaṃ.

---

[1] °gandhi, cd. [2] āruhaṃ, cd. [3] suphulla, cd.
[4] evam evaṃ, cd. [5] bhavissati, cd.
[6] apaṭissanto, cd. [7] °sommasanta°, cd.
[8] yasmā mayaṃ, cd. [9] turi, cd.

Migacchāpāya[1] va to akkhīnī ti attho. Koriyā-r-ivā ti vā pāḷi kuñcakārakukkuṭiyā ti vuttaṃ hoti. Kinnariyā[2] va pabbatantare ti pabbatakucchiyaṃ[3] vicaramānāya kinnaravanitāya viya ca te akkhīnī ti attho. Tava me nayanāni udikkhiyā ti tava vuttā guṇavisesādinayanāni disvā. Bhiyyo uparūpari me kāmābhirati pavaḍḍhati.

Uppalasikharopamānite[4] ti rattuppalaggasadisāsaṃkāni. Vimale ti nimmale. Hāṭakasannibhe[5] ti kañcanarūpakassa mukhasadise te mukhe nayanāni dakkhiyā ti yojanā.

Asi dūragatā ti dūraṃ ṭhānaṃ gatāsi. Saremhase ti aññaṃ kiñci acintetvā tava nayanāni eva anussarāmi. Āyatapamhe ti dīghapakhume. Visuddhadassane ti nimmalalocane. Na hi m'atthi tayā piyatarā[6] nayanā ti tava nayanato añño koci mayhaṃ piyataro n'atthi. Tayā ti hi sāmiatthe eva karaṇavacanaṃ. Evaṃ cakkhusampattiyā uccāritassa viya tantivippalapato tassa sadisassa manorathaṃ viparivattantī therī apathenā ti ādinā dvādasa gāthā abhāsi. Tattha apathena payātum icchasī ti āvuso suvaṇṇakāraputta panthe aññasmiṃ itthijane yo tvaṃ buddhaentaṃ buddhassa bhagavato orasaṃ[7] dhītaraṃ maggayasi[8] patthesi. So tvaṃ panthe kheme ujumagge apathena kaṇṭakanivutena[9] sabhayena kummaggena payātum icchasi paṭipajjitukāmo si. Candaṃ[10] kīḷanakaṃ gavesasi candamaṇḍalaṃ kīḷāgoḷakaṃ[11] kātukāmo si. Meruṃ[12] laṅghetum icchasī ti caturāsītiyojanasahassubbedhaṃ Sinerupabbatarājaṃ laṃghayitvā aparabhāge ṭhātukāmo si yo tvaṃ maṃ buddhasutaṃ maggayasī[13] ti yojanā.

---

[1] migacchāpā, cd. [2] kiunarī, cd.
[3] pabbakucchiyaṃ, cd. [4] °sikharosamānī, cd.
[5] hātakas°, cd. [6] piyataro, cd. [7] orasa, cd.
[8] magiyasi, cd. [9] °nivitena, cd.
[10] canda, cd. [11] °goḷikaṃ, cd. [12] Meru, cd.
[13] maggessasī, cd.

Idāni tassa attano avisayabhāvaṃ patthanāya ca vighātāvahanaṃ dassetuṃ n'atthi hī ti ādi vuttaṃ. Tattha rāgo yattha pi dāni me siyā ti yattha idāni me rāgo siyā bhaveyya taṃ ārammaṇaṃ sadevake loke n'atthi. Evaṃ na pi naṃ jānāmi kīriso ti naṃ rāgaṃ kīriso ti pi na jānāmi. Atha maggena hato samūlako ti. Athā ti nipātamattaṃ. Ayonisomanasikārasaṃkhātena mūlena samūlako[1] rāgo ariyamaggena hato samugghātito.[2]

Iṃghālakhuyā ti aṅgārakāsuyā. Ujjhito ti vātakhitto[3] viya yo koci dahano.[4] Indhanaṃ[5] viyā ti attho. Visapatto-r-ivā ti visagatabhājanaṃ viya. Aggato kato ti aggato abhirato appagghanako kato. Visassa lesam pi asesetvā apanihito vināsito ti attho.

Yassā siyā apaccavokkhitan ti yassā itthiyā idaṃ khandhapañcakaṃ ñāṇena apaṭivekkhitaṃ apariññātaṃ siyā. Satthā vā anusāsito siyā ti satthā vā dhammasarīrassa adassanena yassā itthiyā anusāsito siyā. Tvaṃ tādisikaṃ palobhassā ti[6] āvuso tvaṃ tathārūpaṃ aparimadditasaṃkhāraṃ apaccavekkha katalokuttaradhammaṃ[7] kāmehi palobhassa upacchandassa.[8] Jānantiṃ[9] so imaṃ vihaññasī[10] ti so imaṃ pavattiṃ[11] nivattiñ ca yāthāvato jānantiṃ[12] paṭividdhasaccaṃ imaṃ Subhaṃ bhikkhuniṃ āgamma vihaññasi sampati āyatiṃ[13] ca vighātadukkhaṃ[14] āpajjasi.[15]

Idāni 'ssa vighātāpattim[16] kāraṇavibhāvanena dassentī mayhaṃ hī ti ādim āha. Tattha hī ti hetuatthe nipāto. Akkuṭṭhavandite ti akkose vandanāya ca. Sukhadukkhe ti sukhe ca dukkhe ca. Iṭṭhāniṭṭhavipassasamāyoge vā. Sati upaṭṭhitā ti paccavek-

---

[1] samūlato, cd. [2] sammugghāṭito, cd.
[3] ujjhito vātikhitto, cd. [4] dahaniyo, cd.
[5] indanaṃ, cd. [6] kapalo asā ti, cd.
[7] kataṃ lok°, cd. [8] upajjhandassa, cd.
[9] jānanti, cd. [10] viññāsi, cd. [11] pavatti, cd.
[12] jānantī, cd. [13] āyati, cd.
[14] vighātaṃd°, cd. [15] āpajjati, cd. [16] °āpattinā, cd.

khaṇayuttā sati vā sabbakālaṃ upaṭṭhitā **saṃkhataṃ asubhan ti jāniyā** ti tebhūmakaṃ saṃkhāragataṃ kilesāsucipaggharaṇena asubhan ti ñatvā. **Sabbatth' evā** ti sabbasmiṃ yeva bhavassaye. Mayhaṃ **mano** taṇhālopādinā **na upalimpati.**

Maggaṭṭhaṅgikayānayāyinī[1] ti aṭṭhaṅgikamaggasaṃkhātena ariyayānena nibbānapuraṃ yāyinī upagatā. **Uddhaṭasallā** ti attano santānato samuṭṭhitarāgādisallā.

Sucittitā ti hatthapādamukhādiākārena suṭṭhu cittitā viracitā. **Sombhā** ti sombhakā. **Dārukacillakā navā** ti dārudaṇḍādīhi uparacitarūpakāni. **Tantihī**[2] ti nhārusuttakehi. **Khīlakohī** ti hatthapādapiṭṭhikaṇṇakādiatthāya ṭhapitadaṇḍehi. **Vinibaddhā**[3] ti vividhen' ākārena baddhā.[4] **Vividhaṃ panaccitā**[5] ti yantasuttādīnaṃ[6] channavissajjanādinā[7] paṭṭhapitanaccitā. Panaccantānaṃ[8] viya diṭṭhā ti yojanā.

Tamh' uddhaṭe tantikhīlake ti sannivesavisiṭṭharadavisesayuttaṃ[9] upādāya rūpakasamaññātamhi **tantikhīlake** paṭṭhānato uddhaṭe[10] bandhato **vissaṭṭhe** visukaraṇena aññamaññaṃ **vikale** tahiṃ tahiṃ khipanena **paripakkate** vikirite. **Avinde khaṇḍaso kate** ti potthakarūpassa avayave khaṇḍākhaṇḍite kate potthakarūpaṃ na vindeyyaṃ na upalabheyyaṃ. Evaṃ sante **kimhi tattha manaṃ niveṣaye** tasmiṃ potthakarūpāvayave kimhi kiṃ khāṇuke[11] udāhu rajjuke mattikāpiṇḍādike vā. **Manaṃ** ti manaṃ paññaṃ niveseyya. Visaṃkhāre avayave sā paññā kadāci pi na pateyyā[12] ti attho.

Tathūpamaṃ ti taṃ sadisaṃ. Tena potthakarūpena sadisaṃ. Kin ti ce āha **dehakānī** ti ādi. Tattha

---

[1] yānaṃ yā°, cd. [2] tantī, cd. [3] vinibandhā, cd.
[4] bandhā, cd. [5] panacchitā, cd. [6] tan taṃ sutt°, cd.
[7] chanavis°, cd. [8] panaccantāna, cd.
[9] tamh' uṭṭhate ti ya tantakhīlakaṃ sannivesa°, cd.
[10] uṭṭhate, cd. [11] khānute, cd.
[12] ppateyyā, cd.

dehakānī ti hatthapādamukhādidehāvayavā.[1] Man ti me paṭipattiṃ[2] upaṭṭhahanti. Tehi dhammehī ti tehi paṭhavīādicakkhādidhammehi[3] vinā na ppavattanti.[4] Na hi tathā tassa sanniviṭṭhe paṭhavīādidhamme muñcitvā deho nāma santi. Dhammehi vinā na vattantī ti deho viya avayavehi avayavadhammehi vinā na vattanti na upalabbhanti. Evaṃ sante kim hi tattha manaṃ nivesaye ti paṭhaviyaṃ udāhu āpādike deho ti vā hatthapādādihi vā manaṃ paññaṃ niveseyya. Yasmā paṭhavīādipasādadhammamatte esā samaññā yad idaṃ deho ti vā hatthapādādīnī ti vā satto ti vā itthī ti vā puriso ti vā tasmā na ettha jānako koci abhiniveso hotī ti.

Yathā haritālena makkhitaṃ addasa[5] cittikaṃ bhittiyā katan ti yathā kusalena cittakārena bhittiyaṃ haritālena makkhitaṃ littaṃ tena lepaṃ datvā kataṃ alikhitaṃ cittikaṃ itthīrūpaṃ addasa[6] passeyya.[7] Tattha yā upatthambhanakhepanādikiriyāsampattiyā mānusikā[8] nu kho ayaṃ bhitti apassayaṭṭhitā ti paññā nirattikā[9] manussabhāvasaṃkhātassa atthassa tattha abhāvato mānusī ti pana kevalaṃ tahiṃ tassa ca viparītadassanaṃ[10] yāthāvagahaṇaṃ na hoti dhammapuñjamatte itthīpurisādigahaṇaṃ pi evaṃsampadam idaṃ daṭṭhabban ti adhippāyo.

Māyaṃ viya aggato katan ti māyākārena purato upadhāvasi[11] vā māyāsadisaṃ. Supinante va suvaṇṇapādapan ti supinam eva supinantaṃ. Tattha upaṭṭhitasuvaṇṇamayarukkhaṃ viya. Upadhāvasi[12] andha rittakan ti. Andha bāla. Rittakaṃ tucchakaṃ antosārarahitaṃ. Idaṃ attabhāvaṃ evaṃ mamā ti sāravantaṃ viya upagacchasi abhinivisasi.[13] Janamajjhe-r-iva rupparūpakan ti māyākā-

---

[1] °mukhānid°, cd. [2] paṭipatti, cd. [3] °dhamme, cd.
[4] pavattati, cd. [5] makkhittaṃ adasa, cd.
[6] adassa, cd. [7] passyya, cd. [8] mānasikā, cd.
[9] nirattbakā, cd. [10] viparivādassanaṃ, cd.
[11] upaṭṭhāsi, cd. [12] upaṭṭhāvasi, cd.
[13] abhinivisati, cd.

rena[1] mahājanamajjhe dassitaṃ rūpiyarūpasadisaṃ sāraṃ sāraṃ upaṭṭhahantaṃ asāran ti attho. Vaṭṭani-r-ivā ti lākhāya guḷikā viya. Koṭar'ohitā ti koṭare rukkhasusire ṭhapitā. Majjhe pubbaḷhakā ti akkhidalamajjhe[2] ṭhitajalapubbaḷhasadisā. Saassukā ti assujalasahitā. Pīḷikoḷikā ti akkhigūthako. Ettha jāyatī ti etasmiṃ akkhimaṇḍale ubhosu koṭīsu visagandhaṃ vāyanti[3] nibbattati. Pīḷikoḷikā ti vā akkhidalesu nibbattanakā pīḷikā vuccati. Vividhā ti nīlādimaṇḍalānañ c'eva rattapītādīnaṃ sattannaṃ paṭalānañ ca vasena anekavidhā. Cakkhuvidhā ti cakkhubhāvā cakkhuppakārā vā. Tassa anekakalāpaggahabhāvato piṇḍitā ti samuditā.

Evaṃ cakkhusmiṃ sārajjantassa cakkhuno asubhattaṃ anavaṭṭhitatāya aniccatañ ca vibhāvesi. Vibhāvetvā ca yathā nāma koci lobhanīyaṃ bhaṇḍaṃ gahetvā corakantāraṃ paṭipajjanto corehi palibuddho taṃ sobhaniyabhaṇḍaṃ datvā gacchati evam evaṃ cakkhumhi sā rattena tena purisena palibuddhā therī attano cakkhuṃ uppāṭetvā tassa adāsi. Tena vuttaṃ: uppāṭiya cārudassanā ti ādi. Tattha uppāṭiyā ti uppāṭetvā cakkhu kūpato nīharitvā. Cārudassanā ti piyadassanā manoharadassanā. Na ca pajjitthā ti tasmiṃ cakkhusmiṃ saṅgaṃ nāpajji. Asaṅgamānasā ti katthaci pi ārammaṇe anāsattacittā.[4] Handa te cakkhun ti tassā kāminaṃ tato eva mayā dinnattā te cakkhusaññitaṃ asucipiṇḍaṃ gaṇha. Gahetvā pasādayuttaṃ icchitaṃ ṭhānaṃ nehi.

Tassa ca viramāsi tāvade ti tassa dhuttapurisassa tāvad eva akkhimhi uppāṭitakkhaṇo eva rāgo vigacchi. Tatthā ti akkhimhi tassaṃ vā theriyaṃ. Athavā tatthā ti tasmiṃ yeva ṭhāne. Khamāpayī ti khamāpesi. Sotthi siyā brahmacāriṇī ti seṭṭhacāriṇī ahosi so mayhaṃ ārogyaṃ eva na bhaveyya. Puna no

---

[1] mayāk°, cd. [2] dakkhid°, cd. [3] vāyanto, cd.
[4] °citto, cd.

edisaṃ bhavissatī ti ito paraṃ evarūpaṃ anācāracaraṇaṃ na bhavissati na karissāmī ti attho.

Āhariyā ti ghaṭṭetvā. Edisan ti evarūpaṃ sabbattha vītarāgaṃ. Liṅgiyā[1] tī pajjalitaṃ aggiṃ āliṅgetvā. Tato ti tasmā dhuttapurisā. Sā bhikkhunī ti sā Subhā bhikkhunī. Āgami buddhavarassa santikan ti sammāsambuddhassa santikaṃ upagacchi upasaṃkami. Passiya varapuññalakkhaṇan ti uttamehi puññasambhārehi nibbattamahāpurisalakkhaṇaṃ disvā. Yathāpurāṇakan ti porāṇaṃ viya uppādanato pubbe viya cakkhuṃ paṭipākaṭikaṃ ahosi. Yad ettha antarantarā na vuttaṃ taṃ vuttanayattā suviññeyyam eva.

Subhāya Jīvakambavanikāya theriyā gāthāvaṇṇanā samattā.

Tiṃsanipātavaṇṇanā niṭṭhitā.

LXXII.

Cattālīsanipāte nagaramhi kusumanāme ti ādikā Isidāsiyā theriyā gāthā. Ayam pi purimabuddhesu katādhikārā tattha tattha bhave purimattabhāve ṭhatvā vivaṭṭūpanissayaṃ kusalaṃ upacinantī carimabhavato sattame bhave kalyāṇasannissaye paradāriyakammaṃ katvā kāyassa bhedaniraye nibbattitvā tattha bahūni vassasatāni niraye paccitvā tato cutā tīsu jātīsu tiracchānayoniyaṃ nibbattitvā tato cutā dāsiyā kucchismiṃ napuṃsako hutvā nibbatti. Tato pana cutā ekassa daḷiddassa pākaṭikassa dhītā hutvā nibbatti. Taṃ vayappattaṃ Giridāso nāma aññatarassa satthavāhassa putto attano bhariyaṃ katvā gehaṃ ānesi. Tassa ca bhariyā atthi sīlavatī kalyāṇadhammā. Tassaṃ issāpakatā sāmino tassā viddesanakammaṃ akāsi. Sā tattha yāvajīvaṃ ṭhatvā kāyassa bhedā imasmiṃ buddhuppāde Ujjeniyaṃ kulapadesasīlācārādiguṇehi abhisamma-

[1] laṅgiyā, cd.

tassa vibhavasampannassa seṭṭhissa dhītā hutvā nibbatti. Isidāsī ti 'ssā nāmaṃ ahosi. Taṃ vayappattakāle mātāpitaro kularūpavayavibhavādisarisassa aññatarassa seṭṭhiputtassa adaṃsu. Sā tassa gehe patidevatā[1] hutvā māsamattaṃ vasi. Ath' assā kammaphalena sāmiko virattarūpo hutvā taṃ gharato nīhari. Taṃ sabbaṃ pāḷito eva viññāyati. Tesaṃ tesaṃ pana sāmikānaṃ na ruccaneyyatāya saṃvegajātā pitaraṃ anujānāpetvā Jinadattāya[2] theriyā santiko pabbajitvā vipassanāya kammaṃ karontī nacirass' eva saha paṭisambhidāhi arahattaṃ patvā phalasukhena nibbānasukhena vītināmentī ekadivasaṃ Pāṭaliputtanagare piṇḍāya caritvā pacchābhattaṃ piṇḍapātapaṭikkantā Mahāgaṅgāya vāḷikapuline nisīditvā Bodhittheriyā nāma attano sahāyatheriyā pubbapaṭipattiṃ pucchitvā taṃ atthaṃ gāthābandhavasena vissajjesi: Ujjeniyā puravare ti ādinā. Tesaṃ pana pubbapacchāvissajjanānaṃ sambandhaṃ dassetuṃ:

Nagarambhi kusumanāme Pāṭaliputtambhi pathaviyā[3]
maṇḍe Sakyakulakulīnāyo dve bhikkhuniyo guṇavatiyo. 400.
Isidāsī tattha ekā dutiyā Bodhittherī sīlasampannā ca
jhānajjhāyanaratāyo bahussutāyo dhutakilesāyo. 401.
Tā piṇḍāya caritvā bhattatthaṃ[4] kiriya[5] dhotapattāyo
rahitambhi sukhanisinnā imā girā abbhudīresuṃ.[6] 402.

Imā tisso gāthā saṅgītikārehi ṭhapitā.

Pāsādikā si ayye Isidāsi vayo pi te aparihīno
kiṃ disvāna valikaṃ athāsi[7] nekkhammam anuyuttā. 403.
Evam anuyuñjamānā sā[8] rahite dhammadesanākusalā
Isidāsī vacanam abravi[9] suṇa Bodhi yath'ambhi pabbajitā. 404.

Ito paraṃ vissajjanagāthā:

---

[1] paṭidevatā, cd. [2] Jinarattāya, cd. [3] puthaviyā, cd.
[4] attatthaṃ, cd. [5] kriya, m. [6] abbhudīrayun ti, cd.
[7] athāpi, cd. [8] anuyuñjamānassa, cd.
[9] vacanabravi, cd.

Ujjeniyā puravare mayhaṃ pitā sīlasaṃvuto seṭṭhī
tass' amhi ekā[1] dhītā piyā manāpā dayitā ca. 405.
Atha me Sāketato varakā āgacchi uttamakulīnā
seṭṭhī bahutaratano tassa maṃ suṇhaṃ[2] adāsi tāto. 406.
Sassuyā sassurassa ca sāyaṃ pātaṃ paṇāmaṃ upagamma[3]
sirasā karomi pāde vandāmi yath'amhi anusiṭṭhā. 407.
Yā mayhaṃ[4] sāmikassa bhaginiyo bhātuno parijano
taṃ ekavārakam[5] pi disvā ubbiggā āsanaṃ demi. 408.
Annena pānena ca khajjena ca yañ ca tattha sannihitaṃ
chādemi[6] upanayāmi[7] demi ca yaṃ yassa paṭirūpaṃ. 409.
Kālena uṭṭhahitvā gharaṃ samupagamiṃ[8]
ummāradhotahatthapādā[9] pañjalikā sāmikaṃ upemi. 410.
Kocchaṃ pasādaṃ añjanañ ca ādāsakañ ca[10] gaṇhitvā
parikammakārikā viya sayam eva patiṃ vibhūsemi.[11] 411.
Sayam eva[12] odanaṃ sādhayāmi sayam eva bhājanaṃ dhovi
mātā va ekaputtakaṃ tathā[13] bhattāraṃ paricarāmi. 412.
Evaṃ [14]maṃ bhattikataṃ anuttaraṃ kārikaṃ taṃ[14] nihatamānaṃ
uṭṭhāyikaṃ[15] analasaṃ sīlavatiṃ dussate bhattā. 413.
So mātarañ ca pitarañ ca bhaṇati āpucchāhaṃ gamissāmi
Isidāsiyā na saha[16] vaccham ekāgāre 'haṃ sahavatthuṃ. 414.
Mā evaṃ putta[17] avaca Isidāsī paṇḍitā parivyattā
uṭṭhāyikā[18] analasā kiṃ tuyhaṃ na rocate putta. 415.
Na ca me hiṃsati[19] kiñci na cāhaṃ Isidāsiyā saha vacchaṃ[20]
dessā 'va me alaṃ me āpucchāhaṃ gamissāmi. 416.
Tassa vacanaṃ suṇitvā sassū[21] sassuro ca maṃ āpucchiṃsu

---

[1] eka, cd. [2] saṇhaṃ, cd.
[3] paṇamaṃ upagammaṃ, cd. [4] so mayhaṃ, cd.
[5] tā ekav°, cd. [6] khādemi, cd. [7] upaniyāmi, m.
[8] sasughāmi, cd. [9] °dhotih°, cd.
[10] koccha passā añcaniñca ādāyakañca, cd.
[11] ayam eva patibbūsemi, cd. [12] ayam eva, cd.
[13] tatthā, cd. [14]—[14] maṃ—taṃ *om.* cd.
[15] uṭṭhābikaṃ, m.; upaṭṭhāyikaṃ, cd.
[16] saha *om.* cd [17] puttaṃ, cd. [18] uṭṭhābikā, m.
[19] hisati, cd. [20] vaccha, cd. [21] sassū, *om.* cd.

ki'ssa tayā[1] aparaddhaṃ bhaṇa vissatthā[2] yathābhūtaṃ. 417.
Na pi 'haṃ aparajjhaṃ kiñci na pi hiṃsemi;[3] na gaṇāmi[4] dubbacanaṃ kiṃ sakkā kātuye yaṃ maṃ viddessate[5] bhattā. 418.
Te maṃ pitu gharaṃ paṭi nayiṃsu vimanā dukkhena avibhūtā[6] puttam anurakkhamānā jin' ambhasi rūpiniṃ Lacchiṃ.[7] 419.
Atha maṃ adāsi tāto aḍḍhassa[8] gharamhi dutiyakulikassa tato upaḍḍhasuṅkena[9] yena maṃ vindatha seṭṭhi. 420.
Tassa[10] pi gharamhi māsaṃ avasi atha[11] so pi maṃ paṭicchati[12]
dāsī va upaṭṭhahantiṃ[13] adūsikaṃ sīlasampannaṃ. 421.
Bhikkhāya ca vicarantaṃ damakaṃ dantaṃ me pitā bhaṇati
so hi si me jāmātā nikkhipa pontiñ[14] ca ghaṭikañ ca. 422.
So pi vasitvā pakkhaṃ atha tātaṃ bhaṇati dehi me pontiṃ[15] ghaṭikañ ca mallakañ[16] ca puna pi bhikkhaṃ carissāmi. 423.
Atha naṃ bhaṇati tāto ammā sabbo ca me[17] ñātigaṇavaggo kin te na kirati idha bhaṇa khippaṃ yan te[18] karihiti. 424.
Evaṃ bhaṇito bhaṇati yadi me attā sakkoti alaṃ[19] mayhaṃ Isidāsiyā na vacchaṃ ekaghare 'haṃ sahavatthuṃ. 425.
Vissajjito gato so aham pi ekākinī vicintemi[20]
āpucchitūna gacchaṃ marituyo pabbajissaṃ vā. 426.

---

[1] tassā, cd. [2] visaṭṭhā, m. cd.
[3] hisemi, cd. [4] bhaṇāmi, cd. m.
[5] kātayye yammaṃ vindesate, cd.; kātumayye, m.
[6] adhibhūtā, m. [7] rūpiuī Lacchī, cd.
[8] addhassa, m. [9] upaḍḍhasukheua, cd.
[10] tassā, cd. [11] atha *om.* cd.
[12] paṭiccharāti, cd. m. [13] upaṭṭhahantī, cd.
[14] poṭṭhiñ, m. [15] poṭṭhi, m.; ponti, cd.
[16] pallañ ca, cd. [17] ca *om.* cd.; ca maṃ, m.
[18] khippapavau te, cd. [19] atthā sakko ala, cd.
[20] ekānikā vicintesi, cd.

Atha ayyā Jinadattā āgacchi [1] gocarāya caramānā [2]
tātakulaṃ vinayadharī [3] bahussutā sīlasampannā. 427.
Taṃ disvāna ambākaṃ [4] uṭṭhāyāsanaṃ tassā paññāpayiṃ [5]
nisinnāya ca pāde vanditvā bhojanam adāsi. 428.
Annena ca pānena ca khajjena ca yañ ca tattha [6] sannihitaṃ
santappayitvā avoca ayye [7] icchāmi pabbajituṃ. 429.
Atha maṃ [8] bhaṇati tāto idh' eva puttaka [9] carāhi taṃ dhammaṃ
annena ca pānena ca tappaya [10] samaṇe dvijātī [11] ca. 430.
Athāhaṃ bhaṇāmi tātaṃ rodantī [12] añjalim panāmetvā
pāpaṃ hi mayā pakataṃ kammaṃ taṃ nijjaressāmi. 431.
Atha maṃ [13] bhaṇati tāto pāpuṇa bodhiñ [14] ca aggadhammañ ca [15]
nibbānañ ca labhassu yaṃ sacchikari dvipadaseṭṭho. 432.
Mātāpitū [16] abhivādayitvā sabbañ ca ñātigaṇavaggaṃ
sattāhaṃ pabbajitā tisso vijjā aphassayi. 433.
Jānāmi attano [17] satta jātiyo yassāyaṃ phalaṃ vipāko [18]
taṃ tava ācikkhissaṃ taṃ [19] ekamanā [20] nisāmehi. 434.
Nagarambhi Erakakacche [21] suvaṇṇakāro ahaṃ bahutadhano [22]
yobbanamadena matto so paradāraṃ āsevi 'haṃ. [23] 435.
So 'haṃ tato cavitvā nirayamhi apaccisaṃ ciraṃ
pakko tato ca uṭṭhahitvā makkaṭiyā kucchim okkami. 436.
Sattāhajātakaṃ [24] maṃ mahākapi yūthapo nillacchesi
tass' etaṃ kammaphalaṃ yathā pi gantvāna paradāraṃ. 437.
So 'haṃ tato cavitvā kālaṃ karitvā Sindhavāraññe

---

[1] sāgacchi, cd. [2] gocaramānā, cd.
[3] takulavinayatherāni, cd. [4] °na ca ambākahaṃ, cd.
[5] sā paññ°, cd. [6] khajjena yaṃ tattha, cd.
[7] ayya, cd. [8] naṃ, cd. [9] puttika, m.
[10] santappassa, cd. [11] dvijāti, cd.
[12] rodentī, cd. [13] naṃ, cd. [14] bodhiyaṃ, cd.
[15] phalañ ca, cd. [16] mātāpitūhi, cd.
[17] attano *om.* cd. [18] phalavipāko, cd.
[19] ācikkhiyaṃ tvaṃ, cd. [20] stamanā, cd.
[21] Ekakacche, cd. [22] ayaṃ pahutano, cd.
[23] āsevi taṃ, cd.; āsevissaṃ, m. [24] sattāhaṃ j°, cd.

kāṇāya ca khañjāya ca eḷakiyā kucchim okkami. 438.
Dvādasa vassāni ahaṃ nillacchito [1] dārake parivahitvā [2]
kiminā v'aṭṭo akallo yathā pi gantvāna paradāraṃ. 439.
So 'haṃ tato cavitvā govāṇijakassa [3] gāviyā jāto
vaccho lākhātambo [4] nillacchito [5] dvādase māse. 440.
Te puna [6] naṅgalam ahaṃ sakaṭaṃ [7] ca dhārayāmi [8]
andho v'aṭṭo akallo yathā pi gantvāna paradāraṃ. 441.
So 'haṃ tato cavitvā vīthiyā dāsiyā ghare jāto
n'eva mahilā na puriso yathā pi gantvāna paradāraṃ. 442.
Tiṃsativassamhi mato sākaṭikakulamhi dārikā jātā
kapaṇamhi appabhoge dhanikapurisapātabahulamhi.[9] 443.
Tam man tato satthavāho ussannāya vipulāya vaḍḍhiyā [10]
okaḍḍhati vilapantiṃ [11] acchinditvā kulagharassa. 444.
Atha soḷasame vasse disvāna [12] maṃ pattayobbanaṃ [13]
kaññaṃ oruddha [14] tassa putto Giridāso nāma nāmena. 445.
Tassa pi aññā bhariyā [15] sīlavatī guṇavatī yasavatī ca
anurattā [16] bhattāraṃ tassāhaṃ viddesanam [17] akāsi. 446.
Tass' etaṃ kammaphalaṃ yaṃ maṃ apakiritūna gacchanti
dāsī va upaṭṭhahantiṃ [18] tassa pi anto kato mayā ti. 447.

Tattha nagarambhi kusumanāme ti kusumapuran ti evaṃ kusumasaddena gahitanāmake nagare. Idāni taṃ nagaraṃ Pāṭaliputtamhī ti sarūpato dasseti. Puthuviyā maṇḍe ti sakalāya pathaviyā maṇḍabhūte Sakyakulakulīnāyo ti Sakyakule kuladhītāyo. Sakyaputtassa bhagavato sāsane pabbajitāya evaṃ vuttaṃ.

Tatthā ti tāsu dvīsu bhikkhunīsu. Bodhi therī ti evaṃnāmikā therī. Jhānajjhāyanaratāyo ti lokiyalokuttarassa jhāyane abhiratā. Bahussutāyo ti

---

[1] nilajjito, cd. [2] parihitvā, cd. [3] govāṇijjakassa, cd.
[4] lākhātammo, cd. [5] na lacchito, cd. [6] tena puna, cd.
[7] sakaṭa, cd. [8] catthavāyarambhi, cd.; dhārayambhim, m.
[9] gandhitipurisa°, cd.; dhanita°, m.
[10] vuddhiyā, m. [11] vilapantī, cd. [12] disāna, cd.
[13] pattāyobb°, cd. [14] uruddha, cd.
[15] tassā piyā bhariyā, cd. [16] anuvattā, m.
[17] visenaṃ, cd. [18] upaṭṭhahanti, cd.

pariyattibāhusaccena bahussutā. Dhutakilesāyo ti aggamaggena sabbaso samugghāṭitakilesā. Bhattaṭṭhaṃ kiriyā ti bhattakiccaṃ niṭṭhapetvā. Rahitambhī ti janarahitambhi vivittaṭṭhāne. Sukhanisinnā ti pabbajjāsukhena vivekasukhena ca sukhanisinnā. Imā girā ti idāni vuccamānā sukhā lāmakā. Abbhudīresun ti pucchāvissajjanavasena kathayiṃsu. Pāsādikā sī ti gāthā Bodhitheriyā[1] pucchāvasena vuttā. Evam anuyuñjamānā ti gāthā saṅgītikāreh' eva vuttā. Ujjeniyā ti ādikā hi sabbā pi Isidāsiyā 'va vuttā.

Tattha pāsādikā sī ti rūpasampattiyā passantānaṃ pasādāvahā asi. Vayo pi te aparihīno ti tuyhaṃ vayo pi na parihīno. Paṭhame vayo ṭhitā sī ti attho. Kiṃ disvāna valikan ti kiṃ disaṃ vyālikaṃ dosaṃ gharāvāse ādīnavaṃ disvā. Athāpi[2] nekkhammam anuyuttā ti. Athā ti nipātamattaṃ. Nekkhammaṃ pabbajjaṃ-anuyuttā asi.

Anuyuñjamānā ti pucchiyamānā. Sā iminā 'sī ti yojanā. Rahite ti suññaṭṭhāne. Suṇa Bodhi yath'amhi[3] pabbajitā ti Bodhitteri ahaṃ yathā pabbajitā amhi taṃ taṃ purāṇaṃ suṇāhi.

Ujjeniyā puravare ti Ujjenināmake Avantiraṭṭhe uttamanagare. Piyā ti ekadhītubhāvena piyāyitabbā. Manāpā ti sīlācāraguṇena manavaḍḍhanakā. Dayitā ti anukampitabbā.

Athā ti pacchā mayi vayappattakāle. Me Sāketato varakā ti Sāketanagarato mama varakā maṃ vārentī[4] āgacchi. Uttamakulīnā tasmiṃ nagare aggakulikā yena te pesitā. So seṭṭhi pahūtadhano tassa mamaṃ[5] suṇhaṃ adāsi tāto ti tassa Sāketaseṭṭhino suṇisaṃ puttassa bhariyaṃ katvā mayhaṃ pitā maṃ adāsi.

Sāyam pātaṃ ti sāyaṇhe pubbaṇhe ca. Paṇāmam upagamma sirasā karomī ti sassuyā sasu-

---

[1] pābatigāthā te Bodhi°, cd. [2] yathāpi, cd.
[3] yātambhi, cd. [4] vārento, cd. [5] tāsa mam, cd.

rassa ca santikaṃ upagantvā sirasā paṇāmaṃ karomi. Tesaṃ pāde vandāmi yath'ambhi anusiṭṭhā ti tehi yathā anusiṭṭhā amhi tathā karomi tesaṃ anusiṭṭhiṃ[1] na atikkamāmā ti.

Ekavādakam pī ti ekam pi. Ubbiggā ti saṃgantvā. Āsanan[2] demī ti yassa puggalassa anucchavikaṃ taṃ tassa demi.

Tatthā ti parivesanaṭṭhāne. Sannihitan ti sajjitaṃ hutvā vijjamānaṃ. Chādemī ti upacchindemi. Upacchinditvā upanayāmī ti upanetvā demi ca yan ti mayaṃ yassa paṭirūpaṃ tad eva demā ti attho.

Ummāradhotahatthapādā[3] ti dhovetvā gharaṃ samupāgami.[4]

Kocchan ti massūnaṃ kesānañ ca ullikhanakocchaṃ. Pasādan ti kaṇhacuṇṇādimukhavilepanaṃ.[5] Pasādhanan ti pi pāṭho pasādhanabhaṇḍaṃ. Añjanan ti añjananāḷiṃ.[6] Parikammakārikā viyā ti aggakulikā vibhavasampannā vīsatiparicārikā viya.

Sādhayāmī ti pacāmi. Bhājanan ti lohabhājanañ ca. Dhovantī paricarāmī ti yojanā.

Bhattikatan ti katasāmibhattikaṃ. Anuttaran ti anubhavantaṃ. Kārikan ti tassa tassa itikattabbassa kārikaṃ. Nihatamānan ti apanītamānaṃ. Uṭṭhāyikan ti uṭṭhānaviriyasampannaṃ. Analasan ti tato eva akusītaṃ. Sīlavatin ti sīlācārasampannaṃ. Nassate ti dussati kujjhati bhaṇati.

Āpucchāhaṃ[7] gamissāmī ti ahaṃ tumhe āpucchitvā[8] yattha katthaci gamissāmī ti so mama sāmiko attano mātaraṃ ca pitaraṃ ca bhaṇati, kim bhaṇatī ti es āha: Isidāsiyā na saha[9] vacchaṃ[10] ekāgāre ahaṃ sahavatthun ti nacemhiyaṃ (?)

Dessā ti appiyā. Alam me ti payojanam me tāya

---

[1] anusiṭṭhi, cd. [2] āpaṇan, cd.
[3] ummāradhovan ti hatthapādehi, cd.
[4] sampucchāmi, cd. [5] kaṇṇa°, cd. [6] °nāḷi, cd.
[7] apucch°, cd. [8] apucch°, cd. [9] saha *om.* cd.
[10] saccaṃ, cd.

n'atthī ti attho. Āpucchāhaṃ[1] gamissāmī ti yadi me tumhe tāya saddhiṃ saṃvāsaṃ icchatha ahaṃ tumhe āpucchitvā[2] viddesaṃ pakkamissāmi. Tassāpi mama bhattuno ki'ssā ti kiṃ assa. Tava sāmikassa tassā aparaddham[3] vyālikaṃ kataṃ.

Na pi 'haṃ aparajjhan ti nāpi ahaṃ tassa kiñci aparajjhi. Ayam eva vā pāṭho. Na pi hiṃsemī ti na bādhemi. Dubbacanan[4] ti duruttavacanaṃ. Kiṃ sakkā kātuye[5] ti kiṃ mayā kātuṃ ayye sakkā. Yaṃ maṃ[6] viddessate[7] bhattā ti yasmā akāraṇe-n'eva bhattā mayhaṃ viddessate[8] viddesaṃ[9] cittappakopaṃ karoti.

Vimanā ti domanassikā. Puttam anurakkhamānā ti attano puttaṃ mayhaṃ sāmikaṃ cittam anurakkhaṇena anurakkhantā. Jin' amhase rūpiniṃ[10] Lacchin ti jinā amhase jinā vat'[11] amha rūpavatiṃ Siriṃ.[12] Manussavesena carantiyā Siridevatāya parihīnā vatā ti attho.

Aḍḍhassa gharamhi dutiyakulikassā ti paṭhamasāmikaṃ upādāya dutiyassa aḍḍhassa kulaputtassa gharamhi maṃ adāsi. Deuto ca tato paṭhamasuṅkato upaḍḍhasuṅkena adāsi. Yena maṃ vindatha seṭṭhī ti yena suṅkena maṃ paṭhamaṃ seṭṭhi vindatha paṭilabhi tato upaḍḍhasuṅkenā ti yojanā.

So pī ti dutiyasāmiko pi. Maṃ paṭicchatī[13] ti maṃ nīhari so gehato nikkaḍḍhi. Upaṭṭhahantiṃ[14] dāsī viya upaṭṭhahantiṃ upaṭṭhānaṃ karontiṃ.[15] Adūsikan ti adubbhanakaṃ.

Damakan ti kāruññādhiṭṭhānatāya paresaṃ cittassa damakaṃ. Yathā pare kiñci dayanti evaṃ attano kāyaṃ

---

[1] apuccho°, cd. [2] apuccho°, cd. [3] aparajjhaṃ, cd.
[4] dubbacan, cd. [5] kātumayye, cd. [6] yamaṃ, cd.
[7] vinde sake, cd. [8] vindesati, cd. [9] viddhesaṃ, cd.
[10] jin' ambhisi rūpini, cd. [11] ajinā vat', cd.
[12] Siri, cd. [13] paticcharātī, cd.
[14] upaṭṭhahantī, cd., *both times*. [15] karontī, cd.

vācaṃ ca d a n t a ṃ vūpasantaṃ katvā parasabhāvaññātāya vivaraṇakaṃ.

Jāmātā ti duhitu pati.[1] Nikkhipa pontiñ ca ghaṭikañ cā ti tayā[2] paridahitaṃ pilotikākhaṇḍañ ca bhikkhākapālañ ca chaḍḍehi.

So pi vasitvā pakkhan ti so pi bhikkhako puriso mayā saddhiṃ aḍḍhamāsamattaṃ vasitvā.

Athanaṃ bhaṇati[3] tāto ti taṃ bhikkhakaṃ mama pitā mātā. Sabbo ca me ñātigaṇo vaggo hutvā bhaṇati. Kathaṃ kin te na kirati va idha tuyhaṃ kin nāma na kirati na sādhīyati. Bhaṇa khippaṃ yan to karihitī ti.[4]

Yadā me attā sakkoti yadi mayhaṃ attādhīno bhujisso ce alaṃ mayhaṃ Isidāsiyā tāya payojanaṃ n'atthi. Tasmā na saha vacchaṃ[5] na pakkhiyaṃ ekaghare ahaṃ tāya sahavātthun ti yojanā.

Vissajjito gato so bhikkhako pitarā vissajjito yathāruci gato. Ekākinī[6] ti ekikā'va. Āpucchitūna gacchan[7] ti mayhaṃ pitaraṃ vissajjetvā gacchāmi. Marituye ti maritu ce. Vā ti vikappatthe nipāto.

Gocarāyā ti bhikkhāya. Tātakulaṃ āgacchī ti yojanā.

Tan ti taṃ Jinadattaṃ.[8] Uṭṭhāyāsanaṃ tassā[9] paññāpayiṃ ti uṭṭhahitvā āsanaṃ assā theriyā paññāpesi.

Idh'ovā ti imasmiṃ gehe ṭhitā. Puttakā ti sāmaññāvohārena dhītaraṃ anukampento ālapati. Carāhi taṃ pabbajitvā caritabbaṃ brahmacariyādi dhammañ cara. Dvijātī ti brahmajāti.

Nijjaressāmī ti jīrāpessāmi vināpessāmi.

Bodhin ti saccābhisambodhiṃ maggañāṇan[10] ti attho. Aggadhamman ti phaladhammo arahatte. Yaṃ

---

[1] duhitā pati, cd. [2] tassa, cd. [3] bhaṇasī ti, cd.
[4] kiṃ tvaṃ bhaṇa yan te khippaṃ karihi karissatī ti, cd.
[5] na saccaṃ, cd. [6] ekākikā, cd.
[7] apucchituṃ na g°, cd. [8] Jinarattaṃ, cd.
[9] °sanaṃ sā, cd. [10] maggañāṇānan, cd.

sacchikari dvipadaseṭṭho ti yaṃ maggaphalanibbānasaññitaṃ lokuttaradhammaṃ dvipadānaṃ seṭṭho sambuddho sacchi akāsi, labhassū ti yojanā.

Sattāhaṃ pabbajitā ti pabbajitā hutvā sattāhena. Phassayī ti phussi sacchākāsi. Yassāyaṃ phalavipāko ti yassa pāpakammassa ayaṃ sāmikassa amanāpabhāvasaṃkhāto nissandaphalabhūto vipāko. Taṃ tava ācikkhissan ti, taṃ kammaṃ tava kathessāmi. Tan ti ācikkhiyamānaṃ tam eva kammaṃ taṃ vā mama vacanaṃ. Ekamanā ti ekaggamanā. Ayam eva vā pāṭho.

Nagaramhi Erakakacche ti evaṃnāmake nagare. So paradāraṃ asevi 'haṃ ti[1] so ahaṃ parassa dāraṃ asevi.

Ciraṃ pakko ti bahūni vassasatasahassāni nirayaggīnā daḍḍho. Tato ca uṭṭhahitvā ti tato nirayato vuṭṭhito[2] cuto. Makkaṭiyā kucchim okkamī ti paṭisandhiṃ gaṇhi.

Yūthapo ti yūthapati. Nillacchesī[3] ti purisabhāvassa lacchanabhūtāni bījakāni nillacchesi[4] nīhari. Tass' etaṃ kammaphalan[5] ti tassa mayhaṃ evaṃ atīte katassa kammassa phalaṃ. Yathā pi gantvāna paradāran ti yathā taṃ paradāraṃ atikkamitvā.

Tato ti makkaṭayonito. Sindhavāraññe[6] ti Sindhavaraṭṭhe aññataraṭṭhāne. Eḷakiyā ti ajiyā.

Dārake parivahitvā ti piṭṭhiṃ āruyha kumārake vahitvā. Kiminā 'v' aṭṭo[7] ti abhijātaṭṭhāne kimiparaṃgato ca hutvā. Aṭṭo aṭṭito. Akallo ti gilāno. Ahosī ti vacanaseso.

Vāṇijakassā ti gāviyo vikkiṇitvā jīvakassa. Lākhātambo ti lākhārasarattehi viya tambehi lomehi samannāgato.

Te punā[8] ti vahitvā. Naṅgalan ti siraṃ. Sakaṭan

---

[1] asevi taṃ ti, cd. [2] vuṭṭhitā, cd. [3] nilacchesī, cd.
[4] nicchasi, cd. [5] dhammaph°, cd.
[6] Sindharaññe, cd. [7] aṭṭe, cd. [8] phunā, cd.

ti attho. Andho v'aṭṭo ti kāṇo va hutvā. Aṭṭo pīḷito.

Vīthiyā ti nagaravīthiyaṃ. Dāsiyā ghare jāto ti gharadāsiyā kucchimhi jāto. Vaṇṇajātiyā ti pi vadanti. N'eva mahilā na puriso ti itthī pi puriso pi na homi. Jātinapuṃsako ti attho.

Tiṃsativassamhi mato ti napuṃsako hutvā tiṃsavassakāle mato. Sākaṭikakulamhī[1] ti senakakule. Dhanikapurisapātabahulamhī[2] ti iṇāyikānaṃ purisānaṃ adhipatanabahule bahūhi iṇāyikehi abhibhavitabbe.

Ussannāyā ti upacitāya. Vipulāyā ti mahatiyā. Vaḍḍhiyā[3] ti iṇavaḍḍhiyā. Okaḍḍhatī ti avakaḍḍhati. Kulagharassā ti mama jātakulagehato.

Oruddha tassa putto ti assa satthavāhassa[4] putto mayi paṭibaddhacitto nāmena Giridāso nāma. Avarundhati attano pariggahabhāvena gehe karoti.

Anurattā bhattāram[5] ti bhattā anubhavati. Tassāhaṃ viddesanam[6] akāsin ti tassa bhattuno taṃ bhariyaṃ paṭividdesanakammaṃ[7] akāsi. Yathā taṃ so kujjhati evaṃ paṭipajji.

Yaṃ maṃ abhikiritūna[8] gacchantī ti yaṃ dāsī viya sakkaccaṃ upaṭṭhahantin[9] tattha tattha patino apakiritvā[10] chaḍḍetvā anapekkhā apagacchanti. Etaṃ tassa mayhaṃ tadā katassa paradārikakammassa paṭividdesanakammassa[11] ca nissandaphalaṃ. Tassa pi anto kato mayā ti tassa pi tathā anunayapāpakammassa pariyanto. Idāni mayā aggamaggaṃ adhigacchantiyā ito paraṃ kiñci dukkhaṃ atthī ti yaṃ pan' ettha anantarā vibhattaṃ vuttanayattā uttānattham eva.

Isidāsiyā theriyā gāthāvaṇṇanā samattā.

Cattālīsanipātavaṇṇanā niṭṭhitā.

---

[1] tassākaṭika°, cd. [2] dhanita°, cd. [3] aḍḍhiyā, cd.
[4] sattavāhassa, cd. [5] anuvattā bhattānaṃ, cd.
[6] vidssanaṃ, cd. [7] satividesana°, cd.
[8] abhikirituṃ na, cd. [9] upaṭṭhahantī, cd.
[10] assakiritvā, cd. [11] pattividesana°, cd.

LXXIII.

Mahānipāte Mantāvatiyā nagare ti ādikā Sumedhāya theriyā gāthā. Ayam pi purimabuddhesu katādhikārā tattha tattha bhave vivaṭṭūpanissayaṃ kusalaṃ upacinantī sakkaccaṃ vimokkhasambhāre sambhārentī Koṇāgamanassa bhagavato kāle kulagehe nibbattitvā viññutaṃ pattā attano sakhīhi kuladhītāhi saddhiṃ ekajjhāsayā hutvā mahantaṃ ārāmaṃ kāretvā buddhapamukhassa bhikkhusaṅghassa niyyādesi. Sā tena puññakammena kāyassa bhedā Tāvatiṃsaṃ upagacchi. Tattha yāvatāyukaṃ dibbasampattiṃ anubhavitvā tato cutā Yāmesu uppajji, tato cutā Tusitesu, tato cutā Nimmānaratīsu, tato cutā Paranimmitavasavattīsū ti anukkamena pañcasu kāmasaggesu uppajjitvā tattha devarājūnaṃ mahesī hutvā tato cutā Kassapassa bhagavato kāle mahāvibhavassa seṭṭhino dhītā hutvā anukkamena viññutaṃ pattā sāsane abhippasannā hutvā ratanattayaṃ uddissa uḷārapuññakammaṃ akāsi. Tattha yāvajīvaṃ dhammūpajīvinī kusaladhammaniratā hutvā tato cutā Tāvatiṃsesu nibbattitvā aparāparaṃ sugatisu yeva saṃsarantī imasmiṃ buddhuppāde Mantāvatīnagare Koñcassa nāma rañño dhītā hutvā nibbatti. Tassā mātāpitaro Sumedhā ti nāmaṃ akaṃsu. Taṃ anukkamena vuddhippattaṃ vayappattakāle mātāpitaro "Vāraṇavatīnagare Anikarattassa nāma rañño dassāmā" ti āmantesuṃ. Sā pana daharakālato paṭṭhāya attano samānavayāhi rājakaññāhi dāsījanehi ca saddhiṃ bhikkhunūpassayaṃ gantvā bhikkhunīnaṃ santike dhammaṃ sutvā cirakālato paṭṭhāya katādhikāratāya saṃsāre jātasaṃvegā sāsane abhippasannā paññāvayappattakāle kāmehi vinivattitamānasā ahosi.

Tena sā mātāpitūnaṃ ñātīnaṃ sammānaṃ sutvāna "mayhaṃ gharāvāse na kiccaṃ, pabbajissām' ahan" ti āha. Taṃ mātāpitaro gharāvāse niyojentā[1] nānappakārena yācite pi saññāpetuṃ nāsakkhiṃsu. Sā "evaṃ me pabbajituṃ lab-

---

[1] niyojento, cd.

bhatī 'ti chandaṃ gahetvā 'sayam eva attano kese chinditvā te eva kese ārabbha paṭikulamanasikāraṃ pavatteutī tattha nātikāratāya bhikkhunīnaṃ santike manasikāravidhānassa sutapubbattā ca asubhanimittaṃ uppādetvā tattha paṭhamajjhānaṃ adhigacchi. Adhigatapaṭhamajjhānā ca attanā gharāvāse nyyojetuṃ[1] upagate mātāpitaro ādikatvā autojanaparijanaṃ sabbaṃ rājakulaṃ sāsane abhippasannaṃ kāretvā gharato nikkhamitvā bhikkhunūpassayaṃ gantvā pabbaji. Pabbajitvā ca vipassanaṃ paṭṭhapetvā sammad eva paripakkañāṇā[2] vimuttiparipācaniyānaṃ dhammānaṃ visesitāya[3] ca na cirass' eva saha paṭisambhidāhi arahattaṃ pāpuni. Tena vuttaṃ Apadāne:

Bhagavati Koṇāgamane saṃghārāmamhi navanivesamhi[4]
sakhiyo tīṇi janiyo[5] vihāradānaṃ adāsimha. 1.
Dasakkhattuṃ satakkhattuṃ dasasatakkhattuṃ[6] satāni ca
satakkhattuṃ
devesu upapajjimha. Ko vādo mānuse bhave. 2.
Devesu mahiddhikā hutvā[7] mānusakamhi ko vādo
sattaratanamahesī[8] itthiratanaṃ ahaṃ bhaviṃ.[9] 3.
Idha sañcitakusalaṃ susamiddhakulappajā[10]
Dhanañjāni ca Khemā ca ahaṃ pi ca tayo janā 4.
Ārāmaṃ sukataṃ katvā sabbāvayavamaṇḍitaṃ
buddhapamukhasaṅghassa niyyādetvā pamoditā.[11] 5.
Yattha yatthūpapajjāmi tassa kammassa vāhasā
devesu aggataṃ pattā manussesu tath' eva ca. 6.
Imasmiṃ ysva kappamhi brahmabandhu mahāyaso
Kassapo nāma nāmena uppajji vadataṃ varo.[12] 7.
upaṭṭhāko mahesissa tadā āsi narissaro
Kāsirājā Kiki nāma Bārāṇasipuruttame. 8.
Tassāsuṃ satta dhitaro rājakaññā sukhedhitā
buddhupaṭṭhānaniratā brahmacariyaṃ cariṃsu tā. 9.

---

[1] nyojetuṃ, cd. [2] paripakkātā, cd.
[3] visositāya, cd. [4] saṅghe c'eva nivesamhi, P.
[5] sakhiyo vatiyo rājiniyo, P. [6] dasasatakkhattuṃ *om.* P.
[7] deve mahiddhikā ahumha, A.
[8] sataratanassa mahesi, P. [9] ahaṃ āsi, P.
[10] °kuluppajji, P. [11] samoditā, A. [12] varataṃ varo, P.

19

Tāsaṃ sahāyikā hutvā sīlesu susamāhitā
datvā dānāni sakkaccaṃ agāro vasataṃ cariṃ. 10.
Tena kammena sukatena cetanāpaṇidhīhi ca
jahitvā mānusaṃ dehaṃ Tāvatiṃsūpagā ahaṃ. 11.
Tato cutā Yāmam agaṃ[1] tato 'haṃ Tusitaṃ gatā
tato ca Nimmānaratiṃ[2] Vasavattipuraṃ tato. 12.
Yattha yatth' ūpapajjāmi puññakammasamohitā
tattha tatth' eva rājūnaṃ mahesittam akārayiṃ. 13.
Tato cutā manussatte rājūnaṃ cakkavattinaṃ
Maṇḍalīnañ ca rājūnaṃ mahesittam akārayiṃ. 14.
Sampattim[3] anubhotvāna devesu mānusesu ca
sabbattha sukhitā hutvā nekajātīsu saṃsariṃ. 15.
So hetu so pabhavo[4] taṃ mūlaṃ satthu sāsane khanti
taṃ paṭhamaṃ[5] samodhānaṃ taṃ dhammaratāya nibbānaṃ. 16.
Kilesā jhāpitā mayhaṃ bhavā sabbe samūhatā
nāgī va bandhanaṃ chetvā viharāmi anāsavā. 17.
Svāgataṃ vata me āsi buddhaseṭṭhassa santike[6]
tisso vijjā anuppattā kataṃ buddhassa sāsanaṃ. 18.
Paṭisambhidā catasso vimokkhā pi ca aṭṭha me
chaḷabhiññā sacchikatā kataṃ buddhassa sāsanaṃ ti. 19.

Arahattaṃ pana patvā attano paṭipattiṃ[7] paccavekkhitvā udānavasena:

Mantāvatiyā nagare rañño Koñcassa aggamahesiyā[8]
dhītā āsi Sumedhā pāsādikā sāsanakārehi. 448.
Sīlavatī cittakathikā bahussutā buddhasāsane vinītā
mātāpitaro upagamma[9] bhaṇati ubhayo nisāmetha. 449.
Nibbānābhiratāhaṃ asassataṃ[10] bhavagataṃ yadi pi dibbaṃ
kim aṅga pana tucchā kāmā appasādā bahuvighātā. 450.

---

[1] Yāmāsaggaṃ, P. [2] °rati, P. [3] sampatti, P.
[4] sā pabhavo, P. [5] paṭhama, A.
[6] mama buddhassa santike, A. [7] patipatti, cd.
[8] agga *om.* cd. [9] upasaṃkamma, cd.
[10] asassataṃ *om.* cd.

Kāmā kaṭukā [1] āsivisūpamā yesu mucchitā bālā
te dīgharattaṃ niraye samappitā haññante [2] dukkhitā. 451.
Socanti pāpakammā vinipāte pāpabuddhino
sadā kāyena vācāya ca manasā ca asaṃvutā bālā. [3] 452.
Bālā te duppaññā acetanā dukkhasamudayoruddhā
desente ajānantā na bujjhare ariyasaccāni. 453.
Saccāni amma [4] sambuddhavaradesitāni te bahutarā ajānantā
ye abhinandanti bhavagataṃ pihanti devesu [5] upapattiṃ. 454.
Devesu pi upapatti [6] asassatā bhavagate aniccamhi
na ca santasanti bālā punappunaṃ jāyitabbassa. 455.
Cattāro vinipātā dve ca gatiyo kathañci labbhanti [7]
na ca vinipātagatānaṃ [8] pabbajjā atthi nirayesu. 456.
Anujānātha maṃ ubhayo pabbajituṃ dasabalassa pāvacane
appossukkā ghaṭissaṃ [9] jātimaraṇappahānāya. 457.
Kiṃ bhavagatena [10] abhinanditena kāyakalinā asārena
bhavataṇhāya nirodhā anujānātha pabbajissāmi. 458.
Buddhānaṃ uppādo vivajjito akkhaṇo khaṇo laddho
sīlāni brahmacariyaṃ yāvajīvaṃ na dūseyyaṃ. 459.
Evaṃ bhaṇati Sumedhā mātāpitaro na tāva āhāraṃ
āhariyaṃ [11] gahaṭṭhā [12] maraṇavasaṃ gatā 'va hessāmi. 460.
Mātā dukkhitā rodati pitā ca assā sabbaso samabhisāto [13]
ghaṭenti saññāpetuṃ [14] pāsādatale chamā patitaṃ. 461.
Uṭṭhehi puttaka [15] kiṃ socitena dinnā si [16] Vāraṇavatimhi
rājā Anikaratto [17] abhirūpo tassa tvaṃ dinnā. [18] 462.
Aggamahesī bhavissasi [19] Anikarattassa rājino bhariyā [20]
sīlāni brahmacariyaṃ pabbajjā dukkarā puttaka. 463.

---

[1] kaṭṭhakā, cd. [2] haññate, cd. [3] bālā *om.* cd.
[4] amma *om.* cd. [5] bhagavantaṃ yanti d°, cd.
[6] uppatti, cd. [7] katthaci labbhanti, cd.
[8] vinipātagatā, m. [9] ghaṭiyaṃ, cd. [10] bhagavātena, cd.
[11] āharissaṃ, m. [12] gahaṭṭha, cd.
[13] samabhihato, cd. [14] paññapetuṃ, cd.
[15] puttike m.; puttika, cd. [16] dinn' amhi, cd.
[17] Aṇikar°, cd. [18] diṇṇā, cd.
[19] bhavissati, cd. [20] ariyā, m.

Rajje āṇā dhanam issariyaṃ bhogā sukhā daharikā pi
bhuñjāhi kāmabhoge vāreyyaṃ[1] hotu te putta. 464.
Atha ne bhaṇati Sumedhā mā edisakāni[2] bhavagataṃ
asāraṃ
pabbajjā vā hohiti[3] maraṇaṃ vā[4] tena c'eva vāreyyaṃ.[5] 465.
Kim iva pūtikāyam asuciṃ[6] savaṇagandhaṃ[7] bhayānakaṃ
kuṇapaṃ abhisaṃviseyyaṃ[8] gattaṃ[9] sakipaggharitaṃ[10]
asucipuṇṇaṃ. 466.
Kim iva t'āhaṃ jānantī vikūlakaṃ maṃsasoṇitapalittaṃ
kimikulālayaṃ sakuṇabhattaṃ[11] kaḷevaraṃ[12] kissa diyyati[13] ti. 467.
Nibbuyhati susānaṃ aciraṃ kāyo apetaviññāṇo
chuṭṭho kaliṅgaraṃ[14] viya jigucchamānehi ñātīhi. 468.
Chaḍḍūna[15] naṃ susāne parabhattaṃ nhāyanti[16] jigucchantā
niyakā mātāpitaro kiṃ pana sādhāraṇā[17] janatā. 469.
Ajjhositā asāre kaḷevare aṭṭhinhārusaṃghāte[18]
kheḷassumucchāssavaparipuṇṇe[19] pūtikāyamhi. 470.
Yo naṃ vinibbhujitvā[20] abbhantaram assa bāhiraṃ kayirā
gandhassa asahamānā sakā pi[21] mātā jiguccheyya.[22] 471.
Khandhadhātuāyatanaṃ saṃkhataṃ[23] jātimūlakaṃ
dukkhaṃ yoniso anuciṃ bhaṇanti[24] vāreyyaṃ kissa iccheyyaṃ.[25] 472.
Divase divase ti sattisatāni navanavā pateyyuṃ kāyamhi
vassasataṃ pi ca ghāto[26] seyyo dukkhassa c'eva khayo. 473.

---

[1] dhāreyyaṃ, cd. [2] edisakā, cd.; edisikāni, m.
[3] hohisi, cd. [4] vā *om.* cd. [5] dhāreyyaṃ, cd.
[6] asuci, cd. [7] sāsanagandhaṃ, cd. [8] °vissyya, cd.
[9] bhastaṃ, m. [10] sakiṃ p°, cd. [11] sakuna°, cd.
[12] kaḷevara, cd. [13] riyatī, cd.
[14] kalikaraṃ, cd. [15] chaḍḍhana, cd.; chuṭṭhūna, m.
[16] paresam bhattaṃ nāyanti, cd. [17] sādharano, cd.
[18] °saṃghāṭe, m. [19] khelasucchādassavap°, cd. m.
[20] vinibbhajjitvā, cd. [21] sakkaram pi, cd.
[22] jigucchcyyaṃ, cd. [23] saṃkhātaṃ, cd.
[24] aniviganenti, cd. [25] iccheyyuṃ, cd. [26] saṅghāto, cd.

Ajjhupagacche ghātaṃ[1] yo viññū evaṃ[2] sattbuno vacanaṃ dīgho tesaṃ[3] saṃsāro[4] punappunaṃ haññamānānaṃ. 474.
Devesu manussesu[5] ca tiracchānayoniyā asurakāye petesu ca nirayesu ca aparimitā[6] dīyante ghātā.[7] 475.
Nirayesu bahū[8] vinipātagatassa kilissamānassa devesu pi attāṇaṃ[9] nibbānasukhā paraṃ n'atthi. 476.
Pattā te[10] nibbānaṃ ye yuttā dasabalassa pāvacane appossukkā[11] ghaṭenti jātimaraṇappahānāya. 477.
Ajj' eva tāta[12] abhinikkhamissaṃ bhogehi kiṃ asārehi[13] nibbiṇṇā[14] me kāmā vantasamā[15] tālavatthukatā. 478.
Sā c'eva[16] bhaṇati pitaraṃ Anikaratto[17] ca yassa dinnā[18] upayāsi pītaruṇāvuto vāreyyaṃ[19] upaṭṭhite kāle. 479.
Atha asitanicitamuduke[20] kese khaggena chindiya Sumedhā pāsādaṃ pidhatvā[21] paṭhamajjhānaṃ[22] samāpajji. 480.
Sā ca tahiṃ samāpannā[23] Anikaratto[24] ca āgato nagaraṃ pāsāde 'va Sumedhā aniccasaññā su bhāveti. 481.
Sā ca[25] manasikaroti Anikaratto[26] ca āruhi turitaṃ maṇikanakabhūsitaṅgo katañjali yācati Sumedhaṃ.[27] 482.
Rajje āṇā dhanam issariyaṃ bhogā sukhā daharikā pi[28] bhuñjāhi[29] kāmabhoge kāmasukhā sudullabhā loke. 483.
Nisaṭṭhaṃ[30] te rajjaṃ bhoge bhuñjassu dehi dānāni mā dummanā ahosi mātāpitaro te dukkhitā.[31] 484.

---

[1] ghāta, cd. [2] eva, cd. [3] vo, m.
[4] tesaṃ sāro, cd. [5] mānussesu, cd. [6] aparimito, cd.
[7] dīyate ghāto, m. cd. [8] bahūhi, cd.
[9] atāṇaṃ, m. cd. [10] tassā ts, cd. [11] apposukkā, cd.
[12] tātā, cd. [13] pasārehi, cd. [14] nibbāṇā, cd.
[15] vantaṃ s°, cd. [16] sa c'eva, cd.
[17] Aṇikar°, cd. [18] ssa sā diṇṇā, cd.
[19] ubhayāya pi taruṇavatā dhāreyyaṃ, m. cd.
[20] amitan°, cd. [21] cāpinatvā, cd. [22] °jjhāne, cd.
[23] sammāpannā, cd. [24] Aṇik°, cd. [25] sā 'va, cd.
[26] Aṇik°, cd. [27] Sumedhā, cd. [28] dabarikā si, m.
[29] bhuñjāmi, cd. [30] nissaṭṭhaṃ, cd.
[31] duve dukkh°, cd.

Taṃ taṃ bhaṇati Sumedhā kāmehi anatthikā vigatamohā
mā kāme abhinandi kāmesv' ādīnavaṃ passa. 485.
Cātuddīpo rājā Mandhātā āsi[1] kāmabhoginam aggo
atitto[2] kālaṃkato na ca tassa paripūritā icchā. 486.
Satta ratanāni[3] vasseyya vuṭṭhimā dasadisā[4] samantena
na c'atthi titti[5] kāmānaṃ atittā 'va maranti narā. 487.
Asisūlūpamā kāmā kāmā[6] sappasiropamā[7]
ukkopamā anudahanti aṭṭhikaṅkālasannibhā.[8] 488.
Aniccā addhuvā kāmā bahudukkhā mahāvisā
ayoguḷo va santatto aghamūlā dukkhapphalā.[9] 489.
Rukkhaphalūpamā kāmā maṃsapesūpamā dukhā[10]
supinopamā vañcaniyā kāmā yācitakūpamā. 490.
Sattisūlūpamā kāmā rogo gaṇḍo aghaṃ nighaṃ
aṅgārakāsusadisā aghamūlaṃ bhayaṃ vadho. 491.
Evaṃ bahudukkhā kāmā akkhātā antarāyikā
gacchatha na me bhavagate vissāso atthi attano. 492.
Kiṃ mama paro karissati attano sīsamhi ḍayhamānamhi
anubandhe jarāmaraṇe[11] tassa ghātāya[12] ghaṭitabbaṃ. 493.
Dvāraṃ apāpuritvāna 'yaṃ[13] mātāpitaro Anikarattañ[14] ca
disvāna chamaṃ[15] nisinne rodante[16] idam avoca. 494.
Dīgho bālānaṃ saṃsāro punappunaṃ ca rodataṃ
anamatagge pitu maraṇe bhātu vadhe attano ca vadhe. 495.
Assu thaññaṃ[17] rudhiraṃ saṃsāraṃ anamataggato saratha[18]
sattānaṃ saṃsaritaṃ[19] sarāhi aṭṭhīnaṃ ca[20] sannicayaṃ. 496.
Sara[21] caturo' dadhī upanīte assuthaññarudhiramhi[22]
sara[23] ekakappam aṭṭhīnaṃ[24] sañcayaṃ Vipulena samaṃ. 497.

---

[1] asi, cd. [2] kāmā titto, cd. [3] sabba rat°, cd.
[4] asadisā, cd. [5] titthi, cd. [6] kāmā *om.* m. cd
[7] sabbasir°, m. [8] °kaṅkala°, m. cd. [9] °ppalā, cd.
[10] dukkhā, cd. [11] °maraṇa, cd. [12] ghāṭāya, m.
[13] °tvānaham, cd. [14] Aṇik°, cd. [15] disvāua maṃ, cd.
[16] rodente, cd.; rodantī, m. [17] dhaññaṃ, cd.
[18] °to ca atha, cd. [19] saṃsarataṃ, m. [20] ca *om.* cd.
[21] sarā, cd. [22] °dhaññaṃ, cd.; °ruciramhi, m.
[23] paraṃ, cd. [24] aṭṭhiraṃ, cd.

Anamatagge saṃsarato [1] mahiṃ [2] Jambudīpam upanītaṃ
kolaṭṭhimattaguḷikā mātāpitusv [3] eva na ppahonti. 498.
Sara [4] tiṇakaṭṭhaṃ [5] sākhāpalāsaṃ upanītaṃ anamatag-
gato
pitusu caturaṅgulikā ghaṭikā pitupitusv [6] eva na ppa-
honti. 499.
Sara kāṇakacchapaṃ pubbe samudde aparato ca yugacchid-
daṃ
siraṃ tassa ca paṭimukkaṃ [7] manussalābhambi opam-
maṃ.[8] 500.
Sara rūpaṃ phenapiṇḍopamassa [9] kāyakalino asārassa
khandhe [10] passa anicce sarāhi [11] niraye bahuvighāte. 501.
Sara kaṭasiṃ vaḍḍheute [12] punappunaṃ tāsu tāsu jātisu
sara kumbhīlabhayāni ca sarāhi cattāri saccāni. 502.
Amatamhi vijjamāne kiṃ tava pañcakaṭukena pītena [13]
sabbā hi kāmaratiyo kaṭukatarā pañcakaṭukena. 503.
Amatamhi vijjamāne kiṃ tava kāmehi ye pariḷāhā
sabbā hi kāmaratiyo jalitā kuthitā [14] kupitā [15] santāpitā.[16] 504.
Asapattamhi [17] samāne kiṃ tava kāmehi ye bahusapattā [18]
rājaggicoraudakappiyehi sādhāraṇā kāmā bahusapattā. 505.
Mokkhamhi vijjamāne kiṃ tava kāmehi yesu hi vadha-
bandho
kāmesu hi vadhabandho kāmakāmā [19] dukkhāni anubhon-
ti. 506.
Ādīpitā tiṇukkā gaṇhantaṃ dahanti n'eva muñcantaṃ [20]
ukkopamā hi kāmā dahanti ye te na muñcanti. 507.
Mā appakassa hetu kāmasukhassa vipulaṃ jahi [21] sukhaṃ

---

[1] saṃsārato, cd. [2] mahi, cd. [3] mātāmātusv, m.
[4] sara *om.* m. [5] tiṇakaṭṭhassa, cd. [6] mātāpitusv, cd.
[7] paripuṇṇam, cd. [8] upamaṃ, cd.
[9] °pamāya, cd. m. [10] nandhe, cd. [11] parāhi, cd.
[12] vaḍḍhante, cd.; vaḍḍhente, m. [13] mitena, cd.
[14] kudhitā, m. [15] kupitā *om.* m. [16] santappitā, cd.
[17] asampatt°, cd. [18] bahusamattā, cd.
[19] kāmesu hi asākāmā, m.; vadhabandho om, cd.
[20] muccantaṃ, m. [21] jahe, cd.

mā puthulomo va baḷisaṃ giḷitvā pacchā vihaññasi.[1] 508.
Kāmaṃ kāmesu damassu[2] tāva sunakho va saṅkhalābaddho[3]
khāhinti[4] khu taṃ kāmā[5] chātā sunakhaṃ va caṇḍālā. 509.
Aparimitaṃ ca dukkhaṃ bahūni ca cittadomanassāni
anubhohisi kāmesu yutto.[6] Paṭinissaja addhuve[7] kāme. 510.
Ajaramhi vijjamāne kiṃ tava kāmehi ye sujarā
maraṇavyādhigahitā[8] sabbā sabbattha jātiyo. 511.
Idam ajaram idam amaraṃ idam ajarāmarapadam asokaṃ[9]
asapattaṃ[10] asambādhaṃ akhalitaṃ abhayaṃ nirupatāpaṃ. 512.
Adhigataṃ idaṃ bahūhi amataṃ ajjāpi ca labhanīyaṃ idaṃ
yo yoniso payuñjati[11] na ca sakkā aghaṭamānena.[12] 513.
Evaṃ bhaṇati Sumedhā saṅkhāragate ratim[13] alabhamānā
anunentī[14] Anikarattaṃ kese'va chamaṃ chupi[15] Sumedhā. 514.
Uṭṭhāya Anikaratto pañjaliko yāci[16] tassā pitaraṃ so
vissajjetha Sumedhaṃ pabbajituṃ vimokkhasaccadassā.[17] 515.
Vissajjitā mātāpitūhi pabbaji sokabhayabhītā
cha abhiññā sacchikatā aggaphalaṃ sikkhamānāya. 516.
Acchariyaṃ abbhutaṃ taṃ nibbānaṃ āsi rājakaññāya
pubbenivāsacaritaṃ yathā vyākari pacchime kāle. 517.
Bhagavati Koṇāgamane saṅghārāmamhi navanivesamhi
sakhiyo tīṇi janiyo vihāradānaṃ adāsimha. 518.
Dasakkhattuṃ satakkhattuṃ dasasatakkhattuṃ satāni ca satakkhattuṃ
devesu upapajjimha. Ko pana vādo manussesu. 519.
Devesu mahiddhikā ahumha. Manussakamhi ko pana[18] vādo.

---

[1] vihaññati, cd. [2] ramassu, cd.
[3] saṅkhānaṃ bandho, cd.; saṅkhānubandho, m.
[4] kāhanti, cd.; kāhinti, m. [5] kāma, cd.
[6] kāmayutto, m. cd. [7] paṭinissada andhave, cd.
[8] °bādhi°, cd. [9] idan tamarāmaraṇapaduso, cd.
[10] athapatthaṃ, cd. [11] payujjati, cd.
[12] aghaṭamāne, cd. [13] rati, cd. [14] aruṇentī, cd.
[15] thubhi, cd. [16] yāva, cd.
[17] °dassāmi, cd. [18] pana *om.* m.

Sattaratanassa mahesī itthiratanaṃ ahaṃ āsi.[1] 520.
So hetu so pabhavo taṃ mūlaṃ satthu sāsane[2] khanti
taṃ paṭhamaṃ samodhānaṃ taṃ dhammaratāya nibbānaṃ. 521.
Evaṃ kathenti[3] ye saddahanti vacanaṃ anomapaññassa
nibbindanti bhavagate nibbinditvā virajjantī ti. 522.

Imā gāthā abhāsi. Tattha Mantāvatiyā nagare ti Mantāvatī ti evaṃnāmake nagare. Rañño Koñcassā ti Koñcassa nāma rañño mahesiyā kucchimhi jātā dhītā āsi. Sumedhā ti nāmena Sumedhā. Pāsādikā[4] sāsanakārehī ti satthu sāsanakārehi ariyehi dhammadesanāya sāsane pasādikā sañjātaratanattayappasādakatā.

Sīlavatī ācārasīlasampannā. Cittakathā ti cittadhammakathā. Bahussutā pariyattidhammassa saṇṭhitā. Buddhasāsane vinītā ti evaṃ pabbajanti evaṃ nibbanti iti sīlaṃ iti samādhi iti paññā iti suttānugatena yonisomanasikārena saṅgato[5] kilesānaṃ vinigatattā buddhānaṃ sāsane vinītā saṃyatakāyavācācittā. Ubhayo nisāmethā ti tumhe dve pi mama vacanaṃ nisāmetha. Mātāpitaro upagantvā[6] bhaṇatī ti yojanā.

Yadi pi dibbaṃ ti[7] devaloke pariyāpannam pi bhavagataṃ nāma sabbam pi asassataṃ[8] aniccaṃ dukkhaṃ vipariṇāmadhammaṃ. Kim aṅgaṃ pana tucchā kāmā ti kim aṅgaṃ pana manussakāmā ye sabbe pi asātā 'va bhāvato tucchā rittā sattadhārāyaṃ madhubindu viya appassādā etarahi āyatiñ ca vipuladukkhatāya bahuvighātā.

Kaṭukā ti aniṭṭhā sappaṭibhayatthena āsivisasadisā. Yesu kāmesu mucchitā ti ajjhositā. Samappitā ti sakammunā sabbaso appitā khittā upa-

---

[1] asiṃ, m. [2] sāvasāsane, m. ed. [3] karonti, m. ed.
[4] pasādhitā, ed. [5] taṅgato, ed. [6] ugantvā, ed.
[7] dibbati, ed. [8] apassapataṃ, ed.

pannā ti attho. Haññante ti bādhiyanti vinipātenti[1] apāye.

Acetanā ti attahitacetanāya abhāvena acetanā. Dukkhasamudayoruddhā ti taṇhānimittasaṃsāre aparuddhā. Desente ti catusaccadhamme desiyamāne. Ajānantā ti atthaṃ ajānantā. Na bujjhare ariyasaccānī ti dukkhādini ariyasaccāni no paṭibujjhanti.

Ammā ti mātaraṃ pamukhaṃ katvā ālapati. Te bahutarā ajānantā ye abhinandanti bhavagataṃ pihanti[2] devesu upapattin[3] ti te buddhavaradesitāni saccāni ajānantā te yeva ca imasmiṃ loke bahutarā ti yojanā.

Bhavagate aniccamhī ti sabbasmiṃ bhave anicce[4] devesu upapatti na sassatā.[5] Evaṃ sante[6] pi na ca santasanti bālā na uttasanti na saṃvegaṃ[7] āpajjanti. Punappunaṃ jāyitabbassa aparāparaṃ upapajjamānassa.

Cattāro vinipātā ti nirayatiracchānayonipetavisayaasurayonī[8] ti ime cattāro 'sukhasamussayato vinipātagatiyo. Manussadevūpapattisañcitā[9] pana dve ca gatiyo. Kathañ ci kicchena kasirena labbhanti. Puññakammassa dukkarattā nirayesū ti sukharahitesu apāyesu.

Appoasukkā[10] ti aññakiccesu nirussukkā. Ghaṭiasaṃ ti vāyamissam[11] bhāvanaṃ anuyuñjissāmi.

Kāyakalinā asārena kiṃ abhinanditenā ti yojanā. Bhavataṇhāya nirodhā ti bhavagatāya taṇhāya nirodhahetu nirodhanatthaṃ. Buddhānam uppādo laddho vivajjito nirayuppattiādiko aṭṭhavidho akkhaṇo. Khaṇo navamo khaṇo laddho ti yojanā. Sīlānī ti catupārisuddhisīlāni.

---

[1] vinipāteti, cd. [2] vihanti, cd. [3] upapattī, cd.
[4] anicca, cd. [5] passitā, cd. [6] santa, cd.
[7] saṃvega, cd. [8] pittivisayo°, cd. [9] °saññātā, cd.
[10] apposukkā, cd. [11] vāyamisam, cd.

Brahmacariyan ti sāsanabrahmacariyaṃ. Na dūseyyan ti na kopeyyāmi.

Na tāva āhāraṃ āhariyaṃ gahaṭṭhā ti n'eva tāva ahaṃ gahaṭṭhā hutvā āhāraṃ āhariyāmi. Sace pabbajjaṃ[1] na labhissāmi maraṇavasam eva gatā bhavissāmī ti evaṃ Sumedhā mātāpitaro bhaṇatī ti yojanā.

Assā ti Sumedhāya. Sabbaso samabhisāto ti assā pitā[2] sabbaso abhisātasukho. Ghaṭenti saññāpetun ti pāsādatale chamā patitaṃ Sumedhaṃ mātā ca pitā ca gihībhāvāya saññāpetuṃ ghaṭenti vāyamanti. Ghaṭenti (!) pi pāṭho. So eva attho.

Kiṃ socitenā ti "pabbajjaṃ na labhissāmī" ti kiṃ socanena. Dinnā si Vāraṇavatimhi[3] Vāraṇavatinagare dinnā asi. Dinnā sī ti vatvā puna pi dinnā ti vacanaṃ daḷhaṃ[4] dinnābhāvadassanatthaṃ.

Rajje āṇā ti Anikarattassa rajje tava āṇā pavatti. Dhanam issariyan ti imasmiṃ kule patikule ca dhanaṃ issariyaṃ ca. Bhogā sukhā ativiya iṭṭhā bhogā ti sabbam idaṃ tuyhaṃ upaṭṭhitaṃ hatthagataṃ. Daharikā taruṇā. Tasmā bhuñjāhi kāmabhoge. Tena kāraṇena dhāreyyaṃ hotu te puttā ti yojanā.

Ne ti mātāpitaro. Mā edisikānī ti evarūpāni rajje āṇādīni mā bhavantu. Tasmā ti ce āha bhavagatam asāran ti ādi.

Kim ivā ti kiṃ viya.[5] Pūtikāyan ti imaṃ pūtikaḷevaraṃ. Savanagandhan ti visaṭṭhagandhaṃ. Bhayānakan ti avītarāgānaṃ bhayāvahaṃ. Kuṇapaṃ abhisaṃviseyyam bhastan[6] ti kuṇapabharitaṃ cammapasibbakaṃ. Sakipaggharitaṃ[7] asucipuṇṇaṃ nānappakārassa asucino[8] puṇṇaṃ

---

[1] pabbajaṃ, cd. [2] pi hi, cd. [3] °vatim pi, cd.
[4] daḷhiṃ, cd. [5] kimi viya, cd.
[6] abhisaṃviseyyabbhattan, cd. [7] pakip°, cd.
[8] asuno, cd.

hutvā sakiṃ[1] viya sabbakālaṃ[2] adhippaggharantaṃ mama idaṃ ti abhinivesseyyaṃ.

Kim iva t'āhaṃ jānantī vikūlakan[3] ti ativiya paṭikūlaṃ asucīhi maṃsapesīhi soṇitehi ca upalittaṃ anekesaṃ kimikulānaṃ ālayaṃ sakuṇānaṃ bhattabhūtaṃ. Kimikulāle sakuṇabhattaṃ ti pi pāṭho. Kimīnaṃ avasiṭṭhaṃ sakuṇānañ ca bhattabhūtan[4] ti attho. Taṃ ahaṃ kaḷevaraṃ jānantī ṭhitā kammaṃ idāni dhāreyyavasena kassa kena nāma kāraṇena diyyatī[5] ti dasseti tassa tañ ca dānaṃ kim iva kiṃ viya hoti ti yojanā.

Nibbuyhati susānaṃ acirakāyo apetaviññāṇo ti ayaṃ kāyo acirena ca apagataviññāṇo susānaṃ nibbuyhati upanīyati. Chuṭṭho[6] ti chaḍḍito. Kaliṅgaraṃ viyā ti niratthakakaṭṭhakhaṇḍasadiso. Jigucchamānehi[7] ñātīhī ti janehi pi jigucchamānehi.

Chaḍḍūna[8] naṃ susāne chaḍḍetvā. Parabhattan ti paresaṃ soṇasigālādīnaṃ annabhūtaṃ. Nhāyanti[9] jigucchantī ti imassa pacchato āgatā ti ettakā pi jigucchamānā sasīsaṃ nimujjanti nhāyanti[10] pag eva puṭṭhavanto.[11] Niyakā mātāpitaro viya attano mātāpitaro pi. Kiṃ pana[12] sādhāraṇā vijātā ti. Itaro pana samūho jigucchatī ti kim eva vattabbaṃ.

Ajjhositā taṇhāvasena abhiniviṭṭhā. Asāre ti niccasārādisārarahite vinibbhujitvā[13] viññāṇavinibbhogaṃ katvā.

Gandhassa asahamānā[14] ti gandhaṃ assa kāyassa asahantī. Sakā pi mātā ti attano mātā pi. Jigucchoyyā ti koṭṭhāsānaṃ vinibbhujanena[15] paṭi-

---

[1] pakiṃ, cd. [2] sabbakāraṃ, cd. [3] vikulan, cd. [4] bhūtan *only*, cd. [5] dissatī, cd. [6] chuddho, cd. [7] jigucchamāne, cd. [8] chaḍḍana, cd. [9] nāyanti, cd. [10] nāyanti, cd. [11] phuṭṭhav°, cd. [12] kiṃ na, cd. [13] vinibbhuj°, cd. [14] ahamānā, cd. [15] vinibbhajjanena, cd.

kūlabhāvāya sutthutaraṃ upaṭṭhahanato. Khandhadhātuāyatanaṃ ti rūpakkhandhādayo ime pañca khandhā cakkhudhātuādayo imā aṭṭhārasa dhātuyo cakkhāyatanādīni imāni dvādasāyatanānī ti evaṃ khandhadhātuyo āyatanāni cā ti sabbaṃ idaṃ rūpārūpadhammajātasaccasambhuyyapaccayehi katattā saṅkhataṃ na yidaṃ tasmiṃ bhave pavattamānadukkhaṃ. Jātipaccayattā jātimūlakaṃ ti evaṃ yoniso upāyena aruciṃ[1] bhaṇanti vinayanti. Dhāreyyaṃ vivāhaṃ. Kissa kena[2] kāraṇena icchissāmi. Sīlāni brahmacariyaṃ pabbajjadukkarā ti yad etam mātāpitūhi vuttaṃ tassa paṭivacanaṃ dātuṃ divase ti ādi vuttaṃ.

Tattha divase tī sattisatāni navanavā pateyyuṃ kāyamhī ti dine dine tīṇi sattisatāni tāvad eva nisitanisitabhāvena abhinavāni kāyasmiṃ sampateyyuṃ. Vassasatam pi ca ghāto seyyo ti nirantaraṃ vassasatam pi patamāno yathāvutto sattighāto seyyo. Dukkhassa c'eva khayo ti evaṃ cev'aṭṭadukkhassa parikkhayo bhaveyya. Evaṃ mahantam pi pavattidukkhaṃ adhivāsetvā nibbānādhigamāya ussāho karaṇīyo ti. Ajjhupagacche ti sampaṭiccheyya. Evan ti vuttanayena idaṃ vuttaṃ hoti: yo puggalo anamataggaṃ saṃsāraṃ aparimāṇaṃ ca vaṭṭadukkhaṃ dīpentaṃ satthuno vacanaṃ viññāya yathāvuttaṃ sattighātadukkhaṃ sampaṭiccheyya tena c'eva vaṭṭadukkhassa parikkhayo siyā ti. Tenāha: dīgho tesaṃ saṃsāro punappunaṃ haññamānānaṃ ti aparāparaṃ jātijarāvyādhimaraṇādīhi bādhiyamānānan ti attho.

Asurakāye ti kālakañjakādipetāsuranikāye. Ghātā ti kāyacittānaṃ upaghātā. Bahū ti pañcavidhabandhanādikammakaraṇavasena pavattiyamānā bahu anekaghātā. Vinipātagatassā ti sesāpāyasaṅkhātaṃ vinipātaṃ upagatassa pi. Kilissamānassā ti tiracchānādiattabhāvato abhighātādīhi ābādhiyamānassa.

Devesu pi attāṇan ti devassa bhāvesu pi attāṇaṃ n'atthi rāgapariḷāhādinā sadukkhā savighātabhāvato. Nib-

---

[1] aruci, cd. [2] saudassa keua, cd.

hānasukhā paraṃ n'atthī ti nibbānasukhato paraṃ aññaṃ uttamaṃ sukhaṃ nāma n'atthi. Lokiyasukhassa vipariṇāmasaṅkhāradukkhasabhāvattā. Tenāha bhagavā: nibbānaṃ paramaṃ sukhan ti.

Pattā te[1] nibbānan ti te nibbānappattā yeva nāma. Ye yuttā dasabalassa pāvacane ti sammāsambuddhassa sāsane ye yuttapayuttā.

Nibbiṇṇā ti virattā. Me ti mayā. Vantasamā ti sunavamadhusadisā. Tālavatthukatā ti tālassa chinditaṭṭhānasadisā katā.

Athā ti pacchā mātāpitūnam attano ajjhāsayaṃ pavedetvā Anikarattassa ca āgatabhāvaṃ sutvā. Asitanicitamuduke[2] ti indanīlabhamarasamānavaṇṇatāya asitaghaṇabhāvena nicite, simbalikulasamasamphassatāya muduke. Kese khaggena chindiyā ti attano kese sunisitena asinā chinditvā. Pāsādañ cāpidhatvā[3] ti attano vasanapāsāde sirigabbhaṃ pidhāya tassa dvāraṃ thaketvā[4] ti attho. Paṭhamajjhānaṃ samāpajjī ti khaggena chinne attano kese purato ṭhapetvā tattha paṭikūlamanasikāraṃ pavattentī yathā upaṭṭhite nimitte uppannaṃ paṭhamaṃ jhānaṃ bhāvaṃ āpādetvā samāpajji. Sā ca Sumedhā tahiṃ pāsāde samāpannajjhānan ti adhippāyo. Aniccasaññā su bhāvetī ti jhānato vuṭṭhahitvā jhānaṃ pādakaṃ katvā vipassanaṃ paṭṭhapetvā yaṃ kiñci rūpan ti ādinā aniccānupassanaṃ suṭṭhu bhāveti. Aniccasaññāgahaṇen'evam ettha dukkhasaññādīnam pi gahaṇaṃ kataṃ ti veditabbaṃ.

Maṇikanakabhūsitaṅgo ti maṇivivittehi hemālaṅkārehi vibhūsitagatto.

Rajje āṇā ti ādinā ṭhitakāranidassanaṃ. Tattha āṇā ti adhipaccaṃ. Issariyau ti yaso vibhavasampattibhogā. Sukhā ti iṭṭhā manāpiyā kāmūpabhogā. Daharikā sī ti tvaṃ idāni daharā taruṇī asi.

Nisaṭṭhan[5] te rajjau ti mayhaṃ sabbam pi tiyojanikaṃ rajjaṃ tuyhaṃ pariccattaṃ. Taṃ paṭipaj-

[1] pattā ve, cd. [2] amita°, cd. [3] cāpi ṭhatvā, cd.
[4] thakketvā, cd. [5] nissaṭṭhan, cd.

jitvā bhoge ca bhuñjassu. Ayaṃ maṃ kāme yeva nimantetī ti. Mā dummanā ahosi dehi dānāni yathāruciyā mahantāni dānāni samaṇabrāhmaṇesu pavattehi. Mātāpitaro te dukkhitā domanassappattā tava pabbajjāadhippāyaṃ sutvā. Tasmā kāme paribhuñjantī te pi upaṭṭhahantī tesaṃ cittaṃ dukkhaṃ mocesi. Evam ettha padatthayojanā veditabbā.

Mā kāme abhinandī ti vatthukāme kilesakāmehi abhinandi. Atho kho tesu kāmesu ādīnavaṃ dosaṃ mayhaṃ vacanānusārena passa ñāṇacakkhunā olokehi.

Cātuddīpo[1] ti Jambudīpādīnaṃ catunnaṃ mahādīpānaṃ issaro. Mandhātā ti evaṃnāmo rājā. Kāmabhoginam aggo aggabhūto āsi. Tenāha bhagavā: Rāhu 'ggaṃ attabhāvīnaṃ Mandhātā kāmabhoginan ti. Atitto kālaṅkato ti caturāsīti vassasahassāni kumārakīḷāvasena caturāsīti vassasahassāni oparajjavasena caturāsīti vassasahassāni cakkavattī rājā devabhogasadise bhoge bhuñjitvā chattiṃsa sakkānaṃ āyuppamāṇakālaṃ tāvatiṃsabhavane saggasampattiṃ anubhavitvā pi kāmehi atitto 'va kālaṅkato, kāmesu na c'assa paripūritā icchā.

Satta ratanāni vasseyyā ti[2] satta pi ratanāni. Vuṭṭhimā[3] devo. Dasadisā vyāpetvā. Samantena samantato purisassa rucivasena yadi pi vasseyya. Yathā tvaṃ Mandhātu mahārājassa evaṃ sante pi na vijjati titti kāmānaṃ; kāmānaṃ atittā 'va maranti narā. Tenāha bhagavā: na kahāpaṇavassena titti kāmesu vijjatī ti.

Asisūlūpamā kāmā adhikuttanaṭṭhena. Sappasirūpamā kāmā sappaṭibhayaṭṭhena. Ukkūpamā ti tiṇukkūpamā anudahanaṭṭhena. Tenāha: anudahantī ti aṭṭhikaṅkālasannibhā appasādaṭṭhena mahāvisā ti halāhalādimahāvisasadisā aghadukkhassa mūlakāraṇabhūtā. Tenāha rukkhaphalā ti.

---

[1] cātudīpo, cd. [2] ratanāni seyyāna ti, cd.
[3] vuddhimā, cd.

Rukkhaphalūpamā aṅgapaccaṅgānaṃ phalibhañjanaṭṭhena. *Maṃsapesūpamā* bahusādhāraṇaṭṭhena. *Supinūpamā* ittarapaccupaṭṭhānaṭṭhena māyā viya palobhanato. Tenāha *vañcaniyā* ti vañcaniyā ti attho.

Yācitakūpamā ti yācitakabhaṇḍasadisā tāva kālikaṭṭhena.

Sattisūlūpamā vinivijjhanaṭṭhena. Rujaṭṭhe *rogo*. Dukkhatā sulayo *gaṇḍo*. Kilesāsu vippaggharaṇato[1] dukkhuppādanaṭṭhena *aghaṃ*. Maraṇasampāpanena *nighaṃ*. *Aṅgārakāsusadisā* mahābhitāpanaṭṭhena bhayahetutāya ceva vadhahahutāya ca *bhayaṃ vadho* nāma kāmā ti yojanā.

Akkhātā antarāyikā saggamaggādhigamassa nibbānagāmimaggassa ca antarāyakarattā ca cakkhubhūte buddhādīhi vuttā.

Gacchathā[2] ti Anikarattaṃ sadisaṃ vissajjeti.

Kiṃ[3] *mama paro karissatī* ti. Paro añño. Mama kiṃ nāma hitaṃ karissatī ti. *Attano sīsamhi* uttamaṅgaṃ ekādasahi aggīhi ḍayhamāno. Tenāha: *anubandhe jarāmaraṇe* ti tassa jarāmaraṇassa sīsaḍāhassa. *Ghātāya*[4] samugghātāya *ghaṭitabbaṃ* vāyamitabbaṃ.

Chaman ti chamāyaṃ. *Idam avocā* ti.

Dīgho hālānaṃ saṃsāro ti ādikaṃ saṃvegasaṃvaḍḍhanakaṃ vacanaṃ avoca: *dīgho hālānaṃ saṃsāro* ti. Kilesakammavipākavaṭṭabhūtānaṃ khandhāyatanādīnaṃ paṭipavattisaṃkhāto saṃsāro apariññātavatthukānaṃ andhabālānaṃ dīgho. Buddhañāṇena pi aparichindatiyo yathā hi anupacchinnā avijjātaṇhānaṃ bhavappabandhassa pubbakoṭi na paññāyati. Evaṃ aarāmi koṭī ti *punappunaṃ rodantaṃ* aparāparaṃ sokavasena rudantānaṃ iminā pi avijjātaṇhā taṃ aparicchinnaṃ tass'eva tesaṃ vibhāvetī ti.

Assu thaññaṃ rudhiran[5] ti yaṃ ñātivyasa-

---

[1] cipagghar°, cd. [2] gacchatā, cd. [3] ki, cd.
[4] ghāṭāya, cd. [5] rudhiyau, cd.

nāphuṭṭhānam rodantānaṃ assuñ ca dārakakāle mātuttbanato pītaṃ thaññaṃ yañ ca paccattbikehi ghātitānaṃ rudhiraṃ saṃsāraṃ anamataggato saṃsārassa anamataggattā [anumatagattā] aviditaggattā iminā dīghena addhunā sattānaṃ saṃsaritaṃ aparāparaṃ saṃsarantānaṃ saṃsaritaṃ saratha taṃ ti ca bahukan ti anussarāhi. Aṭṭhīnaṃ sannicayaṃ tathā aṭṭhīnaṃ sannicayaṃ sarāhi anussara upadhārehī ti attho.

Idāni ādīnavassabahubhāvaṃ upamāya dassetuṃ: sara caturo 'dadhī ti gātham āha. Tattha sara caturo 'dadhī ti upanīte assuthaññe ca rudhiramhī ti imesaṃ sattānaṃ anamatagge saṃsāre saṃsarantānaṃ ekekassa pi aṭṭhimhi assumhi thaññe rudhiramhi ca pamāṇato upamstabbe caturo 'dadhī cattāro mahāsamudde upamāvasena buddhehi upanīte sara sarāhi. Ekakappam aṭṭhīnaṃ sañcayaṃ Vipulena saman ti ekassa puggalassa ekasmiṃ kappe aṭṭhīnaṃ sañcayaṃ Vipulapabbatena samaṃ upanītaṃ. Vuttaṃ hi c'etaṃ:

Ekass' ekena kappena puggalass' aṭṭhisañcayo
siyā pabbatasamo rāsi iti vuttaṃ mahesinā
so kho panāyaṃ akkhāto Vepullo pabbato mahā
uttaro Gijjhakūṭassa Magadhānaṃ Giribbajan ti.

Mahājambudīpaṃ upanītaṃ[1] kolaṭṭhimattā guḷikā mātāpitusv eva na ppahontī ti. Jambudīpo ti saṅkhātaṃ mahāpaṭhaviṃ[2] padaraṭṭhite mattā daraṭṭhike katvā tatth' ekekaṃ ayaṃ me mātu ayaṃ me mātumātū ti evaṃ vibhājiyamāne tā guḷikā mātumātusv eva na ppahontī ti. Mātāmātusu akkhīṇāsv eva pariyantikā guḷikā parikkhayaṃ pariyādānaṃ[3] gaccheyyuṃ na tv eva anamatagge saṃsāre saṃsarato[4] sattassa

[1] unitaṃ, cd. [2] °paṭhavī, cd. [3] mariyādānāṃ, cd.
[4] saṃsārato, cd.

mātumātaro ti. Evaṃ Jambudīpamahīsaṃsārassa dīghabhāvena upamābhāvena upanītaṃ. Manasikāro hī ti.

Tiṇakaṭṭhasākhāpalāsan ti tiṇañ ca kaṭṭhañ ca sākhāpalāsañ ca. Upanītan ti upamābhāvena upanītaṃ. Anamataggato ti saṃsārassa anamataggabhāvato. Caturaṅgulikā pi ghaṭikā ti caturaṅgulappamāṇāni khaṇḍāni. Pitupitusv eva na ppahontī ti pitupitāmahesv[1] eva tā ghaṭikā na ppahonti. Idaṃ vuttaṃ hoti: imasmiṃ loke sabbaṃ tiṇañ ca kaṭṭhañ ca sākhāpalāsañ ca caturaṅgulikā caturaṅgulikā katvā tatth' ekekaṃ ayaṃ me pitu ayaṃ me pitāmahassā[2] ti bhājiyamāne tā ghaṭikā 'va parikkhayaṃ pariyādānaṃ gaccheyyuṃ na tv eva anamatagge saṃsāre saṃsarato sattassa pitu pitāmahā ti. Evaṃ tiṇakaṭṭhañ ca sākhāpalāsañ ca saṃsārassa dīghabhāvena upanītaṃ sarāhī ti. Imasmiṃ pana ṭhāne anamataggo 'yaṃ bhikkhave saṃsāro pubbakoṭi na paññāyati avijjānīvaraṇānaṃ sattānaṃ taṇhāsaṃyojanānaṃ sandhāvataṃ saṃsarataṃ.[3] Kiṃ maññatha bhikkhave katamaṃ nu kho bahutaraṃ yaṃ vā ito iminā dīghena addhunā sandhāvataṃ saṃsarataṃ amanāpasampayogā kandantānaṃ rodantānaṃ assu puṇṇaṃ paggharitaṃ yaṃ ca catūsu mahāsamuddesu udakaṃ tan ti ādikā anamataggā pāḷi āharitabbaṃ.

Sara kāṇakacchapan[4] ti ubhayakkhikāṇaṃ kacchapaṃ anussara. Pubbasamudde aparato ca yugacchiddan ti puratthimasamudde aparato ca pacchimuttaradakkhiṇasamudde vātavasena paribbhamantassa yugassa ekaṃ chiddaṃ. Siran tassa ca paṭimukkan[5] ti kāṇakacchapassa sīsaṃ tassa ca vassasatassa accayena gīvaṃ ukkhipantassa sīsassa yugacchidde[6] pavesanañ ca.

Sara manussalābhamhi[7] opamman ti na-y-idaṃ sabbaṃ pi buddhuppādadhammadesanāde-

---

[1] pitā ahesuṃ, cd. [2] pitāmassā, cd. [3] Cf. Saṃy. xv. 1. 3.
[4] sarakākacchap°, cd. [5] paṭimokkan, cd.
[6] yugga°, cd. [7] para manusse lābhimhi, cd.

vamanussattalābhe opammaṃ[1] katvā paññāsārajjabhayassa pi aticca sabhāvattā. Vuttaṃ hi etaṃ: seyyathā pi bhikkhave puriso mahāsamudde ekacchiddaṃ yugaṃ khipeyyā ti ādi.

Sara[2] rūpaṃ pheṇapiṇḍopamassā[3] ti vimaddāsahanato pheṇapiṇḍasadisassa anekānatthaeannipātato kāyasaṅkhātassa kalino niccasārādivirahena asārassa rūpaṃ asucidduggandhaṃ jegucchapaṭikūlasabhāvaṃ sara. Khandhe passa anicce ti pañca pi upādānakkhandhe abhāvatthena anicce passa ñāṇacakkhunā olokehi. Sarāhi[4] niraye bahuvighāte ti bahudukkhe mahādukkhe ca anussara.

Sara kaṭaeiṃ vaḍḍhente[5] ti punappunaṃ tāsu tāsu jātisu aparāparaṃ uppattiyā punappunaṃ kaṭasiṃ[6] susānaṃ āḷāhanam eva vaḍḍhante satte anuesara. Vaddhanto[7] ti vā pāḷi. Tvaṃ vaddhento ti yojanā. Kumbhīlabhayāni ti udaraposanatthaṃ akiccakāritāvasena odakatāhbayāni. Vuttaṃ hi kumbhīlabhayan ti kho bhikkhave udakattass' etaṃ adhivacanan ti. Sarāhi cattāri saccāni ti idaṃ dukkhaṃ ariyasaccaṃ—pe—ayaṃ dukkhanirodhagāminī paṭipadā ariyasaccaṃ ti cattāri ariyasaccāni yāthāvato annesara upadhārehi. Evaṃ rājaputti anekākāravokāraṃ avassavasena kāmesu saṃsāre ca ādīnavaṃ pakāsetvā idāni vyatirekena pi taṃ pakāsetuṃ amatamhi vijjamāne ti ādim āha. Tattha amatamhi vijjamāne ti sammāsambuddhena mahākaruṇāya upanivesadhammāmato upalabbhamāne. Kiṃ tava pañca kaṭukena pītenā ti apariyesanā ārakā paribhogo vipāko cā ti pañcasu pi ṭhānesu tikhiṇataradukkhānubandhatāya savighāṭattā saupāyāsattā kiṃ tuyhaṃ pañcakaṭukena pañcakāmaguṇaraeena pītena. Idāni vuttam ev' atthaṃ pākaṭataraṃ karontī āha: sabbā pi kāmaratiyo kaṭuka-

---

[1] opamaṃ, cd. [2] para, cd. [3] °pamāyā, cd.
[4] sarāmi, cd. [5] vaḍḍhante, cd. [6] kaṭasi, cd.
[7] vaddhante, cd.

tarā pañcakaṭukenā[1] ti ativiya kaṭukatarā ti attho.

Ye pariḷāhā ti ye kāmā sampati kilesapariḷāhena sapariḷāhā mahāvighāṭā jalitā kuthitā kupitā santāpitā[2] ti ekādasahi aggīhi pajjalitā pakkuthitā[3] ca hutvā taṃ samaṅgīnaṃ kampanattā santappanattā[4] ca. Asampattamhi ti sampattārahite nikkhamme. Samāne ti sante vijjamāne. Bahusapattā ti vatvā yehi te bahusapattā te dassetuṃ rājaggī ti ādi vuttaṃ. Rājūhi ca agginā ca corehi ca udakena ca appiyehi ca rājaggicorandakappiyehi sādhāraṇato te sattūpamā vuttā.

Yesu vadhabandho ti yesu kāmesu kāmanimittaṃ maraṇapothanādiparikkileso.[5] Andubandhanādibandho ca hotī ti attho. Kāmesū ti ādi vuttass' ev' atthassa pākaṭakaraṇaṃ. Tattha hī ti hetuatthe nipāto. Yasmā kāmesu kāmahetu ime sattā vadhabandhanadukkhāni anubhavanti pāpuṇanti. Tasmā āha: Kāmakāmā nām' ete asanto. Hīnā lāmakā ti attho. Ahakāmā ti vā pāṭho. So ev' attho. Ahā ti lāmakapariyāyo. Ahalokitthiyo[6] nāmā ti ādisu viya. Ādīpitā ti pajjalitā. Tiṇukkā ti tiṇehi katā ukkā. Dahanti ye te na muñcantī[7] ti ye sattā tena kāmena muñcanti agaṇhanti te dahanti yeva. Ye sampati āyatiñ ca jhāpenti.

Mā appakassa hetū ti pubbasārasadisassa[8] parittakassa kāmasukhassa hetu. Vipulaṃ uḷāraṃ paṇītaṃ ca lokuttarasukhaṃ mā jahi mā chaḍḍesi. Mā puthulomo va halisaṃ gilitvā ti āmisalobhena balisaṃ gilitvā[9] vyasanaṃ pāpuṇanto puthulomo ti laddhanāmo maccho viya kāme apariccajitvā mā pacchā vihaññasi pacchā vighātaṃ[10] āpajjasi.[11]

Sunakho va saṅkhānabaddho ti yathā gad-

---

[1] kaṭṭhatarā pañcakaṭṭhakenā, cd.
[2] kuthikā kappitā santappitā, cd. [3] pakkuṭṭhitā, cd.
[4] kampanatā santappanatā, cd. [5] maraṇampoth°, cd.
[6] °lokittiyo, cd. [7] mucchanti, cd. [8] pubbassāra°, cd.
[9] giḷitvā. [10] vighāṭaṃ, cd. [11] āpajji, cd.

dulena baddho sunakho garukabandhena[1] baddho upanibaddho aññato gantuṃ asakkonto tatth' eva paribbhamati evaṃ tvaṃ kāmataṇhāya baddho. Idāni kāmaṃ yadi pi kāmesu tāva damassu indriyāni damehi. Kāhinti khu taṃ kāmā chātā sunakhaṃ va caṇḍālā ti. Khū ti nipātamattaṃ. Te pana kāmā taṃ tathā karissanti yathā chātajjhattā sapākā[2] sunakhaṃ labhitvā anayavyasanaṃ pāpentī ti attho.

Aparimitañ ca dukkhaṃ ti aparimāṇam ettakaṃ paricchinditum asakkuneyyaṃ nirayādisu kāyikaṃ dukkhaṃ. Bahūni ca cittadomanassānī ti citte labbhamānāni bahūni anekāni domanassāni cetodukkhāni. Anubhohisī ti anubhavissasi. Kāmesu yutto[3] ti kāmehi yutto. Te appaṭinissajjante paṭinissaja[4] addhuve kāme[5] ti addhuvehi aniccehi vinissara apehī ti attho.

Jarāmaraṇavyādhigahitā sabbattha jātiyo ti yasmā hīnādibhedabhinnā sabbattha bhavādīsu jātiyo jarāmaraṇavyādhinā ca gahitā tehi aparimuttā tasmā ajaramhi nibbāne vijjamāne jarādībi aparimuttehi kāmehi kiṃ tava payojanan ti yojanā.

Evaṃ nibbānaguṇadassanamukhena kāmesu bhavesu ca ādīnavaṃ pakāsetvā idāni nibbattitaṃ nibbānaguṇam eva pakāsentī idam ajaran ti ādinā dve gāthā abhāsi. Tattha idam ajaran ti idam ev' ekaṃ attani jarābhāvato adhigatassa ca jarābhāvahetato ajaram idaṃ amaran[6] ti etthāpi es' eva nayo. Idam[7] ajarāmaran ti tad ubhayam ekaṃ katvā thomanāvasena vadati. Padan ti vaṭṭadukkhato muñcitukāmehi pabbajitabbato paṭipajjitabbato padaṃ. Sokahetūnam abhāvato sokābhāvahetuto ca asokaṃ. Sapattakaradhammābhāvato asapattaṃ kilesasambādhābhāvato asambādhaṃ. Khalitasaṅkhātānaṃ duccaritānaṃ abhāvena akkhalitaṃ. Attānuvādādibhayānaṃ

---

[1] garuḷab°, cd. [2] sopākā. [3] kāmayntto, cd.
[4] paṭinissada, cd. [5] addhuvo kāmehi, cd.
[6] maran, cd. [7] idham, cd.

vaṭṭabhayassa sabbaso abhāvā a b h a y a ṃ. Dukkhapatāpanalcsassāpi abhāvena n i r u p a t ā p a ṃ. Sabbam etaṃ amataṃ amatamahānibbānam eva saudhāya vadati. Taṃ hi anussavādisiddhena ākāreṇa attano upaṭṭhahantī tesaṃ paccakkhato dassentī viya i d a n ti avoca. A d h i g a t a m i d a ṃ b a h ū h i a m a t a n ti idaṃ amataṃ nibbānaṃ bahūhi anantaṃ aparimāuehi buddhādīhi ariyehi adhigataṃ ñātaṃ attapaccakkhātaṃ[1] na kevalaṃ tehi adhigatam eva atha kho ajjāpi ca l a b h a n ī y a ṃ. Idāni pi adhigamanīyaṃ adhigantuṃ sakkā kena labhanīyan ti āha. Y o y o n i s o p a y u ñ j a t ī ti yo puggalo yoniso upāyena satthārā dinnaovāde ṭhatvā yuñjati sammāpayogañ ca karoti tena labhanīyan ti yojanā. N a c a s a k k ā a g h a ṭ a m ā n e n a yo pana yoniso na payuñjati tena aghaṭamānena ca sakkā kadāci pi laddhuṃ na sakkā yevā ti attho.

E v a ṃ b h a ṇ a t i S u m e d h ā ti evaṃ vuttappakāreṇa Sumedhā rājakaññā saṃsāre attano saṃvegadīpanī kāmesu nibbedhabhāginī dhammakathaṃ kathesi. S a ṅ k h ā r a g a t e r a t i m a l a b h a m ā n ā[2] ti anumatte pi saṅkhārappavatte ratiṃ avindantī.[3] A n u n e n t ī A n i k a r a t t a n ti Anikarattaṃ rājānaṃ paññāpentī. K e s e v a c h a m a ṃ c h u p ī ti attano khaggena chindetvā[4] kese va bhūmiyaṃ khipi chaḍḍesi.

Y ā c i t a s s ā[5] p i t a r a ṃ s o ti so Anikaratto assā Sumedhāya pitaraṃ Koñcarājānaṃ yācati. Kin ti yācatī ti āha? V i s s a j j e t h a S u m e d h a ṃ p a b b a j i t u ṃ v i m o k k h a s a c c a d a s s ā[6] ti Sumedhaṃ rājaputtiṃ pabbajituṃ vissajjetha. Sā ca pabbajitvā v i m o k k h a s a c c a d a s s ā[7] aviparītanibbānadassāvinī hotū ti attho.

S o k a b h a y a b h ī t ā ti ñātiviyogādihetuto sabbasmā pi saṃsārabhayato bhītā[8] ñāṇuttaravasena utrastā.[9] S i k k h a-

[1] °kkhataṃ, cd. [2] rati alabbhamānā, cd.
[3] abhiavindantī, cd. [4] chinde, cd. [5] yāva tassā, cd.
[6] vimokkhapaccayassā, cd. [7] °dasā, cd.
[8] bhīto, cd. [9] utrasmā, cd.

mānāyā ti sikkhamānāya samaññāya cha abhiññā sacchikatā tato evaṃ aggaphalaṃ arahattaṃ sacchikataṃ. Acchariyaṃ[1] abbhutan taṃ nibbānam āsi[2] rājakaññāyā ti rājaputtiyā Sumedhāya kilesehi parinibbānam abbhutañ ca āsi. Chaḷābhiññā va siddhiyā kathan ti ce? Pubbenivāsacaritaṃ yathā vyākari pacchime kāle ti pacchime khandhaparinibbānakāle attano pubbenivāsapariyāpannacaritaṃ yathā vyākāsi tathā taṃ jānitabban ti.

Pubbenivāsaṃ pana tayā yathā vyākataṃ dassetuṃ bhagavati Koṇāgamane ti ādi vuttaṃ. Tattha bhagavati Koṇāgamane sammāsambuddhe loke uppanne. Saṃghārāmamhi navanivesamhī ti saṅghaṃ uddissa abhinavanivesite ārāme. Sakhiyo tīṇi janiyo vihāradānaṃ adāsimhā ti Dhanañjānī Khemā ahaṃ cā ti mayaṃ tisso sakhiyo ārāmaṃ saṅghassa vihāradānaṃ adamhā.

Dasakkhattuṃ satakkhattun ti tassa vihāradānassa ānubhāvena dasavāre devesu upapajjimhā. Tato manussesu upapajjitvā puna satakkhattuṃ devesu upapajjimhā, tato pi manussesu upapajjitvā puna dasasatakkhattuṃ sahassavāraṃ devesu upapajjimhā, tato pi manussesu upapajjitvā puna satāni satakkhattuṃ dasasahassavāre devesu upapajjimhā. Ko pana vādo manussesu evaṃ uppannavāresu tāva n'atthi. Anekasahassavāraṃ upapajjimhā ti attho.

Devesu mahiddhikā ahumhā ti devesu uppannakāle tasmiṃ tasmiṃ devanikāyo mahiddhikā mahānubhāvā ahumhā. Manussakamhi ko vādo ti manussatte lābhe mahiddhikatāya kathā ca n'atthi. Idāni tam eva manussattabhāve ukkaṃ sataṃ mahiddhigataṃ dassentī sattaratanassa mahesī itthiratanaṃ ahaṃ āsī ti āha. Tattha cakkaratanādīni sattaratanāni etassa santī ti sattaratano cakkavattī. Tassa sattaratanassa chadosarahitā pañcakalyāṇā atikkantamānussavaṇṇā appattadibbavaṇṇā ti evamādiguṇasampannāgamena

[1] acchariya, cd. [2] asi, cd.

itthīsu ratanabhūtā ahaṃ ahosi. So hetū ti yan taṃ Koṇāgamanassa bhagavato kāle saṅghassa vihāradānaṃ kataṃ. S o yathāvuttāya dibbasampattiyā v a h e t u s o p a b h a v o t a ṃ m ū l a n ti tass' eva pariyāyavacanaṃ. S ā s a n e k h a n t ī ti sā eva idha satthu sāsane dhamme nijjhānakkhanti taṃ taṃ paṭhamasamodhānan ti. Tad eva satthu sāsanadhammena paṭhamaṃ samodhānaṃ paṭhamo samāgamo tad eva satthu sāsanadhamme abhiratāya pariyosāne n i b b ā n a n ti phalūpacārena kāraṇaṃ vadati.

Imā pana catasso gāthā theriyā Apadānassa vibhāvanavasena pavattattā Apadānapāḷiyaṃ pi[1] saṅgahaṃ āropitā osānagāthā: e v a ṃ k a r o n t ī ti yathā mayā purimattabhāve etarahi ca kataṃ paṭipannaṃ evaṃ aññe pi karonti paṭipajjanti. T e e v a m k a r o n t i āha y e s a d d a h a n t i[2] v a c a n a ṃ a n o m a p a ñ ñ a s s ā ti ñeyyapariyantikañāṇatāya paripuṇṇapaññassa sammāsambuddhassa vacanaṃ. Y e puggalā s a d d a h a n t i[3] evam etan ti okappanti te evaṃ karonti paṭipajjanti idāni tattha ukkaṃsagatāya paṭipattitaṃ dassetuṃ n i b b i n d a n t i b h a v a g a t e n i b b i n d i t v ā v i r a j j a n t ī ti vuttaṃ. Tass' attho: ye bhagavato vacanaṃ yāthāvato saddahanti te visuddhipaṭipadaṃ paṭipajjantā sabbasmiṃ bhavagate tebhūmike saṅkhāre vipassanāpaññāya nibbindanti nibbinditvā pana ariyamaggena sabbaso virajjanti sabbasmā pi bhavagatā vimuñcantī ti attho. Virāge ti ariyamagge adhigate vimuttā yeva hontī ti. Evam ettha theriyādayo Sumedhā pariyosānagāthā, sabhāgena idha ekajjhaṃ saṅgahaṃ ārūḷhā dvāsattatiparimāṇā ti, bhāṇavārato pana dvādhikā chasatamattā, theriyā tā sabbā pi yathā sambuddhassa sāvikābhāvena ekavidhā katā, asekhābhāvena ukkhittapalighīnāyaṃ. (?) Saṃkiṇṇaparikkhatā abbūḷhe sikatāya niraggalatāya paṇṇabhāratāya visaññuttaratāya dasa ariyavāsesu vuṭṭhavāsatāya ca. Tathā hi tā pañcaṅgavippahīnā chalaṅgasamannāgatā caturaṅgavasena

---

[1] °pāḷiyambi, cd. [2] dassahanti, cd.

[3] dassahanti, cd.

ekārakkhā panuṇṇā paccekasaccā samavayaṭṭhe sanāhassaddhakāya saṅkhāraratāyā visaññuttaratāya dasa ariyavāso. Anāvilasaṃkappā suvimuttacittā suvimuttapaññā ca iti evamādinā nayena ekavidhā. Sammukhā parammukhā bhedato duvidhā. Yā satthu dharamānakāle ariyāya jātiyā jātā Mahāpajāpatīgotamīādayo tā sammukhā[1] sāvikā nāma. Yā pana bhagavato khandhaparinibbānato pacchā adhigatavisesā tā sati pi satthu dhammasarīrassa paccakkhabhāve satthu ca paresaṃ apaccakkhabhāvato parammukhā sāvikā nāma. Tathā ubhatobhāgapaññā vimuttatāvaseua idha pāḷi. Āgatā pana ubhatobhāgavimuttā yeva. Tathā sāpadānānāpadānabhedabhodato. Yāsaṃ hi purimesu sammāsambuddhesu paccekabuddhesu sāvakabuddhesu va puññakiriyāvasena katādhikāratā saṅkhāti atthi Apadānaṃ tā sāpadānā. Yāsaṃ taṃ n'atthi tā nāpadānā. Tathā satthu laddhūpasampadā ti duvidhā. Garudhammapaṭigahamhi laddhūpasampadā Mahāpajāpatīgotamī satthu santikā va laddhūpasampadattā satthu laddhūpasampadā nāma. Sesā sabbā pi saṅghato laddhūpasampadā. Tā pi ekato upasampannā ubhato upasampannā ti duvidhā. Tattha yā tā Mahāpajāpatīgotamiyā saddhiṃ nikkhantā pañcasatā Sākiyāniyo tā ekato upasampannā bhikkhusaṅghato eva laddhūpasampadattā Mahāpajāpatīgotamiṃ[2] ṭhapetvā itarā ubhato upasampannā, ubhatosaṅghā upasampadattā ehibhikkhu dukkho viya ehibhikkhunī dukkho idha na labbhati. Bhikkhunīnaṃ tathā upasampadāya abhāvato yadi evaṃ yan taṃ Therīgāthāya Subhaddāya Kuṇḍalakesāya vuttaṃ:

Nihacca jānuṃ vanditvā sammukhā pañjalī ahaṃ.
ehi Bhadde ti maṃ avaca sā me ās' upasampadā ti.

Tathā Apadāne pi:

āyācito[3] tadā āha ehi Bhadde ti nāyako
tadāhaṃ upasampannā parittaṃ toyaṃ[4] addasan ti.

---

[1] saṃsukhā, cd. [2] °gotamiyā, cd. [3] māyācito, cd.
[4] tiyaṃ, cd.

Na y-imaṃ bhikkhunībhāvena upasampadaṃ sandhāya vuttaṃ, upasampadāya pana hetubhāvato yā satthu ākaṅkhanti sā mo ās' upasampadā ti vuttaṃ.

Tathā hi vuttaṃ Aṭṭhakathāyaṃ: Ehi Bhadde bhikkhunūpassayaṃ gantvā bhikkhunīnaṃ santike pabbajjaṃ upasampajassū ti maṃ avoca āṇāpesi. Sā satthu āṇā mayhaṃ upasampadāya kāraṇattā upasampadā ahosī ti. Eten' eva Apadānagāthāya pi attho saṃvaṇṇito ti daṭṭhabbo.

Evaṃ Bhikkhunīvibhaṅge ehibhikkhunī ti. Idaṃ kathan ti. Ehibhikkhunībhāvena bhikkhunīnaṃ upasampadāya abhāvato jotanavacanaṃ. Tathā upasampadāya bhikkhunīnaṃ abhāvato yadi evaṃ kathaṃ ehibhikkhunī ti Vibhaṅge niddeso kato ti. Desanāya sotāpattitabhāvena ayaṃ hi sotapatita tā nāma katthaci labbhamānassa pi agahaṇaṃ hoti.

Yathā Abhidhamme manodhātuniddese labbhamānam pi jhānaṅgapañcaviññāṇasotapattitatāya na uddhaṭaṃ katthaci desanāya asambhavato yathā tatthovatthuniddese hadayavatthu katthaci alabbhamānassa pi gahaṇavasena yathā ṭhitakam pi niddese yathāha: katamo ca puggalo ṭhitakappī? Ayaṃ ca puggalo sotāpattiphalasacchikiriyāya paṭipanno hoti kappassa ca uḍḍayhanavelāya tassa na tāva kappo uḍḍayhati yāvāyaṃ puggalo sotāpattiphalaṃ sacchikareyyā ti. Evam idhāpi labbhamānagahanavasena veditabbaṃ. Parikappavacanaṃ sotaṃ sace bhagavā bhikkhunī tāva yogyaṃ kiñci mātugāmaṃ ehibhikkhunī ti vadeyya evam pi bhikkhunībhāvo siyā ti. Kasmā pana bhagavā evaṃ na kathesī ti tathā katādhikārānaṃ abhāvato ye pana anāsannā sannihitabhāvato nikāraṇaṃ vatvā bhikkhu ehi satthu āsannacāri sadā sannihitā va tasmā te ehibhikkhavo ti vattabbataṃ arahanti. Na bhikkhuniyo ti vadanti taṃ tesaṃ mati mattaṃ satthu āsannadūrabhāvassa bhabbābhabbabhāvā siddhattā. Vuttaṃ h'etaṃ bhagavatā: saṅghāṭikaṇṇaṃ ce pi me bhikkhave bhikkhu gahetvā piṭṭhito piṭṭhito anubandho assamā pade padaṃ nikkhipanto so ca hoti abhijjhālu kāmesu tibbasārāgo vyāpannacitto paduṭṭhamanasaṅkappo muṭṭhassati asampajāno asamāhito vibbhantacitto pākatindriyo atha kho so ārakā va mayhaṃ ahañ ca tassa. Taṃ kissa hetu? Dhammaṃ so bhikkhave bhikkhu na passati dhammaṃ apassanto maṃ na passati. Yojanasatena ce pi bhikkhave bhikkhu vihareyya so ca hoti anabhijjhālu kāmesu na tibbasārāgo avyāpannacitto appaduṭṭhamanasaṅkappo upaṭṭhitasati sampajāno samāhito ekaggacitto saṃvutindriyo atha kho so santike ca mayhaṃ ahañ ca tassa. Taṃ kissa hetu? Dhammaṃ hi so bhikkhave bhikkhu passati dhammaṃ passanto maṃ passati ti.

Tasmā akāraṇaṃ desato satthu āsannanāsannatā akatādhikāratāya pana bhikkhunīnaṃ tattha ayogyatā. Tena vuttaṃ: ehi bhikkhunī dukkho idha na labbhatī ti. Evaṃvidhā aggasāvikā mahāsavikā pakatisāvikā ti tividhā. Tattha Khemā Uppalavaṇṇā ti imā dve theriyo[1] aggasāvikā nāma, kāmaṃ sabbā pi khīṇāsavatheriyo sīlavisuddhiādike sampādentiyo catusu satipaṭṭhānesu supatiṭṭhitacittā, satta bojjhaṅge yathāsutaṃ bhāvetvā maggapaṭipātiyā anavasesato kilese khepetvā aggaphale patiṭṭhahanti. Tathā pi yathā saddhāvimuttato diṭṭhippattassa paññāvimuttato ca ubhatobhāgavimuttassa pubbabhāgabhāvanāvisesasiddho icchito viseso evaṃ abhinihāramahantatā pubbayogamahantatā bisasantāne sātisayaguṇavisesā nipphāditattā sīlādiguṇehi mahantā sāvikā ti mahāsāvikā. Tesu yeva pana bodhipakkhiyadhammesu pāmokkhabhāvena dhurabhūtānaṃ sammādiṭṭhisammāsamādhinaṃ sātisayakiccānubhāvanibbattiyākāraṇabhūtāya tajjābhinihārābhitā nihāratāya sakkaccaṃ nirantaraṃ cirakāle sambhūtāya sammāpaṭipattiyā yathākkamaṃ paññāya samādhimhi ca ukkaṃsapāramippattiyā avisesaṃ sabbaguṇehi aggabhāve ṭhitattā tā dve pi aggasāvikā nāma. Mahāpajāpatīgotamīādayo pana abhinihāramahantatāya pubbayogamahantatāya ca paṭiladdhaguṇavisesavasena mahatiyo sāvikā ti mahāsāvikā nāma. Itarā theriyo Tissā[2] Dhīrā Dhīrā ti ca evamādikā abhinihāramahantatādīni abhāvena pakatisāvikā nāma. Tā pana aggasāvikā viya mahāsāvikā viya caparinimita atha kho anekasatā anekasahassā niveditabbā.

---

[1] theriyā, cd. [2] Tiyā, cd.

Evaṃ aggasāvikādibhedato tividhā. Tathā suññatavimokkhādibhedato tividhā paṭipadādivibhāgena catubbidhā indriyādhikavibhāgena pañcavidhā tato paṭipattiyādivibhāgena pañcavidhā animittavimuttādivasena chabbidhā adhivimuttibhedena sattavidhā dhurapaṭipadāvibhāgena aṭṭhavidhā vimuttivibhāgena navavidhā dasavidhā ca. Te pan' ete yathāvuttena dhurabbhedena vibhajjamānā vīsati honti, paṭipadāvibhāgena vibhajjamānā asīti honti, athavā suññatāvimuttādivibhāgena vibhajjamānā cattālīsādhikāni dve satāni honti, puna indriyādhikā vibhajjamānā satta sahassaṃ rekantī (?) ti. Evaṃ etāsaṃ therīnaṃ attano guṇavasen'eva anekabhedabhinnatā veditabbā. Ayaṃ ettha saṅkhepo. Vitthāro pana heṭṭhā Theragāthāsaṃvaṇṇanāya vuttanayen'eva gahetabbo ti.

Sumedhāya theriyā gāthāvaṇṇanā samattā.
Mahānipātavaṇṇanā niṭṭhitā.

Ettāvatā ca:

Ye te sampannasaddhammā dhammarājassa satthuno
orasā mukhajā puttā dāyādā dhammanimmitā.
Sīlādiguṇasampannā katakiccā anāsavā
Subhūtiādayo therā theriyo therikādayo
tehi yā bhāsitā gāthā aññavyākaraṇādinā
tā sabbā ekato katvā Therīgāthā ti saṃgahaṃ
āropesuṃ mahātherā Theragāthā ti ādito.
Tassa atthaṃ pakāsetuṃ porāṇaṭṭhakathātayaṃ
saha yassā mayāraddhā atthasaṃvaṇṇanā mayā.
Sā tattha paramatthānaṃ tattha tattha yathārahaṃ
pakāsanā Paramatthadīpanī nāma nāmato.
Samattā apariniṭṭhānaṃ anākulavinicchayā
dvinavutiparimāṇā pāliyā bhāṇavārato.
Iti taṃ saṅkarontena yaṃ taṃ adhigataṃ mayā
puññaṃ tassānubhāvena lokanāthassa sāsanaṃ.
Obhāsetvā visuddhāya sīlādipaṭipattiyā
sabbe pi dehino hontu vimuttirasabhāgino.
Ciraṃ tiṭṭhatu lokasmiṃ sammāsambuddhasāsanaṃ
tasmiṃ sagāravā niccaṃ hontu sabbe pi pāṇino.

Sammā vassatu kālena devo pi jagatīpati
saddhammanirato lokaṃ dhammen' eva pasāsatū ti.

Padaratitthavihāravāsinā Ācariyadhammapālattherena katā Therīgāthānaṃ atthasaṃvaṇṇanā niṭṭhitā.

Tassa Aṭṭhakathā esā sakalassāpi niṭṭhitā
ciraṭṭhitassa dhammassa niṭṭhāpentena taṃ mayā.
Yaṃ pattaṃ kusalaṃ tassa ānubhāvena pāṇino
sabbe saddhammarājassa katvā dhammaṃ sukhāvahaṃ
Pāpunantu visuddhāya sukhāya paṭipattiyā
asokam anupāyāsaṃ nibbānasukham uttamaṃ.
Ciraṃ tiṭṭhatu saddhammo dhamme hontu sagāravā
sabbe pi sadā kālena sammā devo pavassatu.

Nibbānapaccayo hotu.

Niṭṭhitā.

INDEXES.

I.

INDEX OF PROPER NAMES.

O

K

Kh

G

Gh

C

J

INDEX OF WORDS AND PHRASES

(Nouns and adjectives are generally given in their crude form).

D

Dh

N

P

CORRECTIONS AND ADDITIONS.

When nearly the whole of the text wae printed off I obtained from Professor Grünwedel in Berlin: (1) A transcript of the Apadāna MS. belonging to the Phayre Collection in the India Office. (2) A Sinhalese paper MS. copied for Professor T. W. Rhys Davids at Kalutara, Ceylon, in 1885. As these MSS. offer in a certain number of casee better or equally good readings as those which I could use, I have thought it advisable to mention these readings among the corrections and additions.

Grünwedel's transcript is marked by the letter G, Rhys Davids' MS. by D.

At the same time I had the opportuuity to read Mrs. Mabel Bode's articles: "Women Leaders in the Buddhist Reformation" in the Journal of the Royal Asiatic Society for 1893. Here also I found in a few casee better readings than those offered by my Paramatthadīpanī MS.

I am sorry to see that under these circumstances the list of corrections and additione has become rather too extensive.

E. M.

P. 31 *line* 3 from bottom *read* "dūtopasampadaṃ" in one word.

P. 42 *line* 6 "naṅgalaṃ pādayām' ahaṃ," D.

P. 54 „ 2 from bottom "mālikā," G. D.

P. 55 „ 14 *read* "ubbiddhaṃ."

P. 58 „ 17 „ "ito pi tidivaṃ gatā."

P. 62 „ 1 from bottom "bodhiṃ," G. D.

P. 63 „ 2 „ "ajarāmaraṇaṃ" G. D.

P. 64 „ 9 "sabbavositavosānā," G. D.

P. 70 „ 12 "thūpass' imā disā tisso," G. D.

P. 71 „ 14 "sovaṇṇaṃ satahatthakaṃ," G. D.

P. 72 *line* 8 *read* "iṭṭhakagharaṃ."
P. 73 " 7 " "Mahātitthe."
P. 83 " 1 " "adantadamako."
P. 84 " 4 from bottom "na sañha," G.; "na pañhakāle subhago," D.
P. 85 *line* 10 *read* "vadanaṃ."
P. 92 " 11 from bottom and p. 93 *line* 7 from bottom "Vakulā," G.; "Nakulā," D.
P. 98 *lines* 16 and 17 *read* "samussayasaddo" and "samussayo."
P. 99 *line* 9 *read* "ṭhitivatthuj' anej' amhi."
P. 115 " 11 from bottom *read* "pariciṇṇo mayā satthā."
P. 127 *line* 11 from bottom *read* "Samaṇaguttādīhi."
P. 130 " 8 " "saṅghārāme," G. D.
P. 131 " 6 " *read* "mamānuggahabuddhiyā."
P. 132 *line* 2 " *read* "vijamānaṃ."
P. 140 " 14 " " "dāsiṃ."
P. 141 " 5 *read* "ānesi."
P. 144 " 6 "tahiṃ setapure ramme," G. D.
P. 144 " 16 *read* "Khemādikānaṃ."
P. 144 " 4 from bottom "sabbaṃ," G. D.
P. 145 " 18 "tayā na yuttaṃ," G. D.
P. 146 " 16 "thiyo yāva," G.; "piyo yāva," D.
P. 146 " 5 from bottom "karissaṃ uttame ahaṃ," D.
P. 147 *line* 4 "na taṃ okkām' ahaṃ puno," G. D.
P. 148 " 1 from bottom *read* "gato yattha narissaro."
P. 152 " 10 *read* "satāhi saha pañcahi."
P. 153 " 15 " "Na ca me vandanaṃ vīra tava pādesu komala samphusissati lokaggaṃ. Ajja gacchāmi nibbutiṃ.
P. 154 *line* 1 from bottom *read* "suriyodaye."
P. 155 " 9 " " "mahiyā."
P. 156 " 11 *read* "daḍḍhaṃ o'assā sarīrakaṃ."
P. 157 " 1 " "jātavedaso."
P. 163 " 18 " "Andhavanaṃ."

P. 182 *line* 19 *read* "susānarathiyāhi ca."
P. 183 „ 9 from bottom *read* "puttā assu."
P. 188 „ 13 *read* "posāvanikamūlaṃ."
P. 188 „ 20 „ "bhujissā."
P. 191 „ 4 from bottom *read* "vināyakaṃ pūjayitvā."
P. 200 „ 7 *read* "Sīhanādasuttantadesanāya," and "udakasuddhikaṃ."
P. 214 *line* 11 from bottom *read* "mahāvibhavassa."
P. 220 „ 4 „ „ "āhañchaṃ," and *comp.* Majjhima Nikāya, ed. Trenckner, p. 545, "Pāli Miscellany," p. 74.
P. 225 *line* 14 *read* "Cāpā" instead of "Cāpāya."
P. 260 „ 8 from bottom *read* "sākatikassa."
P. 277 „ 10, and 286 *line* 9 *read* "tālā vattbukatā," and *comp.* Buddhaghosa's explanation Vinaya Piṭaka, ed. Oldenberg, III. 267.
P. 290 *line* 3 ff. *comp.* Journal of the Pāli Text Society, 1889, p. 210.

The Gresham Press,

UNWIN BROTHERS,

CHILWORTH AND LONDON.

www.ingramcontent.com/pod-product-compliance
Lightning Source LLC
Chambersburg PA
CBHW021800110726
47902CB00006B/1595
* 9 7 8 3 3 3 7 3 8 5 1 2 5 *